第三届《北京文学·中篇小说月报》奖组委会名单

主　　任：朱明德　北京市文联党组书记、常务副主席
副 主 任：黎　晶　北京市文联党组副书记、驻会副主席
　　　　　刘　恒　北京文学月刊社主编
秘 书 长：黎　晶（兼）
副秘书长：杨晓升　北京文学月刊社社长兼执行主编
　　　　　吴双明　北京文学月刊社副社长

评　　委：张守仁　编辑家、散文家、《十月》前副主编
　　　　　谢　冕　北京大学教授、评论家、诗人
　　　　　李洁非　中国社会科学院文学所研究员、评论家
　　　　　李敬泽　《人民文学》主编、评论家
　　　　　孙　郁　中国人民大学教授、学者
　　　　　施战军　鲁迅文学院副院长、评论家
　　　　　章德宁　北京文学月刊社名誉社长

最慢的是活着

北京文学月刊社 主编

北京日报报业集团
同心出版社

图书在版编目（CIP）数据

最慢的是活着/ 北京文学月刊社主编 .
北京：同心出版社，2010.5
ISBN 978 - 7 - 80716 - 976 - 5

Ⅰ. ①最… Ⅱ. ①北… Ⅲ. ①中篇小说—作品集—中国—当代
Ⅳ. ①I247.5

中国版本图书馆 CIP 数据核字（2010）第 044129 号

最慢的是活着

出版发行：	同心出版社
地　　址：	北京市东城区朝阳门南小街 6 号楼 303
邮　　编：	100010
电　　话：	发行部：（010）65255876　65251756
	总编室：（010）65252135
网　　址：	www.bjd.com.cn/txcbs/
电子邮箱：	tongxinpress@gmail.com
印　　刷：	北京华丰利优印刷有限公司
经　　销：	各地新华书店
版　　次：	2010 年 5 月第 1 版
	2010 年 5 月第 1 次印刷
开　　本：	787×1092　1/16
印　　张：	20.5
字　　数：	400 千字
定　　价：	33.80 元

同心版图书，版权所有，侵权必究，未经许可，不得转载

目 录
CONTENTS

骄傲的皮匠	王安忆	1
豆汁记	叶广芩	34
逝者的恩泽	鲁　敏	63
姹紫嫣红开遍	滕肖澜	98
最慢的是活着	乔　叶	139
余　震	张　翎	182
莉　莉	笛　安	229
老　解	季栋梁	261
致无尽关系	孙惠芬	282

作者简介：

王安忆，女，祖籍福建同安，生于南京，在上海读书，初中毕业后赴安徽淮北农村插队，1972年考入徐州地区文工团，1978年回上海，任《儿童时代》编辑，并发表小说处女作《平原上》。著有长篇小说《69届毕业生》《长恨歌》（获茅盾文学奖）等，中短篇小说集《雨，沙沙沙》《王安忆中短篇小说集》《海上繁华梦》等。作品多次获奖。现为中国作家协会副主席、上海作家协会主席。

骄傲的皮匠

王安忆

一

倘若要说明这块方寸之地为什么属于小皮匠，大约就要涉及这近代城市的发展史了，具体地说来，且又是一些个别的人和事。最初时候，这片地方还是在城市的近郊，外国人在这里开了墓园，本地人称"外国坟山"。四周就有了一些鲜花店、蜡烛店，还有出售木雕和石刻的十字架、小天使、耶稣圣母像等等装饰墓地的用物。后来，墓园的边缘，那些连接田地的地方，被开辟出来埋葬中国人，墓园扩大了，周遭就有了中国殡葬习俗的店铺：香烛、纸扎、寿衣、锡箔、中国样式的棺椁。再后来，墓园越延越广，最深远处，其实已成荒冢。终于有一天，工部局征下地皮，准备建住宅区。第一要务清理墓地，也就是本地人说的"坟山"。先在报纸上登了七天启事，让中国人来迁坟，无人认领的墓便拾骨平地，一总焚烧，只留下外国人的墓地，用围墙圈起来。这样，周遭的殡葬业便不驱自散了。等这片地方建起几条弄堂和一排洋房，初具街区规模，就又有一些当年的旧业主回来，不过都转了行。有的摆水果摊，有的是馄饨挑，还有的做了看弄堂的人。其中有一个浦东人，原来是卖锡箔的，现在骑了脚踏车，车后面坐一个蒲包，包里面是河鲜鱼虾，挨家挨户兜售。渐渐与住户相熟，还和一个山东籍的巡捕交了朋友，就在一条弄堂口搭出偏厦，卖虾肉馄饨，将原先的柴爿馄饨挑挤走了。浦东人的女人也从乡下上来，镇日坐在弄堂口挤虾仁。后来生意做大了，巡捕又到别处为他找了地方开店。这偏厦，其实只够放一个煤炉坐汤锅的，巡捕又让给一个铜匠做营生。后来，巡捕走了，铜匠自作主把地方让给他的同乡人，一个盐城乡下的皮匠。自此，这块地方就归了皮匠的行业以及家族。

在城里，所谓皮匠其实就是鞋匠。城市里又不像农村，有牲口的鞍具络口什么的，除去脚上一双鞋还有什么皮具？这个皮匠将手艺和地盘传给了儿子，自己回乡下度晚年了。然后，儿子也老了，从小皮匠变成老皮匠。这个街区呢，随着城市的扩展，早已从边缘走向中心，但是，依然以居住为主，与闹市只相距一条马路。中间，皮匠也挪过几回地方。弄堂要卫生整顿，就让弄口的营生撤离，去什么地方？铜匠去了小菜场，补丝袜的女人回家里去，老虎灶关掉一个，那一家生煎包子铺归进区饮食公司，重新挂牌为合作食堂。皮匠摊收拾收拾，挪到马路对面，一排街心花园前。所谓街心花园只不过是一条两米宽的绿化带，沿墙十数米，墙里面是一所中等师范学校。师范学校总是女生多，女生脚上的鞋是需要经常修理的，纽襻断折，后跟磨损，帮和底脱胶。皮匠摊跟前的小马扎上，常常坐着一个女孩子，脱了鞋的脚踩在另一只脚的脚背上，等待皮匠做完她的活计，这情景看起来挺温馨的。过了一阵，却轮到整顿马路了，皮匠摊就又要被驱走。他收拾收拾，再回到原先的弄堂口。那弄堂口多少有些阴暗，可是比较安定一些，过街楼避风挡雨，有一面墙根，可以堆放他的那些胶皮啊、鞋跟啊、钉子线绳，还有等着做的活计，或者做好等人来取的活计，也一并靠墙根。弄堂里的人，要么不来，要来就是一大堆，大大小小，男男女女，单的棉的，但都不是急等，所以就放在他这里，过一两天再来取。也不要领取凭证，不见得能认识人，可鞋总归认识的，而且，鞋这样东西，也不怕别人错领的。安稳了一个时期，说不定又有哪一个部门来驱赶，皮匠总也没二话的，收拾收拾再搬，还是搬到马路对面。这一回可能不是在街心花园，而是一扇大门的门洞里。那幢公寓楼有着宽阔的门洞，但因为长年失修，门洞很破旧，木头门的油漆剥落了，墙壁和顶上的石灰也剥落了。皮匠摊设在台阶上退进去的地方，很妥帖，也很谐调的样子。要等到哪一天，大楼要大修了，皮匠就再搬出来。收拾收拾，回到弄堂口或者街心花园。总之，虽然是漂泊的，可总也漂泊不出这条街。倒未必是早年与山东巡捕的口头协议生效，恐怕没有人能够将历史回溯那么远，更不会有人认这本账。只是一个手艺人，他已经在这里做熟了，这里的人都是他的老主顾，他不能轻易放弃。这条街上的人，也习惯了他的活计，有时候他回乡下去几天，人们就将活计留着，等他回来做，并不会去找隔街的那个皮匠——顺便说一句，每条街都有每条街的皮匠。再说，他又不碍事的，各部门对他的驱赶其实也不认真，渐渐地，就形成事实。城管税务按月来收缴一些费用，皮匠摊就在弄口安顿下来了。现在，墙上敲了一排钉子，钉子底下是工具箱，一具铁皮柜。每天早上，工具箱横过来，与墙面形成一个直角，就成为一个小小的工作室。打开工具箱的锁，取出家什用物，一架缝鞋机放在地上，一些锤、钳、剪刀之类的小工具，一一挂在钉子上，还有一盘盘的胶胎，也挂在钉子上。工具箱的小格子里，放着胶水，钉子，纽襻，针线，鞋油。

我说现在，又已经换了一代，这小皮匠不是那老皮匠的儿子，而是女婿。老皮匠把手艺和地盘传给了他，告老还乡，不久便生癌症去世，用小皮匠的话来说，就是去见马克思了。因为岳父是将手艺传给了他，所以即便不是招女婿，他也是要赡养岳母，其实也是师娘。小皮匠自己呢，虽然有兄弟，但兄弟和父母不和，因为父母把家里的大瓦房以及院里的两棵杉树给了他，于是，他也是要赡养父亲母亲的。现在，三个长辈都还能劳动，但是为了表示赡养的决心，小皮匠把媳妇留在家中，单身一人住在上海。他住的也是老皮匠留给他的地方，距离他做活地方有一站多路的一片棚户里的一间阁楼，那房主与老皮匠的交情有年头。那片棚户在老皮匠活着的时候，就已经圈上"拆"的字样，可是至今也没有拆。有一度是因为房产市场不好，后一阵市场好了，可是动迁费又上升得厉害，而这一片棚户人口密集，且都是私房，又都不停地加盖，房摞房，屋叠屋的。开发商迟迟不敢下手，就拖到现在。小皮匠的房东其实已经在别处买了房子，将底下的房间租给了三个卖炒货的河南人，小皮匠一方面是房客，另一方面也帮着房东照看房子。这一间阁楼有六七个平方大小，搁下一张大床，一张条桌，一个柜子，还够打一张地铺。有时候，小皮匠的女人来住一阵；有时候父母亲来住，小皮匠就把床让给大人，自己打地铺；还有时候，是岳母和女人一同来，那么，母女俩睡床，小皮匠还是打地铺。他女人来上海，从来不到他做活的弄口来看看，因为害羞。他父母也不来，心情就要复杂些，似乎那是人家传给儿子的衣食，难免会生愧疚。只有他的岳母，会到他的皮匠摊跟前，坐在小马扎上，看他做活。她男人活着的时候，也是在这地方做活，那些主顾，以及主顾的上辈人，也是与她男人交道过的。弄堂前马路上的景色，曾经在她男人眼睛里流连过，女婿手里的活计，就是她老头子的手艺，似乎觉着将来有靠头了一些。小皮匠呢？心里一清二楚。但乡下人都不惯于表达感情的，再说一老一少，也没什么可说的。就是这么缄默着，却也流露出相互依赖的亲情。所以，人们有时候看见的，守着小皮匠的那个老女人，不是他的母亲，而是岳母。

岳母守在小皮匠身边，看着小皮匠接活做活。光顾皮匠摊的大多是女人，与小皮匠很稔熟的样子，有的还有些轻薄。小皮匠则很持重，并不啰嗦，倒不只是因为岳母在场，岳母不在场他也同样，他是有架子的。小皮匠长得挺讨人喜爱，敦实的身体，眼睛溜圆，是那种稚气的长相。女人们，包括那些轻薄他的，都将他当孩子待，张口小皮匠，闭口小皮匠。事实上，乡下人婚姻早，他已经是两个孩子的父亲了，这也是使他持重的一个缘故。

　　现在，皮匠摊的业务随时代发展而扩大，尤其是像小皮匠这样有渊源的手艺人，他们善于融会贯通：修拉链，钉牛仔裤的敲纽，给皮包的金属扣上蜡。至于皮匠的本业，修鞋，他们也面临许多新课题。单说一件，鞋底。材质在不断地革命，结构也在不断地进步——有一种，内部如同铺地板似的架有龙骨。由于人们生活方式的改变，鞋掌的磨损部位与形状，也出现了不同于传统的情形，比如开车的人，是磨损在踩油门和刹车的那一个点上。但是，小皮匠应对得很沉着，他心里有一个底，就是万变不离其宗。怎么说？鞋总归是鞋，总归是要吃力，所以，坚固总归是第一位的。别看他镇日在这方寸之地，可他的见识却不少，什么名牌的鞋，还有包，他没见识过啊——曾经，就在这条街上，那街心花园后面，也就是师范学校的围墙，全都破门开店：面包房、礼品屋、文具店，其中挤出半扇门面，开出一个"山姆大叔机器修鞋"。就有人对小皮匠要挟：你能修好吗？修不好我拿对过去！小皮匠说：你拿对过去吧！有人真拿过去，请"山姆大叔"修了，可结果如何？"山姆大叔"要价奇高，而且不论何种问题，统统一个办法，换底。倘若遇到那些比较特殊的情况，外面的底好好的，内里的衬底却让脚汗沤烂了；或者鞋底没坏，坏的是鞋帮；再抑或仅仅是些极小的毛病，鞋面的气孔掉了铁皮边，一道边缝绽了线，"山姆大叔"便没办法了。于是，送去的鞋就又送了回来，那人多少有些汗颜，小皮匠却毫无讥诮之色，就当没有发生过方才的事情一般，接过鞋，按传统的方式处理了。两个月不到，对过的"山姆大叔"悄然引退。就这样，即便是几千块钱的意大利皮鞋，小皮匠都能以平常心来对待。也不是说他完全不放在眼里，他当然是要格外小心一些，是天生的惜物，而不是出于对昂贵价格的诚服，这种天价的名牌让他觉得造孽。有时候，有人拿一条名牌牛仔裤来修理拉链，他果决地撤掉坏了的拉链头，换上新的。那刻着名牌标记的拉链头被他一扔，主顾伸手去捞，捞了一个空，不由得叫道：这是名牌！小皮匠说：名牌？坏了有什么用！在对名牌的态度里，包含着小皮匠对消费社会的批判性。

　　镇日交道的都是鞋，而且是穿过的鞋，皮革的气味里混杂着各式各样的脚臭、汗臭，和起来，就是皮匠的体味。每一代皮匠都是这个味，他们的女人和孩子，都已经习惯了这股气味。他们的屋里头也是这股气味。像小皮匠的女人，也就是老皮匠的女儿，就是在这股气味中长大的。她的母亲，小皮匠的岳母，更不用说了，这股气味可说就代表了她的男人。这一点上，小皮匠却与他的前辈们不同，他身上没气味。他从来不把做活的衣服穿回家，而是留在工具箱里。他就像一个正规企业里的工人，上班之前要换上工作服，至于换下来的干净衣服，那是一件西装，配有领带，自有寄存的地方，暂且按下。为了不染上这股皮匠行业的传统气味，他做活时从不穿毛线衣裤，因为毛线衣裤最吸气味。傍晚，天将黑未黑，他收工了，就到弄内人家的水斗，用香皂洗了手脸，穿好衣服，回家去了。

倘若是乡下有亲戚来的日子，他回家就有现成饭吃。女人们烧好了饭菜，老远的，油烟味便扑鼻。天热的时候，各家各户的饭桌就铺排在弄堂里，我敢说，小皮匠家的饭桌不是第一，也是第二。东西都是从乡下带出来的，草鸡炖汤，六月蟹拦腰一刹两半，拖了面糊炸，蛏子炒蛋，卤水点的老豆腐，过年的腊肉或者风鹅，还有酒。要是小皮匠的父亲在，就两个人对酌，单小皮匠自己，就是独饮。他喝一阵子，吃了一些菜，女人就给盛上满碗的饭，重新热了鸡汤。虽然是盛暑，可他们家乡的习惯，荤汤是要吃大滚的，吃出一身热汗，内里的湿热便发散出来。果然，风吹在身上，沁凉了许多。月亮也升起了。女人将桌上的碗碟收去，擦拭干净。这时候，小皮匠要看一会儿书了。

小皮匠看的书是比较广泛的。他有一套《说岳全传》，半部他们家乡人、著名说书人王少棠的《武松》，再有一二本《资治通鉴》。除此，还有一些杂志，比如《检察风云》《读者》《今古传奇》，是他从书报亭上买的，也有的是很偶然地落到他手里的。他认为现代的书不如古书有看头，那些旧书他是称作古书的，古书里面有很多大的小的道理，大道理是关于世道，小道理则关系做人。当然现代的书也很重要，因为是说当下的事，可以开眼界，不至于太蒙塞。然而，他还是觉得，当下的这些事再是千奇百怪，却也出不了古书里的道理。就像俗话说，孙悟空七十二变，变不出如来佛的手掌心。当下的事都是说一是一，说二是二，古书上的事则是举一反三。不过，这又正是读书有趣的地方，他可以用现代书里的那些人和事来检验古书里的道理，反过来，古书里的道理又可用来解释现代的事情。所以，小皮匠读书是用心读的，从屋内接出来的一盏电灯照耀着小桌上的书本，四周大多是牌桌，有纸牌，也有麻将，牌在桌面上甩来甩去，还有牌友们为牌局起的争执，都吵不了他。无论是他的女人,母亲,或者岳母,这时都不与他说话,以免打扰他。但要是父亲在,他有时会从书本上抬起头,谈一些读书的心得,是为表示对父亲的尊敬。这些都是靠他的人,他不能过于倨傲了,当然,女人,就又是另一回事了。

更多的时间里,小皮匠是一个人在上海生活着,那是要冷清一些的。每天收工回来,还要做饭。但做饭对于小皮匠并非难事,他们那地方,男人多会烧一手好菜。只不过,一个人吃饭总是简单的。他将路上买的菜洗洗切切,烧出一荤一素,吃一半,留一半。留出的一半装在一口小钢精锅里,第二日带去做活的地方当中午饭。因为要烧饭和洗涮,时间过得很快,忙完坐定,看书的时间已经不多了,但他总也要读两页。在他看来,读书也是一种手艺,一天放下,就要花两天拾起来。看几页书,就熄灯睡了。入睡之前,免不了会想起女人绵软的身体,这是单身在外最大的煎熬。楼下那三个河南籍的房客,有时候会分别带足浴房的小姐来,在门口让他撞上过几次。他愠怒的表情让河南人一下子畏缩起来,不由得心软了。小皮匠是有些洁癖的,觉着这种事很腌臜,而且他又对房东负有照看房子的责任。但是,他毕竟是个男人,晓得厉害。在他们乡下,有一个老光棍,就是在人民公社时候,向队里的耕牛下手,结果判刑坐牢。刑满释放回到家乡,大人都不让小孩与他说话,兄弟也与他分家,一个人过着十分孤寂的日子。小皮匠自小就可怜他,却是当畜牲来可怜的。他觉得,人要是一点不能忍,就和畜牲是一样的。所以,他最后还是决定向房东缄口,但是,从此与他们保持距离。因有一些设施是共用的,比如水斗,煤气灶,他就将自己的用物拿到阁楼上,尽可能错开烧煮的时间,避免接触。房东自己修了一个小小的厕所,他也不再使用,而是到马路对面的公共厕所如厕。其实那几个河南人秉性都还忠厚,有时烧了好菜,喊他过去喝酒。他去喝过几回,四个男人喝到舌头都大了,称兄道弟地分手,在楼梯口再要纠缠一会,然后各自睡觉。如今,他总是托辞谢绝,于是,这点五湖四海的友情也牺牲了。

小皮匠没有让女人过来长住,有一部分原因就是顾虑环境,倒不只是说居住的小环境,更是指大环境。虽然小皮匠每日里只是从住处到做活处往返,所闻所见不过五百米一块街区,但也足够他了解这个城市的阴暗面了。就在他途经的一条马路上,沿街一排发廊,说是发廊,却也不见有什么发廊的生意。透过一扇玻璃门,只看见遮面的长发,裸着的胳膊和腿——一种阴地里捂出来的没有光泽的石灰白,又好像没有发育起来,细瘦孱弱。小皮匠又要觉着可怜了,这一回不是觉着哪一个人,而是这个世界,他不能让他的女人到这可怜的世界里来。他那女人，有着开阔的眉心，桃花红的脸颊，嘴角上有一颗褐色痣，一笑起来，嘴没动，痣先动，星星似的一闪，眼睛一亮。她没什么见识，没享过大福，可也没受过欺负。他宁可她耳目闭塞，乡下人的那些村话，他都不愿她听的。就让她在家中伺候老人，带孩子吧！乡下也有腌臜事，比如那个老光棍，但不是受责罚了吗？人都不挨近他。城里就不同了，什么都搅在一处，分也分不开，所以就叫做"大染缸"嘛！"大染缸"这个词用得太对了！

就这样，在没有女人陪伴的夜晚，小皮匠也安宁地入睡了。

二

前面说过，小皮匠来到做活的弄堂口，先要换工作服。穿来的西装，冬天是滑雪衫，夏天则是很平整的衬衫，总之是干净体面的衣服，寄存在哪里呢？寄存在根娣家里。根娣是谁？是弄内一户居民。小皮匠不仅在根娣那里存衣服，中午带来的饭菜，也在根娣家热。根娣根据他带来饭菜的内容，或者在她家电饭煲的蒸格里蒸热，或者加工成菜泡饭，给他添点作料和配菜，也是有的。小皮匠并不是白得根娣的劳动，他每月都交根娣一些煤气钱，根娣家的鞋，他也是无偿修理。这样，双方都坦然自在。

小皮匠本来是央求一个老太，天气适宜的时候，这老太常在弄口坐着，看街上往来的人和车辆，难免要和小皮匠聊几句，就有些相熟。但是她没有应承小皮匠的央求，因她在家说不了话，媳妇才是一家之主。小皮匠说：怎么可能，你是婆婆呀！老太说：她是太婆！说话时，脸上的表情变得严峻，像是对整个社会抗议。小皮匠笑笑，止了话头，晓得再要说下去，就有挑拨是非的嫌疑了。无论乡下城里，这都是一个令人激愤的话题。停了一会，老太平静下来，建议小皮匠到根娣家去蒸饭，小皮匠不认识根娣，老太就说怎么不认识？敲破你头的那个。小皮匠就晓得是哪个了。有一回几个女人与小皮匠逗嘴，其中一个用鞋跟在小皮匠脑门上叩了一下，鞋跟像锥子似的，立刻破了皮。小皮匠在这弄口坐久了，晓得上海弄堂里的女人和乡下女人没什么两样。田间地头，兴头一旦起来，说话行动就很放肆，尤其是逮着一个年轻的男人。任她们怎么调侃，小皮匠也不动气的，她们没有恶意，相反，还挺喜欢他，当然，多少也是不放他在眼里。

老太的建议很有道理，根娣一口答应。这是一个热情的女人，再则，她也有空闲。根娣是属于"四〇五〇"的人，原先工作的一爿化学制剂厂让台湾人买走了，工人遣散回家。根娣不到五十岁的法定退休年龄，就办了协保。开始的几年里，根娣和小姊妹一样，四处找工作。先到一幢商住大楼做清洁工，再到一个民营公司烧饭，还八十学吹打地参加收银员培训，到超市做收银员。但是，似乎所有的单位都和她们厂一样的遭遇，先是大楼还不出贷款，抵押给了银行，所有的租户都退租，员工也清退；然后那家民营公司也倒闭了；再后来，一夜之间，大卖场拔地而起，将小零售商的生意抢个精光，她做收银员的小超市就关门了，算起来，培训三个月，工作倒只两个月。这些经验平息了根娣吃协保的愤怒，使她认识到社会全面性的动荡不安。她与丈夫商量，此时，丈夫的厂也倒闭了，跟着办了协保——他们俩是化工技校里的同学，所就业的单位性质差不多，她与丈夫商量，要做自己的生意才是安全，于是决定卖盒饭。方才起意的时候，邻里们因为同情他们两人都下岗，家中还有一个读书的孩子，都表示了支持。可一旦真做起来，意见就来了。暑天里，大锅小炒的，公用厨房里热不可耐，厨房顶上亭子间的地板都是烫的；后弄里的阴沟让鱼鳞菜皮堵了，污水横溢；接洽生意、领取盒饭的纷沓而至，弄堂里顿时多出许多生面孔，门户就不严谨了，于是起了纠纷。根娣是从闸北棚户区嫁过来的，在那里，一个水龙头十七八户人家用，不抢就别想用水，她是在争夺中长大的，脾性相当强悍，她才不怕呢！她以一当十，多少人也不是她的对手。在这市中心的里弄里，大约都没有听过她这样的村话和谩骂。人们背地里都说，她婆婆就是被她气死的，怪只怪小弟太软弱。小弟就是根娣的男人，自从娶进根娣，就再也没有了声音。但是，如今毕竟是法理社会，根娣再凶，也凶不过法和理。四邻们自己不出面，而是联名写信。先是写到居委会，再写到卫生大队，然后是税务局，最终是城管大队来执法，勒令停止生意。这样，根娣夫妇就又失业了。后来，小弟考了驾照，招募去开出租车，多做多赚，辛苦点，也能挣出吃喝以及孩子的学费，根娣干脆就闲在家里。反正再过三年，她这么算着，再过三年，她到了五十岁，就可以吃养老金了。这么说来，这一年，根娣就是四十七岁。

在小皮匠他们乡下，这个年纪已经是做祖母了，可是在上海，年龄的概念相当宽泛。像根娣，穿扮好了，都可以当姑娘看。有一回，她去赴小姊妹的女儿的婚宴，穿一身粉红色的套装，头发高高束在脑后，发根上别一个水晶发针，就好像她是新娘。根娣是一个俊俏的女人，而小弟，形象多少有些委琐，性格上也是。当初，他们恋爱，当然是根娣主动。坊间有一句话，叫做："男追女，隔座山，女追男，隔张纸"，又何况是根娣小弟这样的女和男。

小弟家很早死了父亲，由母亲主事。他最小，上面两个姐姐，也是领导他的。所以惯了服女性管,同时也养成怠惰的性格,凡事都等着别人作决定。在自己的终身大事上,他也是如此,局面变成他的家人和根娣之间的争夺。他的母亲和姐姐自然是不接纳根娣,因她是那样的背景,住在闸北江北人的聚集区,父亲踩三轮车,母亲在纱厂做挡车工,让她们气不过的是,这样人家的女儿,竟然长成如此模样,就更危险了,谁知道她在窥觎什么呢?虽然她们自己的生活是拮据的,甚至比根娣家还要瘠薄。自从小弟父亲去世,经济来源主要就是母亲在里弄生产组领绒线编织活计,再靠亲戚接济一点。两个姐姐都赶上了插队落户,那一段日子,就离不开借贷了,简直称得上惨淡。但不论怎么样,住在西区蜡地钢窗的新式里弄,即便只是其中的一间住房,厕所厨房都与邻里合用,那也表明了身份阶层。不是人们都称"上只角"吗?根娣家则是"下只角"。根娣自己也曾向小姊妹坦言,看上小弟,至少有一半是小弟居住的地段和房子,在她们闸北,是称这里"上海",好像她们所居住不是上海似的,从这叫法也能看出上海市区发展之地理沿革。嫁到"上海"去,是她们那里的女孩子,尤其是像根娣这样生相俊俏的女孩子,心向往之的事情。事实上,这"上海"又不单单意味着地方的概念,它还派生出一些其他的内容。就拿小弟这个人来说吧,他和根娣从小熟悉的男孩子很不一样。他清洁整齐,当她站在他背后,可以嗅到后颈里散发出的体香,说到底,就是肥皂的清香。他的床铺——他们是住读,小弟的床铺也散发出肥皂的有些凛冽的清香。他从来不说脏话,而她们那里,女孩都说脏话的。他有一张小小的白皙的脸,这张脸在后来的岁月磨蚀中,渐渐失了光泽,萎缩成枣核的形状。他笑起来很温和,就像一个妈妈的乖孩子,后来是根娣的乖孩子。这是根娣对小弟,小弟对根娣呢?虽然是被动的人,可他最终完全臣服于争夺的结果,为胜利者根娣所获,就像那些童话故事里的公主,嫁给智勇比试的胜出者,说明他也是有自己的标准的。他的软弱秉性,潜在地指导着他的倾向,就是倾向强者。因此,表面看起来,互相中意的是长相和居住地段,但内里,还是具体的人的作用。

现在,根娣的生活又有了新的规律。因为小弟开出租车是做一天,歇一天,根娣的安排也是一天隔一天。小弟歇在家的这一天,她专司烧煮,侍奉小弟,让这个赚钱人吃好歇好。根娣对小弟是没话说的,就像母鸡把小鸡护在翅翼底下。小弟可说是从母亲的翅翼里钻进了根娣的翅翼里,当然是根娣的年轻新鲜的翅翼更让他舒服,再说,还有性的乐趣呢!后来有了儿子,根娣的翅翼下又挤进了一只鸡雏。曾经根娣走在马路上,被人叫住算命,别的都没什么可信,只一句,你的男人也是你的儿子,根娣摸出五块钱给了那人。

小弟歇在家的一日，是从前一天夜里三时睡到中午十二时。根娣把饭端到床上，人蜷在被窝里，差不多是要喂进嘴里，一样样尝过，再缩下去继续睡，根娣坐月子都没这么养过。这一伏午觉是到下午四点钟，磨磨蹭蹭起来，来到后弄里。假如根娣这时候正在麻将桌上，便让给小弟，自己到厨房烧晚饭。这一顿是一家三口围桌而坐，一边看电视，一边吃饭，然后又是睡觉。次日早晨，六点钟光景，小弟出门上路了。根娣打发儿子上了学，开始了她文化娱乐的一天。

　　上午，根娣是去舞场跳舞。舞场在公园的茶室楼上，加盖的一层里。垂得很低的吊顶上垂着彩灯和彩条，装饰成圣诞节的样子。窗幔拉着，遮住了天光，就还是圣诞夜的样子。因为舞客极大多数是中老年人，所以舞曲都是比较老派的，规整的节奏：经典的圆舞曲，邓丽君的歌曲，活泼的轻音乐，可以跳快四步，也可以跳伦巴。来舞场的都是熟面孔，但依然抱矜持的态度，并不随便邀请舞伴，因多是结伴而来。那些单个儿来跳舞的，无论男女，都显得颇为可疑。人们一般都对他们有些侧目，偶然的，现场邀约舞伴，不会邀约他们，也不会接受他们的邀约，其实是舞伴和舞伴的互换。在舞场，有舞伴的人显得身世清白。这些单打的男女，落寞地坐在一边，喝着附送的饮料，听着乐曲一支一支播放。场子里旋转的彩灯底下，人被切成一条红，一条绿，好像也看不出有多少欣悦，而是郑重其事的。一曲结束，纷纷走下场来，方才看见脸上有轻松的表情。根娣有那么两到三个舞搭子，都是和她这样的"四〇五〇"，其中有一个在做保安，做两天歇一天，假如这一天正好和根娣的日子碰上，就做一对舞搭子。还有两个工作都是不定期，有工作时不来，没工作是天天来。这样，基本上，根娣可保证有舞搭子。即便有一天，这几个谁都不来，那个舞场里教舞的"老克勒"就会来请她跳，因根娣是有舞搭子的人。根娣虽长得俏丽，但跳舞并不怎么在行，不是反了方向转，就是踩了人家的脚，跳完一曲，"老克勒"就把她送回到座位，几曲以后，再来带她。这样也好，根娣不会对跳舞上瘾，跳舞只不过是她的一项消遣，也表示她拥有着社会生活。所以，她是极有分寸的，一到时间，就退出来，回家烧饭了。

　　中午饭主要是烧给儿子吃，根娣自己无所谓。她从舞场上学来，中午只吃一只番茄，一根黄瓜，就可以对付的。给小皮匠热饭也是在这时间。午饭过后，就到了下午，下午是打牌的节目，就在自家后门口。若是下雨，就挪进灶间。牌友是左右邻居，两个老太，一个男人，人称"爷叔"，还有一个看牌的，就是介绍根娣给小皮匠热饭的老太。看她热切的眼神，根娣就要让她，她却又冷漠下来，说没有赌资，家中一应钱财都在媳妇掌握中。根娣也是不怎么擅长打牌，但打牌往往是不会打的手气好，所以她也不是全输。根娣是个豁达人，输的当做买门票，就和跳舞要买门票一样，赢的就作小菜钱。爷叔的牌路子很专业，照理这三个根本不是他对手，但爷叔心地纯良，不忍欺负妇孺老弱，所以并不十分较真。老太总归是苛索的，首先把输赢定得很小，再是谨小慎微，从不做大牌，图个小利。所以牌桌上就很平淡，这也是叫人心安的，根娣不会跌进赌局里面去。

再有时候，根娣就和隔壁的金蓉逛街。金蓉就是被那老太形容得十分刻薄的媳妇，其实没那么可怕。金蓉比根娣略小两岁，下岗后考了财会上岗证。那时候，财会还比较稀少，不像现在，什么都是过剩的，她很快找到一家中型企业做出纳。然而，几年后，这家企业关停并转，于是二次失业。此时，劳动市场上涌现了更多更年轻学历也更高的人力，金蓉只能在私人小老板的公司里打打工。原先她是看不起根娣的，自恃有个好娘家。她娘家离夫家只隔了一条马路，地段更加中心，寸土寸金的地方，已经被发展商割得七零八落，一条弄堂剩了一截尾巴，金蓉娘家就在这截尾巴上，不定哪一天，就会迁往不知远到什么地方的地方，似乎也没有理由继续看不起根娣了。而一旦相处，便发现根娣比弄堂里长大的女孩多出许多好处，首先一条不记仇。当时抵制根娣家的盒饭生意，金蓉也积极参与的，还是出谋划策者，可事情过去，根娣也并没怎么样。就这一点，金蓉就和根娣结交下来了。但金蓉只限于和根娣逛街，或者到"乐购"、"家乐福"买东西，跳舞和麻将她是不参加的，倒也不是坚持某种原则，而是没有兴趣。在一个女人，能够杜绝染上癖好，说明她有着相当自律的性格，但另一方面也能看出，金蓉是一个比较刻板的人。她的外形也有点这个意思，其实五官轮廓挺端正，也不见老，可是从没有笑容，就显得一张脸铁青，叫人看到无趣。她婆婆把她说得如此厉害，也多半是从这张脸引起的。可是，一个女人生就这样一种冷淡的表情，实是出于无奈，她的内心，完全可能也是活泼的。

那老太，就是金蓉的婆婆，镇日里，不是坐在弄口，就是坐在根娣他们的麻将桌边，晚上在家，也是要说一些她的见闻。比如一个偷窨井盖的外乡女人，连人带赃当场捉住；一辆桑塔纳刚倒一辆机动自行车；更奇的是，一个过路的女人央求小皮匠取下她的耳钉，那耳钉旋得太紧，耳朵都已肿起来，于是，陷得更深——这并不是皮匠的业务范围，可是结果怎么样？小皮匠替她旋了下来，而且耳钉一点没损坏，尽管那女人痛苦地直说："我不要了！"事实上，她接过耳钉，小心地揣好，欢天喜地走了。至于麻将桌上的是非就多了：牌局的风云变幻，即便是如此枯燥的牌局，在老太看来也是很激动的；由牌局引起的纷争龃龉；各家的是非短长也在这里互通有无。金蓉除了必要的交代，是从不与婆婆闲话的，儿子孙子更没有耐心听了，所以，老太只是对了空气说而已。但是有一天，却有一个意思入了金蓉的耳朵，那就是根娣和爷叔有染。老太的原话是，像爷叔这样牌路很凶的人，为什么倒要天天和几个女人打小麻将了，奇怪不奇怪？金蓉不由得竖起耳朵，听老太又补了一句：根娣这种女人，骨头没有四两重！老太说这话的表情就和她说媳妇时候的一样，都是俨然的，表示出对世事的不满，以及自己的正直。这就可以印证出，她媳妇未必就是像她说的那么不堪，只是在老太，需要有一些谈资。那么，反过来再对照根娣，老太的话也可能是失实的。可是，不知怎么，金蓉却上心了。

就像方才说的，外表冷淡并不表明内心没有热情，和所有的女性一样，金蓉也向往经历更加丰富的感情生活。倒不是说她们对自己的婚姻不满意，完全不是，和婚姻就没什么关系。应该说，她们的婚姻都是相当稳定的。可也正是因为稳定，就让人觉得沉闷了。在这样的年龄，老的多已送走，当然，金蓉的婆婆还在，并且很健旺，那也就不太拖累；小的呢，也长大了。她们一下子多出许多时间和精力，而她们的丈夫，往往是在这个时间段进入低潮期。好像人生的要务都已完成得差不多，一时又看不见新的目标，不由得便颓唐下来。生理也正在经历转变，凡事都不大能打起精神，难免跟不上女人的节奏了。当金蓉听婆婆嚼舌头，传爷叔和根娣的闲话，她的脸一下子板得更紧了，内心则起了波澜。她本来不对爷叔有什么注意，可是，可是就算是这么个不怎么样的人，为什么偏偏是根娣，而不是她金蓉，与他生出暧昧来？张眼望去，除了爷叔，又还有什么人呢？金蓉忽然感到一种冷清，生活里已经不再有机会，而时间则明显地紧迫了。在公司里，她是被人叫做阿姨的，四周都是二十多岁的年轻男女，连老板亦不过三十来岁。去商店，服装的尺寸款式全都面向年轻人，而且是时髦的年轻人。到化妆品柜台，向你介绍商品的小姐总会说一句：像你这样的年纪——似乎已经被逐出生活的舞台。可事实上，她精力比以往任何时候都充沛，比以往任何时候都更懂得生活，而且充满了感情。

下一日，金蓉在弄堂里遇见根娣，走到跟前，忽然间不能自持，一闪身，走了过去。根娣本来是要和金蓉说话的，却扑了个空，心中十分纳闷，但过一会儿也忘了。等金蓉再一次走过弄堂时，根娣家后门口的牌桌已经摆出来，四个人正襟危坐，专心地看牌。金蓉觉得这情景有一种造作，隐藏着极大的用心。她的婆婆坐在牌桌边,抬头望她,远远地,婆媳对视一眼,忽就有了默契,交换出心得。之后,根娣还碰过金蓉的钉子,再木的人也要起反应了,再说,根娣又不木,只是不那么计较。她想:究竟什么事上得罪了金蓉呢?她跑去金蓉家,想把金蓉叫出来,当面问一声。这就是根娣的性格,简单直接,可金蓉则微妙多了。她家住底层,房门对了后门,既不应根娣的叫,却也不关门,兀自在房间内行来走去。根娣以为没听见,再叫,还是不应。几次三番,根娣才晓得是叫不应了,悻悻地打回转。从此决定,金蓉不理她,她也不理金蓉。下回迎面碰上,就很轩昂地走上去,两人撞个脸对脸,再错开来,交臂而过。这样,根娣就把金蓉的表情看清了,她看见的是,鄙夷。这就又是金蓉的微妙之处了,心里明明是艳羡,脸上露出来的却是鄙夷。根娣不知道这表情缘由何处,但颇为受伤,纳闷之余,又添上一层愤怒。不过,根娣受蒙蔽的日子不会太久,弄堂里的生活正应了那句俗话,没有不透风的墙。像金蓉的婆婆,得来那许多见闻,单在家里说是远不够的,也要和左邻右舍说说,再和牌桌上那两个老太议议,很快,就通过一种很复杂的途径传到根娣的耳朵里。根娣这一气,非同小可,却又不知向谁发作。正如方才说的,传说是经复杂的途径进入根娣耳朵,要追溯回去几乎不可能。根娣取缔了后门口的麻将桌,老太们识趣地走了,另外去找消遣,只那爷叔上门来找了两回,两回都被根娣将门在鼻子跟前碰上,看上去更像是那么回事了。根娣向小弟发牢骚,小弟到底是成熟了,开出租车也长了见识,对根娣说了些人生经验。小弟说,他从出生到现在,在这条弄堂里住了几十年,就知道弄堂是个是非之地——朝夕相处,脚碰脚的,各家与各家都有些仇怨;也是因为脚碰脚,还必须将仇怨埋在心里,否则怎么共处下去?所以,弄堂里的人都是面和心不和,不要企图有什么真心,面子上保持和气就可以了。小弟的人生经验确有几分精到,但总归是消极的,这也就是时届中年的男人的怠惰,已消磨了锐气。这经验并没有让根娣振作起来,反而更加丧气,但她还是吸取了教训,不再和弄堂里的人打拢,连跳舞都没了胃口,因人世是这样一种扫兴的境遇。她将自己闷在家里,一日内,出门只是为买菜买东西,还有,中午替小皮匠送热好的饭菜。送去饭菜,就在皮匠摊的马扎上坐着,等小皮匠吃完,收了碗筷,再回家去。坐在皮匠摊上,根娣的神气很有趣,有一种孩子式的挑衅,好像说,你们坏,我不和你们玩,和小皮匠玩!

三

根娣和小皮匠说话,是说她们闸北棚户区通行的苏北话。她们这一代人的苏北话，已是杂烩，并没有清晰的地方区域，但总归是苏北话，在小皮匠听来，已相当于乡音了。于是，两人间就好像有了点乡谊。根娣不免要把近日内的烦恼说给小皮匠听，小皮匠以为，这烦恼又是与他们乡下女人间的差不多。但是由根娣，这个长相明媚，穿着鲜艳的女人说出来，却变得有点好玩。根娣的长相是明眸皓齿，匀整的鹅蛋脸，年轻的时候，是称得上纤细，现在多少要松弛些，在旁人看来，也不过是丰腴而已。头发原本是漆黑的，后来生了白发，总体的颜色也变浅，于是染成一种金红色，烫了无数小卷，向上梳到发顶，堆起来，发卡别住，露出一对品相极端正的耳朵，垂着金链子，坠着碧绿的翡翠玉，将她浑圆的颈项映衬得更加润泽。因此，她总是穿低胸的羊毛衫，桃红或者宝蓝，领口绽放出内衣的蕾丝。羊毛衫底下是裙子，五彩格子或者是烂漫的花朵，视上衣的颜色为定。脚上是羊皮短靴，后跟尖细如锥子，抑或是巨大的方跟。总之，根娣的风格是夸张的，可以往乡气里看，也可以往洋气里看，决定于何种眼光。而且，无论是跳舞，逛街，买菜，后门口打牌，坐在皮匠摊上闲话，甚而至于闷在家里，只是在房间和公用厨房往返，根娣也都要认真地穿着、梳头、化妆，这些活动都是被她视为社交的，否则，她那么多漂亮衣服，漂亮发式，还有化妆品，到哪里用去？一个盛装的美人，坐在皮匠摊前，挺古怪的。可是，皮匠摊这样的地方，常常是有美人落座的。忽然间，好好的鞋别了后跟，断了纽襻，或者皮包带子脱线了，那么就要找皮匠摊了。所以也并不是太扎眼的。只是这么一种隆重的形象，说着那么一些家长里短，很令小皮匠觉着有趣。根娣的说话，显得特别幼稚，远远比不上乡间的女人们有心机和世故，很像一个小孩子。当说到金蓉对她看不起的眼光时，愤愤道：她说我和爷叔，她自己呢？爷叔还不要她呢！这话字面上是不怎么合逻辑，但很奇怪地，也说出了几分真相。小皮匠感到十分好笑，说道：你看看，你不也在说她坏话？常言道，谁人面前不说人，谁人背后无人说。根娣觉得这两句话挺有道理，从来没听说过的，在嘴里念叨了两遍，称赞道：看不出小皮匠你很有素质！这回小皮匠就笑出来了，好像大人受了小孩夸奖。根娣站起来，伸手在小皮匠头上刮了一下，拿起他吃空的锅碗走了。

下一天，小弟歇在家，根娣对小弟说，别看小皮匠是乡下人，挺有素质的，就把那两句话学给他听。小弟听了后，趴在枕头上，也和根娣说了一则乡下人的故事。他说的是两个浦东人，一人拎几个大蒲包，上了他的车，一路上，蒲包里窸窸窣窣响个不停，是大闸蟹，去了几个地方，到一处拎一个蒲包下车，听他们说话，是为开厂通关节。所以说，乡下人是不可小瞧的，说不定有一天，我们大家都要为乡下人打工。但是，这有什么呢？人家肯做，不像上海人，做一天还要歇一天。小弟说：做一天歇一天有什么呢？还有的人一天不做，全部歇！根娣不同意了，说，全部歇等于全部做！于是将每日里要做的事历数一遍。小弟又不同意了，说反而是老婆养活老公不成？一看小弟认真，根娣只好哄他，当然是老公养活老婆，这不是应该吗？她娘家妈有一句口头禅，就叫做：嫁汉嫁汉，穿衣吃饭。小弟就说，也不见得是应该，就有女人养男人的。根娣让他去找一个人养他，小弟却让根娣找一个人来养。根娣说：我自己都要靠你养，怎么还能养别人？小弟说：就有这样的事情！于是又讲了一则故事，关于一个男人养一个女人，女人用这男人的钱再养了一个男人。他开出租车长的就是这样乌七八糟的见识。两人纠缠了一会儿谁养活谁的问题，根娣就说要去烧饭，还要给小皮匠热饭送去。

再下一日，根娣在皮匠摊上，将和小弟的争端告诉给小皮匠听。对于前一个问题，就是谁养活谁，小皮匠认为根本无须讨论，在一起搭伙过日子，有人忙锅里的，有人忙灶下的，缺谁都不行。至于后一种情况，三个人串起来，鱼咬尾似的一个咬一个，小皮匠则认为是人作贱人，并且断定如此作贱下去，会遭报应。然后说了段上帝惩罚人类，发大洪水的故事，是他从《读者》类杂志上看来的。又联系他家乡的传说，古时候，有男女不规矩，在土地庙苟合，结果当年见颜色，先旱后涝，颗粒无收。根娣听得入迷，微张着嘴，眼睛睁得溜圆。小皮匠心想，上海的女人，眼睛长到额角上似的目中无人，其实呢，是长不大，不懂得世道人心。

根娣在皮匠摊上坐的时间长了些，或者是她聒噪地说，小皮匠静静地听；或者是反过来，小皮匠娓娓地道，她睁大了眼睛听。有时候金蓉的婆婆也凑过来，想参加他们的谈话，根娣就陡地立起来，踩着高跟鞋噔噔地走了。虽然没有确凿的证据，但金蓉婆婆的嫌疑是明显的。第一，她是麻将桌边的看客；第二，她还是金蓉的婆婆。根娣本不是气量窄小的人，但金蓉方面始终没有表示出道歉与和好的意思，而且，关于她与爷叔的闲话，非但不见息止，还有上涨的趋势。到底也不知道爷叔有心还是无心，有两次到皮匠摊来找根娣打牌，都被根娣拒绝了。根娣的神色再严肃不过了，可爷叔嬉着脸，还说那样的话：怎么，怎么？有新方向了吗？根娣不搭腔，只是给一个白眼。这种来去，经过金蓉婆婆的眼和嘴，就又为根娣的绯闻添了章回。金蓉的脸板得更紧了。

暗地里，金蓉拿自己与根娣作比较，比较的结果是，自己并不输给根娣的。根娣的长相和穿扮确实很夺目，可却挺粗鲁，是苏北人的风气。根娣说话也很粗鲁，有时还夹带着脏话。金蓉的疏眉淡眼，细高身材，穿着的清静雅致，不是扎眼，却很经看。她在公司里做，虽然人们喊她"阿姨"，但总也是白领的阶层，无论身份还是修养，根娣都不能与她同日而语。为什么根娣却比她具有吸引力呢？想两人的婚姻，根娣和小弟是自己谈的，她金蓉则通过介绍。两人一同逛街买东西，明显感到那些商场的保安、柜台先生也对根娣更热切一些。根娣有一种自然熟的做派，是为金蓉瞧不上的，可现在她不得不承认，这正是根娣讨人喜欢的原因。不由得，金蓉也有些学根娣了，她向来矜持惯了，再放开也只不过是见面点个头，笑一笑。金蓉是不太笑的，一旦笑起来，总不那么自然，显得尴尬，但再怎么也是笑啊，也比不笑好。就有人与她婆婆说了，今天你媳妇很高兴！只是这样的笑脸，金蓉婆婆也是看不见的，一进家门，金蓉的笑就收起来了。这实在是一种秉性了，若不是内心活跃着一股巨大的欲望，连这一点扭转也不会发生的。自然，爷叔也得到了金蓉这一份慷慨的馈赠。

爷叔这个人，并不能说有什么不规矩，也不见得对根娣有非分之想，只不过是无聊。这城市任何一条弄堂里，都有着这样的男人，或者坐在麻将桌边，或者站在弄口马路上。倒不是说这种人唯独弄堂才有，而是说弄堂的生活是敞开的，什么内情都暴露着。爷叔不是出生在这弄堂里的人，他女人是，他是上门女婿。不过，上海这地方，并没有这方面的偏见，所以爷叔就不存在屈抑之感。相反，他是一个轩昂的人。他在一家大型机械厂工作，从十八块月薪的学徒工做上来，做到了车间主任。那时候，他头发梳得锃亮；骑一架凤凰牌自行车，飞快地驶过弄堂，就像一道光。他女人家人口很单薄，只母女二人，所以他就是一家之主。到了八十年代下半期，女人与一班小姊妹商议去日本打工，本当是闹着玩玩的，不想真有几个办成了，其中就有他的女人。素常是沉默的性子，开始是爷叔的徒弟，后来是爷叔的下属，总之，掩在爷叔的声色之下，可此时忽然焕发出能量。住在城市西区的弄堂里，出门就是闹市，再蒙塞的耳目也挡不住见识。尤其是女人们，最惯从街市上汲取人生理想。街市是物质的，但因超出了实际需要，那盈余的一点，就是精神性的了。这合乎女人的性格，就是现实和浪漫的统一。

爷叔的女人去日本，似乎是一个转折点，事情从此改变了局面。开始时并未见得，等两年后，女人第一次从日本回来，征兆便显现出来。一部出租车从飞机场开来，大箱子，小行李在弄堂里壅塞了一时，然后一件一件消失在爷叔家的门洞里。久别重逢，女人回家并没有滋润爷叔的生活，爷叔反而委顿下来。女人在上海和日本之间又往返了几次，然后彻底回来不再去，在隔马路的宾馆区开了一间小服装店。她依然是不言不语，无声无息的，偶有几回，有人走过她的店面，看见玻璃门里，穿着黑衣黑裙的她，还以为是个日本女人，这才意识到爷叔女人的变化。就是在这期间，爷叔的工厂走了下坡路，经过几番转产，兼并，联营，合资，费改税，股权制，由控股到不控股，最终全盘为外资购买，说是体制改革，实质就是关门大吉。厂级领导由所属部局重新安置，工人们则提早退休和待退休，像爷叔这样的中层干部又多一条路，就是买断工龄。爷叔的工龄长，买断的这笔钱比较可观，领回家放进银行，先也是令他兴奋的，但随着人们富裕程度的增长和通货膨胀，这笔钱款的数字越来越平淡了。在此同时，爷叔再就业的遭遇也是令人气馁的。他在机械方面的专长，竟派不上什么用场，更受打击的是，来到劳动市场，爷叔发现自己已经进入老龄队伍了，其实，那年爷叔还不到五十。爷叔最不喜欢"四〇五〇"的称谓，这意味着社会弱势群体，需要别人发慈悲来照顾了。虽然谁也不会来照顾你，还得靠你自己。爷叔的女人曾经帮他在一个日资企业谋到职位，说是负责营销管理。可所谓日资企业不过是当年去日本打工然后移民的上海人的小生意，将些中国绣品、漆筷、檀香扇什么的销到日本去。总共两间写字间，三五个职员，营销部连管理带员工就只爷叔一个人。老板惨淡经营这一份家业，兴许吃过太多的苦，于是待人相当刻薄。爷叔哪能受得了这个，做了半个月就不干了，宁可这工资泡汤白干。这次经验使他产生创办自己企业的念头，这一点和根娣很像，看起来，再就业的人都有着同样的心理历程。但爷叔是个男人，野心比较大，他在枕头上和女人商量，将服装店关了，夫妻二人同心协力开个大店。即便是在缠绵的时分，女人的头脑也很清醒，她说：你要做生意我可以支持你本钱和路子，但你归你，我归我。她在生意场上看得多了，生意破产大半是自己人和自己人过不去，所以家族企业才需要董事会制约权力。爷叔想不到自己的女人长进到这样，已经是女强人，起心里敬重又生畏，只得退了回来。现在，劳动市场留给爷叔这样的人，或者是快递公司做快递，或者是做保安。爷叔也长了年纪，渐渐地不太想出去，于是就在家呆着，偶尔去帮女人的店里进进货，平日负责一日三餐，过起了女主外，男主内的生活。

　　这样的生活有一种极大的好处，就是让人变得谦虚。金蓉婆婆说爷叔有精湛的牌艺却甘心和女人们打小麻将，是有其他的用心，用心其实就是，他不能用女人的钱滥赌。爷叔是个识相的男人，也因为此，爷叔决不会生出金蓉婆婆所说的用心。他对根娣只是觉得合得来，根娣是个好相处的女人，而且还挺有趣。比如她听庄时摸牌，怕摸了坏牌，就要求爷叔——这一日，爷叔很旺，所以她要求爷叔在她将要摸的牌上吹一口气，沾一点好运。爷叔的这口气没有吹在牌上，而是吹在了根娣的手上。是有些轻薄，可也不过仅此而已。一到烧饭时间，爷叔不管风头多好，还不是乖乖地回家去。逢到女人需要他出场应酬，爷叔便新吹了头发，穿一身簇新的西装，目不斜视地走出去了。爷叔打扮起来，还是很标致的，现在，谦虚的表情又使他看上去挺温柔。

金蓉渐渐发现了爷叔的好处，她惊异以前竟然一点没感觉，她向爷叔笑的时候，就不完全是礼节性的，而是有一些真心的示好。可是，爷叔却不由得畏缩了。方才说过，爷叔已是一个谦虚的人了，从他和女人强弱互换的经验里走来，他对女人都有些望而生畏，尤其是像金蓉这样严肃，每天到公司上下班的女人，觉得她们一概不可小视。这也是他喜欢找根娣的缘故，根娣不上班，也不严肃，当然，还很漂亮，让人赏心悦目，这也是爷叔的一点精神生活。金蓉素常不将爷叔放在眼里，爷叔也惯了吃她的冷脸，现在，猛一得她的笑靥，实在尴尬大于欣喜。爷叔都来不及作出回应，只是怔着，等他也要笑一下的时候，金蓉已经走过去了。她穿一身豆绿的丝质衣裙，裙摆很长，就有一些翩然的意思，爷叔有一阵惘然。等下一次，金蓉再向爷叔笑，是在傍晚时分。一部面包车停在弄堂口，车门打开，下来金蓉，站定了，车上人就传下一件件东西，显然是公司里发的福利，饮料、水果和点心。看见爷叔站在弄口，嫣然一笑道：帮帮忙。爷叔弯腰搬起饮料箱，金蓉又往上加了一盒曲奇饼干，自己提了两个马夹袋，走在了前面。

她踩着一双细高跟凉鞋，步履轻快，爷叔眼睛里是金蓉的背影，手里沉甸甸的，感慨地想，这世界全部是女人的了！爷叔随金蓉一直走进她家房间，将东西放到指定的位置，要走，金蓉却送过来一个冷毛巾把，让他擦汗。毛巾把是从冰箱里取出的，上面洒了六神牌花露水。爷叔擦汗的时候，金蓉问道：你女人店里有什么新款吗？爷叔猝不及防金蓉会问他话，心里一紧，脱口说道：新款都是年轻小姑娘穿的样式，衣服吊在肚脐眼上，裤子吊在脚踝上，裙子吊在屁股上——金蓉收起笑容，沉下了脸，爷叔这才意识到出言粗鲁了，止住话头。爷叔这人就是这样，一旦开口，就托不住下巴，话风都是车间里的传统。金蓉皱着眉说：是啊，我们这样年纪的人是跟不上潮流了。爷叔心里又是一紧，赶紧地说：金蓉你看上去很年轻，就像小姑娘。金蓉冷笑一声：你们男人眼睛里总是小姑娘，小姑娘！爷叔再不敢说话，站了一会儿。金蓉说：谢谢你，爷叔。他明白该走了，走到门口却又被叫住，原来毛巾还捏在手里。木木然将毛巾还到金蓉手里，一团毛巾已被他捏热了，而金蓉的手却是冰凉的。爷叔走在回家的路上，怀着一种挫败感。这段日子，根娣突然翻脸，而后金蓉示好，让他领教了女人的不可测。

郁闷的爷叔有几日没出门，金蓉婆婆也有几日没出门。金蓉命令爷叔搬东西的一幕就发生在她眼皮底下，不谓不是一个打击，关于根娣与爷叔的闲话不攻自破。弄堂里的谣言起得快也收得快，转眼间风平浪静。这几日，弄堂里显得很安宁。弄口只有小皮匠自己在做活，到了中午，根娣送来饭，一口钢精锅。小皮匠喜欢将饭、菜、汤，全搅和在一起，痛快淋漓地吃。所以，根娣干脆就都热在一起，连锅端过来。小皮匠吃饭，根娣坐在马扎上说话；小皮匠吃好了，根娣还不走，继续说话。从小弟那里听来的事情，她都要原样搬给小皮匠，为了听听他的评论。她由衷地说：小皮匠，别看你是乡下人，比许多上海人都有素质！小皮匠说：什么地方就有什么样的人。根娣解释说：我没有看不起你的意思！小皮匠笑了，想这女人天真得像小孩子，却也是细心的。他也感到了女人的神秘。他们坐着说话，不知不觉地，时间过去了，根娣要回家烧晚饭，先走了。再过一会儿，小皮匠也要收工了。将工具材料一一收进铁皮工具箱，然后进弄堂，到根娣家洗脸洗手换衣服。倘若是小弟歇的一天，这时候，根娣就正在煎炸炖煮。小弟坐在厨房里的一张饭桌上，好像餐馆里的客人等着上菜，看到小皮匠来，就客套地邀他入座，小皮匠当然是谢绝。可是这一次，小弟却是力邀，无限的恳切，根娣也跟着留他，还将他的好衣服扣着不给。不得已，小皮匠就入座了。

根娣摆上碗筷酒杯，小弟替小皮匠斟满红酒，称了一声"朋友"，他说，朋友，出门在外，多一个朋友多一条路，不要拘谨，喝酒吃菜。小皮匠微微一笑，端起酒杯，向小弟敬了敬，仰头喝去半杯，吃了些菜。小弟也喝了一口，问小皮匠出来多久，家人在何处，生活好不好，小皮匠一一作了回答，两人又端了几次杯，吃了些菜。小皮匠还是原样，小弟眼眶浮起了红晕，衬得肤色白皙，又回到了少年时的小弟。他说：原来你已经出来多年，不算新上海人，倒算得上老上海人。怪不得你挺有见识。小皮匠晓得平时与根娣说的，根娣都学给了男人听，不由得又是一笑。小弟接着道：我说几桩奇怪的事给你听，你谈谈你的看法。小皮匠做了个请说无妨的手势，小弟就说了。第一桩是，他昨日拉的一个客人，上海人，西装领带，手里提黑色拷克箱；车到地方，打开皮夹子，从后视镜看见，里面一排信用卡，唯独没有现金，于是说，师傅请等一下，我回家取了车钱付你，说着就下了车；一等不来，二等也不来，小弟不由得生疑，下了车，循客人的去向，这才发现客人走入的那条弄堂是两头通的一个夹道，老早不知道跑去哪里了！这是一桩奇事。

第二桩是发生在上周,也是发生在付车钱的时候。这一回,客人的皮夹里倒是鼓鼓的钱,但都是外汇;客人为难地说,他刚从香港来,能不能付港币,并且报出牌价,港币还贵一点,但他还是按一比一支付;客人付了一百元,小弟找回他八十一元,可是这张钱并不是港币,而是秘鲁币,银行里说一分不值。现在,这张奇怪的货币就放在桌面上。第三桩则是更远一些的一月前,倒是十分的干脆,三个外地口音的男人上得车来,坦言没有钱付车资,你拉也得拉,不拉也得拉!小弟说完了,歪着头对了小皮匠:你说,这是怎么回事?小皮匠的回答很简单,前两个是骗子,后三个是明火执仗的强盗,总之,都是为一个财字。小弟说:小皮匠你真是一针见血,根娣说你有素质,我还不相信,说什么我倒要领教领教,果然名不虚传!此时,小弟的脸全布满红晕,酒上头的样子,根娣也红了脸,是因为兴奋。小弟向小皮匠凑近脸,讨教道:你说,现在的人比过去不是富了很多?本来邓小平是让一部分人先富起来,可是,不要说一部分人,八部分的人都富起来了,结果呢,人比任何时候都更缺钱了!这是为什么?小皮匠的脸也有些红,因肤色深,所以并不显,只觉得有光泽,他也向小弟的脸凑了凑:朋友,这个问题提得好,看来你对社会很了解,我的意见是肚子容易喂饱,眼睛是不容易喂饱的!小弟拍了小皮匠的肩膀一下:我再没可说的了!这一晚,两人喝得微醺,尽欢而散。

后来,小皮匠又和小弟喝过一回酒。结束时,根娣说,明日小弟出车,一天不在家吃,剩了这么多饭和菜,天气又热,小皮匠你就当帮个忙,明天晚上也在我们家吃了吧!小皮匠说好,下一日收工后去根娣家,却见根娣又烧了新菜,说这是干什么?讲好是来收拾残局的。根娣说:我自己想吃!吃饭的时候,小皮匠不碰那碗新炒的菜,根娣也不强求,但等他不防备,将那碗菜扣了大半在他碗里,小皮匠只能摇头。吃罢饭,桌上的剩菜还有十之六七,根娣张开一个塑料袋,直接将剩菜往里倒。小皮匠劈手抢过半碗肉丝毛豆茭白,说留我明天中午饭。根娣不让,说明天有明天的菜。两人争了一时菜碗,小皮匠还是争不过,倒不是根娣有劲,而是根娣有蛮力。晚上回去,小皮匠将篮里的半棵卷心菜斩碎,又斩进一些虾皮,打两个鸡蛋,做馅,和面擀皮,包了三十个素饺子,装在一个深碗,浸在冷水里,第二天带去根娣家做午饭。他不能顿顿吃在根娣家,把客气当福气。到了中午,根娣送来的却不是素饺子,而是米饭和大排骨,还有半锅鲫鱼豆腐汤。小皮匠问:我的饺子呢?根娣说:我吃了。小皮匠说:那是素馅的,你吃亏了。根娣:那是手包饺子,人工比什么都贵,还是我占便宜。小皮匠又只能摇头,根娣则得意地笑,说:你是犟我不过的!

四

　　这样饭菜上的往来，虽然没有持续下来，但小皮匠和根娣之间的乡谊更增进了。小皮匠收工去根娣家洗手，顺便就洗个头。根娣提一吊子温水，帮小皮匠浇满头的肥皂沫，浇着浇着，就浇进他后颈里去了。小皮匠躲，根娣追，将小皮匠的衬衣浇个透湿。小皮匠干脆脱了衬衣，光了膀子擦身。小皮匠的体魄竟然相当壮实，是出过力气的人的身子，没什么赘肉。而且，人们这才发现，小皮匠身个挺高的，平时光看他坐着，就不觉得。根娣将吊子里余下的热水，统统从他背脊浇下去，黑黝黝的皮色像上了一层釉，水珠子大颗地滚落下来。两人在弄堂里疯，别人并不留意，因都知道根娣的脾性，再说，和一个小皮匠能怎么样？又不是爷叔，爷叔这几日似乎很沉寂，极少见他露面。有几次，被人看见坐在他女人的店里，举一张报纸遮住了脸。其实，爷叔是在躲金蓉呢！

　　自从那次帮金蓉搬东西上她家，爷叔就怕了她，他也不知道怕的什么，金蓉能把他怎么样？可他就是怕呢！像爷叔这样，从车间里出来的人，什么样的村话都说得出口，也招架得住，但遇到稍微暧昧些的形势，立马失了方寸，其实就是嘴硬。金蓉的笑容，又像是欢喜又像是生气；还有她的眼睛，不是像根娣，铺天盖地地过来，而是迂回曲折，不晓得藏着什么；再有，她的手，冰凉的，让他不由得起寒噤。可是，当然，毋庸说，爷叔看出了这女人的好看，过去不曾发现的。她走路有一种姿态，又喜欢穿长裙，风摆荷叶般的。他女人是小巧玲珑的身段，走不出这样的幅度。根娣的身材也不错，但和她的人性一样，是憨直的，就缺乏了婉约。这样说来，爷叔对金蓉的怕就变得复杂了，它含有着一种警惕，警惕受诱惑。爷叔在家里藏了两天，实在闷极了，就去女人的小店里坐着，至少可以看看门前的车与人。可是，这一天，金蓉到店里来了。

　　金蓉供职的公司就在附近写字楼里，午休时候，她就过来了。这一惊非同小可，爷叔都没从椅子上站起来，他女人已经迎上前去。两个女人原本在弄堂里是淡淡的，点头之交而已，此时因是客主之间，顿时变得很热络，互问一番寒暖，然后共同翻拣服装。爷叔的女人向金蓉推荐各种新型的材质和款式，产自哪一个地区，又应合了哪一股国际潮流，鼓动金蓉去试衣间试穿，不买没关系，过过瘾也很开心。金蓉一件一件看着，最后挑出一件套头上装，胸前缀着细小的蕾丝。她上下地看了一遍，然后比在身前，对了镜子侧着脸看。爷叔女人称赞她很有眼光,再劝她进试衣间试穿。金蓉只笑不答,又对了镜子看一会,方才说:有人说你店里的衣服只有小姑娘能穿!爷叔女人说:这是什么瞎话,时尚是针对人的,不是针对年龄的,这是一种气质。她的手指从一排衣服上划过,好像钢琴家的手从琴键划过。时尚是有生命力,很快就过时的那叫时髦,不过是些奇装异服,我店里从来不进的。这女人真的受过历练了,表现得如此沉着。金蓉将衣服从胸前放下,挂回原处,说:世界上的人都像你这么看就好了!那女人低头整理着衣架,说:人家怎么看是人家的事,自己心里就这么看好了!金蓉不由得注意地看这女人一眼,说要上班,下一日再来。女人送她到门口,开门闭门时,门上的电子风铃就"叮"地响一声。此时,爷叔整个人都缩在了报纸后面。

下一日,金蓉真的来了,随她一起来的还有两个小姑娘,是她们公司的白领。小姑娘们在衣架上翻拣,爷叔的女人则陪金蓉说话。她们这一回见面竟是稔熟许多,说了各自的生活和经历。爷叔的女人告诉金蓉在日本打工的苦楚,刚去时候,一句话也听不懂,自然也找不到工作;这时,有一个小姊妹的父亲急病,她要回上海,就让她顶工;老板娘和她说话,她一副茫茫然的样子,老板娘说:我的话你懂不懂?她连这句话都听不懂。说到此,不禁笑出声来,是熬过来的自嘲又自得的笑。缩在报纸后面的爷叔自然听过女人的诉苦,但却是头一次听女人将自己的苦楚说得如此生动。而且,金蓉也变得生动了,她的笑声竟是清脆的。说了一会儿,那两个小姑娘已经各自挑了中意的,进试衣间试穿。金蓉说前一日的那一件想想还是放不下,也想试一试。于是,爷叔的女人就去原来的衣架上拿,可是,却没有。再去另一座衣架上找,也没有。金蓉略感遗憾地说,也许被人买走了。爷叔的女人说并没有,卖了哪些,余了哪些,她心里有一本账。又回头问爷叔,有没有人从他手里买走过衣服。爷叔的脸始终藏在报纸后面,回答说:你从来不让我接生意的,现在倒要问我。女人微微一笑,向金蓉解释:我不是不让他碰生意,他实在搞不明白的,都是女人的衣服。两人分头在店堂找了一圈,女人连柜子的门都打开翻了一遍,还是没有。金蓉说,算了,上班时间到了,要走了!女人说:明天你再来,不相信我找它不到,分明在眼面前的东西,难道会飞了!金蓉和两个小姑娘出得门去,女人没顾得送客,站在店堂间纳闷:衣服到哪里去了呢?

第二日,金蓉没有去爷叔女人的店里,她怕她这一去,很像是上门逼债似的。傍晚下班回家,爷叔正站在弄口,她看都没看一眼走了过去。不想,爷叔却悄悄尾随而来,喊了一声"金蓉"。金蓉吓了一跳,回身看见爷叔,问道：你有什么事吗？爷叔的表情很神秘，悄声道：进门去说。金蓉疑惑着进门去，家里没人，竹窗帘垂着，凉森森的，金蓉的家就像她这个人，有一股凛冽的清洁，但这只是表面，爷叔想起她和自己女人讲话的神采，原来她也有活泼泼的一面。金蓉将爷叔让进房间，她的眼光让爷叔生怯，他强撑着，有些豁出去地嘻开笑脸，这却使他显得油滑。金蓉心中生厌，早已忘了本来是她先招惹的他。她又问了一句：你有什么事吗？这时，爷叔的手从身后伸出来，手里有一个塑料袋。给你！爷叔说。

金蓉接过塑料袋，从里面抽出一件衣服，正是前一日她们上天入地找寻的那件，藕色的丝织套头上装，胸前缀了一些细巧的蕾丝。金蓉将衣服抖开，对了光照了照，又重新叠起来，扔回给爷叔，冷笑道：偷老婆的东西送给女人，算什么本事！爷叔涨红了脸，辩解道：我是看你喜欢！金蓉说：看我喜欢你买呀，买下来送我！爷叔嗫嚅着终于说不出话，金蓉将空塑料袋也扔回给爷叔，中途落下来，爷叔弯腰去拾，心急慌忙中，没有抓住塑料袋，抓住的是金蓉的裙裾。金蓉提脚轻轻一踢，爷叔松了手，凭空抓了两把，抓住塑料袋，仓皇退出去了。再下一日，金蓉去爷叔女人的小店，女人迎上前就说，那件衣服找到了，就在原来的地方，当时怎么会漏掉了。金蓉说，这就叫鬼打墙！她进到试衣间穿了，走出来，对着镜子左右地看，果然很好。爷叔的女人说：我就说你穿了好，你不相信。金蓉说：现在我相信了。于是一个付钱，一个收款，当即交割了买卖。爷叔的女人又说：这回你相信了吧，我这店里的衣服是不分年龄的。金蓉服气道：我再不听信鬼话了！从此，金蓉和爷叔的女人做了好朋友，和根娣呢，恢复了点头之交，仅此而已。

根娣现在的心思，早不在金蓉，弄堂里的闲话已经风清云散，金蓉的态度就也无所谓。根娣有了新朋友，就是小皮匠。她的闲暇时间，都是在皮匠摊上度过的了。她带着毛线活，坐在小马扎上，和小皮匠做伴。这期间倘若小皮匠走开一会儿，去方便或是干什么，根娣就帮着招呼生意，接下送来的活，交出做妥的活，再收下工钱，丢进小皮匠的钱罐子，一只雀巢咖啡铁皮听。关于小皮匠的业务，她很了解，而且可做得一半的主。不过，这只是她自认的，在小皮匠，也许并不这么看。有一回，根娣回掉的活儿，小皮匠又接了过来。那一双旧皮鞋，鞋底里的龙骨都塌了，一看就是假冒的名牌。小皮匠征得顾主的同意，将一整个鞋底统统揭掉，换了一双胶皮底。这样，不看底，单看面，还是名牌无疑。小皮匠认为凡喜欢名牌的人无一不是面子作祟，内容是什么无所谓，就给他个面子好了。相反，根娣有一回接下的活却让小皮匠给退回了。那是一双麂皮女软靴，帮和底之间开了胶，根娣以为重新上胶就可以了，小皮匠则告诉她，看上去是开胶，其实是沿了底割裂的，一定是碰上了利器。根娣不由得吃了一惊，问顾主难道不自知吗？小皮匠说"未必"，根娣更加吃惊：难道要栽你不成？小皮匠正色道：倒不敢这么说，只是常言道，害人之心不可有，防人之心不可无！反正，我也是无能为力了。根娣笑了，在小皮匠头上掴了一掌：我还当没什么你不能的了！小皮匠说：要什么都能，就是什么都不能。根娣又不懂了，睁着眼睛看小皮匠，小皮匠解释说：凡包治百病的，总是一桩病也治不好，比如万金油。根娣笑着又要掴他头皮，小皮匠笑嘻嘻地用手一挡，正巧扼住手腕，根娣挣，却挣不脱，就说：小皮匠你蛮有劲嘛！小皮匠说：让女人掴惯了头皮，人就矮了。根娣说：你还矮啊，铁塔似的一座。小皮匠说：我说的不是个头，是威风！说话间一松手，根娣抽出手来，再要掴去，小皮匠一让，不料根娣只是作势，虚晃一下收回去，另一只手握了这只手的腕，来回揉搓着抱怨：小皮匠你的手真狠！表情却是满意小皮匠的力气。她这才发现小皮匠是个男人，一个健壮的男人。

根娣和小皮匠饭食上的来往还是止于中午的热饭，只是根娣每一回都要加工加料。她晓得小皮匠的口味，她从小就是在这样的食风里长大，那就是酥烂咸浓。红烧的五花肉，油浸浸的炒素，鸡汤里下了黄芽菜、粉丝、蛋饺，肉丝青菜焖烂面，里面埋了整个的鸡蛋。无论多么热的天，小皮匠还都喜欢滚烫，呼隆隆往喉管里倒，黄豆大的汗珠滚滚而下。小皮匠受了根娣的惠顾，心知肚明，感慨这女人的好，好得如此夯实有力，也是家乡的风格。乡里来人带了家养的母鸡，河塘里的鱼虾，成捆的甜秫秆，还有山上的野茶，他都分给根娣一半，根娣就当是自己乡下来了亲戚。要是那岳母坐去了她的位子，她就站在一边。有长辈在场，两人说话不免要受拘束，那岳母又是个讷言的人，所以三个人都静默着。静默中，偶尔地，小皮匠和根娣相互对一对眼，忽就有些未明的情意。先是小皮匠避开眼睛，根娣停了会儿也移开了。那几日，中午饭是由岳母送的，铝锅里是小皮匠女人的手艺，质和量都远逊于根娣的，但根娣知道，晚上必有一顿好的等着小皮匠，女人不会亏待自己的男人。收工时，小皮匠照例到根娣家洗脸更衣，他身上的气息似乎也有改变，是一种居家的有些狎昵的气息，根娣不敢走近他。小皮匠的动作显得很毛躁，水龙头哗地打开，然后骤然关上，穿衣服臂肘抻裂了腋下的缝线，扣子对错了孔，来不及解开重扣，人已经走到弄堂口，脚步急迫，逃跑似的。

乡下来人住了一阵回去了，有那么两天，小皮匠没有带饭让根娣热，只是早晚到根娣家换衣存衣。根娣的儿子——一个倨傲的二十岁少年，在读三年制大专的最后一年，此时又都在家。无论是根娣还是小弟，对了儿子都流露出巴结的神情，他则一概以无言而应之，小皮匠从他面前走过，就更像是没有这个人一般。小皮匠觉得他一点不像他的父母，单纯和快乐，继而又觉得，唯有他的父母，才养得出这种没规矩的孩子。根娣光顾着照应儿子，都没和小皮匠说话，后一日，她将儿子打发出门，再转身要对小皮匠说什么，小皮匠也走了。看他和儿子一前一后的背影，就好像是兄弟俩，年龄相距比较大，年长的那个就要帮父母养家。再一日，根娣来到皮匠摊，对小皮匠说：你还热饭不热饭，不热饭中午怎么吃？小皮匠说：这几日带的都是凉面，不用热。根娣要去揭他的锅盖看，小皮匠不让看。根娣又问：吃了三天凉面，明天还吃凉面？小皮匠答：明天再说。根娣不说话，转身走了，过一会儿，再转来，扔下一卷钱，说：我要退你的煤气费了。小皮匠不答应了，拾起钱还给根娣，根娣不接，说：反正你以后不要我热饭！小皮匠一定要给她，她一定不接，小皮匠站起身，抓住根娣的手，将钱塞在手里，说：明天就热了。根娣这才收下。但不等明天，当天中午就端来半锅鱼肚虾仁，夺过小皮匠的凉面，呼隆倒进去，兜底一搅，顿在小皮匠跟前。根娣坐在小马扎上，看小皮匠吃，两人没说话，都有些鼻酸。默默地吃完，根娣端了空锅走了。

　　事情恢复了原有状态，依然是早晚更衣存衣，中午热饭送饭，根娣坐在小马扎上，手里做着毛线活计，两人做伴。但是根娣不像过去聒噪，相处间，就多了些静默的时候。现在，爷叔他们又补齐了一桌麻将，因根娣不参加，就不好再在根娣家后门口摆牌阵，而是摆到了弄口，皮匠摊旁边。上面是过街楼，遮阳避雨，又有穿堂风。爷叔说：小皮匠，你很有眼力啊！这句话有着双关的意思，根娣不定听得出来，却遮不过小皮匠的耳朵。小皮匠淡然一笑，并不搭话。爷叔又说：一弄堂的上海人也搞不过你一个小皮匠啊！新来的麻将搭子，也是弄堂里的一名闲人，比爷叔几乎低一辈，一房妻儿全由老父母养着，自己只顾玩，将一张嘴练得十分油滑，此时接过话头：三个臭皮匠，顶个诸葛亮！此话并不好笑，说的人却已经笑倒了。小皮匠还是一笑，根娣坐不住了，这句话她听得懂，转过身，斜过眼去：到底是谁臭？吃女人饭，靠女人养！这话明摆是针对爷叔，且是最犯爷叔忌的，而"臭皮匠"这句话既不是爷叔说的，也不是说根娣的。爷叔自然不饶，厉声道：眼睛看看清楚，骂谁？根娣笑起来：谁应就骂谁！爷叔一下子被套进来，急了，离开麻将桌，逼到根娣面前：你这个女人，跟谁像谁，跟了臭皮匠，嘴先就臭了！根娣从马扎上刷地站起来：谁跟谁，谁跟谁，倒是跟呀，可惜跟不上，跟个屁滚尿流！这话又是指的爷叔，且是又一件隐痛。弄堂里的事情，谁能瞒谁？

爷叔赤红了脸，走近一步，威吓道：我捆你！根娣也走近一步：谁捆谁！两人头抵着头，彼此的鼻息都拂到对方脸上，根娣的眼睫毛一动一动，爷叔浑身的血都涌上头，他抬起手在根娣脸上撩了一下，指尖刚一触到根娣的脸颊，便被撞飞了，小皮匠一举胳膊：打女人算什么本事！是你老婆吗？要你管闲事！爷叔推他一把，推上去才知道小皮匠的结实，胸脯像个箍紧的铁桶。爷叔再推一把，纹丝不动，张口骂了一声娘。小皮匠也变了脸，他从缝鞋机后面走出来，一边解下身上的围裙，对了爷叔说：我本来是不打算与你计较的，现在你骂了我娘，我要不计较就是我的不孝，违背三纲五常，你要向我赔不是！爷叔哪里理会这一套，骂娘的脏话连珠炮似的吐出来，小皮匠叫了声：那就对不住了！话没落音，就在爷叔的颔下送去一拳。爷叔退了两步，站住了，稍停片刻，猛地向小皮匠扑去，这些日子一连串的失意此时全聚集成对小皮匠的愤怒。小皮匠虽然年轻血旺，可到底招架不住一个拼命的人，一时被爷叔的拳脚挫下来了。根娣就不服了，拾起马扎，两手一合，向爷叔兜头抡过去。爷叔头一让，结果击中的是小皮匠，一个眼睛顿时青了。根娣急了，头一低，撞进爷叔怀里，爷叔没站住，仰后跌坐在地，根娣照了头脸一阵捶打，把他打给小皮匠的那些全还了回去。麻将桌上的老太都躲得远远的，那个起事的人老早看不见影子了，将干系脱得一干二净。小皮匠此时冷静下来，过去将根娣扯开，说：不兴两个打一个的。爷叔坐在地上，咬牙骂：你这个小皮匠，还想不想在这里摆摊了！小皮匠回道：我在哪里摆摊，不是由你管，是由政府管！爷叔冷笑：政府认识你？管你的皮匠摊！小皮匠再回道：政府不仅管得我，也管得你，它要你们动迁，你们一日不敢耽误！小皮匠到底在上海呆得有年头，深谙上海人的软肋在哪里，出语很有力度。

这天下午，麻将桌散了，小皮匠也提早收工，被根娣拉回去洗脸。根娣用冷毛巾给小皮匠敷脸上的青肿，问他疼不疼。小皮匠先是"嘶"了一声，然后"嘻"地笑了，说爷叔这人倒有种，不像上海人，骂来骂去骂多少个回合，也动不出手去。根娣的毛巾从小皮匠的脸上移到背上，冷毛巾渐渐变温了，根娣将毛巾扔进脸盆，空出手抱住小皮匠的后肩。小皮匠一动不动，感觉到根娣软和的胸，热热的，肩窝这里滚烫的，是根娣的脸。根娣张嘴咬了咬小皮匠的肩膀，又侧过脸贴住咬出来的牙印。根娣茂盛蓬松的头发堆在小皮匠的肩和颈之间，又刺毛，又暄和，小皮匠一歪头，压住那头发。停了一会，根娣说了声：你这个小皮匠呀！小皮匠从根娣的怀抱里挣着转过身子，暗想这女人真有力气，这样，他们就脸对脸了。小皮匠看了根娣一会，说：你总是叫我小皮匠，我有名字。根娣问：什么名字？我家姓席——根娣惊奇道：有姓席的？小皮匠说《聊斋》里有一篇，说的就是一个叫"席方平"的人。根娣"哦"了一声。姓席，名字和你差一个字，叫根海。根娣就叫他一声：根海。

五

根娣和根海的好，热辣辣的。根娣中午端到根海跟前的那一锅饭，谁看了谁眼热。黄澄澄的鸡汤面，底下埋着对虾头，熏鱼块，鸡大腿，整鸡蛋；或者是半个蹄，炖得起膏，稠浓的肉汁拌米饭。根海的回报是扛米、扛纯净水、扛成箱的雪碧可乐，凡出力气的活都是他。根海在根娣家后门口洗脸，干脆脱了上衣，连上半身一起洗，根娣帮着往他背上打肥皂，搓灰。还有时候，是根海帮根娣，晾晒衣物。竹竿是搭在对面人家的墙头和这边的水泥门檐上，有一人半高，根海就抱住根娣的腿，举起来，再往下放，根娣在他手臂中转个身，圈住颈项，落了地。这样裸露的亲昵，倒没有暧昧的意思了。人们打趣说：一个根娣，一个根海，说不定就是亲姐姐和亲弟弟啊！现在，根海的名字被根娣叫开了，弄堂里人就都改了口，根娣说：听见吗？叫姐姐。根海说：偏要叫妹妹！根娣去掌他的嘴，掌一下，叫一声妹妹，根娣就笑。旁人到底觉着肉麻了，讪讪地走开去，他们却浑然不觉，一劲打闹着。闹过一阵，方才安静下来。

他们安静的时候委实是很安静的，彼此说说往事，认认乡亲。根海来自盐城，根娣是涟水原籍，根海说这两地其实隔得老远呢！根娣却说，反正同是江北。根海就用块划粉在地上划给她看：江苏有一多半都在江北，从上海崇明对过的启东一直顶到山东边上的徐州。根娣说，徐州不算江北，在上海，江北指的就是说他们这样话的人。什么样的话？根海问。我和你这样的话，根娣回答。你我的话也差得一大块呢！根海很好笑地说。根娣说：反正就是"这块那块"的话。根海摇头道：上海人自以为多么聪明，其实是面条饺子一锅端，连个青红皂白都分不出。根娣很大度地说：江北就江北，不过是个叫法罢了。根海又摇头：我说你糊涂呢，自己家在哪里都不知道，迟早有一天被人卖了。根娣就侧了头对着根海的眼睛：卖给你，买不买？根海说：买不起。根娣流露出失望的表情：你是看不上。根海手里的锤子一狠劲砸在鞋跟上：你家小弟要肯卖，我砸锅卖铁！提到小弟，两人就都一时的语塞。

这一段，无论小弟怎样留饭，根海也不肯留了。根娣呢，不帮着留客，反是说：随他！放根海出门去，也不顾小弟遗憾的脸色。小弟是真心留根海，他已经对这个小皮匠刮目相看，而且自觉得很对心思。越是如此诚挚，就越是让人窘迫。根娣和根海，虽然并没怎么着，充其量是在房间里抱一抱，亲个嘴。要是小弟像爷叔，横蛮有力，根海与根娣也许就横下一条心了。可小弟是孱弱的，豆芽儿般的一个人，让生计岁月磨折得见老见黄，实是不忍心。两人也很煎熬，根海三十多的年龄，身体又极好，与媳妇分离着，夜夜守个空床。根娣呢，年龄是长上去些，可也是气血两旺。而且，怎么说呢？有一回，她咬着根海的耳根说过，出租车司机，十之八九有那个毛病，就是不行！太累，缺觉，总是窝着坐，前列腺就有问题。可是，怎么行呢？小弟和根娣的结婚照就在墙上，抬眼便是。二十年前的结婚照还不像现在，人在云里雾里，又作姿作态，就不大像真人。那时候的照片清晰鲜亮，是放大的活人。根娣的眼睛睁得大大的，小弟的是细细一弯，像女人的媚——这样的人，怎么敢欺负！还有根娣和小弟的儿子，进进出出的，一语不发，身体和脸是小弟的形状，脸上的表情却不是小弟的，冷漠无情，也是不好惹的。根娣和小弟都怕儿子，根海就跟着打怵。每一次，眼看到了刀刃上，根娣的眼神都乱了，可根海还是一跺脚，撕开根娣的身子，走了。下一回，根娣说：根海，你是嫌我年纪大。根海不回答，停一会儿，伏在根娣耳边说：叫哥哥！他们的乡音里，"哥哥"这个字，发"蝈蝈"的声，叫的人和听的人都觉得销骨的缠绵。不过，两人都是过来人，晓得那难受只是一阵子，过去了还是大块大块的快乐时光。

  这一天，爷叔的女人提来两男一女一共三双皮鞋，让根海换掌。下午时，爷叔他们在弄口开出麻将桌，根海一努嘴，根娣将三双换好掌的鞋甩在爷叔脚边。爷叔一边垒牌一边问：多少钱？根海说：不要钱！爷叔说：不要穷大方，赔本了买卖。根海说：自家的手艺，无本生意。爷叔便不再客气，两下里的怨仇也算是了结了。爷叔就是那类人，男人淘里来去自如，却不会在女人中间混。上海人只是一张嘴坏，心里未必真有什么成见，自打上回交手，领教到根海嘴巴和拳头的厉害，爷叔内心也对他起了些敬畏，说话行事略有顾忌。根海是知轻重的人，得理饶人，对爷叔反敬上三分。两人嘴上不说，心里却有些交上朋友的意思。接下来，就在小弟歇工的一日，根娣照例在家服侍赚钱人，等麻将桌散去，爷叔没急着回家烧饭，而是走到根海跟前，刮他一下头皮：小皮匠——爷叔坚持这么称呼，好像要守住某种立场——小皮匠，爷叔送你一句话！什么话？根海不抬头地问。兔子不吃窝边草！说罢，爷叔转身走了。走了几步，再回头看，根海也正看他，晓得他听明白了，再一转身，走了。

根海往鞋跟上砸钉子，一连气砸歪了两根，第三次砸肿了手指头。爷叔的话向他敲了记警钟，根海意识到这段时间是太不检点了。根娣有股子疯劲，做起事来不顾头尾，他本该直辖住她，可却跟着她一起上火。如今，弄堂里人就看出了端倪，根海不由得感到了惭愧。下一日，根娣再到皮匠摊来，根海说话行动便收敛许多。根娣不晓得其中的奥妙，加倍地撩拨，根海只是不接茬。那边，麻将桌上，爷叔则投来会意的目光。有几回，根海与爷叔目光相遇，根海的锤子就又砸在了手指头上，心中一股怒火突然间勃勃然升起。事情就是这样，根海不能与小弟为敌，却可与爷叔做对头。爷叔越是警告他，他越是不理会。他掉转头要搭根娣的腔，可是根娣早已不高兴了，刷地立起来，噔噔地走了。爷叔做了一个释然的表情，也让根海看进眼里，更加火大。这一天，都是在郁闷中度过。根海一向平静的生活打破了，心情相当浮动，那些新鲜的刺激都是以苦闷为代价的，这时的郁闷其实也是这些日子的总和。这日，根海直到天暗得看不清活了，才收工。磨蹭地放好东西，锁好铁皮柜，心里期待着根娣的儿子此时已经回家。正如他所愿，那少年顶着一头新染的麦穗黄头发，坐在他父亲的位置上，享受母亲的服务。今天是小弟出车的日子，夜半才可回家。那孩子照例是看也不看根海一眼，根娣也没看他，他知道根娣在生气。自己走过灶间，进房间取了干净衣服换上，走出来，连通常的道别的话也没有说。

根海走出弄堂。这条弄堂很浅，没有灯，街灯就足够照明。弄内的房子是洋房的格式，有阔大的台阶，拱券的门头，壁炉的烟囱立在屋顶的坡面上。曾经居住着上等人家，可后来却零割成无数居室，搬进无数住户。天井搭出披厦，晒台加盖阁楼，楼体变得臃肿，弄堂也嘈杂了。但是，到了夜晚，弄里的人走干净，那些赘物隐进了黑影地，还是有一股端肃的格调。弄前的马路原先是静谧的，现在，沿街的人家一半以上破墙开店，不外两类，餐饮和服装，所以，往来纷杳，车也比先前多了。根海顺了街走去，胸口十分壅塞。寂寂地走了一段，拐进一条窄巷，两边多是发廊和足浴房，垂着窗帘，灯光透过来，传达出暧昧的声气。根海忽然涌起一股想要放纵一下的欲望，那朦胧的光后面的白胳膊白腿显现在眼前，奇异地交织着，令他又生厌恶又生可怜。可是放纵的欲望是那么强烈，他心跳着，手脚都在颤抖。最后，他走进了一家重庆火锅店，要了一个麻辣锅底。这一个锅底是可供四个人涮的，现在根海一个人守着一口，周围铺满了肥牛，羊肉，猪脑，猪血，他大筷地涮下去，再捞起来，送进嘴里。烫，辣，麻，膏腴的香浓，还有对钱的心疼，激得他热泪盈眶。他简直像一个阔佬，他这个阔佬的钱是怎样来的啊！缝一道绽线五角钱,钻两排气眼一块钱,打一副后掌两块钱,充其量换一双鞋底,五块钱!他的小孩,没有吃过一回汉堡包和肯德基炸鸡。他实是心疼,可就是这心疼让他过瘾,满颐肥香,眼泪流了下来。在激昂的食欲中,他渐渐平静下来。一个人静静地喝着汤,感到一股颓唐的满足。根海摸空口袋里所有的钱,出了店门。

这是在菜市场里面,菜场已经收市,各种店铺却正兴隆着,地摊也摆出来了,挤挤挨挨,人声鼎沸。声音是各路的乡音,人呢,也是各路的人,一律穿着灰暗,举止鲁莽,一看便是乡人。脸色是枯黄的,但在夜市的灯光下,却也展开着笑颜。脏兮兮的小孩子奔跑追逐,受着大人们的斥骂和推搡。店铺里电视机录音机也来助兴,增添许多摇曳的声色。在这些光色的辉映下,店铺里和地摊上的杂货,也生出一种廉价的鲜艳。根海神志恍惚,在地摊间插着脚,终于从这个喧哗的尘世中走出来。接下来的路是在漆黑中行走,那是一片空地,人家已经迁走,房屋也拆除,开发商却断了资金,就搁置下来,变成一个垃圾场。在空地的边缘,远远的,留有一排房屋,应是原先的弄底。窗户里的灯光,微弱地投到空地,转眼又被吞没了。根海痛快地出着汗,出汗的身体在夜晚的空气里是凉爽的。他头脑是清明的,却控制不住身体,走得飞快,想慢也慢不下来,就听见风在耳边呼呼地响。他走入他居住的那一片棚户,从乘凉的人们中间穿行过去,有人喊他,好像从很远处传来。他没有听见,听见了也不回答,直走到门口,忽然一个趔趄,站住了。门口一张竹椅上,坐着根娣。

根娣已经来了很久,坐在邻居给的竹椅上,看谁家接到门外的电视里的连续剧,见根海回来,站了起来,身姿怯怯的。根娣很少有这种表情,看起来让人生怜。楼下卖炒货的河南人还没回来,门关着,楼道很黑,根海摸灯绳摸了半天。黑暗里,听得见根娣的鼻息声,很柔软地掀动着空气。摸到灯绳,拉亮了电灯,两人的影子陡地跳在木扶梯边的墙上。他们一前一后地走在逼仄的木扶梯上,根海又摸钥匙开阁楼的门,推了进去。

根娣打量着这间素净的小屋,她没想到一个男人也那么会收拾,东西归置得十分齐整。床上的草席,草席下垂着的床单,还有枕头,毛巾被,都是干净平整的。地板拖白了,立了一架风扇,靠墙的三屉桌上有电饭煲,电炒锅,电水壶,显然都是旧东西,这里那里留下疤痕,但也擦拭得锃亮。一个淘箩里盛着些毛豆,是根海的晚饭菜,今天他在外面已经吃过了。这就是孤身在外,男人清寂的禁欲的生活。此时,走进了女人的热烘烘的身体。根娣手里提着一茶缸绿豆百合汤,还温热着。根海接过来,浸在脸盆的凉水里,说：这是我的冰箱。根娣说：你还缺一个电视机，显然还牵挂着方才看的连续剧。根海就把窗户打开，说：电视机在这里。窗一打开，对面窗户里的情景扑面而来，电灯光下，又是一桌麻将，几乎看得见他们的牌。静静看了一会，根海将窗户关上，两人自然拥在一起。两个汗津津的身子，彼此听得见心跳。这一回，根海眼前浮起的不是小弟的脸，而是爷叔那张表情有些凶悍的脸。他将根娣推在床边，两人一起倒下去。

就这样，堤坝决口，一泻千里。正是夏收和秋种季节，乡里人忙着地里的营生，没有人上来看根海，根海就是个自由人。小弟做一日歇一日，根娣就一日隔一日地过来。这一片将拆未拆的旧屋，大多是租住的外乡人，流动性极大，彼此都不认识，都是生面孔，所以并没有人注意根娣的造访。根娣总是在根海回住处一小时后来到，此时根海已经吃过饭，擦了身。天还没有全黑，屋里有昏暗的光，然后渐渐沉下去，沉到底。两人一身热汗，身下的草席都溻湿了，风扇的叶片咯啷啷地响，每一转头，就更激烈地咯啷一声，却没有多少凉意，干脆就关了。喘息着，听外面传进来的人声。有时热极了，事毕后开了窗，睡在黑洞洞的床上，看对面窗户里的人。看一会儿，根海蹚过去掩上窗，根娣就穿衣服回家了。楼下河南人已经回来，隔了削薄的板壁，有嗡嗡的说话声。他们不敢开过道的灯，就着阁楼里的一方光亮，蹑着手脚下楼，出得门去。一阵凉风拂来，方才发觉夜的凉爽。不知什么时候，已入秋。歇凉的人大半进了屋。哪面墙脚下，有蟋蟀声。

根娣从崎岖的巷道里走过，两边是低矮的房屋。月亮当头，就好像照耀着一片瓦砾堆。根娣有一阵子迷糊，似乎这地方曾经来过，其实就是她自小生活的地方。不过，却是圮颓的。门窗歪斜，墙壁开裂，地是坑洼的，不小心就要别了脚，窗户里的小姑娘也变成了妇人。热汗让风吹凉了，通体舒泰，根娣一身轻松。她和根海都是肉欲强的男女，再加上有情义，这人生的际遇给了两人莫大的欢喜。两人都是跃然的，眼睛放出光来。因为有了夜晚的肉体的亲昵，白日里倒是恬淡的。饭食里的热情息止下来，回到过去根海带什么，根娣就热什么送什么。不是为掩人耳目，而是有着更大的满足。小弟遭了几回拒绝，不再作奋力的邀请，渐渐也忘了这档子事。爷叔呢，自以为警告生效，也放松了警觉和注意。然而，平淡底下的狂热，白日里想起来，简直能尖叫出声，叫什么？叫哥哥。好哥哥，亲哥哥，热和和的哥哥！乡音里的"哥哥"，把人的肠子都要揉碎了。

在这热火朝天的时候，根海与家乡的联系从未中断过。庄稼收了，又种了；院里栽了一棵杉树，又补了一棵枣树；父母亲略有小恙，又不治而愈；

大孩子开学了，又要放国庆长假——这一个消息让根海惊了一下，长假里，学校组织学生来上海参观东方明珠，可是临时又改变计划，去了南京参观中山陵。于是松下一口气，事情又继续下去。有一日，根海与根娣完事后，开门下楼去。根海手里端着一盆洗涮的水，走在后面，根娣空手走在前面。两人的步态里都带有着欲望满足的慵懒，踢踏着脚，踩得木扶梯空空响。他们这些日子沉湎于极度的快感之中，有些不顾所以了。楼下的河南人开出门来，先看着根娣的背影，继而又看根海，其中一个笑着点了下头，十分会意的样子，这会意里有一种猥亵。根海明白，他们是将根娣当成了那种女人。就是他们有时候带到住处来的那种女人，也就是在那条暧昧的街上，发廊和足浴房的门后面，有着缠绕的石灰色的手臂和腿的女人。

　　就在第二日，根海回到住处，正烧晚饭，河南人来敲他的门，邀他下去喝酒。他们已经很久没有发出这样的邀请，可是现在又来了。根海拒绝了，河南人又邀了一会儿，还用手来拉他的胳膊。根海突然就发火了，将胳膊使劲一抽，劲过大了，几乎将河南人抡倒。根海克制住情绪，努力笑着，解释说，今天累了，他要早睡，改天他请他们喝。河南人悻悻地下楼去了，根海身上微微起着颤，心跳得又轻又快。他一个人吃过晚饭，洗了碗筷，在面前放上一本不知什么书。他好久没有读书了，书上的字令他感到生分。今晚小弟在家，根娣不会来，可屋子里全是根娣的气息，烘热的，柔软的，熟透的，经过了生育非但没有萎缩，而是更加丰饶的气息。夜里，根海和老家的媳妇打了电话，媳妇显然已经睡了，梦中被唤醒，懵懵懂懂的，说话含混，就像一个小孩子。根海要她带小孩子来上海，媳妇说大孩子要上学，根海说请两天假，接着就是双休日。媳妇说，明天要去和学校的先生商量，也不晓得准不准假。根海就说，要快，快来！媳妇这时清醒了，说你急什么，火要上房似的。这一头根海的眼泪下来了，嘎着嗓子说：我想你们了。媳妇从来没听过男人说这样的话，默了一会，说：好的。

　　第二天，根海没去弄口摆摊，许多老主顾来送活，都失望地走了。还有些是来取前日送来的活，也失望地走了，根娣往弄口去了几回，没看到根海的人，心中狐疑，想去他的住处，到底没敢贸然，不晓得他是怎么了。再过一天，根海来了，跟他一起来的，是他的两个女儿。他们都不曾想到，根海的孩子是女儿，而且，是两个粉白粉白的女儿，想来是像她们的母亲。两个小姑娘，被阳光照成透明似的，因为来上海，还因为来看爸爸，身上就穿着新衣服。大孩子已经读书，坐在马扎上读一本英语课本，声音琅琅的，一点不怯场。小的就在弄口跑来跑去地看，什么都觉新鲜。她很大胆地跑到麻将桌边，看爷叔的牌，爷叔用点着的香烟头吓唬她，她一笑，躲开了，过一会，再蹑了手脚过来。爷叔问根海昨天到哪里去了，根海说街道召集他们这些操路边营生的人开会，将他们编进治安联防队，要负起城市保卫的责任。果然，根海的臂上多了一个红袖章，上面写着"联防"两个字。爷叔又说，这两个捣蛋鬼在上海玩多久。根海说，大的要读书，过了双休日，就让一个同乡人带回家，小的和她娘就住一段，家里也没什么事。说话时，根娣一直在边上站着，一声不出，站一会儿，反身走了。

2007 年 11 月 23 日　上海
原载《收获》2008 年第 1 期

授奖辞

　　得中国市井小说真髓之作。市井小说，实为我国小说正宗，街谈巷议，里闾琐闻。明清尤称鼎盛。自"新文学"以来，渐失其踪，城市小说取而代之，而二者无论文化内涵还是叙事精神，实非一物。本篇真正接续了"金瓶"、"三言"传统，字里行间随处可见余韵，而又绝非形似和一味蹈袭。作者立足今日，开掘当下生活的市井性、市井韵致，并给予富于鲜明时代感的呈现。最令人耳目一新的是，在通常目为"现代国际化大都市"典型的上海背景下，别具只眼揭示其十足中国味儿的市井态的生活元素、人性、场景与细节，笔触极其精微。人物刻画，不厌其细。语感与叙事节奏，更是体现着作者一贯的久已成熟的祥和与沉潜。

作者简介：

叶广芩，女，北京市人，满族，1968年到陕西，中国作协会员、西安文联副主席。主要作品有长篇小说《注意熊出没》《采桑子》《全家福》《老县城》《青木川》等，中篇小说《黄连厚朴》《逍遥津》等。长篇纪事《没有日记的罗敷河》获全国少数民族文学"骏马奖"，中篇小说《梦也何曾到谢桥》获第二届"鲁迅文学奖"。

豆汁记

叶广芩

人生在天地间原有俊丑，富与贵贫与贱何必忧愁。
……穷人自有穷人本，有道是我人贫志不贫。

——京剧《豆汁记》金玉奴唱段

一

莫姜被父亲领进家门的时候，我正趴在桌上做作业。

这个细节之所以记忆深刻，是因为刚上小学，我被那些莫名其妙的注音字母"ㄅㄆㄇㄈㄉㄊㄋㄌ"搞得一头雾水，几乎要把书扔上房顶。可能学过注音字母的人都有过这样的经历，一个混沌未开的小孩子，刚上学便接触这些抽象符号，其难度不亚于读天书。这些符号让我对学习的兴致大减，其实那时我已经能读懂《格林童话》，也念过《三字经》《千字文》一类童稚必读，知道了些"父母呼，应勿缓；父母命，行勿懒"的规矩，自认大可不必回头再学这挤眉弄眼的"ㄅㄆㄇㄈ"，就日日盼着教国文的马老师发高烧起不来炕。也许是这个原因，马老师的确老生病，常常上课铃声响过，教室里仍旧嘈杂一片，如吵蛤蟆坑。闹声中进来了张老师、王老师，都是代课老师，她们教得有一搭没一搭，我们便学得十分的糊涂，十分的勉强。老师们有一个共同特点，就是多留作业，以免我们放了学去野逛。于是，我课余的很长时间得跟这些"臭蚂蚁"（我一贯将注音字母称作"臭蚂蚁"）打交道，把人的心情弄得很糟糕。现在，注音字母被汉语拼音替代，小孩子们同样面临着一个思维模式的转变，现在的孩子都聪明，没把它太当回事就过去了。那时候的我却过不了这一关,对那些面目狰狞,跟日本片假名长相相近的符号至今深恶痛绝。

莫姜来的那天下了雪,是入冬的第一场雪,雪不大,下得羞羞怯怯,但是很冷。母亲让看门老张给各屋挂上了棉门帘子,以挡住北京肆虐的西北风,挽留住房内的些许温暖。因为战事,西山的煤运不进来,取暖成了大问题,家里除了父母的卧室和堂屋生了炉子,其余各屋都冷如冰窖。我的手背、耳朵和脚都生了冻疮,手尤其严重,肿得发面馒头一般,还流着黄汤,看着甚是悲惨。那时候,小孩子都生冻疮,没有谁特殊,我特别怕屋里热,一旦暖和过来,手上、脚上的疮就开始痒,痒得无法抓挠,痛苦不堪。

傍晚,饭已经吃过,我举着书本,在母亲的房里艰难地用那些"臭蚂蚁"拼出了一句话:"大风刮破了蜘蛛的网",知道了"臭蚂蚁"们想要表达的意思,正有些愤愤然,父亲进来了,随着父亲进来的是一股冷风和他身后一个已不年轻的妇人。

依着往常我会嚷着"今天带回什么好吃的来啦",扑向父亲。但今天没有,今天父亲的身后有生人。母亲说过,女孩子在外人跟前要表现得含蓄、有教养。我是小学生了,再不是院里院外招猫逗狗的丫丫,在举止上就得收着点儿。我闪在母亲身后,饶有兴致地打量着父亲和这个陌生的妇人,不知父亲给我们又制造了一个怎样的惊奇。

我的父亲是性情中人,他的艺术气质常常让他异想天开地做出惊人之举。比如上了一趟昌平,就从德胜门外羊店弄回三只又老又骚的山羊,养在庭院的海棠树下,以制造"三羊开泰"的吉祥。那些羊都是来自内蒙古的,崇尚自由且无礼教防卫,一只只长着长胡子,挺着坚硬的犄角,老祖宗般在院里又拉又尿,使劲儿地叫唤,还要不停地吃,把家里搞得臭气熏天。无奈,母亲在父亲去苏杭游历之时,让我的三哥将开泰的三羊送进了羊肉床子。羊肉床子是回民开的肉铺,也兼卖牛肉,按习惯,北京人只说羊肉床子而不说牛羊肉铺。羊肉床子都是自己宰羊,有专门的人将张家口的西口大羊赶到北京来卖,羊肉床子挑选其中鲜嫩肥美的,请清真寺的人来羊肉床子宰羊。挑羊选羊须有很专业的眼光,肉质不好直接影响着羊肉床子的生意。北京人对吃羊肉很挑剔,谁上哪家铺子买肉都是一定的,轻易不会更改,肉铺对自己的信誉的保持和对老主顾关系的维系很注重。羊肉床子一般是前店后院,买来了羊阿訇先对着羊念经,然后才能下刀放血,用小尖刀一通分割,羊肉挂在木头架子上,羊心羊肝搁在案子上出售,迅速而有序,有时候羊肉在案子上还冒着热气。羊肉床子的秤砣是铜的,扁扁的,称完羊肉的时候,卖羊肉的爱使劲摔那个小秤砣，响声很大，这可能是所有羊肉床子的习惯。我跟着厨子老王去羊肉床子买肉，一进铺子就提心吊胆，盯着那个小秤砣，时刻提防着那声响动，成了心理负担。所以老王就事先跟卖羊肉的打招呼，劳驾，您别摔秤砣，我们家小格格害怕。

这回羊肉床子贸然进来三只老活羊，人家不收，说这三只羊是没经过念经的，不能吃；这样老的羊肉也没人买，坏了铺子的名声。老三说我们不要钱，白送。人家还是不要。老三丢下羊掉头就跑，卖羊肉的拉着羊在后头追。老三不敢直接回家，跑到北新桥上了有轨电车，卖肉的在下头骂，老三扎在人堆里不敢抬头，回来一肚子气对着我母亲撒。

还有一回父亲游妙峰山，去了一礼拜，赶着两辆大车回来了，车上各装了一棵白皮松，轰轰烈烈地进了胡同。看门老张站在门口望着这列车马目瞪口呆，半晌说不出话来，父亲则称赞这些松树珍贵，造型独特，让人赏心悦目。父亲找人在后院挖坑栽树，一通忙活，花钱不少，给我们家制造了一个"陵园"。母亲不便直说，很策略地提示，醇亲王在海淀妙高峰的墓冢也有很多白皮松，棵棵都无与伦比，价值连城。父亲说七爷是七爷的，他的是他的，我的树长大了也无与伦比，也价值连城……好在我们没有像扔羊一样扔树，那些来自西山的伟大的白皮松还没过夏天就死完了。我们家的后院成了柴火堆，成了耗子、刺猬、黄鼠狼们的游乐场。

更有一回，人们传说清虚观出了大仙爷二仙爷，去顶礼膜拜者无数，据说灵验无比。仙爷们其实是两条小长虫，深秋时节，长虫们要冬藏，不知还能不能活到明年。老道不想养了，父亲将仙爷们请回家来，也不供奉，只说是两条青绿的虫儿很可爱，就当是蝈蝈养着。仙爷们被安置在玻璃罩子里，放在套间南窗台上。没几天，那两条长虫钻得没了影，害得一家大小夜夜不敢睡觉，披着被卧在桌上坐着……谁也不知道它们会从哪儿钻出来。

现在，父亲领回的不是羊，不是树，不是长虫，是一个人。

母亲脸色很平静，她已经习惯了这一切，无论是羊是树是长虫还是人。

父亲身后的女人穿得很单薄，就是一件青夹袄，胳膊肘有两块补丁，挎着个紫花小包袱，冻得微微颤抖，看得出她在克制着哆嗦，努力地使自己显得舒展。灯光下，女人的面部青黄暗淡，脸上从额头到左颊有一道长长的疤痕，这道痕迹使她的脸整个破了相，破了相的脸又做出淡淡的微笑。那不是笑，实在是一种扭曲。这让我想起京剧《豆汁记》里穷秀才莫稽的唱词："大风雪似尖刀单衣穿透，腹内饥身寒冷气短脸抽"，眼前这张脸大概就属于"气短脸抽"的范畴了。

戏里边金玉奴在风雪天为自己捡了个丈夫，在同样恶劣的天气里不知父亲为我们捡回个什么！

父亲将女人引到前边来，告诉母亲女人叫莫姜，是他在颐和园北宫门捡的，父亲特别强调了，他不把莫姜捡回来，莫姜今天就得冻死在北宫门，因为她无家可归了。父亲说得很轻松，就像他在外头捡了块石头，捡了块砖，自然极了。被叫做莫姜的女人头发花白，看上去有五十多岁了，即便脸上没有疤痕，也说不上好看，一双单眼皮的眼睛细细的，薄嘴唇，尖下颏儿，两个耳朵往前扇还透亮，巨大的伤疤使她的脸变得狰狞恐怖，像是东岳庙里的泥塑小鬼儿。出于礼貌，莫姜抬起眼睛，轻轻地叫了声"四太太"，便收回目光再不言语。"四太太"是外人对我母亲的称谓，我父亲排行老四，人们都叫他"四爷"，母亲自然就是四太太了。母亲看莫姜头顶梳着发髻，没有缠裹过的脚上穿着一双烂旧的骆驼鞍儿毛窝说，你是旗人？

莫姜说是。说老家在易县常各庄，祖父是皇帝陵前负责点灯的包衣，祖姓他他拉，莫姜是她的名。母亲问她怎的没了住处，莫姜说原本在北宫门西边的西上村租了间房，今天到期了，房东把房收回去了。问她家里还有谁，莫姜说娘家没人了，婆家男人叫刘成贵，是厨子，前些年死了，她就一个人生活。母亲还想问她脸上的疤，张了张嘴，终没好意思说出来。莫姜窥出母亲的意思，淡淡地说这道疤痕是她已故的男人给她留下的，她男人脾气不好，那天正好在剁饺子馅，两口子拌嘴……其实就划了层皮，划在脸上就长不好了。

该问的都问了，该说的也都说了，经历简单得不能再简单，母亲不再说什么，她没有理由也没有权利拒绝这个突如其来的莫姜，就像她没有理由拒绝那些羊和树。母亲在父亲面前从来是唯唯诺诺，这在于她朝阳门外南营房的低微出身和作为第三房填房的特殊身份。

父亲说晚饭他在老三那儿吃过了，只这个莫姜从中午就没有吃饭，让母亲给做点儿什么。母亲说厨房的火已经熄了，柜橱里还有一碗豆汁稀饭，凑合一下吧。父亲说也好，莫姜却感到很不好意思，但也没有拒绝，看来是饿得狠了。母亲端来了豆汁，就着房内的铁皮炉子热。那时候绝没有微波炉和电磁灶一类，想温点儿汤水什么的极难，母亲不可能为了一碗豆汁在厨房重新生炉子，那是一件太麻烦的事情。自从厨子老王回老家以后，我们家便是母亲下厨。母亲没有山东人老王的手艺，穷门小户的出身注定了她的烹饪范围离不开炸酱面、疙瘩汤、炒白菜、炖萝卜一类的大众吃食。这是我和父亲都不满意的，大家都格外想念回家探亲的厨子老王，盼着他早点儿回来。

母亲端来的豆汁是我晚上吃剩下的。父亲没在家吃饭，母亲便怎么省事怎么来，她在娘家当穷丫头时候爱吃豆汁煮剩饭，就老腌萝卜，我们的晚饭便是豆汁煮剩饭，就老腌萝卜。豆汁饭酸馊难闻，老腌萝卜咸得能把人齁死，我吃了两口，不吃了。母亲却吃得津津有味，拿筷子点着我的碗说，吃得菜根，百事可做，人家古代贤人，一箪食，一瓢饮，在陋巷，贤人都行，你怎就不行，难道你比贤人还贤？

我说我不当咸人，这老腌萝卜，看两眼就能把人咸个跟头，咬一口能给咸人当姥姥，咸人吗，谁爱当谁当吧。母亲没办法，拿来点心匣子，让我从里边挑，我挑了块萨其马，拿了块槽子糕，正要向一块自来红月饼伸手，母亲说，够了！

现在，母亲把剩豆汁拿来给莫姜吃，多少有打发叫花子的意味，我都替母亲不好意思，她怎不把点心匣子给端来呢？莫姜双手接过了那碗温吞的、面目甚不清爽的豆汁，认真地谢过了，背过身静悄悄地吃着，没有一点儿声响。从背影看，她吃得很斯文，绝不像父亲说的"从中午就没有吃饭"。我想起了戏台上《豆汁记》里穷途潦倒的莫稽，一碗豆汁喝得热烈而张扬，吸引了全场观众的眼球。同是落魄之人，同是姓莫的，这个莫姜怎就拿捏得这般沉稳，这般矜持？

喝完豆汁的莫姜坚持要自己把碗送到厨房，一再说自己在堂屋吃饭已经很失礼了，不能再让太太受累。母亲就领着莫姜到厨房，母亲和莫姜一走，父亲就对我说，别告诉你娘，这个莫姜，是北宫门卖花生米的。

北宫门是我熟得不能再熟的地方。

当时老三在颐和园里工作，路远，平时不回家，一礼拜回来拿一趟换洗的衣裳。颐和园内有德和园，德和园东边夹道里有几个相同的小院，老三就住在其中的一个院里。院子挺大，房也高，前廊后厦，睡觉的雕花木炕嵌在北边墙里，这样的房子在有皇上那会儿不知道是给谁住的，现在住了园里的职工。没上学的时候我和父亲常到老三那儿闲住，父亲在园子里画画，我就满园疯跑，不到吃饭时候不回家。颐和园的自由岁月，充盈了我学龄前的大部分生活，里面的犄角旮旯都被我"临幸"过不知多少遍，连园子里的松鼠和水牛儿我都认识。

出了老三的院门往北是个小城门，北边门楣上写着"赤城霞起"，南边是"紫气东来"，我很喜欢这两个词，认真地记了。上学后，教语文的马老师让用"来"造句，我造的就是"紫气东来"，老师瞪了半天眼，让我坐下了。我错了吗？我一点儿没错！回家跟父亲学说，父亲说，丫儿这个句造得好！

老三家斜对面就是大戏台，有时园子里给职工放电影，幕布挂在西太后看戏的颐乐殿前，我们则坐在大戏台上看，整个一个大颠倒。也有时，有业余的京剧团演出，水平极差，服装也是瞎凑合，演出场所却很辉煌，就是"龙会八凤"的大戏台，那些演员唱着唱着唱错了，竟然能回去重新出场，也没人叫倒好，哄然一笑罢了。都是自己职工，抬头不见低头见的，有时上头演的和下头看的还要说话。有回他们演《豆汁记》，排演了大半年，还借了一个外头的金玉奴。待那金玉奴一上场，竟让人大失所望，银盘大脸，高颧骨，大龇牙，屁股大得像碾盘，穿个小短袄，走路像狗熊耍叉。这副尊容还要招赘英俊小生莫稽当女婿，我真要替那莫稽喊冤了。金玉奴形象不好，但唱得不错，"人生在天地间原有俊丑，富与贵贫与贱何必忧愁"，我觉得这段原板很好听，是呀，只要人好，"狗熊耍叉"又有什么关系呢？演莫稽的小生很出色，把那碗金玉奴施舍的豆汁喝得淋漓尽致，又是舔又是刮，跟真的似的。莫稽唱得也好，主要是嗓子亮，可惜，在戏里头是个坏人，他当了官就看不起金玉奴了。

演莫稽的是我们家老三。

老三单身，不会做饭，我们爷儿三个就在颐和园东南角的职工食堂吃饭。食堂的饭寡淡无味，比我母亲做得还糟糕，颐和园附近也没有好馆子，我们的饭就很成问题。老三每礼拜进城一趟，让我母亲做出一锅炖肉，路过"天福号"酱肉铺，还要买两个酱肘子，一并带回颐和园。

颐和园东门是正门，有御道，有大牌楼，过去是皇上、太后必经之地，肃整严谨，御道旁边没有店铺，皇上倒了几十年还是如此。南边一个小学，北边一个医院，都是颐和园的附带建筑，目前改作别用，还是没有商店。真正想买东西得出北门，即北宫门，那里有几个小杂货铺，卖油盐酱醋，早晨还有些小商小贩，提些鲜藕嫩姜来卖，多是附近村里的农民。值得一提的是北宫门西北角有个卖火烧的老赵，我之所以跟他熟识是因为"天福号"酱肘子得用烧饼来夹，买烧饼的任务向来由我承担，父亲是不干此类事情的。严格说，老赵卖的是火烧而不是烧饼，北京人将烧饼、火烧分得很清楚，烧饼内里有芝麻酱，外表粘着芝麻；火烧是发面，内里只有花椒盐，外头不粘芝麻。火烧个儿大，烧饼个儿小，火烧二分钱一个，烧饼三分钱一个。老赵的火烧做得不地道，里头的面常常还是生的就出炉了。我问老赵怎净弄出些半生的玩意儿，老赵说他自己就是半生的，他的老姓是爱新觉罗，正黄旗，正黄旗来烙火烧，能弄出个半生就不错啦。

还有一个给驴钉掌的，他说他是皇上的三大爷。

"皇上三大爷"送了我许多驴掌，我不知这东西有何用场，"三大爷"说，难得的好肥呀，回去泡水浇花，一棵西番莲能长得比北宫门的松树还高，花开得像石舫火轮船的轮子那么大。我回来找了个罐子泡驴掌，一日三遍地看，满屋腥臭。老三说可惜了那罐子，罐子是康熙青花。

我对北宫门的印象只有这些，并不记得有卖花生仁的女人。

父亲说莫姜的花生仁儿炒得好吃，脆香入味，咸甜适口，是泡过之后烤的，非一般拿盐土炒出的花生仁儿能比。父亲向来对炒花生仁儿情有独钟，我知道文人们都是喜欢吃花生仁儿的，大文人金圣叹，在含冤问斩前以花生米拌臭豆腐干就酒，为自己饯行。没吃几口，时辰已到，官方让他写遗书，金圣叹一挥而就，然后慷慨赴刑场。他儿子将遗物领回，打开遗书，发现遗书上写着"臭豆干臭，花生米香，香臭兼备，滋味胜似火腿强"。父亲的学问无法与"六才子书"的金圣叹相比，但对花生米的喜好上却如出一辙。大概是因了我的离开，父亲不得不亲自跑北宫门，跟那些推车卖浆者流打交道。处在饮食单调中的父亲，自然对花生仁儿产生兴趣，花生仁儿适了父亲的口，就把卖花生仁儿的带家来了。

这就是我的父亲。

好在没把"正黄旗"和"皇上的三大爷"弄回来。

喝完豆汁就该安排住的地方了，我想莫姜一定是住在过去女仆刘妈的小屋，谁知母亲却把她安置在我的房里。我不愿意和生人睡觉，跟母亲提出，母亲理也没理。其实我们家的房子很多，三进的四合院，几个哥哥们都先后离开了家，大部分房都空着，母亲非要把卖花生仁儿的安插在我的睡榻旁边，不知安的什么心。老北京，谁住哪儿都是有规矩的，我们家太太（祖母）活着的时候住在北屋正房，父亲是儿子，儿子就得住在西屋，随时伺候着，随时请安，后头北屋空着也不能住。太太去世，父亲住正屋，哥哥们出去了我就住西屋，不能乱住。从里往外说，二门是垂花门，垂花门外南边是一溜倒座南房，是客人住的，有时候仆人们来了亲戚，也在南屋接待。大街门以内西南角是茅房，用月亮门隔成一个小院，与东南角的月亮门厨房小院相对。过去东南角厨房小院是厨子老王住的，西南角小院是女仆刘妈住的。茅房在院子里位于"煞位"，用屎尿压着，以恶制恶。与茅房相对的厨房，应着东厨司命的说法，将灶安在东南角，灶院有小门和正院东屋廊下相连，东屋是餐厅，是一家人吃饭的地方。母亲没让莫姜住刘妈的旧屋说明她就没认可这个女人，没有给她任何身份，心内对她还存有疑虑和防范。

我极不情愿地把莫姜领进屋，母亲夹着刘妈用过的一套被褥跟进来，扔在外屋的小木床上，对我也是对莫姜说，就这么的了！

我的嘴撅得老高。

这是我母亲的精明之处，小家出身有小家出身的心计。

二

老北京家家都睡炕，炕下头有炕洞，冬天生个带轱辘的小铁炉子，傍晚时推进炕洞里，炕便一宿都是热乎的。在寒冷的北方，这不失为一种简便实惠的取暖办法。老百姓一般不睡凉炕，怕坐下病，有俗话说，"傻小子睡凉炕，全凭火力壮"，指的是生熟不论的生猛，不是凡人。

那晚，我睡在热炕上，莫姜睡在小床上，我翻来覆去地睡不着，一来是从没有和陌生人这样睡过，二来是跟一个脸上有刀痕的人同睡，就好像和鬼睡在一起。《豆汁记》里，当了官的莫稽，以娶叫花子的女儿为耻，上任的时候以赏月为由，把金玉奴推江里去了。这个北宫门捡来的莫姜，谁又能保证她是好人？我心里埋怨母亲的粗心大意，埋怨母亲太不把我当回事，就在炕上弄出很大声响，暗示对方我并没有睡着，时刻在警惕着呢。小床上，静得如同没有人，借着窗外的雪光，我见莫姜侧身躺着，如一张弯弯的弓，一动也不动。在这滴水成冰的天气，她那一床薄薄的棉被，抵得住吗？她睡着了没有？她不可能睡着，没睡着怎么不动弹？她在想什么？

满心的思虑，满心的恐怖，我终熬不过没有声息的莫姜，在焦躁中沉沉睡去。

早晨醒来是满天的大太阳，伸了个懒腰，洒满阳光的窗户纸上有树影在摇曳，掀开窗帘，玻璃上满是冻的"大白菜叶"，外头什么也看不见。赶紧折回被窝，把头正要往被窝里缩，母亲的凉手伸进来了，在我的肚子上揪来揪去，把我弄得睡意全无。猛然想起房内还有一个莫姜，就朝外屋床上看，母亲说那娘儿们正在厨房做早点，天没亮就起来把火早笼着了。

生炉子，老北京叫"笼火"，是居家过日子一件寻常又麻烦的事情。笼火需用劈柴、刨花将乏煤点燃，再装硬煤，冒半天大烟，旧时的北京一到早晨满城是煤烟味儿。"笼火"是技术性很强的活儿，硬煤搁早了搁晚了火都要灭，前功尽弃，满脸煤灰是太常有的事。跟我憷头"ㄅㄆㄇㄈ"一样，我母亲也很憷头早晨的笼火，我刚一睁开眼睛她就把这个告诉我，足见她内心的满意。我说，那个女的睡觉一动不动。

母亲说，你以为谁睡觉都跟你一样，在炕上尥蹶儿。

不知卖花生仁儿的能做出怎样的早点，以她的出身手艺不会比母亲更精彩。老王就是老王，厨子就是厨子，人家是"萃华楼"出来的，那些京酱肉丝、烧明虾的美味鲁菜是无人可以替代的。

我来到堂屋，看见父亲正坐在八仙桌前喝粥，小米粥熬得黏稠腻糊，小酱萝卜切得周正讲究，一碟清爽的暴腌脆白菜，两个煎得恰到好处的鸡子儿，简单普通的早点看着就很赏心悦目。让我感兴趣的是桌上几个刚出锅的"螺蛳转儿"，"螺蛳转儿"是一种火烧，在面剂儿的做法上复杂一点儿，需一层层把油盐卷了，横切，盘紧，压扁，先烙后烘，中间微微隆起，才算地道。桌上的"螺蛳转儿"烙得的确好，小巧玲珑，精致可爱，比我们平时吃的小了一半，小点心一样，看着焦黄，闻着喷香。

这些都是莫姜所为。

父亲吃得很滋润，满面红光，告诉母亲，老王回来之前就让莫姜在厨房干活。

莫姜就成了我们家的临时厨子。

回山东的老王再没回来，听说他家里分了田地，他愿意在家当农民，不愿意再出来做饭，活活把手艺给扔了，我们都替他可惜。老王不回来，看门老张也走了，回唐山当他的"老塔儿"去了，莫姜无处可去，就留下来。莫姜既非亲戚，也不是名正言顺的仆人，我们无法称呼她，就一直莫姜、莫姜地叫，叫顺了，也不觉得什么了。

莫姜不善言语，一天也说不上几句话，父亲让她"在厨房干"，她就总在厨房呆着，院里屋内根本看不到她的影子，好像我们家里就没有这个人，不像前一个女仆刘妈，什么都张罗，大黄蜂似的满院飞，替母亲当了半个家。莫姜说话不紧不慢的，让你听得真切又从无高声，在父母亲跟前说完话都是向后退两步再转身，不像我，动辄便掉过大屁股对人。莫姜走路快而轻，低着头目不斜视，无论高兴与否嘴角永远微微向上挑着。父亲说这叫"喜性"，是做人的一种很重要的功夫，无论内心想什么，外表永远是雷打不动的愉快，这种做派非一日之功，像我那样动辄撇嘴吊脸，是最没水平的表现。我在莫姜的脸上看不出什么"喜性"，一张疤痕累累的脸，倘若再"喜性"，只能是丑八怪。

母亲说我说得对。

毕竟和莫姜在一个屋里住着，我们之间的距离在慢慢儿缩短。晚上，我会以"写作业""背书"各种名义晚睡，等着莫姜。当然不会白等，莫姜进屋见我没睡，先是淡淡一笑，然后打开手里的白手巾，手巾里包着核桃蘸、红枣蜂糕、酪干什么的，每天不重样。在吃面前，我是个意志薄弱的人，深谙有奶便是娘的道理，谁给我好吃的，我就跟谁好，在某种程度上，我觉着莫姜比我母亲更让我亲近。

在我嘎嘣嘎嘣嚼酪干的时候，莫姜就准备她的床铺。莫姜睡觉前衣裳必叠齐整了搁在椅子上，一双鞋也摆齐了放在床沿下，躺下睡觉不翻身，不打呼噜，不咬牙放屁说梦话，静得像只兔。莫姜跟我说话从来都是"您""您"的，好像她从来不会用"你"，说到我的父母亲，她用的词是"怹"。"怹"是"他"的尊称，现在的北京人已经没有谁会用这个词了，这个词大概快从字典上消失了，有点儿遗憾。

父亲每月给莫姜五块钱，意味着不是白使唤人家。莫姜开始不要，说在我们家白吃白住，哪能还拿钱。父亲让莫姜把钱攒起来，说将来说不定用得着，莫姜诚惶诚恐地接了，然后请双安，以示谢意。莫姜将那些钱拿回来用手绢包了，也从不见她检点，她对钱物似乎看得不太重。

莫姜的全部家当就是她的紫花小包袱，就搁在枕头旁边，也不避讳我，包袱里除了几件换洗衣裳还有一个袜子板。我问莫姜怎还带着这个东西，莫姜说是她离开家时她额娘给她的。她额娘说袜子穿在脚上，虽不显山露水却是件很重要的穿着，女人最丢人的是袜子破了露脚后跟，无论是自己做的布袜子，还是洋线袜子，跑路一多就要破，补袜子用的家什得随时预备着。莫姜的话有道理，我的袜子一礼拜就破，在学校一提脚，不光是脚后跟，连后脚脖子都露出来了，有时候挺让人尴尬。莫姜的袜子板有年头了，木头色泽已变得深红发暗，光溜溜的，我很喜爱。莫姜也没说送给我，只告诉我，有她在，我的袜子永远不会露脚后跟。

莫姜的包袱里还有一个不让我碰的东西，一根梳头用的翠绿扁方。这种东西我们家有好几根，都是父亲的第一个妻子留下的，我那个没见过面的母亲是旗人，姓瓜尔佳，娘家是内务府的，平日是旗装打扮，梳两把头，穿花盆底鞋，家里有她的相片，很有派头的一个妇人。扁方是插在头发和缎子板之间的簪子，一指宽，长七八寸，两头是圆的，扁而光滑。瓜尔佳母亲留下的扁方有木头的、骨头的和银的，还有一根赤金的，被父亲收着，说是等我出门子的时候给我压箱底。莫姜的扁方着实与众不同，晶莹剔透，温润可爱。她不让我碰，只能她拿着让我摸，说是万一掉地上就碎了。我摸着那扁方，心里满是贪婪和嫉妒，故意挑剔说扁方上有几处黑点。莫姜收了扁方说那是翡翠上的瑕疵，我说有瑕疵的就不是好东西。莫姜说大羹必有淡味，至宝必有瑕秽，大简必有不好，良工必有不巧；物件和人一样，人尚无完人，更何况是物。

我当时年纪小,对莫姜的话似懂非懂,一向崇尚完美主义的我,到今天才理解"大羹必有淡味"的含义,毕竟还不算晚。后来莫姜离开我们家时,把那个暗红的袜子板给了我,我却一次也没用过。时代变了,尼龙袜子风靡全球,这种袜子是永远不会磨破,永远用不着袜子板的。今天,人们又追求棉线袜子了,今天的线袜子没等穿破就扔了,再没有露脚后跟之羞,总想用用莫姜的袜子板,总也用不上。有个朋友叫雅君,前年在筹建妇女博物馆,连哄带要,用一张捐赠证书换走了我的袜子板,拿去当了展品,展品的说明是"补袜子用具",却不知它背后的故事更精彩。

父亲老是夸莫姜,夸的前提必定拿我当陪衬,一定是先说我哪儿哪儿做得不对了,然后是:看看人家莫姜……怎么怎么的……多规矩!

莫姜的性情静得像水,手却老不闲着,总是在做着与饮食有关的事情。在漫长的冬日,我与莫姜围炉而坐,我们凑在一起是因了火炉的温暖,因了屋里难得的一会儿太阳。我在折腾那永远搞不清楚的数学,莫姜不知在鼓捣什么,待我疲倦地放下书的时候,炉圈上则站满了洁白如雪的兔子、刺猬、鸭子、乌龟……都是莫姜捏的小点心,精巧美丽,里面的馅是豆沙和枣泥。我忘乎所以地将那些兔子、刺猬一口一个地往嘴里填,那时候还不懂得欣赏也不知道赞美,只是一味地吃,真是糟蹋了莫姜的功夫,愧对了那些艺术品。莫姜坐在对面,抬起她轻易不抬起的头,微笑地看着猛如饕餮的我,看得出我这毫不遮掩的性情让她高兴。

莫姜做饭的手艺是化腐朽为神奇,极普通的东西到了她手里就会变得绝妙无比。比如我们家后院那些堆积如山的松树枝子,一度成为累赘,偌大后院简直被搞得下不去脚。莫姜闲下来的工作是烧松树枝,正如她的性情,不是烈焰蒸腾地猛烧,是只冒烟不出火地慢燃,松树枝上架铁箅子,箅子上摆着她灌制的肉肠。跟街上卖的香肠不同,莫姜灌的肠是在锅里煮熟以后才上箅子熏的,并且只能用松枝熏才有味。一批肠要熏制十天,也不用管它们,肠在烟中,顺其自然。这种自制松肠成了我们家的传统食品,父亲拿它来待客,送人。都知道叶家的松肠好吃,慕名而来的大有人在,可是谁也做不出,因为哪家也没有那么多的白皮松枝子能长期点燃。莫姜的松肠走得很远,甚至出了国门到了英国和日本。几年光阴,两棵白皮松的枝杈生生被肉肠耗完了。

叶家主要受惠的是我,因了我跟父亲一样的馋,因了我好刨根问底的秉性,使我成为了莫姜身后的一条尾巴。我喜欢钻厨房,从老王在的时候我就是那里的常客。母亲说我是厨子托生的，对这点我深信不疑，我喜欢厨房的味道和气氛，呆在那种氛围中有一种安全感。我们家厨房的灶是用砖砌的，有两个火眼，可以同时蒸炒煎炸，灶膛内还砌有汤罐，以保证随时有热水，这都是老王留下来的。莫姜对我们家的炉灶相当满意，她说做饭全凭火，火跟不上，再好的厨子也得抓瞎。

莫姜在我们家呆了近二十年。二十年，我从一个懵懂的小玩闹到一个能撑起家门、嫁不出去的老姑娘，真跟她学了不少，醋焖肉、樱桃肉、核桃酪、鸽肉包、奶酥饽饽、炸三角。自信已深得真传，要不是后来历史的变故，我相信我能当一个不错的厨子。就是今天，已近暮年的我，仍旧是我们家节假日的大厨。饭桌上，吃着吃着我就想起了莫姜，想起了那个女人传奇的一生，常常地走神。也有朋友买了材料，提着上门来，言明要学某某菜，倾心地教了，她们的味道总差着一层，作料工艺都对，缺的是莫姜那不温不火的心劲儿。

莫姜做得最多的是醋焖肉。有用啤酒烧肉的，谁也没想过还有用醋烧肉的，并且还必须是江南香醋。醋一次用半斤，真正的"醋焖"，而绝非点到为止的点缀。醋焖肉不是酸的，是地道的咸甜口，吃到嘴里烂而不柴，爽而不腻，恰到好处。相比之下樱桃肉的做法就简单多了，樱桃肉是把肉切成小丁，加上作料，与鲜樱桃一起装在罐里煨，头天晚上搁炉子上，第二天中午才能吃。这十几个钟头的煨，将樱桃的色味与肉融合在一起，食之如天上珍馐。

莫姜做的吃食，基本是满族口味，我最爱吃她做的鸽肉包。鸽肉包满族又将它称作"包"，是一种游牧民族的饭食，并非汉族的肉包子。莫姜会做，父亲会讲，谈到"包"的出处，父亲说"包"具有纪念意义，明朝万历四十六年七月五日，老汗王努尔哈赤领兵打仗，走到一个叫清河的地方，一点儿吃的也没有了，清河的农民给努尔哈赤送来了几只鸽子、一些白菜，汗王把鸽子烤熟了，和着米饭用菜叶包着吃了。有人问这叫什么，努尔哈赤说叫"包"。打了胜仗，"包"也成了满族的传统吃食。

可是粗犷的"包"到了莫姜手里立刻变了模样，非是平常旗人家所做的白菜叶子包酱拌饭。莫姜的包非常讲究，得选上好的白菜心，要小要圆，只能包一把饭。再把小鸽子肉剔出来，切成丁和香菇炸酱，拌老粳米饭，点上香油，撒上蒜末，用拍过的白菜叶子包了，捧在手里吃，吃的时候包不离嘴，嘴不离包……只吃包不行，还要配上好的粥，冬天是羊肉粥，初春是江米白粥。

"口之于味也，有同嗜焉"。有了莫姜，一度父亲曾频繁地大请客，饭桌之上，宾客云集，一通大嚼，肴核既尽，杯盘狼藉。最让客人们开眼的是莫姜做的"熟鱼活吃"，一条糖醋大鱼端上桌的时候，鱼的嘴还在张合，浑身还在动弹。宾客都说这是绝活，一定要见见厨师，父亲让我到厨房去叫莫姜，莫姜不来，客人们憋不住，都跑到厨房来看莫姜。一位太太好奇地询问鱼的做法，大概也想回去如法炮制。莫姜说取活鱼，快刮鳞，开膛去脏，挂糊，垫着揩布捏住鱼头，将鱼身放入急火油锅中炸，再用糖醋汁一浇而成。我料定这位太太做不成功，因为莫姜没告诉她在鱼活着的时候要灌白酒，有了白酒的刺激鱼才能张嘴活动，神经才处于麻痹状态。当然，每个厨师在技术上都有自己的秘诀，不是有什么说什么的。

这样精彩的厨师母亲似乎并没看上眼，在我的感觉里，自始至终母亲和莫姜总是隔着一层，这种隔膜一直延续到她的离世，也没有更进一步地走近。在莫姜跟前，母亲时刻要体现出一种"救世主"的优越，在她的心里永远记忆着她从厨房端来的那碗豆汁，记忆着莫姜跟随父亲初到我们家穷途末路的落魄。她不止一次对莫姜说，莫姜啊，你说你是怎么混的，穷途潦倒，我不留下你，你就得流落街头，冻饿而死呀。

言下之意是提示莫姜要时刻感恩戴德，可莫姜偏偏地不会说传递感情的话，她只是低着眼皮说，是的，四太太。

母亲就不满意，私下说莫姜薄唇细眼，骨瘦肩削，一副贫穷之相，特别是脸上的疤，让她这辈子彻底完了，别再作富贵安泰之想。父亲则说，人不可貌相，海水不可斗量，疤痕是浮在的东西，疤痕之下，莫姜相貌平静像寒玉，神色清朗如秋水，那气质不是谁都有的。父亲这样在母亲面前称赞莫姜，倒让母亲说不出什么了。

其时莫姜已不年轻，将近六十岁了。

三

对于莫姜，我一直如雾里观花，看不透彻。问过她的手艺从何而来，莫姜说是跟男人学的。我说，就是那个砍你一刀的男人？

莫姜说刘成贵脾气坏但是手艺好，从十五岁就给王玉山打下手。我问王玉山是谁，莫姜说，您真不知道王玉山？

我说，我怎会知道王玉山，你知道教我"ㄅㄆㄇㄈ"的马玉琴吗？

莫姜摇摇头。我说，这就叫隔行如隔山。

莫姜说王玉山是西太后的大厨，擅长烹炒，老佛爷封他为"抓炒王"。抓炒腰花、抓炒大虾、抓炒鱼片都是拿手，王玉山做的抓炒里脊成为西太后的最爱。因为这道菜太普通，谁都能做，越是谁都能做的菜越能显出水平，王玉山能把普通菜做得不普通，这就不简单了。所以西太后走哪儿都带着他，就是庚子事变到西安，也没把他落下。我说，你那个浑蛋男人原来还是御膳房的。

莫姜说她的手艺跟刘成贵比差远了，刘成贵要是在我们家，能做出满汉全席来。我说，动辄拿菜刀砍人，谁敢用？你也是太窝囊，刘成贵要敢跟我动刀，我就抡烧火棍，演一出《杨排风》也未可知。

有事没事，我就跟莫姜提她的"浑蛋男人"，从莫姜嘴里我知道了，刘成贵是宫里的厨子，是"抓炒王"的徒弟。慈禧有自己的小厨房，叫寿膳房，在宁寿宫，沿袭的是顺治母亲孝庄太皇太后的寿膳房，以菜肴精细而著称。慈禧在南海丰泽园宝光门的北面和颐和园乐寿堂的东面都有自己的厨房，有厨师三百多人。光绪的御膳房在养心殿，他的御膳房按历制配备，用现在话说就是"大灶"，缺少细腻。光绪的皇后住在钟粹宫，也有自己的小厨房，是慈安太后留下的。刘成贵在颐和园寿膳房当差，在北宫门外租房子住，平时不进紫禁城。慈禧死后，寿膳房的厨师们大部出宫去了，刘成贵出宫后在北京东兴楼当厨子。东兴楼是北京的大饭庄，坐落在东华门外头，是专门接待军阀政客的地方，一般老百姓在那儿吃不起。创办它的人是宫里管书籍的，人叫"书刘"，很有背景。东兴楼的厨子分四等，"头火""二火""三火""四火"，"四火"必有十几年经验，还只有做汤菜的资格。那年刘成贵十九岁，别人这个年纪还在当"小力巴"的时候，他已经在东兴楼掌勺当灶了。宣统成年后，曾一度为养心殿御膳房的饭食粗劣而生气，将掌案叫来严加训斥。掌案详细禀报了慈禧小厨房的事情，宣统就把慈禧小厨房的人又叫回去在御膳房干。这样，刘成贵代替他的师傅"抓炒王"再一次进了紫禁城。

莫姜说她男人的坏脾气是出了名的，跟谁都闹不到一块儿去，要不是因了手艺好，早就被开了，所以他的周围一个知己的朋友都没有。清朝垮台，溥仪出了紫禁城，她男人自然也出了御膳房。我问莫姜是什么时候嫁给刘成贵的，莫姜说就是在他出宫的时候。开始也不知道刘成贵一身毛病，结了婚第三天，有人来家里拉桌椅板凳，才知道这些东西都是借的。刘成贵的好手艺挡不住他挣钱，但是好赌，钱在他手里就跟流水似的。输的时候，连家里的被卧褥子都让人揭了去，赢了就到花枝胡同找老相好去厮混。莫姜说那个常跟刘成贵来往的娼妓叫卫玉凤，穿着高跟鞋，涂着红蔻丹，烫着飞机头，露着大腿，很摩登，刘成贵在宫里当厨子时跟她就有来往了。我说，这也犯不着拿刀砍你呀，难道就一点儿情分也没有了吗？

莫姜说还是怪她，她性情太冷，相貌平常，没本事拢住男人，更何况她比她男人大，大八岁。我问莫姜这婚姻是怎么整的，怎找了个小女婿。莫姜低着头说，不说了罢……

刘成贵落魄无羁，不事生业，家计为之一空。砍人还不是最糟糕的，最糟糕的是他把莫姜给赌进去了，莫姜成了筹码，被输给了一个叫陆六的小混混。陆六来北宫门领人，一见莫姜，吓得掉头就跑，一来莫姜脸上的刀伤让陆六摸不着底细，二来莫姜的年纪也出乎陆六的想象。他不想找个妈，找个累赘。典当妻子，实属下流无耻，刘成贵无脸面回北宫门，从此销声匿迹，再不见踪影。有传说是成了"倒卧"，"倒卧"就是冻死在街头的人，赌徒刘成贵死在街上，一点儿也不稀奇。

我替莫姜庆幸，那个又赌又嫖的凶残男人，如若活着，还不知会给她带来怎样的灾难，还要增添什么样的伤痕。脸面是女人最重要的部分，一个女人的脸面被他人破坏了，那将是她人生的最大不幸，再无幸福可言。特别是我看到母亲在对着镜子描眉搽粉的时候，我往往为莫姜而悲哀。没有那个刘成贵，莫姜何以如今日这般寄人篱下，小心翼翼，谦谦为人？那个死鬼厨子，冻死在街头真真是活该极了！

莫姜说，个人有个人的命，不能强求，眼下这样，她很知足了。

我没有把莫姜的这些隐情告诉别人。我知道，谁都有自己不想让人知道的秘密，比如我，期末数学考试得了9分，我偷偷把成绩单改了，在9旁边又加了个9，这样的事情当然只有我自己知道，我是连莫姜也不会告诉的。做人得学会"守口如瓶"不是？还有，我喜欢我们班的男生刘大可。刘大可不喜欢我，我就让莫姜做了奶酥六品给他，并且说是我做的，以提高我的身价。奶酥六品让刘大可惊奇，小子哪儿见过这个，他爸爸是电车卖票的，每到一站都得下车，最后一个再挤上去，跟奶酥六品差得还远。得了奶酥的好处，刘大可带我去坐他爸爸的电车。坐电车是次要的，主要的是能单独跟刘大可在一起，从北新桥到东四坐了三站，把我激动得浑身哆嗦。这些我照实跟莫姜说了，不说我憋得慌，莫姜对此不置可否，说以后要吃什么点心尽管说，奶酥六品以外她还会做什锦点心、马蹄烧饼、豌豆黄、芸豆卷……

莫姜没把我送奶酥六品的事告诉家里大人，当然，她的事情我也不会到处张扬，彼此心照不宣罢了。

长期与莫姜相处，相入相化而不觉，竟也不觉得她怎么丑了。有时甚至还暗自庆幸她有这个疤，有了疤她才能留在我们家，要不，她指不定到哪儿去了，轮不到父亲把她捡回来。

那是一个炎热的夏日，母亲和父亲去听戏了，戏名是《鸿鸾禧》，没带我去，是因为改分的事情败露，老师找家长了。《鸿鸾禧》就是《豆汁记》，是荀慧生演的。荀慧生是京剧四大名旦之一，不能去看损失实在是大，心里就很不痛快。坐在廊下，托着腮，看着移动的日影，百无聊赖地发呆。莫姜给我端来一碗酸梅汤，对我说，女孩儿家家的，不能托腮。我问怎的不能托腮，莫姜说就是不能托。莫姜这样地"教训"我，都是在母亲不在的时候，当着我的母亲，她绝不会说我的任何不是，背过母亲，她会些许露出一点儿对我的亲近，但也是极有分寸。莫姜的酸梅汤在冰桶里冰过了，泛着桂花的香味，喝一口，全身通泰，美！

乌梅是我从西口"达仁堂"药铺买来的，桂花酱是院里桂花腌制的，两样东西混到一起竟然达到了如此美妙的效果。炎炎的盛夏，冰凉的酸梅汤，沉沉的四合院，干净利落的老太太莫姜，成了我永难失却的记忆。我给莫姜讲述父母去看的《豆汁记》，莫姜说她看过，是筱翠花演的金玉奴，筱翠花扮相很美，踩着跷，婀娜多姿的。我问莫姜在哪儿看的筱翠花，莫姜闭了嘴，再不回应。

莫姜进厨房了，我在院里扭扭捏捏地学唱金玉奴，"人生在天地间原有俊丑，富与贵贫与贱何必忧愁"，我觉着自己唱得不错，身段也好，将来如果不做厨子就去当戏子，这两个职业都是我的至爱。

二门里晃晃悠悠进来个老头儿，衣衫褴褛，落魄不堪，老头儿后头跟着个半大小子，趿拉着张开嘴的鞋，穿着大裤衩子，两人一样的脏臭，一样的龌龊。我问他们找谁，老头儿说找姓谭的。我说这儿没姓谭的，他说他打听半个多月了，就是这儿。小子接茬儿说，没错，就是这儿！

莫姜听到院里的说话声，破例从厨房走出来，站在东廊下，定定地看着来人，老头儿也一动不动地看着莫姜，站了半天，谁也没说话。突然，莫姜哇的一声哭了，蹲在地上用手捂着脸。老头儿有些慌乱，一双污脏的手使劲儿地抓捏裤子，木讷地说，我对不住你……莫姜。

莫姜说，你还活着？还活着……

我问老头儿是谁，老头儿说他是刘成贵。我说，你不是死了吗？

刘成贵说，我活着跟死也差不多了。

我说，你把莫姜卖了，莫姜现在跟你一点儿关系都没有，还来找她干什么？

刘成贵说，我错了……

莫姜脸色白得像纸。我问莫姜，这老头儿果真是刘成贵？莫姜点点头。"死去"的人又复活了，这事变得有点儿复杂，我一时不知怎么办才好。刘成贵气力有些不支，挪了几步坐在台阶上，看见我那碗没喝完的酸梅汤，问我他能不能喝，我没言语。他许是渴得狠了，还是端起来喝了，喝完说，乌梅是药铺买的，一股党参黄芪味儿，桂花不能用蜜渍，得用绵白糖。

不愧是大厨。

半天，莫姜缓过劲儿来了，问刘成贵有什么打算。刘成贵说他现在这副模样还能有什么打算，兜里没钱，身上有病，除了莫姜，他再没别的亲人了。莫姜说，回来也好，咱们好好过日子，有我一口就有你一口。

我说，莫姜，你可想好了，他是只狼！

莫姜含着眼泪对我说，您说我能怎么着呢，摊上这么一个男人。

刘成贵说，我们是敬懿太妃指的婚，名正言顺的。

我说，呸，去你的太妃吧，坑人不浅！

我们说话的时候，那个半大小子就在院里转，看着敞亮的北屋说，爸，咱们今天就住这儿吧？

莫姜说这里是住不得的，这儿是叶四爷府上，四爷和太太马上就回来了，有话到外面去说。小子不听，索性在父亲的躺椅上躺了下来，摇来摇去，把椅子弄得嘎吱嘎吱响。小子对莫姜说，你住哪儿我爸就住哪儿，我爸住哪儿，我就住哪儿。

我问这个无耻的小子是谁，小子说他是刘成贵的儿子，按规矩，他应该管莫姜叫娘。莫姜有些手足无措，刘成贵解释说小子叫刘来福，他娘姓卫，死了。

嘀，妓女卫玉凤的后代。

我不知这出戏该怎么往下演。

太阳西沉，是散下午戏的时候了，父母亲马上就要回来了。莫姜脸憋得通红，转了几个圈说做下人的，不能给主家儿添乱，只要出去，怎么着都好说。小子大大咧咧地说，我们要吃的住的，穿的戴的，使的用的……又补充说，住的不能窄憋，穿的不能寒碜，吃的不能凑合。

我看出来了，这小子年纪不大，是个混混儿，无赖。我说，你真不要脸！

小子现在成了主角，眉毛一挑说，这是我们家自己的事。

刘成贵说，现在能有碗荷叶粥喝最好，就八珍鸭舌，解饥又下火。

一切好像倒过来了，好像是莫姜亏了他们，欠了他们，让他们受苦受难了，在他们面前，莫姜得赎罪。

好不容易，莫姜带着刘成贵走了。父母的晚饭是我给做的，初试牛刀，小露锋芒，印证了我的模仿能力和动手能力，海米冬瓜汤，肉片焖扁豆，胡桃鸡丁，都是夏日的家常饭菜，都是临时急就而成，不需慢功烹制的。父母到家时，饭菜已经摆到桌上了。

父亲在饭桌上大赞荀慧生的《豆汁记》改得好。原来的《豆汁记》是以大团圆结尾，即金玉奴被林大人从江中救起，以义女名分许配莫稽，洞房中一通棒打后，夫妻和好。经荀慧生一改，变成了洞房内一通棒打，将莫稽以忘恩负义、害人性命的罪名撤职查办，以金玉奴"多谢义父为我报仇雪恨，回家去勤操劳做针业，我侍奉爹尊"结束。既善恶有报，又出了气。

我告诉父亲，这顿饭完全出自我的手之后，父亲惊奇地说，丫儿长本事了，已经能够"侍奉爹尊"啦。

母亲问我莫姜在干什么，我说一个叫刘成贵的，带着儿子刘来福找来了。母亲看着父亲说，莫姜说过是无亲无故的……怎么有男人还有儿子？

父亲沉吟了一下说，莫稽没想到金玉奴成了林大人的女儿，金玉奴也没想到自己婚姻一场，临了还得回家去"做针业"……世间出人意料的事情很多很多哪。

母亲说，她来的时候莫稽一样的可怜，是我们一碗豆汁救的，收下了她。这倒好，她站住脚了，家眷也来了，敢情"莫稽"身后有一大家子人。

父亲问我刘成贵怎么打算，我说刘成贵要吃八珍鸭舌喝荷叶粥。父亲一听就乐了，说这个刘成贵是个内行。母亲把碗一推，让父亲赶紧拿主意，父亲的回答只四个字，"顺其自然"。

我知道父亲是舍不得莫姜那精湛的厨艺。

那晚莫姜没有回来，如何应对那一对父子，我替她发愁。

四

莫姜走了，母亲不得不再次下厨，我们家又恢复了炸酱面、熬白菜的岁月。现在，我和父亲想念的再不是厨子老王，而是他他拉·莫姜。我才知道，莫姜姓谭，辛亥革命后，满人多随汉姓，正像我们家"叶赫那拉"，姓了"叶"一样，"他他拉"就姓了"谭"，莫姜应该是谭莫姜。后来实行了户口制度，登记的时候莫姜却又没姓"谭"，还是姓"莫"。

山中无老虎，猴子称大王。没有了莫姜，我便成了大厨，只要学校没有课，我的大半时间全扎在厨房里。之所以心甘情愿地与红盐白米打交道，是源于我与生俱来的对厨艺的偏爱，就像我后来偏爱的文学。做饭和写文章是相通的，在谈论文学创作时我常用做饭来打比喻，写文章好比和面，初写成不过是刚把面和成了一个团儿，面得不停地揉，文章得不停地改，面里的疙瘩揉开了，文章里的硬伤病句改过了，只是完成一半。还不行，面得搁在一边饧，最少得饧俩钟头，文章得搁，最少搁半个月，饧好的面再揉，搁过的文章再改，基本就可以拿出去了。急茬的面（疙瘩汤除外），急就的章（除非天才），一般经不住推敲。火候到了，饭就熟了，人品到了，文就熟了，就这么简单。大家听了笑我，笑我的文学理论就是一个主题——"吃"。

莫姜饭做得好，是莫姜火候把握得好；莫姜是不会写小说，倘若她能写，应该是大家。

依着父亲"顺其自然"的态度，我们尊重莫姜的选择，是去是留全不干预。晚上，看着莫姜空荡荡的小床，看着月影在房内的移动，我难以入睡，不知莫姜在哪里……

一个月后，莫姜回来了，憔悴了许多，却依旧的干净利落。这使我想起了"托身已得所，千载不相违"的古训，莫姜是个知情知义的人。她没有解释刘成贵的"死而复生"，也没有谈论那平地冒出的儿子，只是说给我们添了麻烦，对不住四爷四太太。

父亲给她加了工钱，每月15块，就算是我们正式地雇用她了。

莫姜不再与我同住，她每天回家了。她在王驸马胡同一个杂院里租了两间南房，竟然和那个赌徒加凶手过起了日子。后来我才知道，莫姜是把那个翡翠扁方卖了，用那钱安顿了这爷儿俩。王驸马胡同，离我们家不远，隔着一条街，每天早晨莫姜早早就来了，晚上吃完晚饭，收拾完了才走。我不理解莫姜为什么要接纳刘成贵，也不能想象她和那个浑身馊臭的老头子躺在同一个炕上会是怎样一种情景。谁把我卖了，我会记恨他一辈子，谁砍我一刀，我永世不会原谅他！说得好听莫姜是善良，是宽容；说得不好听就是贱！我没好气地对莫姜说，告诉那个浑蛋啊，不许他上我们家来。

莫姜说，他不来，他在东直门外粉坊帮忙呢。

粉坊是把绿豆做成粉丝的地方，终日蒸汽腾腾，汤水淋淋，粉坊的附带产品就是豆汁和麻豆腐。无论是豆汁还是麻豆腐，都是不能登大雅之堂的粗食，羊尾巴油炒麻豆腐再好吃，不上菜谱。一个皇帝跟前的御厨，沦落到做豆汁的份儿上，也算是"地覆天翻"了。该着！

我说，那个糟老头子，站也站不稳的，还能在粉坊干活儿？

莫姜说，怎么是糟老头子，他比我还小呢，小八岁。

我说，他得靠你养着吧？

莫姜说，过日子，能说谁养活谁呀？

明显地，莫姜已经站在"老浑蛋"的立场上说话了，轻描淡写，息事宁人，以忍为事，苦头吃得还不够。

莫姜说刘成贵"不会来"，刘成贵还是常偷偷摸摸往我们家跑。刘成贵来了，不敢进二门，只是躲在东南角厨房的小院里，怕我看见，知道我最不待见他，常常是打听好了，趁我不在的时候来。比起莫姜来，刘成贵有些老态龙钟，不唯腿脚不利落，手和胳膊还发颤，一代名厨现在连炒勺都掂不起来了，这叫恶有恶报。有时候刘成贵被我在门道撞见，他会惶恐地闪在一边，不敢拿正眼瞧我，嘴里嗫嚅着，我来给她……送点儿东西……

我根本不理他，就像没看见一样地从他跟前走过去。这种无言的鄙视是最好的报复，不是为我，是替莫姜。

再看见他，手里果然提着东西，不是麻豆腐就是豆汁，以证实"送点儿东西"是不虚。

父亲似乎不反感刘成贵，有时候知道刘成贵来了，就把他叫到里院来聊天。刘成贵进里院从不走垂花门，而是由厨房的小门进，顺墙溜，沿着东廊进北屋，进来也不坐，垂手站着，以示卑微。我一见他这副孙子模样就反感，就拿眼瞪他，想他抡菜刀的时候是何等凶恶，何等无情，现在装得跟避猫鼠似的，骗谁呀，狗奴才！

父亲让他坐，他说不敢。父亲说现在解放了，都是人民了，没有了高低贵贱之分，没有那么多礼数了。刘成贵还是不坐，还是站着，说他站惯了。父亲说，你成了《法门寺》里的贾桂，站惯了。

刘成贵说，四爷跟西太后是本家，看在老先主儿的份儿上我也得站。

我说，让他站着，没让他跪下就便宜他了。

父亲惊奇地看着我，不满地说，你什么时候学得这样刻薄，老刘师傅头发都白了，你跟一个老人能这样说话？有工夫我得上你们学校一趟，跟你们的校长谈谈，把学生都教育成这样不行。

我一调大屁股，出去了。

父亲跟刘成贵聊的多是吃饭的事情，扯什么满汉全席134道热菜，48道冷荤的内容，不厌其烦地用纸记了，说是要写文章。那时候父亲刚进政协，对搜集文史资料充满了热情，一礼拜恨不得写八篇文章往上递，说有些东西不写下来就丢了。父亲是光绪十四年生人，被慈禧派出去留学，学成回国，老佛爷驾崩了，到了也没目睹上老佛爷真容。刘成贵是见过慈禧的人，据他给父亲介绍，老佛爷精力充沛，食量惊人，只要肚子稍稍感觉到空，只要是没什么事情好做了，就得吃东西。有一回在颐和园景福阁刚吃完小吃，往谐趣园走，景福阁和谐趣园相隔不远，几步路，还是下坡，老佛爷不要坐辇，说要遛遛食儿。走着走着突然停下来，不知为着什么，要吃鱼羹，厨子就得拿出带着的小灶，当场制作，当场品尝。刘成贵说，老太后实际是死在嘴上，太贪吃，太没有节制。有时候半夜醒了还要吃"烧猪肉皮"，最喜欢的清炖肥鸭几乎顿顿要上，夹肉末的马蹄烧饼和炸三角要吃刚出锅一咬流油的，一个七十多岁的老太太怎禁得住这些油腻！深秋时节，秋燥，调理不当，拉肚子了，成了痢疾，硬是拉死了……宫里的御膳并不都好，太精细，吃几顿可以，老吃就停在肚里不走了，弄得皇上和几位太妃的胃肠都不好。民间吃得糙，大眼窝头麻豆腐，绿豆杂面腌菜帮，吃着舒坦，拉着痛快。

这些话，好像不应该是从御厨嘴里说出来的，刘成贵自己在砸自己的行当。几十年后我才悟出刘成贵的道理，器具质而洁，瓦瓮胜金玉；饮食约而精，园蔬愈珍馐。布衣暖，菜根香，恬淡平静的百姓日子是最弥足珍贵，最舒服养人的。

此经验非一番磨砺不能悟出。

自从刘成贵在父亲的怂恿下开始登堂入室以后，东直门外粉坊的豆汁和麻豆腐就经常在我们家的饭桌上出现。豆汁和麻豆腐同属绿豆淀粉和粉丝的下脚料范畴，将绿豆泡涨，捻皮，加水磨浆，倒入大缸发酵，下沉者是淀粉，上浮者是豆汁。豆汁酸而浊，一股泔水味儿。麻豆腐是做粉丝的剩余物，颜色青绿，有豆腐渣的嫌疑。刘成贵是个狈，动嘴不动手，在他的指导下，下里巴的麻豆腐被莫姜做得精致无比。羊腰肉切丁，香油烹炒，放入青豆、雪里红、胡萝卜丝，单搁出；再炒黄酱，将蒸过的麻豆腐倒入，炒至香味四溢再把备好的作料掺进去，充分融合，起锅，盛入淡青色盘中，中间打个窝，浇上现炸的辣椒油，四周撒上青韭，一盘色香味俱全的炒麻豆腐就可以端上桌了。炒麻豆腐的味道往往传得很远，胡同里一旦飘出那特有的香味，人们便知道，叶家又在吃麻豆腐了。相比，豆汁的做法比较麻烦，刘成贵在送豆汁的时候还要捎带从东直门棺材铺带些锯末来，熬豆汁切忌滚开大火，大火熬的结果是渣是渣，水是水，在锅里还浑然一体，盛到碗里，不待上桌，便汤水分离了。刘成贵的做法是，豆汁烧开用锯末熬，点着的锯末永远处于似燃非燃状态，豆汁便永远处于似滚非滚模样，水乳达到充分交融，喝起来酸中带甜，醇味实足。父亲翻出一本老旧的书，上头有说豆汁的，"糟粕居然可做粥，老浆风味论稀稠。无分男女齐来坐，适口酸咸各一瓯"。

鸡鸭鱼肉固然高贵，却不如其貌不扬的豆汁滋味悠长。

但是我拒绝刘成贵拿来的豆汁和麻豆腐。这些吃食，隆福寺小吃摊上都有，不稀罕"老浑蛋"的赐予。

我已经上高中了，活动的范围和自由程度都非小学时代能比，对同班同学顾寅颇有好感，下学常约了顾寅到隆福寺东边夹道去喝豆汁。摊上的豆汁尽管没有家里的地道，但是有焦圈可配，还有咸菜丝。更主要的，是有顾寅在旁边，并不是为了喝豆汁，我们主要是欣赏豆汁摊的环境，头顶一个白布棚子，一个绷着脸，目不斜视的老头子，两条长板凳，一张小矮桌，周围是闹哄哄的人，左边是卖炸灌肠的，右边是卖切糕茶汤的……这是谈恋爱极好的地方。

此时的我，再不会让莫姜做奶酥六品来为我壮门面，足见我对这场恋爱的认真。

三年自然灾害开始了，粮食日趋紧张，副食也开始计划供应，每人每月四两清油，一斤肉，连碱面和肥皂也要用购货本去买，莫姜纵然有天大本事也再做不出一咬流油的炸三角来了。父亲的单位里，干部们主动削减粮食定量，党员带头，从三十斤减到二十八斤、二十四斤。父亲说他每月有十斤粮食足够了，为保险起见，他给自己订了十二斤定量。依着父亲的算计，在那些红焖笋鸡、清蒸鲫鱼、烧鹿尾、烤羊腿以外，也真的吃不了多少饭了。单位领导没有理会父亲的想法，很理智地给定了二十八斤半，为此父亲还愤愤不平，认为人家挫伤了他的积极性。

莫姜有些失落，有几次我到厨房去找吃的，看见她摩挲着手在厨房里转，不知道该干什么。粮食按说不少，却突然变得不够吃，每月24号一大早就得到粮店排队，买下月粮食。父亲因了他的职务，每月多有供应，但极有限，无非是些黄豆和伊拉克蜜枣，有时是几斤咸带鱼。莫姜不会做咸带鱼，她拿着那干瘦的长条问母亲，是用温水发还是上屉蒸？我由此推断，慈禧老太太是绝没吃过咸带鱼的。

连青菜也少见了，入冬，每户每人配给了五斤粮票的白薯，一斤粮票买六斤白薯。我们家用架子车拉回一车，堆在院子里，父亲见了那些白薯高兴地说，这回可以吃拔丝白薯了。

莫姜愁眉苦脸地说，四爷，拔丝好做，油呢？糖呢？

父亲说他就是说说而已。

有人发明了用"双蒸法"做米饭，据说可以多出三分之二的饭量。街道上推广，母亲让莫姜去学，莫姜不去，母亲去了，回来照章操练，把米先炒了再蒸，果然爆米花似的发起不少，母亲很高兴。莫姜说，米还是那些米，哄了眼睛哄不了肚子。

母亲还学会了做人造肉，吃小球藻，净弄些莫名其妙的东西让我们吃。

那一阶段，莫姜和母亲常出东直门，到人家收获过的地里去捡剩儿。捡剩儿的城里人挺多，老娘儿们们为半截萝卜、一块菜帮而打架。逢有争执，都是母亲出头，莫姜不会吵架，她连大声说话也不会，她只会用头巾遮着半张脸，在旁边呆呆地站着。母亲回来，得意地张扬着她的收获，莫姜则一头扎进厨房再不出来。好像一切都变了，都倒过来了，南营房穷丫头出身的母亲在此时此刻展现了她无可替代的优势。

饮食问题变得越发严酷，不少人出现了浮肿，莫姜面对的不再是抓炒芙蓉鸡片、滑熘鱼片，而是如何向我母亲学做疙瘩汤，如何将豆汁饭做得黏稠腻糊。当我发现自己的腿按下去也成了一个坑的时候，母亲哭了，一向"顺其自然"的父亲也背过身长长地叹了口气。

父亲不顺其自然也得顺其自然了。

我们期盼着刘成贵送来豆汁，在饥饿面前，我再不能矜持，即便是"老浑蛋"拿来的东西，也照喝不误了。

粉坊成为了国营，还在生产着淀粉和粉丝，市面上豆汁和麻豆腐早已绝迹。刘成贵负责夜间看门任务，大约是本单位的职工，还时时能分得一些豆汁。"老浑蛋"提着豆汁，迈着蹒跚的步子，进东直门，拐南小街，将豆汁送到莫姜手里……我不能想象，如果没有东直门外那个国营的粉坊，没有刘成贵和那些随时供应的豆汁，我那年迈的父亲是否能熬过那艰难的岁月。

不知是我们家的豆汁救了莫姜，还是刘成贵的豆汁救了我们。

想起了莫姜的话：过日子，能说谁养活谁呀？

五

转眼到了1966年，那年莫姜整七十岁，过完了七十岁生日莫姜提出辞工的要求。

莫姜已经没有精力料理我父母亲的一日三餐，刘成贵成了她生活的一大负担，六十二岁的刘成贵早早地落了炕，瘫痪了。年中我给莫姜送钱去，是父亲的意思，为的是不忘莫姜二十来年在我们家的好处。我在杂院的小南屋见到了刘成贵，见识了那个简单得不能再简单的家，两把椅子一张床，一个摇摇晃晃的桌子，桌上茶盘里有两个磕了边的茶碗，一把有"孙悟空三打白骨精"图案的茶壶，正面墙上贴着五年前的奖状，是奖给民兵打靶第一名刘来福的。刘来福在京郊一家国防工厂当工人，自从当了学徒以后就淡出了这个家庭，在厂里住集体宿舍，逢年过节也不回来，也不给家里钱。我知道，以莫姜的恬淡性情不会和刘来福去计较，在我看来，那个是非小子能独立出去也未必是坏事，有他在家里掺和只能是添乱。

刘成贵坐在炕上歪着脑袋流着哈喇子，脖子上婴儿一样围着小围嘴儿，见我进来，嘴里呜啦了半天，不知说些什么。莫姜说刘成贵吃喝拉撒全得人照顾，心里什么都清楚，就是说不出话来。

莫姜问我父亲的情况，我说医院检查出是胃癌晚期，这病挺麻烦。莫姜说，四爷是好人。

我看着莫姜给刘成贵喂饭，一勺一勺把些个糊状的东西喂进那张歪斜的嘴里，刘成贵边吃边顺嘴角往外流，莫姜就得迅速用碗边接了，用手巾把嘴擦净，再喂下一口。其细致与耐心，不异关照一个婴儿。碗里的糊糊散发着热气也散发着香味，那是我从未闻过的味道。我问莫姜喂的是什么，莫姜说菜汁、黄豆大米面加鸡蛋黄。我说刘成贵口福不浅，还有鸡蛋黄吃。刘成贵呜啦了几句，莫姜翻译说，他说了，要是用甲鱼汤再加点儿嫩羊肝煮，就赶上西太后喝的什锦粥了。

阳光照射在屋内，光线中飘浮着细细的微尘，一切似乎都变得很柔和。刘成贵一脸的满足，一脸的幸福；莫姜一脸的平静，一脸的爱意。折腾了一辈子的夫妻，到老了竟然是这样……

这样的日月大约是老夫老妻们必要经历的过程吧。

我父亲的病一日重似一日，我三天两头跟父亲的单位要车去医院，单位开始还给派，后来连人也找不着了。老三被关在牛棚里，我只得借隔壁人家的平板三轮拉父亲去医院，我在前面蹬，母亲在后头推。我想，亏得是老夫少妻，否则我的车上得拉俩。医院里空空荡荡的，大夫护士都去造反了，母亲没了辙，只会掉眼泪。

父亲瘦得成了一把骨头，无论是八珍鸭舌还是豆汁稀饭，对他都没有了意义，他的生命如摇曳的油灯，在"顺其自然"中渐渐熬尽。

一件绝想不到的事情发生了，一个燠热的早晨，刘来福领着一伙人到我们家造反了。刘来福已经改名叫做"卫东彪"，是随了他母亲卫玉凤的姓。也就是那天，我才知道刘来福并不是刘成贵的亲子，而是卫玉凤的遗留，他的真父亲是谁，无从查考。卫东彪自言苦大仇深，她的母亲被万恶的旧社会迫害致死，刘成贵名为继父，待他实同奴隶，非打即骂，不给饭吃，使他幼小的身心受到极大伤害，是可忍孰不可忍，他不能再沉默，他要造反了，造这个日本汉奸的反！

我听了半天，敢情跟我们家没什么事儿，就说，有账你找刘成贵算去，我们家姓叶！

这下卫东彪炸了，将皮带狠狠一抡，发出嗖嗖声响，指着我说，别以为革命群众不知道你们的底细，叶赫那拉，你们窝藏了谭莫姜几十年，谭莫姜是什么人？谭莫姜是漏网之鱼，是封建主义的残渣余孽，你们家跟她是一丘之貉！刘成贵是你们家座上之宾，刘成贵是伪满洲国汉奸头子溥仪七品顶戴的副庖长！

造反派一听这揭发都很兴奋，开始喊口号，打倒我父亲，让我父亲出来接受批斗。有人开始往墙上刷大标语，卫东彪领着人往屋里冲。

莫姜不知从哪里闪了出来，揪住了卫东彪的胳膊。莫姜脸上那道生硬的疤在太阳下泛着红光，苍白的头发衬得那张脸绝望而凄迷，任谁看了这张脸，心都会发出无法抑止的战栗。莫姜说，我自己的事我自己担着，我不过是叶家的一个厨子，一日三餐，按月拿钱……

卫东彪抬手照着莫姜的脸就是一巴掌，清脆的响声让在场所有的人吃惊了。卫东彪说，你的账呆会儿算，饶不了你，我现在要找的是叶老四！

卫东彪还要往屋里闯，莫姜拦在卫东彪前面不让进，两个人扭在一起，突然莫姜扑通一下跪在卫东彪面前，嘴里喃喃地说，孩子，我求求你了……

卫东彪说，谁是你孩子？你不要混淆阶级阵线，伟大领袖毛主席说了，凡是敌人反对的我们就要拥护，凡是敌人拥护的我们就要反对！

院内口号阵阵。

母亲架着近乎弥留状态的父亲出现在房门口，父亲惨白的面容、深陷的眼窝让所有的人害怕，有人开始往后退了。卫东彪没想到父亲是这般模样，大约也是怕吃不了兜着走，带着大伙很猛烈地喊了半天口号，草草收兵了。

莫姜没有走，嘴里不停地说着"对不住四爷"，眼泪簌簌地流。后来她随我回到西屋内，在她的小床上坐了，平静了一会儿对我说，我没想到会是这么一种结局，平白给你们添了这些事儿……咱们在一起住了近二十年，往后怕也没见面的机会了，有些话这辈子想着本不必说了，可还得说……

他他拉·莫姜，镶蓝旗，河北易州常各庄人，十一岁被选入宫，充任寿康宫宫女。寿康宫是同治妃瑜妃住处，宣统即位，尊瑜妃为敬懿太妃。莫姜在寿康宫是专职打点太妃用膳的，对于宫廷菜熟稔而有研究。1924 年 11 月，鹿钟麟向退位的溥仪交国民政府大总统令，更改优待清室条件，命令溥仪即日下午出宫。仓皇之中,溥仪和少部分太监、宫女于下午四点从御花园出顺贞门,登车移居什刹海后海北河沿的醇亲王府。溥仪一走,御膳房解散,厨师们散去,各自谋生,这其中也有刘成贵。

刘成贵在为溥仪服役时,敬懿太妃要招待娘家人,一度将刘成贵借到寿康宫厨房帮忙。老太妃赞赏小厨子的手艺,特赏银子三十两,白玉扳指儿一个。当得知小厨子还没有成家,尚且单身一人时,老太妃顺便就将旁边伺候吃饭的莫姜许给了厨子。老太太老眼昏花,也没问问双方年纪,金口玉言,板上钉钉,就把事情定了,言明莫姜出宫时成亲。宫里的宫女不像太监终生在宫中当差,宫女一般到二十岁就要出宫,或嫁人或回家,宫廷里没有白发苍苍的老宫女。莫姜二十八岁了,早已过了年龄,只是没有合适替换人选,一直留在太妃旁边,成了一个老姑娘。刘成贵当时还不满二十岁,太妃指婚是件光彩的事,不敢拒绝也不能拒绝。当知道太妃身后站着的那个并不漂亮的宫女已经二十八岁的时候,心里是一百个不愿意。

莫姜想得简单,太妃既然指派了,嫁鸡随鸡,嫁狗随狗,后半辈子终是有了依靠。

11月5日,溥仪带领一干人等离开皇宫,皇宫内还有三个老太妃没有安置,一个死的是光绪的瑾妃即珍妃的姐姐瑞康太妃,其灵柩还没来得及安葬,两个活的是同治的两个妃子,荣惠太妃和敬懿太妃。两个老太太一起劲儿,誓死不离皇宫。太妃们不是皇上,谁也不能把俩老太太硬扔出去。民国政府让前清室总管内务府大臣绍英去给老太太们做工作,做的结果还是不出宫,但是答应俩人搬到同一个宫里居住。太妃们虽然比皇上硬气,也终不过抵抗了半个月,11月21日,绍英等人准备了两辆汽车,把俩老太太接出皇宫,移至北兵马司大公主府居住。

临行头一天,敬懿太妃托人把刘成贵叫了来,将莫姜郑重其事地交给了他,让他好好待承这个在她身边服务了十七年的老姑娘。敬懿太妃说莫姜不漂亮,但是懂礼数,性情温和,是她一手调教出来的,娶了莫姜做媳妇是祖上积了阴德,是大福分。刘成贵跪在殿内地上只有磕头的份儿,他做不了老太妃的主。敬懿太妃说,这是天赐良缘,也是我们老姐俩临走做的最后一件好事,夫妇和而后家道成,出去好好过日子吧。说着将一个翡翠扁方送给了莫姜说,东西虽不值钱,却是我用过的,你留个念想吧。又对刘成贵说,娶媳求淑女,勿计厚奁,想你有好手艺,我才把她给了你,怎么着也是我身边的人。

荣惠太妃指着殿外庭院里的一棵黑枣树吟道,门前一株枣,岁岁不知老。

阿婆不嫁女，哪得孙儿抱。小厨子你听着，来年得了儿子，记着到我坟上告诉我一声。

刘成贵赶紧说，老太妃说差了。

"天赐良缘"给莫姜带来无尽的灾难，刘成贵为还赌债，将家里东西一卖再卖，值钱者也就剩了那个扁方。长者赐，少者贱者不敢辞。莫姜将那个扁方随时带在身边，那是她十七年经历的认证，一旦失去，走过的岁月便也失去了……脸上所挨那一刀，就是刘成贵为索要扁方不成恼羞成怒砍的。

溥仪上了长春，在长春成立了伪满洲国。不满意东北的厨子，带去的人手又不够，给旧时养心殿御膳房的老人手带话，希望过去帮忙。大家反感日本人，也不愿意伺候伪满皇帝，都不去。"抓炒王"等老御膳房的人在北海五龙亭东边办起了"仿膳茶庄"，买卖红火。刘成贵没人缘，名声也不好，没人要。刘成贵索性一拍屁股扔下莫姜上了长春，投奔了溥仪。溥仪给封了个副庖长，待遇不薄。第二年将花枝胡同的卫玉凤连同儿子接了去，那儿子到底说不清是谁的，属于有妈没爹的主儿。

在东北刘成贵旧习不改，不唯赌，还抽，抽白面儿，钱没攒下，落了一身病。卫玉凤扔下儿子跟了个在满洲铁路工作的日本调度，日本战败投降，据说，调度和他的中国老婆都没有善终。伪满皇帝成了阶下囚，他的手下作鸟兽散，刘成贵衣食无着，流浪东北，冻饿中几近毙命。无奈中想起了莫姜，便带着刘来福进山海关，向京城方向迁回。

莫姜说，她一直以为刘成贵已不在人世，没想到，找了来。

我说，我父亲知道这些吗？

莫姜说，四爷全知道，只是不让告诉太太，说太太心底浅，装不下这么多事儿。

莫姜离开时，在父亲床前默默站了许久，末了说，四爷您好好儿的……
如以往一样，退后两步，转身离去了。

如果知道莫姜的想法，我会跟着她走，可惜，我当时没想那么多。

母亲冷冷地看着莫姜，她把这场灾祸归咎于眼前这个破了相的老太太。

院门外，满墙的大标语铺天盖地，滴墨如血，让人不寒而栗。夜深人静时，清凉月光下，我踯躅院中，不能入睡，心像是被什么东西揪着，不踏实，不知是为走了的莫姜还是房内的父亲。

第二天，太阳照常升起，天气照常闷热。

下午时候，3号的胡大妈悄悄跑进院里，低声告诉我说，在你们家做饭的莫姜死了。

我愣住了,脑子一时转不过来,昨天晚上还在我的房内说话,今天怎会殁了!胡大妈说,老公母俩一块儿死了,把蜂窝煤炉子搁屋里,窗户门都关得严严儿的,大夏天的,这不是成心不活了吗!

我撒腿就往王驸马胡同跑,跑到杂院门口,看见人们正把死人往卡车上装。刘成贵已经横在车上了,莫姜穿戴齐整,被四个人揪着胳膊腿,使劲儿一悠,悠了上去。后上去的莫姜半个身子压在刘成贵肚子上,姿势十分别扭,侧着的脸正好对着后车帮,半边头发披散下来,盖住了那条疤,这就使得莫姜的脸看上去平静而光润,像是睡着了。

我知道,莫姜睡觉就是这个样子,一动不动,无声无息。

站在车后,我默默向莫姜告别。车帮翻了上去,将我和莫姜遮断,从此是再不能相见了,但她将那些樱桃肉、芸豆卷、糖醋活鱼永远地留给了我。

不仅仅是这些吃食,留给我的还有那……一阵酸楚涌上我的心头。

拉着莫姜的汽车向胡同西口驶去,车后一溜烟尘。

西边天空,是一片凄艳的晚霞。

六

"文革"未结束,我便被分配到西北。

一晃四十年。

今年,在北京的一家不小的珠宝店里,我又看到了那根碧绿的扁方,它被单独摆放在一进门的位置。瑕疵依旧,晶莹依旧。如与老熟人相见,我俯身与它对视,彼此似乎都有话要说。店老板走过来说,您没见过这么漂亮的翠吧,这是我们的镇店之宝,无价。

我笑笑,夸他的"镇店之宝"珍奇罕见。店老板说这是古代的尺子,古代的一尺就这么长。我问他古代是哪一代,老板脱口而出,宋代。

老板说这个翡翠尺子是他们家几代的存留,在箱子里收着至少有几百年了,现在能重见天日,大放光彩,是他买卖做得顺畅红火,家里的宝贝也高兴了,想出来亮亮相。

脸不变色心不跳,比写小说的还能编。

我只好匆匆离去。

也想念豆汁,用锯末熬的豆汁,不是小吃店里的"急就章"。听说东城某名小吃店卖豆汁,先打的后坐地铁,千里万里地去了,买了一碗,还没待端到桌上,已经汤是汤水是水了,喝了一口酸水,咬了一口硬如皮带的焦圈,喝豆汁的兴味立刻皆无。

又听说京城开了不少卖老北京吃食的饭馆，有炸酱面、豌豆黄、豆酱、芥末墩什么的，其中也有豆汁。满怀希望地去了，一见那豆汁就傻了眼，稠糊糊不知勾了多少芡，使人对它的名分产生了质疑。叫过小二问碗里是什么，小二嫌我外地人少见多怪，告诉我是"豆汁"。

从网上看到东直门外的豆汁铺搬进了北新桥二条，我不知这个豆汁铺是不是就是当年刘成贵所在的那个坐北朝南的粉坊，想着应该是地道。借着进京开会的机会，到二条去打豆汁。头趟去人家卖完了，二回去排队，买了两舀子，装在塑料瓶子里，准备带回西北，亲自熬制。孰料，上飞机过安检被扣了下来，人家让我当场喝掉，我说没法喝，这是生豆汁，不是可乐。还是不让通过，只好割爱。

到现在没喝上日夜思念的豆汁。

到现在没见过莫姜那样的女人。

原载《十月》2008年第2期

授奖辞

传统叙事母题的别出心裁的反向运用，从《金玉奴》莫稽到刘成贵、刘来福（卫东彪），相近的故事元素构成，迥然异趣的情节走向，映射着近现代以来中国文化与社会变迁中值得关切、又颇少在文学创作中得以表现的重要情形。作者以近六旬之龄而写活少女视角，呼之欲出，扑面而来，功力深湛。非常老练的叙事控制，内敛而外弛，在游刃有余当中积聚着情节张力。语言圆熟，了无斧痕。尤为可贵处，是本篇能够将一种高贵和优雅，悄然渗入充分世俗化的生活形相描绘，从而赋予作品以罕见的气质。

作者简介：

鲁敏，女，1973年生于江苏。江苏省作协签约作家。二级作家。现居南京。1998年开始小说写作，代表作有《白围脖》《轻佻的祷词》《笑贫记》《戒指》《取景器》等，作品被多家选刊选载。曾获南京市政府艺术奖金奖、金陵文学奖荣誉奖。短篇小说《方向盘》入选中国2005年度短篇小说榜。

逝者的恩泽

鲁 敏

一

在东坝这样小而旧的镇上，每增加或减少一个人，都会成为一个事件，其中的主角与配角总会在人们的嘴上辗转相传、反复咀嚼，像一种吞下去又可以吐出来、你尝完了他又可以再吃的神秘食物。这食物，让东坝的人们在漫长的日月天光里多了一点稀薄而发自内心的快乐。

因此，当古丽和她幼小的儿子达吾提带着陌生的异域气息出现在小镇上时，几乎所有的人都为之暗中一喜，这喜悦是如此真诚且强烈，以致人们不想虚伪地加以掩饰，他们中的一些急性子和无所事事者甚至尾随着古丽和那个男孩。在古丽的身后，很快出现了一支松散的小型队伍，人们的脚跟和脸颊上共同散发出一股善意的好奇之心，并一直弥漫到冷冰冰的空气中，钻进达吾提的鼻尖，让小男孩的鼻翼像蜂鸟一样地鼓起来。

达吾提拉拉古丽的衣角，他对着妈妈抽抽鼻子，脸颊飞速地皱起，然后又突然拉平。古丽像听到了什么，她回过头。这样，镇上的人们得以第一次看清古丽的脸。

此时正是冬季，这个苏北小镇，路边铺着枯黄的小草，树枝杂乱地伸向天空，街面的店铺覆盖着一整年的厚厚灰尘，呈现出暗淡的色调，触目所见，了无生趣。

而古丽回过头，忽然改变了这一切似的——她的面孔着实美丽。她没有微笑，但人们还是感到一种春天般的和煦，宛若草长莺飞，大家不由自主地回报以更加暖和的笑容。

这显然鼓励了她，她迟疑了一下开口问道：请问陈寅冬家往哪里走？

她的口音如此奇怪，像是北方官话，又像是某种侉子方言，有些别别扭扭的，人们听得费劲极了，也兴奋极了，如同刚刚进行了一场智力测验。

不过，陈寅冬！她问的是陈寅冬？这是一个死去男人的名字呀！而且，他死在异乡，死于一场意外！人们几乎无法自持了，这是多么重大的事件！陈寅冬的名字立刻变成了一枚秘制的上等酸梅，他们每个人的嘴巴都因此变得更加湿漉漉了。惊愕与狂喜使得这一瞬间出现了冷场，人们再次仔细地打量她。她穿着一件长长的外套，色彩鲜艳，或许这是条裙子；她的头发被一条更加艳丽的头巾缠住，只在头巾的下方垂下一个沉甸甸的结，如果她把头发放下来，一定会长得超过镇上所有的姑娘。有人还注意到她耳朵上的银饰，同样是长长的，在空气中透迤，跟这里妇女们常用的耳钉截然不同。

队伍中比较富有阅历和威信的一位站出来答了，因为小心翼翼，语速有些慢吞吞的，不那么自然了：您不晓得吗？陈寅冬已经过世了，过世都一年多了。您这是⋯⋯

哦，我知道。我只是找他的家。古丽继续用那难懂的口音答道。

那么，您是⋯⋯

是啊，她是谁呢？这镇上的每户人家，每户人家的家庭成员，每个成员的每个亲戚，大家都是了如指掌的。可是真的没人听说，陈寅冬竟有这么一位漂亮的⋯⋯亲戚？

陈寅冬，父母早亡，且无同胞，很早就出门做工，后来在镇上娶了同样失怙的黄姑娘，生了女儿，然后仍是出去做力气活，跟着一个工程队到很远的西北修筑铁路——在镇上人的眼中，他几乎是个完全陌生的邻里，每年只有春节才会在镇上度过，有点孤僻神秘的样子，然后便继续远赴那不可知的西北，直到有一天，从那里传来他突兀的死讯。

他一共活了四十八年，可在镇上人看来，却似乎只活了一个春节，他的生命在人们的记忆中只有几十天——从腊月到正月，他活在镇上，然后，他消失了。在这个世上，他只留下母女两个，其余的便再无枝蔓。那么，这个女的是从哪里说起呢，并且还带着个七八岁的孩子？荒诞不经的想象力、五彩缤纷的推测，在人们的头脑中，像爆炸后的碎片般飞散开来，瞳孔慢慢放大，他们目不转睛地盯着古丽，像盯着一幕即将开场的好戏。

在一个孩子的殷勤带领下，古丽和达吾提被带到了已故的陈寅冬的家，带到了陈寅冬留下的那对母女前。

陈寅冬的太太，即前面说到的黄姑娘，名叫群红，她长得有些老相，从做姑娘时便老相，加之长陈寅冬两岁，镇上的人都称她为红嫂，这一叫，一直叫到五十岁。

女儿呢，已经十九岁了，应当是最娉婷的时候，却生得不太好看，头发稀而黄，又偏瘦，这在东坝镇上，是一种不可原谅的容貌。她上过几年学，名字是陈寅冬起的，叫陈青青，照镇上人们的审美，这青青，连名字也是有些小气了，不那么喜庆。

红嫂站在大门口，青青站在侧门口，她们一起看着古丽和小男孩，注意力很快被分散到古丽的脸及衣饰上，一时间竟忘了盘问她的来意，是啊，谁不会被古丽的模样给迷住呢。但站在不远处的人们有些不耐烦了，有人咳嗽起来，另外有人吐了一口浓痰——这有效提醒了红嫂，红嫂意识到她担负有开口询问并给人们一个说法的责任。

红嫂于是开口问道：您到我们家找谁呢？

古丽把男孩往身边拉了拉，答非所问：我们从新疆来，这是陈寅冬的儿子。

青青在侧门口那里闪了一下，把自己关到房里——这是她的一个习惯动作，也是在红嫂多年要求下的一种条件反射，作为一个十九岁的少女，对一切可能出现的丑闻都应当回避，或装着视而不见、无动于衷，最多，最多只可以躲在门缝里偷看。

青青能够躲进小屋，做母亲的却不能够。红嫂的身子晃了一晃，脸上虽还是笑着，却明显没了力气：真的？她轻声地嘀咕一句，像是用嘴巴在问自己的耳朵：刚才听到的是真的吗？陈寅冬真的在外面生了个儿子？

真的。古丽再次把小男孩往前拉拉，那动作让人们联想到她是在出示一个人证或物证。人们在不觉中被引导了，注意地看起那个男孩，这一看，事情好像更加严重了：这个男孩，里里外外哪里有一丁点儿像陈寅冬呢！他的眼睛明显地凹进去，头发是微黄带卷的，肤色白皙得过分，连血管都要透出来似的。这一看，所有的男人几乎都要笑出声来，哈。哈哈。这个男孩，他的父亲怎么可能是这镇上的任何一个男人呢，他的种子必定来自古丽所在的那片土地。

围观的人们流露出看出破绽的神情，他们明显地放松下来，互相捅捅胳膊，几个妇女甚至叽叽咕咕地笑起来。这些镇上的妇女们，一辈子都是贞洁的，乏味的贞洁，廉价的贞洁，但她们自认为永远有理由在那些身份不明的女人面前表现出大大咧咧的骄傲。比如，这个古丽，并且她竟然扯起这么不高明的谎。

红嫂抬起了眼皮,又耷下去眼皮。不知为何,邻里们的神情与笑声让她感到了不快,她不喜欢人们这样对待跟陈寅冬有关的人或事。这对她也是一种间接的冒犯不是吗。

于是,红嫂重新抬起眼皮,轻轻拉过那男孩:既是这样,进家里说吧。古丽自然也抬起脚跟着进去了。大门在她们身后被缓慢地关上。

人们张开的嘴巴在半空停住,舌头几乎变得寒凉。这是怎么说的?这是怎么说的!红嫂竟然就信了那女人?她不仅信了,而且还容了那女人,拉着那孩子,让她们进了屋?哎呀,这话是怎么说的,他们感到自己都要变得结巴了,他们在惊愕中彼此对视,同时,感到一种接近高潮般的满足——今天的这个热闹,可真是看得足了,饱了,撑着了,都要打嗝了,都要半夜睡不着觉了。

古丽显然是累了,并且很饿。那个男孩也好不到哪里去。

红嫂一言不发地替她们准备了一些吃的,热气腾腾地端上来,窗户上很快弥漫起雾气,像是黄昏提前降临到这间屋子。

古丽神情自若,真像是回到了自己的家似的,左手抓着包子,右手捧着大碗,发出极为享受的吞咽声。那男孩则像只小狗似的,每吃一样东西,都会极为小心地先凑上去用鼻子闻闻,上下嗅嗅,像在对气味进行鉴别与记忆,然后才慢条斯里地吃起来。

青青倚在侧房的门框上,像在瞧一张画片片,或者像在舔一个棒棒糖,用了那种节俭的、流连的眼光,从细枝末节开始,然后才慢慢地集中到画面中间——对她而言,这是多么奢侈的风景。这么些年,她所能看到的他人,仅仅是母亲,或是一些邻居的侧面与背影。

她首先注意到古丽放在屋角的布包袱,她下意识地进行了猜测,她想象着,那里面一定是更多的衣服和首饰,会把整个镇子都惊呆……接着她把眼光移到桌子下面,古丽的脚与男孩的鞋,这是两双沾满灰尘的鞋,这是哪里的灰尘呢,一定超出青青所能想象到的最远地方吧,比邻镇远,比县城远,比省城远,比天边还远……青青欢喜地看了又看,她甚至愿意自己就是那两双鞋,是鞋袢儿,是鞋底儿。只要,她能够一直那样走啊走啊,走到最远的地方……

古丽吃东西的声音分散了青青的注意力。红嫂曾教过青青,女孩子吃东西一定要无声无息,走路要无声无息,笑起来也要无声无息,睡觉更要无声无息(特别是跟男人睡时,不过,这一点红嫂没有说得那么明确)——红嫂的这种家训在这个小镇上当然显得有些阳春白雪了，不合时宜了，但青青并不清楚这种差异所导致的滑稽和荒诞，事实上，她是个没见过任何世面的姑娘，对这个世界的肮脏与荒淫一无所知。红嫂的长年独居生活像是一个沉闷的巨大温室，青青在其中温顺地、不为人知地独自生长，她对母亲的一切教导奉为圭臬。

不过，此刻，她不能不感受到古丽吃东西的声音——一个年轻女人，她咂摸着嘴巴发出模糊的哼唧声——这在想象中，本是多么典型的粗俗之举！可是，不，听听古丽，看看古丽，她所传达和散发出的一切多美呀，如此舒服！自然！那是对简单食物的满足，对热汤热水的感恩，对健康肠胃的呼应……青青简直看得入迷了，呆住了，好像第一次从古丽这里知道：吃饭原来可以变成这么豪放的一件事。

怔忡之中，青青把眼珠流转过去，像是慢慢移动的光线。刚才，在观察古丽的同时，青青用余光注意到，达吾提对味道有着特殊的爱好。筷子，他会闻闻。菜叶，他会闻闻。红嫂拿来的抹布、红嫂放在桌边的围裙、古丽突然打出的一个饱嗝——他也会飞快而认真地嗅嗅鼻子。多么奇怪的爱好呀。青青正想好好研究一番，小男孩却刚巧吃完，也正抬起眼睛盯着她呢。这让青青有些猝不及防——男孩的眼睛大而亮，并且湿漉漉的，像是家中院子里那专门接天水的一口大缸似的，青青竟能照到自己的身量和影子。青青不由自主地走上前去，摸摸达吾提的脑袋，那黄而微卷的头发毛茸茸的，细腻而伤感。

——青青对古丽及达吾提的好感是没有实际意义的。太多的悬疑与敌意仍在屋子里四处窜动，伴随着红嫂走来走去的身子。红嫂在收拾碗筷，红嫂在抹桌子，红嫂在整理凳子，她的每一个动作都像是一个饱满得快要坠下来的水滴，或是正在发酵的谷物，酝酿着无声的诘问与指责：你跟陈寅冬到底是什么关系？凭什么说这男孩就是他的儿子？今天找到这里来又是什么意思？寻亲么？认门么？闹事么？

古丽仔细地盯着红嫂，像是聋人在读唇语，并且，真像是听懂了每一句潜台词似的，她轻轻地打了个嗝，神色平静地开始回答，口音别扭而吃力，因此显得极为慎重。

大嫂，这儿的地址是陈寅冬给我的。他说过：如果想离开新疆的话，就到这里来找你们。

我认识陈寅冬的时候就知道他是结过婚的，他跟我说起过你们。但我还是跟了他十一年，一直到他去世。

我们那儿有好多女人都这样，十几岁便早早地出来做活，跟着铁路线上的工程队过日子，给工程队的男人们烧饭、洗衣……铁路线从没有人烟的荒地间穿过，我们天天儿只能看到那些男人，男人们也只能看到我们……工程队沿着铁路线从东往西一里一里地变长，我们跟那些男人也开始一对一对地好上了，我们都知道这些男人们是结过婚出来的，可是，那有什么关系呢，在那大荒漠里头？

咱们的这种好，就真是跟夫妻一样好的，各门各户的，像过日子一样的，像外面的胡杨树一样的，像外面的风沙一样的，不知道怎么开始的，也不知道最后会怎么结束。或许，等铁路修完了，那结局也就自然到来了，要么是散了，要么仍然在一块，那谁能说得准呢……

可是我跟寅冬，我们俩的结局却提前到了。那铁路还没修完呢，那工程队还好好地在着呢，那工地上还热火朝天着呢，他却突然死了。您一定知道的，吊机上的一捆轨道枕木，像是瞄准了很久似的，一直等到他路过，才不偏不倚地掉下来……

你是说瞄准！他在瞄准枕木吗？红嫂冷不丁地插了一句，像是早就等着什么似的。

不是！不是！您听错了，怎么可能呢！当然是枕木瞄准他！你想，那条走道宽宽的，那枕木为什么不前不后偏偏就掉下来落到他头上呢！古丽急迫地反驳起来，并且紧紧地盯着红嫂，她怎么会这样想呢，有谁会去找死吗？

你刚才是说，陈寅冬在死之前就把这里的地址给了你，他难道早就知道自己要死？红嫂仍是紧紧地盯着古丽。

这世上，谁都知道自己最后是要死的呀！只是没想到他会那么早，其实，他死后不到一年，那铁路就修好了，现在都开始通车了，他若是没出事，就再也不会出事了……古丽仍是有些混沌的样子，丝毫没有听出红嫂的潜台词。她的简单与迟钝，像是未开刃的刀似的，有点可笑，却又带着巨大的善意。

红嫂沉默了一会儿，她想到了工程队寄给她的一笔钱。那可是个大数目，她至今不敢跟镇上的任何人说出真实的数目，就像她至今不愿跟人谈论陈寅冬的死亡，因为，那听上去多么不真实呀！她想象中的死亡应当有病床与药罐，有尸体与寿衣，有守灵夜与坟头草。可是丈夫呢，他这个死可真是别出心裁呀，只有一张薄薄的电报，来自人们从未到过的地方，一张电报把他的死全部概括进去了，随后跟着的是一大笔款子——陈寅冬被枕木砸扁的身体好像并没有被埋进那片荒凉的沙地，而是变成了一张汇款单，变成了汇款单之后的一张张票子，千里迢迢地慢慢地随着魂魄飞回故里。

红嫂想起来，在陈寅冬的最后一个春节里，在床上，他曾经跟红嫂说过一句莫名其妙的话：无论我做什么，你都要体谅我。一切都是为你们几个好，为了你们将来好。

这话听上去有些拗口，而且陈寅冬一贯沉默寡言、不善表达，夫妻之间也一向温和平静，这话就令红嫂很是惊异了，她有违妇人之道地主动搂起陈寅冬，钻进他孱弱的胸膛，却突然感到耳根处多了几滴眼水。是陈寅冬流泪了。

当时的情景在陈寅冬死后一再重现，像是陈寅冬以一种特别的方式在对红嫂耳语：一切都是为了你们好，为了你们将来好。红嫂心有所感，疑惑与哀痛之情如惊涛拍岸：他为什么要这样呀？没有那笔抚恤金不也能照样过日子吗？当然这话她从未向任何人提及，或许也是因为缺乏更多的佐证。

可是，现在，此刻，这个女人以及她所带来的讯息，无疑再一次印证了红嫂此前的猜想——不是枕木在瞄准陈寅冬，而是陈寅冬在瞄准枕木。这是一次蓄意的死亡。

一阵复杂的滋味向红嫂袭来——一来，她的某种猜测得到了印证，但与此同时，又有了新的发现，陈寅冬口中所指的"你们"并不仅仅指的是红嫂和青青，还有眼前的这个女人和那个男孩子，而正是这四个人，这矛盾而现实的存在，这无法兼得的两端，以及不可调和的将来，促使丈夫选择了与枕木的拥抱。

在红嫂的沉默之中，古丽又往下接着她的叙说：我没能看到陈寅冬的身体，说是脸被砸得太烂，他们匆匆忙忙的就把寅冬的后事给办了，我连最后一面都没见到……我哭了一个星期，后来就不哭了，日子还要过呀，达吾提还得养活呀……我还是跟在工程队后面替他们缝缝补补、烧烧洗洗，替我和儿子挣些生活费……不过，这样的日子也没过长，还不到一年吧，那条铁路就修好了，工程队就散了，他们一下子就全走了……我怎么办呢，我能到哪里去呢，这样子能再嫁人么，嫁了人达吾提还会有好日子过么？这样，我便找出他给我的地址了……我想我就来吧，就在他的家里跟你一块儿过日子吧……即使这辈子人们都会说我是小老婆，说达吾提是个私生子……可是，这是他说过的，叫我们到您这里来……

古丽一口气说完了，这似乎是她所能说出的全部解释，现在她嘴里空空荡荡，再没什么好说的了。天上为什么飘来一朵云，地上为什么少了一只羊，一切不都是清清楚楚的吗？她看看红嫂，等待后者的答复。

红嫂不看她,也不回答,她在看着达吾提。达吾提这孩子累坏了,这会儿正趴在桌上打瞌睡,他的脸被胳膊压得有些变形,薄薄的嘴唇边,一条清亮的口水在渐渐浓重起来的暮色中缓缓拉长,最终滴到地面上,形成一个铜钱大小的水迹。

古丽这次明白了红嫂的潜台词,她顺着红嫂的目光也看着达吾提:是的,这孩子不像陈寅冬,一丁点儿都不像,他甚至都不太像我,真奇怪,他像我二哥……我二哥就是这样,白皮子,卷头发,凹眼睛……

那么,我凭什么相信你呢?相信你是陈寅冬的女人,相信这孩子是陈寅冬的血肉?

古丽想了想,忽然不合时宜地微微一笑,像荒凉山坡中开出的一朵山茶。她走到红嫂身边,把嘴巴凑到红嫂耳边,她轻轻说了一句:他在床上,喜欢用脚……

站在门边的青青尽量地张开耳朵,可是真可惜,她连一个字都没有听到。但这句话显然极为重要,她看到,红嫂突然松弛下来,并轻轻地搂住古丽,两个女人为了一个共同的秘密而同时笑起来,笑得都有些暧昧了,到最后,又变得像哭一样。

凭着这句话,红嫂认定古丽的确是陈寅冬的人,而达吾提,是个长得不太像父亲的孩子。

红嫂真的留下了古丽和达吾提。

清晨稀薄的空气里,镇上的人们在简短的相互招呼过后,互相谈论起事件的这个结果,像是谈论起昨夜的一个共同的梦境,梦里,他们想象着古丽和男孩在这个小镇上今后的日子。古丽进入了小镇的梦,这也许是某种标志:她现在不再是外乡人了。

好奇心继续存在着,宽容却同样在生长,大多数人故意忽略掉男孩可疑的容貌和值得推敲的身世,同时,对红嫂的大度表现出由衷的满意。人心都是肉长的呀,哪能真的就让古丽和那男孩再回到新疆去呢,她们不投奔这小镇,还能投奔哪里呢。

当然,有人想到了经济的问题。原先,红嫂是靠陈寅冬的工资养活的,陈寅冬去世之后,红嫂就出来做起了小营生,主要是走街串巷地卖小吃物,冬天卖元宵汤团,春秋包饺子馄饨,夏天是酸梅汤果子露……这种小买卖,红嫂和青青两个是够吃了,这下,再添出两个人丁来,恐怕就拮据了吧……念及红嫂这么些年的贤德,人们不免又替她感到委屈,她这一辈子,哪里享过什么福呢,小时候没个父母疼爱,成家了基本就是长年守活寡,守到最后，倒成了真正的寡妇，这都五十多岁的人了，临了，却还要替陈寅冬的小老婆私生子操心……

但也有人提出了不同的看法，认为这事对红嫂来说未尝不是件好事。您想啊，那青青终归是要出嫁的，而这红嫂，眼看着也就是要衰老的，天上掉下个古丽和男孩，不是给她轻轻松松就旺了人丁、添了子嗣么！再说了，人，生来是吃饭的不错，同样，也是能挣钱的呀，那古丽，哪会真的就来白吃白喝呢，红嫂呀，也算是多年的苦债换来个善终……

这些贴心贴肺的话自然传到了红嫂的耳里——这是镇上人们的美德，人们酷爱窃窃私语，同时也愿意把善意加以放大和传播。

红嫂对此不置一词，也未表现任何伤感、忧虑或沾沾自喜。担着吃食筐子，走在无人的小巷，她会对着虚空露出会心一笑。她是想到了那笔秘密的抚恤款子，到现在，她都还没动过一分一毫呢，她把它们放在那里，放在一个干燥妥帖的角落……只要有了那笔款子在垫底，她也就不怕了，就有退路了，她相信她能带着四个人过得好好的，不动用陈寅冬一分钱；而只要这笔款子没动，红嫂就感到心定神安，好像陈寅冬还在某个地方呆着似的，他只是不再回来过春节而已……

红嫂的背影在巷子里被斜照过来的阳光拉长，一直拉到墙上，像是一张变形的面饼或是一片云彩的意象——这个妇人关于陈寅冬的想象也同样具有某些后现代的意味。是啊，谁知道呢，谁见过陈寅冬的尸首呢？连古丽都没见到，谁说他就是真的死了？也许他就是没有死，他只是用这种死的方式，活在某个地方，他希望由于他的消失，能够促成一个家庭的壮大，能够让红嫂与古丽、青青与达吾提在同一个屋顶下吃食与睡眠。他活着的时候，没有父母、兄弟、姐妹；但他死后，他有了一个兴旺的宅子，他有两位太太，有一对儿女，他异乡的坟上将会青草丛生、小鸟啾啾，如果能够这样，谁又能说他是真的死了呢？

二

进入腊月了，镇上的人们喜欢在这种季节吃汤圆，红嫂的生意好像更加好了一点似的。人们在买东西时会跟她搭讪几句，他们主要会询问关于古丽的事情，古丽彩色的头巾在这个镇上总不免令人浮想联翩。同时，对于她与陈寅冬的故事，其开始与结局，情节与细节，他们就像现今的记者一样，总会有着孜孜以求的兴趣。

红嫂称着汤圆，找着零钱，一边笑起来：你们不都看到了嘛，就是那样的呗……

红嫂对这些一再重复的问题极有耐心，但她很少进行详细的解说，她发现，古丽的故事简直像是汤团里的馅，不确定、被包裹、回味弥久的……让人们在想象中垂涎欲滴，而这对一个吃食摊子来说，难道不是一笔挺可爱的财富吗？当然，红嫂其实并没有什么商业头脑，但她有直觉，她几乎是下意识地，富有技巧却又浑然天成地保护着古丽的神秘性。为了不让人们扫兴，她又会善解人意地指指汤团：喏，这可是古丽帮我揉的面，古丽帮我包的馅儿……

哦，真的呀！人们好像因此得到了些许安慰，于是心满意足地提了汤团回去，在晚餐的桌子上，男人会端详着汤匙里白胖的汤团，想象着古丽的手掌正在一遍一遍地搓动，从而感受到一种不可言传的快乐。

是啊，红嫂并没有骗他们。晚上，红嫂总会带着一家人和馅儿、搓团子。她踮起脚把油灯高高地放到灶顶上，这样整个屋子都能亮堂了。光来自高处，桌椅的阴影因此显得小了，但人脸上的阴影却变得大了，古丽的睫毛像刷子似的投在她的脸上，青青的刘海则像帘子，她的眼睛躲在帘子后面，悄悄地盯着古丽，并把古丽与母亲红嫂作着对比。女人与女人之间的巨大差异总让这少女心有所动，继而联想到另一个世界的父亲，在他的眼里，红嫂与古丽又各是怎样的角色与位置？

夜晚有些凉了，屋子里却充满着令人沉醉的香甜气，糯米、豆沙、芝麻，它们像比赛似的各自散发出淳厚的味道。每到这样的时候，达吾提就会像一只蜜蜂似的，在屋子里绕着圈子转来转去，拖着蝙蝠般扁扁的影子。他把头伸到红豆沙的盆子里，他把鼻子凑近芝麻的木臼里，贪婪地无休止地闻着。或者，他会闭着眼睛，拿起一个又一个包好的汤团，凑近鼻子闻一下，然后宣布是豆沙馅还是芝麻馅。他的鼻子花瓣一样紧紧皱起，完全沉迷在这不断重复的简单游戏中。

达吾提的鼻子属狗。古丽仰起头对红嫂说，这是一场聊天的开场白。这样刮着风的夜晚，总是古丽第一个打破沉默，像在夜里划亮第一根火柴。

古丽一开口，红嫂总是突然一怔，她看看对面的古丽，会在一瞬间感到迷茫和不解：这女人是谁呀，怎么坐在我家里呢？这世上，除了女儿青青，怎么还有别的人在这里？到底是五十岁的人了，在一天的走街串巷之后，她是有些困倦了，以致出现了短暂的失忆与幻觉。当然，她很快就清醒了。

达吾提的鼻子真是狗鼻子呢！古丽接着往下说。从小就是，别人是用眼睛认路，他好像是用鼻子，到哪儿都会在各处角落各样家什上嗅嗅，木头味儿，丝绸味儿，柴火味儿，轮胎味儿，生瓜与熟瓜的味儿，甜葡萄与生葡萄的味儿……那时在工程队，一大堆男人里面，他就是能闭着眼睛把寅冬给挑出来，他总说，每个人的味儿都不一样，闻一闻就知道了。男人和女人，老人和小孩，好人和坏人，都各有各的味道，他一闻就能闻出来……

　　红嫂笑起来，困倦都去了一半似的，她看看那孩子，手里握着两个汤团，头却已耷下来，睡着了。青青于是赶紧洗洗手，把达吾提弄到里屋的床上去了。

　　屋子里现在只剩下红嫂和古丽了。即使是晚上，后者还是穿着齐整的长裙，她从新疆带来的那个包袱，像是个无穷无尽的宝囊似的，腰带与头巾，披肩与下围，总会被她别出心裁地变出令人眼前一亮的装束，像个女魔术师似的……她偶尔会走上街头，左顾右盼地东张西望，婀娜的背影像冬季盛开的桃花。但是，在一个陌生的小镇，在她所投奔和寄居的人家家里，她难道不应该表现得沉郁一些吗？比如，她应当唯唯诺诺，她应当低头而行，她应当谨慎地只穿深色衣衫……当然，议论归议论，人们并不真的希望古丽那样，对于超出常理与常识的事，人们保持着矛盾的心态，一方面，他们指指点点，另一方面，他们有所期盼和鼓励，甚至在暗地里十分激赏。

　　红嫂看看古丽，再看看自己。她像青青一样，不是用自己的眼睛，而是用陈寅冬的眼睛。难怪呀，年纪、容貌、衣饰、性情，她跟古丽怎堪一比？陈寅冬怎么可能不喜欢上古丽？甚至，红嫂现在都有些不确定了，有了这么一个古丽，陈寅冬后来是否还在喜欢她呢……

　　红嫂回忆起她跟陈寅冬的婚后生活，是否有过如胶似漆的时光？尽管聚少离多，但每次的团聚并不总是激动人心的，陈寅冬似乎并不特别热衷床帏之事，他身量不高，亦谈不上强壮，他似乎有一种与生俱来的抑郁与忧戚，他经常在半夜突然醒来，然后坐在黑暗中的床头一言不发。

　　红嫂对他甚为恭敬，即使是夫妻，他对她而言仍有着某种程度上的神秘——他长年在外，过着与镇上人完全不同的日子，对菜肴，他有一些特别的口味，谈话中，他有时会说出那个地方的口头语。有时，红嫂会觉得陈寅冬是个陌生的男人，他们在床上亲热，相互摸索着寻找方位与节奏，全无默契，更谈不上放松与放纵。那么，是否这其实就是一种迹象，是他对古丽心有所绊的迹象？

　　对这些事情，红嫂从前似乎都没有如此明白地想过，不知为何，在这样的晚上，看着面前这样的古丽，红嫂忽然体味到一种迟来的感悟——她这一辈子，或许真是前所未有的荒凉吧，唯一的男人，即使只是在那些短暂的春节假期里，他也没有真正的在疼爱她。包括他的死，他通过死所换来的抚恤金，或许更多的也只是为了古丽和那个男孩呢。

按理，明白并接受这样一个现实应当是悲痛和委屈的吧，可是真奇怪，红嫂也并没有感到特别的心酸，她只是微微叹口气而已——本来嘛，对她来说，陈寅冬死与不死，不都是一回事儿！他活着，也只活在古丽那里，对红嫂来说，相当于是死了；他死了，对她红嫂而言，仍跟从前一样，他活在那里，她活在这里，她并没有特别少掉什么……

红嫂发现自己笑了，在高处灯火的影子下，她在心底笑了：陈寅冬的死，怎么就变成了一件若有若无的事呢？

每个晚上，都是青青把打着盹的达吾提抱上床。小男孩的身体热乎乎、沉甸甸的，血液在皮肤下穿行，眼皮微微半张，有着麻雀般的敏感与软弱。青青的身量和气力足够抱起男孩，却又总觉得使不上力气，反倒显得有些笨手笨脚。

她用脚推开古丽和达吾提的房间，老式的床宽大而陈旧，发黄的蚊帐如眼帘低垂。她把达吾提一直送到床最里边贴墙的地方，为了防止达吾提着凉，青青又爬上去，细心地在靠墙处放上一块垫子。她的身体从达吾提身上越过去——每每都是这样的时刻，达吾提突然睁开眼睛，他醒了。他的眼睛正对着青青的上半身。

怎么的？青青连忙缩回来，跪坐在大床的外口。

我闻见你了。

什么？青青有些羞恼，但达吾提的眼睛那么清亮，干干净净的，让她都没法作恼，也不知要说些什么才好。

但她其实并不要说什么，达吾提像在做梦一样地一串串往外说着呢：我闻见你了。你身上有各种各样的味道。木桶。麻绳。竹竿。皂角。水草。豆子。灶火。

青青这下子笑起来，可不是呢，她这一天里，一大早用木桶到河里挑水，然后用皂角洗衣裳，晾到竹竿上。下午，跟红嫂一起搓了会儿麻绳，晚上，又把红豆沙给漂洗了几遍，然后在锅里煨上了……

小东西，瞎说！这哪里是你闻见的？这一天里，我到过什么地方，做了些什么，你不都像个小尾巴似的跟在后面……能说出这些来有什么稀奇！

这是第一层的味道。还有第二层呢……达吾提说着重新闭上眼，像走入了一个梦中的花园。你的头发是芝麻味。你的眼睛是露水味。你的嘴巴是……是……

达吾提皱起眉头，好像迷了路，他慢慢地抬起身，把他的鼻子靠近青青的嘴唇，在那里停了停，蹭了蹭，然后才接着说：你的嘴巴是番茄味儿。

青青被达吾提方才的动作给呆住了，她噤在那里，甚至都没有听清达吾提所说的那些味道……达吾提的鼻子凉凉的，那冷而湿润的感觉仍停留在她的唇上，她几乎感觉到那就是一个吻，一个不成形的小男孩的亲吻，带着某种同情与体谅似的。

青青舔舔自己的嘴唇，不知为什么，泪突然流下来，青青的青春期就这样给达吾提的鼻子给唤醒了，她的胸脯在瞬间臌胀起来，那是陌生的呼唤与刺激，她感到说不清楚的寂寞与疼痛。

她仍旧跪在床上，而达吾提，似乎又重新睡过去了，均匀的呼吸轻轻拂过黑暗中的空气，有着小野兽般的天真劲儿和热乎劲儿，像是一种闻不见的芳香。

到了黄昏，小街小巷里的寒风就更甚了，刮在人脸上，像是小柳条在抽打似的，担着有些累赘的筐子走在风里，感觉就有些凄苦了，但红嫂并不在意，她认为吃苦是天生的、是必须的。酸胀的腰背、变质的剩饭剩菜、缝补得不像样子的内衣、总是会倒炝烟的灶台，以及冬天寒风的这种刺冷——生活中处处充满不适，这不适反倒让她感到某种安全和踏实。

有时，红嫂在寒风里都一直走到天快黑了，每条巷子都走过两遍了，仍会剩下一些汤团，红嫂倒也不恼，便将计就计带回家去做晚饭吃。

每到这样的时候，古丽总是最高兴的，她会早早地把米桂花、白绵糖一起摆到桌上，又找出配套的瓷碗和瓷勺，然后才掀开热气腾腾的锅盖，给每只碗都盛上六个汤团，摆成梅花的模样。接着，她会第一个捧起碗，舀出一个囫囵着放进嘴中，闭上眼睛慢慢地咬破皮子，用舌头把芝麻和糯米搅在一起，然后重新咀嚼，唇齿间发出轻微的咂摸声，再慢慢地咽下去，体味它们在喉咙中停滞和下滑的滋味……

就像来到镇上的第一天一样，古丽吃东西的模样总是如此沉醉、心无旁骛，让红嫂和青青甚为惊异。不仅仅是这些有馅的汤团，就是用剩下的糯米屑子搓成的实心小元宵，面条锅里的面汤，用咸菜帮子和一些肉杂碎做成的浇头，她都会有滋有味、全心全意地投入享用……

对吃是如此，对睡眠、穿衣亦是有过之而无不及。每个早晨，她都会狠狠地一直睡到日上树梢，在被窝里伸长长的懒腰、把被子都伸得拱起来，然后大声叹息着对一夜无梦表示满足。然后，她精心地把那些裙子摊到床边，对着屋子里那缺了一角的镜子反复比划，一边伸出头去问青青外面的天气，如果太阳很好，她就穿橙色的，如果有些阴，她穿绿色的，如果有小鸟叫了，她就穿带大花儿的……她对生活的每一刻都特别经心，带着感恩与珍重，一定要别出心裁，让所有的人都高兴似的……

青青，这依然生涩、含苞未放的少女。红嫂，这饱受苦难、几乎不知何为生之乐趣的母亲。古丽的奔放与热烈带给她们的到底是什么呀！——无疑，青青从不掩饰她对古丽的崇拜，她总是悄没声息地盯着古丽，随时准备替她接接拿拿，随时准备应答她各种各样的感叹或提问，少女依然穿着从前的旧衣裳，梳着从前的独辫子，走起路来微微的有些含胸，可是，青青，真的有什么地方跟从前有些不一样了。就像一个孩子，读过书与没读过书的那种差别。古丽就是青青的启蒙老师，正是在古丽明媚的背影之后，青青的性别意识开始了苏醒，对风月有了一知半解的领会，对神情、体态有了自觉的把握与训练……

至于红嫂，一下子很难说得清楚。她本来以为自己是要生气的，特别是要生陈寅冬的气，他为什么会喜欢上这样的女人呢，简直是自己的反面，她吃没吃相、睡没睡相，缺乏起码的妇道礼数……可是细想想，又说不出古丽具体的什么不好来，后者总是那么欢天喜地的，带着股大大咧咧的孩子气似的……看着她像蜜桃一样的身体，连红嫂都有些愉悦起来，瞧瞧自己，这裂了口子的手指头，眼睛下深褐色的眼袋，在头顶上闪闪烁烁的白发……唉，有些人，就是要像古丽那样活的，享乐、精致、风流；而另一些人，则是像自己这样活的，克己、粗糙、本分。在古丽面前，她一方面有着道德和良心上的优越感，但同时，也有着对另一种风流生活进行张望和入侵的欲望。

这样，等达吾提和青青睡下之后，红嫂会主动跟古丽说起话儿来，寒夜漫漫，她们没有男人，只有时间，可她们又能靠什么来打发时间呢？

红嫂不动声色地聊起一些闲话，周密地一步步把话题往隐秘处推进。不过，红嫂大可不必如此花费心机，古丽哪里需要她引导呢，她几乎是径直地就往红嫂最想听的地方去了。

唉。红嫂，要说起来，陈寅冬更在乎的可能还是您呢！比方说吧，好好的正趴在我身上呢，他会突然就叹起气来，把眼睛往黑乎乎的窗外看，不知要看到哪里似的，整个人都萎下去了。

怎么可能呢！怎么可能呢！红嫂不必要的大声分辩起来。她认为古丽这是在安慰她。况且，就算古丽说的是真的，红嫂意外地发现，她对此也并不感到多少的高兴——奇怪吧，她并不真的在乎陈寅冬更喜欢谁。喜欢人家古丽，那是对的是正常的；喜欢她红嫂，那就叫她不踏实以至不舒服了……

其实吧，我有对不起陈寅冬的地方，谁叫他有两个老婆呢，他能有两个老婆，我就不能有两个男人吗是不是？

这么说，你还有另外一个……红嫂趣味盎然，她很高兴古丽转移了话题。古丽的这个理论显然是经不起推敲的，要在白天，红嫂都会吐唾沫的，可是怪了，现在，红嫂就觉得古丽说得有道理，她做得更有道理。

是啊，每年，我也会离开工程队一阵子，赶几十里路回家里看看父母，一方面是看父母，另一方面当然是看他……他呀，可比咱们陈寅冬厉害多了，每次都让我受不了了呢、撑死了呢，我都全身发抖了呢……不像咱们陈寅冬，他身量小，气又短，到后来就只能用脚了，他就爱把脚指头当家伙使……古丽的用语粗俗而直接，神情却坦诚而大方，像是仅仅在谈论一顿美食或一段面料似的。所以说呀，红嫂，您看看，在这个世上，让人舒服的东西可真多呀，好饭好菜，好衣好裳，好觉好睡，哪一样我都喜欢极了，特别是睡觉的事呀，一个人睡有一个人睡的甜，两个人睡有两个人睡的美，我哪一样都爱死了，爱到骨子里去了……

昏暗的油灯有效地替红嫂遮住了她一再腾起的红晕，她多喜欢听古丽这么说话呀，她还从来没听人这样说过话呢，她还从来没想过这些事儿呢……好像就是从古丽这里，她才肯承认，对呀，原来，那也是件舒服的事儿呢……不过，她在陈寅冬那里感到过舒服么？难道那过去的几十年，她竟一直是无知无觉的么？就连陈寅冬喜欢用脚的这一习惯，她也没有去多想……那些春节，外面有着呼呼的风，陈寅冬忽然从她身上软下来，然后，像是例行仪式似的，他举起脚来，从上到下地抚摸着她，最后，停在那里……这回忆如此清晰，宛若仍在床榻，最令红嫂沉湎不已的是，她想到，那陈寅冬，对古丽，竟也是这样的呢……一个喜欢用脚的男人，她们的男人……

三

红嫂原以为古丽可以像她一样，满足于每晚的回忆与叙述，并且，她们可以依靠这回忆共同过活，她进入老年，而古丽进入中年。事实上，春天来了之后，红嫂发现：她可能错了。古丽，在骨子里就是跟她不一样的女人，这不是谁更好谁更坏的问题，只是，彼此不同。

是啊，春天来了，东坝小镇的春天带有明目张胆的鼓动性，互相攀比着似的，这里绿了，那里红了，空气里都躁躁的，让人感到口渴和焦灼，非要干点什么事似的。这跟古丽的家乡是全然不同了，古丽一下子就被打昏了，她再也坐不住了。

她积极的几次三番的向红嫂要求，由她出去卖吃食，再不出门走走，她就要"霉掉了""烂掉了"。

红嫂看看古丽，后者已经换上春季的衣服了，一方面显得单薄了，另一方面又更加丰满了，红嫂几乎看得欢喜起来，有心要放她出去走走，但又总觉得哪里不大妥当，好像这话一答应下来，就是同时还应承了别的什么似的。

青青在一边看着，想替古丽说情，开了口却又是站在红嫂这边的样子：妈，你都五十多了，再出去跑来跑去，吃不消吧。正好，也让古丽熟悉熟悉，这镇上，她走得还没达吾提多呢！

红嫂扶扶自己的腰，好像突然间就疲惫了起来，这疲惫来得有些违心，又有些存心，总之，她想现在是应当累了，该回到屋子里了，那外面的天地，就给古丽去飘摇吧。

因是春季，这时候，红嫂做的小吃食不再是汤团了，改成炸麻团和咸花卷了，春天日头长，人们走着走着，很容易的就会饿了，如果正好迎面碰上个吃食担子，他们就会买上几个，一路慢慢地走着也就吃光了。

古丽对巷子着实不大熟，走起来有些犹犹疑疑、左顾右盼的，这就跟镇上妇女们大步流星的样子大不同了，人们在后面看了，在侧面看了，在前面看了，都感到一种与众不同的好，他们不免就停下来，喊住古丽，慢慢吞吞地挑上几个包子，慢慢吞吞地掏钱。他们喜欢听古丽说话，因为古丽的话听上去别扭、拗口，他们还注意到古丽鼻尖上的小汗珠，以及她头上随便别上的一朵蔷薇花。她在他们眼中，要比手中的吃食更要耐人寻味。

古丽的生意当然是出奇的好了，比红嫂从前卖出的要多出一倍，还没等红嫂来得及高兴，好好数数那些多出来的钱，古丽就自作主张地开始花钱了。

经过小百货店，她会进去看看，路过布店，停下来东摸西看，经过鞋铺，她又会倚在人家的门前，问这问那。然后，回家的时候，她会一五一十眉飞色舞地重现她所看到听到想到的一切，并且，她的担子里还会多了些别的东西，塑料拖鞋，发亮的发夹，彩色的虾片，能吹出泡泡的糖——不用说，这些新奇玩意儿本身是有着令人激动的魔力的，而且，古丽的行事方式又增加了这种魔力性。比如，她买东西完全没有规律，她并不是每天带，或是隔天带。当大家满心以为她今天是要买什么了，她却空着手回来了；而当大家没指望的时候，她却突然把篮子伸到大家面前。古丽还喜欢把那些新玩意儿藏在篮子的布幔下，然后，让他们摸。让达吾提猜颜色，让青青猜是吃的、用的还是玩儿的，最后让红嫂猜：这礼物是买给谁的？

——对于古丽突然爆发出来的购买欲，红嫂是拦都来不及拦了，也是拦不住了，脚在她身上，钱在她身上，这可真是糟透了！红嫂虚张声势地在心中感叹：她这辈子都没有这样大手大脚花过钱呀，这镇上也没人这样不要命了似的花钱吧！镇上的习惯和风气是这样的：如果能赚上五块钱，一定只能过五毛钱的日子，或者更低，一毛都不花才好，要低于能力，要低于环境，要低于需要，那才是正经过日子的道理，可看古丽这样子，分明是不想过了！

感叹归感叹，生气归生气，红嫂心里却明白得很，她不是真的生气，她不是还有陈寅冬的那笔钱在垫底嘛！就是古丽一分钱都赚不到又怎么样，她们四个人照样可以过得舒舒服服的不是嘛……这样想想，红嫂就真的定下心来，她只是假装舍不得、假装懊恼，可其实呢，在她心底里，却跟青青和达吾提一样每天都等着盼着古丽从外面回来……

再说，古丽其实也没有花很多的钱呀，但真的，每样东西都让大家叹为观止，生活好像因此多了无穷无尽的乐趣似的！您说，买回来总不能不用吧！那才是真的作孽呢！红嫂于是起了油锅，炸虾片，眼睁睁看着单薄的虾片突然弯卷着像笑脸一样膨胀开来。她穿上了平生第一件的确良褂子，她还试了试青青的红色塑料拖鞋，并偷偷地把达吾提的泡泡糖揪下一块放到嘴里……

黏黏的泡泡糖让红嫂惊讶得差点吞下肚里，她慌张而笨拙地从嘴里抠出来，笑话起自己这个乡下女人，她弯下腰尽量不出声地笑着，竟笑出了眼泪，她伸出粗得有些糙人的手抹去泪珠，接着，她真的流起泪来——这迟来的乐趣呀，如此细小、真实，可是，却又残酷地让她意识她前面那些年月的孤独与虚度。

当然，从前的日子跟陈寅冬无关，怪不得他，但眼下的日子，也许倒要谢谢陈寅冬，是他在那遥远的地方结识了古丽，是他通过死亡把古丽带到这个镇上，带到她的身边，陪伴她即将开始的老年。

达吾提吃得很多，睡得也很好，但他的个子却一直不长，好像就准备永远停在那个高度，也许是因为他走动得太多——从仲春直到初夏，他总像是丢了什么东西似的，逼着青青带着他到外面游游荡荡。他抽着他的鼻子，像一只肩负神秘使命的小狗，在清晨，在正午，在迟暮，一天中的不同时分。在阴沟边，在桃林里，在石灰厂，在屠户的案板边，在织布厂前，在邮筒边，在小镇的不同地点，他都会流连忘返，一边专注、努力地抽动鼻子，像人们深情地凝视某处即将永别的地方。

青青有时会走在他的身后，不过，她跟达吾提的趣味全然不同。这个春天，青青是完全的发育了，心理上的发育。她开始懂得轻轻垂下眼皮，开始晓得自己胸脯的美，开始知道微微提起臀部——大多数时候，她是在不自觉地模仿古丽，因此她需要走到巷子里，在没有人看见的地方好好练习，她满心期望着，不久以后，她会成为一个跟古丽一样漂亮的女人，有着一个跟达吾提一样的孩子……

达吾提，你看我好看吗？青青想起古丽头上的花来，她摘下一朵那种同样粉红的蔷薇，同样地别在头上同一个位置，她偏过头去问达吾提。

达吾提从某种专注中勉强地拉回自己，他眯着眼看青青，眼睛越眯越小，像有阳光钻进去了似的。最终，他还是走近过来，把鼻子凑到青青身上，他闻了闻，然后才说：好看，香。

那比你妈妈呢？青青这是有些贪心了。

达吾提严肃地看看青青，他虽睁大眼睛，却视若无物，然后不置可否地又转回身研究他的味道去了。

青青把花取下来在手里握住，她忽然想起方才达吾提的眼睛，他为什么要眯那么小呢，并且，她想起来，这段时间，他总是这样，当他无所事事时，他会睁大双眼，却有些空洞。但当他想看看什么时，却会越来越小地眯起，脑袋向一边歪过去，吃力而别扭……这里面，有什么问题吗？

在这家新开张的裁缝店前，古丽迷路了。因为迷路，她认识了张玉才。

事实上，这段时间，这镇上的巷子她来来回回已走了不知多少遍了，但古丽不记路，因为她每天走的路线都不太一样，她不是根据居民区的分布来决定路线，而是看哪里好玩了、没见过、没来过，她就停下了，看一看，张一张，然后歪打正着地摸索着找到回去的路。

让古丽迷路的这家裁缝店，大得超出镇上所有人的想象，缝纫机是一溜排开的，"咔嚓咔嚓"，声音此起彼伏，好听得很。厅堂上方的绳子上挂着女人的春秋衫、格子裙，男人的中山装、列宁装，甚至还有一套白色的西装，气派极了。就连两个小伙计，都穿着一式一样的对襟褂，脖子里搭根软尺，看人喜欢从下到上，打量一圈，像用眼睛在掐尺寸似的。古丽把担子放在门口，走进去摸摸那些料子，看看那些样式，简直喜欢死这家店铺了。

她磨磨蹭蹭地看了又看，终于想到放在门口的吃食担子，这才不得不提脚走了出去。这一出门，发现天色已经不早了，看看担子里还有不少花卷呢，有些急了，见路就走，东拐西拐，这样走了一大圈，发现自己竟又回到了裁缝店前。古丽倒也不慌，她想了想，换个方向继续走，可是事情真是怪了，好像注定她今天就得结识上张玉才似的。她走了第二圈，似乎走得很远，都要到镇子边上了，可一抬头，瞧，这不还是那家新开的裁缝店嘛！

天色真是一层层暗下来了，古丽看看担子里的花卷，虽说没剩几个，可这于她，可还是没有过的事哩，竟然会卖不完！而且还找不着路了，天天走的这个小镇，连问人都不好意思开口！古丽有些恼了，恼自己，恼这些花卷，还恼那家裁缝店，她四处看看，正不知怎么开口问人呢，张玉才却主动走上来了。

古丽，我都跟你走了两大圈了，你兜来兜去到底是要到哪里去？张玉才身量不算高，却挺干净，棉毛衫外面翻出白衬衫的领子。

这镇上的人，在称呼上一直让古丽很不习惯。如是很熟悉的人，他们会喊成亲戚似的：什么婶，什么叔，什么姑，什么爷。如果是不认识的呢，他们一律喊：嗳！对于古丽，他们把她划归到后者。

嗳，买四只豆沙麻团。嗳，你帮我换个零钱吧。嗳，你家那小男孩几岁了。

"古丽"！这个小青年竟这样喊自己。像一个男同学在喊一个女同学，像是认识了很长时间似的。再看看他的干净模样，想想他竟然不声不响地跟了自己两圈。古丽忽然觉得自己整个人都活泛起来，松动起来。

你管我想到哪里去呢，你跟着做什么？古丽有心想让他带个路，嘴上却是不饶人。要说跟男人耍嘴逗趣，她一向是擅长的，从前在工程队，那些姑娘们个个泼辣、能说会道，要不然也不敢到男人堆里讨生活，她在其中也算是个佼佼者。只是自从陈寅冬死了，自从来到这个小镇，因为背景与环境的变化，她竟有些疏于此道了，这会儿见了张玉才，那本领倒一下子复活了。

那么，是我搞错了，以为你迷了方向。再说我看天色晚了，也怕你一个人不太安全。张玉才话虽说得体己，神情却是不卑不亢。

这一来一往，就知道对方的深浅了。想不到这个年纪轻轻的小伙子，竟也有这样的胆识。到这个镇上以来，还从来没有人跟古丽这样说过话呢——有趣味，有分寸，有想头！两个人说着话，一边就往前走了，自然，是张玉才略略走在前面带路。

走了一程，张玉才忽地想起什么似的，侧过身掀开古丽筐子上的布，看到里面还有几个花卷，于是，伸手在身上摸摸，掏出一毛钱来：正好，我全买了吧。

古丽这下是真的触动了，这个张玉才，何止是有趣，心思还这样细巧！这样贴心！

送到红嫂家，青青跟达吾提早就站在屋檐下心神不宁地张望了，古丽一到，他们全都如获至宝地叫起来，连红嫂都从屋子里搓着手出来，毕竟，古丽还从没回来过这么晚。

古丽顾不上理会红嫂的询问，又把扑到怀里的达吾提拉开，她忙不迭地要招待她在这镇上的第一个客人。喝茶。请坐。请进来。噢，这是红嫂，你认识的吧？她的招待明显有些失了秩序。

张玉才却还是那么定定心心的，站在那里，他听着古丽把红嫂、青青和达吾提一一介绍完，笑吟吟地点点头，才不急不忙地招呼一声告辞走了，竟是连门都没有进的，他举举手中的花卷：我也要回去吃晚饭呢！

一家人就这样被丢在门口，有些眼睁睁的样子看着他走了。张玉才的背影在暮色中一会儿就看不清了，只有达吾提还在嗅鼻子，并显出若有所思的样子。

这以后，古丽跟张玉才就算是熟人算是朋友了。说也好玩，不认识的时候，大街上所有的脸都一样，古丽好像从没有在巷子里见过他。认识之后，他的脸总是老远就会从人群中浮出来，几乎天天都要碰面了。

古丽慢慢知道，张玉才可是正经的初中毕业生，因为读过书，家里人又有些脸面，正托人找了个老会计在学打算盘做账，看样子，以后是要做会计了。会计，这在小镇上，跟老师和医生一样，最是受人尊敬的行当。张玉才想来也是知道这一点的，他的神情之中因此比一般的人又多了几分自信，更添了他与众不同的一点气魄。

认识张玉才之后，古丽倒好像是天天都要迷路了，反正她心里有底，到了黄昏，总会碰上他——或者是他在找她呢！古丽只当不知道，她好像习以为常般地，一边说说闲话儿，一边跟着他走，从小巷走，从人家的屋子后面走，从河道边走，从小桃林里走，也不知是抄了近路还是绕得更远。

张玉才经常一边说话，一边回过头频频地看古丽，带着突如其来的激动凝视她微凹的眼睛。这样的时候——走在张玉才身后，走在这样僻静的小道上，感受张玉才的频频回头，古丽总是很快活的。她想，这便是日子里的好滋味呀，跟吃好东西、睡好觉是一样的⋯⋯至于今后跟张玉才如何如何，她从来不想，一秒钟都不想，想了又有什么用？她结过婚，她有个儿子，她比张玉才大上十二岁，想这些干什么，不是白白让自己过不好日子么⋯⋯

可是，有个姑娘，她却开始想了，她想得具体极了，美好极了，一直想到了结婚，想到了生孩子。是啊，这姑娘是青青。那天，她在门口第一次看到张玉才，她看到他笑吟吟地冲她点头。

在一秒钟前，什么处对象、谈恋爱呀这些事，离青青还有十万八千里呢，可是，等到这张玉才对她点了点头，一秒钟的样子，她突然就感到，一下子就来了，她的事情、她的命就这样定下来了，就逼到眼跟前了。她只愿意让这个小伙子娶她，她只愿意嫁给他。

青青的想法有些太过突飞猛进了，就像一个还不会走路的孩子，一下子却跑起来，还飞起来。因此，青青是完全把持不住了，她的内向、拘谨、生涩好像都给挤到一边去了，只要是跟张玉才有关的事情或细节，她都会像个不会吃东西的人一样囫囵吞枣地一口吞下去，不分青红皂白，不分酸甜苦辣。然后，等到夜深了，她才会一个人缩在被窝里，慢慢地一小块儿一小块儿地重新咀嚼回味。

自然，她所能得到的任何有关张玉才的信息，来源者只可能是古丽，青青一向对古丽是信服的、崇拜的，而古丽，想想吧，每当她说起张玉才来，用的又是什么样的语气和角度呢？这对青青来说，更加是顺风吹火、火上浇油了！可光是这样听听又怎能满足？可怜的姑娘，她的胆子真是大得都要发了狂了，她开始悄悄地跑到街上，寻找张玉才的身影……

好在她是在这镇子上从小泡大的，在张玉才还没有跟古丽碰面之前，她会先一步找到张玉才的踪迹。她看见他把手插在兜里走路。停在路边跟人说话。别人给他散烟，他客气地摆摆手。走过一家玩具摊，他孩子气地蹲下去，拿起一只会叫的塑料鸭挤出响亮的声音……青青着迷地盯着看，觉得他的每一个动作，每一个姿势，都再好不过了！

这少女的相思之情啊，太过猛烈，太过茂盛，她完全沉浸在自以为是的想象中，她以为这便是处对象了，她以为这样便是可以结婚了！青青闪在拐角口，按着像青蛙一样乱跳的心……一直要等到张玉才跟古丽正好"碰"上后，她才仓促地结束她的追寻之旅。因为，有古丽跟张玉才在一块儿，她就放心了，她知道古丽回家后会重述她跟张玉才之间的对话，她什么都不会漏过……

青青以为她正在浇灌着一个秘密，这秘密是她的，也是张玉才的，这世上切切不可有第三者知道。可是，这世上怎么可能有不泄露的秘密呢。秘密是什么？是空气，是风，是水，是沙子，只要有一点点可能的空间，它们就泄了，悄悄地弥漫开来，众所周知，满城风雨。到最后，只有制造与守护秘密的那个人，还像守着风中之烛般地，在小心翼翼地用两只手围着、罩着，死了命地护着。

最先识破青青秘密的是达吾提，这个小小的气味收集者。还是在睡觉之前的那一小段时间，当青青把熟睡的他抱到床上，他睁开眼睛，这次他没有看青青，只是看着前面的黑。

青青刮刮他的鼻子：又醒了？

达吾提短促地呼了口气：你的味道不对了。

嗯？青青笑起来，说实话，对于达吾提关于气味的各种说法，她从来都不当真，他不过是在玩游戏罢了。一个七八岁的孩子，不正是游戏的年纪吗，就像别的孩子喜欢木手枪喜欢弹弓，而他，则喜欢玩玩味道。这样想着，她便会装出认真的样子，陪着他玩。

怎么就不对了呢，你从前不是说过的？我的头发是芝麻味，眼睛是露水味，嘴巴是番茄味儿。

现在不对了。你身上满是大街的味儿。

大街的味儿又怎么了？

你的味儿乱乱的，糊里糊涂、傻里傻气的……嗳，我问你，你为什么整天到外面转悠？

小东西，你倒管起我来了……青青有一点慌乱，但想想达吾提毕竟是个孩子，应当是无妨的，他哪里就能看破她的心思？

我不管你，谁会管你呢？达吾提的声音里忽然流露出一种深深的忧戚与同情，好像只有他才能真正替青青着想似的。

青青被达吾提的情绪噤住了，这八岁的孩子，像是最柔弱的，却又像是最犀利的。他为什么会流露出那种发自内心的悲伤？

青青，你不要出去了，不要再跟着他了。他来的那天，我闻过了，我就知道，他不会喜欢你……这个人与那个人，他们的味道，就像这个人对那个人的脾气一样，有的是天生合得来的，有的是永远都凑不到一块儿的……

你瞎说什么呢。青青小声地回应道。隔了一会儿，她终于忍不住问道：那你说他喜欢什么样的味道呢，我能变成那种味道吗？

你难道真的没看出来？他喜欢的，是我妈妈的味道。达吾提把他温热的小手伸到青青的胳膊上，他轻轻地抚摸着青青，隔着皮肤，传递出单薄而纯粹的亲爱。

少女却在突然之间枯萎了下去，软软地跌到达吾提一侧，她的头落到古丽的枕上，古丽的味道像无知的蛇一样钻进她的鼻孔。

青青的萎靡与消瘦带着少女期的苍白，她因此变得好看了起来。晚饭桌上，古丽一边美美地吃着，一边飞快地看了她两眼，这对餐中的古丽而言，是难得的分心。

红嫂，看见没，青青长成大姑娘了，身量长长的，眼色水汪汪的。她兴高采烈，嘴里包得满满的，说得有些口齿不清。

哼。做母亲的有一点点得意，却还是压下去。红嫂知道，再平常的女人，在做姑娘时，总有那么三四年，看上去是相当迷人的。

青青低着头，她不敢抬头，也不敢开口，生怕会招出眼里的一泡泪。听到古丽夸她漂亮，她自然是高兴的。就是到现在，她依然还是那么崇拜古丽，后者说的每一句话，她都会毫无保留地喜欢。

这几天，她慢慢地有些想通了，不那么绝望了，不那么怨怪张玉才了……他喜欢古丽，这哪里就能怪他？更不能怪古丽，要怪，只能怪自己，长得不好，味道不对……

等下了饭桌，用茶水冲过了嘴，又呆坐着舒舒服服地消化了一会儿，古丽的注意力才算完全地清醒过来。她暗暗地瞧着正在洗碗的青青，后者的动作有气无力，动作慢吞吞的……即使只是个侧影，也能感觉到青青被克制着的某种情绪。

那是什么？她在忍受什么痛苦呢？

古丽想了想，转到房间里去，达吾提正瞪着两只眼呆在黑地里。

古丽正想点灯，孩子却喃喃地说：不要点，看到灯，我眼睛就会疼……

古丽于是也呆在了黑暗里，她仍在想方才的问题。一个十九岁的姑娘，会为什么伤心？自然，应当是年轻人的心事。那么，又会是谁呢？在这个镇上，青青会为了谁？她都认识些谁？这么稍稍推理了一两步，答案就水落石出了。古丽为自己的聪明高兴起来……可是，等一等，这么说，事情的结局要提前到了，在她与张玉才之间？

张玉才现在已经不再假装是偶然碰到古丽了。他与古丽之间，实际上已经有了默契。他们会在那家裁缝店前碰面，然后一起漫无目地东走西走。

古丽喜欢向张玉才回忆她从前在铁路工程队的事情，她那时，比现在更年轻、泼辣，敢当着一大群男人的面就跳起舞来；头上的纱巾从来都跟别人不重样，走在荒地里，人们老远就会认出她……张玉才笑微微地听着，一半是折服于古丽的塞外风情，一半是沉醉在双方的爱慕中——他们没有拉过手，好像也不曾想过要拉手，更不要谈别的。他们好像真的只是简简单单的爱慕与喜欢，这爱慕，真实、轻松，而不必担心来路与去程，因为结果是明摆着的，他们都一清二楚：他以后会娶一个别的姑娘，而她，则会继续像阳光一样明媚地活着……

可是，古丽现在明白，结果要提前到来了——她必须让张玉才对青青有所反应。这事情虽不是她的乐趣和愿望，但她怎么能不帮青青一把呢？她和她可是一家人，都是陈寅冬的家里人呢。

张玉才对古丽的话表示了巨大的诧异，乃至愤怒。他看着古丽的唇，像是头一次注意到她有两片这样的唇似的，她的唇，竟然也能说出违心的话？这还是他天天陪着走的那个古丽吗，百无禁忌、由着自己性子的？

她的唇说：你该成个家了吧！先成家后立业么，成了家再好好把会计工作做好。

接着说：我替你说个姑娘，保证是最适合你的。因为我最了解你，也了解她。她一定会是世上对你最好的人。

又说：你可能见过她的。就在红嫂家，她女儿。也是……我女儿。你要相信我，我帮你看的，肯定没错。我不会害青青，更不会害你。还说：你不要不好意思。这种事情，男的总归要主动一点对不对。我帮你，你写张纸条，或者说个口信，我一定帮你好好带到，约她出来，你们见面。

张玉才把目光移开，他不能不感受到古丽的心肠，那种像天一样大的善，以及不假思索的傻，这其实还是率性了——所以，这还是他的古丽，那两片唇还是她的唇。他的心一开始还气得发红呢，这会却软下来了，疼起来了，都不能碰呢。

青青，自己应当是见过的，但模样记不清了，这说明她长得可能很普通，并且相当内向。不，也不是说他张玉才就一定要将来的新娘能像古丽这样，但是，他，怎么能平白无故就去约一个几乎还是陌生的姑娘？

但是，这是古丽对他的要求，是古丽的决定，是古丽的性情所在，也是古丽对他的情谊所在，她把他都当成自己的人了，她能做到的，她想他一定也会做到——对某事的放弃，对某人的慈悲。这是她代表他们二人所做的决定。张玉才看着古丽的眼，他点点头：那我听你的。然后，他就哭起来，很失体面、很没出息了，往日的镇定与自信一下子没了。他把手紧紧地缩在口袋里，防止自己一下子失控了，会走上前搂住心爱的古丽。

四

现在，红嫂是完全闲下来了，从来没有过的闲。这一闲，日头似乎就显得无限的长了。家里面的那种空空荡荡，都能听见灰尘在往下落了。红嫂坐着，几乎要瞌睡了，却又不敢睡，生怕夜里睡不着。现在，她经常的就在夜里突然地醒了，特别是凌晨四五点的样子，醒了便只好想东想西，想从前的许多事情，想得心里空落落的，什么事情都不踏实似的。

是因为青青吗？要说起来，红嫂倒是家里最后一个注意到青青的消瘦的，像张薄薄的纸片，总呆在屋里不出来。注意到之后，红嫂却又连忙装作毫不在意。

自然，红嫂并不知道这里面有张玉才的缘故，但她自有她的逻辑——毫无疑问，女大当嫁，女孩子家十六岁就可以说合婚事了，而青青，眼看着就二十出头了，可到现在，连个上门提亲的都还没有，这在东坝，已算有些迟疑和困难了……

这镇上，男女的姻缘还是要靠媒婆来牵线搭桥的，而那媒婆，也像生意人似的，自然也要找出色些的男男女女，一来路子轻巧，二来容易成交，说出来更加响当些。而从一个媒婆的专业角度看来，青青这样的条件可能是有些尴尬的吧：模样长得平常，父亲亡故，家中人丁又多，关系可疑，唯一的男丁只是个才八岁的孩子……不过，红嫂几乎是骄傲地微微笑起来，不过，她们知道她红嫂有一笔款子么？那要是拿出来，都能吓她们一大跳！吓完了之后，她们准会一个接一个地上门来，给青青说这镇上最有出息的小伙子。

是啊，红嫂曾经跟自己说过，不到万不得已，她决不动那笔钱，只是，不知道，青青的这事，算不算是万不得已呢？再说，陈寅冬当初的意思又是如何，这笔钱，红嫂要是拿出来用作青青的嫁妆，对古丽和达吾提来说就太不过意了，看看，达吾提，才那么小，保不定以后会有什么吃紧的事急着要花钱呢。

红嫂想了一会儿，没个头绪，浑身却开始燥热起来，头皮痒，后背痒，胳肢窝痒，脚趾丫也痒，毕竟一个冬天都没有洗澡了。看看日头还早，红嫂决定洗把澡。她到灶间烧了满满四瓶开水，又把房间的厚帘子放下，她这里开始洗了，又叮嘱青青继续在厨房烧水。

氤氲的热气顺着木桶的边缘升上来，红嫂脱了衣服，坐了进去。这还是今春的第一把澡呢。红嫂往身上撩了些热水，她低下头看看自己的身子，有些陌生似的，这是从没人细看过的身体，就是陈寅冬，每年他回来，总是冬季，他只在被窝中默默地摸索……也许，这木桶，这热气，便已是红嫂最亲密的抚摸了，她这辈子，不会再有别的了……

而古丽，她倒是未必的，她的身体，或许还会遇上新的目光吧……

这段时间，红嫂注意到张玉才跟古丽的交往，自然，他们并没有什么。但红嫂能够看出古丽从中得到的愉悦，这也许是到目前为止，她在这个小镇上所能得到的最大乐趣吧，她的生活里，如果没有一个相当的异性，那也是太不公平了……

镇上有一些人也注意到了古丽与张玉才，他们看了一会儿热闹，对古丽的大胆感到瞠目结舌，不可思议。这样看了一阵，又有些不安了，觉得如果再看下去就对不起道德良心了。于是，他们做出串门的样子，来到红嫂这里，寒暄几句，接着直奔主题，有些不好意思般地，提起古丽跟张玉才的事：张玉才还是个小伙子，他不懂事也就罢了，可古丽……陈寅冬死了，您这里好心收留下她，她怎么能这样？她这个样子，别人不好说，你红嫂可是要出来讲一讲的，要按老理儿说，她算是小的，是偏房，您是大娘，该服你管的……

红嫂带着些笑，点着头听他们说完，再寒暄几句别的，最后客客气气地送了他们出门。然后，她便把他们的话给忘了。

在这件事上，红嫂打算好了，主意定了，她永远都不会讲古丽半句……没有人会相信，她其实是希望古丽这样的，她在暗中瞧着，高兴着，并朦胧地分享到一些新鲜的气息……古丽是红嫂不可能的生活，是她下辈子的理想，一个人为什么要阻止她下辈子的理想呢？

快要洗完了，红嫂才马马虎虎地洗起了她的胸部。一向以来，对胸部及私处，她总是有着很强的羞耻感，几乎不喜正视。这会儿，她偶然地低下头，吃惊起来——明显的，她的胸部比从前大了许多……而实际上，自从生下青青，她这里便基本是软塌塌的了……红嫂涨红着脸，骂起自己，这种岁数，这里怎么就能大了呢……一边勉强地隔着毛巾摸摸，哎呀，竟摸到些硬硬的肿块，像是没烧烂的肉坨坨似的，怪不得，这些日子总感到胸前有些坠坠的胀，总以为是冬天衣服穿得多。她又往胳肢窝方向移了移，真是蹊跷，连腋下都有块块肉了，而且还疼起来……红嫂感到一阵恶心，对反常肉体的恶心……当然，还有淡淡的疑惑，这难道也算是病么？要瞧医生么？要撩起衣服给别人瞧？嗨，哪能做那种事呢！红嫂飞快地想了一下，立即把这想法给拍死了。同时很快地开始擦干身子，她不想在这方面再作任何的纠缠，一个五十多岁的老寡妇了，竟还要为了胸脯里多了些块块肉而大惊小怪，那不要把全镇的人都要笑话死了，她以后还要不要出门了？反正，平常要是不碰到，也并不感觉怎样的疼痛，而一个正经女人，哪里会想到碰这种地方呢？

青青隔着门问还要不要烧水，红嫂也就一下子忘了她的胸部了，坚决而彻底地忘了。是啊，青青，她现在应该集中精力去想的是青青。她回到洗澡之前的思路上，为了青青的终身大事：是否，该把那笔钱跟古丽说出来？看她能不能同意，先让青青沾个肥嫁妆的好听名声……

青青在厨房烧水。对着灶里熊熊的火焰，她发起了呆。从昨天晚上到现在，不论看见什么，她都会发呆。

就在昨天晚上，她刚刚把达吾提放到床上，替孩子整理好被角，正准备下床，古丽突然进来了。青青正准备张口，她"嘘"的一声，把食指放到了唇边，似乎不想让红嫂听到她将要说的什么。她手上的戒指在夜色中一闪，带着不可思议的迷人。

青青，有小伙子喜欢上你啦！你猜猜是谁？古丽压低嗓子，神秘地凑近青青，她的夸张像热气一样地朝着青青的脸颊扑来。她为什么这么激动？青青回头看看达吾提：他今天怎么真的睡着了？要不然，他也许可以嗅出，古丽的这股热气，是否意味着别的什么？

……

你猜不出？不敢猜？古丽咻咻地喘起气，显得有些焦急起来。

……

张、玉、才、他、喜、欢、你。古丽一字一顿的，并把青青的脸扳过来一点，使她正对着门缝里透过来的灯光。古丽想看到青青对"张玉才"名字的反应。

青青却垂下眼去，像一个人拉上了窗帘。在这短短的几个月里，青青的身子是单薄了，心却丰厚起来。就在听到"张玉才"名字的一瞬间，她就宛若天助地得出一个判断：古丽说的不是实话。

真的。这种事怎么可能骗你。就在今天下午，张玉才，他，托我捎口信给你，约你出去。古丽开始加重分量，她误读了青青拉下的眼帘，以为那仅仅是少女的害羞。

……

你不信？傻姑娘，你想想，要不是因为你，这么些天，他怎么会一直盯着我呢！我都跟过陈寅冬了，我都是达吾提的妈妈了，你说，他没事跟着我干什么呢？他呀，花着心思呢，就是想从我这儿打听打听你的情况，问问你都平常喜欢吃什么？什么时辰起来？晚上睡得好不好？喜欢什么样儿的人？

古丽沉浸在一种自我牺牲的情境中，以致出口成章地进行了突发奇想的虚构。她把张玉才问过她的那些话统统回忆起来，并一股脑儿换到青青身上。甚至，像生怕青青不乐意似的，她还煞有其事地夸起张玉才来。

要我说，青青，找对象也不要太挑。要说这个小伙子呢，还真是要长相有长相，要工作有工作，要人品有人品，绝对是这镇上数一数二的，你跟他呀，我看挺般配……

你们呀，先到裁缝店后面的固桥那里见个面，边走边说说话，你要觉得还行呢，人家张玉才可就要正儿八经地托了媒上门了……

这种牵线搭桥的话儿，一旦起了头，往下说起来就有些滔滔不绝了，夜色之中，古丽的眼睛闪烁起光芒，她几乎说服了她自己，她几乎相信她说的就是真的。

青青终于抬起眼睛，看着古丽，专注而冷静，后者因此不安地停下叙述。

你对我实在太好了……青青有些慢吞吞地说。

没什么，也是受人之托嘛。也是顺水人情嘛。青青神色中的黯然让古丽感觉些什么，她突然感到一阵气短和懊恼，她想她刚才也许说得有些过了。有些时候，就是这样，用力不当，用力过猛，都会中途坏事。那头，好不容易才说服了张玉才，总不能在青青这头给断了吧。这一想，古丽更加急了，却不得不忍着性子欲扬先抑，把方才的热烈猛地削去一半。

当然了，青青，这终身大事，主要还是看你自己。所以你看，我特地先跟你悄悄儿地说，还瞒着红嫂呢，你这两天好好想想。想定了，把回话儿给我，我再给你捎给他，好不好？

然后古丽就急急忙忙地出去了。她不想让青青现在就把话给说死了。她相信青青只要睡一个晚上，只要做一个短短的梦，只要稍微想一下张玉才的背影和走路的样子，她就会克服害羞与不自信，她就鼓起勇气来，会吞吞吐吐地找到自己，答应那个在裁缝店后固桥边上的约会。

当晚的青青没有梦到张玉才，因为她根本没有真正睡着。从夜里到白天，她一直都在紧张而低效地思考：那个固桥边的约会，去？还是不去？

古丽所说的一切，她知道，是不真实的，这一定是古丽，为了帮助（同情？）自己，而硬生生地把张玉才给拉过来的。可是，情感怎么就打不过理智呢？青青同时又在想：万一，万一！古丽说的就是真的！那人就是真的喜欢上自己呢……而且，就算真的假的都不管，为什么自己就不能跑去跟张玉才见上一面呢！只要跟他一起站上那么一小会儿，看看固河里的水草，看看他的鞋子和裤脚，哪怕一句话不说，那就不够了嘛，这辈子难道还指望别的什么吗？

青青默不作声地坐在厨房，一动不动，只看着灶膛里的火，左摇右摆，忽上忽下，她想，那火里烧的哪里是柴？分明就是自己的心了。

忽然，外面传来达吾提的脚步声，青青微笑起来，想到一个好办法，她的心终于可以不必再这样被焚烧下去了。

青青几乎是轻松地站起来，问东厢房里正在洗澡的红嫂：还要再加烧一锅水吗？

达吾提蹲在院子的墙角下。院子外各色各样的气味像一大群顽皮的伙伴似的，在竭力地呼唤他引诱他，可是没办法，他没法出门。他真的没法再忍受外面的阳光了。

不过才是暮春，阳光为什么就这样刺眼呢，像嗡嗡叫的蜜蜂似的，像浓得让人头晕的油菜花似的，达吾提蹲在墙角下，他小小的身子蜷成了一个拳头。他紧闭起眼睛，并用手掌遮住阳光，这样，他才稍微感到舒服一些。

达吾提一直在想着，他得跟谁说说他的眼睛。他的眼睛，让他很吃力。白天，远的东西他压根儿看不见，近的东西又总是模糊的。而过分强烈的光线，都会让他的眼睛不由自主地发痛，像有针在刺，他揉一揉，眼泪就成串地掉下来，但达吾提知道：他是个男子汉，这不是在哭。而到了晚上，情况就更为奇特了，所有发亮的东西，油灯、瓷碗的边缘，古丽的耳环，青青眼里的水，这些亮闪闪的东西就全都被放大成一团团的光晕，到处朦朦胧胧、影影绰绰……

好在，他有鼻子，他的鼻子就是他的眼睛，红嫂给他端热汤了，青青给他穿衣服了，路上有小狗来了，前面有条木桥了，旁边来了辆自行车了，他的鼻子都会提前告诉他……

但是，但是，达吾提真的很想找个人说说他的眼睛，他感到他快要失去它们了。可是跟谁说呢？红嫂，不。青青，不能。古丽，更不能——在达吾提看来，家里那三个女人，某些地方，总让他觉得可怜，是不能依靠的，他不能把他的问题再加给她们……

因此，当青青向达吾提提出一个请求——代替她到固桥边去跟张玉才见面——达吾提几乎要跳起来了，是啊，怎么没想到，其实可以跟一个外人说说，说说他的眼睛。

达吾提答应下来，同时，他嗅出青青嘴中的腥气，根据他的经验，这种气味往往源自那样一些人：情绪紧张或者身体不够舒服。

去见他……嗯，做什么呢？达吾提问，事实上他愿意帮青青做任何事，以报答她每天晚上抱他上床、帮他掖被子。

不做什么……我想，就是见一面，跟他站一会儿。反正，你只管去就行了，千万不要乱说话……青青沉吟着胡乱地答道。显然，她仅仅才想到了第一步，事情的下一步她胸中无数，也无能为力。再说，一个八岁的孩子，她能指望什么呢。

奇怪的是，达吾提发现，当妈妈古丽发现是自己代替青青去见张玉才时，她突然显得很失措，一会儿钻到青青的房间低声嘀咕，几乎在哀求着什么，一会儿又脸色不定地跑出来发愣。看到事情的无可挽回，终于有些怒气冲冲的样子：你这孩子，真不懂事，怎么就当真要去了呢？你这回是帮青青倒忙了！同时，达吾提闻到：妈妈的嘴巴同样带着焦灼的腥气。

她们都在因为什么而如此异常呢？

达吾提带着两个女人的不安赴约了。

固桥下面的河就叫做固河，河水看上去并不那么清澈，这是下游，穿过整个小镇之后，在这里，河面聚集着菜帮子、竹竿、木片以及一些泡沫。河水并不深，但仍然拍打着桥墩，有哗哗的声音，并散发出混浊的气味。

固桥上的两个人，都还没有说话。

达吾提脸俯向河面，像一个小酒鬼似的，深深地嗅着发酵的河水。而张玉才，则跟他相反，他把脸冲着街面，路上基本没人。固桥这里，其实是很适合男女第一次私下约会的——古丽所选的地点倒是很不错的。

想到古丽，又看看旁边的达吾提。张玉才感到了一丝惆怅，其中又夹杂着庆幸与疑惑。无疑，那个叫青青的女孩子是不来了。从表面上看，他是被拒绝了。不过，对这结果，他感到亲切，并隐约体味到那个姑娘的聪明与骄傲，她是个好姑娘，他钦佩她，不过，这跟其他的情感没什么关系。

张玉才现在搞不懂的是：面前这个男孩子，古丽的儿子，他到底是谁的使者？

张玉才犹豫着，决定还是先等这个孩子开口。

其实，我看不清你长什么样儿。所以，我也不知道她们到底喜欢你什么？达吾提突然回过头说。

你说什么？张玉才往前走了一步，这孩子的口音跟古丽一样，带着异乡的底子。她们？

达吾提答非所问：不仅是你，我现在谁都看不清啦。我眼睛坏了。现在我只能看见一点点光了⋯⋯达吾提说着又把头冲向河面儿了，好像他是在跟河里的那些脏东西说话似的。看样子他今天只想跟人谈谈他的眼睛。

张玉才听出孩子声音中的痛苦。这痛苦真实、细小，富有感染力。于是他把他的疑惑丢到一边。你⋯⋯是说，你眼睛不舒服了？那，跟她们说了没有？

这是治不好的。我从小就不好，她们都没发现。我甚至可以继续这样睁大眼睛装下去，只要我有鼻子，她们可能永远都发现不了⋯⋯

你还小呢！哪里就治不好了！我估计是近视吧，一种假性近视，可以治的⋯⋯张玉才想起他仅有的一点关于眼睛的常识。

达吾提似乎根本就不听张玉才的话，他只是需要说。跟一个人说出来。

……从前，在工程队，那是我从小长大的地方，我们小孩玩瞎子游戏，把布条往脸上一蒙，不管是比赛摸人，还是摸东西，我总是最快、最准……从小到大，那是我最喜欢的游戏了……到了这镇上，一开始我还有些害怕呢，什么都看不清楚，但没关系，幸好我有个好鼻子，那就行了……我花了两个月的时间跟着青青，走遍这里的每个地方，我用鼻子记下每个路口的味道，这样，以后我就会认路了，你知道吗？我从不会迷路，这点，我妈妈不如我……

达吾提对着河水，在谈论他眼睛与鼻子的过程中，他提到了青青，又提到古丽。每说到一个，都会让张玉才有点分神，他想，也许接下来这孩子就会谈谈她们当中的一个，这样，他或许就能听出：古丽所操纵的这次约会，真正的背景到底是什么？当然，这并不重要，只是，作为一个年轻的男子，他在情感深处的一点点虚荣。

可是，达吾提不说，眼睛的伤痛使他淡忘了他的角色，他完全忘了他所肩负的重托，忘了在他出门之前，青青左一遍右一遍帮他梳头、整理衣服，而古丽，则在一边焦躁地转着，欲言又止……等他一切准备停当，准备走出院子，青青终于飞快地在他耳边轻轻地说了一句：记着帮我拉拉他的手。

可怜的小达吾提，他都忘了拉张玉才的手了，倒是张玉才，慢慢地蹲下来，捧起达吾提的小脸，看他脸上凹进去的眼睛，湿漉漉的，像清晨起了大雾的水面——多像古丽的眼睛呀，只是，他从来没有机会这么近地靠近古丽的眼睛……达吾提也在看着他，两个人对视着，固河的水在旁哗哗着。

达吾提突然笑起来，慢慢闭上眼睛，皱起鼻子：你瞧，这么近，我都没法看清你，不过，我现在知道她们为什么喜欢你了……你闻起来就像秋天的麦草垛，干干的，厚厚的，很暖和……

听着孩子突如其来、莫名其妙的比喻，张玉才不知为什么特别地难过起来，可能他还没有习惯达吾提的这种表达方式，也可能是他想到了别的什么，总之，他突然把达吾提搂到怀里，把他像麦草垛一样干燥火热的嘴唇贴到达吾提的眼睛上，这双跟古丽一模一样的眼睛。

半个小时之后，当达吾提回到家中，当青青悄悄拉起他的小手准备放到嘴上时，达吾提却抽出手来，把自己的眼睛送上去：对不起，我忘了拉他的手了，不过，他亲过我这里。

于是，青青冰凉的唇像张玉才一样再次贴到达吾提的眼睛上。这两个吻啊，这么相像，这么接近，却又如此遥远，相隔万里。他和她都没有吻到他们的心上人，永远吻不到。只有达吾提，他感觉到那极为陌生的颤抖，像火与冰在瞬间的拥抱，这是他无法记忆和保存的气味。

张玉才还想再见古丽一次，跟她说说达吾提的眼睛。可是，他发现要见上古丽一面现在有些难了。

她不再出现在裁缝店一带，不再出现在他们从前有过默契的任何地点，显然，她在有意地躲避他。有时，在一个巷子里，他走进去，恰好看见古丽挑着吃食担子的身影，他加快步子走上前，古丽却更加快速地往前走，因为挑着担子，她有些吃力，但仍不肯放弃，鞋子危险地拍打着石板路面。张玉才只得停下来，他害怕古丽跌倒。

张玉才不知道，古丽把上次那个约会的失败归罪于己。为了给自己一个惩罚，古丽决定：不再见张玉才，永远告别跟张玉才在一起的那种快乐与放松。这其中，有对青青心思的难以理解，也有对张玉才不够热络的失望，更有对自己的怨恨与自责。她想：如果没有她古丽，如果她从头到尾都没有跟张玉才说过话、走过路、谈过心，说不定，那张玉才，就会顺利地喜欢上青青，他们会按部就班地请媒、相亲、订婚……是她毁了青青可能的美满婚姻。

张玉才决定停止对古丽的追寻——真要追到她，哪里会难？这个小镇，她怎么也不会熟过他的。但是，张玉才停下了，他想，或许他该遂了古丽的愿，不再见面。

——在骨子里，张玉才其实还是悲观的，从迷上古丽的第一天起，他就在等这个结果，只不过，这结果来得早了些、突然了些。从热络到分手，这里面的必然性，不是情感浓度的问题，不是忠贞与否的问题，而是这小镇的道德，是这小镇的风尚。他，张玉才，二十三了，从现在开始，他得正经准备他的婚姻了。此前的一切，在人们的眼里，都算是花絮与练习，是不作数的，是可以原谅同时也是要被故意忽略的……张玉才本非纵情之人，他并不想去突破和违背这些，他只是希望，能够再跟古丽说几句，他想告诉她，这些天，他跟她一起走过的那些路，他会一直记得，记一辈子……当然，还有达吾提的眼睛。

张玉才只得去找红嫂去了。

这是他第二次到红嫂的家。上一次，是第一次结识古丽的那天，也是看到青青的那天。张玉才感到这次上门是有些尴尬的，这个时机也是非常不当的。但他还是逼着自己敲起了门。他一定得让大家一起来替达吾提的眼睛想办法。

红嫂正坐在厅堂里拣红豆，看见张玉才，她想站起来，不知为何，她僵在那里，整个人都不能动弹的样子。于是她大声喊起来：青青，来扶我一下。

青青出来了。她扶起红嫂。自然，她看见了张玉才，但她就有这个本事，脸都没红一下，眼皮都没抬一下，像是根本没有这个人似的，像是根本没看见一样，又进了里屋。倒是张玉才，脸皮明显地红了，像是心虚起来。

红嫂身子是有些不便，眼睛却还是灵的。青青，可从来没有这么无礼过呀！她在心里拍着大腿恍然大悟，原来青青还有这番心思。只是，唉，红嫂看看张玉才俊俏而坦荡的眉眼，想起了古丽，她在心里叹口气，风月之事，她虽不精，但这样一个青年，结识过古丽之后，要让他再跟青青好上，是有些难了，就是有那笔钱拿出来做嫁妆，都是不妥当、不厚道的，都是要委屈人的，既委屈青青，也委屈这小青年。

红嫂正在心里徘徊着，张玉才急急忙忙地开了口：红嫂，跟您说个事，达吾提，他眼睛得病了，怕是很严重呢，我昨天问过我一个城里的亲戚了，他这种情况，像是弱视，虽然现在有些迟了，但也不是没得治，不过要抓紧，要到城里去开刀矫正……我……因为见不到古丽，所以就来找您了……

我说呢……这孩子，不论什么东西，都不是用眼睛看，却是用鼻子在闻……红嫂喃喃自语。她现在觉得她胸脯那里是一点不痛了，或者说，这痛，跟达吾提的眼睛比，算什么呀，达吾提，才八岁呢，又是个男孩子，是陈寅冬脉里唯一留下的个苗苗了……

你问过了，开了刀，还能有治？红嫂现在只担心那笔钱够不够用了，以前总觉得那钱是永远也花不完的，现在倒担心了，眼睛呢，那肯定是要花大价钱的。

有治，肯定有治。张玉才斩钉截铁地说。其实他也并没有那么大的把握，但他愿意给人以好的念想。再说，他看到，青青忽然从门里冲出来，眼睛里一下涨满沉甸甸的泪珠，那样急迫而信赖地看着他……

现在，红嫂甚至连转身都有些困难了。特别是左边半个，那种钝钝的疼，带着无限的重量似的，拉着她的胳膊，她的后背，她的腰。她从凳子上站起，她挂个篮子，她铺床被子，都是一次比一次更艰难的挣扎，她终于不得不呻吟起来。

达吾提站在红嫂的身后，红嫂走到哪儿，他就跟到哪儿。终于，他把古丽和青青都拖到红嫂跟前，他声音有些发尖：红嫂病了，很重。真的，我闻到她身上病的味儿了。

达吾提的样子还跟从前一样，他以为他还装得像一个健康的人，像那许多有着明亮双眼的孩子。他看不见青青在他的后面掉眼泪，看不见古丽像桃子一样肿起来的眼。当然,他曾经闻到过空气中泪水的味道,但他像大人一样不以为然地摇了摇头,以为那是女人们又在为了张玉才在烦恼……

家里人不跟达吾提谈论他的眼睛,好像那只是他的一个小秘密似的。而现在,在达吾提的秘密边上,又长出了红嫂的另一个秘密,像并蒂莲似的,雪白雪白,从黑亮的污泥中生长起来。

保密。你们谁也不准往外说。这是丑事,一说出去,就等于脱光我的衣服……古丽,你知道的,我们家青青还没办事呢,咱们达吾提还小呢,别让这种事在外面传来传去的……记住,不要找医生瞧,不要搭理别人的问长问短……你们就让我慢慢地这样病着好了,到最后,该怎么样就怎么样,我不会怕的……红嫂以一个别扭的姿势坐在床边,她逐个地把家里人一个个地看过去,寻找她们眼中的承诺。

古丽让青青带着达吾提离开。她关上门,拉上厚窗帘子,她含泪解开红嫂的衣衫,她要看看并且摸摸红嫂……一个老年妇人的身体,松弛而迟钝……但在胸部,那女人身上本该最柔软的地方,却古怪地坚实起来,一坨一坨的,像打结了,像结冰了……

古丽看看红嫂,脸色突然涨得通红,憋了很久才说出来:红嫂,您还是去看看吧,人都这样了,还留着那钱做什么……您就把那……把陈寅冬的那笔钱拿出来去瞧病!你放心,我跟达吾提保证不会要其中的一分钱,达吾提的眼睛,那是没有救了,他没有眼睛也照样能过活……等您身体瞧好了,我们一起多做些吃食卖,夏天,我还要批发冰棍儿卖,我好好儿地卖,不再跟任何人在外面瞎逛,我保证一天能卖两天卖三天的钱,咱们几个好好地赚,钱呼呼的不就来了……古丽滴下热泪,像要把红嫂胸前的硬块块儿给化了似的。

红嫂先是愣住了,愣了好一会儿,上上下下地看了古丽一会儿,然后,快活地张开嘴巴大笑,可是这一笑,她的肋骨又给拽得吃不消了,痛得她泪都涌出来:好个古丽,原来你知道有那笔钱,可你从来没提过,你真是个坏家伙……看你出的什么主意!那钱要用在我身上,就等于是拿钱去打水漂了,你看看我的脸,看看我这身子,再多花一分都是作贱呢……不过,好妹妹,有你这句话,我就感到好受多了……哪天呀,你吃食卖得快了,得空了,你就早点回来,我们要好好合计合计,咱们朝着西北方向敬炷香,也远远地跟陈寅冬说说,他那笔钱呀,咱们要用在达吾提身上,带他到城里去开刀,让他的眼睛,比你的还要亮还要好……我们还要用在青青身上,给她置份好嫁妆,让她找个好婆家,要她将来的对象呀,最起码,跟张玉才差不多……

她们一起轻轻地笑起来,像不知名的花儿,散发出淡而哀伤的香气。

原载《芳草》2007年第2期

授奖辞

  《逝者的恩泽》达成了一个艰巨的目标:证明善、证明人间的温暖。鲁敏充分运用了艺术家的权利:选择角度,对世界景象做出取舍;同时,她也必须善尽艺术家的义务:对她所取之景象做出有说服力的表达。《逝者的恩泽》有充分的说服力,这并非源于作者的现实感,而是源于她的眼光和语调:一种内在的宽阔和宽厚,对人的弱点的怜悯包容。小说中最重要的人物是那位不在场的"逝者",他是弱的,他的救赎与恩泽也是软弱的,是对这人世恳切的祈求和祝福。以此为前提,鲁敏才有信心展开这个感人和温暖的故事,她之所以证明了善、证明了单纯,是因为她对人性之复杂迷离有深入和清醒的理解。

作者简介：

滕肖澜，女，1976年10月生于上海，现为上海市作家协会专业作家。2001年开始写作，在《人民文学》《钟山》《收获》《中国作家》《小说界》等杂志发表中短篇小说六十余万字，并多次被转载。2006年4月出版小说集《十朵玫瑰》。

姹紫嫣红开遍

滕肖澜

一

"原来姹紫嫣红开遍，似这般都付与断井颓垣。良辰美景奈何天——"

天还未亮，项忆君便被父亲的唱戏声弄醒。她爬起来，轻手轻脚地开了门。客厅里，父亲项海把四周门窗关得严严实实，拉上窗帘，穿一身褶子，舞着两只水袖，腰肢柔柔软软，身段袅袅婷婷。头一扭，嘴一撇，眼神再一挑，翘个兰花指——便活脱脱是杜丽娘了。

声调压得有些低，好几个音该往上的，都硬生生吃回了肚里。项忆君知道父亲是怕影响隔壁邻居。不够尽兴了。但也不要紧，客厅不是舞台，父亲不是为了博台下的喝彩，只是自娱罢了，为的是一刹那的迷醉，像鱼儿游回大海，鸟儿重归林间。那是说不出的，深入骨髓的惬意。那一刻，是另一个世界，只需微微闭上眼，周围便是良辰美景。

项忆君关上门，重新回到床上。她不想吵了父亲，便装睡。一会儿，父亲项海在外面敲门："忆君，该起床了。"

"哦！"项忆君应了一声，起身穿衣服。到卫生间刷牙洗脸，收拾停当出来，客厅桌上已摆了早饭——白粥，腌的嫩香椿，邵万生的蟹股，还有刚烤好的吐司配煎蛋，另有一杯牛奶。项海吃东西一向讲究，即便是早饭也不马虎。他的祖父，项忆君的曾祖父早年是上海滩赫赫有名的琴师，不算大户人家，也是享过荣华的。项海受祖父的影响，从小研习京昆，嗓子好扮相也好，早年是京剧团的台柱，专演梅派花旦。后来嗓子不行了，改唱昆曲，渐渐地便不唱了，赋闲在家。

项忆君一边吃饭，一边朝父亲看。项海胡子刮得干干净净，下巴上青灰一片。这还是演花旦时的规矩，胡子要刮彻底，胡茬也不能露个一星半点。他的刮胡刀是博朗原装进口，剃须水、须后水也都是高档货，早年落下的习惯，照镜子看到胡茬，便浑身不舒服，像生虱子般难受。每次刮完胡子，还要翘起兰花指轻抚一遍，再朝镜子里抛个眼风，定个格，才作罢。

项忆君看墙上的挂钟——七点了。上班时间有些紧。她依然细嚼慢咽。父亲说过，再急的事都要慢慢来，不能乱了身段，女孩子尤其如此。项忆君气定神闲地咽下最后一口吐司，站起来，拿上包，说声："爸，我上班去了。"

项海微微点头，举起一只手，优雅地挥了挥。

"去——吧。"也是京白的韵调。

项忆君在机场海关上班。

高中毕业时，项忆君原先想考戏曲学院，一是自己喜欢，二来也是想让父亲高兴。她长相跟父亲有些像，瓜子脸，五官不算出众，却是清清爽爽。父亲说过，这种脸型饰花旦最好，平常看着普通，妆一上，眉眼便活了。临填志愿那几天，她常在父亲面前舞个水袖，或是哼上几段，还捣乱似的"台台依台台，台台依台台"唤个不停。她以为父亲肯定支持，谁晓得舅舅来了一趟，父亲就改了主意。

项忆君母亲死得早，舅舅心疼外甥女，便常过来看她。舅舅是生意人，见的世面多，眼界也宽。舅舅对项忆君说：你这个爸爸呀，是外星人，你可千万别像他一样。项忆君听了，笑笑。项海与这个大舅子也淡得很，每次见面都只是笑笑，极少说话，茶水点心一应待客之道却是毫不含糊。离开时必定是送到楼下，直到人远去了才回门。"舅爷，慢走。"这轻轻柔柔的一声，在项海是礼貌，对项忆君舅舅来说，却是折磨了。"你跟你爸爸说，让他千万别这么讲话，鸡皮疙瘩都掉一地了。"舅舅央求项忆君。项忆君听了，还是笑。

项忆君是最懂爸爸的。这份默契，是与生俱来的，勉强不得，也做不了假。还未懂事起，她便听父亲唱戏，起初是咿咿呀呀觉得好玩，渐渐地，便融了进去。确实是好，到兴头上，整个人嗖地穿了出去，只一瞬间，便似穿越了几千几百年，到了不知名的所在。戏里的人，都活生生地在旁边呢。轻摆罗衫，眉眼含春，一颦一颦，都是美到极致。项忆君也爱听流行歌曲，可跟京昆比起来，便完全是两码事了。一个像嘴里嚼的话梅，另一个，却是泡的酽酽的茶，光闻那香气，便已醉了三分。一个是听了便忘，一个是直落到心里，曲罢了还兀自傻傻的。

项忆君小的时候，到杂货店买酱油，手拿瓶子，嘴里哼着"海岛冰轮初转腾，见玉兔、玉兔又转东升，那冰轮离海岛——"脚下踩着碎步，眼神定定的，小嘴念念有词，痴了似的。路过的人便笑她是个傻丫头，长大了和她那傻爸爸一样。

项忆君唱戏时，项海便在一旁坐着，两指间夹支烟，随节拍在桌上轻轻敲着。项忆君嗓子比父亲亮，身段也好。男人演女人，扮相总有些别扭。项海却说，早先的四大名旦，有哪个是女人？男人比女人更晓得女人的美。项海说，如今的角儿，再没有像当年那样出众的了，总是少了些什么，也是世道的缘故，能出电影电视明星，却出不了拔尖的名角儿。项忆君有天赋，没受过专业训练，单靠父亲的指点，小学时便得了全市京剧票友赛儿童组的冠军。上台领奖时，主持人问她长大了要做什么，她想也不想，便回答说"名角儿"。她夹着上海口音的普通话，单这"名角儿"三字却是标准的北京话，翘舌音，清清脆脆地说出来，惹得台下大人们都是一阵笑。

高考前一个月，项忆君把填好的志愿给父亲看。那天舅舅也在，一见志愿表，便跳起来，"帮帮忙，唱戏会有什么出息，有几个唱戏唱出名堂的——你爸爸唱戏，你也唱戏，你看看你爸爸，就晓得唱戏好不好了！"舅舅确实是为项忆君好，以至于到后来都有些失言了。项海没作声，端起桌上的茶，掀开盖，轻轻撇去茶沫，吹了吹。不喝，又放下了。

"整天在天上飞啊飞，到了紧要关头还是要落下来，脚踏实地，看看外面的世界——都变成什么样了，你还以为是戏里的世界呢！"临走时，舅舅丢下一句。

那天晚上，项海没有睡觉。房间的灯始终是亮着。关着门，烟味却还是源源不断地飘出来。项忆君也是一直睡不着。躺在床上，不知怎的，眼前老是出现这么一幅情景——父亲站在门里，一只脚想要往外伸，却总是跨不出去。门外吵得很，门里却是安安静静。他双手掩耳，兰花指翘得漂漂亮亮。

第二天，父亲让项忆君把志愿改了——改成工商管理专业。那日，项忆君第一次看到父亲竟忘了刮胡子，胡茬密密麻麻，一直延伸到两颊。父亲长长地叹了口气，"哎——"音调在空气里转了几个弯，忽地一下止住，几乎都听出喉头的那口浓痰了。父亲摇摇头，转身进屋了。

项忆君穿上海关制服，在父亲面前一站，项海朝她的肩章看了又看，半晌，才道："女孩子穿这身衣服，有些武气。"

项忆君说："是刀马旦的路子。"

项海笑了笑，不吭声了。

日子一天天地过。项忆君还是爱唱戏，每天总要抽个半小时，让父亲指点。这半个小时，与另外二十三个半小时，像是隔着几个世纪。项忆君知道，这半个小时，她其实是梳着髻化着油妆呢，水袖舞得花团锦簇，周围是小桥流水亭台楼阁。一会儿"待月西厢"，一会儿又是"此恨绵绵无绝期"了。这半个小时，比那二十三个半小时都要精彩，是点睛的一笔。

舅舅给项忆君介绍过两个男朋友。第一个在银行里当科长，三十岁不到，身材魁梧，说话像放鞭炮。见面不过三次，就要亲项忆君的嘴，手还直往胸口探。项忆君是吓坏了。依着戏台上的进度，这会儿还只到你瞧我我瞧你眉目传情的份儿呢，连手都碰不得，怎么就能这样呢——忙不迭地断了。

第二个在会计事务所上班，父母都在国外，家里条件不错。项忆君和他谈了半年，感觉还行，他父母专门从国外飞回来看准儿媳。见面那天，小伙子的母亲随口问了声"平常有什么爱好"，项忆君答道"唱戏"。两个老人倒有些意外了，说，那就来一段好不好？项忆君便演了一段"贵妃醉酒"。为了逼真，拿出一条床单披在身上当戏服。因有讨好的意思，演得比平常更卖力三分。

"——杨玉环今宵如梦里，想当初你进宫之时，万岁是何等的待你，何等的爱你，到如今一旦无情明夸暗斥，难道说从今后两分离？"

唱到最后，不知不觉竟落下泪来，眉眼间说不尽的缱绻情意。两个老人看得呆了，半响，才鼓起掌来。项忆君以为给他们留了好印象，谁晓得过了两天，小伙子跑来说——我爸妈讲你身上有股妖气，不像好好的女孩子。项忆君是第一次被人这样说，委屈得回家就哭倒在床上。

项海听说后，也不安慰，只淡淡地说了句："管他们做什么，他们未必懂你，只要你自己懂自己就行了。你是什么人，他们又是什么人！"

项忆君愣愣地听着父亲的话，只觉得这里头有无穷的意思，却又说不出来，胸腔里被什么充得满满的，一阵阵地往上漾。鼻子竟又酸了，却与刚才的委屈又不同，是另一番情怀。自己也说不清的。

二

年底，项忆君去参加一个同学聚会，吃烤肉。毕业后大家各奔东西，许久没见面，一见之下，竟似比在校时还要亲热几分。项忆君平常是不喝酒的，这天兴致一高，喝了两杯红酒，顿时有些醉意，话也多了起来。

席间，有个穿皮夹克的年轻男人，叫毛安，并不是班上的同学，也不晓得他怎么混进来的，好像是某位同学的朋友。他不喝酒，也不吃肉，尽顾着推销保险，名片一张张地发，雪花似的。

项忆君也拿到一张，看了上面的名字，忍不住笑道："'毛安'？你爸妈怎么会给你取这样的名字？"

毛安怔了怔，反问她："这名字怎么了，很怪吗？"

项忆君打着酒嗝，告诉他："是有点怪——毛安，毛安，听着像是毛府里家人的名字。以前的大户人家，都喜欢给家人取名字叫什么安的。主人姓张，家人就叫张安，姓王，就叫王安。你晓不晓得，唐伯虎为了追秋香，到华府里当家人，就改了名字叫华安。"

毛安听了，朝她看了一眼。项忆君脸颊泛着红光，越说越带劲："我可没有骗你，不信你去翻书——"说完，咯咯地笑。

毛安也笑了，问她："你叫什么名字？"项忆君告诉他："项，忆，君。"毛安说："名字真好听，像琼瑶片里的女主角——你要不要买保险？你这么年轻，又是小姑娘，我推荐你买一种我们公司新推出的女性特别险，保管你合算。"

项忆君摇了摇头："我不买保险——你晓得我为什么不买保险？我一个好朋友的哥哥就是保险公司的，薪水高，福利又好，年终奖有十万八万，每年都能去欧洲玩一圈——保险公司这么有钱，还不都是从投保的那些人身上赚的？你让我们买保险，就是想圈我们的钱。所以啊，我才不买保险呢。"她一本正经地道。

毛安一愣，还没说话，便听旁边一个同学道："项忆君，给大家唱段戏吧，好久没听你唱戏，都想死了！"

项忆君嘿嘿一笑，站起来，走到中间，款款低下身子，朝大家道了个万福。清一清嗓子，便唱了段《苏三起解》。因是脍炙人口的段子，她唱得轻松，大家听得也开心。唱毕，几个同学都嚷着"再来一段"！项忆君说"好啊"，又唱了段《我家的表叔数不清》，也是家喻户晓的段子。

项忆君唱完，回到座位坐下。那个毛安凑过来，问她："你京戏怎么唱得这样好——以前练过？"项忆君还未开口，旁边的同学已替她回答了："忆君的爸爸是京剧团的。"

毛安一听，忙道："京剧团的——那你认不认识一个叫余霏霏的女孩？"

项忆君想了想，说："不认识。我爸爸大概认识，我回去问问他。"毛安"哦"了一声，说："那就算了，我也是随便问问。"

当天，项忆君回到家，便上床睡觉了。第二天直睡到近中午才醒来，头疼得厉害，想到昨天的事，隐约觉得自己有些失态，酒喝多了。她记起那个叫毛安的青年，在他面前似是絮絮叨叨个没完，有些话好像还挺过分。项忆君这么想着，便有些懊恼。父亲最不喜欢女孩子在外面喝酒，她起床洗了澡，仔仔细细刷了一遍牙，怕留下酒味，不放心，又刷了一遍。走出来，见父亲在沙发上看报纸。

项忆君叫了声"爸"，便坐下吃饭。吃了两口，忽然想起来，问道："爸，你晓不晓得京剧团有个叫余霏霏的女孩？"

项海摇头说："不晓得。新进来的年轻人，我大半都不认识。"

吃完饭，项忆君陪父亲去买菜。打开门，刚好罗曼娟也从隔壁走了出来，穿一条米色的羊毛裙，扎个马尾。项忆君叫了声"罗阿姨"。

罗曼娟的丈夫原先是京剧团的丑角，两年前得肝癌去世了，留下一个读初中的儿子。罗曼娟四十来岁，长得蛮秀气，只是眉宇间常年带着一丝忧伤。她见了项海，也不多话，微微点头，唤了声"项老师"，便下楼了。

到了底楼，罗曼娟打开防盗门，正要关上，见项海父女也跟了下来，便扶着门等他们。项海赶上一步，说声"谢谢"，闻到她身上淡淡的香气，心里一动，不禁朝她看去——恰恰她也在看他。目光一接，忙不迭地分开。

"再会。"罗曼娟轻声道。

"再会。"项海也道。想再说些什么，又觉得说什么都不好，反而累赘，便看着她的背影渐渐远去。阳光斜斜地落在她身上，瞬时添了一抹金色，柔柔地向外晕开，整个人似是浸在雾里，影影绰绰的。

项海在家通常不看电视，即便看，也只看两个频道——戏曲频道和文艺频道。戏曲频道是老本行，白天一般是整场戏，傍晚放几段精彩的折子戏，到了八点以后，竟然是电视购物，锅碗瓢盆一大堆。再看文艺频道，大多是滑稽戏，讲上海方言，说些无趣的干巴巴的笑话。要么便是杂技、电视剧什么的，闹闹哄哄，没多大意思。项海越看越失望，心想，不是文艺嘛，怎么净是这些玩意儿。

文艺频道每晚都有档滑稽戏情景剧《老爷叔外传》，讲一个小区里的故事，家长里短。演员都是滑稽剧团的，当中夹杂着一个京剧演员，隔三岔五唱上那么一段两段，倒也蛮热闹。项海认得这个人是白文礼——当年拜的同一个师傅，算起来是自己的师弟。现在是京剧团的副团长。项海听他唱得并不出色，比起从前反倒是退步了。这些年，他演小品，演滑稽戏，反串——在老本行上没什么建树，名头反倒比那些获梅花奖的演员还要响亮得多，几乎是老少皆知的。

楼上传来一阵乒乒乓乓的吵闹声——五楼那户人家，夫妻俩都在团里工作，本本分分的人，偏偏生了个不争气的儿子，年纪轻轻便迷上了赌博，自己的钱输掉不算，还成天拿父母的钱去赌，弄得家里鸡犬不宁的。

"砰！"似是玻璃碎在地上的声音，隐约还有吵架声。过了好一会儿，才渐渐平息下来，安静了。

项海摇了摇头，打开电脑，上网——聊天。这还是项忆君教他的。在家闲着没事，时间都凝结成块了。上网聊天，时间便液化了，一下子就流了过去。

项海有个固定的网友——"柳梦梅"。半年前，项海第一次上网聊天，给自己取了个网名——"杜丽娘"。也是图个新鲜好玩。一会儿，"柳梦梅"便出现了。

"你是女的吗？""柳梦梅"问。

项海打下这么一行字："在梦里，我就是杜丽娘。你何必管我是男是女——你叫'柳梦梅'，你是男的吗？"

"柳梦梅"说："我同你一样，也在梦里呢。你又何必管我是男是女？"

这么一来一去，两人便成网友了。项海打字很慢，一行字要打半天。"柳梦梅"从不催他，是个耐心的聆听者。项海说出的话，一点也不像网上聊天，倒跟散文似的，抒情得很。

"昨天，一片叶子飘到我家阳台上，我捡起来，看到都有些微红了，我便晓得，秋天到了。一叶知秋，应该就是这个意思吧。"

"柳梦梅"接着道："秋风也起了。你闻过风的味道吗——其实春夏秋冬，各个季节，风的味道都是不同的。春天的风有泥土气；夏天是潮潮的水汽，带点腥气；秋天有一股烧尽的枯木的味道；冬天则是冷冷的水门汀的味道。"

项海说："你倒是研究得透彻。下次我也仔细闻一闻——我猜你该是个挺细致的人。你爱听戏吗？"

"柳梦梅"回答："爱听，尤其是京昆，喜欢得不得了——你自称'杜丽娘'，想必也是个爱听戏的人吧？"

项海犹豫了一下，说："我岂止爱听——我唱了几十年的戏。"

这一聊，便是半年之久，每隔几天都要聊上几句。项海觉得这也是缘分，他叫"杜丽娘"，偏偏就有人叫"柳梦梅"。都说网络乱糟糟的，没想到居然能遇到一个谈得来的人，真是很难得了。

今天，项海告诉"柳梦梅"："我喜欢上我家隔壁的一个女人。"说完，心怦怦乱跳，脸都有些红了。"现在，你该晓得了，我是个男人。"

"柳梦梅"停顿了一会儿，问他："那女人也喜欢听戏吗？"

项海说："这个我不晓得，但她前夫是京剧演员，耳濡目染，想来她应该也不会讨厌。"

"柳梦梅"道："那很好啊。你去跟她说。"

项海愣了愣，半晌，才道："这个，你让我怎么说呢？"

打完这行字，项海便下线了。心兀自跳个不停，盯着电脑屏幕，都有些后悔说这些了。原以为说出来，心里会轻松些，谁晓得反倒更彷徨了。

项忆君上班时接到一个电话。

"你好，我是毛安。"一个男人的声音。

项忆君先是一怔，随即才反应过来。"哦，你好，"想起那天的失态，微微有些局促，"你——找我有事吗？"

"我想跟你学唱戏。"

"什么？"项忆君还当自己听错了。

"我说——我想跟你学唱戏。"毛安提高音量，又说了一遍。

下班后，两人约在咖啡馆见面。项忆君进去时，毛安已等在那里了。分别点了咖啡。毛安直奔主题。

"我说要向你学戏，可不是开玩笑。我是非常非常认真的。"他看着她。

项忆君觉得很好笑。"我自己也是半桶水，哪里会教人啊。我们院子里有许多专业演员，我介绍几个给你认识好不好？"

毛安摇头道："不用很专业，我又不指望上台表演——我要求不高，只要像那么回事就行了。"项忆君朝他看看，忍不住问道："你为什么要学戏？"

毛安拿起咖啡喝了一口，笑笑，说："也不为什么，说出来你肯定会笑我的。不过你现在成我师傅了，被你笑两句也没关系——还记得我上次跟你讲的那个余霏霏吗？嘿，我不用说下去，你也猜出来了，是吧？"他摸摸头，咧嘴一笑，似有些不好意思。

项忆君一愣，随即"哦"了一声，明白了。朝他看了一眼，笑道："你这人倒蛮有趣的。"

"不是有趣，是认真，做事认真，"毛安强调道，"我这人就是这样，不管做什么事，要么不做，要做就一定要做到最好，准备工作做足，不打没把握的仗，知己知彼，百战不殆，争取一击即中。"他越说越兴奋。

项忆君忍不住又笑了。

"你把追女孩当成打仗啊？"她道。她本来是想拒绝他的，现在一下子改了主意，像是马上要投入到一场游戏中去的心情，是以前从未有过的，有些新奇，又有些跃跃欲试。她眼珠一转，问他："那个余霏霏，是不是很漂亮？"

毛安不加犹豫地说："那当然！"

项忆君下班回到家，看到楼下停着一辆白色的本田雅阁。她认出这是白文礼的车。她上楼，开门进去，果然见到白文礼坐在沙发上，穿一套休闲西装，手拿茶杯，笑吟吟地在和项海聊天。项忆君叫了声："白叔叔。"

"忆君回来啦？"白文礼笑道，"几个月不见，越长越漂亮了。"

不久前，白文礼筹办了个戏曲学校，生源不错。这次他过来，便是想请项海出山，到学校教戏。

项海推辞了："这么多年不唱，都生疏了。"

白文礼一笑："师兄啊，这话搪塞别人可以，搪塞我可就不行了——说句实话，除了你，我谁都信不过。要是能请到你，我这个学校啊，就有九成把握了。"

项海摇摇头，淡淡地道："师弟这是抬举我了。我现在不过是个糟老头子，什么也不懂。你让我去教学生，可别砸了你的金字招牌。"

白文礼微微一笑，说："师兄又何必太谦？你啊，就是亏在退得太早，要不然唱到现在，谁还能强得过你——就当给我个面子，一来是为了我，二来也是为了那些学生，发扬国粹，功在千秋的事，啊？"

项海嘿了一声，不说话了。

项海留白文礼吃晚饭，白文礼高高兴兴地答应了；又说要进厨房帮忙，被项海推了出来。白文礼便踱到项忆君房间，见她正在翻一本厚厚的《京剧大戏考》，奇道："怎么想起看这个了？"

项忆君告诉他："不是我要看——是有人要向我学戏，我在备课呢。"

白文礼笑了："倒是蛮巧，我请你爸爸教课，别人又跟你学戏——父女俩都成老师了。"

项忆君摇头笑道："我算什么老师啊，只不过是闹着玩儿。那个学生动机也不纯，嘿，你晓得他为什么要学戏——"说到这里，忽地想起一事，便问："白叔叔，向你打听个人——余霏霏你认识吗？"

白文礼愣了愣："哦，认识的——去年刚分到团里，程派旦角——怎么，你认识她？"

项忆君一笑："我不认识，不过我的徒弟认识。"

吃完饭，又坐了一会儿，白文礼起身告辞。项海说要送他，白文礼忙道不用。项海便让项忆君代他送到楼下。两人缓缓走下楼梯。项忆君走在前面，白文礼走在后面，停了停，忽地说了句："你走路的样子真像你妈。"

项忆君回头一怔："像吗？"

"像。"白文礼看着她，道，"不光走路的样子像，长相也很像呢。"

项忆君笑笑，道："我舅舅也这么说，不过他说，我没有妈妈好看。我妈妈是鹅蛋脸，鼻子很挺。我鼻子塌塌的，像个洋葱。"

白文礼也一笑："你比你妈还要文静些——放在戏台上，她是花旦的路子，你就是青衣。"

项海打开电脑。"柳梦梅"也在网上。

"吃过饭了吗？""柳梦梅"问。

项海说："刚吃完——今天，我师弟来了。"

"柳梦梅"说："是一起学戏的师弟吗？他唱得好，还是你唱得好？"

项海说："这个不好说。不过，以今时今日的境遇来看，他比我要好得多。我和他是两种人——我只是个戏子，他却是个人物。"

项海打到这里，停了停，又接下去道："这番话，我从没和别人说过——我没有半点贬他的意思，只是有些感慨。"

"柳梦梅"说："我明白的。"

项海怔怔地看着屏幕上这四个字，一时间竟不知该再说些什么。心头倒是积得满满的，百感交集的，想不出合适的话，便道："'柳梦梅'，你喜欢现在这个世界吗？"

"柳梦梅"说："喜欢不喜欢，都要在这个世界过。难道你有时空穿梭机？"

项海想了想，道："我不用时空穿梭机——窗帘一拉，戏服一穿，眼睛一闭，就变成另一个世界啦。"他说到这里不禁一笑，是笑自己傻的意思。摇了摇头。

"隔壁那个女人，你和她说了没有？""柳梦梅"忽然问道。

项海一愣，反问："说什么？"

"柳梦梅"道："当然是袒露心迹了。"

项海迟疑着，没吭声。半晌才道："我要去睡了。下次再聊吧。"匆匆下了线。呆呆坐了片刻，便踱到阳台上，抬头望天上的星。头一侧，瞥见隔壁阳台上有个人影，借着月光一看，竟是罗曼娟。两人目光一接，都是一怔。

"还没睡啊？"项海干咳一声，问道。

罗曼娟"嗯"了一声，一甩手，将刚洗完的羊毛衫挂在衣架上。

"晚上晾衣服，不怕沾了露水吗？"项海又问。

罗曼娟道："羊毛衫干得慢，放到明天再晾，一整天干不了。"

项海哦了一声。一时找不到话接下去，便依然抬起头，两手撑在栏杆上，看天上的星——其实是在想话题。又怕她晾完衣服便进去，心里忐忐忑忑，脸上却是带着微笑，悠悠闲闲的。

"项老师今早又唱戏了吧。"罗曼娟忽道。

项海说："嗯——吵了你睡觉是吧？"

"没有，"罗曼娟道，"我早醒了——就算没醒，在这样好听的声音中醒来，也是件美事呢。"她一边说，一边整理着羊毛衫。

项海心里一动，想再说些什么，罗曼娟已转身进屋了。"再会。"——她是苏州人，这声"再会"甜中带糯，听着说不出的惬意。

"再会。"项海看着她的背影，一时间，胸中有东西在涌动，一波一波的，又似被什么撩了一下，浑身轻轻打个激灵，思路都有些跟不上了。

三

项忆君把授课地点定在她家附近的一所中学。周六周日，学校的操场上到处可见打球的学生，教室里却几乎空无一人。项忆君挑了底楼的一间教室。

"我们先来了解一下京剧的起源，"第一堂课，项忆君说，"京剧的前身是徽剧和汉调。清朝乾隆年间，徽班进京，与汉调的艺人合作，又吸收了昆曲、秦腔的曲调和表演方法，渐渐就发展成了京剧——"

毛安道："老师，能不能不学那些理论知识，直接教我唱戏？"

项忆君问："你想学哪段？"

毛安嘿了一声，说："我不懂的，反正只要好听就行，再有就是别太难，你晓得，我一点基础也没有。"

项忆君想了想，说："那就学《苏三起解》吧。"

毛安说："这个我会唱。"说着，便抢在前头唱了一遍。唱完，朝项忆君看了一眼，笑笑，"我晓得我唱得不好，你别这么看我，我会自卑的。"

项忆君摇了摇头，道："不是好不好的问题——你运气的方法不对，应该用丹田运气，那样唱出来的音才浑厚，你这么唱，就像唱流行歌曲似的，轻飘飘的。"

毛安问："丹田在哪里？怎么用丹田运气？"

项忆君说："丹田就是小肚子，你试着深吸一口气，把气从那里升上来，喏，就是这里——"她指指自己的小肚子，深深吸了口气，又吐出来，"感觉到没有？平常你是用肺呼吸，现在是用丹田呼吸。唱戏时一定要用丹田的气。"

毛安学她的样子，呼吸了一遍。

"项老师，"他笑着道，"我记得以前生物课老师说过，人是用肺呼吸的。我实在想不通——小肚子里只有大肠和盲肠，怎么个呼吸法？你倒是说说看。"

项忆君愕然，倒不晓得说什么好了。她想起自己从前跟父亲学戏的情景，是何等的屏息凝神，连喷嚏也不敢打一个。现在这个人，居然嘻皮笑脸，浑然不当回事。项忆君觉得，学戏不该是这个样子。她有些不快，朝他看了一眼。转念又想，反正他也是闹着玩儿的，自己又何必太认真。

"那你还是继续拿肺呼吸吧。"项忆君淡淡地说，"《苏三起解》你已经会唱了，我们再学段别的，嗯，《智取威虎山》好了。"

白文礼专门派车去接项海上课。司机按门铃时，项海刚刚熨完衣服。他原先预备穿中山装，已经拿出来熨好了。谁知穿上后才发现，袖口那里居然有个洞，也不知什么时候破的，只得另拿一套西装，急急地熨了，穿上，随司机走下楼。他站在一旁，等司机开门。谁晓得司机自顾自地上了车。项海一愣，想这人真是不懂规矩，只得自己开门，上了车。

学校大楼新建不久，教室里的玻璃窗和课桌椅都是崭新的。项海走进去，见下面坐了五六成学生，一个个眨巴着眼睛朝自己看。项海暗暗提了口气，竟也有些紧张。"大家好，"他道，"自我介绍一下，鄙人姓项名海，现在开始上课。"

项海教授《霸王别姬》。他先唱一遍：

"自从我随大王东征西战，受风霜与劳碌年复年年。恨只恨无道秦把生灵涂炭，只害得众百姓困苦颠连——看大王在帐中和衣睡稳，我这里出帐外且散愁情。轻移步走向前荒郊站定，猛抬头见碧落月色清明。适听得众兵丁闲谈议论，口声声露出那离散之心——"

项海许久没在公众场合唱戏了，额头渗出细细的汗珠。他唱完，朝台下看去。见这些学生一个个表情木木的，毫无反应。项海正有些失落，忽听见角落里响起欢快的手机铃声，一个女学生拿着手机，飞也似的奔了出去，一会儿再进来，大咧咧地坐回位子，招呼也不打。项海被她的高跟皮鞋声弄得好一阵发愣。

第一堂课上得索然无味。手机声此起彼伏。听电话的，上厕所的，进出教室旁若无人。后排一个男生边听课边吃口香糖，手插在口袋里，靠着椅背，对着项海吧嗒吧嗒嘴巴灵活地翻转着。前排的一个女生，赫然在项海眼皮底下看一本画报，翻页时毫不避忌，弄出哗啦哗啦的声音。项海对着她发了一会儿呆，还没想好该说什么，女生却抬起头看他，还朝他笑了笑，继而又低头看画报。

项海没说话，心里却有些糊涂——难不成现在学生上课都是这个样子？几十年没进课堂，都变得让人看不懂了。

上完课，项海微一欠身，朝台下道："今天就到这儿吧。"说着慢慢地收拾东西。他静若处子，学生们却是动若脱兔，只一会儿工夫，便走个干干净净——只留下项海一人。教室内顿时空空荡荡。

司机告诉项海，车坏了，不能送他回去。"你坐校车吧，到人民广场。喏，就在那边——"司机叼着烟，手朝校门口一指。

项海只得走过去，上了大巴。车上座位已满了，零零星星有几个人站着——坐着的都是些学生，说说笑笑，有些是刚才班上的学生，见到项海，也不理会。项海挑了个位置站着，一手拿包，一手抓住上面的行李架。一会儿车开了，起步时不大稳，项海没抓牢，整个人朝后倒去，"啊哟！"幸好后面有人，扶住了他。

"谢谢。"项海重新抓住行李架。这次抓得牢牢的。

"项老师，我帮你拿包吧。"旁边座位上一人道。项海一看，见是刚才上课时吃口香糖的男生。男生一抬臂，再一伸手，将他的包拿了过去。

"这趟校车人最多了，每天都有人站着——项老师你累不累？"男生嘴里嚼着口香糖，问他。

"嗯，还好。"项海听他这么说，还当他会给自己让座，谁知他纹丝不动，并没有让座的意思。便有些后悔，该说"很累"才是。再一想，整车的学生只有他一人提出给自己拿包，已经是出类拔萃的仗义了，不该再奢求什么。

好在路上不堵，不到半小时便到了人民广场。项海从男生手里拿过包，说声"谢谢"，下了车，换乘一列地铁，很快到了家。

项海走进门洞，被迎面冲下来的一人撞得险些跌倒，他跟跟跄跄看去，那人已冲出十来米外。"小赤佬，你给我死回来——"与此同时，一个上了年纪的女人的尖叫声，在项海头顶响起。项海抬起头，五楼的女人见到他，顿时有些不好意思，讪讪地："项老师，这个——回来啦？"忙不迭地把头缩回去。

这女人以前唱裘派，是京剧团里唯一的女花脸，一度前途远大，后来跟着老公炒期货，心思全放在赚钱上，把家当输个精光才回头。几年不唱戏，全摞下了。现在拿着一份死工资，日子清苦得很。项海猜想，她儿子刚刚必定又是拿了家里的钱去赌，她才会如此失态。不由得叹了口气，慢慢地走上楼。

"项老师。"忽听见一个轻轻柔柔的声音。

项海抬头，见罗曼娟站在面前，手里端着一碗馄饨，正望着自己。"自己包的馄饨，虾仁馅的，拿一碗给您尝尝。"

项海"哟"的一声，连忙放下包，双手接过。"这怎么好意思——多谢多谢。"他正要开门，才发现自己端着馄饨，竟腾不出手拿钥匙。罗曼娟微微一笑，又从他手里拿过馄饨，"您先开门吧。"

项海也笑了笑，掩饰脸上的窘态，打开门。"进来坐会儿，"他对罗曼娟道，"我昨天刚买了些上好的普洱，请进来尝尝。"

罗曼娟推辞道："不了，家里的衣服还没收，小囡马上就放学了，还要烧饭。"

项海"哦"了一声，兀自不死心，道："只是喝杯茶，耽误不了多少工夫的。"说完朝她看，又觉得自己死缠烂打，有些过头了。正踌躇间，听见罗曼娟道："这个——好吧。"

项海泡了杯酽酽的普洱茶，端过来。罗曼娟坐着，在看旁边镜框里的照片。有项海父女的合照，还有早年项海在舞台上的戏照。

"项老师这几年都没怎么变呢，保养得真好。"罗曼娟道。

"哪里，"项海笑笑，"老了，脸上的褶子拿熨斗也熨不平了——来，请喝茶。"

罗曼娟接过，放在一边。朝项海看了一眼，停了停，忽道："项老师，我们家小伟昨天在学校里闯祸了。"说完眼圈一红，几乎要落下泪来。

项海见她这副模样，先是一惊，随即问道："怎么了？"

罗曼娟说："他和同学打架，把同学的头打破了，送到医院缝了十几针。校长对我说，要给小伟记一次大过。我晓得记三次大过就要退学。项老师你说，这可怎么得了——"急得又要哭。

项海劝慰她道："小孩子打架，也是难免的事——男孩子嘛，自然调皮些。再大几岁就好了，你不用担心。"

罗曼娟摇头，道："项老师你不知道，这个小囡啊，我当妈的心里最清楚，要是不好好管教，将来就跟五楼上那个宝贝差不多。"

这是罗曼娟第一次跟项海谈起家里的事。项海没料到她会说这么琐碎的话题，楼里有的是三姑六婆，她大可以找她们去谈，远比跟自己说要有用得多。项海朝她看了一眼,见她低垂眼睑,鼻尖微微耸动,心里一动,忽然觉得从这样的话题谈起,家长里短的,更显得亲近,倒也不错。项海劝她:"人生不如意十之八九。儿女的事,只有尽力而为——"他说着,又觉得不妥,斟酌着,"嗯,这个,男孩子不像女孩子,开窍得晚,到十五六岁的时候,一夜之间,说懂事就懂事了。"

罗曼娟嗯了一声,忽道:"我倒是挺喜欢你们家忆君,又文静又听话,工作又好,还会唱戏——项老师你是怎么培养的女儿?有时间一定要教教我。"

项海笑笑:"也谈不上什么培养——这孩子和我一样,有些呆气,在如今这个社会里,可不见得是什么好事。"他端起茶,让了让罗曼娟,"请喝茶。"

罗曼娟喝了一口,赞道:"这茶真香。应该很贵吧?"

项海回答:"还好。"

罗曼娟又坐了一会儿,便走了。项海送她到门口,直到她关上门,才进来。他收拾茶杯,见罗曼娟喝的那个杯子,有浅浅的口红印。项海一愣,才晓得她并不是真的素面朝天,也是修饰过的。

项海回想刚才的对话,一句一句,放电影似的掠过。他每一句话,都是脑子里过了一遍才说的,生怕有哪里说得不妥当,又担心是不是过了头,反倒着了痕迹,那就尴尬了。项海这么想了一遍又一遍,不禁笑自己忒傻,像个毛头小子似的。转念又想,戏里头那些多情种,张君瑞、柳梦梅,又有哪个不是傻到了家?其实也不是傻,是痴。项海这么想着,都有些脸红了。却不是害羞,而是隐隐透着激动,心口那儿一波一波的,有什么东西冒着泡,不断漾着,都快溢出来了。

四

项忆君上班时,被科长说了一通。事情是这样的——海关规定机场员工不可在免税店里购买烟酒和化妆品。那天项忆君值晚班,抓住一个买免税烟的员工,谁晓得这人竟是指挥处的副总,科长忙不迭地让项忆君把烟送回去。"你抓谁不好,偏偏去抓他!"科长恨恨地说。

项忆君便很想不通——那人脸上又没写字,她怎么晓得他是副总?再说了,规定又没说只能抓老百姓,不能抓当官的。项忆君那几天一直闷闷的,见了科长,也不搭理。她其实是个倔脾气,脸上藏不住事的。科长不跟小姑娘计较,一笑了之。坐在项忆君对面的年轻女人叫丁美美,二十七八岁年纪,瘦瘦高高的个子,最擅长跳国标舞。大老板喜欢跳舞,出席大场面常带着她,最受宠不过。大家都猜下届领导换任，这个小女人有希望升一升。丁美美平常跟项忆君话并不多，这天居然朝科长横了一眼，凑近了，对项忆君说，别睬那种马屁精！项忆君一愣，倒有些意外了。再一想，换了丁美美是她，自然不会把科长放在眼里，该怎样就怎样。项忆君想到这里，便有些懊悔——当初该去学跳舞才对呀。

舅舅又给项忆君介绍了个男朋友，家里是做饭店生意的，小伙子大学毕业后，在一家玩具公司当销售员。见面前，舅舅再三关照项忆君："别跟人家说你喜欢唱戏。"项忆君反问："为什么？"舅舅眉头一皱，道："让你别说就别说，又不是到京剧团面试，跟人家说这个干什么？"

相亲地点定在麦当劳。小伙子叫赵西林，个子不高，不胖也不瘦，戴副眼镜。两人有一搭没一搭地聊了几句，赵西林问项忆君："平常有啥爱好？"

项忆君脱口而出："唱戏。"说完才想起舅舅的嘱咐，暗暗伸了伸舌头。赵西林见了，问她："怎么了？"项忆君忙道："没什么——嗯，你有啥爱好？"

赵西林想也不想，便道："打牌。大怪路子、八十分、斗地主、红五星、捉猪猡——我都很拿手。"

项忆君哦了一声，又问："那你喜欢听戏吗？"

赵西林摇摇头，很爽快地道："听不懂，不喜欢——你喜欢听戏？现在还有喜欢听戏的年轻人？真是蛮少见的。"

项忆君觉得这人倒也有趣，便告诉他："我不是喜欢听戏——我是喜欢唱戏。"

这时，项忆君一抬头，竟然看到毛安从窗外走了过去，旁边是一个女孩，二十岁出头，披肩长发，侧面看去五官很精致。项忆君一愣，猜想这女孩应该就是余霏霏。可惜还来不及细看，人已经走远了。

项忆君低头吸杯里的果汁。赵西林朝她看了一眼，道："其实这个——我妈也蛮喜欢听戏的，还会唱，《天上掉下个林妹妹》《沙漠王子》什么的，蛮好听。"

项忆君笑笑，说："那是越剧。我只会唱京剧，越剧可不会。"

"反正差不多，都是戏嘛。"赵西林道。

项忆君又笑了笑。

赵西林看看她，犹豫了一会儿，忽道："嗯——下礼拜你哪天有空，出来打牌怎么样？"

周末，毛安又来向项忆君学戏。他脸色闷闷的，也不怎么说话，一改往常的嘻嘻哈哈。项忆君原先还想问他那天的事，见他这样，倒不好意思开口了。

毛安问项忆君："《牡丹亭》会唱吗？"

项忆君说："昆曲我不大拿手，勉强会一点点。"

"那你唱一段给我听听，好吗？"毛安掏出烟，点上火。

项忆君愣了愣，随即说："好的。"

"原来姹紫嫣红开遍，似这般都付与断井颓垣。良辰美景奈何天，赏心乐事谁家院——"

项忆君唱完了，见毛安怔怔地看着自己，动也不动，似是在发呆，便拿手在他面前晃了一晃，"你怎么了，不舒服？"

"嗯，是有点不舒服——这儿，"他指指心口，"这儿不舒服，难受得要命。"

"胃不舒服吗？"项忆君道，"要不要我陪你去医院看看？"

毛安瞟了她一眼，"亏你还是唱戏的，怎么这么直来直去的——这是胃吗？是心！我跟你讲，我的心很痛，痛得一塌糊涂。"

项忆君朝他看看，笑了笑，没说话。

毛安叹了口气，道："你唱得真好听。我还是第一次觉得戏这么好听，好听得不得了，该怎么形容呢，好像唱到我心里去了，像是有一双手，把我整个人给拽了进去——我现在才晓得，为什么以前的人那么喜欢听戏，原来真是有点道理的。嗯，真的，不服不行。"他说着，重重地点了点头。

毛安告诉项忆君——他和余霏霏吹了。

"其实也不是吹，应该说，我们本来就没真正好过，"毛安苦笑了一下，"我追了她整整一年，她从来就没把我当回事。她心里想什么，我清清楚楚。她怎么肯随随便便找个男人呢，她条件那么好，能找到比我好一百倍的男人。"说到这里，他狠狠吸了口烟，随即把头转开，看向窗外。

毛安鬓边一撮头发有些泛白发亮，或许是阳光落在上面的缘故。他手插在裤袋里，眼朝着窗外，嘴微微动着，似是在自言自语。

"嗯，我跟你讲，天涯何处无芳草——"项忆君说着，停下来，觉得这样安慰人实在太傻，便笑一笑，道，"喂，你到底还要不要学戏啊？你喜欢《牡丹亭》，那我就教你这一段，好不好？"

毛安也笑了笑："好是好，不过这段太难了，我怕我学不会。"

"学不会就多学几遍，有什么关系？我这个做老师的都不怕烦，你还怕什么？"项忆君说完，从包里变戏法似的拿出两个袖套，"来，把这个戴上。"

毛安朝她看："干什么？"

项忆君一笑："水袖啊——戴上这个就有感觉了。"一边说，一边给他套在手腕上，甩了两下，"你眼睛看着这里，袖子就往那边甩，眼神要妩媚一点——"

毛安叫起来："帮帮忙，我可不想变成娘娘腔。"

项忆君嘿了一声，道："放心吧，你离娘娘腔还远着呢。"说着，把他的烟夺下，往旁边的垃圾桶里一扔，"别抽烟，烟会把嗓子熏坏的。我爸就很少抽烟。你呀，要是想继续跟我学戏，就得把烟戒了。"

毛安笑了笑，又朝她看了一眼，想说什么，忍住了。"好吧，你是师傅，听你的。"他甩甩两个袖套，不禁又笑，"要是给我的客户看见，保管以后再也不敢买我的保险了。呵呵。"

白文礼最近很忙，又是学校，又是团里，加上同时有两个情景剧在拍，还有一个汇报演出要排练，忙得陀螺似的。倘若光是忙，倒也算了，偏偏还有一件更烦人的事。余霏霏几次打电话过来，说想当《牡丹亭》的女主角——《牡丹亭》是香港人投资的昆曲电影，白文礼只是经朋友介绍，跟这个香港老板吃过两顿饭。香港老板托他帮忙物色演员，其实也是客气，随口一说。偏偏就让余霏霏知道了，天天缠着他，软的硬的，一副不达目的不罢休的模样。

一年前，白文礼带团去新加坡公演。那次，余霏霏半夜里敲了他的门，还上了他的床。白文礼每次想起这个，就后悔得要命。余霏霏很漂亮，戏唱得也不错，因此，很自然地，下一个年度大戏里，他推荐她当了女二号。团里有不少人提出异议：让一个刚踏出校门的小女孩担当重任，是不是合适？白文礼力挺余霏霏。最后团长还是同意让余霏霏上了。演出后，反响不错，余霏霏也一跃成了团里数一数二的年轻花旦。

白文礼没料到余霏霏胃口这么大，居然还想演电影。他拒绝了她。她没说什么，过了两天，从网上寄了一张照片过来。白文礼看了，整个人差点跳起来——是他和她在床上亲热的照片。白文礼才晓得了这丫头的厉害。他马上打电话给她，说可以替她把香港老板约出来，但最后是否能谈得成，就是她自己的事了。

"白老师，谢谢你哦。你最好了！"电话里，余霏霏的声音又柔又嗲。

白文礼擦了把汗，正想进去洗个澡，这时电话又响了。他接起来，是项海。

"我这阵子身体不大舒服，上课的事，你还是另请高人吧。"项海道。

白文礼一听，便有些烦，但他没流露出来，反而笑眯眯地道："师兄啊，你这不是为难我嘛，你又不是不知道，好多学生都是冲着你才去听课的，你一走，我找谁给他们上课去？你千万帮我这个忙，就一个学期，行不行？这样，我把讲课费再给你提高一成——"

项海说:"不是钱的问题。"

白文礼说:"我晓得师兄你不是看重钱的人,再说,你也不缺这几个钱——师兄啊,我求求你,小弟给你作揖了!"

白文礼放下电话,哼了一声。那天司机跟他报告,说车坏了,没送项海回去,他一听,就晓得这个师兄心里肯定不舒服了。又问了几个学生上课的情况,就更清楚了。项海唱得再好,终究不是名家,现在的学生势利眼得很,根本不把他放在眼里。白文礼早料到他会打这个电话。

"你又何必请他上课,"白文礼的妻子在一旁说,"他那个人呀,脑子不清不楚,你这么求他,他还真当自己是个人物,学校缺他不可呢。"

白文礼没说话。

"那么高的讲课费,请谁不好,偏要请个拎不清的傻子。"妻子撇嘴道。

白文礼道:"也不能这么说,他还是有几手真功夫的。"

"什么真功夫?我还不晓得你们唱戏的,说穿了就是熟练工,日日唱夜夜唱,就是傻子也会哼上几句。他都搁下那么久了,还能有什么真功夫!"

白文礼皱了皱眉头。借口抽烟,到阳台上去了。他站了一会儿,却没点烟,倚着栏杆,歪着身子朝远处看。不知怎的,竟想起当年和项海一起学戏的情景。两人都是二十来岁的小伙子,天蒙蒙亮便开始吊嗓,接着是扎马步,拉腿、盘头。那时,旁边总有个清秀的小姑娘跟着他们,她喜欢笑,一笑眼睛就弯成月牙儿。她喜欢荀派,最爱唱《卖水》:"清早起来菱花镜子照,梳一个油头桂花香,脸上搽的桃花粉,口点的胭脂杏花红。"——后来,她成了项海的妻子。项忆君出生没多久,她便去世了。白文礼至今还记得,她生病的那段日子,他去医院看她。她很郑重地对他说,我们项海只会唱戏,别的什么也不懂,以后要靠你多照顾了。白文礼当时只是笑笑,没说话。她去世后,项海从来不喝酒的人,竟然连着几个月,天天喝得酩酊大醉。不排练也不演出,渐渐地,把个大好的前途都放下了,谁劝也不听。

白文礼叼上一支烟,点上火,朝天喷了个烟圈。

耳边似是响起一串笑声。他晓得,其实并没有人在笑,是他在想着某个人,才会有这样的幻觉。他还晓得,他之所以请项海去上课,就是为了这人的一句话。这些年来,多次有人提出要停发项海的工资,都被他竭力顶住了。这些事情,项海并不知情,他也不在乎项海知不知道。反正他也不是为了他。

项海打完电话,便上网,与"柳梦梅"聊天。

"——他说,好多学生都是冲着我才来听课,我晓得他这是逗我高兴。其实，我又不是梅兰芳，哪会有人冲着我的名头来听课！"项海说到这里，苦笑了笑。

"最近和隔壁那个妇人有无进展？""柳梦梅"似乎很关注这件事，每次聊天都要谈及。换了两个人面对面，项海是死也不肯说的，可是网上百无禁忌，反正谁也不认识谁。而且项海也想找个人倾诉，好把心里的话透一透，便一五一十地都告诉他。

"那天，她给我送了碗馄饨，我请她到家里坐，喝了杯茶，聊了一会儿。"

"聊什么？""柳梦梅"问。

"也没聊什么，东一句西一句的，都是家常话。"

"她主动找你，莫非她也有意？"

项海看着屏幕上这行字，心跳了跳。随即道："我不知道。我也不敢猜。我宁可她不明白我的心意，也不说穿，就这么打哑谜似的——柳梦梅，你说我是不是有点傻？"

"柳梦梅"说："换了别人，或许会笑你傻。我不会。我是最了解你的——不说穿才有意思呢，就跟戏台上似的，你看我一眼，我再偷瞟你一眼，这么一来一去的，把想说的话都藏在心里，就算说了，也只是短短一两句，却能让人回味半天——是不是这样？"

项海细细琢磨这番话，觉得有些近了。又有些不好意思，道："柳梦梅，你是个什么样的人？我猜你年纪应该不会太轻，从事的也是艺术行当，对不对？"

"柳梦梅"在屏幕上打出一个笑脸。

"我不告诉你，"他道，"说穿了就没意思了。"

项海也打了个笑脸。这是"柳梦梅"教他的，在动画栏里，单击就可以了。

"柳梦梅"忽道："那个女人漂亮吗？"

项海想了想，道："不算漂亮。但看着比较舒服。"

"你怎么会喜欢上她的？""柳梦梅"问。

项海一愣，迟疑了一会儿，随即打下几个字："因为，她长得有点像我去世的妻子。"

毛安连着两个礼拜没找项忆君学戏——意料中的事。项忆君没放在心上，他本就是为了追女孩才学的戏。现在两人吹了，他当然也不会再来了。项忆君倒是每周都去那个学校，等上半小时，见他不来，便回家。她也没打电话，怕触痛他的伤心事。谁知到了第三个周末，他又笑嘻嘻地出现在她面前。

"项老师，你好啊！"毛安手里拿着一个汉堡，边啃边说，"刚陪一个客户签完单，就到这儿来了——您还是老样子，没怎么变嘛。"

项忆君看了他一眼，本想板起面孔吓吓他的，想想还是算了，便一笑，说："您也是老样子，没变哪！"

毛安嗨了一声，有些不好意思，说："还以为你不会在这儿——真对不起，上两次忘记打电话给你了，害你白等了，是吧？"

项忆君耸耸肩，说："没关系，就当过来散步，反正离家近。"

毛安忙道："晚上我请你吃饭，当是赔罪。"项忆君一笑，说："好啊，刚巧我爸爸去见老同学了，家里没人做饭。"

毛安说要继续学戏，就学那段《牡丹亭》。项忆君怔了一下。毛安摸摸头，似有些害羞，忽道："这个——我们又好了。"

项忆君"哦"了一声，暗骂自己迟钝，早该想到的。"恭喜你哦。"项忆君道，瞥见他眉宇间抑制不住的喜悦，不知怎的，竟有些淡淡的失落——只是一闪而过，自己也没知觉的。她对他微笑，取出一套戏服。是从父亲那儿偷拿出来的。她猜他多半不会过来，却还是把戏服带来了。项忆君想到这里，便觉得自己有些奇怪，白等了两个礼拜，一点也不生气，看到他来了，竟是开心得很。

毛安笑呵呵地把戏服往身上一套，甩了甩长长的袖子，"现在道具齐全了，学起来劲道十足呀！"

毛安唱昆曲的模样有些滑稽。嘴巴微微撅着，眉毛上扬，两只眼睛凑得近了，有些斗鸡。四肢都是硬邦邦的，一个个动作连起来，像木偶。项忆君在一旁看着，也不笑他，晓得他已是很难得了。她教他翘兰花指，拇指与中指搭着，小指向上，脸也朝上。眼观鼻，鼻观心。手到哪儿，眼神便跟着到哪儿。

毛安一边做，一边笑。

"这没什么好笑的，唱戏就是这样，"项忆君道，"你记住，你现在就是杜丽娘，大家闺秀，父母管得很严，足不出户，好不容易来一趟园子，看到园里那么美的景色，觉得自己青春年华，都耽搁了，便生出许多感慨来——你好好地体会一下，等你整个人融进去了，你的表情、眼神、动作，就会自然而然地到位了。"

毛安嗯了一声，跟着项忆君做。项忆君唱一句，他也唱一句，项忆君转身，他跟着转身，动作不够灵巧，几乎要撞到项忆君身上。项忆君纠正他道：

"转身不是这样的，要这样——"她又做了一遍，毛安做了，还是老样子。项忆君扶住他的手臂，教他转身，另一手轻轻拽牢他的腰，"先是头，再是眼神、肩膀，最后才是腰，慢慢地，慢慢地——"毛安做了，这回进步了不少。项忆君点点头，说："有点意思了。"她松开手，见他笑着朝自己看，心里一动，也报以一笑。

毛安学了一会儿，忽道："我好像有点体会到了。"项忆君问他："体会到什么？"毛安沉吟着说："戏里的那种感觉——我也说不上来，很奇怪，好像穿上你这套戏服，就有感觉了。"他停了停，又笑道，"唱戏真的蛮有意思的。"

项忆君点了点头，想说些鼓励的话，话到嘴边，竟成了一句："等你跟你女朋友结了婚，达到目的后，肯定就不会再学戏了。"话一出口，自己都觉得不伦不类。讪讪地，朝毛安看了一眼，又道："你啊，是三分钟热情。"

毛安摇头说："不会的。我真的开始喜欢唱戏了——我晓得，项老师你怕我每个礼拜都来烦你，最好我早点打退堂鼓。"他笑着看她。

项忆君嘿的一声，把目光移开："这个——我是无所谓的，你高兴就学，不想学我也没意见，反正我又没好处——"说到这里，顿时觉得不妥，想自己是怎么了，竟接二连三地说傻话。毛安果然道："哎呀，是我疏忽了。项老师，我送你件礼物吧，你喜欢什么？"

项忆君愣了愣，说："我什么都不喜欢，你别买。"——这话口气又重了。说完，她窘得脸都有些发烧了，低下头，佯装把刘海朝耳后捋去，"我——饿了，咱们吃饭去吧。"毛安看了看表，奇道："才四点不到，饿了吗？"她很郑重地点了点头，说："是啊，不晓得怎么回事，这么早竟然饿了。你说怪不怪？"

五

上午，项海在阳台晾衣服。他晾得很慢，一个夹子就要夹半天，一边晾，一边朝罗曼娟家的阳台张望。他估摸这个时候，她也该出来晾衣服才对。衣服晾完了。项海又拿水壶浇花。一会儿，花也浇完了。他想干脆先进去，等她出来了，再出来。又怕这样被她看穿，便还是在阳台上等着。伸伸腿，扭扭腰。

等了十来分钟，罗曼娟出来了。却不是晾衣服，而是晾一些香肠、咸肉、酱牛肉，吊在丫叉上，伸到阳台外。项海先开腔："早啊！"她抬头见了，也道："早。"项海问："腌了这么多东西啊？"她回答："嗯，儿子喜欢吃，今年已经腌晚了，也不晓得春节时腌不腌得好。"

项海口袋里揣着两张戏票，是团里发的，美琪大戏院的老生折子戏专场。他朝她看了一眼，揣摩着该怎么开口。一时拿不定主意，便又去摆弄那些花，一边修剪那些枝叶，一边偷偷瞧她，生怕她又要进去。犹豫了半天，才装得若无其事地道："昨天团里发了两张戏票，本来想跟忆君去看的，谁晓得她有事去不成，唉，这下要浪费了。"说完，朝罗曼娟笑了笑。

罗曼娟先是一愣，随即道："那项老师你一个人去看吧。"

项海说："一个人看没意思——算了，浪费也只有浪费了。"他话一出口，便觉得不对，这样岂非自己把路封死了？正懊恼间，只听罗曼娟说："星期五我家小赤佬去同学家庆祝生日，家里就我一个——项老师，我也爱听戏的，要不然，我和你一起去？好好的票子，别浪费了。"她说完，朝项海看。

项海听了，又惊又喜，差点就要叫出声来。"这样也好，"他兀自强作平静，"我们是邻居，一块儿去，再一块儿回来，路上说说话，也有个伴儿。"

"没错。"罗曼娟笑了笑，便进屋了。

项海回到房里，想了想，便觉得刚才的态度似乎过于冷淡了。人家一个女人，主动提出陪你去看戏，你倒是一副无所谓的样子，岂不让人家尴尬？——做戏做过头了，都有些不近常理了。

项海从抽屉里拿出一枚紫色的胸针，呈贝壳形状，旁边一簇簇蔓延开去，像是树枝，很别致。这原本是项忆君买的，买回来又觉得老气，想退。项海觉得不错，便要了过来，说留着送人。他准备看戏那天送给罗曼娟。这别针秀秀气气，配罗曼娟刚好合适。项海想着罗曼娟戴上它的模样，不禁微笑了一下。

星期五晚上吃过饭，项海和罗曼娟便出发了。罗曼娟穿了件绛紫色的大衣，下面是灰色的羊毛裙，头发烫了烫，盘起来梳了个髻，手里拎一个淡咖啡色的小包。项海朝她看一眼，赞道："很漂亮。"罗曼娟有些不好意思，道："项老师，你取笑我了。"项海再看一眼她的紫色大衣，心想配那枚胸针刚刚好。

路上有点堵，两人到戏院不久，便开场了。都是团里的一线演员，一大半项海是相识的，都是差不多时间入团的。演的是几段经典老生戏：《文昭关》《空城计》《徐策跑城》《甘露寺》……老生戏好听，调子琅琅上口，因此观众也最多。剧场里几乎都坐满了。项海一边看戏，一边瞟罗曼娟，见她看得很是认真，眼睛眨也不眨，便觉得她的模样有些逗。轻轻拍了拍她，问她要不要喝水。罗曼娟摇了摇手，说声"谢谢"。

看完戏出来，两人在路边等了半天，也不见出租车。罗曼娟说："我们还是坐公共汽车吧，又省钱，也不见得慢多少。"项海想着这样能多和她呆一会儿，便同意了。两人走到公车站，很快车来了，上去一看，还有两个位子，却是一前一后。罗曼娟坐在前面，项海坐在后面。

晚上天黑，车窗便成了一面镜子，将里面的人照得一清二楚。项海见罗曼娟从包里拿出手机，似是在发短消息。一会儿发完了，她又掏出粉盒，给脸上补了点粉。项海有些好笑，想，女人就是女人，都快到家了，还不忘补妆。

到站了。两人走下车，慢慢地往家走。项海问她："晚上风大了——你冷不冷？"罗曼娟道："还好。"项海说："今天谢谢你了，陪我看戏。"罗曼娟微微一笑，说："客气什么，照理我还该谢你呢，请我看这么好的戏。"项海也笑了笑，说："也谈不上请，团里发的，顺水人情。"手插在口袋里，心想挑个什么时机把胸针送出去，又怕太突兀，她不肯收，反倒不好。这么患得患失的，不知不觉已到了楼下。罗曼娟拿钥匙把防盗门开了。"也不晓得小赤佬回来没有，"她说着往楼上看，"灯暗着——玩到这么晚还不晓得回来。"

项海嘴里胡乱应着，刚上了两格楼梯，便听到一个孩子清清脆脆的声音：妈！回头一看，是罗曼娟的儿子小伟。歪背着书包，手里拿着一串羊肉串，嘴上抹的全是油。项海忙撑住门，让他进来。

"怎么又吃羊肉串，说了多少遍了，别吃，脏！"罗曼娟埋怨儿子。

小伟嘴巴一咧，说："我肚子饿死啦。"罗曼娟朝项海看了一眼，道："怎么会饿？没吃晚饭啊？"小伟还没说话，罗曼娟便拽着他上楼，"快点回家，洗个澡，早点睡觉，都这么晚了。"

走到门口，项海晓得今天胸针是送不出去了，有些惆怅。罗曼娟对小伟说："跟伯伯说再见。"小伟朝项海招了招手，说"伯伯再见"。项海朝他笑了笑，也说了声"再见"。罗曼娟带着儿子先进去了，临关门那一瞬，项海听见这孩子嘴里咕哝"奶奶家的菜一点儿也不好吃——"话没说完，门便关上了。项海一愣，想，不是同学生日嘛，怎么去奶奶家了？

回到家，项海把那枚胸针放回抽屉。掏口袋的时候，带出两张票根。他看到上面盖着"内部票"的图章，忽地脑子里电光一闪：这票是团里发的，罗曼娟是职工家属，当然也有——项海回忆那天的情景，他还没告诉她时间，她却已先说"星期五我家小赤佬去同学家庆祝生日，家里就我一个"。——她自然是有票的，否则也不会知道是星期五。项海怔了怔，没想到事情竟是这样,不禁呆了半晌。

项海对"柳梦梅"说:"女人真是难以捉摸啊。早知她这样,我就大大方方请她去看了——也省得猜来猜去的。"

"柳梦梅"打出个笑脸,"你不是就喜欢这样嘛,若即若离欲迎还拒的——人家晓得你喜欢这个调调儿,所以就陪你玩玩喽。"这番话说得很是轻佻。项海听了,有些不悦。

"柳梦梅"停了停,说:"她应该也有些喜欢你,是吧?"项海一愣,回答道:"也许吧。""柳梦梅"又问:"她要是想跟你结婚,你肯吗?"

项海又是一愣,说:"她未必想跟我结婚。"

"柳梦梅"说:"她未必不想。"

项海瞧着这几个字,怔怔地,有些吃惊,又有些异样的感觉,说不出的。心里顿时便有些乱。这时,听见有人敲门。项海走过去开门,一看,是罗曼娟。

罗曼娟手里端着一碗热腾腾的汤。"鸡汤,正宗苏北老母鸡,煲了一下午了,拿一点过来给你尝尝。"她微笑着,把碗递到项海面前。

项海看着黄澄澄的鸡汤,愣了愣,接过来——这个动作不如几天前接馄饨那么麻利。罗曼娟感觉到了,看了他一眼,随即笑了笑,说:"天气冷,喝点鸡汤补一补,能御寒。"

项海说了声"谢谢你",拿着鸡汤,有些怔怔的。鸡汤拿久了烫手,他嘴里"咝"的一声。罗曼娟忙道:"快放到桌上去吧。我走了。"说罢,便回去了。关门时,见项海还看着自己,脸微微一红,朝他笑了笑。

项海见到她脸红,心里竟莫名地跳了跳,忙不迭地把门关了。他走到电脑前,想上网再聊一会儿,一看,"柳梦梅"已下线了。

项忆君到赵西林家里打牌。她原本没想打牌,但赵西林约了她几次,不去有些不好意思。赵西林来接她,上了车才告诉她,是去他家打牌。项忆君觉得这人有些自说自话,心想反正就这一次,也就不放在心上了。

他家里人倒是很和气,说了一会儿话,便直奔主题:"打牌,打牌。"赵西林的父母、赵西林、项忆君,刚好凑成一桌。斗地主。项忆君不会打,赵西林便教她,什么是农民,什么是地主——他父母一边听他说,一边看着项忆君微笑。项忆君对打牌不是很在行,勉强懂了规则,却不得要领。这么打了一会儿,赵西林笑呵呵地对她说:"幸亏不来钱,要不然你就输惨了。"

项忆君也笑了笑。电视机开着,在播娱乐新闻。她听见主持人说:"昆曲电影《牡丹亭》即将开拍,这是国内目前为止投资最大的一部戏曲电影,女主角由青年京剧演员余霏霏饰演——"项忆君听到这句，不觉回头看了一眼，屏幕上一个穿紧身黑色小礼服的靓丽女孩，笑吟吟地，对着台下此起彼伏的闪光灯。项忆君记得她便是那天在麦当劳门前看见的女孩，与毛安走在一起的。有记者问她："你不是京剧演员吗？怎么会想到演昆曲电影？"她嫣然一笑，将长发朝后捋去，说："我在学校里学的就是昆曲，昆曲是我的老本行，再说，京昆是一家嘛，许多京剧演员都会唱昆曲的呀。"她说话声音甜甜的，嘴角的酒窝若隐若现。

项忆君怔怔地看着，这才明白了毛安为什么要学《牡丹亭》。她有些走神，打错一张牌。赵西林的妈妈一边打牌，一边问她："你为什么没去唱戏呀？"项忆君一愣，随口道："我嗓子不好，唱着玩可以，真唱可不行。"赵西林说："唱戏没啥意思，又苦，又累。"项忆君朝他看看，忍不住道："你是不懂唱戏的好处，其实还是很有意思的。"

赵西林嘿了一声，说："有意思的事情多着呢，何必吃这碗饭？喏——"他指指电视，"唱戏的都出来拍电影了，这下更没人唱戏了。"

吃过饭，赵西林送项忆君回去。路上，项忆君本想跟他挑明说以后别见面了，再一想，又何必让人家难堪，自己也尴尬，下次电话里说就是了。

项忆君回到家，洗了澡，躺在床上，脑海里浮现出电视里余霏霏如花的笑靥，又想起毛安逼尖喉咙唱的那几句"原来姹紫嫣红开遍，似这般都付与断井颓垣——"有些好笑，又有些感慨。这么想着想着，竟又有些难过。项忆君关了灯，在黑暗中坐了一会儿，忽然翘起兰花指，对着自己额头，念着京白，道："你呀，真是傻——"最后那个"傻"在空中转了几个弯，缠缠绵绵的，忽地一下，戛然而止。

这天，项海下了课，司机吃坏了东西，拉肚子，几趟厕所出来，脸色都白了。项海便主动提出坐校车回去。上了车，依然是坐满了。项海正要找个位置站着，却听旁边一人道："项老师，您坐吧。"项海一愣，见是课堂上吃口香糖的那位男生，有些意外，便说声"谢谢"，坐了下来。

"要不要我给你拿包？"项海问他。

男生忙道："不用，您坐着吧，包不重。"项海嗯了一声，见他把包吊在脖子里，双手攀住头顶的扶手，像只荡秋千的猴子。又问他："你住在哪里？"男生回答："五角场。"项海说："哦，那你住得倒是蛮远。"男生嚼着口香糖，吧嗒有声，说："还可以，校车下来，再换两辆车——项老师您住哪里？"项海说："浦东。"男生说："那您住得更远了。"项海笑笑，说："远是远，不过坐地铁蛮方便。"

项海有些累，原本是想小眯一会儿的，因他在旁边，便不好意思不和他说话。男生说着说着，聊起了京戏，说自己从小就喜欢唱戏，高考都上一本分数线了，还是决定考戏曲学校。"我爸妈都不同意，说好好的学什么戏啊，可到头来还是拗不过我，"男生笑道，"我说，要是不让我唱戏，我就去大街扫垃圾去。他们怕了，就同意了。"项海也跟着笑了笑。

下了车，两人有一段是同路，便一起走。男生问项海要了手机号码，把自己的号码也留了。快到站的时候，男生道："项老师，以后您家里要是有什么力气活，就找我，我知道您有个女儿，干力气活不方便。"项海听了，倒有些感动了，说："谢谢你。"两人又说了好一会儿话才分开。

项海走上楼，因心情不错，便一边嘴里哼着戏，一边拿钥匙开门。忽地想起隔壁的罗曼娟，生怕她又端碗什么馄饨、鸡汤出来，立即收了声，轻手轻脚地走了进去。又觉得自己像做贼似的，竟连进自己家门也要偷偷摸摸。

赵西林又打来电话，约项忆君去看电影，说几个朋友一起，看完电影再去打牌。项忆君婉拒了，犹豫着，正要和他说清楚，赵西林已挂了手机。只得作罢。

下班时，有同事过生日，大家提议去吃火锅庆祝。科室里十来个同事都参加，只有丁美美说家里有事，不去了。吃饭时，大家谈及这次领导班子换届，老总因为内部原因被调走，还降了半级，丁美美一点光没沾上，连个副科也没捞到，因此心情不好，也属正常。据说新来的老总不喜欢跳舞，是个舞盲。

"丁美美这下没戏了，彻底打入冷宫了。"有人道。

一个同事开玩笑道："不晓得新老总喜欢什么，打听到了就赶紧去学，还来得及。"另一人道："要是他喜欢打高尔夫，或是听歌剧什么的，那开销就大了。"旁边一人笑道："开销大也要学，下半辈子飞黄腾达就靠它了。"

项忆君并不参与众人的议论，只在一旁听着，不断拿羊肉、牛肉下锅去涮，涮好了再夹到旁边人的碗里。邻座的顾大姐是科室里年纪最大的，也最热心，说要给她介绍男朋友。项忆君笑了笑，没说好，也没说不好。顾大姐见状，又问她，喜欢什么样的？项忆君说，"谈得来就行啊。"说完，又笑着加了一句："最好是喜欢唱戏的。"顾大姐哟的一声，说，"这个，可难找了。"

吃完饭，项忆君叫了辆出租回去。路上，手机响了。接起来，是毛安。周围似是很嘈杂，乱哄哄的。他问她："我想去唱歌，你来不来？"项忆君听了一愣。毛安又道："在卢湾钱柜。你来不来？"项忆君问他："几个人？"毛安说:"就我和你。"项忆君又是一愣,半晌才道:"好啊。"

半小时后,项忆君赶到钱柜,走进包厢,毛安一个人趴手趴脚地坐在沙发上,扯着嗓子唱《老鼠爱大米》:"我爱你,爱着你,就像老鼠爱大米——"见项忆君来了,他指指旁边的位子,"项老师来啦?喝点什么?"

"柠檬茶,"项忆君脱下大衣,坐下来,"怎么想起请我唱歌了?"

毛安说:"没什么,就是想请你唱歌。"项忆君问:"怎么不叫你女朋友陪你?"毛安一笑,说:"她忙呀。"项忆君朝他看了一眼,也笑了笑,说:"哦。"

毛安把歌本递给她。项忆君随意点了几首。她唱歌时,毛安一动不动地听着,每首歌唱完,便很夸张地鼓掌,说:"项老师,唱得好,唱得好!"项忆君闻到一股酒味,问他:"你喝酒了?"他摇了摇头,说:"没喝多少——那一点点能叫喝酒?过过嘴还差不多。"他说完咧嘴一笑。

项忆君看了他一会儿,想说什么,终究没说出来。

毛安忽道:"我唱段戏给你听,怎么样?"项忆君还没开口,他已站了起来,一只脚向后跨去,身子微微下蹲,手指翻转,轻轻巧巧地做了个兰花指。

"原来姹紫嫣红开遍,似这般都付与断井颓垣。良辰美景奈何天,赏心乐事谁家院!朝飞暮卷,云霞翠轩,雨丝风片,烟波画船——锦屏人忒看得这韶光贱——"

项忆君静静听着。他没受过专业训练,声音都是毛的,好几个调该往上提,都被他硬生生地拉下来。他眼睛明明看着项忆君,却似什么都没看,眼神是空荡荡的,像是整个人进了戏里,又像是没心没肺地唱着。项忆君听的戏多了,专业的、业余的、好的、差的,却还是第一次听人这样唱戏。也说不出是什么感觉,被他唱得心里竟有些难受。也不知怎么回事。

毛安唱完,顿了顿,坐下来,一句话也不说。过了一会儿,他道:"我记得第一次碰到你那天,你说我的名字像佣人——"项忆君纠正他:"不是佣人,是家人。"他摆手道:"都差不多——你说唐伯虎追秋香,改了个名字叫华安。唐伯虎最后还是把秋香追到手了吧——他叫安,我也叫安,他的运气可比我好多了。"

他说着嘿了一声,问项忆君:"项老师,你说我唱得好不好?"

项忆君点点头,说:"蛮好。"

毛安打了个酒嗝,说:"我昨天也唱给她听了——你晓得她怎么说?她说,你再讨好我也没用,你就算把所有的京剧昆曲段子都学全了,我们俩也不会合适——项老师,早晓得这样,我就不学戏了。"他说完一笑,随即低下头,从怀里取出烟。

项忆君看着他，没说话。

他点上烟，沉默了一会儿，又道："不是都说唱戏的人都有点傻气吗，她可一点儿也不傻，傻的是我。"他朝项忆君笑笑，道，"真的，最傻就是我了。"

他吐了个烟圈，烟雾把他的脸缠绕起来，加上灯光昏暗，便有些隐隐的怖人的感觉。项忆君瞥见他眼圈都有些红了，心里顿时便觉得不好受。项忆君迟疑着，脸上忽地堆满笑意，在他肩上拍了拍，故作轻松地道："帮帮忙，你傻吗？你才不傻呢。你自己说，你骗了我们同事多少保险？吃了多少提成？你这个人啊，门槛不要太精喔——"她正要往下说，毛安抬头朝她看，她被他看得有些不好意思，顿时卡了壳。毛安笑了，忽道："项老师，你是个好人——"

项忆君不知该说什么，也只得跟着笑。毛安又道："我现在看出来了，喜欢唱戏的人，还是有点傻乎乎的。"项忆君装出生气的样子，道："咦，你骂我傻？"

毛安摇了摇头，道："不是傻，是可爱——项老师，你很可爱。"

项忆君看着他，心里似被什么轻轻击了一下，脸不由自主地红了，只得侧过身，从包里拿出一面小镜子，佯装照了照脸。不料，镜子里映出毛安的脸，笑眯眯地看着自己，她这下脸更红了，连掩饰也掩饰不了。愣了半晌，只得道："以后别叫我老师了，这个，叫得我脸都红了，你——以后就叫我名字好了。"说完这句，她一颗心扑通扑通直跳，竟似要跳出胸膛来。

六

机场海关一年一度的冷餐会，在市中心一家五星级酒店的宴会厅举行。这也是新上任的谭总第一次和全体员工见面，照例先是领导讲话。这位谭总四十来岁，长得白白净净，看着很和蔼的模样，说话也细声细气的。

席间，主桌那边有人站起来，大声道："大家不知道吧，谭总的京戏唱得很棒，我们现在就请他上台给大家来一段，怎么样？"

大家都说好。掌声中，谭总走上台去，笑眯眯地抱拳示意，站定了，对着麦克风道："别让我一个人唱啊，还有谁会唱京剧的，上来一块儿唱。"台下有人跟着起哄："就是，一块儿唱才有意思，来段《夫妻双双把家还》什么的。"另一人笑道："帮帮忙，那是黄梅戏，我们谭总唱京剧，档次不一样的。"

项忆君夹起一块面饼，把烤鸭摆在上面，又放了大葱，蘸了酱，正要往嘴里送,忽听科长在旁边道:"项忆君,愣着干嘛,上去啊——"她听了一怔,还没反应过来,旁边几个同事已对着台上说道:"这儿,我们这儿有个会唱京戏的!"

项忆君几乎是被同事拽着离开座位的。站起来,见厅里几百双眼睛都瞧着自己,顿时便有些不好意思。上了台,手都不知往哪儿摆了。谭总笑着问她:"小同志,咱们唱什么?"项忆君说:"听您的吧。"谭总道:"那咱们唱《四郎探母》'坐宫',行吗?"项忆君点了点头,说:"好。"

"非是我这几日愁眉不展,有一件心腹事不敢明言。萧天佐摆天门两国交战,我的母押粮草来到北番。我有心回营去见母一面,怎奈我身在番不能过关。"

"你那里休得要巧言来辩,你要拜高堂母是我不阻拦。"

"既是公主不阻拦,无有令箭怎能过关?"

"有心曾你金鈚箭,怕你一去不回还。"

"公主赐我的金鈚箭,见母一面即刻还。"

"宋营离此路途远,一夜之间你怎能还?"

"宋营虽然路途远,快马加鞭一夜还。"

"方才叫咱盟誓愿,你对苍天与我表一番——"

两人唱毕,台下便是掌声雷动。这段戏全是"西皮快板",节奏快,又要咬字清晰,没有点基本功是不行的。项忆君倒有些惊讶了,朝谭总看了一眼,见他也在看自己,目光中满是欣赏,两人都微笑了一下。

项忆君回到自己座位,几个同事都对她道:"原来我们新老总喜欢唱戏——项忆君你运气好到天花板了。"项忆君嘿了一声,反问:"老总喜欢唱戏,我就运气好了?"她拿起杯里的橙汁喝了一口,忽地瞥见旁边的丁美美看着自己,脸上冷冷的,没一点表情。

很快便是春节。除夕,楼前楼后响了一整晚的鞭炮声,几乎都没怎么停。关着窗,还是能闻到一股火硝味。初一早上起来,吃口香糖的男生便打电话来拜年,说些身体健康万事如意的吉祥话,又问项老师要不要换煤气买米什么的。项海很是感动,说年前都预备好了,不劳费心,多谢了。挂掉电话,项海想去花市逛逛,见项忆君还在睡,便不叫醒她,自己一个人穿上衣服,走出来。还没关门,便听到砰砰砰一阵脚步声,五楼的少年从楼上冲下来,到项海面前,顿了顿,也不打招呼,便冲了下去。紧接着,他母亲也奔了下来,一边奔,一边叫:"小×崽子,给我死回来!"楼道里顿时像炸开了锅，热闹得很。

项海被这对母子弄得一愣，半晌才回过神，摇了摇头。正要下楼，隔壁门打开了。罗曼娟从里面走了出来，见到项海，便道："新年好！"

项海忙道："新年好——出去啊？"罗曼娟嗯了一声，道："去菜场逛一圈买点蔬菜回来。"项海点点头，道："我去花市，一块走吧。"

两人慢慢走在路上。才九点不到，路上人很少，稀稀落落的。气温是低，不过太阳好，便不觉得冷，反而暖洋洋的。项海问她："过年要不要走亲戚？"罗曼娟说："我亲戚都在外地，孩子他爸一死，他那边的亲戚也不大往来。这几天就呆在家里。"项海说："我也不用怎么走动，也就是忆君舅舅那里去一次。"罗曼娟道："平常倒没什么，到了春节，才觉得有些冷清。"说着轻轻叹了口气。项海觉出这声叹气中透着些凄凉，不敢搭腔，停了停，道："冷清也有冷清的好处，走亲访友这个拜年那个应酬，乱糟糟一团，其实没啥意思。"罗曼娟嗯了一声，说："是吗——我倒是挺喜欢热闹呢。"项海笑了笑。

很快到了花市，项海说："我进去了。"罗曼娟说："再见。"两人正要走开，罗曼娟忽道："项老师——"项海停下脚步，朝她看："嗯？"

罗曼娟捋了捋头发，道："这个——你和忆君要是没事，晚上就到我家一块儿吃饭吧。反正是邻居，住得近，也省得你再烧。"她这番话语速极快，竹筒倒豆子似的，一股脑冒了出来。脸顿时有些微红了，露出局促的神情来。

项海也有些局促了。"嗯，就是麻烦你了，多不好意思——"心里是一半想去一半不想去，这么支支吾吾的，听在罗曼娟耳里便是答应了。罗曼娟说："也没什么麻烦，现成的几个荤菜，再炒些蔬菜就是了。"项海更不好拒绝了，便道："好啊——我带瓶红酒过来。"罗曼娟点点头，嗯了一声。

晚上，项海带了瓶九四年的干红，和女儿一起来到罗曼娟的家里。罗曼娟系着围裙，在茶几上摆开几盘开心果、话梅、牛肉干、瓜子，"你们坐会儿，吃点零食，马上就开饭了。"项忆君要去厨房帮忙，被她笑着推了出来："又没什么菜，我一个人忙就行了。"罗曼娟的儿子小伟手里抱着游戏机，躲在角落里玩，见项海父女来了，草草说了声"伯伯姐姐新年好"，便不管不顾了。

桌子上碗筷已摆好了，几碟冷菜是她自己腌的香肠、咸肉、酱牛肉，还有木耳烤麸、香炸小黄鱼、拌黄瓜。一会儿，罗曼娟端着一盘碧绿生青的西兰花出来。于是四人上桌，项忆君在每人的杯子里都倒了些红酒，罗曼娟说小孩子不能喝酒，给小伟倒了可乐。四人碰了杯。项海对罗曼娟说："让你受累了，我敬你一杯。"

罗曼娟道："哪有什么受累——你们过来吃饭，我高兴得很呢。又热闹。光我们母子俩，这个年过得冷冷清清。"她一笑，对项忆君道："小姑娘，过年了，又大一岁了。"项忆君摇头，说："不是大一岁，是老一岁了。"

罗曼娟哟的一声，道："你这个年纪叫老，那我可怎么办呀？"项忆君道："阿姨是年纪越大，就越有味道，年轻小姑娘都比不上的。"罗曼娟笑着对项海道："项老师，你这个女儿啊，说话真是讨人喜欢。"项海微笑道："有什么讨人喜欢？憨憨的，什么也不懂。"说着，从口袋里拿出一个红包，塞到小伟的手里。罗曼娟见了，忙不迭地道："这个不行，不行——"拿过儿子手里的红包，要还给他。项海道："新年新势，讨个吉利嘛，你就别跟我客气了。"说着，摸了摸小伟的头，朝他笑了笑。罗曼娟这才不坚持了，对小伟道："快跟伯伯说谢谢！"小伟正在啃一个鸡翅膀，头一抬，张嘴便道："谢谢伯伯！"

吃完饭，又坐了一会儿，项海父女便说要回去。罗曼娟忽道："项老师，你白天买了什么花呀？"项海说："百合。"罗曼娟哦了一声，说："百合清清秀秀的，又文气，我也蛮喜欢百合。"项海说："我买了几枝，都是多苞的——要不要过来看看？"罗曼娟说："好啊——我洗了碗就过来。"

项海父女回到家，一会儿，罗曼娟便过来了，看茶几上的那簇香水百合，边看边说好，说家里的布置本来就雅致，配百合刚刚好。项海微笑，又问她家里怎么不买些花。罗曼娟说，小伟对花草过敏，只能养些文竹、仙人掌什么的。项海便又笑了笑。

罗曼娟说要拿点酱牛肉、香肠过来。"腌了好多，放到天热要发霉，项老师你就当是帮个忙，分担一点。"项海忙说不用。罗曼娟道："都是邻居，有什么好客气的，浪费就作孽了。"项海不好再拒绝，便说一会儿过来拿。罗曼娟点了点头，回去了。项海上了个厕所，便又到罗曼娟家。自己想想都有些好笑，只一会儿工夫，你到我家，我到你家，两人已跑了两个来回。

罗曼娟把酱牛肉香肠塞进一个塑料袋，说："项老师你让忆君来拿就行了，又何必自己跑一趟？"项海一想不错，该让女儿来的。一瞥眼，见罗曼娟眼波在自己脸上一转，又移开，眉目间带着淡淡的笑意，竟像是逗他似的。项海愣了愣，接过她递来的塑料袋，说："谢谢啊。"罗曼娟没说话，给他开了门。项海走到门边，听见电视里放的"恭喜恭喜你呀，恭喜恭喜你呀"，罗曼娟站在一边，身上淡粉色的唐装，发际斜斜地别了枚金色的小发夹，整个人都是暖暖的。看了心里又是一动。罗曼娟说："好吃就再过来拿，我这儿反正有多。"项海嗯了一声，又说了声"谢谢"，回家了。

临睡前，项海上了会儿网，告诉"柳梦梅"去罗曼娟家吃饭的事。"柳梦梅"说:"不错啊,都有点像过日子了。"项海说:"人家盛意邀我,不好意思不去。"

"柳梦梅"说:"干脆你们就到一起算了。也挺合适。"

项海怔怔瞧着屏幕上的字,不说话。"柳梦梅"又道:"杜丽娘,你多大年纪?五十岁有吗?"项海说:"五十二了。"

"柳梦梅"说:"那还不算老——这个岁数,那方面应该还有需要吧?"

项海一愣,半晌才明白"柳梦梅"的意思。他脸顿时红了,朝旁边看了看,生怕女儿过来。不晓得该怎么回答,心想这个人讲话真是越来越过分了。虽说是在网上,你看不见我,我也看不见你,可还是得留些余地,不该这么赤裸裸的。

项海迟疑了一下,岔开话题问道:"你过年过得好吗?"

"柳梦梅"说:"年年过年都是这样,有什么好不好的?我不喜欢过年。只有小孩才喜欢过年。"项海说:"是啊,年纪越大,越不喜欢过年。"

"柳梦梅"说:"杜丽娘,我敢打赌,那个女人肯定想跟你上床。"项海又是一怔,犹豫着,道:"你怎么晓得?""柳梦梅"说:"她要是不想跟你上床,怎么会那么热情,又是请你吃饭,又是给你东西?杜丽娘,这可是个好机会,这出戏都唱到'惊梦'了,也该有些实质性的进展了。"

项海给他这么一说,胆子索性也大了,半是认真半开玩笑地道:"那你倒是教教我,接下去该怎么办?""柳梦梅"说:"还用教?你都五十二岁了,还用我教?"项海说:"我是真不知道,不骗你。"

"柳梦梅"打出一个大大的笑脸:"杜丽娘和柳梦梅在梦里怎么样,你和她也就怎么样喽——呵呵!"说完,便下线了。

白文礼最近总觉得喉咙不舒服,像有口痰堵在那里,吐不出来也咽不下去。他去药房买了些金嗓子喉宝,也不见效。过年几天,天天都有人来拜年,应酬这个应酬那个,忙得不可开交。渐渐地,觉得喉咙那里像火烧似的,又发起烧来。到医院里去看病,医生给他喉咙拍了个X光。白文礼见医生看片子的脸色有些凝重,便问是什么病。医生说,喉咙里长了个小瘤。白文礼心里一沉,又问是良性恶性。医生说,现在还不能判断,要做进一步检查,下周才知道结果。

白文礼回到家,并不告诉妻子,怕她担心,也怕她惹自己更烦。做什么事都没精神,剩下的几天休息,天天都窝在家里。几个朋友约他出去吃饭,都被他婉拒了。原先拍的那个情景剧,还剩下几集,通告时间都定了,只得勉强去了,却总不在状态,一个镜头拍了十来遍,老是卡词。相熟的几个演员跟他开玩笑:"白老师是不是过年酒喝得太多,舌头有些不听使唤?"他只能苦笑。

白文礼接到余霏霏的拜年电话。"白老师,新年好呀!"电话那头掩饰不住的意气风发,"老想请您吃顿饭,可又忙得没时间——您是我的恩师,我有今天,离不开您的提携;我祝您身体健康,事事顺心!"

挂掉电话,白文礼忽然想去项海那儿走一趟。他买了两瓶邵万生的蟹股——项海最爱吃这个,又拎了个水果篮,来到项海家。

项海见到他,有些意外,说:"干吗不先打个电话,万一我不在家怎么办?"白文礼笑笑,说:"我晓得师兄不爱应酬,多半是在家里。"项海也笑笑,随即又嘿了一声,说:"我不像你,应酬多,到家里来找我总是没错的。"

白文礼又笑了笑,坐下,问:"忆君不在家吗?"项海说:"同学聚会,出去了。年轻人,不像我一把老骨头,动也不想动。"说着,打开电视,是《老爷叔外传》春节特辑。屏幕上,白文礼穿着大红的唐装,手里拎着一个水果篮,到朋友家拜年。脸上油彩涂多了,显得油光光的,一会儿,又来一段京剧,词是现编的:"你看那——东方明珠豪光万丈,洋山水港弯弯长长,我怎能不心怀激荡,正当这好时光——"

项海静静听着,忽道:"你嗓子最近不好吗?"白文礼一愣,随即道:"有点感冒。"心里顿时涌起一阵暖流,想毕竟是师兄,换了别人肯定是听不出来的。项海道:"做我们这行的,嗓子顶顶要紧,感冒就多在家里休息,何必到我这里来。"白文礼听出这话里的关切,又是一阵感动,说:"师兄,昨天晚上我做了个梦,梦到我们以前的那段日子,一起练功,一起吊嗓,一起到山上打麻雀——现在条件好了,可回过头想想,还是那段日子有意思。"

项海说:"你这么说,是因为什么都经历过了,倘若早个二十年,你就不会是这个想法了。"白文礼点头说:"也对——过年过得好吗?"项海说:"没什么好不好的,老样子。"白文礼又问:"忆君有男朋友了吗?"项海说:"还没有,小姑娘过年也二十四了——你手头有合适的吗?"白文礼说:"现在没有,不过我会留心的,保管给忆君找个家境人品都好的。"项海说:"家境倒是其次,关键是人品。"白文礼说:"家境也是要紧的,贫贱夫妻百事哀,光人品好过不了日子。"项海点头,说:"那就拜托你了。"

师兄弟俩说了一会儿话,不觉已到了中午,白文礼手机响了,接起来,是妻子,说下午有两个外地亲戚要来,让他回去。白文礼只得起身告辞。项海开了门,叮嘱一句:"感冒别忘了去看病,耗着可不行。"白文礼嗯了一声,朝项海看了一眼，说："师兄，有空就去我那儿坐坐。我们说说话。"话一出口，竟觉得鼻子那里酸酸的，转身便下了楼。

项海关上门，想起白文礼刚才的神情，和平常似有些不同。大过年的，竟透着一丝伤感。项海坐着又看了一会儿电视，朝窗外看去，见离得最近的那棵树的枝干隐隐冒出一两点新绿。今年春节迟，其实早已是立春了。项海过去打开窗户，嗅到空气里带着微微的草木清香，和着泥土的温润气息，还有些暖意。

又是一年过去了。像翻书似的，一年就这么翻了过去。人的一生，不过是本薄薄的书，禁不起翻几次的。

有人敲门。项海过去打开门，一看，是罗曼娟。两人对视，也不说话，就那样呆呆看着。半晌，项海把她让进屋。他闻到她身上淡淡的香味，一点一点的。她嘴角带着些许微笑，看着他，目光会说话。他一下子便读懂了。不知怎的，便有些局促起来，呼吸也不自然了。他给她倒了杯茶，她接过，手指不经意间触到，两人都是微微一颤。目光再一对视，便更不相同了。

项海把那枚紫色的别针给她，亲手替她戴上。这个动作有些过分亲昵了。戴别针时，很自然地碰到了她的胸。他脸一红，她脸也红了。又是别样的感觉。

接着，两人便进屋了。上了床。也不知是谁先主动的，好像就是水到渠成，没有一丝牵强。像是老夫老妻，一步步按部就班，稳稳当当的，似是熟悉得不能再熟悉的。

两只麻雀停在窗台上，踱着碎步。风从外面飘进来，将窗帘微微吹起一角，扬啊扬的，像是撩拨着什么。周围静静的，只剩电视机里不断放着"恭喜恭喜你呀，恭喜恭喜你呀——"

春节很快便过去了。

项忆君想着那天晚上在 KTV 的事，心里便七上八下的。她等着毛安把话挑明，可自那天起，毛安连着几个星期没音讯。不来学戏，连电话也没一个。项忆君想给他打电话，又犹豫着，想这事怎么好女孩子先主动，便一天天等着。满肚子的话，都憋着，一颗心陀螺似的转啊，有些盼头，却又没底。

直到过完元宵，毛安才打来一个电话。项忆君拿着手机，心怦怦跳个不停。毛安问她："年过得有意思吗？"项忆君说："还行——你呢？"毛安说："天天到客户那儿拜年，忙得要死。"项忆君说："过年都这样。"

项忆君一边说，一边揣测他打电话的用意。便故意只顺着他的话头，不往下说。一会儿，毛安说："我想跟你说件事——"项忆君竖起耳朵，心也跟着提了起来。毛安说下去:"我要去成都工作了。"项忆君一愣,问:"是出差吗?"毛安道:"不是出差,是调到那里的分公司。我们领导找我说了,工资加三成,还给我分套房子。我想蛮好,就同意了。"

项忆君怔了半响,哦了一声。

毛安停了停,继续道:"到那边去也蛮好。找个成都小姑娘谈谈恋爱,蛮好。他们说成都小姑娘一个个水灵灵的,皮肤又好,性格又好。不像上海小姑娘——我想,要是一切顺利,就在那里安定下来算了。"他说到这里,轻轻叹了口气,"就是一点,到了成都,没人教我唱戏了。项老师,我挺舍不得你呢。"

项忆君心里一酸,差点就脱口而出"那就别走了,留下来吧",终是忍住了。她不是傻子,晓得他去成都工作的真正原因。她不是余霏霏,留不住他的。项忆君呆呆的,忽地一笑,说:"你要是真舍不得我,那我休假的时候就去成都看你,不过机票钱可得你出。"毛安说:"好,一句话,你来成都教我唱戏,我们再唱那段《牡丹亭》。"

项忆君心里又是一酸,说:"好啊。"

挂掉电话,项忆君怔怔地发了一会儿呆。半响,竟又笑了笑,走到卫生间,对着镜子里的自己,眉眼间尽是恹恹的。一动不动地看着,忽地,手缓缓升起,朝镜子里那人翘个兰花指,嘴角带着嘲弄,念着京白:"你啊你,实在是忒傻啊——"眼角竟不知不觉涌出泪来。

七

转眼已是初夏,吃了端午的粽子,外套便怎么也穿不住了,草木渐渐郁郁葱葱起来,鸟儿们欢快地四处窜着,活蹦得很。

自春节那次后,罗曼娟便不给项海端馄饨、鸡汤什么的,见了面也不怎么说话。项海晓得她的心思,是想让自己先开口。可项海心里犹犹豫豫——"惊梦"都唱完了,这出戏接下去该怎么唱呢?项海心里一点底也没有,便一直拖着。觉得说什么都不好,做什么都不合适。这么拖着拖着,渐渐地,便僵了。两人偶尔在楼道里遇见,想做得亲切些,觉得没到那个份上,又怕生嫌疑,只能一味地客气。自己看着都假得很。到后来,反比陌生人更拘谨了。

好像只是一眨眼的工夫,也没什么铺垫,就这么断了。

罗曼娟把紫色胸针还给项海。项海想让她留着,又不知该怎么说,便收下了。那天是下雨天,外面雨淅淅沥沥的,落在窗上,嘀嘀嗒嗒个不停。

罗曼娟说:"项老师,别人给我介绍了个男人。在证券公司当会计。"

项海先是一愣,随即不住点头:"蛮好蛮好。现在股市好,证券公司肯定赚钱。蛮好蛮好。"

罗曼娟摇了摇头,说:"好不好都没什么,关键是人蛮老实,是个过日子的人——项老师,我就是想找个过日子的男人啊。"话一出口,只觉得声音有些暗哑,竟似要落下泪来。她瞥到项海干干净净的袖口,没有一丝瑕疵。她想,这个男人把自己料理得这样周全,他哪里是要找个过日子的女人啊!这么简单的道理,她暗怪自己竟到现在才弄明白。茶几上那束百合,开得袅袅婷婷,弄得满屋子都是沁人的清香,幽幽的,一点点地散开来。阳光从窗外直透进来,落在地板上——这间屋子,似是腾在云雾中,泛着光,看不甚清。罗曼娟想起家里的阳台上还吊着咸肉、香肠,天气潮热,已长了白白的霉点——"项老师,我走了——"她几乎说不下去,低下头,转身走了。

项海手里握着那枚紫色胸针,怔怔地瞧着她的背影。有那么一瞬,他想叫住她。但随即又想:叫住她又能怎样呢?项海拿自己的心,去比照她的心,觉得终究不是一样的。项海琢磨着她那句"过日子的男人",便有些惭愧,隐隐又有些鄙夷。也不晓得是对她,还是对自己。

吃口香糖的男生给项海送来一箱葡萄,正宗马陆葡萄,说是他大伯家里种的。项海拒绝不过,只得收下了。他留男生吃饭,男生说还有事,不了。临走前,男生向项海提及学校下一季度排戏的事,想让项海求求白校长,看是否能让他演个角色。项海听了一怔。男生神情坦坦荡荡,项海倒有些不好意思了,说有机会看看。男生匆匆走了。项海瞥见那箱葡萄,心里顿时有些不是滋味。

不久,项忆君调至总经办。调令下来,同事们都半开玩笑地说:"项忆君你高升了,以后可不能忘了我们啊。"项忆君谦逊地说:"这哪是高升啊,不过是换个岗位。"整理东西时,对面的丁美美一声不吭。项忆君对她道:"美美,有空我来跟你学跳舞。"话一出口,便后悔了。不该这么说。果然,丁美美嘴角一撇,道:"学跳舞干什么呀,我还想跟你学唱戏呢。"

项忆君有些窘,笑笑,没说话。三月间,海关举行了一次戏曲演唱比赛——其实是投谭总所好。项忆君和谭总合作了一段《西厢记》,谭总演张生,项忆君演红娘,拿了第一名。拿奖时,谭总笑眯眯地对项忆君说:"和你唱戏挺过瘾的,可惜你在一线工作,要不然就能常常过把瘾了。"项忆君一笑,说:"那您就把我调到机关来呀。"——其实依着她平常的脾性,这句话是无论如何说不出口的,那天也不知怎么了,一张嘴,便说了出来。谭总朝她看了两眼，也笑了笑。

项忆君收拾好东西，走了出去。瞥见众人的神情，便想到他们当初背后嘀咕丁美美的情形——现在该换成她了。项忆君有些不好意思，又有些说不出的滋味。她从未想过唱戏会有这样的效果，很错愕了，而这也并非她所期盼的。心里别别扭扭，忍不住又有些好笑。想这世上的事真是难捉摸，不像戏台上，总是那些才子佳人因果报应的套路。现实其实比演戏要复杂得多，奇怪得多。

毛安从成都给她发来一张照片——他穿着戏服站在阳台上，摆了个造型，身后隐隐看得见一排排的小房子。毛安说，这套戏服是在一家小店买的，才一百多块钱，没想到成都还有卖这个！——"留作纪念吧。"邮件末尾，他这么对项忆君说。项忆君对着照片端详半天，想，不晓得是谁给他拍的，莫非是个水灵灵的成都姑娘？项忆君忍不住苦笑，再想起那阵子学戏的情景，不禁感慨万分。

白文礼被确诊为喉癌。住院接受治疗。项海去医院看他，他刚做完化疗不久，身体虚弱得很，连说话的力气都没有。项海叮嘱他好生休息，说等他好了，就陪他唱一出《群英会》，师兄弟俩好好地演一回，就像当初刚学戏那阵。

白文礼艰难地笑笑，说："怕只怕我等不到那个时候了。"

项海皱起眉头，说："你讲这个话很没有道理。现在医学这么昌明，换个肝换个心都不在话下，还怕你这点小病？你要鼓起劲来，要是连你自己都没信心了，那真是大罗神仙也没用了。"项海故意做出很气愤的模样，瞥见他憔悴的面容，不禁暗暗伤心。

白文礼望向窗外，半响，说："师兄，别看我这些年风风光光，其实我还是更喜欢以前的日子。我很想像过去那样，和你一起唱戏。真的。"

项海叹了口气，点头说："我也是。"

白文礼忽道："师兄，君妍去世差不多有二十年了吧？"项海说："不止，都快二十三年了。"白文礼又道："她走的时候，也就和忆君现在差不多大吧？"项海嗯了一声，说："差不多。"

白文礼接下去便不说话了，躺在那里，愣愣地看着天花板。过了一会儿，嘴里竟轻轻唱道："清早起来菱花镜子照，梳个油头桂花香，脸上搽的桃花粉，口点的胭脂杏花红——"声音越唱越低，到最后已是轻不可闻，如同梦呓。

项海静静听着，眼前渐渐浮现出一个女孩的模样，碎花袄子青布裤，眼睛笑得弯成月牙儿。清晨,第一抹阳光映在她的脸上,她整个人都是金色的,笑容和阳光一样灿烂。项海想着想着,也不由自主地跟着哼道:"清早起来菱花镜子照,梳个油头桂花香,脸上搽的桃花粉,口点的胭脂杏花红——"

从医院回到家,项海在楼下遇到五楼的赌博少年。少年叫了声"项老师",项海嗯了一声,正要上楼,少年又道:"项老师,跟您借点钱行吗?"

项海一怔,还当自己听错了。回过头看他:"什么?"

少年瘦长的脸庞浮上一丝有些狡黠的笑意。"也没什么——这么说吧,柳梦梅想问杜丽娘借点钱。您听明白了吗?"

项海听了,浑身一震:"你——"

少年嘿嘿一笑,说:"不用很多,给个三万块就行。您把钱给我,我马上就回家把杜丽娘和柳梦梅的聊天记录给删了。您要是不给,我也没办法,反正早晚被那些高利贷砍死,破罐子破摔,索性把您的聊天记录发到网上,再注上姓名地址,让您临老了也红一把。"少年讲话不快不慢,咬字清清楚楚,节奏控制得不错,颇有京白的韵味。

项海只觉得浑身的血一下子涌到头顶。眼前一黑,差点要晕过去。

"原来是你——你、你怎么能——"项海说不下去,牙齿在发抖,整个身子都在发抖。他惊恐地望着少年,简直不敢相信。

少年又是一笑。"三万块钱也不是很多啊,你女儿在海关工作,效益一定不错——项老师,我听说楼下那个女的要结婚了,是吧?其实我老早就晓得您不会和她来真的。您是当自己在戏台上呢,您看那些才子佳人,一到成亲结婚,戏就结束了,所以您也结束了。那女的和您不是一路人。要是放在过去,您就是风流才子、老克勒,那女的只不过是弄堂里的大妈——我下午还有事,您现在能不能告诉我,什么时候给钱,啊?我要现钞,别转账什么的。"少年笑眯眯地望着他。

项海怔怔地,一句话也说不出来,整个人傻了似的。

秋去冬来。很快的,又是年底了。

赵西林打来电话,项忆君只当又是约自己打牌,没等他说话,便道:"我没空。"赵西林接着说:"我想约你一块儿去看昆曲电影,刚上映的,《牡丹亭》。"

项忆君愣了愣,同意了。

电影院里,座无虚席,七成倒是年轻人。这部影片宣传力度极大,电视、报纸、杂志,铺天盖地的,一夜间红遍申城。

大屏幕上,青春靓丽的杜丽娘来到花园。

"原来姹紫嫣红开遍，似这般都付与断井颓垣。良辰美景奈何天，赏心乐事谁家院！朝飞暮卷，云霞翠轩，雨丝风片，烟波画船——锦屏人忒看得这韶光贱——"

项忆君耳边响起父亲项海唱的《牡丹亭》。不知为什么，她竟觉得，两人唱的，好像不是一个《牡丹亭》。这个杜丽娘和那个杜丽娘，似是完全不同的。项忆君不禁又有些笑自己傻。明明都是汤显祖写的本子，哪里会不一样了？

项忆君又想起了毛安——不晓得他会不会去看这部电影？想到他唱《牡丹亭》的模样，嘴角不自觉地露出微笑。那一瞬，项忆君忽然有些明白了——其实人人都可以唱《牡丹亭》，项海、余霏霏、毛安、白文礼，还有她自己，都可以唱。人人的《牡丹亭》却又不尽相同。"游园"时，各人心里怎么想，"杜丽娘"便是什么样。是良辰美景，还是断井颓垣，只凭自己的心。又或许，这人的良辰美景，又偏是那人的断井颓垣。

看完电影出来，赵西林说："蛮好蛮好——原来戏还蛮好听的。"

项忆君知道他刚才在电影院里睡着了，不说破，只笑了笑。赵西林又道："以后有好看的戏，我们再来看。"项忆君还是笑笑。

一路上，项忆君都在想该怎么提出分手。快到车站时，赵西林忽道："你教我唱戏怎么样？"项忆君听了一愣。

赵西林飞快地说："我晓得我这个人是老粗，只会打牌，高雅艺术一点也不懂。不过我这个人很虚心，又好学，脑子也不算笨。只要你肯教，我一定能学会——你肯不肯教我？"他望着项忆君，竟似有些紧张。

"嗯——"项忆君有些手足无措了，分手的话已经在嘴边，却一个字也说不出来。她看着他的眼睛，也不知被什么驱使着，"嗯，好——不过你嗓子不是很好，这个，有点沙，只能唱老生——"

项忆君说完，一抬头，瞥见对面高楼的楼顶上，巨大的宽幅屏幕在放《牡丹亭》的宣传片——雕栏玉砌，亭台楼阁，一个妙龄古装女子踱着碎步走着，袅袅婷婷，镜头朦朦胧胧，影影绰绰。

"原来姹紫嫣红开遍，似这般都付与断井颓垣——"

无数人抬头看。一时间，这座城市的上空都回荡着幽婉凄转的唱腔，像层薄薄的纱，笼罩着整座城市。随风轻轻摆着、摆着，这边扬起一些，那边又落下去。柔柔地，一点一点地，似波纹般，微微漾了开来。

原载《人民文学》2007 年第 9 期

授奖辞

《姹紫嫣红开遍》表达了浮世与时光的流逝；唯其流逝，却自珍惜、守望、咏叹，人才要不自弃，不将自身付于流逝与流行。都市生活的经验浮泛、零散，滕肖澜在她的写作中探索和想象一种被遮蔽、被隐藏的内在生活——地表之下的人的根系。她的一系列作品致力于维护人的内在性，她愿意想象，人们内心仍存萦绕不去的曲调，并且据此与浩大的覆盖一切的习俗对抗，这种对抗在滕肖澜的笔下表现得脆弱而执拗，孤独而感伤，她的人物力求为自己开辟一个意义的私域，但事情的感伤之处在于，意义并非私事，它终须经受公共生活的检验和确认，所以，她的人物总是羞怯忐忑，这种羞怯忐忑之感，富于创见地印证着我们的生活和心灵。

作者简介:

乔叶,女,汉族。河南省修武县人。河南省文学院专业作家。《读者》杂志签约作家。中国作协会员。鲁迅文学院高研班第三期学员。出版散文集《坐在我的左边》《我们的翅膀店》等多部,长篇小说《我是真的热爱你》及《虽然,但是》。作品多次获奖,并被多家选刊选载。

最慢的是活着

乔 叶

1

那一天,窗外下着不紧不慢的雨,我和朋友在一家茶馆里聊天,不知怎的她聊起了她的祖母。她说她的祖母非常节俭。从小到大,她只记得祖母有七双鞋:两双厚棉鞋冬天里穿,两双厚布鞋春秋天里穿,两双薄布鞋夏天里穿,还有一双是桐油油过的高帮鞋,专门雨雪天里穿。小时候,若是放学早,她就负责烧火。只要灶里的火苗窜到了灶外,就会挨奶奶的骂,让她把火压到灶里去,说火焰扑棱出来就是浪费。

"她去世快二十年了。"她说。

"要是她还活着,知道我们这么花着百把块钱在外面买水说闲话,肯定会生气的吧?"

"肯定的,"朋友笑了,"她是那种在农村大小便的时候去自家地里,在城市大小便的时候去公厕的人。"

我们一起笑了。我想起了我的祖母。——这表述不准确。也许还是用她自己的话来形容才最为贴切:"不用想,也忘不掉。钉子进了墙,锈也锈到里头了。"

我的祖母王兰英,一九二〇年生于豫北一个名叫焦作的小城。焦作盛产煤,那时候便有很多有本事的人私营煤窑。我曾祖父在一个大煤窑当账房先生,家里的日子便很过得去。一个偶然的机会,曾祖父认识了祖母的父亲,便许下了媒约。祖母十六岁那年,嫁到了焦作城南十里之外的杨庄。杨庄这个村落由此成为我最详细的籍贯地址,也成为祖母最终的葬身之地。二〇〇二年十一月,她病逝在这里。

2

我们一共四个兄弟姊妹,性别排序是:男,女,男,女。大名依次是小强、小丽、小杰、小让。家常称呼是大宝,大妞,二宝,二妞。我就是二妞李小让。小让这个名字虽是最一般不过的,却是四个孩子里唯一花了钱的。因为命硬。乡间说法:命有软硬之分。生在初一十五的人命够硬,但最硬的是生在二十。"初一十五不算硬,生到二十硬似钉。"我生于阴历七月二十,命就硬得似钉了。为了让我这钉软一些,妈妈说,我生下来的当天奶奶便请了个风水先生给我看了看,风水先生说最简便的做法就是在名字上做个手脚,好给老天爷打个马虎眼儿,让他饶过我这个孽障,从此逢凶化吉,遇难呈祥。于是就给我取了让字。在我们方言里,让不仅有避让的意思,还有柔软的意思。

"花了五毛钱呢。"奶奶说,"够买两斤鸡蛋的了。"

"你又不是为了我好。还不是怕我妨了谁克了谁!"

这么说话的时候我已经上了小学,和她顶嘴早成了家常便饭。这顶嘴不是撒娇撒痴的那种,而是真真的水火不容。因为她不喜欢我,我也不喜欢她。——当然,身为弱势,我的选择是被动的:她先不喜欢我,我也只好不喜欢她。

亲人之间的不喜欢是很奇怪的一种感觉。因为在一个屋檐下,再不喜欢也得经常看见,所以自然而然会有一种温暖。尤其是大风大雨的夜,我和她一起躺在西里间。虽然各睡一张床,然而听着她的呼吸,就觉得踏实,安恬。但又因为确实不喜欢,这低凹的温暖中就又有一种高凸的冷漠。在人口众多川流不息的白天,那种冷漠引起的嫌恶,几乎让我们不能对视。

从一开始有记忆起,就知道她是不喜欢我的。有句俗语:"老大娇,老末娇,就是别生半中腰。"但是,作为老末的我却没有得到过她的半点娇宠。她是家里的慈禧太后,她不娇宠,爸爸妈妈也就不会娇宠,就是想娇宠也没时间,爸爸在焦作矿务局上班,妈妈是村小的民办教师,都忙着呢。

因为不被喜欢,小心眼儿里就很记仇。而她让我记仇的细节简直俯拾皆是。比如她常睡的那张水曲柳黄漆大床。那张床是清朝电视剧里常见的那种大木床,四周镶着木围板,木板上雕着牡丹荷花秋菊冬梅四季花式。另有高高的木顶，顶上同样有花式。床头和床尾还各嵌着一个放鞋子的暗柜，几乎是我家最华丽的家具。我非常向往那张大床，却始终没有在上面睡的机会。她只带二哥一起睡那张大床。和二哥只间隔三岁，在这张床的待遇上却如此悬殊，我很不平，一天晚上，便先斩后奏，好好地洗了脚，早早地爬了上去。她一看见就着了急，把被子一掀，厉声道："下来！"

我缩在床角，说："我占不了什么地方的，奶奶。"

"那也不中！"

"我只和你睡一次。"

"不中！"

她是那么坚决。被她如此坚决地排斥着，对自尊心是一种很大的伤害。我哭了。她去拽我，我抓着床栏，坚持着，死活不下。她实在没有办法，就抱着二哥睡到了我的小床上。那一晚，我就一个人孤零零地占着那张大床。我是在哭中睡去的，清早醒来的第一件事，就是接着哭。

她毫不掩饰自己对男孩子的喜爱。谁家生了儿子，她就说："添人了。"若是生了女儿，她就说："是个闺女。"儿子是人，闺女就只是闺女。闺女不是人。当然，如果哪家娶了媳妇，她也会说："进人了。"——这一家的闺女成了那一家的媳妇，才算是人。因此，自己家的闺女只有到了别人家当媳妇才算人，在自己家是不算人的。这个理儿，她认得真真儿的。每次过小年的时候看她给灶王爷上供，我听的最多的就是那一套："……您老好话多说，赖话少言。有句要紧话可得给送子娘娘传，让她多给骑马射箭的，少给穿针引线的。"骑马射箭的，就是男孩。穿针引线的，就是女孩。在她的意识里，儿子再多也不多，闺女呢，就是一门儿贴心的亲戚，有事没事走动走动，百年升天脚蹬莲花的时候有这双手给自己梳头净面，就够了。因此再多一个就是多余——我就是最典型的多余。她原本指望我是个男孩子的，我的来临让她失望透顶：一个不争气的女孩身子，不仅占了男孩的名额，还占了个男孩子的秉性，且命那么硬。她怎么能够待见我？

做错了事，她对男孩和女孩的态度也是截然不同。要是大哥和二哥做错了事，她一句重话也不许爸爸妈妈说，且原因充分：饭前不许说，因为快吃饭了。饭时不许说，因为正在吃饭。饭后不许说，因为刚刚吃过饭。刚放学不许说，因为要做作业。睡觉前不许说，因为要睡觉……但对女孩，什么时候打骂都无关紧要。她就常在饭桌上教训我的左撇子。我自会拿筷子以来就是个左撇子，干什么都喜欢用左手。平时她看不见就算了，只要一坐到饭桌上，她就要开始管教我。怕我影响大哥二哥和姐姐吃饭，把我从这个桌角撵到那个桌角,又从那个桌角撑到这个桌角,总之怎么看我都不顺眼,我坐到哪里都碍事儿。最后通常还是得她坐到我的左边。当我终于坐定,开始吃饭,她的另一项程序就开始了。

"啪!"她的筷子敲到了我左手背的指关节上。生疼生疼。

"换手!"她说,"叫你改,你就不改。左耳朵进,右耳朵出!"

"不会。"

"不会就学。别的不学这个也得学!"

知道再和她犟下去菜就被哥哥姐姐们夹完了,我就只好换过来。我咕嘟着嘴巴,用右手生疏地夹起一片冬瓜,冬瓜无声无息地落在饭桌上。我又艰难地夹起一根南瓜丝,还是落在了饭桌上。当我终于把一根最粗的萝卜条成功地夹到嘴边时,萝卜条却突然落在了粥碗里,粥汁儿溅到了我的脸上和衣服上,引得哥哥姐姐们一阵嬉笑。

"不管用哪只手吃饭,吃到嘴里就中了,什么要紧。"妈妈终于说话了。

"那怎么会一样?将来怎么找婆家?"

"我长大就不找婆家。"我连忙说。

"不找婆家?娘家还养你一辈子哩。还给你扎个老闺女坟哩。"

"我自己养活自己,不要你们养。"

"不要我们养,你自己从石头缝里蹦出来的?自己给自己喂奶长这么大?"她开始不讲逻辑,我知道无力和她抗争下去,只好不作声。

下一次,依然如此,我就换个花样回应她:"不用你操心,我不会嫁个也是左撇子的人?我不信这世上只我一个人是左撇子!"

她被气笑了,"这么小的闺女就说找婆家,不知道羞!"

"是你先说的。"

"哦,是我先说的。咦——还就我能先说,你还就不能说。"她得意洋洋。

"姊妹四个里头,就你的相貌稀肖她,还就你和她不对路。"妈妈很纳闷,"怪哩。"

3

后来听她和姐姐聊天我才知道,她小时候娘家的家境很好,那时我们李家的光景虽然不错,和她王家却是绝不能比的。他们大家族枝枝权权四五辈共有四五十口人,男人们多,家里还雇有十几个长工,女人们便不用下地,只是轮流在家做饭。她们这一茬女孩子有八九个,从小就大门不出,二门不迈,只是学做女红和厨艺。家里开着方圆十几里最大的磨坊和粉坊,养着五六头大牲口和几十头猪。农闲的时候,磨房磨面,粉坊出粉条,牲口们都派上了用场,猪也有了下脚料吃,猪粪再起了去壮地,一样也不耽搁。到了赶集的日子,她们的爷爷会驾着马车,带她们去逛一圈,买些花布、头绳,再给她们每人买个烧饼和一碗羊杂碎。家里哪位堂哥娶了新媳妇,她们会瞒着长辈们偷偷地去听房,当然也常常会被发现。一听见爷爷的咳嗽声,她们就会作鸟兽散,有一次,她撒丫子跑的时候,被一块砖头绊倒,磕了碗大的一片黑青。

嫁过来的时候,因为知道婆家这边不如娘家,怕姑娘受苦,她的嫁妆就格外丰厚:带镜子和小抽屉的脸盆架,雕花的衣架,红漆四屉的首饰盒,一张八仙桌,一对太师椅,两个带鞋柜的大樟木箱子,八床缎子面棉被……还有那张水曲柳的黄漆木床。

"一共有二十抬呢。"她说。那时候的嫁妆是论"抬"的。小件的两个人抬一样,大件的四个人抬一样。能有二十抬,确实很有规模。

说到兴起,她就会打开樟木箱子,给姐姐看她新婚时的红棉裤。隔着几十年的光阴,棉裤的颜色依然很鲜艳。大红底儿上起着淡蓝色的小花,既喜悦,又沉静。还有她的首饰。"文革"时被破四旧的人抢走了许多,不过她还是偷偷地保留了一些。她打开一层层的红布包,给姐姐看:两只长长的凤头银钗,因为时日久远,银都灰暗了。她说原本还有一对雕龙画凤的银镯子,三年困难时期,她响应国家号召向灾区捐献物资,狠狠心把那对镯子捐了。后来发现戴在了一名村干部的女儿手上。

"我把她叫到咱家,哄她洗手吃馍,又把镯子拿了回来。他们到底理亏,没敢朝我再要。"

"那镯子呢?"

"卖了,换了二十斤黄豆。"

她生爸爸的时候,娘家人给她庆满月送的银锁,每一把都有三两重,一尺长,都佩着繁繁琐琐的银铃和胖胖的小银人儿。她说原先一共有七把,破四旧时,被抢走了四把,就只剩下了三把,后来大哥和二哥生孩子,生的都是儿子,她就一家给了一把。姐姐生的是女儿,她就没给。

"你再生,要生出来儿子我就给你。"她对姐姐说,又把脸转向我,"看你们谁有本事先生出儿子。迟早是你们的。"

"得了吧。我不要。"我道,"明知道我最小,结婚最晚。根本就是不存心给我。"

"你说得没错,不是给你的,是给我重外孙子的。"她又小心翼翼地裹起来,"你们要是都生了儿子,就把这个锁回回炉,做两个小的,一人一个。"

偶尔,她也会跟姐姐聊起祖父。

"我比人家大三岁。女大三,抱金砖。"她说,她总用"人家"这个词来代指祖父。"我过门不多时,就乱了,煤窑厂子都关了,你太爷爷就回家闲了,家里日子一天不如一天。啥金砖?银砖也没抱上,抱的都是土坷垃。"

"人家话不多。"

"就见过一面,连人家的脸都没敢看清,就嫁给人家了。那时候嫁人,谁不是晕着头嫁呢?"

"和人家过了三年,哪年都没空肚子,前两个都是四六风。可惜的,都是男孩儿呢。刚生下来的时候还好好儿的,都是在第六天头上死了,要是早知道把剪刀在火上烤烤再剪脐带就中,哪儿会只剩下你爸爸一个人?"

后来,"人家"当兵走了。

"八路军过来的时候,人家上了扫盲班,学认字。人家脑子灵,学得快……不过,世上的事谁说得准呢?要是笨点儿,说不定也不会跟着队伍走,现在还能活着呢。"

"哪个人傻了想去当兵?队伍来了,不当不行了。"她毫不掩饰祖父当时的思想落后,"就是不跟着这帮人走,还有国民党呢,还有杂牌军呢,哪帮人都饶不了。还有老日呢。"——老日,就是日本鬼子。

"老日开始不杀人的。进屋见了咱家供的菩萨,就赶忙跪下磕头。看见小孩子还给糖吃,后来就不中了,见人就杀。还把周岁大的孩子挑到刺刀尖儿上耍,那哪还能叫人?"

老日来的时候,她的脸上都是抹着锅黑的。

"人家"打徐州的时候,她去看他,要过黄河,黄河上的桥散了,只剩下了个铁架子。白天不敢过,只能晚上过。她就带着爸爸,一步一步地踩过了那条漫长的铁架子,过了黄河。

"月亮可白。就是黄河水在脚底下,哗啦啦地吓人。"

"人家那时候已经有通讯员了,部队上的人对我们可好。吃得也可好,可饱。住了两天,我们就回来了。家属不能多住,看看就中了。"

那次探亲回来,她又怀了孕,生下了一个女儿。女儿白白胖胖,面如满月,特别爱笑。但是,一次,一个街坊举起孩子逗着玩的时候,失手摔到了地上。第二天,这个孩子就夭折了。才五个月。

讲这件事时,我和她坐在大门楼下。那个街坊正缓缓走过,还和她打着招呼。

"歇着呢?"

"歇着呢。"她和和气气地答应。

"不要理她!"我气恼她无原则地大度。

"那还能怎么着?账哪能算得那么清?她也不是蓄心的。"她叹气,"死了的人死了,活着的人还得活着。"

后来,她收到了祖父的阵亡通知书。"就知道了,人没了。那个人,没了。"

"听爸爸说,解放后你去找过爷爷一次。没找到,就回来了。回来时还生了一场大病。"

"哦。"她说,"一个人说没就没了,一张纸就说这个人没了,总觉得不真。去找了一趟,就死心了。"

"你是哪一年去的?"

"五六年吧。五六五七,记不清了。"

"那一趟,你走到了哪儿?"

"谁知道走到了哪儿。我一个大字不识的妇女,到外头知道个啥。"

4

因为是光荣烈属,建国后,她当上了村里的第一任妇女主任,妇女主任应该是党员。组织上想发展她入党,她犹豫了,听说入党之后还要交党费,还要参加各种各样的活动和会议,她更犹豫了。觉得自己作为一个寡妇,从哪方面考虑都不合适。"我能管好我家这几个人就中了,哪儿还有力气操那闲心。"她说。

她谢绝了。但是后来时兴人民公社大食堂,她以烈属身份要求去当炊事员。

"还不是为了能让你爸爸多吃二两。"她说。

随着我们这几个孩子的降生,家里的生活越来越紧巴。在生产队里的时候,因为孩子们都上学,爸爸妈妈又上班,家里只有她一个劳力挣工分,年终分配到的粮食就很少,颗颗贵似金。肯定不够吃,得用爸爸的工资在城里再买。这种状况使得她对粮食的使用格外细腻。她说有的人家不会过,麦子刚下来时就猛吃白面,吃到过了年,没有多少白面了,才开始吃白面和玉米面杂卷的花馍。后来花馍里的白面也吃不上了,就只好吃纯黄的窝窝头,逢到宾来客往,还得败败兴兴地去别人家借白面。到了收麦时节,这些人家拿到地里打尖儿的东西也就只有窝头。收麦子是下力气活儿,让自己家的劳力吃窝头，这怎么说得过去呢？简直就是丢人。

她从来没有丢过这种人。从一开始她就隔三岔五让我们吃花馍，早晚饭是玉米面粥，白面只有过年和收麦时才让吃得尽兴些。过年蒸的白面馍又分两种，一种是纯白面馍，叫"真白鸽"。主要用于待客。另一种是白面和白玉米面掺在一起做的，看起来很像纯白面馍，叫"假白鸽"。主要用于自家吃。

"人过留名，雁过留声。客人当然得吃好的。"她说，"自己家么，填坑不用好土。——也算好土了。"

杂面条也是我们素日经常吃的。也分两种：绿豆杂面和白豆杂面。绿豆杂面是绿豆、玉米、高粱和小麦合在一起磨的。白豆杂面是白豆、小麦和玉米合在一起磨的。杂面粗糙，做不好的话豆腥味儿很大。她却做得很好吃。一是因为搭配比例合理，二是在于最后一道工序：面熟起锅之后，她在勺里倒一些香油，再将葱丝、姜丝和蒜瓣放在油里热炒，炒得焦黄之后将整个勺子往饭锅里一焖，只听嗤啦一声，一股浓香从锅底涌出，随即满屋都是油亮亮香喷喷。

那时候没法子吃新鲜蔬菜，一到春天就青黄不接，她就往稀饭里放榆叶、黑槐叶、蛐蛐菜、马齿菜、荠菜和灰灰菜，还趁着四季腌各种各样的酱菜：春天腌香椿，夏天腌蒜苗，秋天腌韭菜、辣椒、芥菜，冬天腌萝卜和黄菜。仅就白菜，她就又分出三个等级，首先是好白菜，圆滚滚，瓷丁丁。其次是样子好看却不瓷实的，叫青干白菜。最差的是只长了些帮子的虚棵白菜。她让我们先吃的是青干白菜，然后是好白菜。至于虚棵白菜，她就放在锅里煮，高温去掉水分之后，再挂在绳子上晾干，这时的白菜叫做"烧白菜"。来年春天，将烧白菜再回锅一煮，就能当正经菜吃。有几年春天，她做的这些烧白菜还被人收购过，一斤卖到了三毛钱。

"它们喂人，人死了埋到地下再喂它们。"每当吃菜的时候，她就会这么说。

一切东西对她来说似乎都是有用的：玉米衣用来垫猪圈，玉米芯用来当柴烧。洗碗用的泔水，她从来不会随随便便地泼掉，不是拌鸡食就是拌猪食。我家要是没鸡没猪，她就提到邻居家，也不管人家嫌弃不嫌弃。"总是点儿东西，扔掉了可惜。"她说。内衣内裤和袜子破了，她也总是补了又补。而且补的时候，是用无法再补的那些旧衣的碎片。"用旧补旧，般配得很。"她说。我知道这不是因为般配，而是她觉得用新布补旧衣就糟蹋了新布。在她眼里，破布也分两种，一种是纯色布，那就当孩子的尿布，或者给旧衣服当补丁。另一种是花布，就缝成小小的三角，三角对三角，拼成一个正方形，几十片正方形就做成了一个花书包。

路上看到一块砖，一根铁丝，一截塑料绳，她都要拾起来。"眼前没用，可保不准什么时候就用上了。宁可让东西等人，不能让人等东西。"她说。

"你奶奶是个仔细人哪。"街坊总是对我们这么感叹。

这里所说的仔细，在我们方言中的含义就是指"会过日子"，也略微带些形容某人过于吝啬的苛责。

她还长年织布。她说，年轻时候，只要没有什么杂事，每天她都能卸下一匹布。一匹布，二尺七寸宽，三丈六尺长。春天昼长的时候，她还能多织丈把。后来她学会了织花布，将五颜六色的彩线一根根安在织布机上，经线多少，纬线多少，用哪种颜色，是要经过周密计算的。但不管怎么复杂，都没有难倒她。五十年前，一匹白布的价是七块两毛钱，一匹花布的价是十块六毛钱。她就用这些长布供起了爸爸的学费。

纺织的整个过程很繁琐：纺，拐，浆，落，经，镶，织。织只是最后一道。她一有空就坐下来摩挲那些棉花，从纺开始，一道一道地进行着，慢条斯理。而在我童年的记忆中，每每早上醒来，和鸟鸣一起涌入耳朵的，确实也就是唧唧复唧唧的机杼声。来到堂屋，就会看见她坐在织布机前。梭子在她的双手间飞鱼似的传动，简洁明快，娴熟轻盈。

生产队的体制里，一切生产资料都是集体的，各家各户都没有棉花。她能用的棉花都是买来的，这让她很心疼。一到秋天，棉花盛开的时节，我和姐姐放学之后，她就派我们去摘棉花。去之前，她总要给我们换上特制的裤子，口袋格外肥大，告诉我们："能装多少是多少。"我说："是偷吧？"她就"啪"地打一下我的脑袋。

后来，她织的布再也卖不动了，再后来，那些布把我们家的箱箱柜柜都装满了，她的眼睛也不行了，她才让那架织布机停下来。

她去世那一年，那架织布机散了。

5

小学毕业之后，我到镇上读初中。三里地，一天往返两趟，是需要骑自行车的。爸爸的同事有一辆半旧的二十六英寸女车，爸爸花了五十块钱买了下来，想要给我骑。却被她拦住了。

"三里地，又不远。我就不信会把脚走大了。"

"已经买了，就让二妞骑吧。"

"她那笨手笨脚的样儿，不如让二宝骑呢。"此时我的二哥正在县里上高中。他住校，两周才回家一次。我可是每天两趟要去镇上的啊。

爸爸不说话了。我深感正不压邪，于是决定要为自己的权利做斗争。一天早上，我悄悄地把自行车推出了家门。谁知道迎头碰上了买豆腐回来的她，她抓了我一把，没抓住，就扭着小脚在后面追起来。我飞快地蹬啊，蹬啊。骑了一段路，往后看了看，她不追，却还停在原地看着我。

我知道这辆车我大约只能骑一次了，顿时悲愤交加。沿路有一条小河，水波清澈，浅不没膝，这时候，一个衣扣开了，我懒得下车，便腾出左手去整衣服，车把只靠右手撑着，就有些歪。歪的方向是朝河的。待整好衣服，车已经靠近河堤的边缘了，如果此时纠正，完全不会让车出轨。鬼使神差，我突然心生歹意，想：反正这车也不让我骑，干脆大家都别骑吧。这么想着，车就顺着河堤冲了下去。——在冲下去的一瞬间，我清楚地记得，我还往身后看了看，她还在。一阵失控的跌撞之后，我如愿以偿地栽进了河里。河水好凉啊，河草好密啊，河泥好软啊。当我从河里爬起来时，居然傻乎乎地这么想着，还对自己做了个鬼脸。

那天上学，我迟到了。而那辆可爱的自行车经过这次重创之后，居然又被修车师傅耐心地维修到了勉强能骑的地步。我骑着它，一直骑到初中毕业。

很反常的，她没有对此事做出任何评论，看来是被我的极端行为吓坏了。我居然能让她害怕！这个发现让我又惊又喜。于是我乘胜追击，不断用各种方式藐视她的存在和强调自己的存在，从而巩固自己得之不易的家庭地位。每到星期天，凡是有同学来叫我出去玩，我总是扔下手中的活儿就走，连个招呼都不跟她打。村里若是演电影，我常常半下午就溜出去，深更半夜才回家。若是得了奖状回来，我就把它贴在堂屋正面毛主席像的旁边，让人想不看都不成。如果还有奖品，我一定会在吃晚饭的时候拿到餐桌上炫耀。每到此时，她就会漫不经心地瞟上一眼，淡淡道："吃饭吧。"

她仍是不喜欢我的。我很清楚。但只要她能把她的不喜欢收敛一些，我也就达到了目的。

初中毕业之后，我考上了焦作市中等师范学校。按我的本意，是想报考高中的，但她和爸爸都不同意。理由是师范只需要读三年就可以参加工作，生活费和学费还都是国家全额补助的，而上高中不仅代价昂贵且前程未卜。看着我愤愤不平的样子，爸爸最后安慰我说，师范学校每年都组织毕业生参加高考。只要我愿意，也可以在毕业那年参加高考。于是去师范学校报到那天我带上了一摞借来的高中旧课本。我暗暗发誓：一定要考上大学。

但是，毕业那年，我没有参加高考。我已经不愿意上大学了。我想尽早工作，自食其力。因为我师范生活的最后一年冬天，我没有了父亲，我知道自己面临的首要任务就是养活自己。

大约是为了好养，父亲是个女孩子名，叫桂枝。小名叫小胜。奶奶一直叫他小胜。第一次看见父亲的照片成了遗像，我在心里悄悄地叫了一声"小胜"，突然觉得，这个名字和我们兄弟姊妹四个的名字排在一起非常有趣：小强小丽小杰小让，而他居然是小胜。听起来他一点儿也不像我们的父亲，而像我们的长兄。

父亲是患胃癌去世的。父亲生前，我叫他爸爸。父亲去世之后，我开始称他为父亲。——一直以为，父亲、母亲、祖母这样隆重的称谓是更适用于逝者的。所以，当我特别想他们的时候，我就在心里称呼他们：爸爸、妈妈、奶奶。一如他们生前。至于我那从来未曾谋面的祖父，还是让我称他为祖父吧。

如果用一个字来形容奶奶对于父亲这个独子的感觉，我想只有这个字最恰当：怕。从怀着他开始，她就怕。生下来，她怕。是个男孩，她更怕。祖父走了，她独自拉扯着他，自然是怕。女儿夭折之后，她尤其怕。他上学，她怕。他娶妻生子，她怕。他每天上班下班，她怕。——他在她身边时，她怕自己养不好他。他不在她身边时，她怕整个世界亏待他。

父亲是个孝子，无论她说什么，他都俯首帖耳。表面上是他怕她，但事实上，就是她怕他。

没办法。爱极了，就是怕。

从父亲住院到他去世，没有一个人告诉奶奶真相。她也不提出去看，始终不提。我们从医院回来，她也不问。一个字儿都不问。我们主动向她报喜不报忧，她也只是静静地听着，最多只答应一声："噢。"到后来她的话越来越少，越来越少。父亲的遗体回家，在我们的哭声中，她始终躲着，不敢出来。等到入殓的时候，她才猛然掀开了西里间的门帘，把身子掷到了地上，叫了一声："我的小胜啊——"

这么多天都没有说话，可她的嗓子哑了。

6

我回到了家乡小镇教书。这时大哥已经在县里一个重要局委担任了副职，成了颇有头脸的人物。姐姐已经出嫁到离杨庄四十多里的一个村庄，二哥在郑州读财经大学。偌大的院子里，只有我、妈妈和她三个女人常住。父亲生病期间，母亲信了基督教。此时也已经退休，整天在信徒和教堂之间奔走忙碌，把充裕的时间奉献给了主。家里剩下的，常常只有我和她。——不，我早出晚归地去上班，家里只有她。

至今我仍然想象不出她一个人在家的时光是怎么度过的。只知道她一天天地老了下去。不，不是一天天，而是半天半天地老下去。每当我早上去上班，中午回来的时候，就觉得她比早上要老一些。而当我黄昏归来，又觉得她比中午时分更老。本来就不爱笑的她，更不笑了。我们两个默默相对地吃完饭，我看电视，她也坐在一边，但是手里不闲着。总要干点儿什么：剥点儿花生，或者玉米。坐一会儿，我们就去睡觉。她睡堂屋西里间，我睡堂屋东里间。母亲回来睡东厢房。

每当看到她更老的样子，我就会想：照这样的速度老下去，她最终会变成什么样呢？一个人，每天每天都会老，最终会老到什么地步呢？

她的性情比以往也有了很大改变。不再串门聊天，也不允许街坊邻居们在我家久坐。但凡有客，她都是一副木木的样子，说不上冷淡，但绝对也谈不上欢迎。于是客人们就很快讪讪地走了。我当然知道这是因为父亲的缘故，就劝解她，说她应该多去和人聊聊，转移转移情绪。再想有什么用？反正父亲已经不在了。她拒绝了。她说："我没养好儿子，儿子走到了我前边儿，白发人送黑发人，老败兴。他不在了，我还在。儿子死了，当娘的还到人跟前举头竖脸，我没那心劲儿。"

她硬硬地说着。哭了。我也哭了。我擦干泪，看见泪水流在她皱纹交错的脸上，如雨落在旱地里。这是我第一次那么仔细地看着她哭。我想找块毛巾给她擦擦泪，却始终没有动。即使手边有毛巾，我想我也做不出来。我和她之间，从没有这么柔软的表达。如果做了，对彼此也许都是一种惊吓。

父亲的遗像，一直朝下扣在桌子上。

有一天，我下班早了些，一进门就看见她在摸着父亲那张扣着的遗像。她说："上头我命硬，下头二妞命硬。我们两头都克着你，你怎么能受得住呢？是受不住。是受不住。"

我悄悄地退了出去。又难过，又委屈。原来她一直是这么认为的！原来她还是一直这么在意我的命硬，就像在意她的。——后来我才知道，她生于正月十五。青年丧夫，老年丧子，她的命是够硬的。但我不服气。我怎么能服气呢？父亲得的是胃癌，和我和她有什么关系？！我们并没有偷了父亲的寿，为什么要自己给自己栽赃？我不明白她这么做只是因为无法疏导过于浓郁的悲痛，只好自己给自己一个说法。那时我才十八岁，我怎么可能明白呢？

不过，值得安慰的是，我当时什么都没说。我知道我的委屈和她的悲伤相比，没有发作的比重。

工资每月九十八元，只要发了我就买各种各样的吃食和玩意儿，大包小包地往回拿。我买了一把星海牌吉他，月光很好的晚上就在大门口的石板上练指法。还买了录音机，洗衣服做饭的时候一定要听着费翔和邓丽君的歌声。第一个春节来临之前，我给她和妈妈各买了一件毛衣。每件四十元。妈妈没说什么，喜滋滋地穿上了，她却勃然大怒。——我乐了。这是父亲去世后，她第一次发怒。

"败家子儿！就这么会花钱！我不穿这毛衣！"

"你不穿我送别人穿。"我说，"我还不信没人要。"

"贵巴巴的你送谁？你敢送？"她说着就把毛衣藏到了箱子里。那是件带花的深红色对襟毛衣。领子和袖口都镶着很古典的图案。

九十八元的工资在当时已经很让乡里人眼红了，却很快就让我失去了新鲜感。孩子王的身份更让我觉得无趣。第二个学期，我开始迟到，早退，应付差事。校长见我太不成体统，就试图对我因材施教。他每天早上都站在学校门口，一见我迟到就让我和迟到的学生站在一起。我哪能受得了这个，掉头就回家睡回笼觉。最典型的一次，是连着迟到了两周；也就旷工了两周。所有的人都拿我无可奈何，而我却不自知——最过分的任性大约就是这种状况了：别人都知道你的过分，只有你不自知。

每次看到我回家睡回笼觉她都一副忧心忡忡的神情：一个放着人民教师这样光荣的职业却不好好干的女孩子，她在闹腾什么呢？她显然不明白，似乎也没有兴致去弄明白。她只是一到周末就等在村头，等她的两个孙子从县城和省城回来看她。——她的注意力终于在不知不觉间从父亲身上分散到了孙子们身上。每到周末，我们家的饭菜就格外好：猪头肉切得细细的，烙饼摊得薄薄的，粥熬得浓浓的。然而只要两个哥哥不回来，我就都不能动。直到过了饭时，确定他们不会回来了，她才会说："吃吧。"

我才不吃呢。假装看电视，不理她。

"死丫头，这么好的饭你不吃，不糟蹋东西？"

"又不是给我做的，我不吃。"

"不是给你做的，给狗做的？"

"可不是给狗做的么？"我伶牙俐齿，一点儿也不饶她，"可惜你那两只狗跑得太远，把家门儿都忘了。"

有时候，实在闲极无聊，她也会和我讲一些家常话。话题还是离不开她的两个宝贝孙子：大哥如何从小就爱吃糖，所以外号叫李糖迷。二哥小时候如何胖，给他擦屁股的时候半天都掰不开屁股缝儿……也会有一些关于姐姐的片段，如何乖巧，如何懂事。却没有我的。

"奶奶，"我故意说，"讲讲我的呗。"

"你？"她犹豫了一下，"没有。"

"好的没有，坏的还没有？"

"坏的么，倒是有的。"她笑了。讲我如何把她的鞋放在蒸馍锅里和馒头一起蒸，只因她说她的鞋子干净我的鞋子脏。我如何故意用竹竿打东厢房门口的那棵枣树，只因她说过这样会把枣树打死。我如何隔三岔五地偷个鸡蛋去小卖店换糯米糕吃，还仔细叮嘱老板不要跟她讲。其中有一件最有趣：一次，她在门口买凉粉，我帮她算账，故意多算了两毛钱。等她回家后，我才追了两条街跟那卖凉粉的人把两毛钱要了回来。她左思右想觉得钱不够数，也去追那卖凉粉的人，等她终于明白真相时，我已经把两毛钱的瓜子嗑完了。

我们哈哈大笑。没有猜忌，没有成见，没有不满。真真正正是一家人在一起拉家常的样子。她嘴里的我是如此顽劣，如此可爱。这是我万万没有想到的。

但这种和谐甚至是温馨的时光是不多的。总的来说我和她的关系还是相当冷漠。有时会吵架，有时会客气，——一个人随着年龄的增长也会获得某种自然而然的程度加深的尊重，她对我的客气显然是基于这点。

我的工作状态越来越糟糕。学年终考，我的学生考试成绩在全镇排名中倒数第一。平日的邋遢和成绩的耻辱构成了无可辩驳的因果关系，作为误人子弟的败类我不容原谅。终于在一次全校例行的象征性的应聘选举中，我成了实质性落聘的第一人。惩罚的结果是把我发配到一个偏远的村小教书。我当然不肯去，也不能再在镇里呆下去，短暂的考虑之后我决定停薪留职。之前一些和我一样不安分当老师的师范同学已经有好几个南下打工，我和他们一直保持着联系。

正犹豫着怎么和她们开口，一件事加速了我的进程。那天，我起得早，走到厨房门口，听见妈妈正在低声埋怨她："……你要是当时叫大宝给她跑跑关系，留到县里，只怕她现在也不会弄得这么拾不起来。"

"她拾不起来是她自己软。能怨我？"

"丝瓜要长还得搭个架呢。一个孩子，放着关系不让用，非留在身边。你看她是个翅膀小的？"

"那几个白眼狼都跑得八竿子打不着,不留一个,有个病的灾的去指靠谁?"

——一切全明白了。原来还是奶奶作祟,在清晨明媚的阳光中,我气得脑门发涨。我推开厨房的门,目光如炬,声音如铁,铿锵有力地向她们宣言:"我也是个白眼狼!别指靠我!我也要走了!"

7

我一去三年没有回家,只是十天半月往村委会打个电话,让村长或村支书向她们转达平安,履行一下最基本的告知义务。三年中,我从广州到深圳,从海口到三亚,从苏州到杭州,从沈阳到长春,推销过保险,当过售楼小姐,在饭店卖过啤酒,在咖啡馆磨过咖啡,当然也顺便谈谈恋爱,经历经历各色男人。后来我落脚到了北京,应聘在一家报社做记者。

人在江湖飘,哪能不挨刀。吃过几次亏,碰过几次壁之后,我才明白,以前在奶奶那里受的委屈,严格来说,都不是委屈。我对她逢事必争吵,逢理必争,从来不曾"受"过,哪里还谈得上委和屈?真正的委屈是笑在脸上哭在心里的。无处诉,无人诉,不能诉,不敢诉,得生生闷熟在日子里。

这最初的世事磨炼让我学会了察言观色,看菜下碟。学会了在第一时间内嗅出那些不喜欢我的人的气息,然后远远地离开他们。如果迫不得已一定要和他们打交道,我就羽毛乍起,如履薄冰。我知道,某种意义上讲,他们就是我如影随形的奶奶。不同的是,他们会比奶奶更严厉地教训我,而且不会给我做饭吃。而在那些喜欢我的人面前,我在受宠若惊视宠若宝的同时也是小心翼翼的。生怕失去了这些喜欢,生怕失去了这些宠。——在我貌似任性的表征背后,其实一直长着一双胆怯的眼睛。我怕被这个世界遗弃。多年之后我才悟出:这是奶奶送给我的最初的精神礼物。可以说,那些日子里,她一直是我的镜子,有她在对面照着,才使得我眼明心亮。她一直是我的鞭子,有她在背上抽着,才让我不敢昏昏欲睡。她让我知道:这个世界上,总会有人不喜欢你,你会成为别人不愉快的理由。你从来就没有资本那么自负,自大,自傲。从而让我怀着无法言喻的隐忍、谦卑和自省,以最快的速度长大成人。

我开始想念她们。奇怪,对奶奶的想念要胜过妈妈。但因记忆里全是疤痕的硬,对她的想也不是那种柔软的想。和朋友们聊起她的时候,我总是不自觉地念怨着她的封建、自私和狭隘,然后收获着朋友们的安慰和同情。终于有一次，一位朋友温和地斥责了我，她说："亲人总是亲人。奶奶就是再不喜欢你，也总比擦肩而过的路人对你更有善意。或许她只是不会表达，那么你就应该去努力理解她行为背后的意义。比如，她想把你留在身边，也不仅仅是为了养老，而是看你这么淘气，叛逆，留在身边她才会更安心。再比如，她嫌你命硬，你怎么知道她在嫌你的时候不是在嫌自己？她自己也命硬啊。所以她对待你的态度就是在对待她自己，对自己当然就是最不客气了。"

她对待我的态度就是在对她自己？朋友的话让我一愣。

我打电话的频率开始密集起来。一天，我刚刚打通电话，就听见了村支书粗糙的骂声："他娘的，你妈病啦！住院啦！你别满世界疯跑啦！赶快攥着你挣的票子回来吧！"

三天之后，我回到了杨庄。只看到了奶奶。父亲有病时似乎也是这样：其他人都往医院跑，只有她留守在家里。我是在大门口碰到她的，她拎着垃圾斗正准备去倒。看见我，她站住了脚。神情是如常的，素淡的，似乎我刚刚下班一样。她问："回来了？"

我说："哦。"

妈妈患的是脑溢血。症状早就显现，她因为信奉主的力量而不肯吃药，终于小疾酿成大患。当她出院的时候，除了能维持基本的吃喝拉撒之外，已经成了一个废人。

妈妈病情稳定之后，我向报社续了两个月的假。是，我是看到她和妈妈相依为命的凄凉景象而动了铁石心肠，不过我也没有那么单纯和孝顺。我有我的隐衷：我刚刚发现自己怀了孕。孩子是我最近一位男友的果实，我从北京回来之前刚刚和他分手。

我悄悄地在郑州做了手术，回家静养。因为瞒着她们，也就不好在饮食上有什么特别的讲究和要求。三代三个女人坐在一起，虽然我和她们有十万八千里的隔阂，也免不了得说说话。妈妈讲她的上帝耶稣基督主，奶奶讲村里的男女庄稼猪鸡狗。我呢，只好把我经历的世面摆了出来。我翻阅着影集上的照片告诉她们：厦门鼓浪屿，青岛崂山，上海东方明珠，杭州西湖，深圳民俗村和世界之窗……指着自己和民俗村身着盛装的少数民族演员的合影以及世界之窗的微缩模具，我心虚而无耻地向她们夸耀着我的成就和胆识。她们只是默默地看着，听着，没有发问一句。这在我的意料之中。我知道自己已经大大超越了她们的想象——不，她们早已经不再对我想象。我在她们的眼睛里，根本就是一个怪物。

讲了半天，我发现听众只剩下了奶奶。

"妈呢?"

"睡了。"她说,"她明儿早还要做礼拜。"

"那,咱们也睡吧。"我这才发现自己累极了。

"你喝点儿东西吧。"奶奶说,"我给你冲个鸡蛋红糖水。"

这是坐月子的女人才会吃的食物啊。我看着她。她不看我,只是颠着小脚朝厨房走去。

报社在河南没有记者站。续假期满,我又向报社打了申请,请求报社设立河南记者站,由我担任驻站记者。在全国人民过分热情的调侃中,河南这种地方一向都很少有外地人爱来,我知道自己一请一个准儿。果然,申请很快就被批准了,我在郑州租了房子,开始了新一轮的奔波。每周我都要回去看看妈妈和她。出于惯性,我身边很快也聚集了一些男人。每当我回老家去,都会有人以去乡下散心为名陪着我。小汽车是比公共汽车快得多,且有面子。我任由他们捧场。

对这些男人,妈妈不言语,奶奶却显然是不安的。开始她还问这问那,后来看到我每次带回去的男人都不一样,她就不再问了。她看我的目光又恢复到了以前的忧心忡忡。其实在她们面前,我对待那些男人的态度相当谨慎。我把他们安顿在东里间住,每到子夜十二点之前一定回到西里间睡觉。奶奶此时往往都没有睡着。听着她几乎静止的鼻息,我在黑暗中轻轻地脱衣。

"二妞,这样不好。"一天,她说。

"没什么。"我含糊道。

"会吃亏的。"

"我和他们没什么。"

"女人,有时候由不得自己。"

似乎有些谈心事儿的意思了。难道她有过除祖父之外的男人?我好奇心陡增,又不好问。毕竟,和她之间这样亲密的时机很少。我不适应。她必定也不适应——我听见她咳嗽了两声。我们都睡了。

日子安恬地过了下来。这是我期望已久的日子:有自由,有不菲的薪水,有家乡的温暖,有家人的亲情,还有恋爱。在外奔波的这几年里,我习惯了恋爱。一个人总觉得凄冷,恋爱就是靠在一起取暖。身边有男人围着,无论我爱不爱他们,心里都是踏实的,受用的。虽然知道这踏实是小小的踏实,受用是小小的受用,但,有总比没有要好。

"没事不要常回来了。我和你妈都挺好的。不用看。"终于有一天,她说。

"多看看你们还有错啊。我想回来就回来。"我说。

"要是回来别带男人，自己回来。"

"为什么？不过是朋友。"

"就因为是朋友，所以别带来。要是女婿就尽管带。"她说，"你不知道村里人说话多难听。"

"难听不听。干吗去听！"我火了。

"我在这村里活人活了五六十年，不听不中。"她说，"你就别丢我的人了！"

"一个女人没男人喜欢，这才是丢人呢！"

"再喜欢也不是这么个喜欢法。"她说，"一个换一个，走马灯似的。"

"多了还不好？有个挑拣。"

"眼都花了，心都乱了。好什么好？"

"我们这时候和你们那时候不一样。你就别管我的事了。"

"有些理，到啥时候都是一样的。"

"那你说说，该是个什么喜欢法？"我挑衅。

她沉默。我料定她也只能沉默。

"你守寡太多年了。"我犹豫片刻，一句话终于破口而出，"男女之间的事情，你早就不懂了。"

静了片刻，我听见她轻轻地笑了一声。

"没男人，是守寡。"她语调清凉，"有了不能指靠的男人，也是守寡。"

"怎么寡？"我坐起来。

"心寡。"她说。

我怔住。

8

我和她之间再次陷入了冷战期。我长时间地呆在郑州，很久才回去一次。回去的时候，也不再带男人。我开始正式考虑结婚问题。一考虑这个问题，我就发现奶奶是多么正确：因为经历太多，我已经不知道什么人适合和我结婚。我面前的男人琳琅满目，花色齐全，但当我想要去捉住他们时，却发现哪个都没有让我付账的决心。

我确实是心寡。

其间有个男孩子，各方面条件都很不错，要说结婚，似乎也是可以的。但我拒绝了他的求婚，主要原因当然是不够爱他，次要原因则是不喜欢他的妈妈。那个老太太是一个落魄的高干遗孀，大手大脚，颐指气使，骄横霸道。

她经常把退休金花得光光的，然后让孩子们给她凑钱买漂亮衣服和名贵首饰。她的口头禅是："吃好的，买贵的。人就活一辈子，不能委屈自己！"

是，这话没错。人能不委屈自己的时候是不该委屈自己。我也是这样。可我就是不喜欢她这个腔调，就是不喜欢她这个做派，就觉得她不像个老人。一个老人，怎么能这样没有节制呢？怎么能这么挥霍无度呢？怎么能这么没有老人的样子呢？——忽然明白，我心目中的老人标准，就是我生活在豫北乡下的奶奶。如果她和我的奶奶有那么些微一样，我想，我一定会加倍心疼她，宠她，甚至会为此加重和她儿子结婚的砝码。但她不是我的奶奶。我的奶奶不是这样。我不能和这样的老人在一起生活。

常常如此：我莫名其妙地看不惯那些神情自得生活优越的老人，一听到他们说什么夕阳红、黄昏恋、出国游，上什么艺术大学，参加什么合唱团，我心里就难受。后来，我才明白：我是在嫉妒他们。替奶奶嫉妒他们。

两年之后，当我再带男人回去的时候，只固定带了一个。后来，我和那个男人结了婚。用奶奶的话，那个男人成了我的丈夫。他姓董。

和董认识是在一个饭局上。那个饭局是县政府为在省城工作的本籍人士举办的例行慰问宴。也就是定期和这些人联络一下感情，将来有什么事好让这些人都出力的意思。所谓"养兵千日，用兵一时"，这饭局就是养兵的草料。那天，我去得最晚。落座时只剩下了一个位置。右边是董，左边是一个女人。互相介绍过之后，我对左边的女人说："对不起，我是左撇子，可能会让你不方便。"对方还没有反应，董马上站起来对我说："我和你换换吧。"

他坐在了我的左边。吃饭期间聊起家常，他告诉我他大学毕业后工作没有着落，就留在郑州做了一家报社的记者。偶尔回县城看看退休的父母。和我一样，他也只是个应聘记者。

"好听的说法是随时会跳槽。"他说。

"不好听的说法是随时会被炒。"我说。

我们相视而笑。有多少像我们这样貌似齐整的流浪者啊。没有锦衣，就自己给自己造一件锦衣。见到生客就披上，见到自己人就揪下。

后来我问董对我初次的印象如何，董说："长相脾气都在其次。我就是觉得你特别懂事。"

"懂事？"我吃惊。哑然失笑。第一次听到有人这么评价我，"何以见得？"

"我吃过的饭局千千万，见过的左撇子万万千，仅仅为自己是左撇子而向自己左手位道歉的人，你是第一个。"

只有懂事的人才能看到别人的懂事。活到一定的年纪，懂事就是第一重要的事。天造地设，我和董一拍即合。关系确定之后，我把他带了回去，向奶奶和母亲宣告。奶奶第二天就派大哥去打听董的家世，问得清清白白，无可挑剔之后，才明确点了头，同意我和董结婚。

"这闺女这般好命，算修成正果了。"她说，"真是人憨天照顾。"

妈妈什么也做不了，奶奶就开始按老规矩为我准备结婚用品：龙凤呈祥的大红金丝缎面被，粉红色的鸳鸯戏水绣花枕套，双喜印底的搪瓷脸盆，大红的皂盒，玫瑰红的梳子……纺织类的物品一律缝上了红线，普通生活用品一律系上了红绳。做这一切的时候，她总是默默的。和别人说起我的婚事时，她也常常笑着，可是那笑容里隐隐交错着一种抑制不住的落寞和黯然。

两亲家见面那天，奶奶作为家长发言，道："二妞要说也是命苦。爹走得早，娘只是半个人。我老不中用，也管不出个章程，反正她就是个不成材，啥活计也干不好，脾气还傻倔。给了你们就是你们的人，小毛病你们就多担待，大毛病你们就严指教。总之以后就是你们多费心了。"

公公婆婆客气地笑着，答应着，我再也坐不住，出了门。忍了好久，才没让泪滚出来。

婚礼那天清早，我和女伴们在里间化妆试衣，她和妈妈在外面接待着络绎不绝的亲友。透过房门的缝隙，我偶尔会看见她们在人群中穿梭着，分散着糖果和瓜子。她们脸上的神情都是平静的，安宁的，也显示着喜事应有的笑容。我略略地放了心。

随着乐曲的响起和鞭炮的骤鸣，迎亲的花车到了。按照我们的地方风俗，嫁娘要在堂屋里一张铺着红布的椅子上坐一坐，吃上几个饺子，才能出门。我坐在那张红布椅上，端着饺子，一眼便看见奶奶站在人群后面，她的目光并不看我，可我知道这目光背后还有一双眼睛，全神贯注地凝聚在我的身上。我把饺子放进口里，和着泪水咽了下去。有亲戚絮絮地叮嘱："别噎着。"

到了辞拜高堂的时候了，亲戚们找来她和妈妈，让她们坐在两张太师椅上。我和董站在她们面前。周围的人都沉默着。——我发现往往都是这样，在男方家拜高堂时是喧嚷的，热闹的，在女方家就会很寂静，很安宁。而这仅仅是因为，男方是拜，女方是辞拜。

"姑娘长大成人了，走时给老人行个礼吧。"一位亲戚说。

我们鞠下躬去。在低头的一瞬间，我看见她们的脚——尤其是奶奶的脚。她穿着家常的黑布鞋，白袜子，鞋面上还落了一些瓜子皮的碎末儿。这一刻，她的双脚似乎在微微地颤抖着，仿佛有一种什么巨大的东西压在她的身上，让她坐也不能坐稳。

我婚后半年，妈妈脑溢血再次病发，离开了人世。

遗像里的母亲怎么看着都不像母亲。这感觉似曾相识——是的，遗像里的父亲曾经也让我感觉不像是父亲，而像我们的长兄。原谅我，对于母亲，我也只觉得她是一个姊妹。我们的长姊。而且因为生了我们，便成了最得宠的姊妹。父亲和奶奶始终都是担待她的。他们对她的担待就是：家务事和孩子们都不要她管，她只用管自己这份民办教师的工作。柴米油盐，人情世故，母亲几乎统统不懂。看着母亲甩手掌柜做得顺，奶奶有时候也会偷偷埋怨，"那么大的人了！"但是，再有天大的埋怨，她也只是在家里背着母亲念叨念叨，绝对不会让家丑外扬。

因为他们的宠，母亲单纯和清浅的程度几乎更接近于一个少女，而远非一个应该历尽沧桑的妇人。说话办事毫无城府，直至已经年过半百，依然在不经意间流露出一些浓重的孩子气。——多年之后，我才明白，自己其实也是有些羡慕她的孩子气的。这是她多年的幸福生活储蓄出来的性格利息。

父亲像长兄，母亲像长姊。这一切，也许都是因为奶奶太像母亲了。

母亲去世的时候，奶奶哭得很痛。泪很多。我知道，她把对父亲的泪也一起哭了出来。——这泪水，过了六年，她才通过逐渐消肿的心，尽情释放了出来。

"对不起，也许我的命真是太硬了。"办完丧事之后，我看着父亲和母亲的遗像，在心里默默地说，"这辈子家里如果还有什么不幸的事，请让我自己克自己。下辈子如果我们还是一家人，请你们做我的儿女，一起来克我。"

9

母亲的丧事之后，报社又进行了机构改革，河南记者站被撤并，我不想服从调配去外省，于是顺理成章地失了业，打算分娩之后再找工作——我已经怀孕三个月了。我们都劝奶奶去县城：大哥二哥和我都在县城有了家，照顾她会很方便。可她不肯。

"这是我的家。我哪儿都不去。你们忙你们的，不用管我。"她固执极了。

没办法，只有我是闲人一个。于是就回到了老家，陪她。

那是一段静谧的时光。两个女人，也只能静谧。

正值初夏，院子里的两棵枣树已经开始结豆一般的青枣粒，每天吃过晚饭，我和她就在枣树下面闲坐一会儿。或许是母亲的病逝拓宽了奶奶对晚辈人死亡的认知经验，从而让她进一步由衷地臣服于命运的安排；或许是母亲已经去和父亲做伴,让她觉得他们在那个世界都不会太孤单,她的神情渐渐呈现出一种久远的顺从、平和与柔软,话似乎也比以往多了些。不时的,她会讲一些过去的事:"……大跃进时候,村里成立了缝纫组。我是组长。没办法,非要我当,都说我针线活儿最好,一些难做的活儿就都到了我手里。一次,有人送来一双一寸厚的鞋底,想让缝纫组的人配上帮做成鞋,谁都说那双鞋做不成,我就接了过来。晚上把鞋捎回了家,坐在小板凳上,把鞋底夹在膝盖中间,弯着上身,可着力气用在右手的针锥上,一边扎一边拧,扎透一针跟扎透一块砖一样。扎透了眼儿,再用戴顶针的中指顶着针冠,穿过锥孔,这边儿用大拇指和食指尖捏住针头,把后边带着的粗线再一点一点地拽出来……这双鞋做成之后,成了村里的鞋王。主家穿了十几年也没穿烂。"

"那时候,有人追你么?"

"我又没偷东西,追我干啥?"她很困惑。

我忍不住笑了,"我的意思是,有没有人想娶你。"

她也笑了。眼睛盯着地。

"有。"她说,眼神涣散开来,"那时候还年轻,也不丑……你爸要是个闺女,我也能再走一家。可他是个小子,是能给李家顶门立户的人,就走不得了。"这很符合她重男轻女的一贯逻辑,——她不能容忍一个男孩到别人屋檐下受委屈。

睡觉之前,她习惯洗脚。她的脚很难看,是缠了一半又放开的脚。大脚趾压着其他几个脚趾,像一堆小小的树根扎聚在一起,然而这树根又是惨白惨白的,散发着一种莫名其妙的恐怖气息。

"怎么缠了一半呢?怕疼了吧?"我好奇,又打趣她,"我一直以为你是个挺能吃苦的人哩。"

"那滋味不是人受的。小脚一双,眼泪一缸……是四岁那年缠上的。不裹大拇哥,只把那四个脚趾头缠好,压到大拇哥下头。用白棉布裹紧……为啥用白棉布?白棉布涩啊,不会松动。这么缠上两三年,再把脚面压弯,弯成月亮一样,再用布密缝……疼呢。肉长在谁身上谁疼呗。白天缠上,到了晚上放放,白天再缠,晚上再放。后来疼得受不了了,就自己放开了,说啥都不再缠。"她羞赧地笑了,"我娘说我要是不缠脚,就不让我吃饭,我就不吃。后来还是她害怕了,撬开了我的嘴,给我喂饭。我奶奶说我要是不缠脚就不让我穿鞋。不穿就不穿,我就光着脚站到雪地里。……到底他们都没抗过我。不过,"她顿了顿,"我也遭到了报应,嫁到了杨庄。我这样的脚,城里是没人要的,只能往乡下嫁,往穷里嫁。我那姊妹几个,都比我嫁得好。"

"你后悔了?"

"不后悔。就是这个命。要是再活一遍,也还是缠不成这个脚。"她说。

有时候,她也让我讲讲。

"说说外头的事吧。"

我无语。说什么呢?我不知道该说什么。转了这么一大圈,又回到这个小村落,我忽然觉得:世界其实不分什么里外。外面的世界就是里面的世界,里面的世界就是外面的世界,二者从来就没有什么不同。

偶尔,街坊邻居谁要是上火头疼流鼻血,就会来找她。她就用玻璃尖在他们额头上扎几下,放出一些黑黑的血。要是有不满周岁的孩子跌倒受了惊吓,也会来找她,她就把那孩子抱到被惊吓的地方,在地上画个圆圈,让孩子站进去,嘴里喊道:"倒三圈儿,顺三圈儿。小孩魂儿,就在这儿。拽拽耳朵筋,小魂来附身。还了俺的魂,来世必报恩。"然后喊着孩子的名字问:"来了没有?"再自己回答:"来了!来了!"

有一次,给一个孩子叫过魂后,我听见她在院子里逗孩子猜谜语。孩子才两岁多,她说的谜语他一个都没有猜出来。基本上她都在自言自语:"……俺家屋顶有块葱,是人过来数不清。是啥?……是头发。一母生的弟兄多,先生兄弟后有哥。有事先叫兄弟去,兄弟不中叫大哥。是啥?……是牙齿。红门楼儿,白插板儿,里面坐个小耍孩儿。是啥?是舌头。还有一个最容易的:一棵树,五把杈,不结籽,不开花,人人都不能离了它。是啥?……这都猜不出来呀……"

这是手。我只猜出了这个。

我的身子日益笨重起来,每天早上起床,她都要瞄一眼我的肚子,说一句:"有苗不愁长呢。世上的事,就属养孩子最见功。"

董也越来越不放心,隔三岔五就到杨庄来看我,意思是想要我回县城去。毕竟那里的医疗条件要好得多,有个意外心里也踏实。但这话我无法说出口。她不走;我就不能离开。我知道她不想走,那我也只能挨着。终于挨到夏天过去,我怀胎七月的时候,她忍不住了,说:"你走吧。跟你公公婆婆住一起,有个照应。"

"那你也得走。"我说,"你要是不想跟哥哥们住,我就再在县城租个房子,咱俩住。"

"租啥房子,别为我作惊作怪的。"她犹豫着,终于松了口,"我又不是没孙子。我哪个孙子都孝顺。"

她把换洗的衣服打了个包裹，来到了县城，开始在两个哥哥家轮住。要按大哥的意思，是想让奶奶常住他家的。但是大嫂不肯，说："万一奶奶想去老二家住呢？我们不能霸着她呀。人家老二要想尽孝呢？我们也不能拦着不让啊。"这话说得很圆，于是也就只有让奶奶轮着住了。这个月在大哥家，那个月在二哥家，再下一个月到大哥家。

她不喜欢轮着住。我想，哪个正常的老人都不会喜欢轮着住。——这真是一件残酷的事，是儿女们为了均等自己的责任而做出的最自私最恶劣的事。

"哪儿都不像自己的家。到哪家都是在串亲戚。"她对我说。

有我在，她是安慰的。我经常去看她，给她零花钱，买些菜过去，有时我会把她请到我家去吃饭。每次说要请她去我家，她都会把脸洗了又洗，头发梳了又梳。她不想在我公婆跟前显得不体面。在我家无论吃了什么平凡的饭菜，她回去的表情都是喜悦的。能被孙女请去做客，这让她在孙媳妇面前，也觉得自己是体面的。——我能给予她的这点辛酸的体面，是在她去世之后，我才一点一点回悟出来。

10

在大哥家的日子让她这辈子的物质生活到达了丰盛的顶端：在席梦思床上睡觉，在整体浴室洗澡，在真皮沙发上看电视，时不时就下馆子吃饭。大哥让她吃什么，她就吃什么。大哥让她喝什么，她就喝什么。当着他们，她只说："好。"大哥很是欣慰和自豪，甚至为此炫耀起来。他认为自己尽孝的方式也在与时俱进。我不止一次听他说："奶奶说她喜欢万福饭店的清蒸鲈鱼。""奶奶说她喜欢双贵酒楼的太极双羹。"

我不信。悄悄问她，她抿嘴一笑，"哪儿能记住那些花哨名儿，反正都好吃。"不过，对日本豆腐她倒是印象深刻，"啥日本豆腐，我就不信那豆腐是日本来的。从日本运到这儿，还不馊？"

夏天，大哥家里的空调轰轰地响着。他们一出门，她就把空调关了。

"冬天不冷，夏天不热。就不是正经日子。"她说。

"热不着也冻不着，不是福气么？"我问。

"冬天就得冷，夏天就得热。"她说，"不是正经日子，就不是正经福气。"

吃着大棚里种出来的不分时节的蔬菜，她也会唠叨："冬天就该吃白菜，夏天就该吃黄瓜。冬天的黄瓜，夏天的白菜，就是没味儿。"

"你知道这些菜有多贵么？"

"是吃菜，又不是吃钱。"她说，"再贵也还是没味儿。"

看到大嫂二嫂都给儿子们买名牌服装，她就教训我，"越是娇儿，越得贱养。这么小的孩子，吃上不耽误就中，穿上可别太惯了。一年一长个子，穿那么好有什么用。"

"你就只会说我，怎么不说她们？"我说，"吃柿子拣软的捏！"

"看你这个柿子多软呢。"她不由得笑了，"好话得说给会听的人。媳妇的心离我百丈远，只能说给闺女听。"

"你的好话还不就这几句？我早就背会了。"

"好文不长，好言不多。背会了没用，吃透了才中。"

……

那天，小侄子的随身听在茶几上放着，她突然有些不好意思地指了指，问我这是做什么用的。我说可以听音乐。她害羞地沉默着，我明白过来，连忙去找磁带，找了半天，都没有合适的。只好放了一盘贝多芬的《命运》。

听了大约十几分钟，她把耳机取了下来。

"好听。"她说，"就是太凉。"

她也看电视。有时候，我悄悄地走进大哥家，就会看见她中规中矩地坐在那台三十四英寸的大彩电面前，静静地看着屏幕，很专注的样子。边看她边自言自语。

"这嗓子真亮堂。一点儿都不费力。"是宋祖英在唱歌。

"可不是，那时候穿的就是这衣裳。"画面上有个女人穿着旗袍。

"唉呀，咋又死了个人？"武侠片。

大哥回来，看的都是体育节目。她也跟着看。一边叹息：滑冰的人在冰上滑，咋还穿那么少？不冻得慌？那么多人拍一个球，咋就拍不烂？谁负责掏钱买球？开始我们还解释得很耐心，后来发现这些问题又衍生出了新的问题，简直就是一个无穷无尽的连环套，不由得就有些气馁，解释的态度就敷衍起来。她也就不再问那么多了。

一九九八年"法兰西之夏"世界杯，我天天去大哥家和他们一起看球。二哥也经常去。哥哥们偶尔会靠着她的肩膀或是枕在她的腿上撒撒娇。——她现在唯一的作用似乎只是无条件地供我们撒娇。多年之后，我才明白：能容纳你无条件撒娇的那个人，就是你生命里最重要的人。她显然也很享受哥哥们的撒娇。球赛她肯定是看不懂的，却也不去睡，在我们的大呼小叫中，她常常会很满足地笑起来。

看到球员跌倒，她会说："疼了吧？多疼。快起来吧。"

慢镜头把这个动作又回放了一遍，她道："咋又跌了一下？"

球进了网，她说："多不容易。"

慢镜头回放，她又道："你看看，说进就又进了一个。"

我们大笑，对她解释说这是慢镜头回放，是为了让观众看得更清楚些。

"哦，不算数啊。"她不好意思地笑了，"这我哪儿懂。"

刚才进球的过程换了个角度又放了一遍慢镜头。

"看看，又进了。又进了。"她说。听我们一片静默，她忐忑起来，"这个算数不算数？"

住了一段时间，她越来越多地被掺和到两个哥哥各自的夫妻矛盾中。——真是奇怪，我婚后的生活倒很太平。这让我觉得，每个人都有不安分的毒，这毒的总量是恒定的，不过是发作的时机不同而已。这事不发那事发，此处不发彼处发，迟不发早发，早不发迟发，早早迟迟总要发作出来才好。我是早发类的，发过就安分了。哥哥们和姐姐却都跟我恰恰相反。一向乖巧听话的姐姐在出嫁后着了魔似的非要生个男孩，为此东躲西藏狼狈不堪，怀了一个又一个，流产了一次又一次，现在已经有了两个女孩，那个儿子的理想还没有实现。大哥仕途顺利，已经由副职提成了正职，重权在握，趋奉者众，于是整天笙歌艳舞，夜不归宿，嫂子常常为此猜疑，和他怄气。二哥自从财经学院毕业之后，在县城一家银行当了小职员，整天数钱的他显然为这些并不属于自己的钱而深感焦虑，于是他整天谋算的就是怎么挣钱。他谋算钱的方式就两种，一是炒股，二是打麻将。白天他在工作之余慌着看股市大盘，一下班就忙着凑三缺一，和二嫂连句正经话都懒得说，二嫂为此也是怨声载道。

没有父母，奶奶就是家长。她在哪家住，哪家嫂子就向她唠叨，然后期望她能够发发威，改改孙子们的毛病。她也说过哥哥们几次，自然全不顶用，于是她就只有自嘲："可别说我是佘太君了，我就是根五黄六月的麦茬，是个等着翻进土里的老根子。"

我每去看她，她就会悄悄地对我讲：这个媳妇说了什么，那个媳妇脸色怎样。她的心是明白的，眼睛也是亮的。但我知道不能附和她。于是一向都是批评她："怎么想那么多？哪有那么多的事？"

"哼，我什么都知道。"她很不服气，"我又没瞎，你怎么叫我假装看不见？"

"你知道那么多有什么用？你懂不懂人有时候应该糊涂？"终于，有一次，我对她说。

"我懂，二妞。"她黯然道，"可世上的事就是这样，想糊涂的人糊涂不了，想聪明的人难得聪明。"

"这么说，我奶奶是糊涂不了的聪明人了？"我逗她。她扑哧一声笑了。

最后一次孕前检查，医生告诉我是个男孩。婆家弟兄三个里，董排行最小。前两个哥哥膝下都是女孩。

"这回你公公总算见到下辈人了。"奶奶很有些得意地说。

儿子满月那天，她和姐姐哥嫂们一起过来看我，薄棉袄外面罩着那件带花的深红色对襟毛衣。我刚上班那年花四十元给她买的这件毛衣，几乎已经成了她最重要的礼服。她给了儿子一个红包。

"放好。钱多。"她悄悄说。

等她走后，我把这个红包拿了出来，发现除了一张一百元，还有一张十元。——那一百元一定是哥哥们给她的，那十元一定是她自己的私房。

我握着那张皱巴巴的十元钱，终于落了泪。

11

儿子一岁的时候，我找到了一份新工作，被聘为北京一家旅游杂志驻河南记者站的记者。杂志社要求记者站设在郑州，那就必须在郑州租房子。我把这点意思透露给奶奶，她叹了口气，"又跑那么远哪。"

和董商量了一下，我决定依然留在县城，陪她。董在郑州的租住地就当成我的记者站处所，他帮我另设了一个信箱，替我打理在郑州的一切事务。如果需要我出面，我就去跑几天再回来。

工作进展得很顺利。因为打着旅游的牌子，可以免费到各个景区走走，以采访为借口游玩一番。最一般的业绩每月也能卖出几个页码，运气好的时候甚至可以拉到整期专刊的版面。日子很是过得去，很对我的胃口。闲时还能去照顾照顾奶奶，好得不能再好了。

仿佛是为了应合我留下来的决定，不久，她就病了，手颤颤巍巍的，拿不起筷子，系不住衣扣。把她送到医院做了CT，诊断结果是脑部生了一个很大的瘤，虽然是良性的，却连着一个大血管，还压迫着诸多神经，如果不做手术切除，她很快就会不行。然而若要做，肯定又切不干净。我们兄弟姊妹四个开了几次会，商量到底做不做手术——她已经七十九岁，做开颅手术已经很冒险。总之，不做肯定是没命。做了呢，很可能是送命。

我们去征求她的意见。

"我的意思，还是回家吧。"她说，"我不想到老了还光头拔脑，破葫芦开瓢的，多不好。到地底下都没法子见人。"

"你光想着去地底下见人，就没想着在地面上多见见我们？"我笑。

"我不是怕既保不了全尸又白费你们的钱么？你们的钱都不是好挣的。"

"我们四个供你一个，也还供得起。"大哥说。

"那，"她犹豫着，"你们看着办吧。"

两周的调养之后，她做了开颅手术，手术前，她果然被剃了光头。她自言自语道："唉，谁剃头，谁凉快。"

"奶奶。"我喊她。

"哦。"

"你知不知道现在很多女明星都剃了光头？你赶了个潮流呢。"

"我不懂赶啥潮流。"她笑，"我知道这是赶命呢。"

被剃头时她闭着眼躺着的样子，非常乖，非常弱，像个孩子。

瘤子被最大程度地取了出来。手术结束后，医生说，理论上讲，瘤根儿复发的速度很慢，只要她的情绪不受什么大的刺激，再活十年都没有问题。她的心脏状况非常好，相当于二三十岁年轻人的心脏。

我们轮流在医院照顾她。大哥的朋友，二哥的朋友，我的朋友，姐姐的亲戚，都来探望，她的病房里总是一番欣欣向荣的景象。大约从来没有以自己为中心这么热闹过，一次，她悄悄地对我说："生病也是福。没想到。"

总共两个月的术后恢复期。到后一个月，哥哥们忙，就很少去医院了。嫂子们自然也就不见了踪影，医院里值班最多的就是我和姐姐。姐姐的儿子刚刚半岁，三个孩子，比不上我闲，于是我就成了老陪护。

"二妞，"她常常会感叹，"没想到借上你的力了。"

"什么没想到，你早就打算好了。当初不让大哥调我去县里，想把我拴在脚边的，不是你是谁？"我翻着眼看她，"这下子你可遂了心了。"

"死牙臭嘴！"她骂，"这时候还拿话来怄我。"

渐渐的，她能下床了。我就扶她到院子里走走，说些小话。有一次，我问她："你有没有？"

"有啥？"

"你知道。"

"我知道？"她迷惑，"我知道个啥？"

"那一年，我们吵架。你说有了不能指靠的男人，也是守寡……"

"我胡说呢。"她的脸红了，"没有。"

"别哄我。我可是个狐狸精。"

"还不是你爷爷。"她的脸越发红了。这说谎的红看起来可爱极了。

"我不信。"我拖长了声音,"你要再不说实话,我可不伺候你了。"

她沉默着,盯着脚下的草。很久,才说:"是个在咱家吃过派饭的干部,姓毛……"

"毛干部。"

"别喊。"她的脸红成了一块布,仿佛那个毛干部就站在了眼前。然后她站了起来,"唉,该吃饭了。"她拍拍肚子,"饿了。"

她是在夜晚关灯之后,接着讲的。

那是在一九五六年底,县里在各乡筹建高级农业生产合作社,派了许多工作组下来。村里人谁都想要工作组到自己家里吃派饭,一是工作组的人都是上头下来的,多少有些面子。自家要是碰到了什么事,好跟他张口。二是工作组的人在哪家吃饭都不白吃,一天要交一斤粮票:早上三两,中午四两,晚上三两。还有四毛钱:早上一毛钱,中午和晚上各一毛五。这些钱粮工作组的人是吃不完的,供派饭的人家就可以把余额落了,赚些小利。

她原来没想去争,只等着轮。"可等来等去发现轮到的总是你小改奶奶那几个强势的人家。我心里就憋屈了。"她说。那天,她在门口,看见村长领着一个戴眼镜的人往村委会走,就知道又要派饭了。她就跟了去,小改已经等在那里了。一见她来,劈头就说:你一个寡妇家,还是别揽这差事吧。

"我一听就恼了。我就说:我一个寡妇家怎么啦?我为啥当的寡妇?我男人是烈士,为革命掉的脑袋!我是烈属!为革命当的寡妇!我行得正,走得端,不怕是非!我就要这派饭!我能完成任务!"

话到这份儿上,他们也只好把这派饭给了她。派饭期是两个月,吃住都在一起。

"有白面让他吃白面,有杂面让他吃杂面。我尽量做得可口些。过三天他就给我交一回账。怕我推辞,他就把粮票和钱压在碗底儿。他也是迂,我咋会不要呢?……开始话也不多,后来我给他浆洗衣裳,他也给我说些家常,慢慢地,心就稠了……"

再后来,县里建了耐火材料厂,捆耐火钢砖的时候需要用稻草绳,正好我们村那一年种了稻,上头让村民们搓稻草绳支援耐火厂,每家每天得交二十斤。那些人口多的家户,搓二十斤松松的,奶奶手边儿没人,交这二十斤就很艰难。

"到了黄昏,他在村里办完了事,就替我把稻草领回来,先泅上水,泅上水草就润了，有韧劲了，不糙了，好搓。吃罢了饭，他就过来帮我搓草绳。到底是男人的手，搓得有劲儿，搓得快……"

"搓着搓着，你们俩就搓成了一根绳？"

"死丫头！"她笑起来。

我问她有没有人发现他们的事，她说有。那时候家家都不装大门，听窗很容易。发现他们秘密的人，就是小改。她记挂着没抢到派饭的仇，就到村干部那里告了他们的黑状。他们自然是异口同声地否认。

"他不慌不忙地对大家伙儿说：你们听我姓毛的一句话，这事绝对没有！你小改奶奶说：你姓毛的有啥了不起！说没有就没有？你就不会犯错误？这可让他逮住了把柄，他红头涨脸地嚷：你说姓毛的有啥了不起？毛主席还姓毛呢！你说毛主席有啥了不起？你说毛主席也会犯错误？我看你就是个现行反革命！一句话把你小改奶奶吓得差点儿跪下，再也不敢提这茬了。"她轻轻地笑出来，"看他文绉绉的，没想到还会以蛮要蛮。也对。有时候，人不蛮也得蛮呢。"

"还怀过一个。"沉默了很久，她又说。

我怔住。

"那该怎么办啊？"半天，我才问。

"那一年，就说去打探你爷爷的信儿了，出去了一趟。做了。"

原来她说那一年去找爷爷，就是为了这个。

"那他知道不知道？"

"没让他知道。"她说。她也曾想要去告诉他，却听村干部议论，说他因在"大鸣大放"的时候向上头反映说一个月三十斤粮食不够吃，被定性是在攻击国家的粮食统购统销政策，成了右派，正在被批斗。她知道自己不能说了。

"他知道了又咋的？白跟着受惊吓。"

"你就不怕自己有个三长两短？"

"富贵在天，生死由命。不想那么多。"

"你不恨他？"

"不恨。"

"你不想他？"

"不想。"

"要是不想早就忘了，"我说，"还记得这么真。"

"不用想，也忘不掉。"她说，"钉子进了墙，锈也锈到里头了。"

"你们俩要是放到现在……"我试图畅想，忽然又觉得这畅想很难进行下去，就转过脸问她，"是不是觉得我们现在的日子特别好？"

"你们现在的日子是好。"她笑了笑，"我们那时的日子，也好。"

我再次怔住。

12

她去世后的第二年，一天，我去帮婆婆领工资，正赶上一帮老人的工资户头换了代理银行，所有储户都需要重新填详细资料。其实也没几项，但对于那些得戴着花镜才能看清字迹的老人们来说，就很是琐碎辛苦。先是一个老人让我帮着填。我就填了。结果一发而不可收，很多老人都挤过来让我帮忙。在人群中，有个老人也递来了身份证。我一看，他姓毛。一九二〇年出生。

"你当年下过乡吃过派饭？"

"你咋知道？"他说，"你认得我？"

"不认得，冒猜的。"我说，"你在哪里下过乡？"

"高村，马庄，五里源……"

"杨庄去过吗？"

"去过。"

……

我没再问，他也没再说，他看着我的脸。一眼，又一眼。我规规矩矩地给他填好表，双手递给他。

"谢谢。"他说。

"谢谢。"我也在心里说。我就是想感谢他。哪怕就是因为奶奶为他堕过胎，流过产，我也想感谢他。哪怕他不是那个人，仅仅因为他姓毛，我也想感谢他。

13

她很快就恢复了健康。住院费是两万四。每家六千。听到这个数字，她沉默了许久。

"这么多钱，你们换了一个奶奶。"

生活重新进入以前的轨道。她又开始在两家轮住，但她不再念叨嫂子们的闲话了——每家六千这笔巨款让她噤声。她觉得自己再唠叨嫂子们就是自己不厚道。同样的，对两个孙女婿，她也觉得很亏欠。

"你们几个么，我好歹养过，花你们用你们一些是应该的。人家我没出过什么力，倒让人家跟着费心出钱。过意不去。"

"你的意思是说，我以后也不该孝敬公婆？"我说，"反正他们也没有养过我。"

"什么话！"她喝道。然后，很温顺地笑了。

冬天，家里的暖气不好，我就陪她去澡堂洗澡，一周一次。我们洗包间。她不洗大池。她说她不好意思当着那么多人赤身露体。我给她放好水，很烫的水。她喜欢用很烫的水，说那样才痛快。然后我帮她脱衣服。在脱套头内衣的时候，我贴着她的身体，帮她把领口撑大，内衣便裹着一股温热而陈腐的气息从她身上弥漫开来。她露出了层层叠叠的身体。这时候的她就开始有些局促，要我忙自己的，不要管她。最后，她会趁着我不注意，将内裤脱掉。我给她擦背，擦胳膊，擦腿，她都是愿意的。但是她始终用毛巾盖着肚子，不让我看到她的隐秘。穿衣服的时候，她也是先穿上内裤。

对于身体，她一直是有些羞涩的。

刚刚洗过澡的身体，皮肤表层还含着水，有些涩，内衣往往在背部卷成了卷儿，对于老人来说，把这个卷儿拽展也是一件很吃力的事。我再次贴近她的身体，这时她的身体是温爽的，不再陈腐，却带着一丝极淡极淡的清酸。

冬天过去，就是春天。春天不用去澡堂，就在家里洗。一周两次。夏天是一天一次，秋天和春天一样是一周两次，然后又是春天。日子一天天过去，平静如流水。似乎永远可以这样过下去。

但是，这个春天不一样了。大哥和二哥都出了事。

大哥因为渎职被纪检部门执行了"双规"，一个星期没有音讯。大嫂天天哭，天天哭。我们就对奶奶撒谎说他们两口子在生气，把她送到了二哥家。一个月后，大哥没出来，二哥也畏罪潜逃。他挪用公款炒股被查了出来。二嫂也是天天哭，天天哭。我又把奶奶送到了姐姐家。

她终于不用轮着住了。

三个月后，哥哥们都被判了刑。大哥四年，二哥三年。我们统一了口径，都告诉奶奶：大哥和二哥出差了，很远的差，要很久才能回来。

"也不打个招呼。"她说。

一个月，两个月，她开始还问，后来就不问了。一句也不问。她的沉默让我想起父亲住院时她的情形来。她怕。我知道她怕。

她沉默着。沉默得如一尊雕塑。这雕塑吃饭，睡觉，穿衣，洗脸，上卫生间……不，这雕塑其实也说话，而且是那种最正常的说。中午，她在门口坐着，邻居家的孩子放学了，蹦蹦跳跳地喊她：

"奶奶。"

"哦。"她说，"你放学啦？"

"嗯！"

"快回家吃饭。"

孩子进了家门，她还在那里坐着。目光没有方向，直到孩子母亲随后过来。

"奶奶还不吃饭啊？"——孩子和母亲都喊她奶奶，是不合辈分规矩的，却也没有人说什么，大家就那么自自然然地喊着，仿佛到了她这个年岁，从三四岁到三四十岁的人喊奶奶都对。针对她来说，时间拉出的距离越长，晚辈涵盖的面积就越大。

"就吃。"奶奶说，"上地了？"

"嗳。"女人搬着车，"种些白菜。去年白菜都贵到三毛五一斤了呢。"

"贵了。"奶奶说，"是贵了。"

话是没有一点问题，表情也没有一点问题，然而就是这些没问题的背后，却隐藏着一个巨大无比的问题：她说的这些话，似乎不经过她的大脑。她的这些话，只是她活在这世上八十多年积攒下来的一种本能的交际反应。是一种最基础的应酬。说这些话的时候，她的魂儿在飘。飘向县城她两个孙子的家。

我当然知道。每次去姐姐家看她，我都想把她接走。可我始终没有。我怕。我把她接到县城后又能怎么样呢？我没办法向她交代大哥和二哥，即使她不去他们家住，即使我另租个房子给她住，我也没办法向她交代。我知道她在等我交代。——当然，她也怕我交代。

二〇〇二年麦收后的一个星期天，我去姐姐家看她。她不在。邻居家的老太太说她往南边的路上去了。南边的路，越往外走越靠近田野。刚下过雨，田野里麦茬透出一股霉湿的草香味。刚刚出土的玉米苗叶子上闪烁着翡翠般的光泽。我走了很久，才看见她的背影。她慢慢地走着。路上还有几分泥泞，一些坑坑洼洼的地方还留着不少积水——因为经常有农民开拖拉机从这条路上轧过，路面被损害得很严重。我看见，她在一个小水洼前站定，沉着片刻，准确地跨了过去。她一个小水洼一个小水洼地跨着，像在做着一个简单的游戏。她还不时弯腰俯身,捡起散落在路边的麦穗。等我追上她的时候,她手里已经整整齐齐一大把了。

"别捡了。"我说。

"再少也是粮食。"

"你捡不净。"

"能捡多少是多少。"

于是我也弯腰去捡。我们捡了满满四把。奶奶在路边站定,用她的手使劲儿地搓啊,搓啊,把麦穗搓剩下了光洁的麦粒。远远的,一个农民骑着自行车过来了,她看着手掌里的麦粒,说:"咱这两把麦子,也搁不住去磨。给人家吧。给人家。"

我从她满是老人斑的手里接过那两把麦粒。麦粒温热。

那天,我又一次去姐姐家看她。吃饭的时候,她的手忽然抖动了起来,先是微微的,然后越来越快,越来越剧烈。我连忙去接她的碗,粥汁儿已经在霎时间洒在了她的衣服上。

她的脑瘤再次复发了。长势凶猛。医生说:不能再开颅了,只能保守治疗。——就是等死。

奶奶平静地说:"回家吧。回杨庄。"

出了村庄,视线马上就会疏朗起来。阔大的平原在面前徐徐展开。玉米已经收割过了,此时的大地如一个柔嫩的婴儿。半黄半绿的麦苗正在出土,如大地刚刚萌芽的细细的头发,又如凸绣在大地身上的或深或浅的睡衣的图案。是的,总是这样,在我们豫北的土地上,不是麦子,就是玉米,每年每年,都是这些庄稼。无论什么人活着,这些庄稼都是这样。它们无声无息,只是以色彩在动。从鹅黄,浅绿,碧绿,深绿,到金黄,直至消逝成与大地一样的土黄。我还看见了一片片的小树林。我想起春天的这些树林,阳光下,远远看去,它们下面的树干毛茸茸地聚在一起,修直挺拔,简直就是一枚枚排列整齐的玉。而上面的树叶则在阳光的沐浴下闪烁着透明的笑容。有风吹来的时候,她们晃动的姿态如一群嬉戏的少女。是的,少女就是这个样子的。少女。她们是那么温柔,那么富有生机。如土地皮肤上的晶莹绒毛,土地正通过她们洁净换气,顺畅呼吸。

我和奶奶并排坐在桑塔纳的后排。我在右侧,她在左侧。我没有看她。始终没有。不时有几片白杨的落叶从我们的车窗前飘过。这些落叶,我是熟悉的。这是最耐心的一种落叶。从初秋就开始落,一直会落到深冬。叶面上的棕点很多,有些像老年斑。最奇怪的是,它的落叶也分男女:一种落叶的叶边是弯弯曲曲的,很是妖娆妩媚。另一种落叶的叶边却是简洁粗犷,一气呵成。如果拿起一片使劲儿地嗅一嗅,就会闻到一股很浓的青气。

"到了。"我听见她说。是的,杨庄的轮廓正从白杨树一棵一棵的间距中闪现出来,越来越近,越来越近。

14

那些日子,我和姐姐在她身边的时间最久。无论对她,对姐姐,还是对我,似乎只有这样才最无可厚非。三个血缘相关的女人,在拥有各自漫长回忆的老宅里,为其中最年迈的那个女人送行,没有比这更自然也更合适的事了。

她常常在昏睡中。昏睡时的她很平静。胸膛平静地起伏,眉头平静地微蹙,唇间平静地吐出几句含混的呓语。在她的平静中,我和姐姐在堂屋相对而坐。我看着电视,姐姐在昏暗的灯光下一边打着毛衣一边研究着编织书上的样式,她不时地把书拿远。我问她是不是眼睛有问题,她说:"花了。"

"才四十就花了?"

"四十一了。"她说,"没听见俗话?拙老太,四十边。四十就老了。老就是从这些小毛病开始的。"她摇摇脖子,"明天割点豆腐,今天东院婶子给了把小葱,小葱拌豆腐,就是好吃。"

我的姐姐,就这样老了。我和姐姐,也不过才差八岁。

她在里间叫我们的名字,我们跑过去,问她怎么了。她说她想大便。她执意要下床。我们都对她说,不必下床。就在床上拉吧。——我和姐姐的力气并在一起,也不能把她抱下床了。

"那多不好。"

"你就拉吧。"

她沉默了片刻。

"那我拉了。"她说。

"好。"

她终于放弃了身体的自尊,拉在了床上。这自尊放弃得是如此彻底:我帮她清洗。一遍又一遍。我终于看见了她的隐秘。她苍老的然而仍是羞涩的隐秘。她神情平静,隐秘处却有着紧张的皱褶。我还看见她小腹上的妊娠痕,深深的,一弯又一弯,如极素的浅粉色丝缎。轻轻揉一揉这些丝缎,就会看见一层一层的纹络潮涌而来，如波浪尖上一道一道的峰花。——粗暴的伤痕，优雅的比喻，事实与描述之间，是否有着一道巨大的沟壑？

我给她清洗干净，铺好褥子，铺好纸。再用被子把她的身体护严，然后我靠近她的脸，低声问她："想喝水么？"

她摇摇头。

我突然为自己虚伪的问话感到羞愧。她要死了。她也知道自己要死了，我还问她想不想喝水。喝水这件事，对她的死，是真正的杯水车薪。

但我们总要干点什么吧，来打发这一段等待死亡的光阴，来打发我们看着她死的那点不安的良心。

她能说的句子越来越短了。常常只有一两个字："中"，"疼"，"不吃"。最长的三个字，是对前来探望的人客气，"麻烦了。"

"嫁了。"一天晚上，我听见她呓语。

"谁嫁？"我接着她的话，"嫁谁？"

"嫁了。"她不答我的话，只是严肃地重复。

我盯着黑黢黢的屋顶。嫁，是女人最重要的一件事。在这座老宅子里，有四个女人嫁了进来，两个女人嫁了出去。她说的是谁？她想起了谁？或者，她只是在说自己？——不久的将来，她又要出嫁。从生，嫁到死。

嫂子们也经常过来，只是不在这里过夜。哥哥们不在，她们还要照顾孩子，作为孙媳妇，能够经常过来看看也已经抵达了尽孝的底线。她们来的时候，家里就会热闹一些。我们几个聊天，打牌，做些好吃的饭菜。街坊邻居和一些奶奶辈的族亲也会经常来看看奶奶。奶奶多数时间都在昏睡，——她昏睡的时间越来越长了。她们一边看着奶奶，一边聊着各种各样的话题，偶尔会爆发出一阵欢腾的笑声。笑过之后又觉得不恰当，便再陷入一段弥补性的沉默，之后，她们告辞。各忙各的事去。

奶奶正在死去，这事对外人来说不过是一个应酬。——其实，对我们这些至亲来说，又何尝不是应酬？更长的，更痛的，更认真的应酬。应酬完毕，我们还要各就各位，继续各自的事。

就是这样。

祖母正在死去，我们在她熬煎痛苦的时候等着她死去。我甚至怀疑自己是否曾经恶毒地暗暗期盼她早些死去。在污秽、疼痛和绝望中，她知道死亡已经挽住了她的左手，正在缓缓地将她拥抱。对此，她和我们——她的所谓的亲人，都无能为力。她已经没有未来的人生，她必须得独自面对这无尽的永恒的黑暗。而目睹着她如此挣扎，时日走过，我们却连持久的伤悲和纯粹的留恋都无法做到。我们能做到的，就是等待她的最终离去和死亡的最终来临。这对我们彼此都是一种折磨。既然是折磨，那么就请快点儿结束吧。

也许，不仅是我希望她死。我甚至想，身陷囹圄的大哥和二哥，也是想要她死的。他们不想见到她。在人生最狼狈最难堪最屈辱的时刻，他们不想见到奶奶。他们不想见到这个女人，这个和他们之间有着最温暖深厚情谊的女人。这个曾经把自己的一切都化成奶水喂给他们喝的女人，他们不能面对。

这简直是一定的。

奶奶自己，也是想死的吧？先是她的丈夫，然后是她的儿子，再然后是她的儿媳，这些人在她生命里上演的是一部情节雷同的连续剧：先是短暂的消失，接着是长久的直至永远的消失。现在，她的两个孙子看起来似乎也是如此。面对关于他们的不祥秘密，我们的谎言比最薄的塑料还要透明，她的心比最薄的冰凌还要清脆。她长时间的沉默，延续的是她面对灾难时一贯的自欺，而她之所以自欺，是因为她知道：自己再也经不起了。

于是，她也要死。

她活够了。

那就死吧。既然这么天时，地利，人和。

反正，也都是要死的。

我的心，在那一刻冷硬无比。

在杨庄呆了两周之后，我接到董的电话，他说豫南有个景区想要搞一个文化旅游节，准备在我那家杂志上做一期专刊。一期专刊我可以拿到八千块钱提成，是一笔不小的数目。奶奶的日子不多了。我知道。或许是一两天，或许是三四天，或许是十来天，或许是个把月。但我不能在这里等。她的命运已经定了，我的命运还没有定。她已经接近了死亡，而我还没有。我正在面对活着的诸多问题。只要活着，我就需要钱，所以我要去。

就是这样明确和残酷。

"奶奶，"我尽力让自己的声音明朗和喧闹一些，"跟你请个假。"

"哦。"她答应着。

"我去出个短差，两三天就回来。"

"去吧。"

"那我去啦。"

"去吧。"

三天后，我回来了。凌晨一点，我下了火车。县城的火车站非常小，晚上觉得它越发地小。董在车站接我。

"奶奶怎样？"

"还好。"董说，"你还能赶上。"

我们上了三轮车。总有几辆人力三轮此时还候着，等着接这一班列车的生意。车到影剧院广场，我们下来，吃宵夜。到最熟悉的那家烩面摊前，一个伙计正在蓝紫色的火焰间忙活着。这么深冷的夜晚，居然还有人在喝酒。他在炒菜。炒的是青椒肉丝，里面的木耳肥肥大大的。看见我们，他笑道："坐吧。马上就好。"

他的眼下有一颗黑痣。如一滴脏兮兮的泪。

回到家里，简单洗漱之后，我们做爱。董在用身体发出请求的时候，我不假思索地就接受了。他大约是觉得歉疚，又轻声问我是否可以，我知道他是怕奶奶的病影响我的心情。我说："没什么。"

我知道我应该拒绝。我知道我不该在此时与一个男人欢爱，但当他那么亲密地拥抱着我时，我却无法拒绝。也不想拒绝。我也想在此时欢爱。我发现自己此时如此迫切地需要一个男人的温暖，从外到里。还好，他是我丈夫。且正在一丈之内。这种温暖名正言顺。

奶奶，我的亲人，请你原谅我。你要死了，我还是需要挣钱。你要死了，我吃饭还吃得那么香甜。你要死了，我还喜欢看路边盛开的野花。你要死了，我还想和男人做爱。你要死了，我还是要喝汇源果汁嗑洽洽瓜子拥有并感受着所有美妙的生之乐趣。

这是我的强韧，也是我的无耻。

请你原谅我。请你，请你一定原谅我。因为，我也必在将来死去。因为，你也曾生活得那么强韧，和无耻。

15

第二天早上，我赶到杨庄，奶奶的神志出现了将近半个小时的清醒——这是她生前最后一次清醒。有那么一小会儿，房间里没有一个人。我静静地守着她，像一朵花绽放一样，我看见她的眼睛慢慢睁开了。我俯到她的眼前，她的眼睛定定地看着我。眼神如水晶般纯透、无邪，仿佛一双婴儿的眼睛。

她就那么定定地看着我，好像我是她的母亲。

"我回来了。"我说。

"好。"她说。她的胸膛有力地鼓动了几下，似乎是在积攒力气。然后，她清晰地说："嫁了。"

"谁？"

"让她们，"她艰难地说，"嫁了。"

我蓦然明白：她是在说两个嫂子。我的大愚若智的奶奶，她以为她的两个孙子已经死了。她要两个嫂子改嫁。她怕她们和她一样年纪轻轻就守寡。

我不由得笑了。原来，对她撒谎没有一点儿必要。在她猜测的所有谜底中，事实真相已经是一种足够的仁慈。

我把嘴巴靠近她的耳朵。我喊："奶奶。"

"哦，"她最后一次喊我，"二妞。"

"你别担心。"我说，"他们都没有死。"

她的眼睛一下子亮得吓人。

"他，们，两，个，都，好，好，的。"我一字一字地说。

她不说话，眼睛里的光暗了下去。我知道她是在怀疑我。用她最后的智慧在怀疑我。

"他，们，都，不，听，话。犯，了，错，误。被，关，起，来，了。"我说，"教，育，教，育，就，好，了。"

慢慢的，奶奶的嘴角开始溢出微笑。一点一点，那微笑如蜜。

"好。"她说。然后她抬起手，指了指床脚的樟木箱子。我打开，在里面找出了一个白粗布包袱，里面整整齐齐地叠放着一套寿衣。宝石蓝底儿上面绣着仙鹤和梅花的图案，端庄绚丽。寿衣旁边，还有一捆细麻绳。孝子们系孝帽的时候，用的都是这样的细麻绳。

下午四点四十五分，奶奶停止了呼吸。

那些日子实在说不上悲痛。习俗也不允许悲痛。她虚寿八十三，是喜丧。有亲戚来吊唁，哭是要哭的，吃也还要吃，睡也还要睡，说笑也还是要说笑。大嫂每逢去睡的时候还要朝着棺材打趣，"奶奶，我睡了。"又朝我们笑，"奶奶一定心疼我们，会让我们睡的。"

棺材是两个，一大一小。大的是她，小的是祖父。祖父的棺材里只放了他的一套衣服。他要和奶奶合葬，用他的衣冠。灵桌上的照片也是两个人的，放在一起却有些怪异：祖父还停留在二十八岁，奶奶已经是八十三岁了。

守灵的夜晚是难熬的。没有那么多床可睡，男人们就打牌，女人们就聊天。有时候她们会讲一些奶奶的事。大嫂是听大哥说的：小时候的冬天仿佛特别冷，每天早上起床的时候，奶奶都会把大哥的衣服拿到火上烤热，然后合住，尽力不让热气跑出来，她紧着步子跑到他的床边，笑盈盈地说："大宝，快起来，可热了，再迟就凉了。"大哥赖着不肯起，她就把手伸到被子里去胳肢他，一边胳肢还一边念叨："小白鸡，挠草垛，吃有吃，喝有喝……"好不容易打发他穿好了衣服，就把他抱到挨着煤灶砌着的炕床上，再从温缸里舀来水，给他洗脸。然后再喂他饭吃。温缸就是煤灶旁边嵌着的一个小缸，缸里装着水，到了冬天，这缸里的水就着炉灶的热气，总是温的。

二嫂说的自然是二哥的事，她说二哥小时候很胆小，每当在外面被人欺负了，就哭着回家喊奶奶，边喊边说："奶奶，你快去给我报仇啊。"她还讲了二哥小时候跟奶奶睡大床的事，说因为奶奶不肯让我睡大床，二哥为此得意了很久。

"那时候你是不是有老大意见？"二嫂问。

"没意见没意见。"我说，"我要是在她棺材边还抱怨小时候的事，她会半夜过来捏我鼻子的。"

她们就都笑了。笑声中，我看着灵桌上的照片，蓦然发现，二哥的面容和年轻的祖父几乎形同一人。

因为是烈属，村委会给奶奶开了追悼会。追悼会以重量级的辞藻将她歌颂了一番，说她爱国爱家，遵纪守法，和睦相邻，处事公允。说她的美德比山高，她的胸怀比海宽，她的品格如日照，她的情操比月明。这大而无当的总结让我们又困惑又自豪，误以为是中央电视台在发送讣告。

追悼会后是家属代表发言。家属就是我们四个女人，嫂子们都推辞说和奶奶处的时候没有我和姐姐长，不适合做家属代表。我和姐姐里，只有我出面了。我说我不知道该说什么，姐姐道："你是个整天闯荡世界的大记者，你都不会说，那我去说？"

众目睽睽之下，我只好站了出来。大家都静静地候着，等我说话。等我以祖母家属的身份说话。我却说不出话来。人群越发地静，到后来是死静，我还是说不出一个字。我站在她的遗像前，像一个木偶。

"说一句。"主持丧礼的知事人说，"只说一句。"

于是，我说："我代表我的祖母王兰英，谢谢大家。"

然后，我跪下来，在知事人的指挥下，磕了一圈头。回到灵棚里，一时间，我有些茫然。我刚才说了句什么？我居然代表了我的祖母，我第一次代表了她。可我能代表她么？我和她的生活是如此不同，我怎么能够代表她？

——但是，且慢，难道我真的不能代表她么？揭开那些形式的浅表，我和她的生活难道真的有什么本质不同么？

我看着一小一大两个棺材。它们不像是夫妻，而像是母子。我看着灵桌上一青一老两张照片。也不像是夫妻，而是母子。——为什么啊，为什么每当面对祖母的时候，我就会有这种身份错乱的感觉？会觉得父亲是她的孩子，母亲是她的孩子，就连祖父都变成了她的孩子？不，不止这些，我甚至觉得村庄里的每一个人，走在城市街道上的每一个人，都像是她的孩子。仿佛每一个人都可以做她的孩子，她的怀抱适合每一个人。我甚至觉得，我们每一个人的样子里，都有她，她的样子里，也有我们每一个人。我们每一个人的血缘里，都有她。她的血缘里，也有我们每一个人。——她是我们每一个人的母亲。

不，还不止这些。与此同时，她其实，也是我们每一个人的孩子，和我们每一个人自己。

16

这些年来，我四处游历，在时间的意义上，她似乎离我越来越远，但在生命的感觉上，我却仿佛离她越来越近。我在什么地方都可以看见她，在什么人身上都可以看见她。她的一切细节都秘密地反刍在我的生活里，不知道什么时候就会奇袭而来，把我打个措手不及。比如，我现在过日子也越来越仔细。洗衣服的水舍不得倒掉，用来涮拖把，冲马桶。比如，用左手拎筷子吃饭的时候，手背的指关节上，偶尔还是会有一种暖暖的疼。比如，在豪华酒店赴过盛宴之后，我往往会清饿一两天肠胃，轻度的自虐可以让我在想起她时觉得安宁。比如，每一个生在一九二〇年的人都会让我觉得亲切：金嗓子周璇，联合国第五任秘书长佩雷斯·德奎利亚尔，意大利导演费里尼……

那天，我在一个县城的小街上看到一个穿着偏襟衣服的乡村老妇人，中式盘扣一直系到颈下，雪白的袜子，小小的脚，挨着墙慢慢地认真地走着。我凑上前，和她搭了几句话。

"您老高寿？"

"八十有六。"

我飞快地在脑子里算着，如果奶奶在，她比奶奶大还是小。

"您精神真好啊。"

"过一天少一天，熬日子吧。坐吃等死老无用。"

那天，我采访到了安徽歙县的牌坊村，七座牌坊依次排开，蔚为壮观。导游小姐给我们讲了个寡妇守节的故事，其实也都听说过：一个壮年失夫的少妇每到深夜便撒一百铜钱于地，然后摸黑一一捡起，若有一枚找不到，就决不入睡。待捡齐后，神倦力竭，才能乏然就寝——只能用乏然，而不能用安然。

我微笑。这个少妇能够以撒钱于地的方式来转移自己和娱乐自己，生活状况还是不错的。而我的祖母，这位最没有生计来源的农妇，她尚没有这种游戏的资本和权利。一个又一个漫漫长夜，用来空落落地怀想和抒情，这对她来说是太奢侈了，她和自己游戏的方式多么经济实惠：只有织布。只有那一匹又一匹三丈六尺长二尺七寸宽的白布。

那天，我在图书馆查阅资料，翻到一本关于小脚的书，著作者叫方绚，清朝人。书名叫《香莲品藻》，说女人小脚有三贵，一曰肥，二曰软，三曰秀。说脚的美丑分九品：神品上上，妙品上中，仙品上下，珍品中上，清品中中，艳品中下……还说了基本五式：莲瓣，新月，和弓，竹荫，菱角。而居然那么巧，在这层书架的下一格，我又随便抽到一本历史书，读到这样一条消息："……光绪十三年（公元一八八七年），七月，梁启超，谭嗣同，汪康年，康广仁等发起成立全国性的不缠足会。不缠足会成为戊戌变法期间争女权、倡导妇女解放的重要团体，它影响深远，直至民国以后。"

那天，我正读本埠的《大河报》，突然看见一版广告，品牌的名字是"祖母的厨房"。一个金发碧眼满面皱纹的老太太头戴厨师的白帽子，正朝着我回眸微笑。内文介绍说，这是刚刚在金水路开业的一家以美国风味为主的西餐厅。提供的是地道的美式菜品和甜点：鲜嫩的烤鲑鱼，可口的三明治，美味的茄汁烤牛肉，香滑诱人的奶昔，焦糖核桃冰激凌……还有绝佳的比萨，用的是特制的烤炉，燃料是木炭。

我微笑。我还以为会有烙馍、葱油饼、小米粥，甚至腌香椿。多么天真。

那天，我在上海的淮海路闲逛，突然看到一张淡蓝色的招牌，上面是典雅的花体中英文：祖母的衣柜 Grandmother' Wardrobe——中式服装品牌专卖店 Brand Monopoliyed Shop of the Chinese Suit，贴着橱窗往里看，我看见那些模特——当然不是祖母模特——她们一个比一个青春靓丽——身上样衣的打折款额：中式秋冬坎肩背心，兔毛镶边，一百三十九元。石榴半吐红中绣花修身中式秋衣，一百六十元……

"小姐，请进来吧，喜欢什么可以试试。"服务生温文尔雅地招呼道。

我摇摇头，慢慢向前走去。

还会有什么是以祖母命名的呢？祖母的鞋店，祖母的包行，祖母的首饰，祖母的书店，祖母的嫁妆……甚或会有如此一网打尽的囊括：祖母情怀。而身为祖母的那些女人也许永远也不会知道,她会成为一种商业标志,成为怀旧趣味的经典代言。

当然,这也没什么不好。

我只微笑。

我的祖母已经远去。可我越来越清楚地知道:我和她的真正间距从来就不是太宽。无论年龄,还是生死。如一条河,我在此,她在彼。我们构成了河的两岸。当她堤石坍塌顺流而下的时候,我也已经泅到对岸,自觉地站在了她的旧址上。我的新貌,在某种意义上,就是她的陈颜。我必须在她的根里成长,她必须在我的身体里复现,如同我和我的孩子,我的孩子和我孩子的孩子,所有人的孩子和所有人孩子的孩子。

——活着这件原本最快的事,也因此,变成了最慢。生命将因此而更加简约,博大,丰美,深邃和慈悲。

这多么好。

原载《收获》2008 年第 3 期

授奖辞

生活、岁月、母性,以及前代的私密与今生的怀想。一个也许以文学的方式很难出新的形象,乔叶以浓重的感恩亲情和巨大的艺术耐心,真切地写照,让她熟悉又陌生地感动着我们。暖亲融爱的生命是如此慈严永在,令人无限心疼。在这个欣快与对视已成习性、舒缓与体贴取信艰难的时世,《最慢的是活着》示意着文学本应秉持的一种感情向度,透出小说本该辉闪的低语和默念的灯光。

作者简介：

张翎，女，浙江温州人。1983年毕业于复旦大学外文系。1986年赴加拿大留学，获英国文学硕士和听力康复学硕士。90年代中后期开始在海外写作发表文章。中篇小说《羊》和《雁过藻溪》分别进入中国小说学会2003年度和2005年度排行榜。作品多次获国内外文学奖项。现定居于加拿大多伦多市，在多伦多一家医院的听力诊所任主管听力康复师。

余 震

张 翎

2006年1月6日 多伦多 圣麦克医院

沃尔佛医生走进办公室的时候，看见秘书凯西的眉毛挑了一挑。

"急诊外科转过来的，等你有一会儿了。"凯西朝一号诊疗室努了努嘴。

沃尔佛医生挂牌行医已经将近二十年了。在还没有出现一个叫亨利·沃尔佛的心理医生的时候，早已存在着一个叫凯西·史密斯的医务秘书了。凯西在医院里已经工作了三十三年，可谓阅人无数。这无数的人犹如一把又一把的细沙，日复一日年复一年地打磨着凯西的神经触角，到后来凯西不仅没有了触角，甚至也没有了神经，所以平日极难在她脸上找到诸如惊讶悲喜之类的表情。

沃尔佛医生立刻知道，他碰上一个有点劲道的病例了。

"《神州梦》的作者，刚被提名总督文学奖。上周六CBC电视台'国情'节目里有她一个小时的采访。"

沃尔佛医生嗯了一声，就去拿放在门架上的病历，匆匆扫了一眼边沿上的名字：雪梨·小灯·王。

"急救车晚到十分钟，就没她的小命了。"凯西做了个割腕的动作，轻声说，"自杀。"

沃尔佛医生翻开病历，里面是急诊外科的转诊报告。

性别：女
出生日期：1969年3月29日

职业：自由撰稿人

婚姻状态：已婚

孕育史：怀孕三次，生育一次（有个 13 岁的女儿）

手术史：盲肠切除（1995）；人工流产（1999，2001）

病况简介：严重焦虑失眠，伴有无名头痛，长期服用助眠止疼药物。右手臂动作迟缓，X光检查结果未发觉骨骼异常。两天前病人用剃须刀片割右腕自杀，后又自己打电话向 911 呼救。查询警察局记录发现这是病人第三次自杀呼救，前两次分别是三年前及十六个月前，都是服用过量安眠药。无犯罪及暴力倾向记录。

转诊意见：转至心理治疗科进行全面心理评估及治疗

附件：警察局救护现场报告

病人日用药品清单

病人过敏药物清单

    沃尔佛医生推门进去，看见沙发上蜷着一个穿着白底蓝条病员服的女人。女人双手圈住两个膝盖，下巴尖尖地戳在膝盖上。听见门响，女人抬起头来，沃尔佛医生就看见了女人脸上两个黑洞似的眼睛。洞孔大而干枯，深不见底。沃尔佛医生和女人对视了片刻，就不由自主地被女人带到了黑洞的边缘上。一股寒意从脚尖上渐渐爬行上来，沃尔佛医生觉出自己的两腿在微微颤抖，似乎随时要失足坠落到那两个万劫不复的深渊中。

    女人的嘴唇动了一动，发出一个极为微弱的声音。与其说沃尔佛医生听到了女人的话，倒不如说沃尔佛医生感觉到了耳膜上的一些轻微震颤。过了一会儿，那些震颤才渐渐沉淀为一些含义模糊的字眼。

    沃尔佛医生突然醒悟过来女人说的那句话是"救我"。

    女人的话如一柄小而薄的铁锥，在沃尔佛医生的思维表层扎开一个细细的缺口，灵感意外地从缺口里汩汩流出。

    "请你躺下来，雪梨。"

    一阵窸窸窣窣的声响之后，女人身上的蓝条子渐渐地平顺起来，变成了一些直线。女人的双手交叠着安放在小腹之上，袖子翻落着，露出右腕层层缠绕的纱布和纱布上一些形迹可疑的斑点。

    "闭上眼睛。"

    女人脸上的黑洞消失了，屋子陷入了前所未有的安谧。

    "雪梨，你来加拿大多久了？"

"十年。请叫我小灯——那才是我的真名。"

"中国名字吗?"

"是的,夜里照明的那个灯。"

"小灯,你对西方心理治疗学理论了解多少?"

"弗洛伊德。童年。性。"

女人的英文大致通顺,疑难的发音有些轻微的怪异,却依旧很容易听懂。

"那只是其中的一种。你是怎么看的?"

"一堆狗屎。"

沃尔佛医生忍不住轻轻一笑。

"小灯,上一次发生性行为,是在什么时候?"

女人的回应来得很是缓慢,仿佛在进行一次艰难的心算。

"两年零八个月之前。"

"上一次流泪,是在什么时候?"

这一次女人的反应很快,几乎没有任何迟疑和停顿。"从来没有流过眼泪,七岁以前不算。"

"小灯,现在请你继续闭眼,做五次深呼吸。很深,深到腰腹两叶肌肉几乎相贴。然后放慢呼吸节奏,非常,非常,非常缓慢。完全放松,每一丝肌肉,每一根神经。然后告诉我,你看见了什么。"

两人都不再说话,屋里只有女人先是深沉再渐渐变得细碎起来的呼吸声。女人的鼻息如一条拨开草叶穿行的小蛇,窸窸窣窣。草很密,路很长,蛇蜿蜒爬行了许久,才停了下来。

"窗户,沃尔佛医生,我看见了一扇窗户。"

"试试看,推开那扇窗户,看见的是什么?"

"还是窗户,一扇接一扇。"

"再接着推,推到最后,看到的是什么?"

"最后的那扇窗户,我推不开,怎么也推不开。"女人叹了一口气。

"小灯,再做五次深呼吸,放松,再推。一直到你推开了,告诉我你看见了什么。"

女人的呼吸声再次响起,粗重,缓慢,仿佛驮兽爬山一样的艰难。

沃尔佛医生撕下桌子上的处方笺,潦草地写了两张便条,一张给凯西,一张给自己。

给凯西的那张是:立即停用一切助眠止疼药物,改用安慰剂。

给自己的那张是:尽量鼓励流泪。

1976年7月24日 唐山市丰南县

李元妮在一条街上挺招人恨的。

李元妮是她在户口册上的大名,其实在街坊嘴里,她只是那个"万家的"——因为她丈夫姓万。街坊只知道她丈夫姓万,却没有几个人知道他的名字,所以众人只称呼他"万师傅"。当然万师傅只是当面的叫法,背后的叫法就很多样化了。

万师傅是京津塘公路上的长途货车司机,一个月挣六十一块钱工资,比大学毕业的技术员还多出几块钱。万师傅个子极为壮实,常年在路上奔走,晒得一脸黑皮。十天半个月回趟家,搬张小板凳在门口一坐,高高卷起裤腿,一边搓脚丫子上的泥垢,一边吧嗒吧嗒地抽闷烟,那样子和搂草耙土的乡下人也没有太大区别。别看万师傅一副土老帽儿的样子,他却是一条街上见过最多世面的人。万师傅常年在大城市之间走车,大城市街角里捡起来的一粒泥尘,带回小县城来也就成了时兴。虽然万师傅对自己很是苛省,但对老婆孩子,却是极为大方的,每趟出车回来,总是带回大大小小各式各样的东西。所以万家无论是吃的穿的还是用的,和一条街上的人都有些格格不入。

李元妮招人恨,除了丈夫的原因,也还有她自己的原因。李元妮上中学的时候,曾经被省歌舞团挑上,练过几个月的舞蹈。后来在一次排练中摔成骨折,就给退了回来。李元妮回来后没多久就嫁了人,过了两年又生了孩子。同样是人的媳妇人的妈,李元妮和街上那些媳妇那些妈却很有些不同。李元妮的头发上,永远别着一枚塑料发卡,有时是艳红的,有时是明黄的,有时是翠绿的。那发卡将她的头发在耳后拢成一个弯月形的弧度,衬着一张抹过雪花膏的脸,黑是黑,白是白。李元妮的外套里,常常会伸出一道浅色的衬衫领子,有时尖,有时圆,有时锁着细碎的花边。李元妮的衣兜上,常常会缝着一颗桂圆色的或者砖红色的有机玻璃纽扣。李元妮穿着这样的衣服梳着这样的头发,一踮一踮地迈着芭蕾舞的步法行云流水似的走过一条满是泥尘的窄街,只觉得前胸后背贴满了各式各样的目光,冷的热的都有。她早已习惯了这样的目光,这些目光在一定程度上弥补了早夭的演员生涯留给她的种种遗憾。

这一天万家院子里很早就有了响声,是李元妮在唱歌。李元妮的歌声像是有了划痕的旧唱机,一遍一遍地转着圈循环着——因为她记不全歌词。

温暖的太阳啊翻过雪哦山
雅鲁藏布江水哦金光闪闪啊啊啊
金光闪闪，金光闪闪……

　　街坊便猜着是万师傅回家了。只有万师傅在家的日子里，万家的"那个"才会起得这么早。果然，李元妮的唱机还没转完一圈，屋里就响起一阵滚雷似的咳嗽，呵呵呵呵呵，呵呵呵呵呵——那是万师傅常年抽烟造下的破毛病。万师傅呸的一声吐出一块浓厚的痰，连声喊着他的一双儿女："小登小达，再不起来我和你妈就走了。"这天万家四口人是盘算好了去李元妮娘家的——李元妮的小弟在东海舰队当兵，正赶上在家歇探亲假，李家的七个兄弟姐妹约好了，一起在娘家聚一聚。

　　小登小达却一点也没有动静。昨晚天热得有些邪乎，两个孩子挠了一夜的痱子，到下半夜才迷糊着了，这会儿睡得正死。李元妮走过去，看见小登手脚摊得开开的，蛤蟆似的趴在床上，一条腿压在小达的腰上。小达的脑袋磕在膝盖上，身子蜷成圆圆的一团，仿佛是一个缩在娘肚里等待出生的胎儿。李元妮骂了声丫头忒霸道，就将小登的腿拨开了。

　　小登是个女孩，小达是个男孩，两个是龙凤胎，都是七岁。小登只比小达大十五分钟，多少也算是个姐姐。小登一钻出娘胎，哭声就惊天动地的，震得一个屋子都颤颤地抖。一只小手抓住了接生婆的小拇指头，半天都掰不开——是个极为壮实的丫头。小达生下来，不哭，接生婆倒提在手里，狠狠拍打了半晌，才有了些咿咿呀呀的微弱声响，像是一只被人踩着了尾巴的田鼠。

　　洗过了包好，放在小床上，一大一小，一红一青，怎么看都不像是双胞胎。养了两日，那红的越发地红了，那青的就越发地青了。到了一周，那青的竟气若游丝。万师傅不在家，李元妮的娘在女儿家帮着料理月子，见了这副样子，就说怕是不行了。李元妮叹了口气，说你把那小的抱过去再见一见大的，也算是告个别了，到底是一路同来的。李元妮的娘果真就把小达抱过去放在小登身边。谁知小登一见小达，呼地伸出一只手来，搭在了小达的肩上。小达吃了一惊，眼睛就啪地睁开了，气顿时喘得粗大起来，脸上竟有了红晕。李元妮的娘跺着小脚连连称奇，说小登把元气送过去给小达了——姐姐这是在救弟弟呢。

　　从那以后小达就一直和小登睡一张床上，果真借着些小登的元气，渐渐地就长壮实了。小达似乎知道自己的命原是小登给的，所以从小对小登在诸事上就是百般忍让，不像是小登的弟弟，倒更像是小登的哥哥。

李元妮拨弄了半天，也弄不醒两个孩子，却看见两人的头底下都枕着个书包，便忍不住笑了。那书包是孩子他爸出车经过北京时买回来的，一式一样的两个，绿帆布底子，上面印着天安门和首都北京的字样。孩子们名都报上了，只等着上小学了。昨晚吃饭的时候他爸把书包拿出来，两个孩子见了就再也不肯撒手，一晚都背在身上。李元妮去抽书包，一抽两个孩子就同时醒了，倏地坐了起来，两眼睁得如铜铃。

李元妮在每人脑勺上拍了一巴掌，说快快，早饭都装饭盒里了，边走边吃。太阳这个毒，赶早不赶晚。说着就和万师傅去推自行车。万家有两辆自行车，一辆是二十八寸的永久，是万师傅骑的；一辆是二十六寸的凤凰，是李元妮骑的。虽都是旧车，李元妮天天用丈夫带回来的旧棉丝擦了又擦，擦完了再上一层油，两个钢圈油光锃亮的，很是精神。

李元妮的娘家虽然住得不算太远，可是骑车也得一两个小时。大清早出门，太阳已经晒得一地花白，路上暑气蒸腾，树叶纹丝不动，知了扯开了嗓子声嘶力竭地叫喊，嚷得人两耳嘤嗡作响。万师傅的车子最沉，车头的铁筐里装的是果脯茯苓饼山楂糕，那都是从北京捎回来孝敬丈母娘的。后头的车架上坐着儿子小达，儿子手里还提着一个网兜，兜里是两条过滤嘴的凤凰烟，那是给老丈人的。李元妮的车子就轻多了，车梁上只挂了小小一个水壶，后架上坐着女儿小登。儿子是叉着两腿骑在后车架上的，女儿懂事了，知道女孩子不该那样，就并拢两腿偏着身子坐在单侧。一家人风风火火光光鲜鲜地一路骑过，惹得一街人指指戳戳，却是不管不顾的。

那天万师傅戴的是一顶蓝布工作帽，原是为遮阳的，结果攒了一头一脑的汗。那汗顺着眉毛一路挂下来，反倒迷了眼。索性就将帽子取下来，一边当扇子扇着，一边就问李元妮，我说娃他娘，要不把他舅接家来住几日？孩子们跟老舅最亲。李元妮说好倒是好，只是住哪儿？万师傅说反正我明天出车，先去天津，转回来再去一趟开滦，转一圈一个星期才回来。他舅来了，跟小达搭铺，小登跟你睡，不就妥了？

小达在车后踢蹬了一下腿，说我不嘛。李元妮就骂，怎么啦你，不是成天说等老舅来了教你打枪的吗？小达哼了一声，说我还是跟姐睡，你跟舅睡。万师傅听了嘿嘿嘿地笑，说娃他娘，你看看，你看看，别家的孩子总扯皮打架，我们家这两个是掰都掰不开呀。

骑了两三刻钟，就渐渐地出了城，天地就很是开阔起来，太阳也越发无遮无拦了。小达直嚷渴，李元妮递过水壶，让小达喝过了，又问小登喝不？

小登不喝,却说饿了。李元妮说饭盒里有昨天剩下的馒头,自己拿着吃吧。小登说谁要吃馒头呢?我要吃茯苓饼。李元妮就骂,说这丫头什么个刁嘴,那是给你姥姥的,哪就轮到你了?小登的脸就黑了下来,哼了一声,说那我就等着饿死。万师傅听不得这话,就对李元妮说不就一个茯苓饼吗?两大盒的,哪就缺她那一张了?李元妮刀子似的剜了万师傅一眼,说那还是你闺女吗?我看都成你奶奶了。两个孩子就在后头哧哧地笑。

便找了一片略大些的树阴,将车停下了。李元妮从盒子最上头小心翼翼地抽了两张茯苓饼,一张给小登,一张给小达。小登撕了一小块慢慢地嚼着,一股甜味在舌尖清凉地流淌开来。突然,她停了下来,那股来不及疏散的甜味,在喉咙口集聚成了一声惊惶的呼喊。

她看见路边有一些黑色的圆球,排着长长的队列,旁若无人地爬行着。后面的咬着前面的尾巴,前面的咬着更前面的尾巴,看不出从哪里开始,也看不见在哪里结束,歪歪扭扭地一路延伸至原野深处。

过了一会儿她才明白过来,那些圆球是老鼠。

1976 年 7 月 28 日　唐山市丰南县

万小登对这个晚上的记忆有些部分是极为清晰的,清晰到几乎可以想得起每一个细节的每一道纹理。而对另外一些部分却又是极为模糊的,模糊到似乎只有一个边缘混淆的大致轮廓。很多年后,她还在怀疑,她对那天晚上的回忆,是不是因为看过了太多的纪实文献之后产生的一种幻觉。她甚至觉得,她生命中也许根本不存在这样的一个夜晚。

那夜很热。其实世上的夏夜大体都是热的,只是那个夏夜热得有些离谱。天像是一口烤了一天的瓦缸,整个地倒扣在地上,没有一线裂缝,可以漏进哪怕细细的一丝风来。热昏了的不仅是人,还有狗。狗汪汪地从街头咬到街尾,满街都是连绵不断的狂吠。

万家原来是有一架电风扇的,那是万师傅用了厂里的旧材料自己装搭的。可是这架电风扇已经在昼夜不停的运转中烧坏了机芯,所以万家那晚和所有没有电风扇的邻里们一样,只能苦苦地干熬。

母亲李元妮这晚一个人睡一张床。父亲出车了,两个孩子和小舅挤在另一张床上。母亲和舅舅不停地翻着身,蒲扇噼噼啪啪地拍打在身上,声若爆竹。

"老七呀,上海那地方,吃的跟咱们这地方不一样吧?"母亲问对过床上的小舅——小舅的部队驻扎在上海郊区。

"什么都是小小的一碗,看着都不敢下筷子,怕一口给吃没了。倒是做得精细,酸甜味。"

母亲羡慕地叹了一口气,说难怪南方那些女子细皮嫩肉的,人家是什么吃法,咱是什么吃法。听说南边天气也好,冬天夏天都没咱这儿难熬吧?

"人家是海洋性气候,四季分明。冬天比咱们这儿暖和多了,夏天白日也热,到了晚上就凉快了,好睡觉呢。"

黑暗中母亲的床上有了窸窸窣窣的响动,小登知道是母亲在脱衣服。母亲从来不敢怀睡觉的,可是这几天母亲实在熬不住了。

"你说小七啊,今年是不是热得有些邪乎?你看看小登小达身上的痱子,都抓得化了脓,他爸回来见了那个心疼啊。"

小舅就嘿嘿地笑,说我姐夫平日见了谁都是个黑脸,可就见了这两个小祖宗,一点脾气也没有。

母亲也笑,说你还没见过他爷爷奶奶的样子呢。你姐夫家三个儿子,才有小达这么一个孙子,他爷爷奶奶恨不得把小达放在手掌心上当菩萨供起来呢。

小舅摸了摸小达的腿,瘦瘦的,却很是结实。没动静,大约是睡着了。"这孩子身子骨倒是长好了呢,性情也好,是个招人疼的样子。不过我看姐夫,倒是更宠小登。"

"闺女长大了是爹娘的贴身棉袄,不过小登这孩子的脾气,唉。"母亲长长地打了个哈欠,说,"七,你睡吧,这两个冤家缠你讲了一夜的话,也倦了。"

舅舅嗯了一声,蒲扇声就渐渐地迟缓低落了下去,间隙里响起了些细细碎碎的鼻鼾。小登的眼皮也黏奄了起来,却觉得湿黏黏的席子上,有一万只虫子在蠕动啃咬着。她听见母亲摸摸索索地下了床,黑暗中不知撞着了什么物什,哎哟了一声。小登知道母亲是要摸到院里去小解的。从前母亲都是用屋里的痰盂解手,这几天实在太热,解在屋里味太浓,母亲才出门去的。母亲终于踢踢踏踏地走到了院子里,小登依稀听见母亲在窗外自言自语地说了一句"天爷,这天咋就亮得这么……"突然间,惊天动地的一阵巨响,把母亲的半截话刀一样地生生切断了。

小登的记忆也是在这里被生生切断,成为一片空白。但空白也不是全然的空白,还有一些隐隐约约的尘粒,在中间飞舞闪烁,如同旧式电影胶片片头和片尾部分。后来小登努力想把这些尘粒收集起来,填补这一段的缺失,却一直劳而无益——那是后话。

等她重新记事的时候，她只感觉到了黑暗。不是夜里关灯之后的那种黑暗，因为夜里的黑暗是有洞眼的。窗帘缝，门缝，墙缝，任何一条缝隙都可以将黑暗撕出隐约的破绽。可是那天小登遭遇的黑暗是没有任何破绽的，如同一条完全没有接缝的厚棉被，将她劈头盖脸地蒙住了。刚开始时，黑暗对她来说只是一种颜色和一些泥尘的气味，后来黑暗渐渐地有了重量，她觉出黑暗将她的两个额角挤得扁扁的，眼睛仿佛要从额上暴裂而出。

她听见头顶有些纷至沓来的脚步声，有人在喊苏修扔原子弹了。那声音里有许多条裂缝，每一条裂缝里都塞满了恐慌。她也隐隐听见了母亲含混沉闷的呻吟声，如一根即将断裂的胡琴弦，在一个似乎很近又似乎很远的地方断断续续地嘤嗡着。她想转身，却发现全身只有右手的三个指头还能动弹。她将那三个手指前后左右地拨拉着，就拨着了一件软绵绵的东西——是一只手，却不是母亲的手，母亲的手比这个大很多。小，小达。她想叫，她的声音歪歪扭扭地在喉咙里爬了一阵子，最后还是断在了舌尖上。

一阵哗啦的瓦砾声之后，母亲的声音突然清晰了起来。

"七，七，找件衣服，羞死人了。"

"救人要紧，还管这个。"这是小舅的声音。

母亲似乎被提醒．忽然凄厉地喊了起来："小登啊小达……"母亲那天的呼喊如一把尖锐的锉刀，在小登的耳膜上留下了一道永远无法修复的划痕。

小达突然松开了小登的手，剧烈地挣动起来，砰砰地砸着黑暗中坚固无比的四壁。小登看不见小达的动作，只觉得他像陷在泥潭里的一尾鱼，拼死也要跳出那一潭的泥。小登动了动右手，发现似乎有些松动，就把全身的力都压在那只手上，猛力往上一顶，突然，她看见了一线天。天极小，小得像针眼，从针眼里望出去，她看见了一个浑身是血的女人。女人只穿了一件裤衩，胸前一颤一颤地坠着两个裹满了灰泥的圆球。

"妈，妈！"

小达声嘶力竭地喊了起来。小登说不出话来，小达是两个人共同的声音。小达喊了很久，小达的声音渐渐地低了下去。"难受啊，姐。"小达沉默了，仿佛知道了自己的无望。

"天爷，小，小达在这底下。来，来人啊！"那是母亲的呼叫。母亲那天的声音一点儿也不像是母亲，母亲的声音更像是一股脱离了母亲的身体自行其是的气流，在空气中犀利地横冲直撞，将一切拦截它的东西切割成碎片。

一阵纷乱的脚步声，那一线天空消失了，大约是有人趴在地上听。

"在这，这里。"小达有气无力地叫了一声。

苏西一言不发，转身就走。噔，噔，噔，噔，她的脚板擦过的每一寸地板都在哧哧地冒着烟。

你，去，把她追回来。

小灯的大脑在对小灯的身体说。可是小灯的大脑指挥不了小灯的舌头，也指挥不了小灯的腿。小灯如一条抽了筋剔了骨的鱼，耳听着苏西的脚步咚咚地响过楼梯，响过门厅，最后消失在门外，却软软地瘫在椅子上动弹不得。

"小灯，也许，你用不着管得那么紧。"杨阳迟迟疑疑地说。

"你是说，我也管你太紧，是吗？"小灯陡地睁开眼睛，直直地看着杨阳。杨阳不敢接那样的目光，垂下了头。

"你让她在你眼皮底下犯点小错，也总比你看不见她好。"

"她还没到十三岁，别忘了咱们自己十三岁的时候……"

小灯被戳着了痛处，弹簧一样地跳了起来，眼睛似乎要爆出眼眶。小灯逼得近近的，唾沫星子凉凉地飞到杨阳的鼻尖上。

"对你不了解的事情，请你最好闭嘴。我比十三岁小很多的时候，就已经是大人了。你别拿女儿做由头，我知道你是要我不管你，你就好和你那个说不清是哪门子的学生，有足够的私人空间，是不是？"

"请你，不要扯上别人。你自己是影子，所以你只能在别人身上找影子。"

杨阳转身慢慢地朝楼下走去。杨阳走路的样子很古怪，两个裤脚在地上低低地拖着，仿佛被截去了双脚。

"别人都是影子，只有她是阳光。可惜……"

小灯的话还没说完，杨阳却已经走远了。杨阳走到大门口，又回过头来，叹了一口气，说王小灯你要是有本事就把天底下的人都拴到你的腰上管着。

门咣的一声带上了，窗玻璃在嘤嘤地颤动。小灯很想抓住一样东西狠狠地摔到墙上，摸来摸去，身边竟没有一样可抓的，只好把指头紧紧地捏在手心，听凭指甲钉子似的扎进肉里，身子却咯咯地发起抖来。

靠不住啊，这世上没有一样狗东西是靠得住的。小灯恨恨地想。

她知道，这个圣诞节她只能是一个人过了。

1976年8月1日　大连　海港医院

手术室的医生护士最近几天都吃住在医院。唐山天津转移来的伤员源源不断，外科病房的每一个床位都已经占满。走廊上又加出了许多临时床位。从主任医生到新上任的小护士，所有的人都难免会露出些手忙脚乱的局促。

虽然备战备荒是一句熟到睡梦里都可以脱口而出的口号，落到实处才知道应急的本事原本不是一天里练就的。

"醒了，醒了！"

一个刚刚独立当班的年轻护士飞快地从病房里跑出来，冲进了值班室。

三个值班的护士一起抬起头来，异口同声地"哦"了一声，声音里都有一丝抑制不住的惊喜。不用问，她们都知道她嘴里那个醒了的，是11号床的万小达。

"醒了""死了"是这几天她们之间最频繁的话题，寻常得就像是说"吃饭""睡觉"一样，没有人会为此一惊一乍。寻常岁月里耗其一生才能参透的生死奥秘，一次天灾轻轻一捅就露出了真相，再无新奇可言。从敏感脆弱到麻木不仁，中间其实只经过了一场地震。在这之前，她们从来不知道，她们的心居然能磨出如此粗糙坚实的老茧。但总还有那么一两处的肉，是长在死角里，老茧爬来爬去永远也够不到的。那些肉在心最深最底处，不小心碰着了，依旧连筋连骨地疼。

万小达就是在不经意间碰着了她们心尖上的那块肉的。

万小达被送到医院的时候，整个右半边身子都打着绷带，也看不出伤势轻重。辗转的旅途中他一直昏睡着。当护士把他从救护车上抬下来的时候，她们不约而同地注意到了他的长相。他的皮肤白若凝脂，看不见一个毛孔。睫毛如两把细齿的梳子，密密地覆盖在眼皮之上。嘴角上有两个浅浅的旋涡，似乎永远在微笑。头发有些微微的卷曲，在汗湿的额角上堆成一个个小小的圆圈。在她们极为有限的审美词汇里，还没有出现米开朗琪罗和大卫之类的字眼，她们只是惊讶一个小县城里竟然会存在这样一个俊秀的孩子——当时她们都把他误认为女孩。后来她们看见他睁开了眼睛。当她们看见他的眼睛时，她们才意识到其实她们的惊讶在那时才真正开始。

后来她们拆开了他的绷带，才发现他的右手从肩膀之下都已经被砸成了肉泥，肘部的骨头裸露在外。在完全没有使用镇痛药物的情况下，他一直没有哭。哭的反而是护士——在外科医生还没到来之前，她们就已经知道截肢是唯一的方案了。美丽她们见识过，残缺她们也见识过，只是把这样的残缺安置在这样的美丽之上，却是一种她们无法容忍的残酷。

推入手术室时，小达突然醒了过来，是一种不知身处何处的茫然。护士抚摸着他汗湿的头发，说乖啊，你再睡一会儿，醒来就好受了。小达像离了水的鱼似的翕动了一下嘴巴，模模糊糊地说了一句什么话。护士贴得很近，却听不真切，似乎在叫妈，又似乎在叫姐。护士叹了一口气，悄悄地问旁边的人这一家活了几口，却没有人知晓。这是护士们这几天接收新伤员时最经常问的一个问题，只是问到小达时，不知怎的，她们不约而同地换了一种问法。她们问的是活了几口，而不是死了几口。

小达截肢手术之后两天里一直持续高烧，昏迷不醒。使用了多种抗菌素，并在病床周围放置了许多冰块物理降温，却都没有效果。早上主治医生来查房的时候一言不发，脸色阴沉得随时能拧出水来。护士们就都明白这孩子怕是没指望了。

没想到这天中午小达却突然毫无预兆地醒了过来。

小达醒过来，只见阳光炸出一屋的白光，空气里飞舞着无数金色和银色的尘粒。满屋都是穿着白大褂的人，风一样地闪进来，风一样地闪出去，话语声却细如蚊蝇嘤嗡飞行。身边的床铺上，有一个精瘦的老汉正咚咚地砸着自己的脑壳，天爷啊天爷地喊着。小达只觉得有一线奇痒，如细细一队的虫蚁，正沿着他的手掌心，一路蜿蜒地爬到了肩膀。

小达忍不住噢地叫一声。

两件白大褂云一样地落在他的床前，一老一少两张脸同时绽开一朵硕大的惊喜。"孩子啊，你到底醒了。疼吗？"

"痒，手。"小达有气无力地说。小护士坐下来，将他的手摊在自己的腿上，轻轻地挠了起来。小达觉得小护士的腿仿佛是一垛新棉，落上去就立时陷进了一团无底的柔软。

小达忍了一会儿，没忍住，终于摇了摇头，说阿姨，是那只手。

小达完全不明白，为什么这么简单的一句话，却能让小护士泪流满脸。

老护士叹了口气，对小护士说你去吧，把他妈推过来。小达的母亲李元妮是和小达同批送来的，就住在隔壁的女病房。李元妮的伤在腿上。李元妮被刨出来的时候只有点轻微的擦伤，后来为了找一床席子而爬进残存的半间屋里。席子都拖出屋来了，却遇上了余震，一块碎石砸下来，砸成了大腿骨折。

小护士跑进病房的时候，李元妮直直地躺在病床上，白色的床单一路拉到鼻子上，只露出两只眼睛，却是紧闭着的，也不知是睡是醒，头发上有些光亮闪烁不定。小护士走近了，隐隐听见一些窸窸窣窣的声响，如饱足的蚕在缓慢地爬过桑叶，又如种子在雨后的清晨里破土生芽。小护士呆立了一会儿，才渐渐明白那是白头发在生长——二十六岁的李元妮一夜之间白了头。

小护士叫了两声，李元妮才睁开眼睛，小护士一眼看见了两个深井一样的黑洞，不见底，也不见波纹。

"李元妮,你儿子醒了,烧退下去了。"

一丝风吹过,波纹漾起,井里微微地有了水的痕迹。

小护士推着李元妮去了隔壁的病房。进了门,母子两人见过,一个叫了声小达,一个叫了声妈,声音都有些嘶哑。半晌,小达才说妈我的右手没了。

说这话的时候小达嘴边的两个小窝跳了一跳,脸上荡漾开隐隐的一丝笑意。

小护士的眼圈又红了。老护士狠狠地瞪了她一眼,蹲下身来,轻轻抓起小达的左手,说孩子啊世界上有好多人都用左手工作的,你出院就该进学校了,正好从头开始学左手写字呢。

"你爸从小就是左撇子,往后你就跟你爸学。"

说这话的时候,李元妮并不知道她的丈夫已经不在世上了。万师傅是在途中的一家招待所里遭遇地震的,一层楼整个塌陷,他和同房间的两个同事无一生还,只是噩耗还需要几天才能传到李元妮耳中。

"妈,是你,把姐姐,弄丢的。"

突然,小达直直地看着李元妮,一字一顿地说。

小达的话如一根钢针,戳破了一个刚刚有些鼓胀起来的气囊,李元妮的身子一下子软了下去。

"她,连个遮盖的也没有啊……"李元妮泣不成声。

老护士叹了一口气,对小护士说:"她女儿,刨出来就死了。她想找张席子给盖上,一转身,尸体就让人抬走了。"

1976 年初秋　唐山市　某军驻地

那个夜晚是一个异常阴郁的夜晚,天低得仿佛一伸手就能捅得着,云如吸满了水的旧棉絮,任何一阵风随意吹过,都能刮出几滴脏雨来。

窝棚里有一些窸窸窣窣的声响——那是纸、剪子和手指相碰时发出的声音。

先把纸裁成小方块,再把五层方块纸叠在一起,折成长条,中间用绳子扎起来。再把长条纸的两头剪成尖角或者圆角,然后一层一层剥开。

几个战士在教孩子做纸花,尖瓣的,圆瓣的。当然,都是白颜色。

大人们在回避着彼此的目光。此时任何一次不经意的目光相遇,都能引发出一声不经意的叹息,而任何一声不经意的叹息,都能引发出一场惊天动地的哭号。

孩子们已经哭了一天了。

他们认为永远不会死的那个人，却死了。那枚永远不落的红太阳，竟然坠落了。

地陷的时候，也惊慌，却总觉得还有天盖着。有天盖着的地，怎么也还是地。可是等天也塌下来了，地就彻底没有了指望。孩子们在这短短的一个多月里已经经历了天塌地陷，孩子们哭过了太多的回合。孩子们的生命如同一首开坏了头的歌，不知将来还能不能唱回到正调上来。大人们不知道。大人们只是舍不得让他们再哭了，所以大人们只有自己隐忍着。

"怎么用这只手，你这孩子？"

一个战士发现角落里那个孩子在用左手使剪子。那个孩子低着头，眼睛近近地凑在纸上，刘海随着鼻息在额上一起一落。那个孩子使剪子的姿势还很生疏，剪出来的纸上有一些歪歪斜斜的毛边。战士把那个孩子左手里的那把剪子拿下来，塞进右手，说你赶紧换过来，养成习惯就难改了。那个孩子果真便用右手来剪纸，剪了几下，剪子哐当一声落到了地上。

"我的手，断了。"那个孩子说。

战士吓了一大跳。这几个孩子是还没有来得及安置的孤儿，暂时收留在这里，都经过身体检查。战士在这一个月的救护中多少学会了些医务常识，战士把那个孩子的右手抻直了，前后左右地甩了几下，硬硬的很有劲道。于是战士说话的语气就有些严肃起来："你的手好好的，从今天开始，再也不许用左手。"

那个孩子捡起剪子——用的依旧是左手，也不抬头看战士，却低声地说："你又不是X光，你怎么看得出我的手没断？"周围的孩子叽叽咕咕地笑了起来。"叔叔她有神经病。"一个男孩趴在战士耳边说。

那个孩子咚的一声扔了剪子，倏地站起来，飞也似的跑了出去。战士忍不住对旁边的另一个战士说这孩子真怪，今天多少人都哭了，就她不哭。另外那个战士说岂止是今天不哭，我从来就没见她哭过。医疗站的人说她是脑震荡后遗症，全记不得地震以前的事了。先头的那个战士就说："听指导员说有一对夫妻要来认领一个孩子，我看把那个孩子给他们最好——不记得从前的事，正好培养感情。"

战士口里的那个孩子其实是一个代名词。这是一个没有名字的孩子，所有的人只好用"那个孩子"这样一个笼统的称呼暂时作为她的名字。

她是在震后的第三天被一个战士找到的。当时她蜷成一个小团，老鼠似的睡在一辆军车的座位底下。没有人知道她是从什么地方爬上来的，也没有人知道她到底在座位底下藏了多少天。她身上披着一块满是破洞的塑料布，头发结成一条一条蚯蚓似的泥绳。她一侧额角上有一片伤口，不深，面积却很大。当战士把她从车里抱出来的时候，她在战士身上烫烫地撒了一泡尿——她的神志已经模糊了。

后来战士喂她喝了半个水果罐头，她就清醒过来了。问叫什么名字，她不说话。问父母叫什么名字，她还是不说话。又问家住哪里，她依旧不说话，却突然紧紧拽住右手，说手断了，我的手断了。她说这话的时候，疼得浑身颤抖，额上冒出泥黄的汗珠。战士急急地将她送到了急救站，医生做了全身检查，却没有发现任何骨伤。

失忆症加上受害妄想症。大灾祸之后的常见病。医生说。

医生清理包扎了头伤，就把她送到了驻地暂时收养。

那个孩子总体来说是个容易管教的孩子，话很少，也从不和大人作对。只是她看人的时候眼睛总是定定的，仿佛要把人看出两个洞来，没有人敢接那样的目光。她的沉默是一条绳索——经过地震的孩子都记得那种圈在某处废墟之上的绳索。绳索本身并不具有任何威慑力，真正让人心存恐惧的是绳索所代表的那个符号。所以那个孩子在这一群孩子中间尽管没有朋友，却也没有明显的敌人——没有人敢欺负她。

过了几天驻地来了一对中年夫妻，要见那个孩子。指导员把她叫出来，说王叔叔和董阿姨要和你说话。那个男人和那个女人样子都很佝偻，带着劫后余生的惊魂未定。夫妻两人穿的都是一个颜色一个式样的显然是从某个救灾仓库发出来的工作服，女的戴了一副断了一只腿的宽边眼镜。见了她，都有些慌张，男人呵呵地咳嗽着，女人用衣袖窸窣地抹着清鼻涕。两人都用目光将她上上下下地舔了许多遍。目光不会说话，目光又说了许多的话。目光如蘸过温水的丝绵，擦去了她身上厚重的污垢，在他们的目光里她感觉清爽和暖。

半晌，女人颤颤地叫了她一声"娃呀"，眼里竟有了泪光。

等男人和女人走了，指导员才说王叔叔和董阿姨没有孩子，想领你去他们家，你愿意吗？其实她已经完全记不得那对夫妻的样子了，只依稀记得那女人的唇边有一颗形状模糊的黑痣，那颗痣随着女人的表情飘荡浮游着，使得女人的脸看上去有些生动亲近。

她轻轻地点了点头。

第二天那个孩子就搬入了王家的窝棚，成为王家的养女。王家的女人拉着那个孩子的手，问你真的，不记得你的亲娘了？那个孩子定定地看着王家的女人，说你就是，我的娘了。王家的女人又哭了起来，这回是欢喜的哭。

在后来办理领养手续的过程中，王家夫妇非常民主平等地和那个孩子商量起名字的事。当时供选的名字有王小珏，王小苔，王小薇，王小砚，王小雅。王家的女人是教书的，起的都是温文雅致的名字。那个孩子呆呆地听着，不说好也不说不好。过了半晌，才说小，小灯，好吗？王家的女人问是哪个 dēng，登山的登吗？那个孩子愣了一愣，又连连摇头，说不啊，不是，是电灯的灯。王家的女人拍案叫绝，说好一个小灯啊，你就是我们家的灯。

于是王家的户口本上，就有了一个叫王小灯的女儿。

2006年2月14日　多伦多　圣麦克医院

当王小灯走进沃尔佛医生的办公室时，秘书凯西正在聚精会神地看一本探讨家居生活方式的妇女杂志。凯西对其中一则做草莓蛋糕的配方产生了浓厚的兴趣，所以一点也没有听见门响。后来她在眼角的余光依稀扫到了一抹模糊的红云，抬起眼睛才发现是小灯。

小灯今天穿的是一件白色的呢子大衣，脖子上围了一条桃红色的围巾，大衣底下露出长长一截桃红色的裙裾。裙裾随着脚步窸窸窣窣地挪移着，在地板上开出一簇又一簇灿烂的桃花。

佛要金装。凯西突然想起了小灯《神州梦》里一个篇章的名字。

"公车晚到……路滑……塞车……"小灯的声音很是疲弱，凯西把神经网眼绷到最细的那一号，才勉强兜住了几个字。

"沃尔佛医生要去蒙特利尔开会，五点半的飞机，你还有四十五分钟。"

小灯推开诊疗室的门，一眼就看见沃尔佛医生的办公桌上摆着一束玫瑰。玫瑰是白色的，花瓣裹得紧紧的，离盛开似乎还有一段时间。大约是刚送到的，塑料纸还没有揭开。塑料纸是透明的，层层交叠着，上面星星点点地印着些粉红色的心。

"生日吗？"小灯问。

"你没有吗？今天全城所有的人都应该拥有一朵。"

小灯这才想起今天是情人节，就低低一笑，说沃尔佛医生，我就是全城唯一的那个例外，否则我为什么要穿越大半个城市来看你呢？

沃尔佛医生也呵呵地笑了，说叫我亨利就好。其实，不一定非得要等别人送你一朵，你若能送给别人一朵也是不错的。

"那你呢，亨利，你的花是送人的，还是人送的?"

这女人有点厉害，至少在嘴上。沃尔佛医生心想。

"上周的睡眠情况怎样?"

小灯从皮包里取出一沓纸来，递给沃尔佛医生。

2月7日　全日睡眠大约2小时45分钟。日间占30分钟，夜间分两三段，2点到6点之间。多梦。

2月8日　全日睡眠大约3小时，在夜间，1点以后，断断续续，多梦。

2月9日　全日睡眠3小时，白天1小时，夜晚2小时，大致4点至6点；还算完整。有梦。

2月10日　全日睡眠3小时，在夜间，1点以后，分两三段，有一些梦，但不多。

2月11日　全日睡眠5小时！白天1小时，夜间从11点左右至3点，中间完全没有间断。有梦。这是服新药以来入睡最早睡得最好的一天。

2月12日　全日睡眠4小时，全在夜间，12点30以后入睡，有一些间断。梦少。

2月13日　全日睡眠再次达到5小时，全在夜间，有间断。多梦。

安慰剂开始起作用。沃尔佛医生在笔记本上写道。

讲讲你的梦。什么内容?

还是那些窗，一扇套着一扇的，很多扇。其实也不完全是在梦里出现，有时闭上眼睛就能看见。

窗是什么颜色的?

都是灰色的，上面盖满了土，像棉绒一样厚的尘土。

最后的那一扇，你推开了吗?

推不开。怎么也推不开。小灯的额角开始渗出细细的汗珠。

想一想，是为什么？是重量吗？是时间不够吗？

小灯想了很久，才迟疑地说：铁锈，好像是锈住了。

沃尔佛医生抚案而起，连说好极了，好极了。小灯，以后再见到这些窗户，就提醒自己，除锈。除锈。一定要除锈。记住，每一次都这样提醒自己。每一次。

这段时间，哭过吗?

小灯摇了摇头，神情如同一个做错了事的孩子。

可是亨利，我试过，我真的试过。今天，我以为我今天一定会哭的，可是我没有。

今天发生了什么事？

小灯不说话，却一下一下地揪着围巾上的缀子，揪得一手都是红线头。

亨利，有没有一种泪腺堵塞的病？我想哭的时候太多了，可就是流不出眼泪来。水管，就像是水管，在出口的地方堵住了。

小灯，也许堵塞的地方不在出口，而在根源。有一些事，有一些情绪，像常年堆积的垃圾，堵截了你正常的感觉流通管道。那一扇窗，记得吗？那最后的一扇窗，堵住了你的一切感觉。哪一天，你把那扇窗推开了，你能够哭了，你的病就好了。

亨利，我离好，大概还很远。小灯幽幽地叹了一口气。

他，今天，搬出去了。我们刚从律师楼出来，签了分居协议。

女儿呢，怎么办？

暂时跟他，等我好些了再商量。

是你，还是他，要走的？

是我要他走的，因为我知道他的心已经不在这儿了。他有一个学生，也是同事，一直很崇拜他的。

那么他呢？他也喜欢她吗？

不知道，他从来不提。

所以，你要抢在他之前，把话说出来。这样，感觉上，你在控制局面。你一直都是控制局面的那个人，是吗？

小灯吃了一惊。半晌，才说：亨利，这世上，没有一样东西，是你可以永久保存的。你以为你拥有了一样东西，其实，还没等你把这样东西捏暖和了，它就从你指头缝里溜走了。

可是，你为什么非要捏住它呢？也许，捏不是一个太好的方法？

不管怎么做，都没有用。亨利，这世上没有一样东西是你能留得住的。

也许，爱情不能。可是，亲情呢？

没有，亨利，一样也没有。包括亲情。

可是，你为什么还要穿得那么漂亮，今天？潜意识里，你是不是还想，留住他？

小灯又吃了一惊，半晌，才嗫嚅地说，我只是，想让他记住，我的样子，好的时候的样子。

那么，小灯，今天我们就来谈一谈你的婚姻吧。

1988 年暮夏—1989 年秋　上海　复旦大学

有一阵子，当苏西还处在愿意黏黏糊糊地跟在小灯身后的年龄时，小灯曾经对苏西讲过 1988 年 8 月 29 日发生的一些事情。这天的经历小灯对苏西讲过多遍，每一遍都出现了一些细节上的差异。记忆如一块蛀满了虫眼的木头，岁月在上面流过，随意地填补上一些灰泥和油漆。日子一久，便渐渐地分不清什么是木头本身，什么是虫眼上的填补之物。好在苏西并不在意细节。苏西只是一遍又一遍地问：妈妈，如果那天你碰到的不是爸爸，我会出生在谁家？对这个充满了哲学意味的问题小灯没有答案。小灯只觉得那天是造就苏西生命的一个契机，那天也是老天敲在她身上的一个印记。那个印记之下，她后来的生活轨道已经无可更改地形成了——只是那时她还不知情而已。

1988 年 8 月 29 日，她到了上海。

在那次旅途之前，她一直以为她对上海已经相当熟稔了。她的母亲董桂兰是六年前患癌症去世的。董桂兰生前曾经在上海进修过半年。回来之后很长的一段时间里，董桂兰的话题依旧还是关于上海的。上海的吃。上海的穿。上海的花园洋房。上海的男人。上海的女人。小灯想象中那个模糊的上海轮廓被董桂兰一次又一次的重复述说修正剪切着，渐渐地准确而清晰起来。然而在六年之后，当小灯自己坐上了南下的火车，真正向上海行进的时候，她才突然意识到，她对上海的所有认知，其实都是从母亲那里得来的间接经验，没有一点是真正属于她自己的。

火车渐渐地向南方深入，窗外土壤和植被的颜色也渐渐地变得浓郁起来，停靠站卖小吃的吆喝声中已经有了她所不熟悉的口音。小灯心中那个一度很是清晰的上海形象却一砖一瓦地塌陷下去，越来越模糊残缺了。当她提着一个大箱子从车里下来，踏上那片被太阳晒得发软的柏油马路时，她终于明白了，她其实对这个城市一无所知。

那天在陌生的街道陌生的人流陌生的方言中她很快丢失了方向，她像一只落入了蜘蛛网的昆虫一样徒劳愚笨地寻找着一条出路。经过了似乎无限冗长的找车换车过程之后，她终于在接近傍黑的时候找到了复旦。旅途的疲惫如水，冲淡了她见到这所名校时的激动。尿意在穿越大半个城市的旅途中渐渐酝酿囤积，此时正尖锐寻求着突破口。当她在外文系新生接待处的牌子前放下她的行李时，她已经憋得满脸通红。她不安地扭动着两腿，顾不得羞耻，急切地问：厕所在哪里？

接待站的工作人员劳累了一天，神情十分疲惫，印着复旦字眼的绿色 T 恤衫上蔓延着一片地图似的汗迹。他没有回答她的问题，只是验过了她的证件和入学通知书，又让她填了一张表格，然后才对身边的另一个人说：大杨你把她带去 9 号楼，106 室。

那个被人称作大杨的男人站起来，扛起她的行李，就领她上了路。男人极高也极壮实，她的大箱子放在他的肩上轻若草篮。男人三步两步就和她拉开了距离，她小跑着才勉强看得清他的头。男人的头浮游在嘈杂的人群之上，后脑勺上有一绺翘起的头发在随着脚步一蹦一蹦地跳动着。男人的衬衫很脏了，有一条一条的泥印，大约是扛行李之故——小灯猜想他是个校工。

男人走了一小阵子，突然停了下来，将小灯的箱子竖在地上，自己在箱子上坐了下来等小灯。小灯追上了，男人依旧坐着不动，却对旁边的一幢小楼努了努嘴，说左拐第三间，哪层都行。小灯没听懂，就愣在那里，男人说厕所呀，快去吧。

小灯飞快地跑进了厕所，蹲下来，撒了一泡平生最为畅快的长尿。在哗哗的声响里，她感觉一天的暑热一泻而去，身上顿时有了清凉。走出来，到了路上，虽然小腹还有些隐隐的疼——那是憋得太久了的疼，可脚下却生出腾云插翅似的轻快。她这才开始注意周围的景致。眼前是一片极绿的草坪，草坪正中，是一座大理石的雕像。刚才走过的半程路里，他们已经绕到了石像的背后。即使看不见脸，小灯也知道那石像是谁。那草坪，那石像高举过头的手势，连同石像上方的那些云彩，都是她早已熟稔在心的。她在上高一的时候，就已经拥有了一套复旦校园的照片。这些年里她早已用目光把这些照片上的景致舔抚了无数次，到后来即使闭着眼睛，她也能重塑出那些景致的每一个棱角，每一层颜色。现在真正站在了景致的面前，她却觉得那石像那草坪那云彩，都比她想象中的矮小了一截。在那个暮夏的傍晚，当江南夜风带着陌生的温软抚过她的脸颊时，小灯突然明白了什么是审美距离。

后来她开始注意到校园里来来往往的人群。骑自行车的大约是返校的学生，拖着行李步行的大约是来报到的新生。当然，居多的新生并不是自己背着行李的，身后那些负重的大人，应该是护送他们的父母。其实，她的父亲也是一再要送她来上海的，甚至都已经买好了火车票，是她坚决拒绝了。

"我的箱子是不是很重？我带了很多字典。"小灯看见男人眉毛上挂下来的汗珠，就有些不忍。

"什么东西对你来说都是重的，就你这个子。"男人得弯下腰来，才能和她说得上话。

"石家庄的，为什么不去北大？就在你们边上呢。"

"我妈妈说上海好。我有一个小时候的舅舅在上海当过兵，回家也总说上海好。我一直就想来上海。"

"什么叫小时候的舅舅，现在就不是你舅舅了？"

男人不过随意开了个玩笑，小灯的脸却骤然绷紧了。男人就是在这一刻里隐隐意识到了，这个叫王小灯的女孩子可能是有些脾气的。

半晌，小灯才缓了一口气，说其实，我也就想离家远点。

男人呵呵地笑了，说这也正常，在你这个年纪，所有的人都渴望离家出走。

很快他们就到了小灯的宿舍楼，天还是热，楼道里走动着一些衣着单薄的女孩子，大杨不便进去，就把小灯的行李放在楼道门口。"尽量找个靠窗的下铺——如果还没有被占满的话。"大杨吩咐说。

小灯急急地进去了，竟忘了谢大杨。转身再跑出来，大杨还等在宿舍门口。大杨从口袋里掏出一沓饭菜票，说放下行李先去吃饭，食堂很快就要关门了。小灯说那我怎么还你？大杨在一张饭票的背面写下了自己的名字和楼房号，就走了。小灯这才知道大杨的名字叫杨阳。

小灯进了自己的宿舍，发现那是一个八个铺位的房间。靠窗的四个上下铺位已经被人占去了三个，还剩了一个上铺，就拉出一张凳子来，踩着凳子把箱子举到了那个空着的上铺，又爬到铺位上坐了下来。房间里很安静——比她早来报到的同学可能都去食堂吃饭了。小灯绷了一天的神经，终于在这一刻松弛了下来。她咚的一声踢蹬了鞋子，十个脚趾在渐渐浓起的暮色中开成两朵怒放的花。

好了，那一页，终于翻过去了。小灯喃喃地对自己说。

晚上吃完饭后，小灯带着新买的饭菜票，按照杨阳留的那个地址去找杨阳。杨阳住的那幢楼在校园深处，是四楼。房门没锁，小灯一推就推开了。一个男人站起来，说怎么这么着急？小灯过了一会儿才认出来那人原来就是杨阳。杨阳洗过澡也洗过了头，换上了一件鲜红的短袖衬衫和一条灰布裤子，头发上带着半湿的蓬松。这会儿的杨阳看上去干净整齐年轻甚至有点英俊。小灯隐隐有些惊讶。

"你，住得好宽敞。"小灯注意到杨阳的房间里只有两张床，而且不是上下铺。

杨阳说研究生的住房是宽松些，中文系的研究生还要轮流和留学生同住，就更宽敞一些。小灯又吃了一惊，这一惊她毫无经验地放在了脸上。

"你，你是研究生？"

杨阳呵呵地笑了起来，说那你以为我是行李工呀？我是被你们系的一位老师临时拉去帮忙的。小灯被说中了心思，脸就渐渐热了上来。在半明不暗的灯影里，小灯的面颊如同两张轻轻一弹就要破裂的生宣，红晕如水彩零零乱乱地洇了一纸。杨阳看得呆呆的，心想，再有一年，这样的脸皮就该磨厚了，在上海。

两人相对坐着，竟也无话。房门开着，不断地有人进进出出地找杨阳。小灯坐不住了。小灯站起来，在杨阳的书架上抽了一本书，是前些年闹得沸沸扬扬的《人啊，人》。"我一直想找这本书，市面上都没有了。借我看看，很快就还的。"即使完全没有恋爱经验，小灯也知道，借书大约是她能够再来找杨阳的唯一理由了。

杨阳把小灯送到楼下，随意扬了扬手，说丫头用功些别尽贪玩，就回去了。

白日的暑气已经散去，初起的夜风里已经有了第一丝的秋凉，街灯把小灯的身影拉得瘦瘦长长的扔在路上。小灯怕冷似的搂着胳膊，一步一步地踩着自己的影子，行走在尚是陌生的校园里。"丫头"两个字妥妥帖帖地躺在她的心窝里，微微地生着暖意。杨阳。杨阳。杨阳。她一路默默地念着这个名字。她觉得她已经在这个硕大而陌生的都市里找到了一个坐标，她至少有了方位。

后来小灯才知道杨阳是一个小有名气的作家，读本科的时候，就在全国一流的文学杂志上发表过多篇小说。杨阳不说，她也不问，她只是通过各种渠道借来了杨阳的小说，晚上熄灯之后躲在被窝里，打着手电悄悄地看。她把他的小说看了一遍又一遍，每看一遍，她就觉得自己离他又近了一步。杨阳在读第二年的研究生，而她才上本科一年级，他们之间相隔的不仅是简单的四个年级，还有经验，还有阅历，等等等等。可是她终究会赶上他的。她相信。

于是小灯就时不时地去杨阳的宿舍找杨阳。杨阳见了小灯大都是快活的，任凭小灯把借书还书的理由延伸到极致。杨阳几乎从来不用她的名字来称呼她，而只是丫头丫头地和她有一搭没一搭地说着话。刚开始她很喜欢他这样叫她，后来就渐渐生出了厌倦，因为她从这个称呼里听出了自己的无望——他一直把她当做小孩看待。

杨阳，总有一天，我得让你换副眼镜看我。小灯把拳头捏得咯咯地响。

有一天晚上杨阳突然来小灯的宿舍找小灯。那天同宿舍的同学都去教室晚自习了，只有小灯一人在屋。小灯换了一套接近于睡衣样式的便装，头发随随便便地别在脑后，脚上趿着拖鞋。小灯毫无防备地见到杨阳，脸刷地红了——这是杨阳第一次来小灯的宿舍。杨阳拿过小灯放在桌上的笔记本随意翻看着，说我有个同乡住你们楼上，我顺便过来检查检查丫头是不是在认真读书。小灯要去夺，却已经晚了。杨阳扬着笔记本，大大咧咧地问："这是什么变天账呀，一笔一笔地记得那么仔细。"

小灯低垂着脸，面皮越发地紫涨起来，半晌，才说是我爸寄来的钱。将来，一分一厘，都要还他的。

杨阳就呵呵地笑，说那是你爸，又不是别人，还算得那么仔细啊。

小灯抬起头来，脸上的颜色渐渐地清淡了下去，眼光定定的，穿过杨阳，穿过墙壁，落在不知名的地方。

"他不是我的亲爸。我的亲爸早死了，唐山地震，听说过吧？"

杨阳吃了一惊："那，你，你妈呢？"

小灯顿了一顿，才说："都死了，我们全家。我是孤儿，七岁就是。废墟，你见过那样的废墟吗？所有的标记都没有了，人在上面爬，就跟蚂蚁一样。我摔倒在一个人身上，脚动不了，以为是绳子绊住了，低头一看原来是一根肠子。是从那人的肚子里流出来的。扒拉下来，接着爬，爬到哪里算哪里。"

杨阳只觉得有一根粗糙的木棍，正慢慢地杵进他的心窝。钝痛随着呼吸泛上来，拥堵在他的喉咙口。他呵呵地咳嗽了几声，可是那疼痛他既咽不下去，也吐不出来。他的嗓子就喑哑了。

他走过去，将小灯搂在怀里，紧紧地，他一遍又一遍地抚摸着她零乱的头发。

"小灯，我一直以为，你是一只从来没有飞过森林的雏鸟。"杨阳轻轻地叹了一口气。

"杨阳，不是天下所有的鸟，都得通过飞行才认识森林的。"

许多年之后，杨阳才真正明白了小灯这句话的含义。

1992 年 10 月 1 日　上海

杨阳和小灯骑着自行车，在熙熙攘攘的人群中见缝插针地行走。毛巾衫，牛仔裤，运动鞋，背上驮着一个旅行包。在色彩和声响都很纷乱的街景里，他们看上去像是两个趁着假日出去散心的小年轻，没有人会猜到他们是在那天结婚。

杨阳研究生毕业后留校做了教书匠，而小灯本科毕业后在一家出版社当了一名外文编译。小灯离开学校后几乎一天也没有浪费就开始准备结婚。其实准备这两个字在这里绝对是一种夸张的用法，因为他们实际上不过是把两副被褥抱到了一张床上而已。杨阳刚在复旦分到了小小一间房，小灯的东西已经陆陆续续地搬过来了。

杨阳只是在五十年代的书籍和电影里看到过这种简单到接近于过家家游戏的婚礼。这样的婚礼其实并不是杨阳的原意。杨阳原来的计划包括旅行去双方的家乡，回程后再小规模地宴请几个亲近的同学朋友。杨阳已经工作了两年，有小小一点的积蓄，完全可以支付这样的一次行程。杨阳甚至把这一笔钱都已经交给小灯保管，可是这些钱在小灯的手里转过一圈以后，就渐渐销声匿迹了。有一天杨阳无意中在小灯的皮夹子里发现了一张寄往石家庄的汇款单，才终于明白了这笔钱的下落。

那天杨阳脸色很难看。杨阳说小灯你完全可以慢慢还他的，为什么非得要克扣你自己的婚礼呢？小灯说我一天也不想等，就想还了他，就什么也不欠他了。杨阳说钱还了，情呢？到底是养你这么大的爸。小灯说我只认养我的妈。杨阳说你在强词夺理，没有养你的爸，你妈一个人想养你也养不成。小灯的脸色渐渐地也难看了起来。小灯冷冷一笑，说杨阳你要心疼钱我可以以后慢慢还你，你想改变主意不结婚也行。话说到这一步，杨阳就不吭声了。小灯见杨阳软了，便也软了下来，期期艾艾地说，等元旦我跟你去看，看你爹妈。两人就算过了这一道坎了。

两人骑了半程的车，杨阳突然心血来潮，将脚往地上一点，说灯啊我们去王开照张相吧，也算是个念想儿。小灯看了看自己，说就这副样子吗？杨阳说就这副样子。今天咱俩照了，都还是一张白纸。过了今天，咱们就是历经沧海了。小灯呸了一声，说别臭美了，海什么海，你也就一个小泥潭。两人果真就改道一路风尘仆仆地骑去了王开照相馆。

进了照相馆，摄影师问是毕业照？工作照？杨阳看看小灯，说是八戒娶媳妇的照。摄影师哦了一声，将那半截惊讶圆滑地吞进了肚子。两人被摄影师铁丝般地绕过来弯过去，终于给摆弄出一副接近恩爱和谐的样子。镁光灯一闪，一个微笑瞬间定格为永恒。很多年后，杨阳和小灯在不同的场合里看到这张笑得龇牙咧嘴的照片，都不约而同地认为这是他们一生中最为简单快乐的日子。

照完相，两人一身臭汗地骑回了宿舍。国庆大假，大楼里空空荡荡的，脚步声在过道里擦出嘤嘤嗡嗡的回响。推门进屋，秋阳明晃晃地照出了空空的四壁和墙上印记斑驳的蚊血。

小灯蹲下身来窸窸窣窣地翻弄着自己的那只旧箱子，终于在箱底找出了一条红色的纱巾。小灯用胶纸把纱巾贴在玻璃窗上。"八戒娶亲的记号，别的猪不得擅自入内。"小灯说。

杨阳只觉得一身燥热，便过去脱小灯的衣服。衣服之下的那个胴体他其实已经很熟稔了，他只是还没有走过那关键的一步——小灯不让。小灯的身体如同一座结构复杂景致繁多的园林，他已经走过了里边所有的亭台楼榭，流水林木，只有那最后的一扇门，小灯死死守住不放他进去。长久的持守使得他对门里的景致有了更热切的好奇，他迫不及待地分开小灯的双腿，将身子硬硬地贴了过去。慌乱中他听见小灯在他的耳畔低低地叹了一口气。"杨阳，其实我早就不是一张白纸了。"

杨阳愣了一愣。可是欲望已如蓄积了千年的洪峰，思维纤薄的闸门已经根本无法阻挡。小灯的话使他突然放松了，他有了肆无忌惮的力度。

这时他听见小灯沉沉地叫了一声，仿佛是被人用一把铁锹从背后猝然劈倒时发出的那种声响。杨阳吓了一大跳，站起来，一眼就看见了血迹。那血迹像被斩断了身体的蚯蚓一般蠕动蜿蜒着，在白色的床单上扭出一条一条的印迹。

杨阳慌慌地爬下床来，抓了自己的衣服就来擦小灯的身子。血很多，擦了许久才渐渐地干了。杨阳扔了脏衣服，一把将小灯搂住。"疼吗？你，啊？啊？"他语无伦次地问。"灯你，你还是，一，一张白……"杨阳没把一句话说完，眼中已落下泪来。

小灯的嘴唇翕动了几下，却没有发出声音来。窗外的阳光漏过纱帘，陡然厚重起来，满屋都是猩红的飞尘。

那天小灯没有说出来的那句话是：杨阳你的眼睛太干净了，你看不见纸上的污迹。

那天小灯想起了一个人。

一个叫王德清的男人。

1982 年冬　石家庄

在这个冬天之前，中学英语教师董桂兰的生活，套一句当时用得很滥的成语，就是"蒸蒸日上"。这年她被评上了特级优秀教师——她带的班级连续两年达到全市最高高考升学率。她的丈夫王德清，也刚刚提升为厂里的财务处处长。他们的养女王小灯，在全市的初中英语会考中得了第一名。而且，他们全家刚刚从破旧的筒子楼里搬出来,迁入了两室一厅的新居。

王德清一家是在四年前随单位迁移到石家庄的。四年的日子不算长,却刚够磨掉他们脸上毛糙怯生的外乡人表情,让他们走在街上的时候,开始感觉到脚下的根基。

这年董桂兰四十八岁,正在本命年上。年初的时候王德清曾经半开玩笑地说过要给妻子买一条避邪的红腰带。当时董桂兰正被接踵而至的喜讯折腾得云里雾里的,春风得意的人往往很容易忽略身后的阴影。所以那天董桂兰带着一点轻蔑的神情对丈夫说:我就不信这个邪。

可是这年的冬天一切突然都改变了。

变化最早是从一场咳嗽开始的。这里的"一场"是单数,也是复数,是由许许多多的"小场"连绵不断地接缀而成的一个"大场"。这一大场咳嗽是从夏天开始的,从夏末延伸至秋初,又从秋初延伸至秋末,再从秋末延伸至冬初。入冬的时候,董桂兰终于顶不住了,请假去了一趟医院。

董桂兰去医院的那天早晨和任何其他一个早晨也没有什么区别。她和小灯几乎是同时在收音机的早间新闻声中醒过来的。自从小灯来到王家之后,董桂兰就一直和小灯合睡一张床,而王德清则自己一个人睡一张床。厨房里王德清已经把早餐大致准备就绪了。王德清的工作单位在郊区,班车单程也需要开两个多小时。所以王德清平常住在厂里,只有周三轮休时才回家。王德清在家的那一天,总是早早地起来做饭,好让妻子和女儿多睡十五分钟。

董桂兰前晚备课备到很晚,早上起来就有些头昏脑涨。小灯倒是准时睡的,只是睡得不怎么踏实,董桂兰破铜锣似的咳了一夜。所以母女两个虽都醒了,却依旧赖在被窝里,一个在床头一个在床尾掩着嘴呼呼地打着哈欠。

"小灯你这一夜踢蹬的,小达小达地喊。谁是小达呀?"董桂兰问。

小灯怔了一怔,半晌,才蔫蔫地坐起来,说妈你睡糊涂了,我不认识什么小达的。

天冷,暖气稀薄如鼻涕,窗户上结着厚厚的霜。小灯跳下地,老鼠似的东钻西窜满地找鞋子。去年买的棉毛衫棉毛裤都有些小了,胸前已经鼓出两个小小的包,瘦骨伶仃的裤腿里,竟有了一些内容。王德清热好了牛奶,进门来催,半截身子伏在门框上,突然就不动了。

"桂,桂兰,我们小灯长起来了。"王德清喃喃地说。

"跟她们班同学比,还是瘦。小小年纪,整天闹头疼的,唉。"董桂兰捏了捏小灯的肩胛骨,叹了一口气。

小灯觉得遍身贴的都是眼睛,就赶紧窸窸窣窣地找毛衣套上。钻出头来,把衣服抻平了，撸下了一地的眼睛。一扭头，突然看见了董桂兰脸上的血迹。

"妈，你怎么了？"小灯指着董桂兰的下巴问。

董桂兰用手背擦了擦，说这颗痣也不知怎么了，最近老出血。今天看医生，要些药膏抹一抹。

都洗漱过了，三人就坐下来吃早饭。早饭是牛奶面包，小灯勉强喝了一小杯，就搁下了，去拿书包。董桂兰追着让把那剩的都喝完了，三人就兵分两路出发——小灯上学，王德清陪董桂兰去医院看病。

董桂兰那天穿的是一件印着蓝花的灰布对襟棉袄，脖子上围了一条黑色的羊毛围巾。棉袄很新，在肩膀袖肘处绽出许多厚实的皱纹来。风很大，围巾一出门就给刮得飞飞扬扬的，像一只折了翅的鹞子。早上洗完脸董桂兰抹过一些防裂霜，茉莉花的香味被风吹送得很远。天开始下起了雪霰子，窸窣地砸在地上，仿佛是过年炒花生栗子时沙粒滚过铁锅的声音。这些颜色气味声响构成了小灯对健康的董桂兰的最后印象。

都走到路口了，董桂兰又跑过去，往小灯手里塞了一张五元的票子。小灯只觉得董桂兰那天走路的样子有点怪，一脚高一脚低的，好像鞋子里进了石子。

"万一妈回不来，你中午自己买碗面吃，牛肉的。"

当时无论是小灯还是董桂兰都没有意识到，这竟是一语成谶——董桂兰在这个清晨从家里走出去之后，就再也没有回来过——她当时就给留在了医院。

肺。肝。癌细胞已经爬满了这两个部位。可是癌细胞最早却不是从那里滋生出来的。发源地是那颗已经在她下巴生长了多年的黑痣。董桂兰得的是恶性黑色素瘤，晚期，早已转移。从最初的诊断到最后去世，不过一个月的时间。

董桂兰是在腊月二十五晚上死的，她终究没有走完她的本命年。

董桂兰的死正符合了当时一些关于教师待遇中年知识分子健康问题之类的时髦话题，所以就被演绎成一件轰轰烈烈的大事。追悼会上，各级头面人物都来了，报纸电台电视台蜂拥而上。学生，家长，同事，领导，众人都哭得惊天动地的。

可是小灯没有哭。小灯的眼睛若两个冰窟，有寒气徐徐流出，将一张脸都凝聚成霜。哀乐声中董桂兰的骨灰盒被递到了小灯手里，小灯的嘴唇翕动着，轻轻说了一句话。众人不知道小灯说的是什么，只有站在身边的王德清听清楚了。

小灯说的那句话是:"你骗了我。"

当然,也只有王德清明白小灯的意思。当年把小灯领回家的时候,一路上小灯只问了一句话,不过这句话她一连问了三次。小灯问你们会收留我多久?这一句话问得董桂兰眼泪涟涟。董桂兰搂了小灯,反反复复地说:"一辈子,一辈子,我们一辈子都和你在一块。"

葬礼完后回了家,王德清就病倒了,高烧,一阵一阵地打着摆子。小灯端了药,喂王德清吃了,突然问:"你呢,你也会走吗?跟她去?"

王德清看见小灯的脸,仿佛一夜之间变得棱角尖利起来。那尖利是一层外壳,裹住了所有其他的情绪,而害怕却如一片雾气,在外壳薄弱之处冒出丝丝缕缕的马脚。王德清抱住小灯,抚摸着小灯马鬃一样硬挺的头发,忍不住号啕大哭,哭得一脸鼻涕。

"灯啊,爸爸不会,绝对不会,离开你。这世上只有,只有咱爷俩了。"

王德清的手抚过小灯的额小灯的眉眼小灯的鼻子小灯的嘴唇,呼吸渐渐地粗重了起来,鼻息犹如一只小马达,呼呼地扇过小灯的脖子。王德清的手哆哆嗦嗦地伸进了小灯的衣领,停留在那两团鼓起的圆块上。王德清的手指在那个半是坚硬半是柔软的地方揉搓了很久,后来便继续向下游走,伸到了小灯的两腿之间。

王德清的指尖如虫蚁一样,一路爬遍了小灯的身体。那虫蚁爬过的地方,却生出些酥麻的热气,热气之下,身体就渐渐地湿润了起来。

小灯心里一遍又一遍地对自己说,推开他,推开他,小灯的身体却瘫软在那未曾经历过的湿润里,动弹不得。小灯的心和小灯的身体剧烈地扭斗着,小灯瑟瑟地发起抖来。

"别怕,灯,爸不会害你,爸只是,只是想好好看看你。"

王德清脱光了小灯的衣服,将脸近近地贴了上去。小灯的身体鱼一样地闪着青白色的光,照见了王德清扭成了一团的五官。突然,小灯觉得有一件东西杵了进来——是一根手指。那根手指如一团发着酵的面团,在自己的体内膨胀堵塞着,生出隐隐的痛意。小灯突然狠狠地伸直了腿,王德清没防备,被一脚蹬到了地上。爬起来,声音就碎得满地都是。

"爸,爸只是太寂寞了,你妈,很,很久,没有……"

第二个星期王德清轮休回家,小灯没在。屋里留了一张纸条:

我去同学家睡觉,别找我。

纸条没称呼也没落款,是用一把削水果的尖刀扎在卧室的门上的。

那年小灯十三岁。

1994 年春　唐山市丰南县

这年春天李元妮家新盖了一座两层楼房。楼是方方正正的砖楼，外墙贴了雪白一层的马赛克。二层有一个阳台，用栏杆圈围起来。栏杆也是雪白的，圆柱上雕着精致的花纹，远远看上去，像是一个又一个站立着的细瓷花瓶。门是锃亮一扇的大铁门，上方是一个镂花的扇面，正中贴了一张鲤鱼戏水的年画。这样的楼房，几年以后，将是所有乡镇新屋的模式，可是在那时，却是一条街上的奇景。完工那天，爆竹尖利地响了几个时辰，满天都是惊飞的鸟雀。一街围看的人里，说什么的都有。

楼是李元妮的儿子万小达寄钱来盖的。

其实在老家盖楼并不是小达原来的计划。小达原来的设想是带着母亲去南方定居。小达和母亲为这件事讨价还价了两年。李元妮不去南方的托词有好几个版本，比如故土难离，比如适应不了南方的暑热，又比如不想妨碍年轻人的生活。这些托词都没有让小达死心，最后让小达死心的是另一句话。李元妮说我们都走了，你爸你姐的魂回来，就找不着家了。这句话让小达沉默无语。

街坊里关于李元妮的儿子有许多的猜测。有人说小达在深圳买卖股票挣了一点小钱，也有人说小达认了一个有钱的女人做干妈，也有人说小达在广州办服装贸易公司发了几笔大财。对于所有诸如此类的猜测李元妮始终微笑不语。她神秘莫测的表情其实仅仅是为了遮掩她对儿子行踪的一无所知。

其实这条街早已是重建过的，邻居也已经换过了一茬。可是在地震发生多年之后，李元妮在一条街上依旧招着人恨。

李元妮在地震中死了丈夫和女儿，剩下一个儿子，也是个独臂的残疾人。可是这都不是李元妮招人怜或招人恨的原因。地震中失去亲人的家庭到处都是。一场地震把人的心磨得很是粗糙，细致温婉的情绪已经很难在上面附着。人在天灾面前是无能为力的，人既不能找天老爷算账，就只能选择认命。就像是一个暗夜赶路的庄稼汉，踩到一块恶石上摔得头破血流，伤疤是永远地留下了，他还不能记恨石头，他只能裹了伤口继续赶路。

天灾来临的时候，人是彼此相容的，因为天灾平等地击倒了每一个人。人们倒下去的方式，都是大同小异的。可是天灾过去之后，每一个人站起来的方式，却是千姿百态的。平等均衡的状态一旦被打破，人跟人之间就有了缝隙，缝隙之间就生出了嫉恨的稗草。

李元妮招人恨的原因，是因为她是站起来走在最前面的那个人。

　　万师傅死了，李元妮拿了一阵子救济金之后，就给分配到一家餐饮厅当开票员。餐饮厅营业时间长，儿子小达放学回家后一直没有人照看。有一天小达的奶奶来看孙子，发现小达为了煮一碗面吃，竟被一壶开水烫得浑身是泡——小达那时还不太习惯用左手做事，老太太蹲在地上哭了个天昏地暗。又吵到李元妮的工作单位，坚决要把独生孙子带走。李元妮一狠心，就把工作扔了，回了家。

　　李元妮辞工之后，就跟娘家借了些钱，买了一台缝纫机。又等到小达学校放假的时候，带上小达去了一趟天津，在一个远房表姐家里住了一个多月，跟人学了几招裁剪的手艺，回来就在家里开了一爿小小的裁缝铺。李元妮从前在省歌舞团呆过一阵，多少也见过一些世面，向来对衣装样式很是上心，所以她剪裁出来的衣服，就和寻常街面上看到的，略微有些不同。

　　广告在那个年代还属于很新潮的一个词，李元妮不懂。其实李元妮不懂的，只是打在纸上的那种死广告，李元妮对于活广告，却早就无师自通了。人穿了李元妮剪裁出来的衣服，行走在县城有限的几条街上，很快就招来了眼目。李元妮的活广告源源不断地给她带来了新主顾，李元妮的小小裁缝铺，生意出乎意料地热火。她的日子，也就过得很有些滋润起来。

　　李元妮知道，其实她自己，才是所有的活广告中最为有效的一个。所以她给自己剪裁的衣服，总比给别人剪裁得更为上心，从面料色彩到样式，季季都赶在风口浪尖的新潮上。李元妮不仅小心地选择衣服，李元妮也小心地选择着发型。头发有时就留得长长的，在脑后盘一个横S发型，像个贵夫人。有时却剪短了，直直地齐着肩，像一个清纯的大学生。地震那年猝然花白了的头发，又渐渐地转黑了。虽然三十多岁了，永远干净整洁新潮的李元妮领着儿子万小达行走在街面上的时候，依旧是一道亮丽的风景。李元妮习惯了在浑身贴满了目光的状态下走路，尽管骨折留下的后遗症使她的左脚略微地有些颠跛。其实，一条街上的人，无非是想在李元妮的身上找到一缕劫后余生的惊惶，一丝寡妇应有的低眉敛目，可是他们没有找到，一丝一缕也没有。李元妮高抬着头，把微跛的步子走得如同京剧台步，将每一个日子过得如同一个盛典。

　　在不同的阶段里，李元妮的家里自然也有不同的男人出现。街面上关于这个女人有很多的传言和猜测，可是传言和猜测最终还都停留在了传言和猜测的阶段——李元妮一直没有再婚。

　　李元妮当年扔了铁饭碗回到家里，不是胆识，也不是眼界，而纯粹是为了守住唯一的儿子小达。当她终于可以安心地一日三餐地照顾好小达的时候，小达却没有按照她的意愿成长。小达在她的眼皮底下走了一条她完全没有想到的路。

小达截肢以后，刚开始时是装了假肢的。后来身体长得太快，一两年之内又得换肢，小达懒得换，就干脆扔了假肢，痛痛快快地做起了独臂螳螂。小达很快学会了用左手写字吃饭干活骑车，小达的左臂独当一面地解决了生活上几乎所有的难题。可是小达却有一个与手臂和生活都无关的难题：小达不爱读书。对世上一切事情都充满了好奇心并具有无穷精力的小达，一拿起书却忍不住就要打瞌睡。小达勉勉强强高中毕了业，却没有考上大学，甚至没有通过职业专科学校的分数线。李元妮替他报名参加补习班，他念了两天就自作主张地卷起书包回了家。李元妮硬招软招都使遍了，向来脾气柔顺的儿子，却无论如何也不肯回去念书。

小达停了学，在家里无所事事地呆了几个月，就要和几个同样没有考上大学的同学一起去南方"看一看"。"看一看"的确是小达当时的心境，因为他完全不知道要去那里干什么，他只是隐隐地感觉到那边未知世界对他有着朦胧的吸引力。李元妮坚决不放小达走，为此母子两个也不知热战冷战了多少个回合。后来有一次小达哭了。十九岁的男子汉的眼泪让李元妮一下子慌了手脚。小达说妈你难道不知道这裁缝市场的行情吗？满大街都是成衣了，将来谁还会找你一针一线地缝衣服呢？你想咱们娘儿俩都困在这里饿死吗？

一年。就给你一年。一年不成，你给我立时回来。李元妮终于松了口。

可是小达并没有信守一年的诺言。小达第一次回家，是三年以后的事了。在这中间小达的联系地址变换了许多次，有深圳的，佛山的，珠海的，江门的，等等等等。

小达第一次回来，长高了许多，却是又黑又瘦，空了一边膀臂的身子仿佛随时要被风掀倒。小达那次只在家里住了五天，替家里买了一台冰箱，并置换了原先的那台九英寸黑白小电视，最后给李元妮留下了一个七千元的存折。李元妮多次追问小达这钱是怎么挣的，小达只是笑，说妈你放心，肯定是正路来的，我跟我爸一样挣钱有道。

小达第二次回家，又隔了三年，是1994年的春天了，正值万家的新楼落成。

小达那日是坐了一辆皇冠小汽车回来的——是从天津租的，那时县城还没有这样的车。司机一路按着喇叭，在县城狭小的街道上穿越大小食摊的重围，最终停在万家门前时，已经吸引了众多的围观之人。小达身穿一套极是合体的深蓝色毛料西服,头发乌黑油亮地梳向脑后,露出宽阔的额角和整齐的发际。小达的衣服里处处都是充实的内容,露在袖口的右手上,戴了一只薄皮手套。看惯了小达独臂螳螂的样子,众人一时竟认不出他来。

小达并不是一个人回来的,小达的身后还跟着一个女人。女人看上去比小达略大几岁,留着一头极长的直发,在脑后用一只红色的发卡别成粗粗的一束马尾巴。女人穿了一件橘红色的皮茄克和一条洗得发白的牛仔裤,脚上套了一双深褐色的高筒皮鞋。女人衣着的颜色和样式瞬间照亮了县城灰秃秃的街景。

小达站在门外几步远的地方,细细地看了新楼几眼,才拉着女人走上了台阶。

"县城的房子,也只能是这个格局了。"小达轻轻地对女人说。

门没关,小达轻轻一推就进去了。屋里黑蒙蒙的,只有靠紧里的那面墙上,点着一盏半明不暗的灯。灯影里有一个身体开始丰盈起来的女人,正背对着他们伏在桌子上裁剪衣服。女人剪得很是投入,整个上半身像一块柔软的面团一样黏在了桌面上。小达叫了一声"妈",女人吃了一惊,手里的剪刀咣啷一声掉在了地上。

"妈,这是我说的那个阿雅,在中山大学教书的。"

李元妮缓慢地抬起身来,发现门口有一团红色的云雾正在慢慢地朝她飘移过来。她取下老花镜,目光渐渐地适应了灯影无法涉及的黑暗。她看见了一双点漆一样深黑的眸子。

红云漫过来,停在了桌子旁边。桌上摊的是一套黑色绸缎面料的衣服,中式的,对襟立领,前襟上缝着一对一对的盘花布扣。"做工真细呢。这里的人,时兴这个样式吗?"那个叫阿雅的女人问。

阿雅的声音细细的,句尾微微地扬起,仿佛带着一丝被骤然切断的惊奇。灯光下李元妮终于彻底地看清楚了儿子带来的这个女人,她只觉得这个女人似乎和她想象中的教书先生相去甚远。这个女人使她想起了自己尚未来得及全部开放就僵在了枝头上的青春岁月,她的心情就有些复杂起来。她顿了一顿,冷冷地说是个活人都不会喜欢这个样式,所以它只能是寿衣。

阿雅有些尴尬。小达把阿雅推到李元妮面前,指着李元妮说这就是我妈,也是你妈。你可以对我不好,你可绝对不能对我妈不好。我妈是一指头一指头地把我从土里刨出来的,地震那年。

阿雅拉起李元妮的手,摊开来细细地察看。手掌很薄,粘了一层黏黏的画粉。掌纹如瓷器上的裂痕,细致而凌乱地爬满了一掌。食指和中指上少了半截指甲，裸露出来的那团肉是青黑硬实的，仿佛沾满了泥土。阿雅用自己的手指抠了一抠，却什么也抠不下去。

"我现在知道了，小达是从哪里学会吃苦的。"阿雅说。

李元妮觉得心里有一堵墙，正在一砖一瓦地倒塌，有一线水迹正蜿蜒地爬过废墟，在干涸龟裂的地上流过，发出咻咻的声响。她转过头去，狠命地吞下了喉咙口的那团堆积起来的柔软。"吃了吗？你们？"她清了清嗓子，问他们。

那晚阿雅累了，早早地回屋睡去了。小达却在堂屋里有一搭没一搭地和母亲说着话。

"妈，要不，你也找一个。一个人过日子，冷清呢。"小达迟迟疑疑地说。

李元妮笑了。李元妮笑起来的时候，依旧叽叽咕咕的，像下着蛋的小母鸡。"你满大街找一找，有一个像人样的不？找回来拴圈里还成，能给你当后爹吗？"

小达也笑了，心想这么些年了，母亲那尖利的舌头也没磨平一些。

"你要真想着我，将来生了孩子就放在这儿给我养。"李元妮叹了一口气说。

那夜是个大月亮夜。月色舔着窗帘爬进屋来，屋里的一切都有了湿润的毛边。阿雅的睡意浅浅地漂浮在意识的最表层，始终没能实实在在地沉落下去。半夜的时候，阿雅彻底地醒了，睁大着眼睛，看着墙上那两张镶着黑框的放大照片。照片里的人隔着二十年的距离和她遥遥相望，她隐隐听见了她的目光和他们的在空中撞响。

"你姐姐的样子和我小时候真像呢。"阿雅忍不住推醒了小达。

"姐，哦，我姐。"小达迷迷糊糊地回应着。

1999 年 6 月 19 日　多伦多

这里是多伦多乱线团一样缠绕不清的闹市街区里最中心的一个地带，也是伊顿大商场的所在地。今天是周六，人流比往常来得晚。当太阳开始在人行道上投下稀疏的树影时，街市的颜色和声响才渐渐开始丰富起来。

杨阳在一个画家的摊子边上放下了自己的行囊。画家的生意还没有开始，画家只是在埋头整理自己的画具。画家戴着一顶宽檐草帽，他看不清他的脸，只看见他蓝色的 T 恤衫上印着一串与一个著名体操运动员的名字联系在一起的商标。也是一个中国人呢。杨阳想。

子鼠。丑牛。寅虎。卯兔。辰龙。巳蛇。午马。未羊。申猴。酉鸡。戌狗。亥猪。

杨阳把那张画着十二生肖彩色图像的大纸铺在路边，又在四个边角压上了各式各样的石头和雕刻刀具。这全套的行头都是他从国内带来的，当然，在他把它们小心翼翼地包叠好放进行李箱的时候，他并没有想到它们会成为他在多伦多陪读生涯里的谋生工具。

　　他会给在他的摊前停下来的每个人起一个美丽的中文名字。比如一个叫玛丽·史密斯的英裔女人，经过他的嘴就变成了一个叫史美兰的中国女人。一个叫威廉·伯恩斯的苏格兰男人，在和他聊上五分钟天之后，就变成了一个叫薄伟来的中国男人。他替人起了中文名字，再替人刻一枚小小的印章。完了顺便问一声人家的生日，然后就指出人家的生肖图像，再解释给人听那生肖所属的性格命相。若讲得那人有了兴趣，说不定就可以从他手里买走一个生肖雕像。这样全套的工序，大约耗费他半个小时到四十五分钟的时间，运气好的话，也许他能赚到二十到二十五加元。

　　这是杨阳对自己的设想。他不知道这样的设想实施起来有几分可能性，但他知道他和小灯都需要钱。小灯三年前来多伦多大学留学，念完了英国文学硕士，现在接着念博士学位。而他带着他们的女儿苏西，刚刚以探亲的身份来到多伦多。小灯虽然有奖学金，但是他们刚刚搬入了一个宽敞一些的公寓，房租贵了许多。小灯为他们的到来，买了一辆二手车，保险汽油修理费用，再加上苏西的钢琴课学费，这些林林总总的额外开销，都是要靠他的双手挣出来的。

　　有一串步子在他摊前重重地停了下来。生意，来了。他的心急剧地跳了起来，跳得一街都听得见。其实他完全不用害怕，那些篆刻印章和用生肖算命的雕虫小技，他早已在复旦和留学生同居一室的日子里操练得炉火纯青。只是，只是他从来没有用这些伎俩实实在在地换过钱。第一次，熬过第一次就好了。杨阳这样安慰着自己。

　　杨阳慢慢抬起头来，先看见了两条穿着蓝制服裤子的粗腿，后来他才发现是一个人高马大的警察。警察对他和蔼地笑了笑，咿哩呜噜地说了一串话。复旦教室里规规矩矩地学来的英文，却在鱼龙混杂的多伦多街头遭受了最残酷的考验——他居然没有听懂一个字。他满脸通红地摆着手，一次又一次地说对不起啊，对不起。警察放慢了速度，又把同样的话说了一遍。这次他听懂了一个词，一个关键的词：营业执照。

　　他傻了，他用两只手呲啦呲啦地搓着裤腿，舌头在嘴里无谓地蠕动着，却说不出一句话来。

　　这时旁边的那个画家站起来，对警察说了一串的话。画家的英文远没有警察的流利，可是杨阳却听懂了每一个字。画家说：这是我的先生，我们用的是一张执照，我画画，他帮我刻印章，用在我的画上的。警察展开一个灿烂的笑脸，说好美丽的画，好美丽的印章，就走了。

杨阳这才看清，宽檐草帽之下的那张脸，是一张女人的脸。女人有一张宽阔的大脸，皮肤黝黑，两颊布满了星星点点的雀斑，脸上的每一个毛孔，似乎都在嘶嘶地喷涌着阳光。

很久，没有见过，这样健康的女人了。杨阳心想。

"谢谢你，真的。"杨阳说了，又觉得这话被太多的人在太多的场合里使用过，难免有些轻贱了，却一时又找不出比这更合适的，只好望着女人呵呵地傻笑。

"没什么，大家都是讨一口饭吃。"女人说。

女人轻描淡写的一句话，却叫杨阳的心沉了一沉。记得小时候看过一幅国画，是画乞丐的，上面的题词是：谁不吃饭？谁不讨饭？只不过弄几个花样翻翻。那时他虽然还很小，却也一下子被谋生的沉重所震撼。只是没有想到，许多年后，千里万里漂洋过海地来到加拿大，他竟会沦落到街上卖艺的地步，和那画中乞丐，也就是五十步和百步之别了。

"脸皮磨厚了，就好了。其实，这个钱还是蛮好挣的，至少不用朝九晚五地坐班。夏天的时候把一年的钱挣下了，然后，另外三个季节你都可以去追求你的理想。"

他被女人的话逗笑了，乌沉沉的脸就晴了些起来，说嗨，也就是把老婆孩子养活了，哪还有什么理想呢。就问女人叫什么名字，女人说叫向前。他暗暗叫绝，心想这样的女人，当然该是这样的名字。就说我有一块绝好的鸡血石，不是这些个糊弄人的假玩意儿，改天我找出来，给你刻个好印章。

女人也不推辞，露出一脸欢欣的样子。"好啊好啊，我偷偷看了你那些印章，真是漂亮，还正想跟你学雕刻呢。"

两人就坐下来等生意。杨阳拿出一条细细的磨刀石来，碾磨他的雕刀，向前就从画袋里掏出一本旧书看了起来。杨阳瞥了一眼，那书名是《废墟》。只见向前蹙着眉心的紧张样子，就忍不住咕地笑了一声。向前问你笑什么？杨阳说没什么，我只是奇怪现在还有人看小说。向前说其实我也不爱看小说，不过这可不是一般的小说。杨阳问何以见得？向前说反正挺感人的，我也说不好，我看完了你自己拿去看吧。杨阳微微一笑，说不用了，我熟悉里边的每一个章节——那是我写的。向前一怔，半晌说不出话来。

这时候人流就渐渐地浓稠起来，有人过来坐到向前的摊子前，要画肖像。也有人走到杨阳跟前，看他开雕印章。看了一会儿，杨阳就有了第一个顾客。

后来又陆陆续续地来了几个，有的是要刻印章，有的是要算命，也有的什么也不要，就是要聊聊天。可那聊天的，杨阳也不敢得罪，谁知道会不会聊成客户呢？其实那天的生意并不是太忙，却因杨阳没有经验，手忙脚乱的，竟连中午饭也来不及吃。直忙到擦黑，才喘了一口气，摸出口袋里那卷又黏又脏的零票，数了数，竟有一百六十多元。开始以为自己数错了，便又数了一遍，还是这个数，脸上就忍不住绽开阔阔的一朵笑来。收了摊子，和向前约好了明天见，就站在街角等小灯——小灯下午去钢琴老师那里接苏西，接完了苏西就顺便把他捎回家去。

杨阳进了车，就看见苏西眼睛红红肿肿的好像刚刚哭过的样子，便问小灯怎么回事？小灯哼了一声，说问你的宝贝女儿。苏西不说话，鼻子一抽，眼泪又一颗一颗地落了下来，砸得杨阳心里到处都是洞眼。见小灯一脸怒气，也不敢去哄苏西，只问到底怎么了？小灯说老师用英文教琴，她听不懂，就不听了，一个下午坐在地上看小人书。杨阳说她刚到一个新地方，还摸不着北呢。小灯冷冷一笑，说我就知道你要唱白脸。下星期我跟着去上课，看她敢不敢那样。那是交了学费的，你以为呢？

杨阳赶紧从兜里掏出那厚厚一沓的零票来，说在这儿呢，学费。没想到钱挣得还挺容易的。小灯乜斜着看了一眼，也吃了一惊。杨阳乘势将手伸过去，捏了捏小灯的肩膀，顿了一顿，才说："小灯你放松点，别一根弦老绷得那么紧，断了怎么收拾？"小灯呸了一口，说你是干什么的？断了你得包我一辈子。脸色才渐渐地松泛了下来。

"杨阳，我的小说，那篇讲过年的，在《纽约客》上发表了，刚刚接到信，寄到系里的。"小灯说。

杨阳哦了一声，竟半天说不出话来。心里有些东西咕咚地泛涌上来，是惊喜，又不完全是惊喜。小灯和他说过想用英文写作，他从来没有拿她当真过。没想到她的第一篇英文小说，就上了《纽约客》这样的杂志。

而他自己呢？他却已经整整七年没有发表过一个字了。

2002 年 11 月 2 日 多伦多

小灯很早就和杨阳分房睡了，开始时是因为失眠，后来就不完全是因为失眠了。

刚开始时，是小灯怕夜里翻身吵醒杨阳，就央求杨阳去另一个房间睡觉。杨阳有些不情愿，总是找各种各样的借口在小灯的床上多赖一会儿。到非走不可的时候，也总会发出一些大大小小的抗议声。后来这些抗议声渐渐地低落下来，成为一种可有可无的背景杂音。再后来，一到睡觉的时间，不用小灯催促，杨阳就主动进了属于自己的房间。

当小灯意识到这种转变时，局势已经进入了一个惯性的旋流。其实，如果小灯那时愿意伸一伸手，她还是有能力来逆转那样的旋流的。可是小灯不肯伸手。伸手不是小灯做人的姿态，从来不是。

于是小灯和杨阳就一直这样在同一个屋檐下分居着。

小灯的神经是在吃晚饭的时节里就开始绷紧起来的。暮色将她一寸一寸地拉近睡眠，当然，那渐渐向睡眠趋进的，只是她的肉体。她的意识始终像一头警醒的豹子，远远地匍匐着，万分警惕地注视着那片属于睡眠的黑暗之地。她的身体一次又一次地向睡眠俯冲过去，却总在和睡眠一线之隔的地方被她的意识捕捉回来。在身体和意识一个又一个回合的交战中，曙色就渐渐舔白了窗帘，她便开始等待着同样的循环，在另一个白天黑夜的交替中进行。愈演愈烈的失眠状态，使她再也无法承受繁重的课程，所以在即将得到博士学位的前一年，她终于决定退学。

今天小灯在凌晨时分终于进入了蒙眬的睡眠状态。小灯的睡眠浅薄得如同一层稀稀地漂浮在水面的油迹，任何一阵细微的风吹草动，就能将油迹刮散，裸露出底下大片大片的意识河床。在这样浅薄的睡眠中，小灯隐约听见了一些脚步声和一些水声。那脚步声和水声都被紧紧地包裹压抑着，轻微得如同灰尘被风刮过地板。后来，小灯就听见了一些嗡嗡的声响，那嗡嗡的声响穿过墙壁的阻隔，在她的耳膜上抚摸震颤着，轻柔，酥麻，温暖，令人昏昏欲睡。睡意的油迹又开始在意识表层聚集起来。

蜜蜂，那是蜜蜂的翅膀。小灯想。

油菜花，一直黄到天边的油菜花。一个年轻的女人，骑着一辆擦得锃亮的女式自行车，在这样的乡野路上走着。蜜蜂擦着她的头发飞过，满天都是嘤嗡的翅膀震颤。女人的车后座上坐着一个瘦小的女孩，女孩偏着身子，膝盖上放着一个竹篮。

追过去，追过去，看一看那个女孩的脸。

小灯一次又一次地对自己说。可是正当小灯马上就要追上女孩的时候，她突然醒了。油菜花骤然凋零，蜜蜂纷纷坠地，女人和孩子隐入一片黑暗。

不，那不是蜜蜂。那是杨阳用吹风机吹头发的声音。小灯突然明白过来。

今天，是杨阳中文艺术学校的开业典礼。

其实，杨阳在两年前，就已经拥有了自己的中文学校。只是最近，他的中文学校才和向前的绘画班合并成为向阳中文艺术学校。杨阳和向前的联合学校已经运行了三个月，之所以把开业典礼放在三个月之后，是因为杨阳想试运作一段时间再正式对外公布。"我们磨合得还不错。"杨阳对小灯说。磨合这个词像千层饼一样有着复杂丰富的结构和内涵，小灯切入的不一定是杨阳寓意的那个层面。

分摊房租水电费用之后可以节省开支。彼此的学生资源可以共享。一个人度假的时候至少另一个人还可以维持学校开张。

杨阳是这样对小灯解释他的合并主张的。

小灯也信，也不信。

这时候传来轰隆轰隆的一阵闷响，仿佛是一发发的炮弹，正从一个锈迹斑斑的老炮筒里射出，在她的房角爆炸开来。房子抖了几抖，窗玻璃嘤嘤嗡嗡地震颤起来。小灯知道那是杨阳在启动他的汽车。杨阳小心翼翼地压抑了一切属于他自己的声响，可是杨阳无法控制他那辆将近十年的老福特。消音器上个星期坏了，却一直没有时间去修。听着轰隆的声响渐渐地远去，化为街音的一部分，小灯知道杨阳的车正拖着一尾的轻烟，碾压着一街色彩斑斓的落叶绝尘而去。小灯甚至隐隐看见了杨阳脸上的急切。

也许，现在，他已经到了。向前肯定比他先到。她大约一直站在门口，等着他把车钥匙揣进兜里。她会接过他的大衣，挂在门口的衣架上。然后，捧上一杯滚烫的咖啡。"只加奶，不加糖，好吗？"她问他。

再过一会儿，人都到齐了，她会把他推到媒体的闪光灯下，介绍说："这位就是杨阳，著名汉学家，小说家，向阳中文艺术学校的校长。"迎门的桌子上，肯定早已摆满了他的各样著作。当她向众人介绍他时，语气也许有些夸张急切，带着遮掩不住的热切取悦。但是她灿烂的微笑足以瓦解一切的戒备和怀疑。即使最没有经验的人也能看出，在她的眼中，他已经成为她的地基她的内容她的实体，而她，只不过是从他身上折射过来的一缕光亮。

然后是讲话。各式各样头面人物，校长的，老师的，家长的，学生的。然后是宣读贺词。然后他和她会站在摆满了鲜花贺卡的大厅里，和各式各样的来宾合影。明天，就在明天，他和她的微笑，就会充盈着大小中文报刊的社区版面。

等到所有的来宾都散了，他和她就会不约而同地叹了一口气，说哦，终于过去了。她会问他，你，饿了吗？我请你，去唐人街那家新开的越南馆子吃午饭。

想到这里，小灯觉得有一条长满了毛刺的多脚青虫，正缓缓地蠕爬过她的心，身上的每一个毛孔，都充满了麻痒和毛躁不安。她再也躺不下去了。

苏西今天起得略微晚了一些。苏西今年上三年级，平常的周六，她都要去父亲的中文学校补习中文。这周因为开业典礼，停课一次，她就趁机多睡了一会儿。起床的时候，她还没有完全清醒。半睁着眼睛推门去上厕所，一脚就踩在了一样软绵的东西上，几欲摔倒——原来是母亲。

母亲坐在过道上，睡衣的下摆松散开来，露出两条细瘦的大腿。母亲的大腿很白，是那种久不见天日的白，白得几乎泛青，血管如一群饥饿的蚯蚓，有气无力地爬散开来。母亲靠墙坐着，头发在昨夜的辗转反侧中结成粗厚的团缕，眼睛睁得很开，一动不动地望着天花板，像是两个蒙上了雾气的玻璃珠子，有光亮，却是混浊不清的光亮。

"妈，你怎么了？"苏西一下子清醒了过来，声音裂成了几片。

"苏西，那个向前老师的画，画得好吗？"小灯微微一笑，问苏西。

"大概，不错吧。"苏西的回答有几分犹豫。

"你爸爸也是这么认为的吗？"

"大概，也是吧。"

"到底是是，还是不是？"小灯的脸，渐渐地紧了起来。而苏西的身体，在小灯的注视下渐渐地低矮了下去。

"妈妈，我不知道。"

"平常你去补习中文的时候，你爸爸在学校里，是怎么吃午饭的？"

"是自己带的饭，用微波炉热的。"

"在哪个房间？和谁一起吃？"

小灯一路逼，苏西一路退，小灯终于把苏西逼到了墙角。再也没有退路的苏西，突然就有了拼命的胆气。

"妈妈，你那么想知道，为什么不直接去问爸爸呢？"

小灯的嘴巴张了一张，却是无言以对。

苏西去了厕所，哗哗地洗漱过了，头脸光鲜地走出来，母亲已经回房去了。苏西去敲母亲的房门，母亲正在换衣服。母亲换上了一件天蓝色的套装，母亲的衣服领子袖口都很严实，遮掩住了所有不该显露的内容。母亲甚至化了淡淡的妆。化过妆的母亲，脸上突然有了明暗和光影。苏西很少看见母亲这样的隆重，不禁愣了一愣。

"妈妈，你要出去？"

小灯用一把疏齿的大梳子，一下一下地梳通着缠结的头发，却不说话。

"妈妈,今天晚上,丽贝卡家里有睡衣晚会,玲达和克丽丝都去,我可以去吗?"

苏西是个爽快的孩子,苏西的嘴和苏西的肠子几乎成一条垂直线。苏西早已忘记了先前的不快。苏西现在的兴趣是在另一个崭新的话题上。

小灯倒了一团鸡蛋大小的摩丝,慢慢地在头发上揉搓开来。小灯的头发若遇雨的干草,突然间就有了颜色和生命。可是小灯依旧不说话。

苏西以为母亲没有听见,就又问了一遍。这次小灯回话了。小灯的回答很直接也很简单。

"不,不可以。"

"为什么你一次都不答应我?为什么别人可以,而我就不可以?"

苏西的脚咚咚地跺着地板,脸涨得绯红。

"不为什么。你不是别人,你就是你。"

小灯看了一眼手表,就朝门外走去。走到门口,她听见楼上突然涌出一阵山呼海啸般的音乐声,轰轰的低音节拍如闷雷滚过,震得地板隐隐颤动。她知道那是苏西在开音响。苏西生气的时候,总需要这样那样的一些发泄渠道,音乐只是其中的一种。

她管不了了——雷声再疾,也总会过去的。她现在得赶她自己的路。这会儿是十点半。坐上公车需要四十五分钟。等她赶过去,开业典礼大概刚刚结束。如果赶得巧,应该可以在他们准备出门吃午饭的时候,把他们正正地堵在门口。

希望没有打乱你们的什么计划。她会这样对他们说。

2006 年 3 月 29 日　多伦多　圣麦克医院

"小灯,《神州梦》里的那个女人,为什么一直不愿意回到她出生长大的地方呢?"沃尔佛医生问。

"亨利,因为有的事情你情愿永远忘记。"

"可是,人逃得再远,也逃不过自己的影子。不如回过头来,面对影子。说不定你会发觉,影子其实也就是影子,并没有你想象的那样不可逾越。"

"也许,仅仅是也许。"

小灯低头,抠着手掌上的死皮。经历过一整个安大略的冬季,手掌上都是沟壑丛生的细碎裂纹。手摸到衣服上,总能钩起丝丝缕缕的线头。

"小灯,你的童年呢?你从来没有说起过,你七岁以前的经历。"

小灯的手颤了一颤，皮撕破了，渗出一颗乌黑的血珠。血珠像一只撑得很饱的甲壳虫，顺着指甲缝滚落下来，在衣袖上爬出一条黑线。

"小灯，记住我们的君子协定——你可以选择沉默，但是你不可以对我撒谎。"

小灯紧紧按住了那个流血的手指，不语。许久，才说："亨利，我要去中国了，下个星期。"

沃尔佛医生的眼睛亮了一亮，说是去你出生的那个地方吗，啊小灯？

小灯摇了摇头，说哦不，不是。我只是去取一点资料。结婚的资料。不，确切地说，离婚的资料。我们是在中国登记结婚的，所以，要在这里办离婚，就需要当初结婚的公证材料。

"那么快，就决定了？"

"是的，亨利。"

小灯说这话的时候，脸上的神情像是倦怠，又不完全是倦怠，仿佛有些缱绻，也还有些决绝，那都是沃尔佛医生不熟悉的表情。

"小灯你看上去情绪不错，是睡眠的缘故吗？"

"是的，多谢你的新药。当然，还得算上我刚刚争来的自由。现在我才知道，我给他的不过是一丁点自由，给我自己的，才是一大片的自由。至少，我再也不用担心，他中午和谁在一起吃饭，晚上躺在哪张床上睡觉。"

沃尔佛医生哈哈大笑起来，笑得颈脖上的赘肉一圈一圈水波纹似的颤动起来。

"脐带，你终于把脐带割断了。"

小灯走出沃尔佛医生的诊疗室，凯西已经等在门口。凯西递给小灯一个彩纸包装的小盒子，说这是我和沃尔佛医生给你准备的，祝你今天过得愉快。小灯这才猛然想起今天是自己的生日。拆开纸盒，里面是一块做成一本厚书样式的金属镇纸，镇纸上面龙飞凤舞地刻了几行字：

雪梨·小灯·王：
接近完美的作家，不太合作的病人
一直在跌倒和起来之间挣扎

小灯紧紧搂住凯西，竟是无话。

小灯走到街上，兜里的那块镇纸随着她的脚步一下一下地拍打着她的身体，仿佛有许多话要和她说。也许，这做我的墓志铭，会更合适一些。她想。

也许，在中国的某一个角落，真的有一块刻着我名字的墓碑。那块墓碑上，也许会写着这样一段话：

万小登（1969—1976）
和二十四万人一起，死于唐山大地震

也许，我真应该去看一看，那块压了我一辈子的墓碑？

小灯抬起头来看天，天很阴郁，太阳在这个早晨其实只不过是一些光和影的联想。沿街的树枝一夜之间肥胖了许多，仔细一看，原来都是新芽。

2006年4月20日　唐山市丰南区

小灯走进那条小街时，正是傍晚时分。

雨骤然停了，风将云狠狠撕扯开来，露出一个流黄的蛋心似的太阳，重重地坠在树梢之上，将那树那云都染成了一片触目惊心的猩红。积水窸窸窣窣地朝着低洼之地流去，顺势将街面洗过了一遍，街就清亮了起来。沉睡了一季的夹竹桃，被雨惊醒，顷刻之间已是满树繁花。

小灯提着裤腿，踮着脚尖，避开路边的雨水，朝着一座两层楼房走去。走到对过的时候，小灯却突然停住了。隔着一条窄窄的小街看过去，那楼已经老旧了，外墙的马赛克被一季又一季的泥尘染成了灰黄，一如老烟鬼的牙垢，早已看不出最初的颜色了。铁门大约是重漆过的，黑色的油漆暴了皮，翻卷起来，露出底下的深红。在四周高楼大厦的重重挤压之中，那楼显露出一副耸肩夹背的佝偻落魄之相。

二楼的阳台上，有一个五六十岁的妇人，正在整理被风雨击倒的花盆。妇人穿了一件月白底蓝碎花的长袖衬衫，脖子上系了一条天蓝色的丝巾。衫子有些窄小，腰身胳膊肘处绽开了一些细长的皱纹。妇人弯腰的时候有些费力，手一滑，一个瓦盆咣啷一声跌在地上摔碎了。妇人骂了一句天杀的，就站起来，朝着屋里喊了起来：

"纪登，给奶奶拿扫帚来。"

妇人的嗓门极是洪亮，穿云裂帛的，震得一街嘤嗡作响。

阳台里就走进来一男一女两个孩子，都是七八岁的样子，长得很是相像。男孩在先，女孩在后。男孩提着一个簸箕，女孩拿着一把扫帚。女孩站定了，就把手里的扫帚塞给男孩，说念登你去扫地。男孩拿了扫帚，却有些不情愿，嘟嘟囔囔地说奶奶是叫你扫的。女孩靠在门上,将眉眼立了起来,指着男孩的眉心说:"叫你扫你就扫。"男孩就噤了声。

妇人拿过扫帚,轻轻地拍了女孩一下,骂道:"纪登你个丫头,忒霸道了些。"

妇人将碎瓦片都扫拢来,找了个塑料袋装了,就直起身来抹额上的汗。突然间,妇人发现了站在楼下的小灯。妇人愣了一愣,才问:"闺女,你找谁?"

小灯的嘴唇颤颤地抖了起来,却半天扯不出一个字来。只觉得脸上有些麻痒,就拿手去抓。

过了一会儿才明白,那是眼泪。

2006 年 4 月 21 日　多伦多　圣麦克医院

沃尔佛医生今天上班迟到了十五分钟。跨出电梯的时候,突然发现秘书凯西正等在电梯门口。沃尔佛医生刚刚被安大略医疗科学学会推举为 2005 年的年度医生,心情大好,就忍不住和秘书开了个玩笑。

"出了什么事?地震了吗?"

凯西递过去一张纸,微微一笑,说那得看你怎么想。

那是一张传真,从中国送过来的,只有一句话:

亨利:我终于,推开了那扇窗。小灯

原载《人民文学》2007 年第 1 期

授奖辞

这终究是一个命运塑造性格、性格创造命运的故事。张翎在此展现了她作为小说家的基本眼光和信念:自然的灾难、社会与历史的动荡限定、考验和毁伤着人,而人感知着伤痛,坚持选择和斗争,竭力求取意义、尊严。由此,个人经验概括和容纳了宏大的公共经验与记忆,人与世界的关系、人的生活的完整性得以重建和证实。《余震》的主题,不是灾难之悲惨,而是人如何经历苦难而获得幸福。张翎在根本上服膺现实主义传统,她的写作回应着现实主义的世界观、现实主义的艺术方法和工作伦理,她在《余震》等一系列作品中证明了现实主义在中国当下文学中的活力。

作者简介：

笛安，女，1983年出生于山西太原，现就读于巴黎第四大学社会学系。2003年发表处女作《姐姐的丛林》。主要作品有长篇小说《告别天堂》《芙蓉如面柳如眉》。

莉 莉

笛 安

莉莉在这个世界上看见的第一样东西是天空。尽管那时候她还不知道天空是天空。一大片无边无际的淡蓝色柔软地照耀着莉莉刚刚睁开没有多久的眼睛。莉莉的表情很懵懂。淡蓝色其实是一种很轻浮的颜色，可奇怪的是，当它尽情地蔓延成天空那么大的时候，你就会发现，轻浮，原本是"宽容"的一种。

不过莉莉不认识颜色。确切地说，她不知道每种颜色的名字。莉莉是只狮子，不是人。人为了让自己安心，养成了给万事万物都取个名字的习惯。可是狮子是没有这种习惯的。狮子用另外的东西来圈定自己的疆土，比如他们的爪子和牙齿，比如他们生来就拥有的暴烈。

妈妈粗糙和温暖的舌头缓慢地舔着莉莉的柔软的脑袋、脸庞，还有小屁股。妈妈说："你会是个漂亮的姑娘。就像我一样漂亮。不过你最好不要比我漂亮啊，不然我会嫉妒你的，我的宝贝。"说着妈妈就开心地笑了，妈妈很多时候都像一个小女孩。她把莉莉圈在自己两只前爪之间，不紧不慢地舔她的身体。妈妈很聪明。妈妈知道莉莉什么时候饿了，什么时候困了，什么时候想听妈妈说话了。

妈妈说她们住在一个很高很辽阔的原野上面。原野就是她们的家。家里的东西大致可以分为两种，就是能吃的，和不能吃的。奔跑的羚羊，妩媚的狐狸，瑟瑟发抖的野兔，这些是能吃的。"扑上去咬断他们的脖子，妈妈会教你怎么做的。"妈妈骄傲地望着怀里昏昏欲睡的莉莉。至于不能吃的东西：山峦、树木，还有似乎就是悬挂在原野边缘的太阳。妈妈说："要敬畏所有不能吃的东西，宝贝。"

其实莉莉还听不懂妈妈的话。她刚来到这个世界上三天。她唯一会做的事情就是贪婪地吮吸妈妈饱满的乳房。奶水流进嘴里的时候耳朵边总是响着一种轻微的"咕嘟咕嘟"的声音。妈妈把莉莉小小的耳朵含在嘴里，轻轻地咬了咬，不过一点都不疼。妈妈说："你追一只狍子的时候，你看着它跑远了，似乎是跑到前面的太阳里去了。宝贝，这个时候你可千万别以为可以扑上去连太阳一起吞下去啊，尤其是黄昏的时候，黄昏的时候太阳就要落山，看上去是一副很温顺的样子。可是你不能忘了，太阳是不能吃的。"

妈妈的声音就是在说完这句话的时候突然消失的。但是莉莉并没有感觉出来什么异样。她只不过听见了一声短促而钝重的声音，那个声音似乎跟奶水的"咕嘟咕嘟"的声音有些不一样。但是奶水终究还在温暖地、源源不断地流淌着。所以莉莉就不在意了，她不知道那是子弹射进皮肉的声音。然后另外一种类似于奶水的液体温暖地、源源不断地抚摸着莉莉的小脑袋还有脸庞，代替了妈妈的舌头。

"你看，巴特。"那是一个年轻男人的声音，"原来她有一个 baby。她在喂奶。"然后一只手把莉莉托了起来，奶水没有了，莉莉恼火地摇晃着头，原野的阳光无遮无拦地洒到莉莉的身上。那只叫巴特的猎狗疑惑地凑过来，闻了闻莉莉。奶的气味，阳光的气味，稚嫩的幼小的气味，毫无戒备的气味。巴特的喉咙里发出浑浊的声响。然后又是那个男人的声音："好了巴特。我知道你在想什么。我跟你想的一样。"他的眼睛和阳光一起坦荡地照耀着莉莉，他说，"多漂亮的小姑娘，我要叫她莉莉，你觉得怎么样，巴特？"

那是莉莉第一次见到猎人。也是在那一天，她拥有了自己的名字。

猎人和巴特手忙脚乱地迎接着新来的小公主。猎人小心翼翼地把她抱在胸前，说："巴特，你说她吃什么？牛奶？可是你觉得她会像你一样舔盘子吗？她这么小。好像我们得给她准备一个奶瓶，对不对啊巴特？"猎人犹疑地说。巴特无奈地站在一旁转了转眼珠，完全没有能力回答这么棘手的问题。"该死的。"猎人自言自语，"巴特，我们要赶时间了。现在去镇上，或者还能赶在商店关门之前买一个奶瓶回来。"莉莉就在这时候睁大了眼睛，认真地盯着猎人的脸。她似乎已经知道她除了信任他没有别的选择，信任这个为了自己的奶瓶而焦灼的陌生人——尽管她并不知道奶瓶是样什么东西。猎人凝视着莉莉漆黑的眼珠，叹了口气："我不相信，一只狮子怎么会笑？"

猎人的家住在原野的边上。要是站在莉莉的妈妈常常站立的地方，你会以为太阳每天就是落在猎人他们家的烟囱里了。但其实那是不可能的，太阳那么大，烟囱那么窄。烟囱装不下太阳，只装得下那些柔若无骨的烟。柔若无骨的烟缓慢地从烟囱里挣扎出来——因为猎人正在给莉莉烧洗澡水。

莉莉的床是一个紫藤编的小篮子，猎人在里面铺上了半张羊毛毯。巴特紧张地守在篮子旁边大气也不敢出地看着猎人给莉莉喂奶。巴特知道，莉莉是个小姑娘，莉莉是个娇嫩的小姑娘。所以巴特简直不清楚自己该如何对待她，除了轻轻地把自己的爪子搭在她的摇篮边上。奶瓶买回来了，猎人自然是领受了一番杂货店老板娘善意的嘲笑。莉莉一开始拒绝那个塑胶的奶嘴，因为它散发一种陌生的不友好的气息。"莉莉，乖女孩，来呀。"猎人的手指温暖地抚弄着莉莉柔软的肚皮，然后说，"巴特，小心点，别把口水滴到莉莉身上。"巴特恼火地瞪了一眼猎人，依旧吐着粉红的舌头。猎人当然不知道巴特是在跟莉莉说话。巴特说："莉莉，你是莉莉，我是巴特。你明白了吗？你是莉莉，你是你，我是巴特，我是我。不对，你是我，我是你，我的意思是，你是你的我，我是你的你。哎呀不对，我的意思是，对你来说，你是我，我是你；对我来说，你是你，我是我。"天哪这件事情还真是复杂。该怎么跟莉莉解释清楚呢？巴特除了用力地抖着他的舌头之外，想不出更好的办法了。

晚上，猎人的小屋很暖和。炉火生动地烧着，满室松木的清香。灯光和火光把这个屋子变成了一种奇怪的颜色，至少那不是你在原野上找得到的颜色。寂静的夜里天地混沌，外边很冷，把满地月光冻成了一个巨大的冰块。远处的狼嚎就像是一双冰鞋那样在冰块上划着复杂的动人轨迹。猎人没有邻居。最近的邻居就是山脚下的村民了，可是小屋离山脚少说也有十公里。莉莉和巴特喝的牛奶就是来自村庄里的一群母牛。村民们很尊敬猎人，因为村里一年一度的祭祀庆典上，所有供奉祖先的野兽和鸟都是猎人打来的。今年猎人居然打到了一头狮子，而且还是一头刚刚生育过的母狮子，这是个吉兆。

"莉莉，"猎人得意地说，"我是他们的英雄，你知道吗？他们会送来数不清的新鲜牛奶和熏肠。熏肠给巴特，牛奶都是你的。"莉莉四脚朝天，在温暖的水波里动了动。"莉莉，"猎人说，"明天我会去村里叫木匠给你做一个小澡盆。今天只好用巴特的了。就凑合一下，好吗？"

莉莉没有反应。因为她睡着了。猎人把她轻轻地放在小篮子里，她立刻乖乖地蜷缩起身体，其实她一点都不冷，只不过这是她从前世带来的关于旷野的记忆。巴特卧在她的小篮子旁边，伸出他的爪子护着小篮子。猎人关掉了灯，走向一张很大的橡木床。他们一家三口酣然入梦，幸福的生活就这样简单地开始了。

莉莉是猎人和巴特的宝贝。这是莉莉从有记忆起就知道的事情。莉莉就带着这种记忆心安理得地出落成一个任性的姑娘。那只紫藤的小篮子是早就睡不下了，有一段时间猎人甚至允许莉莉跟自己一起睡在那张宽阔的橡木床上。那是巴特都从来没有享受过的待遇。夜晚,当猎人说"现在我们要睡觉了",莉莉就非常灵敏地跳上橡木床,忘不了炫耀地骄傲地看巴特一眼。然后猎人关上了灯,因此莉莉永远不知道一片黑暗之中巴特对她的炫耀报以宽容甚至是纵容的微笑。巴特是不会嫉妒莉莉的,巴特要保护莉莉。尽管要不了多久,莉莉的个头就比巴特高了。

当橡木床也容不下莉莉的时候,猎人从柜子里拿出一张金黄色的、厚厚的毛皮,把它铺在离炉子不远的地板上,说:"莉莉,过来试试看。"那张毛皮真暖和,真舒服,比猎人的床垫还软。上面有一种莉莉很喜欢的气味。莉莉高兴地在上边打滚,把她的脸使劲地在毛皮上蹭,直蹭到脸庞发热为止。猎人看着莉莉撒野的样子,微笑:"莉莉,它是你妈妈。"莉莉没有听见这句话,当时她正在非常大方地招呼巴特:"巴特,我把这张毯子分一半给你。你睡这边,我睡那边。"

莉莉已经学会用人的方式辨认这个世界了。比方说,她已经知道了这片原野上很多东西的名字。她知道了山是山,水是水,树木是树木,太阳是太阳。当她走出他们的小木屋,一脚踏进厚厚的落叶里的时候,她会迎着吹到脸上的凉凉的风,想:"秋天来了。"当她敏捷地把一只獐子踩在她的前爪下面的时候,她会想:"它就要死了。"这本不是一只狮子应该有的方式。莉莉就是在不知不觉间遗忘了关于前生的记忆的。不过晚上,常常是在晚上,她卧在那张暖和的毛皮上听着狼在月光下至情至性地嚎叫的时候,心里会有一个地方隐约地一动。那个声音是一样不能吃的东西。她不知道自己为什么会冒出这个古怪的念头。不过她很快就睡着了,睡得淋漓酣畅,睡梦中肆无忌惮地翻了个身,就理所当然地占据了这张毛皮的大半。同在睡梦中的巴特颇为知趣地缩到了毛皮的一角,似乎同样忘记了莉莉当初"一人一半"的承诺。

无论如何,莉莉在慢慢长大。对于猎人来说,莉莉和巴特现在是他不可缺少的左膀右臂。有莉莉在,猎人总是不费吹灰之力。因为莉莉总会在第一时间像颗子弹那样冲着猎物饱满地冲出去,带起周围一阵肃杀的风。猎人惊讶地说:"巴特,你注意到没有?莉莉跑得好像要比一般的狮子快。怎么会这样呢?简直像一头豹子。"

莉莉喜欢奔跑,奔跑的时候她会觉得自己变成了耳边呼啸着的风。自己不存在了,莉莉不存在了。只要你肯奔跑。莉莉不知道,自己之所以如此痴迷奔跑的原因恰恰是,她不知道这件事情的名字叫做奔跑。那只显然已经精疲力尽的鹿仓皇地回头,含着泪看了莉莉一眼,莉莉美丽的头颅一歪,纵身一跃,咬断了鹿的脖子。鹿只发出了一声很短暂很微弱的哀鸣,连血都没流多少。莉莉最迷恋的就是那最后的纵身一跃,那个时候的闪电般的力气好像不是来自自己的身体,而是来自神明的相助。在那样的纵身一跃里,自己变成了神明。"乖女孩。"猎人从后面赶上来,骄傲地拍着莉莉的脑袋,然后把鹿扛在肩膀上。鹿的眼睛依旧睁着。巴特兴奋地跑前跑后,摇头摆尾。莉莉则是高高地昂着头,端庄地走在最前面,听着身后猎人有力的脚步声。猎人扛着鹿昂首阔步的样子就像是一尊青铜雕像。夕阳西下,是黄昏了。莉莉恍惚间觉得,自己刚才咬在鹿的脖子上的那一口似乎是连夕阳一起咬破了,所以才有这满地的晚霞缓慢地,深情款款地流淌出来。

那天的晚餐是鹿肉。猎人吃熟的,莉莉和巴特吃生的。其实莉莉是很喜欢散发着松枝香的烤肉的味道的。可是不知道为什么,自从她可以帮着猎人打猎之后,猎人就不再给她吃熟肉了。曾经有很多次,莉莉赌气地把猎人放在她面前滴着血的羊腿踢开。猎人叹了口气,蹲下来,摸着莉莉的脑袋:"莉莉,要听话,我是为你好。你已经长大了,你吃惯了熟肉,以后怎么办?"莉莉不知道什么叫"以后怎么办",她倔强地缩在她的毛皮毯子上,一动不动。这个时候巴特走了过来,默默地叼起那条羊腿,深深地看了莉莉一眼,然后狼吞虎咽了起来:"莉莉,很好吃的,你看呀,我陪你一起吃好不好。"猎人和莉莉都愣住了。对巴特来说,他不知道猎人为什么要这么做,但是他相信猎人有猎人的道理。可是怎么才能让莉莉这个娇纵惯了的孩子听话呢?巴特想不出什么其他的办法了。

生肉很冷,有股原始的腥气。可是巴特自己也不知道,那条生羊腿,那条莉莉是因为他才肯吃的生羊腿就是离散的前奏。

那一天猎人带着巴特和莉莉到镇上去。镇子很远,每一次他们都是搭着村子里的人们的车去的。要经历很长很长的颠簸,可是车窗外面是永远的一马平川,就好像他们从没有走远过。猎人每隔一两个月总会到镇上去一次,买些必需的东西,去唯一的邮局取回来自远方的信。总是有人给猎人寄明信片来,从各种各样不同的地方寄来的明信片。寥寥数语而已,可是猎人看得很认真。莉莉跟巴特都不认识字,所以他们俩都觉得猎人那副认真相滑稽得很。去镇上的日子是巴特的节日,他是那么喜欢镇上,每一次,远远地看见镇上的炊烟,他就高兴得"汪汪"乱叫,似乎比看着猎人烤鹿肉还要过瘾。可是莉莉就不大喜欢镇上,莉莉不喜欢那么多的人。尽管所有镇上的人都认识莉莉,都善待莉莉。

猎人当然是要去镇上的酒馆喝两杯的。酒馆里的人们都热情地跟猎人打招呼。莉莉认得他们,婴儿时代的莉莉熟知他们中的每一个的膝盖的气味。

他们的手掌温热而遍布老茧，那是辛勤的印记。他们抚摸着莉莉的脑袋："我们的小姑娘已经这么漂亮了。"猎人微笑："当然。""真是不容易。"村里的木匠因为赶集碰巧也在镇上，"莉莉，你知不知道我一共给你做过多少个澡盆啊？"他是个和善的老人家，稍微喝一点酒脸就发红。"澡盆有什么用？"酒馆美丽的老板娘端出一杯猎人常喝的酒，热辣辣地看着猎人的眼睛，"莉莉已经长大了，我看你到哪儿去给她找头公狮子来才是正经。""你还是先操心你自己吧，"猎人熟练地接招，"到哪里给你自己找个男人来才是正经。""哈！"她把酒杯重重地往面前的桌子上一顿："嫁给你，你要不要？""我？"猎人笑了，"我倒是想要，可是你得问问我们莉莉愿不愿意你来当后妈。""噢——我不知道这儿还有一尊神仙忘了拜。"女人弯下了身子，调侃地摆弄着莉莉的尾巴。她身上那股浓郁的香气是莉莉不喜欢的。莉莉烦躁地甩甩尾巴，一头顶在女人高耸的、软绵绵的胸脯上，冲着她龇牙咧嘴。这下酒馆里所有的人都哄堂大笑，"要死。"女人轻轻拍了一下猎人的肩膀，然后也跟着所有的人一起笑了。巴特在这一片哄笑声中如鱼得水地吐着他粉红的舌头，一副激动的样子。

在莉莉的记忆中，那天晚上猎人其实是很高兴的。也许是因为那些酒，也许是因为酒馆里那个美丽女人的调笑，也许是因为镇上的人间烟火慰藉了长年累月荒原的寂寞，也许是因为他终于又从那人间烟火中回到他寂静的家园里。总之，那天晚上，猎人突然蹲下身子，慢慢地看着莉莉的脸。他看上去真的很高兴，他伸出手，一点一点，无限珍惜地抚摸着莉莉。于是莉莉也懂事地用她的小脑袋蹭猎人的手心。炉火映红了猎人的脸，他的眼睛里漾起来一种迷蒙的东西。莉莉在他的眼睛里看见了两个自己，他忧伤地说："莉莉，四年了。"

第二天早上他们一如既往地出门打猎，不过去的是山里。这让巴特很高兴。巴特喜欢进山里，因为他的灵敏的鼻子在山里派得上大用场，往往是因为他，才寻得着猎物的踪迹。可是莉莉就很泄气，因为莉莉喜欢原野上一马平川的视野，在山里的时候猎人多半是用不着她的。天气已经变凉了，寂静的山中听得见松果噼啪坠地的声音。那些小松鼠们远远地看见他们来了，一个个像是舞蹈一样轻盈地藏匿于树枝间。猎人用猎枪指着桦树下面一堆巨大的粪便，微笑说："巴特，看，熊来过了。"巴特兴奋地轻吠一声表示赞同。

莉莉懒洋洋地跟在他们后边，提不起一点兴致。山里的空气很好，可是不知为什么总是有种凛冽的阴谋在蠢蠢欲动。潮湿的泥土上留下莉莉花蕾一样的脚印，莉莉有些落寞地耸了耸自己的耳朵。然后她听见了水的声音。

那是一个峡谷。不算大,但是很深的峡谷。瀑布从遥远的,看不见尽头的地方汹涌而来,欢腾地在峡谷中粉身碎骨。火红的枫叶落满了水流不到的地方,宁静地腐烂着。莉莉的耳边充斥着水的声音,水在欢呼,在惊叫,在碎裂——那是莉莉在原野上没有见过的东西。每一次,当莉莉轻松地跳起来扑向一只猎物的时候,他们濒死的脸上从来都是呈现一种漠然的安静,不会像这些水一样,这么陶醉,这么不在乎。莉莉警觉地回过头,她已看不见猎人和巴特的影子。

起初莉莉并不着急。她笃定地相信不一会儿就能听见猎人焦灼地唤她的声音。她甚至颇为自得地享受了一会儿这来之不易的自由。但是没过多久,莉莉就开始不安了,又过了一会儿,她开始害怕了。山林总是不动声色的,天空也是不动声色的,峡谷还是不动声色的,在这巨大的不动声色中莉莉感觉不出一丝一毫猎人和巴特的气息。她的耳朵像是蝴蝶翅膀那样扇个不停,爪子一下一下地刨着柔软的逆来顺受的泥土。瀑布的声音越来越响了,恍惚中莉莉觉得自己在这喧嚣声中辨认出了巴特"汪汪"的嗓音。莉莉用尽全身力气叫了一声:"巴——特——,是你吗?我在这儿,你在哪儿啊——"

莉莉不知道自己这一声喊叫让整个山谷里的野兔和松鼠都瑟瑟发抖地缩成了一团。他们不知道这只美丽的母狮子其实没有一丁点杀意,她只是在寻找她的亲人。山谷里依然静谧。没有回音,只是阳光,阳光像叹气一样地偏西了。猎人没来,巴特也没来,但是莉莉看见了他缓慢地从峡谷的那一端绕了过来,静静地靠近她。美丽的鬃毛在风里不羁地抖动。我决定管这个闯入莉莉的故事的新角色叫阿朗。其实他是没有名字的,不过就叫他阿朗吧。因为他出现在莉莉眼前的那一刻,天空无限清爽,阳光就像他的鬃毛那样不可一世地放纵着。

阿朗静静地说:"莉莉,我注意你很久了。"

"你是谁?"莉莉有些迷糊。

"我是你的同类。"

"你是说——"莉莉迟疑地靠近他,身体蹭到了他的脖子,"你也是一只狮子对不对?"

"这句话应该我来问你,莉莉。"阿朗笑了,"你真的还记得你自己也是一只狮子吗?"

"你是从哪儿来的呀?"莉莉有些不高兴地跳开了,充满敌意地望着面前的阿朗。

"莉莉,"阿朗认真地说,"你很漂亮。"

"我知道。"莉莉骄傲地仰着头。

"那你知不知道，你应该跟我走。"

"那可不行。"莉莉调皮地眨眨眼睛，"我得回家，猎人跟巴特现在一定在到处找我了。"

"你是一只狮子，莉莉。"阿朗坚定地说，"狮子是没有家的。"

"我有。"莉莉倔强地反驳。

"你总有一天会没有。跟一只猎狗一起给一个人来打猎，真荒唐，那不是你该做的事情。"阿朗神秘地微笑了，"想不想知道，你该做什么？"

莉莉困惑地看着他，这个时候阿朗突然转过身，后退了几步，眼睛里有种灼热的东西开始燃烧。然后他弓起身子像旋风一样地奔跑，再然后，对着深邃的峡谷，纵身一跃。像是要寻死一样不管不顾。当然是没有死的，他轻盈地、没有声音地落在峡谷另一边的满地红叶上。莉莉出神地看着他奔跑，起跳，飞翔。看着他在几秒钟之内变成了一个神明。那里面有种似曾相识的东西，莉莉明白了，她看见了自己。在原野上追逐猎物的时候，当你的杀气在体内积满，就要溢出来的那一个瞬间，你就会像现在这样，轻盈地、义无反顾地纵身一跃。

"看到了吗？莉莉？"阿朗又跳了回来，他眼睛里散发着火焰熄灭后余烬的温度，"你要不要试试？"

莉莉犹豫地摇了摇头："太深了，也太宽了，我不行。我跳不了那么远。"

阿朗嘲讽地笑了："你居然还敢说你是一只狮子，你一定没有听说过关于这个峡谷的传说。"

莉莉迟疑地说："没有，事实上，我今天是第一次来。"

"住在这个原野上的每一只狮子都要跳一次这个峡谷。每一只，一辈子，总是要从这儿跳一次。不是每只狮子都能像我一样轻松地跳过去，有的狮子就死在这儿，这个峡谷底下的瀑布里。可是就算是这样，我们还是必须冒一次险，至少跳上一次。这是我们身为狮子，必须要做的事情。"

"为什么？"莉莉问。

"问为什么是人的习惯，莉莉。"阿朗说，"你不应该有这种习惯，因为那会冒犯神灵。"阿朗突然间靠近她，非常近，莉莉从来没有这么近距离地打量过一只公狮子的脸。她像前一天晚上在猎人眼睛里那样看见了两个小小的自己。阿朗温柔地看着她，说："我们一定还会再见面的，莉莉，我在你的眼睛里看见了渴望。"

他的呼吸吹到了莉莉的脸上，让莉莉莫名其妙地有些慌乱。这个时候他潇洒地甩了甩鬃毛，说："你不认识路，我带你走出山去。"

莉莉的爪子轻轻地碰了一下他绚烂的鬃毛，悄悄地想："多美啊。可是为什么我就没有呢？"

夜幕降临了。小屋里依旧燃着炉火。猎人把半只烤熟了的山鸡放在巴特面前，说："吃吧，巴特。前段日子委屈你了。现在莉莉走了，你可以像以前那样吃东西了。"巴特默默地站起身，看也不看面前的山鸡，走到屋角把自己蜷缩成一团。"巴特。"猎人耐心地说，"我知道你生我的气了。可是莉莉跟你不一样。当初我把她带回来是因为她还那么小，如果把她独自留在原野上她是活不下去的。可是现在她大了，她已经可以自己捕食了，她就必须回到大自然里。就是这么简单，巴特。"巴特依旧一动不动，只是喉咙里发出一阵"咕噜咕噜"的声音以示抗议。猎人当然是听不懂巴特的话的，巴特其实是在说："那你有没有问过莉莉自己愿不愿意呢？"猎人蹲下身子，拍拍巴特的脑袋："伙计，相信我，我和你一样舍不得莉莉。"巴特粉红的舌头又愤怒地伸出来了，他重重地喘着粗气，他其实在说："莉莉也一样舍不得你和我。这才是最重要的。可是你当然不会这么想。你永远忘不了你是主人。"

猎人脸上的火光轻轻地抖动了一下。然后是一声门响。巴特一个箭步冲上去，把站在门口的莉莉扑倒在地上。已经有很久，他们没再像小的时候那样拥抱着在地上打滚了。巴特紧紧地拥着莉莉，莉莉笑了，开心地嚷："巴特，你们到底在搞什么鬼啊？你们没想到我自己也找得回来吧。我厉害不厉害，巴特？"莉莉想，其实自己有些吹牛了，因为如果不是那个阿朗的话她自己是无论如何也走不回来的。巴特不知道莉莉的脸上为什么突然浮上来一抹陌生的娇羞，巴特没命地舔着莉莉的脖子，莉莉的脸，喉咙里"呜呜"地叫着。莉莉被弄得很痒，所以莉莉没有在意巴特为什么要一遍又一遍地说："莉莉，对不起。对不起。对不起。"

猎人是在这个时候走上来的。莉莉扑上去舔他的脸的时候他躲开了。他伸出手，轻轻地握住了莉莉的一只前爪，他说："莉莉，听我说，你不可以再回来了。知道吗？"莉莉愣了一下，然后继续撒娇地在他的手心里蹭自己的小脑袋。可是猎人站起身，"吱嘎"一声把门打开了。深蓝色的夜空和漆黑的原野就这样猝不及防地闯进温暖的小屋里。炉火跟着跳了一下，水波荡漾似的，在猎人的脸上抖动出了一些涟漪。莉莉惊愕地望着猎人，她隐约明白了这扇门是为了她才开的。

"走吧，莉莉。"猎人说，"你必须回去，回原野去。你的同伴都在那里，身为一只狮子，你没道理夜夜都睡在火炉旁边。莉莉，"他蹲下身子，摸了摸她的脑袋,"你长大了,你该当新娘子了。懂吗莉莉?你跟巴特不一样,你是女孩子,总有要离开家的那一天。因为不离开家你就没有办法做妈妈,没有办法为你的孩子找来一个爸爸。莉莉,听话,走吧,别再回来。"

巴特紧张地在屋角竖起了耳朵,用一种近似于凛冽的眼神打量着这个场景,他看见莉莉歪了一下头,憨憨地,莫名其妙地看着猎人。细细的尾巴在宝蓝色的夜幕里像根芦苇那样妩媚地晃动。

"莉莉,勇敢一点。"猎人拍拍她的身体,"走,走吧。"莉莉迟疑地往后退了几步。刚刚退到门外的时候,小屋的门就猝不及防地关上了。

那是莉莉第一次在夜晚的原野上细细地凝视自己的家。很深很深,就像个巨大的湖泊那么静谧的夜晚,他们小屋的灯光就像是一颗从天上掉下来的流星,照亮了这个屋子木头的、敦厚的轮廓。夜风四起,莉莉觉得自己的身体像是一个被拿去塞子的玻璃瓶。夜静静地、自由地灌注了进来,凉爽得很。那一瞬间莉莉心里几乎是感动的,她从没这样看一眼她平日司空见惯的家。她慢慢地走了几步,回一下头,走到一棵桦树下面的时候她停下了,因为再往前走的话,小屋窗子里的灯光就会看不见的。莉莉卧在了这棵桦树下面,她不知道她缓慢地卧下去的姿势就像一个优雅的女王,她只是非常肯定地想:只要过上一会儿,猎人就会给她开门的。夜空很远,很高,狼又在远处开始嚎。莉莉模糊地明白自己现在就像是一个回忆一样跟这片原野自然而然地融为了一体。没有房子的阻隔,没有灯光造成的温馨的假象。这样其实也挺好,她愉快地望着自己呼出的一团清爽的白霜,然后想,真冷呀,所以猎人一定马上就要给她开门了。

这个时候巴特羞耻地卧在窗子旁边,为自己一个人享受着炉火而脸红。

不知过了多久,月光照亮了莉莉面前的土地。在月光中莉莉倔强地抱紧了自己。一只乌鸦从月亮上飞了过去,凄清地叫着。

门终于开了。漆黑的夜突然睁开了一只橙红色的温暖的眼睛。莉莉快乐地朝着熟悉的方向飞奔而去,四肢被冻得有点僵了,不过没关系,莉莉已经闻见熟悉的气息了。猎人站在她的面前,忧伤地摇了摇头。

"莉莉,"他说,"你不懂我的意思吗?你等在这儿是没有用的,从现在起这里不是你的家了。我让你走,你得回到你来的地方去,你明白吗?"

莉莉恼怒了。因为猎人居然在她马上就要接近温暖的炉火的时候拦住了她的路。你太过分了吧。莉莉瞪着猎人,眼神愤怒得像是冰蓝色的火焰。

猎人突然弯下腰,从地上拎起铺在火炉边的毛皮。那是莉莉跟巴特睡了好几年的床。那上面散发着让莉莉最喜欢最安心的气息。猎人非常猛烈地在莉莉的鼻子前面抖动着它,很多受了惊吓的灰尘于是在周围的灯光里欢喜地舞蹈。

"莉莉,看看这个。"猎人直视着莉莉的眼睛,"你记不记得我跟你说过,这是你妈妈?记得吗?它是你妈妈。现在我告诉你,你妈妈是被我打死的。这张皮是村里祭祀完了以后才剥下来的。我不是你的亲人,我本来应该是你的仇人。莉莉,你懂了吗?"

"你胡说。"莉莉扑了上去。她只是想赶开这块该死的毯子而已。她听见巴特在屋角的一声短促暴烈的惊呼。短暂的寂静,然后她看见了血。

"巴特,你安静点,没事。"猎人平静地说,一边从已经被抓破的衣袖上撕下来一条,熟练地扎在自己染红的手臂上。屋子里只剩下莉莉和猎人重重的喘息的声音。血微妙的气息让莉莉莫名其妙地眩晕。那是一种熟悉的,跟征服相关的气味。莉莉不知道原来猎人也是会流血的。

"很好。"他把他受伤的手臂伸到莉莉跟前,"其实你我的关系本来应该如此。无论如何,你是一只狮子。下次见面的时候,那应该是在原野上,或者是山里吧,别忘了你要像刚才那样对待我,莉莉。"

莉莉转过了身。苍茫的夜色给了她一个寒冷的,柔情似水的拥抱。她想:已经是冬天了。

她终于还是在那棵桦树下面停下了。她犹豫着,要不要像刚才那样卧下去。不过这一次,不是为了等待,她知道那扇门是真的不会再为她而开。那么是为什么呢?她想不清楚自己究竟是失去了什么东西,还是搞错了什么事情。她的眼睛突然间像星星那样闪了一下,因为那种明白自己永远失去什么东西的感觉很恐怖。

然后她看见,阿朗来了。

阿朗就像是从月光里游出来的一样,无声无息。温柔而蛮横地踩倒了原野上蒙了一层霜冻的小草。阿朗静静地说:"莉莉,我说过,我们还会再见面的。"

那天晚上,莉莉成了阿朗的新娘。她不知道当她懵懵懂懂地跟着阿朗朝山的方向行走的时候,猎人就站在小屋的床前,看着他们的背影。然后猎人微笑了:"巴特,我说过,莉莉是个了不得的姑娘,你看怎么样,漂亮的女儿永远是不愁嫁出去的。"巴特懂事地卧在墙角,他知道背对着他的猎人的表情此刻很落寞。

莉莉从来没有试过在满天的星斗下面睡觉。阿朗卧在她的旁边,挡住了风。阿朗说:"你慢慢就会习惯。我每天晚上都会卧在能给你挡风的那一边,这一点，你可以放心。"莉莉顺从地把她的小脑袋贴在阿朗的肚皮上，温热的。她听见阿朗的心脏跳动的声音。"那你呢？"莉莉有点不好意思，"你就不冷吗？"莉莉只有在面对猎人跟巴特的时候才会心安理得地享受所有的关怀，相反，如果这关怀来自其他人，她就会觉得不安，觉得受之有愧。其实正是因为她拥有过太多的宠爱，所以她才会对分辨给予宠爱的人格外敏感。"莉莉。"阿朗像是知道她在想什么，"从今天起，你就把我当成猎人和那只笨狗吧。"阿朗笑笑，"因为现在我就是你唯一的亲人了。""巴特不笨。"莉莉不同意地说，突然觉得心里有一阵很紧的疼痛。因为她想起她慢慢地迎着辽阔寒冷的夜色从小木屋里走出去的情形。她转过脸，睁大眼睛看着满天的繁星，她不愿意想下去了，她说："阿朗，你知道为什么月亮很好的时候就看不见星星，星星很多的时候就看不见月亮吗？"阿朗伸出舌头舔了舔她的脸："本来就是这样的，有什么为什么。""我觉得月亮碎了的时候就变成满天的星星了，你说对不对呀？"莉莉认真地看着阿朗。阿朗温柔地微笑了："对。我也是这么想的。莉莉，我们睡吧。"阿朗微笑的时候跟猎人很像，很温暖，可是有股很冷静的，跟权威有关的寒意不动声色地藏在这微笑后面。不要再想猎人了，莉莉对自己说。她知道也许她跟猎人再也无法相逢。不要再想，不要再想了吧。那种滋味真是恐怖，那不是莉莉熟悉的任何一种滋味呀。

大多数动物都比人要擅长遗忘，那是为了生存。忘掉曾经的危险、饥饿、恐惧，还有伤害。然后，心安理得地跟岁月艰辛地相处下去。在这个生生不息的自然里，有那么一瞬间，发现了某种神谕般的宇宙的真相。因为没有语言跟记忆，也就淡忘了。并没有觉得自己发现的东西有什么了不起。可是莉莉毕竟有些不同，她有比别的动物更深，以及色彩更鲜明的回忆。往昔的岁月，人类的语言等等，总是在某个意想不到的瞬间跳出来折磨她，让她领受那种煎熬的滋味。莉莉咬紧牙忍耐着，对这种折磨守口如瓶。把莉莉从一个少女变成了一个妇人的，其实并不是阿朗，而是这种没有尽头的忍耐。

有些事情永远不能对任何人说。有些事情永远是只有自己知道就足够了。可惜阿朗就不明白这个，他是那么喜欢倾诉。好像对于他来说，再大的苦难都是可以拿出来跟人讲的。莉莉卧在他的身边，充满怜爱地看着他的脸。"这是我的男人。"莉莉微笑着对自己说，"他是我的，这个跟我水乳交融，跟我骨血相连，跟我有肌肤之亲的男人。"

阿朗总是不厌其烦地回忆着过去。阿朗是狮群里的王子，准确地说是曾经是。当阿朗的父亲老去的时候，年轻力壮的狮子便起来推翻他。经过整日的搏斗跟厮杀，年轻的狮子终于咬断了他的喉管。"他已经体无完肤。"阿朗忧伤地说,"我不知道他怎么可以撑下来那么久的。"新的王产生了,整个狮群里的成年公狮的第一件要做的事,就是一起杀掉死去的旧王的全家。可是阿朗逃了出来,从此开始了他流亡的日子。

"莉莉。"阿朗热切地看着她的脸,"答应我,给我生孩子。我们会生很多很多的孩子,然后我们一起去找他们,我得把属于我的东西夺回来。莉莉,你生来就是要做我的王后的。我知道,我一直都相信一件事,世界上既然有一个像我一样的阿朗,就一定会有一个像你一样的莉莉来跟我遇上。不对吗?"莉莉宽容地看着他,心里暗暗地叹气:"你呀。"

莉莉对所有与征服有关的事情都没有兴趣。杀戮从来都不是也不该是一样用来见证荣耀的东西。杀戮是为了自己的生存,仅此而已。就算你是狮子,是一只会被很多动物害怕的狮子,也是如此。但是莉莉从来就不会对阿朗说这些,她只是静静地、美丽地微笑着,看着正在梦想的阿朗。阿朗说:"莉莉,你知道,我本来就是一个君王。"莉莉回答:"是,当然。"阿朗说:"莉莉,你知道,我不是为了要报仇,不是。我为王位而生。"莉莉说:"是,我知道。"阿朗说:"莉莉,我总是会梦见他,那个咬断我爸爸的脖子的家伙。他有一点特别,他颈子上有一圈毛是黑色的,像是凝固了的血。我想象过很多次,很多次。我就是要对着那圈黑色咬下去,让新鲜的血流出来,覆盖它。莉莉。"莉莉回答:"没错的,你应该这样。"阿朗的声音缓慢了下去,似乎是困了,他低声说:"莉莉,我也不知道为什么,有的时候,你很像我妈妈。我这么觉得,其实我已经不再记得我妈妈长什么样子了。"

在阿朗平缓的、沉睡的呼吸声中,往事就这样涌了上来。像鲜红的、翻腾的血液那样涌了上来。猎人说:"莉莉,你的妈妈是我打死的。明白吗?我不是你的亲人,我原本该是你的仇人。你明白吗?"莉莉其实不明白,莉莉从来就没有仇恨过。莉莉懂得那些蕴含于赤裸裸的厮杀中的寒冷的,没有道理可讲的规则,可是她从来没有真正仇恨过谁。然后莉莉问自己:阿朗知道什么叫仇恨吗?好像是不知道的。其实他只是想征服跟战胜,并不具体地针对什么人。远方的天空被火光映红了,莉莉听见了号角跟音乐的声音。那是祭祀,是村子里的祭祀。莉莉的心脏狂跳了起来,她怯生生地推醒了阿朗,"阿朗,我们去看祭祀,好不好?"她被自己言语间那种颤抖的渴望吓了一大跳,她没有追问自己那到底是为什么。

当莉莉轻车熟路地带着阿朗来到岩石上边的时候,阿朗很不满地嘟哝着:"莉莉,你为什么总是对人的事情这么感兴趣?"巨大的岩石脚下的篝火映红了阿朗俊美的脸庞。莉莉充满歉意地望着他,阿朗终于叹了口气,不再抱怨了。村子里的祭祀仪式就在他们脚下，一览无余。莉莉屏住了呼吸，目光灼热地盯着那个往日的最最熟悉的位置。曾经，她和巴特就坐在那里，人们给他们俩带上沉重又绚烂的花环。人们热闹地说："瞧瞧这兄妹俩，多神气啊。"但是现在一切都变了，莉莉静静地呆在峭壁后面，她知道那已经不再是她的生活。

可是猎人不在人群里，巴特也不在。在这个最盛大的节日里，英雄居然不在场。莉莉知道，有事情发生了，而且是不好的事情。莉莉表情淡漠地把这个事实吞下去，咽下去，就像她第一次吞下那些滴着血的生肉一样。就像这个事实也在散发着原始的腥气。也许他没有死，不应该把事情想得那么糟糕。也许他只是受伤了。也许他只不过是带着巴特去镇上了。这个时候鼓乐的声音更加热烈了，人们围着篝火跳起了舞。阿朗兴奋地抖了抖他的鬃毛，强烈的鼓点让他振奋，因为那和心跳的声音类似。今年的舞蹈跟往年没什么区别，但是在很久很久以前，不是这样的。居住在原野上的人们把祭祀的舞蹈看得比什么都重要。舞蹈一定是每年都要换新的，要花很大的精力去排练。那个时候，很久很久以前，这都是猎人告诉莉莉的，原野上的人们都向往着盆地里的生活。因为盆地里的人们安居乐业，盆地里总是风调雨顺的，日子过得一点不像原野上这么辛苦。可是对于那个时候的人们来说，盆地太遥远了。原野上的孩子们都知道，对于盆地里的人来说，丰收是一件再自然不过的事情。可是只有当孩子们长大后，体会过劳作的艰辛，才知道随随便便的丰收是一样多么贵重的梦想。于是他们再无限神往地对他们自己的孩子说："盆地里的人们只要把种子一抛就什么都不用管了，庄稼就像野草一样疯长，管都管不住。"有关盆地的向往就这么世世代代地传了下来，偶尔，当有人真的有机会去盆地看看的时候，他们就跟盆地的人们买来一个舞蹈。舞蹈是买的，因为要用山里的野味交换，才可以跟盆地的人们学习这些舞。在祭祀的仪式上，他们会向所有居住在原野上的人们跳买来的、贵重的盆地人的舞。于是所有受苦的人们，有了一个机会。在这短暂的舞蹈的瞬间里，以为自己变成了盆地人，变成了不必为生存担心的盆地人。只要有这么一点点念想，他们就可以任劳任怨地活下去了，哪怕丰收就像是悬挂在原野边缘上的夕阳，看上去唾手可得，可是你永远都够不到。

鼓点越来越快了，祭祀中最重要的节目来临。人们要把他们的英雄，也就是猎人，抬起来，抬得高高的。以往，这个时候排山倒海的欢呼声让莉莉跟巴特的心里激起一阵狂喜的惶恐。因为明明知道这个场景是再快乐也没有的，可是莉莉就是能从这极致的欢乐跟放纵里嗅出一点毋庸置疑的杀气。此刻，欢呼声又在脚下响起来，像潮水一样，迷醉地冲刷着阿朗的眼睛。

英雄被人们抬起来了。但是这个英雄不是猎人。或者说，是一个新的猎人。他的头上跟脖颈上挂着跟往年的猎人一模一样的装饰。但是他不是猎人，不是莉莉认识的猎人。不用再怀疑了，莉莉的猎人已经死了。莉莉对自己凄然地微笑了一下，她知道自己终有一天会接受这件事情的，就像她终究接受了猎人的抛弃，就像她终究接受了阿朗。可是有一件事让莉莉害怕，她发现，虽然猎人已经换了，虽然英雄已经换了。可是人们还是爆发着一模一样的，震耳欲聋的欢呼声。难道说，其实他们根本就不在乎谁是那个被抬起来的英雄，只在乎这个可以欢呼的机会吗？莉莉记得猎人是用一种什么样的语气对自己说："乖女孩，我是他们的英雄。"他们骗你。莉莉在心里说。你一定是为了给祭祀的盛典打一头猛兽才送命的，为了你身为英雄的荣耀。可是这根本就不是给你一个人的，不是。他们把这荣耀准备好了，可以随时给任何人。只不过你刚巧赶上。你怎么那么傻？

直到此刻莉莉才明白。猎人是她的初恋，是她此生第一个情人。但是当她看清这个的时候，她做别人的新娘已经很久了。

她宁静地转过脸，对阿朗说："我们走吧。"阿朗目不转睛地盯着脚下，"为什么？刚刚才开始好看，你不要煞风景。"

"走吧，阿朗。"莉莉坚持。

"莉莉，别烦我。"他甩了甩鬃毛。

莉莉沉默了一会儿，静静地转过了身。独自朝远方走去。她的尾巴划出了一个傲慢而又优雅的弧度。夜风扑在莉莉的脸上，是凉的。远处的山静静地勾勒出一个比黑夜更黑的轮廓。从没有一个时刻，莉莉像现在一样渴望去到一个除了孤独之外一无所有的地方。无所谓依恋，自然背叛也就无从谈起。只有一种地老天荒的，遥遥无期的力量。身后响起的那声阿朗的吼声也没能动摇她心里那种无比坚硬的渴望。

"莉莉，你威胁我。"她知道阿朗生气了。

莉莉静静地转过身，深深地看着他的脸："我没有。"

"但是你一个人走了。"

"那是因为你不肯跟我走。"

"莉莉，你这是在命令我。"阿朗的眼睛蒙着一层薄薄的冰，"你居然敢命令我。"

"我为什么不敢？"莉莉温柔地说。她本来想说"别忘了你现在还不是君王"，但是她终究没有说，因为她知道那样会伤害他。

"你敢,你当然敢。当初那个猎人把你扔到门外面的时候你为什么不走?不像刚才那样掉头就走?走得多漂亮多潇洒,难堪全是别人的。"

"阿朗,你别这么说。"莉莉的脸色依旧平静得像月光下的湖泊,所以阿朗不知道,莉莉是在乞求,"他已经死了,阿朗。别再提他。"

"我真替你害臊。"阿朗暴躁地一跃,轻盈地直逼向莉莉的脸庞,"他死了,你很难过。可是他是人,莉莉,你居然爱他。你居然爱一个人。"

"我没有。"莉莉的眼神很无助。

"你全都看见了,那些人有多蠢。你的那个猎人活着的时候他们把他抬起来,死了以后他们换个人来抬。简直蠢得就像一群泥土里的蚯蚓,还总是喜欢自作聪明。"

"我们不也是一样的吗?否则的话,那些原来看见你爸爸就发抖的狮子们为什么还要帮着新上来的王追杀你?"

短暂的寂静过后,阿朗悲哀地摇摇头:"莉莉,背叛你自己的族群对你有什么好处?你以为你真正爱了一个人,你就能变成人了吗?他们照样会朝你开枪,就像打死你妈妈一样把你当成一个庆典上的祭品。"

"那是他们的事,跟我无关。"阿朗头一回在莉莉的眼睛里看见一种凛冽的东西。

"莉莉,在这个世界上只有我不会伤害你。只有我和你才是一样的,我们都是狮子……"

"阿朗你说得对,只有我和你才是一样的。"莉莉美好地凝视着他,"不是因为我们都是狮子,是因为我们都是叛徒。"

那天晚上,当阿朗习惯性地卧在风吹来的那一边的时候,莉莉突然觉得自己从来没有像此时此刻一样眷恋他。猎人走了,这世间顿时空荡荡了起来。如果不用满腔疼痛的柔情来填满它,又该怎么办呢?阿朗转过脸,舔了舔她的脸,也不知道阿朗有没有在她的眼睛里看到那种前所未有的缠绵跟顺从。阿朗说:"莉莉,你说过,你不会离开我。"莉莉说:"对,我不会的。你记得,就算有一天你离开了我,我也不会离开你的,阿朗。"

后来,当莉莉无数次地回忆那段跟阿朗在一起的日子的时候,总是在想:他们其实从来就没有碰上过阿朗嘴里的敌人。那个狮群。有的时候莉莉也会问自己,阿朗那个关于复仇的故事到底是不是真的。但是莉莉从来就没有问过阿朗,莉莉自己也说不上来她是从什么时候开始变得这么不爱追问的。但是,她的确是对所谓的"答案""真相"之类的东西越来越不感兴趣了。转眼间,秋天又一次来临。因为莉莉从空气中闻出了一种睡眠般的凉意。阿朗总是喜欢到峡谷那里去，有事没事就喜欢跳过去再跳回来。莉莉在一边胆战心惊地看着阿朗像个贪心的孩子那样一次次跟粉身碎骨擦肩而过。可是她从来就没有阻止过阿朗跳峡谷。因为，阿朗纵身一跃的样子真是好看死了。莉莉永远都看不够。

那一天，莉莉梦见了阿朗在跳峡谷。飞起来的时候阿朗还转过脸对她调皮地笑了一下。然后莉莉就醒来了，发现阿朗不在身边。莉莉找遍了整个原野，那几天所有的动物都见过一只不知疲倦地狂奔着的母狮子。野兔们疑惑地说："也许她是疯了。"最终她停了下来，转向了那个她一直逃避着的方向。

她以为她将在峡谷的下面看到阿朗的尸体。可是阿朗不在那里。那里除了峭壁跟激流之外，没有一点点别的痕迹。水的声音是很暴虐的，至少它不能给莉莉任何意义上的抚慰。就像庆典上人们的欢呼声一样危机四伏。当你经历过离散之后，你就可以在周围的空气中嗅出永诀的味道来。莉莉缓缓地卧在了峡谷的旁边，她看见枫叶红了，她知道阿朗不会再回来了。

她不知道阿朗为什么要丢弃她。她并没有多想，原因并不重要。或者原因本就不是她该追问的东西。她想起第一次见面的时候，阿朗对她说："问为什么是人类的习惯，莉莉，你不该养成这种习惯，因为那会冒犯神灵。"她甜蜜地、一次又一次地回味那个初次见面的场景，那时候的阿朗那么沉稳跟骄傲，眼睛里总有种可以控制一切的霸气。可是在成为他的新娘之后才能发现，其实阿朗还是个孩子。她幸福地回忆着，幸福得忘记了她已经像失去猎人那样失去了阿朗。

你好像总是在最最珍惜一样东西的时候失去它，这似乎是个规律。也因此，总结出这个规律的莉莉反而对此泰然自若。如果一定要这样，那就随它去吧。一种灼热的饥饿在她体内疯长着，似乎要把她的内脏烧成灰烬。她想也不想就冲着一头远方的鹿冲了过去，熟练地咬断了他的脖子。死去的鹿冰冷的血液可以暂时扑灭她体内那团火，还有深不见底的寂寞。狼吞虎咽的时候她感觉到身后有一双眼睛在注视她。她不慌不忙地转过头，唇边带着一缕血迹。

"莉莉，真的是你。"巴特说。

那一瞬间她不知道自己该使用什么样的表情。她慌乱地想，自己这样冷漠的一言不发，巴特说不定会生气的。她不知道巴特心里在想：莉莉真的一点都没有变，你看，吃东西的时候还是那种又狠又无助的眼神。

然后莉莉就看见了猎人。他朝着他们走过来，走得很慢，甚至有一点蹒跚。他居然没有带那支就像是他身体的一部分的猎枪。那个时候莉莉不知道自己该留下还是该掉头就跑。猎人已经来到了她的面前，他的那双旧靴子离她这样近，那上面散发着小木屋里的气息。可是猎人却说："巴特，走吧，我们该回家了。"

然后巴特忧伤地看了莉莉一眼，没有作声。猎人往前跨了一大步，腿碰到了莉莉的脊背。他将信将疑地蹲下身子，手慢慢地抚摸着她，他说："莉莉，是你吗？真的是莉莉吗？"巴特在一边轻轻地吠了一声，算是一个肯定的回答。

"莉莉，乖女孩。"他的掌心摩挲着莉莉的小脑袋，"我现在已经看不见你了。"这么说的时候他微笑了一下，他的眼睛依旧是他脸上最精彩的部分，像个暗夜中比夜晚本身还幽深的湖泊。可是它们不能再帮他看东西了。猎人的视线现在就像一只翅膀被折断的鸟，看似停留在天地间的某个点上，其实与这个世界早已没有任何关系。莉莉闭上了眼睛，用力地在他的掌心中蹭自己的脸，"看不见就看不见吧。"她对自己说，"我还以为你死了。你活着就好。无论如何，你和阿朗之间，要有一个能活下来呀。"他温暖的手抚摸着她的全身，脊背、爪子、尾巴、肚子。摸到她的肚子的时候猎人愣了一下，他说："莉莉，你自己知道吗？你要做妈妈了。"

那天晚上莉莉又回到了她的澡盆里。温暖的水浸泡着她，混合着松木香。炉火把猎人的脸庞映衬得有些醉意。他似乎变了，莉莉觉得。可能因为是失明的关系，跟黑夜朝夕相对，心就慢慢变得温柔了、混沌了，对很多事情不求甚解却能够明白了。不像过去那样，因着一份近乎残酷的自信，无论如何都坚守着清晰的标准。"莉莉，"他说，"你回来了，真好。"

那天晚上月色很好，把小木屋变成了一个清澈的游泳池。在猎人熟悉的呼吸声中，莉莉的小脑袋轻轻地在门上一顶，门开了，当前爪已经踩在外面的月光里的时候她突然又转过了身，因为她想再看他一眼。

"莉莉。"原来巴特没有睡着，他从那块他们的毯子上慢慢地直起了身子，"莉莉，你别走。"

"巴特，我有孩子了啊，我得去把我孩子的爸爸找回来。"

"莉莉，你不在的这些日子他很想你。你回来了，他真的很高兴。求你了，留下来。"

"可是巴特，我现在已经不习惯这样的生活了。"

"你会习惯的，莉莉。你就是这样长大的，你怎么可能不习惯？你慢慢就会发现的，莉莉，他变得太多了。自从他眼睛看不见以后，我们需要你。"

"那到底是怎么回事？他的眼睛？"

"枪走火了。"巴特的眼睛在月光下面清亮得很,"打到了他的脑袋里面,大家都以为他活不成了。可是他还是撑了过来,不过眼睛看不见了。"

"祭祀的时候,我没看见你们。我还以为他死了。"

"那个时候我们在医院里面。"

"医院,是在镇上吗?"莉莉歪着头。

"不,不是镇上,是城里。比镇上大多了。"巴特的言语间有一点骄傲,毕竟,跟莉莉相比,他算是见过了大世面。

然后他们都听到橡木床上传来了猎人愉快的声音:"莉莉,巴特,你们这两个坏孩子要是还不睡觉的话,当心我揍你们。"

他总是用这样的语气跟莉莉说话,莉莉微笑地回忆着。"多漂亮的小姑娘,我要叫她莉莉。""莉莉,喝牛奶了。""莉莉,干掉那只鹿。""莉莉,我们去镇上。""莉莉,走吧,别再回来了。"他总是这样短促,这样果断,这样毋庸置疑地主宰着莉莉的命运。现在他依然如此,尽管他已经失明,尽管他已经脆弱。他自己还没有意识到,从现在起,轮到莉莉来保护他了。

莉莉就这样留下来了。日复一日,莉莉的身体越来越臃肿,路走得越来越慢。可是孕育让她脸上散发一种悠远的味道。莉莉五岁了,正是一只母狮子最成熟最妩媚的年纪。没有人告诉她,她倾国倾城。阿朗走了,猎人看不见了,巴特不好意思说这个。

猎人现在有大把空闲的时间。他总是沉默不语,脸朝着一个虚无的方向。村子里的人们都是好人,因为他们并没有忘记猎人。他们还是定期把食物堆在猎人的家门口。每个月镇上还会有人来,把镇上发给猎人的救济金从门缝里塞进屋子。莉莉发现,每到这个时候,猎人就会带着莉莉跟巴特去林子里散步。他想要避开这些心怀善意的人们。莉莉懂得。所以当看见镇上的吉普车远远地开来的时候,她就会走上去轻轻咬着猎人的裤脚,那意思是"我想出去走走了"。然后在出门的时候兴高采烈地跟巴特交换一个微笑。

猎人变得喜欢回忆往事,他总是说起他自己小时候的事情。也并不在乎莉莉跟巴特有没有用心听。莉莉认为这是因为猎人老了。猎人其实刚刚三十岁而已,一点都不老,只不过是心里有了沧桑。但是,莉莉对人类的年龄一点概念都没有。

那一天,村里的木匠还有很多的小孩子来到了他们的小木屋。木匠要带着孩子们去镇上看马戏,问猎人愿不愿意一起去。猎人微笑:"要不是因为我们已经认识这么多年的话,我会以为你是来捣乱的。"木匠的鼻头顿时更红了:"喂,我的意思是,这是马戏团啊,我打听过了,她在里面。"猎人沉默了很久，然后说："我要带着巴特和莉莉。"木匠说："不然就让莉莉看家吧，她的身子现在不方便……"猎人不耐烦地甩了甩头，木匠好脾气地笑了："真是没有办法，莉莉，巴特，他现在一刻都离不开你们俩。"

后来，莉莉常常想：要是那天她真的没有去镇上的话，是不是一切都不会发生了？但是她知道，她是不可能不去的，就像木匠说的，如今的猎人就像一个孩子那样时刻需要着她和巴特。所以，莉莉对自己说，谁都没有犯错，所有的灾祸，只不过是因为眷恋。

镇上还是喧闹。因为马戏团的到来，更闹了。孩子们激动得鼻尖冒汗，他们一边舔着彩色的棒棒糖，一边冲着正在搭帐篷的马戏团员们尖叫。这让他们觉得忙不过来，因为吃糖和尖叫这两件事不好同时进行。于是他们的鼻尖因为这种忙乱而更加勤快地出汗了。还有什么比看到马戏团的后台更让人激动的呢？怀里抱着坠满亮片的裙子的空中飞人，刚刚画好脸但是还没换衣服的小丑，大象不慌不忙地驮着一箱行头走过去了，还有驯兽师正在给会做算术的小狗们系蝴蝶结，还有鸽子们从魔术师的盒子里面飞进飞出，还有会钻火圈的狮子被锁在铁笼子里。

会钻火圈的狮子被锁在铁笼子里。

会钻火圈的狮子是阿朗。

莉莉躲在一群孩子身后，静静地看着他。他好像是瘦了，脸紧紧地抵在笼子的铁栏杆上边。离得太远了，她没有办法看清楚他的表情。

黄昏，猎人和木匠坐在小酒馆里等着马戏开场。性急的孩子们已经坐到观众席上去了。猎人自嘲地说："听听这些孩子们欢呼的声音，也是好的。"莉莉悄悄地溜了出来，绕到大帐篷的后面去，阿朗在笼子里不紧不慢地逡巡着。

他是真的瘦了。他的眼睛里好像有种什么东西沉淀了下来。他的身上有几道红得刺目的鞭痕。他一声不响地看着莉莉的脸，莉莉自己也没有想到，她说的第一句话是："阿朗，他们打你了？"

阿朗微笑。不点头，也不摇头。

"阿朗，"莉莉抬起了身体，爪子搭在铁栏杆上，"我找你找得好苦。"

"我掉进陷阱里了，受了伤。"阿朗静静地说，"我本来想去峡谷。然后就碰上了他们。他们把我带走，要我钻火圈。"

"阿朗，我怀孕了你知道吗？"莉莉伸出舌头，隔着铁栏杆，她舌尖的那一点点刚好能够着阿朗的脸，"阿朗，那是咱们俩的孩子。你要做爸爸了，阿朗。"

"莉莉,"阿朗的语气毋庸置疑,"听我说莉莉。我刚才看见你是跟着猎人来的,还有那只狗。猎人既然没有死,那你就应该回去,回到他身边去。然后,等这个孩子生下来以后,咬死他。明白了吗?"

"你说什么呀阿朗。"莉莉的眼睛闪闪发亮,"那是咱们俩的孩子。"

"莉莉,"阿朗摇着头,"这完全是人的慈悲,而且假惺惺的。没有我,你怎么养大他?碰到我的那群敌人,你们两个怎么活得下来?"

"阿朗,就算有你,碰到你的那群敌人的话,你以为我们就真的可以打败他们吗?"

"你是说,你瞧不起我。"

"我没有。我只是想说,你永远都在做当君王的梦,我愿意永远都陪着你做这个梦。可是你没道理把我的孩子也赔进去。"

"说来说去你还是瞧不起我。"阿朗激动地一跃,沉闷的吼声在空气中滚起了一层又一层的浪。然后不远处响起一个清脆跟放肆的声音:"那头狮子又怎么了?真是伤脑筋啊。"

脚步声近了的时候莉莉躲进了旁边一堆装戏装的大木箱后面。一个女孩子停在了阿朗的笼子前面。她穿着一条粉红色的纱裙,薄如蝉翼,亮片跟蕾丝眼花缭乱的,看上去就像一片滴着水的花瓣。可是她手里拿着一条皮鞭,她把皮鞭轻轻地往铁栏杆上一甩。那种地狱般的响声让莉莉心惊肉跳。如果她现在敢把这皮鞭甩在阿朗身上的话,莉莉发誓自己会扑上去,熟练地咬断她的脖子。可是她没有。她把皮鞭收在白皙纤巧的手里,炫目地笑:"听话一点,知道吗?宝贝儿。"

阿朗抬起脸,炽热地看着她的眼睛。她的手伸过了铁栏杆,梳了梳阿朗的鬃毛。然后转过身,翩然离开。莉莉清楚,阿朗的眼睛里,有爱情。

"阿朗,"莉莉不知所措地笑一笑,"你,你在犯我以前犯过的错误。"

"莉莉,对不起。"

"你记不记得,是你自己跟我说的。你说你以为爱上一个人就能真正变成人了吗?"

"我从来就没有想要变成人。莉莉。"

"但是你不会再跟我回到山里了,我知道的。"

"莉莉,你原谅我。"

"好吧。"莉莉咬了咬牙,"可是你要记得,要是他们打你,欺负你,你忍不下去的时候,该怎么办就怎么办,明白吗?"

"当然明白。"

"就算爱上了一个人,也不可以忘记,我们是狮子呵。所以你绝对不可以低头的阿朗。"莉莉的眼睛亮得就像星星。

"对,不能低头。哪怕是为了活下去。"在阴郁的铁笼子里面,阿朗霸道地一笑。天色已经暗了。他身上的鞭痕在远处点亮的灯火中绽放出一种拼尽全力的红。从来没有一个时候,阿朗这么像一个真正的君王。

后来,很多年以后的后来,莉莉都常常梦到那个马戏团里灯火辉煌的夜晚。那个粉红色的女孩子在半空中飞翔,翻滚,在空气里跳舞。底下观众席里的惊呼声越响,她就越轻盈。莉莉糊涂了,她到底是一个人,还是一只蝴蝶?也许她又是人又是蝴蝶。一定是这样,没错的。不然的话,她为什么能从莉莉这里夺走阿朗?

木匠在猎人的耳朵边说:"她已经长大。她穿的是粉红色的衣服。她越来越漂亮了。"

当孩子们欢呼着"狮子来了"的时候,莉莉钻到了椅子下面。把自己的身体贴在猎人的腿肚子上,这样能让她有一点安心的感觉。椅子底下很黑,还潮湿。莉莉在这局促的潮湿中紧紧地闭上了眼睛。她听见孩子们尖叫着:"那是真的火!"还有:"看哪,真的跳过去了!"一个孩子把棉花糖的彩色包装袋扔到了椅子下面,莉莉慌乱地把它咬在嘴里。是种淡淡的,莉莉从童年起就熟悉的甜味。那种人类的甜味可以让莉莉对此时此刻杀气腾腾的欢呼声勉强地产生一点信任。祭祀的时候他们也是这样欢呼的。他们给莉莉带上花环,然后围着篝火唱歌跳舞。他们唱的是一首古老的歌颂太阳神的歌。莉莉听不懂歌词,可是莉莉知道那是在膜拜一种伟大的力量,是在敬畏一些不能吃的东西。不是为了流血。不是为了流血。

他们唱:"青云衣兮白霓裳,

举长矢兮射天狼。

操余弧兮反沦降,

援北斗兮酌桂浆。"

那也是阿朗的梦想,莉莉知道的。阿朗不是为了想要当一个君王那么简单,也不是想要征服一个人类的女子那么简单。阿朗想要的是一个机会,一个可以尊严地面对无边无际的苍穹的机会。他以为他自己是可以做到的,他以为这是他自己努力就可以做到的。他至今不明白尊严不是猎物,不是说你竭尽全力地追赶就可以得到。尊严就像是你的回忆一样,永远只能跟你存在于不同的时空。只有当你自己不存在的时候才能跟它融为一体。你为什么就是不能明白?尊严永远都是并且只能是一个路标,为候鸟们指引你坟墓的方向。所以莉莉原谅阿朗，原谅他的背叛，原谅他的不辞而别，原谅他的执迷不悟。他并不是残酷，他只是倔强。

周围突然间死一样的寂静。莉莉从座位底下小心翼翼地探出了她的小脑袋。观众席上的每个人都屏住了呼吸，像是早有预谋的，凝视着同一个方向。阿朗停在火圈的前面，一动不动，无论怎样都不肯再钻。脸上的表情跟莉莉第一次见到他的时候一模一样，自负得让陌生人害怕，让懂得他的人心疼。粉红色的女孩子微笑着接近他，在强烈的灯光下，莉莉第一次好好端详她甜蜜的脸庞。然后她轻盈地扬起手，鞭子重重地落在了阿朗身上。两道伤痕就像彩虹一样在北风般凌厉的抽打声中绽放了。阿朗仰起脸，用曾经注视过莉莉的眼神看着她拿鞭子的手。

别以为我们会向你们低头。莉莉恶狠狠地咬了咬牙。可是她心里有个声音在说：阿朗，求求你，不要那么犟啊，你以为她真的能像我一样吗？

鞭子又抽了下来，阿朗的身体上现在有一张血红色的网。他的视线似乎是在寻找。然后，对着远处的莉莉，调皮地一笑。再然后，莉莉是在四周爆发出的震耳欲聋的惊呼声中看清发生了什么事情的。阿朗轻盈地跳起来，不费吹灰之力，扑倒了粉红色的女孩，把她踩在了前爪下面。可是阿朗跳起来的时候碰倒了火圈，火苗舍生忘死地蹿到了阿朗身上，疼痛中阿朗把女孩踩得更重，仰起脸，使出了全身力气吼了一声。

莉莉知道，阿朗在吼叫的时候是想寻找原野上的天空。但是他只看得见舞台上的幕布。莉莉已经听不见周围地狱般鬼哭狼嚎的声音，听不见猎人沉着地对木匠说了一句："你带孩子们先走。"听不见很远的地方隐约传来警笛刺耳的声响。她只知道，那一声仰天长啸，是阿朗在谢幕了。可是那暗红色的幕布太破旧，太暗淡，也太肮脏。阿朗，你不值得。

人群已经逃难般地涌向了出口。他们的喧闹跟拥挤让莉莉想起那些峡谷中没有头脑，只知道制造噪音的水流。莉莉觉得有一种异样的、寒冷的力量在她的皮肤下面涌动。那不是杀气，杀气不会让你有飞翔的、轻飘飘的预感。当一个哇哇大哭的小姑娘的红色鞋子落在莉莉的眼前的时候，莉莉的心里划出一道雪亮的光。

阿朗，等等我。

一片混乱之中，只有少数几个人看见，观众席的最后一排，有一只母狮子，像道闪电一样不可思议地冲着舞台飞了过去。莉莉清楚，这一次的纵身一跃，不是为了一只死期将至的猎物，而有可能是向着自己的死期。不管了，不管了。落地的那一瞬间，天地间只剩下了寂静。肚子里因为这剧烈的颠簸撕心裂肺地疼。疼痛埋没了一切人间的声音。阿朗的额头上开出了一朵红艳艳的花，他终于松开了女孩，倒了下去。莉莉仓皇地转过脸，她看见盲眼的猎人就站在舞台的下面，端着一杆还在冒烟的枪。

巴特静静地卧在小镇的石板街上，狂欢的人群像河流一样填满了古老的街道。救护车拉走了粉红色的女孩，人们要做的事情就只剩下狂欢了。还有，膜拜他们的英雄，虽然已经失明但依旧百步穿杨的英雄。猎人让人们相信了，这世上真有传奇这回事。木匠因为激动的关系，鼻头越发地红。他的大嗓门盖过了所有的喧闹："得去喝一杯啊。我倒要看看酒馆老板娘有没有胆量要咱们的壮士付账。"在人们的哄笑声中，猎人沉静地笑了笑。可是巴特看出来，他的脸庞被什么东西点亮了。"英雄——"马戏团的小丑问，"既然你看不见，你怎么有把握开枪呢？你就不怕伤着人吗？"猎人不紧不慢地开了口，周围顿时安静了下来，猎人说："是莉莉。如果莉莉没有扑过去，我怎么也不敢开枪的。但是她扑过去的声音提醒了我那只狮子的方向跟位置。莉莉是我的乖女孩，我相信不会错的。"话还没说完，猎人的声音就被一片喝彩声淹没了。同时被淹没的，还有巴特战栗的哀鸣。"幸好莉莉没有听见这句话。"巴特对自己说，"我永远不会让莉莉知道这个。谁敢让莉莉知道这件事，我就要他的命。"

所有的狂欢都与莉莉无关。马戏团的舞台寂静得简直荒凉。现在就剩下了莉莉跟阿朗。不，还有大象。是大象用自己的鼻子吸了水，帮阿朗把身上的火苗扑灭的。然后大象再静静地退回到舞台的一角，像是一样布景悲悯地注视着飞翔而来的莉莉。大象叹了口气：这个姑娘，多美，多苦命。

阿朗在流血。莉莉把爪子伸出来放在那个枪眼上，可是没用的，血还是自顾自地流出来，但是静静的。血是一样比水更聪明的东西。从不喧嚣，但是狠。一旦决定了要离开谁，就再也不会回头。

"莉莉，"阿朗的脸依然俊美，"想不到最后，我还是只有你。"

"你说什么呀阿朗。"莉莉甜蜜地笑了，"这是理所当然的呀，你是我的丈夫。"

"莉莉，我很蠢。是不是？"

"不是的，阿朗。应该这样。你是君王，你只能这样，对不对？"

"莉莉，"阿朗笑了，"你真好。"

"你记不记得我说过，"莉莉舔着阿朗额头上流出的血，"就算有一天你离开我，我也不会离开你的。你还记不记得？"

"记得。"阿朗的声音低了下去，"莉莉，那你还记不记得我说过，世界上既然有我这样的一个阿朗，就一定会有一个你这样的莉莉来跟我遇上。可是我说错了，因为，"阿朗艰难地呼吸着，"因为能遇上莉莉，是我最幸运的事情。"

然后阿朗就死了，是微笑着死的。死在莉莉的怀抱里，听着莉莉肚子里的小宝贝心跳的声音。

三天后，猎人的婚礼在镇上的小酒馆举行。新娘是那个粉红色的女孩子，她的名字不叫蝴蝶，她叫婴舒。阿朗死去的第二天，猎人带着莉莉和巴特去看她。她静静地看着猎人的脸，潋滟地微笑："你又救了我一次。"猎人说："我们结婚吧，这些年你已经走得够远了。我等了这么久，不想让你再逃跑。"巴特非常不满地在一边喘着粗气，认为这种对白太过晦涩，一点没考虑到狗的接受程度。

猎人跟婴舒的婚礼对于镇上每个人，都是一个美丽的通宵达旦。英雄配美人，当然是所有传奇理所当然的结局。每个人的表情都因为醉意而变得生动。一百个人的醉眼里，就有一百个千娇百媚的婴舒。实际上，她端庄得很。安静地坐在猎人的身边，谁都看得出，她就是侠胆英雄的那根隐秘的柔肠。

酒馆的老板娘快要忙疯了。可是莉莉看得出，这个美丽的女人有一点落寞。她叹着气，在自己缀满花边的围裙上擦擦手，弯下身子抚摸着莉莉的脑袋，她说："莉莉，你要当妈妈了。恭喜呵。"

莉莉一个人走到了小酒馆的外面。镇上的街道空荡荡的，散发着青石板的香气。没有人行走的，古老的街道在夜空下面呈现出跟原野类似的沉静的表情。空气真好，因为没有那么多的人一起呼吸。然后莉莉抬起头，她看见了月亮。

"莉莉，"巴特不知道什么时候来到她的身后，一脸的担心，"那个……马戏团里的那只狮子，是宝贝的爸爸，对不对？"巴特总是管莉莉的孩子叫宝贝，像一个非常称职的舅舅。

莉莉在满地的月光里，回头妩媚地凝视着巴特："巴特，等生下来这个孩子，我就走。带他一起走。"

"莉莉，你吃了那么多苦。"巴特安静地摆了摆尾巴。

"巴特，你告诉我，他杀了我妈妈，又杀了我丈夫，可是为什么我还是会原谅他？"

"我不知道，莉莉。"巴特说，"你从小就这样，什么事情都要问我。我也不是什么都知道。"

"有件事你肯定知道，你得跟我说老实话，巴特。"莉莉突然间淘气地斜了斜眼睛,"有的时候,你有没有想过,其实你可以在一个只有你们俩的时候,跳起来咬断他的喉咙的。你想过没有?"

"没有。"巴特说,"莉莉你呢?你想过吗?"

"我不知道。"莉莉诚实地看着巴特的脸。

"其实我敢保证,莉莉。他也想过同样的事情的。他也想过,他其实可以用他的猎枪打穿我们的脑袋。他爱我们,这是真的。但是,他同时也不会忘记,生杀大权在他的手里。他可以忽略这个,可以要求自己不去想这个,但是他是不会忘记的。"

"巴特,你什么都明白了,什么都看清楚了。可是你为什么还留在他身边?"

"因为我知道他离不开我。因为我也离不开他。"

"我真是糊涂了。阿朗,就是宝贝的爸爸,他以前跟我说过,问为什么是人的习惯。我不应该有这种习惯。他很霸道的,老是跟我说不准这个不准那个。"莉莉突然间嫣然一笑,"巴特,我好想他。"

深蓝色的夜空一瞬间倒转了过来,静谧的满月像颗子弹一样击中了莉莉臃肿的腹部。在撕心裂肺的疼痛降临之前,酒馆里的每个人都听到巴特焦灼的狂吠声。

莉莉在猎人的婚礼上生下了她和阿朗的女儿,取名朱砂。

是猎人给小女孩取的名字,因为她的额头上奇迹般的有一小块红色的胎记,圆圆的。猎人骄傲地说:世界上还能有谁像我这么幸运呢?结婚当天的夜里就当了外公。莉莉静静地躺在炉火边,甜美地微笑,看着婴舒抚摸着小女孩的胎记,那正好是击中阿朗的子弹呆过的位置。

莉莉童年时候的澡盆被翻了出来,朱砂睡眼蒙眬地在温暖的水波里四脚朝天,是跟那时的莉莉一模一样的姿势。巴特的舌头又是长长地伸了出来,伸出前爪护着朱砂的小篮子。猎人说:"巴特,你小心一点啊,不要把口水滴到小宝贝身上。"巴特于是愤怒地盯了猎人一眼。唯一的不同就是:朱砂用不着莉莉小时候的奶瓶。因为莉莉的胸前饱满得如同深秋的沃野。朱砂吃奶的时候,小小的嘴唇的嚅动微妙地牵扯着她的内脏。她痴痴地看着朱砂干净的黑眼睛。她要给朱砂很多很多的爱,让朱砂像曾经的她一样,张狂地,横冲直撞地,不知天高地厚地长大。然后告诉她:要敬畏所有不能吃的东西。她长的样子像我,可是性格会像你,阿朗。

大家是在四十八小时以后发现朱砂的缺陷的。朱砂的一条后腿弯曲得厉害,走路的时候都不能着地。小女孩天真烂漫地用她的三条腿笨笨地蹦跳着,因为幼小，再笨拙也好看。莉莉想起她自己在观众席上那奋不顾身的飞翔，落地的时候肚子里有种撕裂一般的疼痛。我的朱砂是在那个时候受了伤。不过阿朗，你不要介意，那不是你的错。也不是我的错。所有的灾难，不过是因为眷恋。还好朱砂现在懵懵懂懂地生活在所有人的宠爱之中，她很快活，全然没有留下关于在母体中时颠簸跟疼痛的记忆。

猎人现在有了一个很大的家庭。一共三代五口，两个人，三只动物。因为有了婴舒，这个家有一种繁琐但是真实可信的气息。猎人依旧喜欢带着巴特和莉莉出去散步，黄昏的时候他们回到小木屋。莉莉端庄地走在前面，巴特兴奋地跑前跑后，猎人走在最后面，偶尔肩膀上还是会扛一只莉莉弄来的鹿，像一尊青铜雕像。门口有婴舒在迎接他们，怀里抱着小朱砂，窗子里飘出饭菜的香气。朱砂的小爪子抚弄着婴舒垂在胸前的卷发，还有裙子上的荷叶边。用红鼻头木匠的话说，婴舒是世界上最美丽的外婆。

可是莉莉知道，团聚的日子是短暂的。因为等到朱砂满十六个月，不用再吃奶的时候，他们就会把朱砂送到动物园去。这是征得了莉莉同意的决定。朱砂永远都不会像莉莉那样奔跑，永远没可能追上任何一只猎物。世界上有一种叫做"动物园"的东西，对于朱砂来说，或者是个好去处，至少在那里，她可以活下来。对于离散，莉莉早已习惯。她知道那是所有人跟所有人之间必然的结局。只是，当朱砂的大眼睛深深地、清澈地、毫无保留地看着她的时候，她会突然没命地舔着她小小的脸庞、耳朵，还有小屁股。她说："宝贝，你长大以后会是一个漂亮的姑娘。"巴特在一边静悄悄地看着她们俩，那种温柔的眼光让莉莉有一种沐浴其中的温暖。有好几次，她都有种错觉，以为那是天上的阿朗的眼睛。她蓦然回首，然后不好意思地对朱砂说："宝贝，是妈妈搞错了。那不是爸爸，是舅舅呀。"

她的脸上依然有种少女时代的娇羞。可是巴特老了。莉莉有的时候会突然间在他的眼神里，表情里看出一种衰老。他早已不再是那个英姿飒爽的美少年。但是，猎人看上去并没有改变很多呀？为什么只有巴特变样子了呢？莉莉不知道，那是因为对于猎人和巴特来说，时间这个东西流逝的方式是不一样的。巴特就在这不一样的时间里从莉莉的小哥哥变成了一个宽厚的长者。但是猎人似乎早已不关心这人世间的变迁。他现在总是开心得像一个孩子，喜欢把朱砂高高地举过头顶，然后大声地爽朗地说："怎么办？莉莉？我现在喜欢朱砂超过喜欢你了。"莉莉跟巴特相视一笑。莉莉注意到了，她跟巴特的这点默契没有逃过婴舒的眼睛。在这样的时候婴舒脸上总是浮起一种柔软的表情。那柔软让莉莉在不知不觉间就谅解了很多的事情。

如果不是因为天生的缺陷，朱砂会让所有原野上的飞禽走兽明白什么叫做风华绝代。她安静的时候很像莉莉，但是要比莉莉妩媚。像一片慢慢地飘进静止的湖水里的、红得醉人的枫叶。她不肯安静下来的时候，尤其是当她把小小的脑袋任性地一扭，那神情活脱脱又是一个阿朗。额头上那粒画龙点睛的朱砂痣不由分说地戳到你的心里去。城里来的动物学家第一次看到朱砂的时候，沉默了足足十秒钟，眼睛闪闪发亮，然后，似乎是有一点慌乱地俯下身子，拍拍莉莉的脑袋："莉莉，生了一个这么美的女儿，你真了不起。"

婴舒微笑着把朱砂放到地上，朱砂立刻蹦跳着到了动物学家的面前。仰着她向日葵一样灿烂的小脸，娇嫩地给了动物学家一个毫无保留的笑。她是个虚荣的小家伙，莉莉愉快地想，她知道这个人刚刚在夸她漂亮。突然间，笑容凝固在了莉莉的脸上，莉莉望着动物学家强劲有力的手和衬衫领口没有系住的纽扣，如梦初醒：他是一个男人。一个年轻的、好看的、强壮的男人。一个就像当年的猎人一样的男人。

朱砂从小就知道自己是要到城里的动物园去的，她对这个未来充满了期待。"妈妈，巴特舅舅告诉我说，城里到了晚上有好多好多彩色的灯，比白天的样子还好看。"她跳跃的样子像一只小梅花鹿。歪一歪脑袋，无限神往："妈妈，婴舒告诉我说，在动物园里，我一个人睡一间屋子，他们还有皮球给我玩。皮球是彩色的，比镇上的小孩子们玩的那种好看多啦。"莉莉忧伤地看着朱砂，莉莉不知道该不该告诉她那根本不是什么值得去的地方。该不该告诉她最适合狮子的地方永远是并且只能是这片原野。最让她担心的一件事情是，朱砂对陌生的东西永远充满着天真跟热情的好奇心，这根本就是人类的秉性，而不是狮子的。莉莉犹豫了很多天，很多天，最终还是什么都没有对朱砂说。无论如何，莉莉愿意看见朱砂快乐。

动物学家开始频繁地出入他们的小木屋。他说他要从哺乳期开始记录朱砂的成长。"朱砂的品种很罕见。"他耐心地对猎人跟婴舒解释着，"要是我的判断没错的话，朱砂的父亲是一只白狮。白狮是我们原来以为1865年就已经在西非绝种的狮子。是在二十年前，才有人认为在我们这片原野上有白狮出没的痕迹的。众说纷纭啊——"动物学家像个大男孩那样伸着懒腰，"有人说是，有人说不是。我大学里的老师，跟踪了他们整整十五年。"

"白狮？"猎人问，"打了这么多年的猎，我还是头一次听说。难道不成，是纯白的？可是我见过一次朱砂的爸爸，那时候我眼睛还好——他并不是白色的啊。"

"也未必，只是毛色比较浅而已。其实，我们也都是根据记载来判断的，你知道，十九世纪的相片还是很少的。"

"那你认为他们到底是不是白狮呢？"婴舒问。

"当然是。"动物学家笑着弯下身子，拍着莉莉的脑袋："莉莉，要是你会说话就好了。我真想知道你是从哪里钓到一头白狮的呀。"

"我早就说过，"猎人静静地微笑，"我们的莉莉是个了不起的姑娘。"

朱砂就在这个时候蹭了过来，撒娇地舔着动物学家的手掌。动物学家专注地看着朱砂，无限感慨："要是我的老师还活着的话，看到朱砂，老头子一定会高兴得跳起来的。"他的眼睛似乎是潮湿了一下，用柔情似水的眼光缠绵着朱砂额头上的胎记。动物学家给这个小木屋带来意想不到的欢欣。因为他就连感伤跟缅怀的时候都是生机勃勃的。

"那些白狮，他们现在到哪里去了？"猎人抽着烟斗，在正午的阳光下慵懒地闭上眼睛。

"就是因为当初有人认为是白狮，可是有人反对，保护区一直都没有建立起来。大概是前年吧，因为一场从野牛身上传过来的瘟疫，绝大多数都死了。别说是白狮，现在在这片原野上，狮子几乎是没有了。"他谈起狮子的时候就像谈起他的情人一样，言语间充满着疯疯癫癫但是百分之百的爱意。

阿朗，如果他说的是真的，你的那些敌人，他们全都死了。你不用再去打败他们了。所以阿朗，在你活着的时候，你已经成了君王。你是君王，我是王后，尽管我们都没有臣民了，尽管我们统治着的只是一片空旷的荒芜。可是，你做到你想要做到的事情了呵。

那天夜里，朱砂羞答答地对莉莉说："妈妈，要是去了城里，我就能天天都跟他在一起了，对不对？"

莉莉的表情变得前所未有的严峻："绝对不可以，朱砂，我不准你有这个念头。"

"妈妈，"朱砂倔强地把脖子一梗，"我最讨厌你说不准这个不准那个！"

"朱砂，他是人。"

"那又怎么样呢妈妈？"朱砂才这么小，但她已经笑得媚态横生，"你没看到他看我的眼神吗？"

莉莉当然看到了动物学家的眼神，那种迷醉跟阿朗谈起王位的时候异曲同工。朱砂，那与你无关，那只是为了征服。但是莉莉不能这样跟朱砂讲，她只能叹一口气，说："朱砂，我们是狮子，我们只能嫁给狮子。"

"可是妈妈，"朱砂习惯性地歪着头，"这片原野上已经没有狮子了呀。你要我怎么办？"她带着一脸胜利的表情，欣赏着莉莉无言以对的样子。

动物学家的吉普车是在天色微明的时候抵达的。莉莉在睡梦中被屋外传来的铁笼子的声音惊醒。朱砂安然地睡在巴特的身边，全然没有听到叮叮当当的金属撞击的声音。那声音是带着血腥气的风铃。莉莉静悄悄地走到门外，清晨的原野总是冷。冷到有点悲戚。太阳还没出来，呼吸间全是些幼嫩得就像朱砂的小脸蛋的空气。年轻的动物学家有些不自然地微笑："嗨，莉莉。"他走上来，抚摸莉莉的脑袋："放心好了莉莉。我们会好好地照顾朱砂。"一声细细的门响，婴舒轻轻地走到他们跟前，动物学家就在这个时候直起身子，迟疑但是用力地握住了婴舒的手。

"莉莉，"婴舒的声音听上去跟平时不大一样，"我要跟他走。"

莉莉安静地注视着眼前这一对即将私奔的男女。在莉莉面前，他们就像两个闯了祸的孩子一样不知所措。婴舒的手摩挲着莉莉柔软的脖颈："莉莉，莉莉，对不起。"眼泪沿着她的脸颊静静地滑下来，掉进泥土里面了。婴舒说："莉莉，你不明白。"

不明白的是你。莉莉仰起头望着她的脸，漆黑的眼睛就像没有波浪声的海面。她望着这个夺走了阿朗，夺走了猎人，又帮着别人夺走她的女儿的女人。你把我所有最珍贵的东西都夺走了，但是你丝毫不珍惜。莉莉并没有怨恨她。粉红色的她在半空中飞翔，像一片带着露珠的花瓣。她是一只蝴蝶，生来就是为了让别人眼花缭乱的。

"莉莉，"婴舒的脸朝着屋内的方向，"我把他交给你了。"

朱砂是在这个时候跑出来的，欢天喜地地钻到了小笼子里。"妈妈，要坐很久很久的车，对不对？"

"朱砂，你要乖。"莉莉用力地、没头没脑地舔着朱砂的脑袋、耳朵，还有额头上那颗小小的朱砂痣。一不小心，舌尖就触到了冰凉的铁栏杆上。那么冷，冷得都有一点火烧火燎的疼。于是莉莉开始用力地舔那些铁栏杆，从上到下地舔，逐个逐个地舔。这样那些铁栏杆就不会那么冷了，这样朱砂就算不小心碰到它们也不会觉得难受。

"朱砂，小公主。"动物学家拎起笼子，把它放到吉普车的后座上。"我们要出发了。"

"妈妈不去吗？"朱砂仰起小脸，但是吉普车的门已经"轰"地关上了。

太阳出来了。莉莉看着阳光洒满了原野，吉普车绝尘而去。但是她没有看到朱砂在后座上一下一下地跳起来，却一次又一次地撞到了笼子上面："妈妈——妈妈我要下去——我不去城里了——妈妈我要回家……"

阿朗，你得保佑朱砂。这孩子就和你一样，认起真来是不要命的呵。

在这个清澈的、阳光普照的早晨，小木屋又回到了原来的样子。只有莉莉、巴特，和猎人。就好像别人都没有出现过，就好像所有的离散都只是一场很长的梦。鸟雀们都醒来了，莉莉听见了它们唱歌的声音。莉莉轻轻地、优雅地跨进了家门，巴特还在沉睡着，猎人端坐在橡木床上，腰板挺得笔直，他说："莉莉。"

莉莉走上去，猎人的手颤抖着揉搓着她满身的皮毛。莉莉舔着他的手心，舌尖上还带着铁笼子的寒气。猎人慢慢地说："让他们都走吧，莉莉。就剩下我们三个了。其实这个家里本来就只有我们三个。莉莉，你说对不对？"

莉莉在猎人的手心里轻轻闭上了眼睛。她觉得冷，她听见自己的身体里传来一种很深很深的回响。她知道，那是峡谷的声音。从来没有一个时候，莉莉如此地渴望那个峡谷。她想站在峡谷的边缘上听听水流暴虐的声响，然后，轻盈地纵身一跃，就像阿朗那样跟粉身碎骨曼妙地擦肩而过。死亡的深渊里就会留下莉莉蜻蜓点水的、美丽的痕迹。阿朗说："每一只狮子的一生里，一定要跳一次峡谷。哪怕送命也得跳一次，这是我们身为狮子，必须要做的事情。"那个时候我怯生生地站在峡谷的旁边，看着他跳过去，有若神助。跟那个时候相比，我已经不再年轻。我的身体里已经有了那么多时间的痕迹。有欢乐的痕迹，有生育的痕迹，有杀戮的痕迹。我早已经千疮百孔，满目疮痍。可是我的身体里却充满着前所未有的丰盈的渴望。我知道它会跟我的血液一起，一点点地涨满。满到就要溢出来的时候，我就会纵身一跃。

"莉莉，"猎人搂着她的脖颈，"请你原谅我。是我杀了朱砂的爸爸。我开枪的时候知道他是谁，因为，因为当你从观众席上跳起来的时候，我就知道他是谁。"他疼痛地亲吻着莉莉的小耳朵，"原谅我，莉莉，原谅我。你知道的，只有对你，我才敢提这样的要求。"

莉莉当然知道，他对她，永远有恃无恐。他可以说"莉莉你不要再回来"，他可以说"莉莉是我杀了你妈妈"。他什么都可以说，因为，其实他清楚得很，无论他说什么，做什么，他都不会失去莉莉。

莉莉知道自己不会再回原野上去了。她所有的，仅剩的亲人就在这间小木屋里。她不走，她哪里也不会去。莉莉知道，作为一只狮子，其实已经完成了她此生的使命。她已经跳过了峡谷，只不过她是在马戏团的观众席里跳的。就是那唯一的一次忘情，给她的女儿留下了永远的缺陷。那就是代价吧。或者说，生命本来就不是一样可以忘情的东西。所以峡谷里的狮子们才把那种纵身一跃看成是一生的意义跟尊严所在。生命不是为了放纵而是为了承担，为了一种日复一日没有止境不能讨价还价的承担。阿朗不懂得这个，婴舒也不懂得这个，但是莉莉懂得。

  他是她的父亲，她的情人，她的仇敌，她的负累，她的命运。她的生命是因为他才得以延续，她生命中所有的苦难都因他而起。可是他给她的那么多的爱，又在她的体内懵懂地积蓄起一种强大的力量来抵御所有的苦难。

  他慢慢地站起身，对她说："莉莉，去把巴特叫醒吧，我们一起去散步。我看不见，可是我能感觉得出来，外面的阳光好得要命。"

  巴特依然沉睡着，睡相酣畅得很。只不过，已经没有了呼吸声。猎人对此浑然不觉，但是莉莉明白发生了什么事情。巴特老了，就是这么简单。当你经历过很多的离散之后，你就能很轻易地在空气中嗅出永诀的味道。莉莉走到巴特跟前，无限爱怜地，把前爪搭在了她的老朋友尚且温暖的脊背上。

2006 年 8 月 13 日
原载《钟山》2007 年第 1 期

授奖辞

  《莉莉》是鲜活的生灵想象与凝定的现实沉思的结晶体，犹如宝石，因有足够的密度而愈显瑰丽明澈。动物故事、生存情境的背后，潜隐着人间体察和人文关切。透亮的文字、综合的才情，带来的是根深叶茂的文学可能性。笛安的写作令人感到踏实，年轻一代中文作家经由宽坦的地面起飞，正向高远处翱翔。

作者简介：

　　季栋梁：男，1963年出生。著有长篇小说《奔命》，散文集《和木头说话》《人口手》《从会漏的路上回来》，长篇传记文学《西北汉子杨兴义》等。曾获"中国作家奖"。《和木头说话》入围第三届鲁迅文学奖，荣获宁夏政府文化奖。散文《节日》选入中学语文教材。

老　解

季栋梁

　　前两天在南京的朋友打电话告诉我，老解死了。我坐在窗前握着电话，许久没有说话。老解虽然跟我无亲无故，但是他毕竟在我们家院子的那个拐窑子里生活了六年，和我的家人一样出出进进，就是我家的狗也把他当家里人一样，舔他的脚手。尤其是过了四十岁，我忽然觉得能在一个院子里生活六年时间，那确实需要一种缘分的。有道是"百年修得同船渡，千年修得共枕眠"，且不说这共枕眠，单就说这同船一渡，尚需百年，那么六年相处，大约也需数百年的修炼吧。

　　老解是个"右派"被下放到我们队上的。从进村的那一刻到最后的离开，我想我有必要把这篇文章写出来。

改　口

　　老解刚刚到了村子里，就和人们有一番激烈的争论，因为人们把他叫老解［jiě］，他说他姓解［xiè］，村里人就嗤笑他。虽然他们从小没进过学堂的门，可是现在已经在夜校里识得几个字。朱全最爱卖弄，于是他就在地上歪歪扭扭地写了"解放"两个字，说你来读这两个字。老解就读了"解放"。朱全说难道它们不是一个字？这明明是解放的解，解放军的解，这个字谁不认识，连刚上学的娃娃都识得的，你哄谁哩？他们正这么争论着，我们放学回来了，朱全就喊他的儿子："宝子，过来。"我们就都跑了过去，朱全写了"解"字让我们认，我们就说是解放军的解字。老解说这个字做姓的时候就读［xiè］。朱全又写了个"谢"字说："那你说这个字读啥？"老解说："姓里面有这个谢，也有这个解。"朱全就说："不和你弄这事了，费劲死了。"有几个人就说你们城里人真日赖，我们从来都没见过一个字还读几个字的，我们就知道它是解放的解。老解却皱着眉头说，这不是日赖不日赖的问题，人的姓是不能随便改的。

　　老解是个认真的人，可是对此也没办法。然而，这却成了老解的一个心病，当有人喊他老解［jiě］的时候，他总是要给人家讲半天。别人当面说知道了，可到了喊他的时候，还是喊老解［jiě］。就是到了开会的时候，大队支书在台上喊他，也喊老解［jiě］。老解［xiè］希望大队支书能在全大队的社员大会上纠正一下，那是最好的。可是大队支书说你这人咋这样，叫你老解［jiě］把你叫得少下了？又说你姓啥不好，偏偏姓这个字，百家姓里怕都没有。

　　后来，老解终于发现了一个纠正的办法，他要从象棋入手。村里人有一半会下象棋，每逢天阴下雨，出不了工，村里人就聚集在一起下棋。这在那个时候是村里唯一消闲的方式。象棋里的"车"就不读（chē），而读（jū）。这让老解有些激动。有一天下雨，人们在大队部扎了一堆下棋。老解挤在人堆里，看了几盘棋后，队长和朱全就因为悔棋而争得面红耳赤，最后把棋盘也抖了。老解觉得时机已经成熟了，于是他写了个"车"字问："谁认识这个字？"几个人把嘴一撇说："听说你学问大得吓人哩，拿这个字考人，看来你水平也不咋样。"老解却盯着赶大车的刘大炮说："你说这是个啥字？"刘大炮依然一脸的不屑一顾，说："这是大车的车，我天天赶马车，你拿别个的字，或许能考得住我。夜校里咱还识下几个字的。"有人就跟着说："就是啊，你拿这个字考人，说明你根本就看不起我们，你这人思想有问题哩。"老解就从棋堆里拿出一个"车"来，说："那这是个啥呢？"刘大炮说："这是车（jū）。"老解就说："这明明是个车（chē）吗？"人们这才明白老解的用意。朱全已经把棋盘铺好，摆上了棋准备下哩，却被老解纠缠住，就说："这车（chē）和车（jū）我们经常用惯了，就像双胞胎，天天见就能分清了，可是你那解［jiě］和解［xiè］，我们又不熟悉，慢慢地就会熟了。熟了之后，就能改过口来。"老解无奈地说："那我就等着你们改口。"可是人们一见他，还是叫老解［jiě］。老解再认真的时候，他们就对老解说改不过口，一见那个字我们就想到解放，想到解放军，我们就识得那么几个字，你不要为难我们好不好，我们没有坏心思。老解听了这话，就再也不认真了，人们一喊他老解［jiě］，他就回答得很爽快。

　　老解在我们那里呆了六年，直到他要离开的时候，他已经非常习惯人们给他的这个姓了。有一次上面派下来个工作组，一个干部叫他老解［xiè］，他竟然没有答应，呆愣了一阵方才想起是叫他哩。老解后来回去了，回到了北京，大概是退休了以后回了老家南京。他在北京的时候，还和我们村子上保持着一些联系，他资助过几个学生。他说过只要我们这个村子里考上一个大学生，他就资助一个大学生。可是这些年，村子上考了就那么三四个人。我在北京见过他一次，他对我说："一个人改变一群人是很难的，一群人改变一个人很容易。"

捉虱子

我们家的院子很大，是因为和生产队的麦场连着。在我们家的斜对面，有一个拐窑，以前是喂牲口的。后来牲口集体喂养的时候，盘着一个小炕，那窑就成了守场的场窑。粮食上场以后，怕人偷盗，就会让男人们轮流守夜。老解被领回来后，队长想来想去就把他安排住到这个小窑里。

老解来的时候，正是深秋初冬季节。老解在城里是搞学问的，像个夜猫子，白天萎靡不振，夜晚却来精神，一到晚上总是睡不着，想看书，可是书烧的烧了，偷偷藏了些，却也不敢带到乡下来，因此一入夜就闲得无聊，想睡却又睡不着。老解就觉得山里的夜比城里长得多。但一入冬，粮食上场了，老解也就不孤独了。那岁月冬日三样活：打场守夜开大会。因为粮食一上场，就得有人守场。说是怕阶级敌人来破坏，其实就是怕村子里的人偷。因此天天晚上，这个拐窑子就有两个守场的来陪他。场窑是最热火的，因为生产队的柴禾都堆放在场上，拉一两个柴禾捆子往炕洞里一塞，那炕就像烙馍馍的锅一样，巡逻的民兵也耐不住寒冷往这里钻，男人跟女人淘了气，也往这里钻，这里就很热闹了。老解长得面善，人也没有啥怪脾气，谁来了都一脸的喜气，就像这里是他的家一样。我们这些娃娃也爱往这里钻。冬夜是寒冷而漫长的。

来守场的人老的也有，少的也有。但老解发现他们都有一个共同的特点，就是坐到炕上，手插进被子里或毡下焐热之后，开始不停地在身上摸来摸去，而更多的时候是在裤裆里摸来摸去。这个现象让老解想到白天的情景，不论是开会还是干活歇缓的时候，只要一闲，他就看到男人都把手伸到裤裆里摸，女人则把手伸进胳肢窝里去摸。摸一阵抽出手来，俩大拇指指甲盖一对，老解就听到"叭叭"一声。老解不明白这是干什么，想问，却又有点不好意思。有一天，他问我和灵娃，我们都笑他。灵娃和我一人从裤裆里摸出一只虱子来放在掌心里展在他面前。老解就明白了。晚上，人都回去后，老解看那些守场的人不时摸出一个虱子来，两个大拇指一对，"叭叽"一声，便再去摸，之后又是"叭叽"一声。有些虱子太胖，那血就大有喷溅之势。有一次，一点子血竟然溅到老解的脸上。老解有点生气，可人家照样专心致志地捉虱子。老解就有些羡慕，摸虱子掐虱子一定能解闷，可他摸不出来。

等到睡的时候，他们便脱个精光，把里面的衣服翻出来捉虱子，一捉好长时间，掐完虱子再掐虮子。老解看那衣服缝上雪白的卵状的小东西排了一溜。这一捉又是好长时间。虮子比虱子多，一掐也能掐出响声来，响声要脆许多。虽然掐出的响声没有虱子大，但在这宁静的山村之夜，老解照样听得十分响亮。捉完之后，这些汉子就呼噜噜地酣睡去了。老解怀疑这捉虱子能催眠。看到他们睡得那样的香甜，老解就很无奈很寂寞。

轮到老解守场，老解发现老张竟然捉到虱子就扔到嘴里去吃了，就问你怎么吃它？老张说它吃我的血，我就吃它的血，公平着哩。老解看得恶心，老张又说那是你的血，你还嫌自己的血脏吗？平时手指让刺扎了，你不也把指头伸进嘴里吮咂吗？那血不照样到了嘴里？老解虽然觉得他说得有道理，但还是觉得恶心。因此，轮到老张守场，老解就在场上走来走去，直到老张捉完虱子呼呼大睡之后才上炕。老解看到人家在那捉虱子，捉得津津有味，就也渴望能捉虱子，弄出"叭叽叭叽"的响声来。但他身上没有虱子，想要替人家捉虱子，却又不好意思，于是便看着人家捉虱子。有时候，两个人会把各自的虱子抓出来，各挑一两个大的，将衫子扯平放在上面，让它们互相厮咬。果然那两个虱子就厮咬起来，很是凶残。老解不明白虱子为什么会咬仗呢？他们说一个还不到一岁的娃，为啥别人抱他的时候他就哭？可他娘抱他的时候他就不哭了，因为它闻气气子。虱子也一样，一闻气气子不对，就觉得是敌人了。他们玩得津津有味，老解看得也很开心。

有一次，轮到老刘守场。干活时他跟老刘搭活儿。老刘总是多干点，老解不好意思，可老刘却说你们城里人再干啥行，就是干活不行。又说这算啥？力气是个尿脬，越撑越大，人有饿死的，没有撑死的，能跟你搭伙也算是几世修来的缘分。晚上老刘和别的汉子一样也是捉虱子。老解就在旁边看，看着看着就说，来，我也帮你捉。老刘说你不能捉，虱子这东西你一捉就给你惹上了，惹上了你就赶不走了。老解说惹上就惹上了。老刘说惹上了很麻烦的，你后悔都来不及。老解还是替老刘捉了，他心里说迷信。老刘又说人一换水土就生虱子，过不了多久你就会生虱子的，等你自己给自己捉虱子的时候，你就会觉得这真是一件麻烦的事。

捉虱子的时候，老刘边捉边告诉他掐虱子不掐头，活来才报仇，这狗日的命大哩，你听着要把它掐爆了，把身子掐得像一张纸了，只要你没把它的头掐死，它一挨到你的肉上就又活了。老解捉虱子深入觉得挺好玩的，也确实觉得捉虱子能催眠，他给老刘捉完虱子就觉得瞌睡了。

确实应了老刘的话，不久他身上就有了虱子，而且逐渐多了起来，以至于到了和大家一模一样的地步，干活的时候，总要不时地这里抓抓那里挠挠的，而当劳动休息的时候，他就迫不及待地把手伸到裤裆里去摸，也能摸出虱子来了，也能弄出"叭叽"的一声来。他搞不清楚，这虱子咋就那么爱吃那东西。老黄给老解说有一天晚上，男人的虱子和女人的虱子走到一块儿，互相扯磨，说起人身上哪点的肉好吃，男人身上的虱子说男人那东西尖尖上的肉最细最嫩最好吃，女人身上的虱子却说是女人那东西心心子上的肉最细最嫩最好吃。老解就笑了，说可女人咋不在裤裆里摸，总摸胳肢窝。老黄就笑了说你读书把你读成啥样子了，女人摸那地方能当着你的面摸？

老解身上的虱子越来越多了，他才觉得这真是麻烦，可是他不后悔，天天趴在灯下捉虱子也算是个活儿啊。有时候虱子还没捉完他就呼呼地睡着了。后来老解想是因为缺水，人们不经常洗澡，就是衣服也一个月两个月才洗一次的缘故吧。

老解在这个守场房里住了六年，捉虱子竟然治好了他在城里吃药都治不好的失眠症。

有一天开会，老解坐到大队长身边来，大队长也摸，老解也摸，两个人都"叭叽"，大队长就乐了，说老解，你改造得很彻底，连这事你也学会了。

烧　烤

老解来的第二年雨水广，天老是阴沉沉，这是山里人企求的天气。那年秋天，满山坡的粮食就长得疯狂，铺天盖地的。收秋时，学校都放了假，能收的收，不会收的捡拾掉在地里的庄稼。因为雨多，收粮食就不容易，刚刚收上一阵，天就下雨，人们就往附近的老庄子里奔。老庄子是被废弃的庄子，可能是家里遭遇了什么样的变故或出了什么怪事，就搬走了。古窑很孤，孤了就有传说，比如前庄背后的那个老庄子，大家都说每天中午，如果进到那个古窑里都会看见一个穿红衫绿裤梳着长辫子的女人在那里推碾子碾小米。人人都这样说，谁也不敢在正中午到那老庄子的古窑里去证实。正中午人的魂魄最弱，而鬼气最强。一个窑洞住一百年二百年的没啥问题，村子里哪个窑洞都过百年了，可要是不住人，过不了几年就塌成塌窑了，所以说人是窑洞的楦子，就像鞋没楦子撑着，放久了鞋帮子就会倒在鞋底上一样。事实证明还真是这样。窑洞虽然塌落了，但避雨还是没问题的。由于长久没人来，塌窑里就住满了麻雀、乌鸦、呱呱鸡、野鸡、马燕，最多的是鸽子，还有鹰、隼，还有野兔、黄鼠、老鼠、蛇之类。世间有许多事很怪，本来许多东西天性里就是敌人，可是它们只要住在了一起就能和平相处。

　　一进窑洞，男人们就开始把窗子和门全堵上，然后在地上点上一堆火，这时间鸽子、麻雀、野鸡等就往火跟前扑。人们就一个个捉。捉住后把头一扭，就死了，喊自家的婆姨拿了。雨停了，人人手里都拿几只鸽子、野鸡什么的回家去了。那是真正的野味啊。

　　有一次，刘进财他们在窑洞墙壁上的小洞里摸，摸着了一只大鸟，扯出来带到火光下一看，就吓呆了。那是一只猫头鹰，我们叫瓷怪子，是不祥之物。一听到这家伙在谁家门前叫，谁家肯定要遭灾，不是死人就是要破财。因此捉到后，大家都吓得往后撤。这东西只要捉住，就放不得，这东西是神虫，你已经惊动了它，捉了再放必然带来灾祸。就只能弄死了。于是就掐死了。

　　老解就问这东西能不能吃？有人说这东西谁敢吃？老解说掐都掐死了，吃怕啥。于是拔了毛，扒了肠肚。可怎么吃呢？老解却想了一个办法，他和了一堆泥，把猫头鹰用泥包了，架在火堆上烧烤。不一会儿，那泥就黄了，忽然，"訇"的一下，那泥包都着了火。人们吓了一大跳，往后就退，都以为是这神虫显灵作怪。老解没跑，说没事的，是这家伙太肥了，油把泥渗透了，当然着火了。可人们还是远远地看着，不敢近前来。当那泥包自身的火熄了之后，老解将泥包摔烂，一股香味就飘出来，真是香气扑鼻。刘进财抹了头上的汗水说我还当它飞走了呢。老解说都烧成这样子了，它还飞走了呢？那香味让我们的口水都流下来了。老解扯下一条腿子来说谁吃？他把那腿子递到谁跟前谁就往后退几步。老解说你们都不吃，我可就吃了。说着就撕下一块来放进嘴里，说好香，好香。老黄咽下一口唾沫说天上飞的都自带调料哩，是不是老解？老解说就是，他把一个大腿递到老黄面前，老黄忙说不，我吃得饱饱的。

　　老解吃得香极了，窑洞里就听到人们吞咽口水的声音极夸张。老解撕下几块来再让，还是没人接，都往后退去，老解就饱吃了一顿。

　　我们看着老解就一个人把这只猫头鹰吃上了。

　　晚上，娘对爹说老解怕是要招祸哩。

我说我看他好好的。

娘说有些报应不是一天两天的事，你可别在外面胡弄，猫头鹰是神虫，你见老解远着点。于是我们就远远地避开他，仿佛他带着什么邪气。

第二天，人们就看老解眼光不同了，有人问他你没事吧？老解说你看我这不是好好的。收庄稼的时候，队长也问你没事吧？他笑了说我要是有事，今天还能参加改造？队长就说你以后别再吃那东西。

又过了几天，人们见他还好好的，老黄就问你真没事？老解摇摇头说你看我有没有事?!之后老解又对老黄说能不能再弄一只那家伙来吃一下？老黄说要弄你自己弄去，我可不敢弄那神物。老解说你看我这不是好好的么，要报复应该早报复我了。老黄说你不是这里人，家不在这里，祖坟也不在这里，当然没事了。老解说这事和祖坟有啥关系？老黄说这东西要让你出事，一般都是从祖坟里出事哩。老解说祖坟里怎么出事？老黄说祖坟出事，先人不宁，后人就有灾祸了，好端端地得个怪病，老刘家知道吗？去年这东西在他们家院墙上天天叫，老刘的小儿子不是民兵吗？背着枪，一枪打过去，平时打啥都打不准，可那天晚上一枪过去竟然就把这家伙打了下来。结果呢，他一个能摔倒牤牛的小伙子走得好好的，却一头倒在地上，就再也没起来。老解说我不信，它不就是个猫头鹰吗？老黄说老年人都这么说，它是神虫，老年人的话都是他们经过的。

第三天，老黄送给他一只煮熟的鸽子，说以后别再吃那东西了。

挖黄鼠

每年秋末，白露前后，社员的日子里油花子要多一些。因为这个时间黄鼠胖了，能吃了。黄鼠常常在田边打洞筑巢。山里有俗语云"黄鼠吃过地隔塄"，比喻把自家的事做到别人家里去了。一到白露跟前，五谷粮食穗满籽饱的，黄鼠就吃得肉嘟嘟的。胖了的黄鼠在天气好的时间常常在坡上站起来，两个前爪高举着，"吱吱吱"地叫。因此一到收糜谷挖山芋的时候，汉子们就开始利用一切休息时间挖黄鼠。

挖黄鼠是个力气活。黄鼠很狡猾，打的洞有两个出口，一个叫钻，一个叫土包。钻一般都在草墩子下边，十分隐蔽，不细心是发现不了的。土包则有一堆土，是打洞打出来的土。挖黄鼠是要讲技巧的，看到一个黄鼠后就追，追进一个洞里去，然后就开始挖，那真是一场较量。有经验的人挖着挖着，常常会站起来往前走四五步，然后掏个坑下去截，这叫截趄。黄鼠也很狡猾的，你挖着挖着会忽然间没了洞，这时候你就得细心观察，就能找到洞。原来黄鼠在洞里跑着跑着就开始刨些土下来壅到身后，回过头来又用嘴巴把土墩瓷实，几乎和原土质一模一样。挖黄鼠如果把黄鼠从土包里追进去要比从钻里追进去省力得多。因为土包离窝很近。还有一种省力的方式就是灌黄鼠。那得有水，只有下了暴雨之后，山里才会有许多水坑，你只要把黄鼠追进洞里去，只管往洞里灌水，黄鼠给淹得呆不住，就会从洞里爬出来，然后你只要把手卡在洞口，等着捉就行了。灌黄鼠当然是把黄鼠从钻里追进去最好，如果从土包里追进去，灌水就直达黄鼠窝，那连土带柴草的就把水路堵住了，黄鼠就会从钻里跑掉。

捉住黄鼠不用宰杀，只需要将上嘴唇与下嘴唇分开使劲一掰，黄鼠就立刻毙命。

把黄鼠用开水烫后，拔去毛，然后开膛破肚，扒去肠肚，就开始做了。吃黄鼠有多种吃法，最常见的有两种，一种是在黄鼠的胸腔里放上葱花、盐、花椒、大香之类的调料，然后和一块面，揉精之后，把黄鼠包进去，仿佛装了死人的棺材一样，放进笼里去蒸。这种吃法叫黄鼠棺材。一种是用碗装上少半碗淘洗好的米，添上刚刚淹住米的水，把整理好的黄鼠放在上面，用一块面盖住蒸。一个黄鼠蒸出来后，面和米全被黄鼠油渗透了。不管是大人娃娃，一个黄鼠到手，连个骨头渣子都剩不下。

老解到了这方土地之后的第二年秋天就加入到挖黄鼠吃黄鼠的行列中。开始他对大家说这家伙会传染鼠疫，大家都问鼠疫是啥？老解说就是一种瘟疫。队里人还是听不明白，就说我们祖祖辈辈都吃这东西，除了倒霉的挖出太岁死人外，再还没见过吃黄鼠吃死人的事。老解就问你们见过太岁？老黄就说那东西人一见就死了，当然没人见过。之后又说不过听人说那东西刚挖出来就只有指头蛋子大小，没眉没眼的，如果当时有酒盅，当下装进酒盅里去，上面再扣个酒盅，放到笼里去蒸，蒸熟了一口吃下就没事了，如果没有酒盅扣住，那东西就长得疯快，一下子就能长得和人一样大，要是不小心弄烂了，掉一点血就生出一个来。

老解是在看着别人吃过一只黄鼠后才吃的，吃得有些龇牙咧嘴的。可当一个黄鼠吃完，老解抹抹嘴巴说这是世上最好吃的肉。人们就说天上的龙肉，地上的黄鼠肉。吃完以后他就开始加入挖黄鼠的行列。只不过老解不得窍，又身单力薄，一天能挖一个黄鼠就不错了。有些汉子一天要挖十几二十个。老解挖出来黄鼠，就会拿到我们家代做。我们从父亲到两个哥哥都是挖黄鼠的好手，不在乎老解有没有黄鼠。毕竟只要我们为老解做了事，老解总会想方设法补给我们。

　　老解在村里呆了六年，基本上年年都挖黄鼠，没有挖出过太岁，也没听人说过挖黄鼠挖出太岁的。不过有一次灌黄鼠把老解吓了个半死。他追了一个黄鼠进洞，老解提水灌，灌了一会儿，他把耳朵贴在洞口听，听到"咕咚咕咚"的声音越来越近了，就觉得该出来，于是把手卡在洞口，果然出来，他一下就死死捏在手里，可感觉冰凉，而且光溜溜，一看是一条蛇，他妈呀大叫一声，扔了就跑。后来他就提水灌，别人捉。虽然辛苦，却不危险，等待灌够了水，他就远远地看别人把手卡在洞口上。

蒸乌鸡

　　批斗会忽然就多起来，每次批斗会老解都得在台上站。可老解身体不行，站着站着就发晕，有一次他晕倒在会场上。朱长生又被李家人整了下去，我们队上的陈福林当了大队长。陈福林是个外姓人，是给地主李维邦拉长工落在村子里的。他以前是贫协主席。朱李两家今天你弄我明天我弄你的，结果上面就让陈福林当了大队长。陈福林对民兵说把老解押起来。民兵把他提起来，刚一放手他又倒下去。民兵就说他晕过去了。陈福林说没见站还能把人给站晕，就走下台来，到跟前一看他真是晕过去了，脸白得像蜡一样，就掰开他的眼睛看了看说他真是晕过去了，就让民兵把他带下去休息了。

　　第二天陈福林问老解说你是不是有啥病？老解说没检查过。大队长说你这身体太虚了，得好好补一补。老解苦笑了一下。陈福林想想说你明天跟我到山里去抓条蛇。老解一听蛇就浑身发抖说大队长你知道我最怕那东西。陈福林说不让你抓，只让你跟上就行了。陈福林就把我们这些娃娃也叫上了。老解说叫他们干啥？小心把他们伤着。陈福林说娃娃们眼尖，蛇很诡秘的。

　　老解和我们就跟着陈福林去抓蛇。虽然我们那里蛇不多，但我们很快就发现了一条，陈福林很麻利一下子就抓住了蛇的尾巴提了起来，那蛇的头一下子端直直升起来，像铁丝钢条一样，老解吓得往后就退，我们也没见过蛇那么柔软的东西会有这么大的力量，骨头都酥了。但陈福林像抡一根绳子一样抡了几个圈，那蛇就像根面条垂下去。他看看说不行，这家伙是今年的蛇，也太小，让它再长长。说完顺手一扔，蛇就落进远处的草丛里了。

　　老解说你怎么知道这条蛇是今年的蛇？陈福林说它没蜕过皮，尾巴一捏就知道，小蛇的尾巴比女娃的手还绵软。我们就继续找蛇。老解边走边问大队长你怎么这么熟悉蛇？陈福林就说我曾经身体也很虚，连干那事都不行了，后来，连命都快保不住了，我睡在炕上几天都起不来，人都说我没救了，家里把老衣都给做了，一张烂席都准备好了。那几天里，我看到村子里和我好的不好的都来看我，我就流泪了。后来，一个一直和我争强好胜的人送来一罐汤，那是他按一个偏方做的，用一年以上的蛇煨乌鸡，又加了人参、黄芪炖。结果喝了这罐汤我就有了些精神，后来我吃了三只用蛇煨过的乌鸡身体就渐渐好起来了。其实应该说我都是死过一次的人了。后来我们又找到了一条，陈福林抓起来一看，还是当年小蛇，又扔了。来到一个沟洼里，陈福林忽然说别动，悄声。我们就站下了。陈福林说你们看，我们就跟着大队长的手指去看，见一只麻雀在离地一丈多高的上空盘旋，却是飞不走。陈福林说麻雀让蛇给吸住了。这里肯定有一条大蛇。他让我们在原地不要动，自己蹑手蹑脚地过去，不一会儿就抓住一条青蛇来。我们看时，这条蛇有锹把那么粗，有一锹把长，样子也凶狠得多，芯子吐出来那么长，头带着整个身子乱摆，我们就觉得浑身凉飕飕的，像是那蛇顺着裤腿往上爬，都往后退。陈福林说这世间万物啥都有用哩，蛇这么毒，用好了照样会是好东西哩。

回到陈福林家里，陈福林就把一只乌公鸡提出来放在院子里，然后拿了把刀和木墩出来，把蛇一截一截剁给鸡吃，一条蛇就这样给鸡吃光了。不一会儿那只公鸡就肿了，第二天，那只鸡死了。陈福林就开剥了鸡把黄芪装进鸡的胸膛里，让女人放进一个砂锅里炖。炖出来后陈福林说啥调料都不能放，连盐都不能蘸。老解三顿吃了一只鸡，但他开会时还是晕，陈福林就又给他吃了一只，他就不晕了。

陈福林说不能再给你鸡吃了，你再要吃会出事的。老解说会出啥事？陈福林笑着说你婆姨不在跟前，你会钻错被窝的。老解就说那你吃了三只鸡一定钻错过被窝吧？陈福林笑笑说我钻错不要紧，你钻错可就麻烦了。

老解说谢谢你了大队长，前些日子我觉得怕是活不了多长时间了。陈福林说你们城里人真脆弱，一有点病就想到死，咋就不想活呢。好死不如赖活着，死了有啥球意思。我都是死过一次的人了，才会对你这样的！他又说运动是运动，像你们这些人迟早是要回到自己的地方去的。

写对子

年到了，村子里就热闹起来。有钱没钱，剃个光头过年。大人们忙着剃头，娃娃们则忙着买炮。那时间乡下人过年没啥难事，肉自家产，蛋自家产，赶集办年货也只是个形式。

"臭老九"齐翰林走了的秋上，老秀才李全把头一扬也走了。李全没死的时候，村子里人一见面就说你还没死呀？李全在村子里辈分大，人人都开得玩笑，再说说一个过了七十岁的人还不死，是祝福加寿的意思在里面。李全刚死，人们还没觉出啥来，死了也就死了，他都活了八十九岁，活到了年纪，只是觉得应该再活一岁，因为再活一岁就能凑个整数。人们总是喜欢凑个整数。可是到了年跟前，人们才发现平日里觉得有他无他都无所谓，可死了后才发现这日子里他还是有用处的。

我去买炮，和往年一样带回一张红纸，爹把红纸都裁好了，方才想起谁写对子呀？就对我说拿到张村请顾二秀才写。我不愿去，张村有十几里路。爹脱了鞋提在手里要打，娘说大过年的打啥娃娃，不写对子就不过年了，那顾二秀是随便请的？没一包糖人家不写哩。爹就说不写对子过个啥年？有钱没钱贴个对联过年。正这么说着，队长就敲钟了。那口大钟一响，人们就从各家走出来，互相问着这大过年的，又有啥事？莫不是要备战了？还是要开批斗会？人们来到了大场上，这时间大队长站在碌碡上说对子都没写吧。大家都说没写。大队长说都年三十了，难道等着初一再贴？那不迟了半年？有人就说老秀才死了。大队长说老秀才死了就不过年了？有人就说不写对子难道老天爷还会把咱隔到年那边不让过来不成？大队长说那过个球，过大年，过小年，剃光头，贴对联。有人说红纸都买回来了，大队长你写？大队长就说那是丈八的椽子踩高跷，你高抬我了，咱们有大秀才哩。人们就说谁呀？这么说着人们就想起老解来，都摸摸光头说，把他娘的，咋就把这么大的秀才给忘了，有眼不识泰山哩。有人说没见过他写字啊，这毛笔字可不是谁都能写的。大队长说没见过他写字他就不会写字了，不会写字他还当啥"右派"？人们这才恍然大悟，是啊，哪个"右派"不会写字呢？村子里前前后后来了几个"右派"，个个字写得比村子里的老秀才李全好，李全都叫老师哩。

老解就在大队长家里摆开纸开始写对子。人们就围了一圈圈看老解写对子，边赞叹到底是城里秀才，比老秀才写的好多了，你看这字写的跟印出来的一样。写了第一副，大队长一看说你怎么写的我念不下来，总不是反革命言论吧。老解就念给他听：新年纳余庆，佳节号长春。并解释说这是中国第一副春联，没有反革命的意思，这字是老体字。大队长说不反革命也是四旧，你写些革命些的对联，上庄有个老革命在省里工作，他年年过年都衣锦还乡，路过看见了会说咱革命意志不坚定哩。老解说可我一时想不出来革命的对子。大队长就说你随便编几个。老解说这对联讲究得很，不是随便编的。大队长就说讲究个啥，顺口就行了，再说你弄得文绉绉的，咱这里谁懂，不懂贴那东西有啥意思？老解就说这对联还真不好编，一抬头看到陈福林家的墙上贴着《人民日报》，正好有一张上面刊登着几副对联，就照着往下写，第一副刚刚写出来，围在他身边的人就立刻读了出来："革命形势东风吹，阶级斗争战鼓擂。"老解惊讶地看看大家，这时大队长说这对子好，能到公社、县上参加比赛哩。老解把报纸上刊登的对联写完了，就又顺着这样的对联编了些对联。可一个村的对联一二百副，他实在编不出来了，大队长就说我有本毛主席语录，后面有毛主席诗词，你照着那写吧。老解说那不是对联。大队长说老秀才就是一直照着那写的。老解就照着毛主席诗词写"四海翻腾云水怒，五洲震荡风雷激"之类的。

村里人对有知识的人总是非常敬重的，虽然老解身份很不好，但这个年老解过得很富有，油饼、糖果、肉都好久吃不完，还有酒。大年初一，大队长来一看说老解，你这年比我还过得富裕哩。两个人就喝去了一瓶酒。之后大队长说你教我儿子写字吧，我们家人老几辈子没有个识文断字的人。

抱鸡娃

每年的春天，母鸡们闹窝的时候，娘都要抱一窝两窝的鸡娃子出来。

这窝鸡娃子经过一春一夏，到了秋上的时候，就成大鸡了。母鸡开始下蛋，公鸡留下一只，其余的就和那些老两年的鸡做还人情的礼了。日子过了一年，怎么也是欠下了些人情账，需要还的。再说那么多的亲戚都要来回走动，就抱一只鸡。我每年都要抱着鸡到外爷家去，到舅舅家去，到叔伯家去，到姑姨家去。每年总有七八只鸡要送出去。有时候，公鸡少，就只好抱母鸡去了。每逢抱着母鸡走亲戚的时候，娘就一脸的痛苦。因为这时候的母鸡正是下蛋的时候。每天一个蛋，要是雨水好的时候，草芽嫩爽，秋虫壮硕，母鸡一天可以下两只蛋的。娘抓住母鸡时，总是说："这鸡正下蛋哩，明年一定要多抱（孵）几只公鸡出来。"语气中仿佛吃了多大亏似的。我对娘的痛苦颇不以为然，多抱公鸡，你又会嫌母鸡少了，没有下蛋的，不更痛苦？就拿这只母鸡来说，它终究是下过一个月蛋的，要是公鸡，养那么大，到头来一送人什么都没了，不是白养了？

娘抱鸡娃子在村子里是很有名气的，都说她手气好。就像捉狗，脾气歪的人捉来的狗歪。她抱鸡娃子不管放多少鸡蛋，到头来只有两个瞎蛋。可有些人一抱就出一半的瞎蛋，最少的也有六七个，那鸡蛋也就糟蹋了。朱长文的女人抱了一窝鸡娃子，结果一个都没出。后来，朱长文的女人只要听见娘要抱鸡娃子，就用衣襟包兜着几个鸡蛋来让娘代抱。当然，她要抱十个鸡蛋来，娘最多给她七个鸡娃子。后来我明白，娘会挑鸡蛋，这可不是人人都会的。

老解来的第一个春天，娘开始挑拣鸡蛋的时候，说你看看老解在不？我说在，我刚刚从场窑回来。娘对老解说老解，你去到别人家买两个鸡蛋来吧。老解抬头看看娘说买两个鸡蛋？娘说买三个也行。老解看着我说干啥？我说我娘要抱鸡娃子，给你代着抱几只，秋上你就有鸡蛋吃了。老解就高兴地笑着说那我买五个行不？我看看娘说行。老解又说你家不是有鸡蛋吗？卖给我五个就行了，多少钱？说着就掏钱。娘说你不能买我家的。老解说你家的鸡蛋没有卖的吗？娘说有卖的，可是今天你不能买我家的。老解说为什么？娘说要是能卖给你，我就送你几个。老解说为什么？娘说我把鸡蛋卖给你，再给你代着抱鸡娃子，这么做不对。老解说为什么？娘说你是个读书人，能想到的，这让人听了咋都会觉得我是为了把鸡蛋卖给你才代你抱鸡娃子的，可是我要把鸡蛋送给你再代你抱鸡娃子，鸡娃子抱了出来，一天天长大也没啥，可是它到了下蛋的时候，一天给你下一个蛋，我心里就天天有事。老解想了想说你说得对哩，可我到谁家买鸡蛋呢？娘对我说你带老解到大刘家去买鸡蛋。老解就对我说你替我去买吧。我要去大刘家时，却又被娘叫住，说还是我去吧，抱鸡娃子的蛋不是吃的蛋，要选好哩。

娘很快就从大刘家买来了五个鸡蛋，然后把找回来的钱递给老解说你看，这是你的鸡蛋。老解感激地笑着。娘拿着鸡蛋到了拐窑里，爬上草垛，把正闹窝的母鸡挪开，一个鸡蛋一个鸡蛋往里放，边放边骂我说一个娃娃人家嘴长得很，不说话没人把你当哑巴。我不知道，就说我又咋了，我又咋了？你总是要骂我，好像你是我后娘。娘说你还嘴硬得不行，我说两个三个都行，你倒好，一下子就说五个。我说五个咋了，比两个三个多三个两个，再说是鸡抱蛋又不是你抱蛋。我觉得自己这次绝对抓住了理。我早就想抓住理好好跟娘较量一番的。娘说五个比两个三个多三个两个，你倒是嘴巧会说啊？我就说本来就是嘛。可娘说你算过吗？五个鸡娃子出来，都在一个院子里，它不和咱们的鸡争食啊，场上撒落的饭、粮食，园子里跑出来的虫虫子，梁顶上长出来的草芽芽子，就多了五张嘴吃哩。我没有想到娘想到了这里，就心里佩服娘，可是我又想到了一条反驳的理由，便说还不是你提出来的，你不提出来给他代抱鸡娃子，不是没有鸡和咱家的鸡抢食了吗？我觉得又咬住了娘。可娘却说你说得好，咱家炒鸡蛋的时候，你说他能闻到闻不到，人有大小，嘴没有大小，人有好坏，嘴没有好坏。咱吃着让他看着？你吃得下？让别人看着了，还说咱们做人不厚道。他在这里又没有个亲戚，既然住到咱这院子里来了，咱们不替他想到这些，谁还会替他想到这些？怎么说他也是个出门人，出门人都是可怜人，都有难处哩。他迟早是要走的人，离开这里，会对人家说咱们做得不够人。我就彻底佩服娘了。娘又说以后敬着他点，咋也是个老人了，别总是跟在后面学人家走路，学人家说话，那要遭罪的。

鸡娃子抱出来之后，老解进来看，那毛茸茸的鸡娃子黄的白的红的在地上乱跑。老解别提多开心了。娘对老解说先让在我家长着吧，你不会喂。一直到鸡娃子翅膀的羽毛长出来之后，鸡已经有小碗那么大了，娘才把五只鸡娃子给了他。老解感动得要命，拿了十块钱硬要给娘，可娘死活不要说是鸡抱的，鸡蛋又是你的鸡蛋，我收钱算啥？老解没办法，后来给了我一支英雄钢笔，第二年又从城里给我带回来一双新球鞋。娘对老解说这重了，重了。老解说重啥？鸡蛋我都吃不完。

打　窖

田家四季苦，农人酣睡香。这是老解后来做的一首诗中的两句。开春送肥犁地，夏秋收割，到了冬天还不能闲，得打窖。这里干旱，地下无水，窖就很重要了，夏收雨水，冬贮积雪。年年有塌窖，年年就得打窖，上面提倡抗旱，打窖就成了革命的一部分。

一入冬，队长就选择土质好的低洼地方，男劳力就开始集合起来打窖。窖是个坛状，先挖一个仅容一个人上下的圆口，下去后就开始往大里旋，一般直径可达丈三，也有丈五的，但那就很少了。深度一般三丈。分旱窖和水窖两部分组成，水窖上每隔五寸掏一斜孔，叫麻眼，便于糊胶泥。胶泥要用水泡酥，捵面一样捵，捵得和面一样精，然后搓成泥橛，塞进孔里去，再用平平的木榔头锤，一遍一遍地锤，直到和原土混为一体。倘若能再寻些废铁花花的钉进去，铁就生锈，一生锈泥土就抱成一团了，这样装上水就不漏了。

老解打窖时，身体不行，提不动土，也拉不动土筐，大队长就说你帮老周拉边套吧。于是老解就和老周两人往上拉土。

这一组打窖的窖把式是刘四。刘四说他打的窖可以埋几个生产队的人。这次打窖的地方土质好，刘四就说他要打一个过心（直径）丈六的窖，要打个窖王出来。老黄就说这里土质好，有斜茬哩。但刘四就是要打丈六的直径。打到第四天下午的时候，窖忽然就塌了，把刘四和掏土的张建国捂在了下面。

窖沿上的人给一阵地震般的抖动震呆了，之后就都趴在窖沿上喊，窖下却无声无息。快去喊大队长，老周说。老解就急忙去喊大队长。大队长来后围着窖沿走了两圈，然后脸色阴沉地说谁下去掏？大队长这么一问大家都往后退了一下。这时窖沿上就围了一群人。大队长的目光就在人群中扫来扫去。之后停在老朱身上，说老朱你下去掏。老朱往后退了下，说大队长窖还塌哩。大队长说塌就不掏了？你下去掏了我给你一个人一年的口粮。老朱家里困难，婆姨瘫在炕上几年了，娃娃小，没劳力，因为卖鸡蛋又戴了个四类分子的帽子，日子很不好过。吃了上顿没下顿，年年借着吃粮。老朱还是往后退，说这窖还塌着哩，这里土是压茬土，只要一塌开就没完，直到全部塌下去。大队长又转了几圈说两口人一年的口粮。他又走到老朱跟前说你要是下去掏了，以前借的粮都不要还了。老朱脸上的肌肉就抽动起来，大队长又说你下去掏人，这算是立功哩，我报上去，要是批了，你的帽子就可以抹了，这对你的娃娃将来有好处。老朱眼里就放出光芒来，说大队长你不哄我吧？大队长说我啥时候哄过人。老朱说那我下去掏。老朱就顺着梯绳往下爬，刚踩到梯绳上，十二岁的大女儿就奔过来哭着叫道爹，你别下去，你别下去，咱要着吃也不要这粮。老朱伸出手来摸摸女儿的脸说没事，爹掏完就上来。

不一会儿，老朱就掏出来一个，拉上来已经没气了，窖沿上就一阵大哭。老朱又掏出来一个，刚刚拴好绳，窖再一次塌下来，正砸在老朱身上。窖沿上人大喊，就是听不到回声。大队长把拉上来的刘四放在一边，解下绳子，拴到自己的腰里，然后就爬下窖口去，有人说大队长，你不能下。他没言语下去了。老朱掏上来了，头给砸碎了。三个尸体被抬着往回走，黄昏就水样洇过来，洇漫黄昏的是哭声。

大队长没有跟着回去，坐在那个窖边抽烟，老解便走过去说大队长回吧。大队长说你说这狗日的怪不，它咋就再不塌了，咋就不连我也打死在下边。老解看到大队长说这话时眼里盈满了泪水。

第二天大队长在会上说老朱一家全队人养着。

老解找到了大队长说老朱咋没棺材？大队长说他家哪有棺材，你看连个席子都没有，还是我从家里拿来的。老解说有卖棺材的吗？大队长说有，可队上给他一买，再死了人来要咋办？再说他的成分也不好。老解说我掏钱给他买。大队长说算了吧，人死就死了，有没有棺材对他都没意义了。老解说可人活得就是这么个，规矩就是规矩。大队长想了想说那就把胡子老顾的棺材先买来，他再做去。买的时候，胡子老顾少收了十块钱，老解一定要给，老顾说你一个外乡人都这样，我们都一块儿生活一辈子了。

老朱就背了一副棺材，人们说老朱还是有福气啊，这些年村里死了多少人，有几个背了棺材走的。人们算算还真就没几个，都是一张席子卷走了。

埋老朱的时候，全队社员都到了，大队长对老解说你给写个悼词吧。

老解那悼词写得把人都念哭了。

埋了老朱，大队长就去了公社，想给老朱家抹帽子，可是公社里的人说从戴帽子开始到现在有几个抹了帽子的？你这觉悟有问题。

鼓　劲

老解的身体总是不行，而且越来越不行。劳动歇息的时候，大队长和他坐在一块儿说你这身体咋就缓不起来呢？你的活不重呀。后来又说一定是你这熊人做饭胡日鬼哩。老解说我从来就没做过饭。

散工的时候，大队长说老解你今儿个到我那里去吃饭吧。老解就说我还是回去吃吧，在你家吃的次数多了，让上面人知道了把你的大队长拿掉了。大队长说这是个球事，我都是死过一次的人了，走吧，再看看我儿子那字。到了大队长家，老解就急着看队长儿子的字，一看这娃的字还行，就又给写了个方格。吃饭时大队长说这狗日的能哩，我给他写了"反映"两个字，他硬说我把"映"字写错了，说"映"字不是口字边，是日字边。我说他错了，反映就是要用嘴反映，肯定是口字边。他硬说是我错了，后来我找出报纸一看，还真是我错了，你说再啥字我写不来，这字我可写了不知多少遍，还硬是没看出错来。老解就笑了。

吃过饭，大队长说你这身体得调整调整哩，你干脆到张寡妇家吃饭算了。老解说这咋行？大队长说咋不行，她也得做饭哩，一个人也是做，两个人还是做。老解说这怕不好。大队长说有啥不好的，她也希望有个人陪她说话吃饭哩，女人比男人还慌哩。老解红了一下脸说不行，那不行，人家是个正经女人。大队长说，也没说让你做啥。老解就笑笑。大队长说少是夫妻老了是伴儿，这话有道理哩，男人女人在一起吃饭说话，对身体也有好处的。老解脸还是红着，大队长又说我看这政策啊，你一年半载也是走不了的，像你这身体，再这样下去，怕就一辈子也走不了了，你还想那么多做啥。人活一辈子就得活好一点。

老解就开始在张寡妇家吃饭。但吃了几天就不去吃了，大队长问咋了，是张寡妇嫌弃你？老解说这话不敢说，人家待我可好了，顿顿都认真做的。大队长说这就对了，我看你也是福折的不行了。老解说总是不好。大队长问啥不好？老解说影响人家的名声。大队长说现在活下来就不容易了，还管啥名声，书把你读愚了。老解就说她儿子对我说别把我娘当没人主的人，要是识好歹就早点滚，免得见了面鼻子不是鼻子脸不是脸的。大队长说这狗日的看把他厉害的，明天我叫人捆他几绳子，他狗日的就老实了。老解说算了，我还是自己吃。大队长说你甭怕他狗日的，有我哩。老解就说你要真是为我好，就算了。大队长叹一口气说哎，你当我是真叫你去吃饭呀，我是想你这身体吃的不好是一方面，再一方面就是那事不干也不行哩，身体得调解着来养哩，婆姨汉子只要折掉一个，剩下那一个不再配对，就老得快，死得快，人活在这个世上，男人女人互相鼓着劲哩。

后来大队长问老解，你说个实话，你想不想那事？

老解说，我又不是神仙。

大队长又说，干脆给你们撮合撮合，结个婚算了。

老解摇摇头，说那会连累她一辈子的。

大队长说她也一个老婆子了，还怕啥？

老解说可她的儿子孙子呢？

大队长就默不作声了。

在 东

村子里的婚事大都在正月里操办。一是人闲，闲冬闲冬，地里没活，人自然就闲了。二是正月里人都有肉吃，肚子里有油水，不刮，席就省。因此大年刚过，婚宴就格外多。这年的冬天，张三娃要翻人身（村里把男人娶媳妇叫翻人身），日子订在正月初八。到了初六那天，张三娃来请老解给写副喜联，他给老解提了一斤红糖。老解不要，说我给你写就行了。张三娃把东西硬硬放下，还说明天请你早早过来帮帮忙，在我家吃饭吧。

老解写好喜联，第二天一早就过去了，张家人就端上来油饼、馓子，还有大蒸馍。大队长是大懂（就是安排料理整个婚事过程的人），也叫喊事。吃过后，老解就坐在炕头上，看人家忙来忙去。村子上家家都来人帮忙。

第三天正事，大队长就把一个用红纸订好的本子拿过来说，老解，你把礼给记上。老解就接过本子。张三娃就搬过来一张小方桌子，放在炕上，给了老解一支毛笔、一瓶墨汁。老解打开墨水瓶，觉得很臭，拿毛笔一蘸，墨汁淡淡的，就说这墨汁不能用。张三娃就过来把墨汁瓶摇摇，又拿毛笔在瓶里搅搅，说这墨汁是自做的，把用光了电的电池打开用里面的黑面面泡的，你边写边搅着点，还能用。老解就把自己的墨汁拿了过来。

来出礼的人，都是先吃过馍，喝过汤，这才来出礼，然后再坐席。席是十大碗，四个肉菜，六个素的。老解就开始记礼，来的人大都出五毛，还有三毛的，也有一块的，但很少。老解就问坐在身边的大队长，这三五毛钱能干个啥？大队长说出礼又不是下馆子，图个热闹，也是个人情。

收完礼，老解给安排坐席，坐完席，老解就自己上了两块钱的礼，交礼钱的时候老解一数差两块就整整一百元。大队长看完礼簿，又给张三娃看了，然后，张三娃又说了几个人名字，老解一一写上，张三娃又说这些人的边上你都写个"在东"。老解就问这"在东"是啥意思？大队长就说我们这里帮忙的人都不上礼钱，写个"在东"，就是说礼出了，在东家。人们一看就知道这些是来帮忙的，帮了忙就等于礼到了，再不用上礼钱了。张三娃就拿出两块钱来说老解，你这礼不能上。老解不解地问咋不能上，嫌我是外地人？张三娃说你帮了这么大的忙，还能让你出钱？老解说这算帮啥忙，再说也是应该的，我两天都在你家吃的。张三娃说哪个帮忙的不在我这儿吃，是应该的，这是规矩，规矩不能破的。老解坚持要上，张三娃说你这礼还是不能上，再说你迟早是要走的人，你上了礼我到哪里给你还礼去？老解说还啥礼呀。大队长就说对着哩，有礼啥时候都得还的，说不定哪天上面一个文件，你尻子土土一拍走了，我们哪里找着给你还礼去？以后怕是想见你也见不着了。老解说我就是走到天南海北，也不会忘了这里，这不上礼不合规矩。张三娃说你不上礼才算合规矩哩。大队长最后想想说，那你在你名字旁边写个在东吧。老解说这钱？张三娃说，这钱咋都不能收的，写个在东，你礼也就上了。

"狗日的"

每年队上都要种一块地的西瓜，一般由四个人种。我的外婆、朱宝的奶奶、五十子的爷爷、瓜子朱喜旺。我的外婆、朱宝的奶奶都老了，五十子的爷爷得着痨病，而朱喜旺瓜得扎实，想想都是老弱病残。这些年想，陈福林大队长那时候就关注弱势群体了，他是给这些人找个挣工分的活路。种瓜苦不大，就是熬人一些。朱喜旺虽然瓜得扎实，可力气有的是。上粪就是他的活，他一抱子就能抱起一个装满粪的大背斗，然后一个瓜秧跟前倒一锹头的样子，他能抱着这一背斗粪一个瓜秧接一个瓜秧地倒完，连气都不喘。俩老奶奶都是善良人，说瓜子缓缓。他就嘿嘿一笑抱着背斗蹾下去，一会儿又起来继续干活了。

老历的七月初，西瓜就开园了。陈福林就通知每家去一个家长到瓜地里，五十子的爷爷已经挑好了瓜，摆在地头，一人一个，吃完后，瓜就算开园了。

老解到村里西瓜开园的第一年，他实在吃不下那一个大西瓜，吃了一半就撑得不行了，就对靠着自己的老万说这半个你吃了吧，我实在是吃不下了。

老万嘿嘿一笑说，你狗日的连一个西瓜都吃不了，改造可有你好受的。说完就来接西瓜，老解却将西瓜又收回去了，说我好心给你西瓜吃，你却骂人。老万说我骂你了？老解说你还没骂我？算了，我不跟你这种人交往了。老万就来气了说不给就算，反革命的西瓜吃了就是糖衣炮弹。老解就气得哆嗦，老万却是个得理不饶人，高喉咙大嗓门地说还不让人说了，不让人说就不要反革命。吃西瓜的人都抬起头来看着他们俩。老解嘴唇都气得乌青，哆嗦着说不出话来。陈福林就走了过来说咋了，西瓜把精神吃大了。看老解眼里竟然汪着眼泪，就骂老万，你狗日的把老解咋了，也一把年纪的人了，你把他都快气哭了。老万看了一眼老解，说他西瓜吃不了，要送给我吃，我去接的时候，他却不给了，这不是耍人么？还说我骂他。陈福林就看看憋屈的老解说老万，你狗日的到底骂他了吗？老解是知识分子，绝对不会枉说人的。老万说你问他狗日的看我骂他了吗？我啥话可都没说。这时老解说你听大队长，他还在骂。陈福林就懵懂了，说他又骂了，我咋没听到？老解翻着眼睛说他明明骂我狗日的，你还说没听到。围着的人都哗地一声笑了，陈福林捂着肚子笑了半天说你不懂，狗日的不是骂人话。老解还翻着眼睛，陈福林说你没听到我刚才说老万狗日的了么？老解点点头，陈福林又说在我们这里狗日的不是骂人话，关系跟你近了好了才用哩，要是关系不咋样，你想让他用他都不用。你没听男男女女叫娃的时候，打情骂俏的时候，哪个不说狗日的？老解就明白了，陈福林说狗日的不是骂人话，驴日的才是骂人话哩。有谁对你说驴日的，你给我说，看我咋收拾他个驴日的。老解就把半个瓜递到老万的怀里说我不知道，你就不要生气了，不知者不罪。老万也笑了半天了，接过瓜来说你狗……他吐了一下舌头。老解就说你狗日的吃吧。他自己也就笑了。回去老解还是觉得过意不去，就买了两包纸烟给了老万，老万说你看你这人，这是干啥，你不懂，又不是你故意的。老解硬硬把烟塞进了他的口袋里。不久，老解就能很熟练地运用"狗日的"这个词了，而且知道对年长于自己的人辈分高于自己的人，这个词是禁用的。而对于和自己年龄相仿、同辈的人，用这个词是越用越亲，而对于比自己年龄小辈分小的人用，简直就是娇惯了。直到最后离开村子，老解已经把这个词用得很是自如，张口就来。

后　记

　　谁都不会想到，陈福林竟然死在了老解的前面。陈福林在村子里德高望重，不当大队长了，人们还是叫他老队长。有福气的人总是会死在冬天。冬天死的人能等齐所有想见的人，不会发臭，不会生蛆。大队长快死的时候，老解来了，是他的女儿搀他来的。那是个腊月初九。我也回村来了，因为我的外婆病重了。

　　人们都奇怪，老解咋知道老队长不行了呢？都还当是我通知的。我说我也不知道老队长不行了，回来才知道的。老解说我梦见大队长给我说他要死了，我就来了。老队长挣扎着笑了一下说你狗日的把我梦死了。老解却笑了，说你狗日的不是说梦见谁死了是给谁加阳寿的吗？老队长说谁球知道，我七十过了，人活七十古来稀，过了七十就是喜丧。老解眼里就潮乎乎的，抹着大队长已经掉光了头发的头说你狗日的说我是个以后用得着的人，可你一次都没用过我。大队长说儿女不争气，走不出这块土地，咋用你？这一辈子便宜你狗日的了。忽然又说不对，咋没用过你，我儿子虽然没上学，可当兵了，现在是连长了，就是他的毛笔字写得好，人家领导看上了，这才一步一步干了起来。老解说唉，让你的后人用我的后人去吧，我都安顿好了，总得用一次吧，这不女儿我也带来了，你就像对你的儿女，当面给她交代吧。老队长说不说这些了，我都快死了，还管球那么多，儿孙自有儿孙福，谁与儿孙做马牛。老解说你狗日的还是不想死吧。老队长说人死过一次再死第二次，还是不想死，日他妈明明知道来到这个世上是受罪来了，偏偏就是不想死。

　　老队长捏着老解的手说我总觉得你狗日的要死在我前面，你看看你那时候的身体，风大一点都能吹倒，可偏偏比我活得时间长，看来还是城里的五谷好啊。

　　老解说我八十有三了，人一活过七十岁，再活就没意思，跟死了差不多。

　　三天后，老队长死了，老解给老队长买了一副柏木棺材。庄子上人都说老队长有福啊，不是老解，他能背得起一副柏木棺材，他们家人老几辈子都是席子裹着送走的。

原载《清明》2007 年第 4 期

授奖辞

　　"反右"题材的另类叙事。以往这类讲述，大多来自知识分子视角。本篇越于其外，既别开生面，又是有益的补充或丰富。作品摆脱了相关题材创作通常会有的主题、意绪指向，将故事根本置于乡村民间日常生活状态下，透过主人公与乡民的交往、融合，从意想不到的角度呈现了有关"反右"事件的一种独特社会反应。这种反应或许较为间接，但却更为朴实，实际上也更为广泛。作品采取笔记体架构，得以容纳大量生活细节、奇遇异闻，而形成浓郁的、非主流的野史风味。从这意义上说，本篇更能体现中国文学一个最古老的理念：兴、观、群、怨。

作者简介:

　·孙惠芬，女，1961年生于辽宁庄河。曾当过农民、工人、编辑，现为辽宁文学院专业作家。中国作家协会全委会委员、辽宁省作家协会副主席。出版小说集《孙惠芬的世界》《伤痛城市》《城乡之间》《民工》《歇马山庄的两个女人》《岸边的蜻蜓》《歌者》，长篇散文《街与道的宗教》，长篇小说《歇马山庄》《上塘书》《吉宽的马车》等。曾荣获多种文学奖。2002年获第三届冯牧文学奖"文学新人奖"，长篇小说《歇马山庄》获辽宁第四届曹雪芹长篇小说奖、第二届中国女性文学奖，中篇小说《歇马山庄的两个女人》获第三届鲁迅文学奖。

致无尽关系

孙惠芬

一

　　拉下电门总闸，关掉自来水总开关、煤气总阀，插紧所有窗户的插销，锁了门，把一个热咕隆咚的家锁在身后，回老家过年的征程就从楼梯里开始了。

　　楼梯里冷飕飕的，因为是早上，被驱逐在门外的隆冬的凉意一遇了人，就像一个长期流落街头的弃儿突然遇到亲人，冰冷的小手迅速抚擦过来，脸颊和鼻尖顿时冰凉一片。脸颊和鼻尖凉，浑身上下却一点都不凉，因为在此之前，我、丈夫、儿子、侄子，我们在楼道里已经上上下下搬运好几个来回了。我们不知道这栋楼里谁还是乡下人，谁还会和我们一样，要这么民工似的大包小裹地回老家过年，在这一趟又一趟的搬运中，我们没有碰到一个人。那清冷的感觉，好像年只属于我们，好像回家过年，只是我和丈夫、儿子我们三个人的事。

　　年货把面包车的后备厢挤得满满，白酒、果酒、啤酒、饮料、火腿、各种熟食品，这些东西小镇上都有，可小镇上东西终归没有大城市质量可靠、上档次，你是城里人，总得上点档次。当然重要的是有专车，侄子开面包车专程从乡下来，你总不能让车空着。盖后备厢盖时，侄子一边呼呼喘着一边开玩笑说:"还有没有,要有还能装下。"

侄子只小我三岁,大嫂生他时那一头黑乎乎湿漉漉的头发曾吓得我趴在母亲怀里号啕大哭。我们一起长大,却有着完全不同的人生,他因为酷爱机械修理,一直留在大哥开在小镇的修配厂里,最终也就成了关键时刻联系我和乡下家族的使者;我因为酷爱读书,一程程从乡村走出,如今成了媒体记者定居大连,最终也就成了每逢过年都需隆重对待的城里人。

说隆重,是说侄子头天晚上就得赶到。从老家到大连不足三百里,并不算远,可因为我们返回的日子是年三十的前一天,这一天家家户户都忙着贴对联挂宗谱,侄子必须在有阳光的正午赶回家里。提前上门等待出发,这等待的时光,不由得就有些隆重了。因为这个晚上,大哥会一遍遍打来电话,一会儿叮嘱侄子夜里早点睡,不能在路上打瞌睡,一会儿又叮嘱侄子再检一遍车,说上了高速发现隐患可就麻烦了,把侄子折腾得反而睡不着坐起来抽烟。点燃的烟头透过客厅的玻璃一星一星闪烁时,我仿佛看到大哥正热盼盼等待的目光,仿佛看到远在三百里外整个一个家族都在热盼盼等待的目光。

大哥大我二十多岁,他一直扮演父亲角色,父亲去世后更是如此。十年前的冬天,他承包的汽车修配厂经营红火,买了面包车,提车的当天晚上就打来电话:"贞子,这回好了,来家过年有专车了。"那坚决而自豪的口气,仿佛他买车就为了过年时专程接我。

为了这隆重的专车,我和丈夫大庆一迈进腊月就开始了隆重的置办,给母亲、大嫂、公公、婆婆买衣服,为娘家和婆家办年货,为大哥、二哥、三哥、公公、大姑、姐夫买拜年酒。我们先是列个单子,写上要买物品的名字,算好要买物品的数量,定好要买物品的价格。娘家和婆家同在一个乡镇,办年货一式两份,列单子并不难,难就难在衣服和拜年酒上。大嫂的腰围一年一变,去年还是二尺九今年就变成了三尺一;公公的喜好很难把握,本来还说喜欢灰色,可你买了灰色他又说太旧,常常要提前打好几个电话。自从婚后第一年拜年,每家四瓶白酒两瓶果酒就成了铁定的规矩,每每想到改革,最终又因为种种不可言说的原因恢复照旧。按着记忆中的亲戚依次写来,往往写着写着就乱了套,因为亲戚有远有近,同是六瓶酒,价格档次总不能一样。调整、更改,毁了几次才写好单子,终于捏在手里,雄赳赳涌入闹哄哄的人流,可临了才发现,一切全不管用。因为你写的价格和货架上的价格大不一样,去年还是四十六块钱一瓶的老牌子酒,今年一下子就涨到了七十六,巨大的价差映在眼前,握在手里的单子一下子就被汗洇湿了,要是此时再有人把你挤来搡去,不是踩了脚尖就是撞了肩膀,你的心突然就烦了,你不但心烦了，还忍不住一遍遍发问，年，到底是个什么东西？

年，实在不是个什么东西，对于我们这些在外的人而言，它不过是一张网的纲绳，纲举目张，它轻轻一拽，一张巨大的亲情之网立即就浮出水面。这张网其实从来都没消失过，它们潜在日子深处，藏在神经最敏感的区域，一有风吹草动，哪怕一个电话，都会让你惊慌失措。如果有谁身体不适怀疑得了重病，进城检查住到家里，你更是乱了方寸。只是很多时候，你努力忽视它忘掉它，你有太多属于自己的事情，职称晋级，孩子升学，房子搬迁，或者，你因为有太多属于自己的事情，不知不觉就忽视了它忘掉了它。可只要进了腊月，这张网就网进了大鱼似的，立即活跃起来鼓胀起来，一根根网绳在神经里绷紧抻直时，你不知不觉就成了撑网人。你成了撑网人，收获的却不是鱼，你没有鱼收获，自己却变成一条鱼被年收获，因为你必须为年准备巨大的开支。

说到底，真正的纲绳不是年，而是身后的根系，是奶奶父亲母亲以及由他们延伸出来的血脉。你是血脉上的一个支流，回乡祭祖拜亲，不过是你的本分，可是这正常得不能再正常的本分之事，每做起来，都有一种说不出的烦乱和苦恼，都觉得自己活得太累太委屈。你烦乱，是说你奋斗挣扎了二十多年，双鬓已经有了明显的白发，却也没有把自己变成富翁，还要为几瓶酒钱算计；你委屈，是说你奋斗挣扎了二十多年，都由一个乡下人变成城里人了，餐桌上都有了蔬菜沙拉这简单的西餐了，最终还要为这繁琐的乡俗礼节费心劳神。

侄子永远不会知道我们的感受，他一上了车就打开音响，播放新版邓丽君的歌曲，《欢欢喜喜过大年》。侄子当然是欢喜的，他一年到头起早贪黑从来捞不着休息，只有过年才可以喝酒打牌睡大觉。实际上，只要坐上侄子的专车，我也一点点有了欢喜的心情，这似乎和歌曲无关，而和车的速度有关。只要接了我们，侄子对这个城市就了无牵挂，出了小区直奔立交桥，密密麻麻的楼房在桥下倾斜时，你觉得有什么东西被你抛弃了，你觉得你对这个城市也了无牵挂了。

这条路一年之中总要走上几回，平均两个月不到，就要回家看一回母亲，可平时走和现在走，感觉是不一样的。平时走，大多都是我一个人。丈夫在广告公司工作，很少节假日，儿子刚从初中进入高中，节假日都在外面上课；我借采访的机会独自坐上大客，跟许多不相识的人行在路上，心是散漫的，要么把注意力放到某个有趣的旅客身上，要么就静静地看着窗外，看车如何一程程告别城市驶入开阔的原野。但不管怎样，你都不用说话。现在不行，一个小小的车体把四个人装到一起，四个人的世界于是就有了一个场，一个不说话就显得不对了的场。儿子建建自然不会说话，他只要离开课本，耳朵立即就塞进MP3，进入一个虚妄的和公式方程完全无关的世界。大庆自来话少，跟我这边的亲人，尤其如此。他好像从没加入过我这个家族，当我以我们家族待人接物严格的礼教要求他的时候，他越发放纵自己在我们家族面前的无礼无教，比如上了车，绝不跟侄子有半句客套。好在侄子早已习惯，可以完全忽视他的存在。他往往会说"姑最近又跑哪啦"，而不是"姑夫最近忙什么啦"。

一路不停地和侄子说话，就像拜年酒必须每家六瓶一样已经成了铁定的规矩。我们一同在大家庭里生活了近二十年，小时为了逃避地里的活路，一个站岗放哨一个和蛐蛐斗架有过多年默契的配合，虽然各自已经结婚多年，虽然一年三百六十五天很少见面，但只要见面，一个眼神，就可把你带到亲切又熟悉的往事之中。于是每年从城里往老家行进的道路，都是通向我和侄子童年的欢畅之旅，我们把一个个藏在草垛空里、庄稼地里、河套边上的故事翻找出来，之后长时间笑个不停。偶尔的，在某个地方，也会翻出忧伤，比如有一个黄昏，我和侄子、奶奶（侄子的老奶奶）去村里看电影，侄子走着走着突然不见了，我正慌张寻找，八十多岁的奶奶扑通一声跪到井沿，没一会儿，一只鸭爪一样的小手拽在奶奶手中。当我以为奶奶拽了一只鸭子时，侄子已被水淋淋拖上井台。谁也想不到，从深井里出来的侄子刚吐出一口水，就大张着嘴哭咧咧说："俺还能不能看电影啊？"侄子的又一次生命是奶奶给的，这井里的故事于是就有了忧伤的意味，奶奶一九八五年去世时九十六岁，侄媳当时怀孕五个月，只差一点就看到第五代了。忧伤一点也没有什么不好，这会使我们寻着奶奶这个根须，翻到更多枝蔓上的故事，二大爷家的，四叔家的，二哥家的，三哥家的。其实一些年来，我们路上谈论最多的，还是身边这些亲人的现状。比如四叔家的征安移民加拿大，二哥家的远程正在闹离婚。我们因为辈分不同，动不动就叫错了称呼，有时我叫二大爷他也跟着叫二大爷，有时他叫三叔我也跟着叫三叔，仿佛我们是两个顽皮的一遇了好事就你追我抢的孩子，但恰因为如此，心会贴得更近，会更加珍惜眼前的一切——姑侄同车回家过年的旅程。

有一种感觉，没有跟任何人说过，我一年一年和丈夫、儿子生活在一起，就在昨天、前天，还和丈夫为办年货同进同出，还臭是一窝烂是一块地为民工一样的忙碌烦乱委屈，可是只要上了侄子的专车，只要和侄子在申家的枝蔓上有了一次古往今来欢畅的翻找，我的感情立即向侄子倾斜。说倾斜，是说某个瞬间，我会不知不觉把自己从丈夫和儿子那里分离出来，会觉得我压根不是程家人，而是申家人。我会突然惊讶地发现，原来我已经嫁给了程家，我一个申家人，为什么要嫁给程家？

可以说，每年，都会有这样一种东西在我心里慢慢浮出，就像年使亲情的网络慢慢从水下浮出一样。它浮出来，却并不像网绳那样越绷越紧越抻越直，而是在经历了瞬间的警觉之后，某根绳索突然绷断，拽我的，或者我拽的，只剩下一根，申家的这一根。那一时刻，我觉得我和身后的丈夫、儿子没有任何关系，他们好像只是一个搭车者，互不相识的路人，因为在我们翻找攀爬的故事里，看不到他们任何踪影。可奇怪的是，我和丈夫、儿子成了路人，却一点都不伤感，不但不伤感，反而有一种挣脱了某种枷锁的轻松，仿佛又回到无忧无虑的少年时代。

冬日的阳光在高速路两旁静静地铺洒，一座拱桥下面，两道隆起的河岸上，枯干的蒿草摇曳着瘦弱的身姿，它们和身边河床冰层里几块突起的沙丘遥遥相望时，为我平添了几许梦幻般的感觉。曾几何时，河床是我们冬天里最好的去处，我们掠夺蒿草，将它们拦腰斩断，之后编织厚厚的冰车在冰层上滑翔，在那样的时候，我们的目标在很远的海里，侄子往往会说，咱一直滑到海。

幻觉自然没有多久就消失了，那时我们下了大连至庄河的高速路，上了庄河至歇马镇的乡级公路，再有二十几分钟就要到家了，侄子说："姑，中午上哪？是一起上俺妈那儿，还是直接给你们送到姑夫家？"我突然惊醒，是啊，在这里，我有两个家，娘家和婆家，我该去哪一家？

我惊醒，好长时间做不出回答，依我的心愿，自然是回到母亲身边，我有一个多月没有看到母亲了。可是这时，一路上一直没有说话的大庆突然说话："把这边的东西卸下来，先把我们送回家。"

大庆说的这边，是指我的娘家，而他说的我们，包括了我，他希望把属于娘家的东西卸下后，我跟他一同回到婆家。大庆的语气是霸道的，不容置疑的，了解我心情的侄子在后视镜里看了看我，没有说话。

只要你结了婚，你就是婆家人，你和丈夫孩子就牢牢地捆在了一起，这是不可抗拒的现实。也正是了解这一现实，侄子才要这么问一句。被这样的现实压迫，车转了弯，下了路，一点点驶进大哥的修配厂时，我的心像塞了麻团，一种每年都要温习的郁闷使我大喘一口粗气。

大哥早已等在厂子门口了，夜里感觉的整个家族都在热盼盼地等待其实是不存在的，大哥的厂子已经放假，给大哥打工的三哥、两个侄女侄子已经回到自己的小家,二哥的厂子,却在街后的另一条胡同。见到车,大哥笑吟吟迎出来,胡子拉碴的脸上布满了等待的倦意。因为后备厢里的东西需要凭记忆分配,我没有时间跟大哥多说什么。和大庆一起陷入一件件识别区分的忙碌时,大哥和侄子站在车旁,故意大声说些车胎和路况的事,以遮蔽我和大庆因为识别错误而有可能造成的争执。还好,大庆已经霸道地表达了态度,在小节上开始让步,比如在我把给公公的酒记错了拿下来时,他会小声说:"不对,这是给爸的。"

对于大哥,这是一个必不可少的仪式,他几乎年年如此,在厂子工人都放假之后,一个人空荡荡地等在这里,等着这父亲般的意愿得以实现的一刻。可是大哥和侄子一样,从不因为亲情的需要强留我们,当听侄子说他的姑夫着急回自己的家,二话没说,立即逼我们上车。只是在抹车时他大声跟了句:"后天早上早一点回来。"

二

婆家就住在歇马镇东边,一块坡地上最新建起的一幢小楼的六楼。和城市不断向郊区延伸扩张一样,小镇也一日日把曾经耕种的野地揽入囊中。公婆之所以情愿变成小镇的囊中之物,并不是开发商占用土地之后的回迁,而是从供销社系统退休回家的公公和邻居经常打架的结果。邻居的马钻进了公公门口的菜地,公公就用铁锨让马的后背见红,到邻居大白天进了公公的家掀了一家正吃饭的桌子,公公就把电话打给远在城里的儿子,声言绝不在农村住了,押断腰筋也要进镇,也要上楼。被开发商占了地盘的老辈人,动迁时还要哭叫着不愿意,公公住在小镇八竿子打不到的乡下,却哭叫着要求上楼。押断腰筋的自然不是公公,而是在城里工作的大庆,他跟与公公住在一起的弟弟弟媳商量,卖掉海边的瓦房,不足的钱由他补贴。但事实是,你告别烦恼是有代价的,从此没了房前屋后的菜地种了,一日三餐一张嘴就得掏腰包,日子一下子就不是日子,而是一个深不可测的无底洞。用公公一点退休金打发无底洞,过日子的从容从此便不再有了。有一回婆婆在电话里说,上冬以来,才买了一百斤大白菜,大庆一听急了,连夜回家送钱。在这样一个特殊的"年"里回家,我们的专车真是要多重要有多重要了,因为它是一家人打发新年的全部指望,大到五十四响的礼炮,小到一盒火柴,大庆全都备足了,把电话打过去,告诉就要到了,除了婆婆、公公、弟弟二庆、弟媳回菊,他们的女儿小栓,全都等在楼下。

一下了车就被小栓紧紧拥住了："大娘，怎么才回来，想死俺了。"看着小栓干巴巴的小脸儿，郁闷之气不由得就贼似的溜走了。都当了人家大娘了，还有脸郁闷！于是拽住小栓的小手，虚情假意地说："大娘也想你啊。"

大庆的决定其实是对的，与其让一家人眼巴巴地盼着，不如早一些让他们如愿以偿。公公往楼上搬东西时，不时地东张西望，似乎特别希望被人看见。他并不是一个虚荣的老人，都因为和邻居打仗，得罪人太多，心里就多了些邻居的眼神儿。大嫂说，她上市场买菜经常见到我的公公，他穿得干干净净，背着手，挺着胸，什么不买也要在集市上转悠，给谁看似的。

不管有没有人看见，那些被我们算过无数次，一遍遍写进单子，一件件从超市搬进城市的家里，又一件件从城市运回的东西，终于心安理得上楼了。说心安理得，是说关了门，公公高音大嗓地发布命令："都来家了，吃饭！"

大庆的成就感显而易见，第一个操起筷子，夹一块切好的猪肝，夸张地大嚼起来，似乎最有资格吃饭的是他。其实我知道，他是有意向家里表示自己的底气，公司效益好，分了上万块钱奖金，他腰包里，还有为父母备好的六千块钱呢。我没有上桌，因为婆婆还没上桌。自我们进家，婆婆一直在厨房里忙活，孙子过去叫她，她抖着瘦瘦的肩膀直喊："你们先吃俺还早着哪。"其实我知道，婆婆这是故意，她不上桌我们当媳妇的就不能上桌，她并不是不愿意媳妇上桌，而是都上了桌子太挤，她愿意一拨一拨分着吃。可是她的想法从未得到公公理解，公公立即竖眉瞪眼，冲着厨房："你什么毛病，你不上桌儿媳能上桌？都回来了，不就是图个团圆。"

如果说打憷回家过年，那么最打憷的事儿就是吃饭了，因为要团圆，一家人必须挤在一张桌子上，大家膀挨膀地挤着，无数双筷子在桌子上翻飞，你觉得根本不是吃饭，而是受罪。因为你常常不知道筷子该往哪伸，要是婆婆动不动端一盘菜让来让去，一不小心撞倒一只酒杯，你恨不能变成那只酒杯里的酒，顺桌缝赶紧溜掉。

婆婆从不敢违背公公，她带着五岁的大姑姐姐改嫁程家，就像一条走错门的狗，公公从没给过好脸子。一些年来，公公在外，扔她一个人在家拉扯孩子种地过日子，死去的前夫的兄弟过来帮忙，公公的疑心就乌云一样在家庭的上空翻滚。据大庆讲，每年回家过年，他都借酒发疯，搅得家里鸡犬不宁，退休之后更是变本加厉。他跟邻居打架，是不能看见邻居凑在一起，一看见凑在一起就以为人家在议论他，于是故意借牲畜找茬冲人家发火。种了一辈子地的婆婆之所以忍心扔了地，抻断腰筋也要上楼，就因为受不住公公的折磨。

婆婆顺从，这回家的第一个午餐就有了团圆的模样，我挨着弟媳回菊，回菊挨着婆婆，我们三个女人几乎是侧着身。只要都上了桌，团团圆圆围在一起，公公就大功告成，就摆出一副一家之主的姿态，酒杯在唇边咂得直响。这种时候，第一个退席的总是大庆，就像刚才夸张地嚼猪肝一样，他夸张地把筷子伸这伸那，没一会儿就放下筷子，伸腰腆肚站起来，说饱了。我扒几口饭也放下筷子，说根本不饿。其实早就饿了，一早从家走就慌着没吃好。二庆见我们离席，不解地说："唉，还是城里人肚里有油水啊，刚上桌就饱了。"婆婆狠狠剜他一眼，之后把目光移过来，不安地看了看我。

为了不让婆婆不安，为了让一冬连大白菜都不舍得买的家人吃一顿好饭，我说："妈，爸，你们慢吃，我这会儿回去一趟，回去看看母亲和大嫂。"

婆婆立即松口气，挤满皱折的眉头顿时一亮："去吧去吧，你老妈不知怎么想了呢，不用着急回来，住楼了家里也没什么活儿。"

下了六楼，来到街上，一股生冷的风扑怀而来，心情一下子轻松多了。我轻松，不仅仅因为终于可以回自己娘家，而是我再也不用去想大庆吃饱没吃饱了，再也不用去听公公响亮的咂唇声了，再也不用和婆婆一起为二庆的不懂事紧张了。大庆吃不饱，心里还是有些不好受；公公餐桌上从不跟儿子交流，这样的氛围我不习惯；而在这个家里，二庆的存在就像一颗定时炸弹的导火索，不定什么时候，就把公公引爆，公公一直以为他就是婆婆对他不忠的产物，他们因此从不搭话，同在一个屋檐下，却谁也不肯正眼看谁。

只要年不过，小镇上总有人在忙碌，三轮车摩托车不时地擦肩而过。从街东到街西，不过二里地，可这二里地的短街可是十里八村的商业中心，店铺一家挨着一家，卖烟酒的，卖服装的，拍婚纱照的，美发的。日子总是需要出口和入口，就像人总是需要吃喝拉撒，正是为了满足十里八村人们吃喝拉撒的需要，脑瓜灵活的人们就迅速成了这需要的主宰者，这主宰者汇聚的地方就迅速成了小镇。婆家不是主宰者，可它攀高枝似的挂在小镇的一头，以实际行动印证着报纸上说的农村集镇化建设的进程，实在是方便了我。要是原先，婆家住在镇南十里以外的苇子埔，即使再想远离婆家的餐桌也是做不到的。

我的娘家其实就在修配厂后院，拐出厂子侧门胡同一转弯就上了楼。午前回来，如果不是大庆着急，上楼跟母亲大嫂报个到也是很方便的。所谓娘家，就是大哥大嫂家，母亲年老之后，一直跟他们生活在一起。因为侍候老人，可以说大哥大嫂就是我们的芯子，就像一支蜡烛的芯子，他们以对老人长久的热情烛照着申家这支人的日子。在乡下，只要有两个以上子女，只要不是儿女不孝让老人单过，似乎每个家族都有这样的芯子，他们天长地久侍候着老人，他们因侍候老人而在年、节到来之际，成为所有儿女们的中心。他们最初成为芯子，要么因为儿子孝顺又有威风，媳妇再差都能被镇住，要么就是因为媳妇贤惠，所谓好儿不如好媳妇。大哥大嫂既属于前者，又属于后者。大哥孝顺，大嫂贤惠，可是什么事都架不住天长地久，一日三餐盘来碗去，一年四季洗洗涮涮，再好的脾气也会受到挑战，再有耐心也会在不知不觉中被磨损，尤其大嫂侍候了两代老人。八十年代中期，我们十八口人的大家庭解体，父亲母亲选择跟大嫂时还带着奶奶。尤其那时我们家还没有搬到小镇，联产承包后还分到一大家子人的土地。侍候奶奶活到九十六岁，送走瘫痪三年的父亲，一边种地，一边侍候包括我在内的一大家子人吃吃喝喝，大嫂这棵芯子磨损的已经不是脾气和耐心，而是身体。她一日日口干舌燥，得了那时的人们闻所未闻的糖尿病，可谓一代人的先锋。当大嫂以羸弱的身体摇曳着她微弱的烛光，过年，已经是大嫂最最恐惧的事情了。午前，之所以没有坚持上楼先跟母亲报个到，就因为那时临近吃饭时光，留我们吃饭大嫂会打憷，不留，又觉得说不过去。

　　为我开门的是大哥，见我这么快又回来了他有些意外，立即冲里屋喊："贞子回来了。"

　　大哥这么喊，显然是为了告诉母亲和大嫂。母亲听不见，大嫂却应了一声后，挺着被大红毛衣裹着的浮肿的身体，慢腾腾走了出来。

　　大嫂糖尿病已经有了并发症，视力减弱，末梢神经麻痹，肾脏损坏，心血管老化，每餐前都要往腿上扎胰岛素。拖着这样的身体，打扫屋子里的卫生，洗床单被单，打发大哥厂子里工人送来的鸡和猪肉，准备供桌上的供品，每到年根，大嫂都注定大病一场。可面对大嫂，我说不出任何安慰的话，因为我知道，如果不能把年从日子中剜去，如果不能把母亲永远接走，任何安慰对大嫂都不管用。曾劝大嫂用个保姆，大嫂大动肝火："俺这女人就废了吗？"从此再不敢提。我唯一能做的，就是每年把母亲接城里住几个月，再就是像现在这样，走近大嫂，紧紧握住她的手，问她身体最近怎么样。

　　大嫂没说好，也没说不好，只知趣地推开我的手，朝南屋指了指："妈在窗上望你呢。"

　　冲母亲走过去，她根本没有听见。她盘着腿，端坐窗边，直直地朝外看着。为了母亲的习惯，大哥在楼里为她盘了炕，把暖气片装在下面。坐在炕上向外望，可以说是母亲每一天的功课，在窗的外面，在她视线所到之处，能看见大哥厂房的院子，能看见大哥的身影、三哥的身影以及侄子侄女的身影。大哥厂子放假，望不见他们身影，她望的自然就是我了。拍一拍母亲的肩膀，她慢慢转过脸来，被盼望熬红了的眼仁突然蹿出火苗，仿佛在说："你怎么才回来？"

母亲目光热烈，却没有语言，因为耳背而长期陷入孤独中的母亲已经不习惯运用语言。可她的眼神常常比语言要复杂一百倍，在那火苗蹿出的瞬间，忧伤、无奈、虚空，种种难以说清的情绪都云雾一样弥漫出来，我的心一下子就疼了。

过日子过的就是女人，大嫂身体出了问题，没人制造热闹的氛围，这年三十的前一天，芯子里的家真的是要多冷清有多冷清了。大嫂的身体出了问题，侄媳们本该提前回来忙活，可是侄子一年到头在修配厂上班，三天两头回家蹭饭，大嫂已厌倦他们提前出现。这正是母亲忧伤和无奈的根本，也是大哥每到年根都通过电话一遍遍向我传递家里隆重等待的原因，是他明知道这个家的热闹不再，才故意渲染它的热闹，就像大嫂自知青春不再，却反而要穿大红衣裳一样。问题是，大哥家确实热闹过，那时还在乡下，大哥还只是工厂里一名技术工人，可那时一到过年，不用说年三十的前一天，提前好多天大嫂家就有了客人了，奶奶的儿子闺女从北京沈阳回来，母亲的舅舅从海城回来，不但把申氏家族的人引来，把整个村里的人引来，还要把母亲娘家的人引来。一腊月一正月上桌接着下桌，大嫂扎着围裙，把一个家搅扰得热热闹闹。大哥轴承轴心一样迎来送往，备受夸奖的就是母亲："你老太太真摊了个好儿媳，真是太有福气了。"于是不管是大哥，还是母亲，脸上都像抹了油，光彩照人。如今可倒好，大哥有一个偌大的厂子，有发达的事业，有足够的钱为年挥霍，却因为没一个健康的女人为他忙活，清冷就像贴在墙上的宗谱，有名有姓，条清缕晰。

为了驱逐家里的冷清，我回转身来到客厅后，真的就去看墙上的宗谱。申家的宗谱上写有七代人的名字，最远的，是爷爷的爷爷的爷爷，最近的，是我的父辈。我们这辈，母亲生了十个孩子死了六个，他们都只活了几个月，我上面的姐姐倒是活到五岁，却因为她是女的，上不了申家的宗谱，只能在供桌旁边单独设个牌位。宗谱两侧，有两联盛开的荷花，巨大的叶子展示着昌翠的面貌，而它的上方，贴有一幅长长的横批：祖豆千秋 本支百世 永言孝思。千秋，百世，孝思，我属于哪一秋哪一世？我对祖宗有没有孝思？我故意问大哥，爷爷的爷爷到底是谁，是申桐还是申芸。大哥终于找到制造热闹的机会似的，立即走过来，夸张着认真："是申桐，就他是国子监太学士，回来时还在咱家前边的岭岗子盖过一座三进三出的房子，那房前廊柱下的石鼓现在还在。"

一些年来，守护着被掩埋在地下一百七十多年的荣誉，大哥活得空洞而充实。说空洞，是说他从没为家务繁重的大嫂做一丁点事，哪怕是盛一碗饭；说充实，是说他因为家族曾经的繁荣，很小就人在小镇胸怀世界了。中国和哪个国家建交，以色列和哪个国家不和，仿佛那才是有过国子监祖宗的后人最该关心的事情。从乡村搬到小镇那年，他领着二哥三哥和侄子，去老家前边的岭岗子，把两个石鼓拉回家，放在院子门口。从那时起，大哥动不动就跟人谈起祖宗的国子监，听不懂的人还以为我们的祖宗蹲过监狱。每当这时，大嫂都嘴一撇，没有好气地说："屁，讲那些虚的有什么用，有本事帮老婆干点活好不好，只顾祖宗不顾老婆，这种人怎么就叫俺摊上了！"

本是为了家里热闹，却想不到触到了大嫂敏感的话题，我脸忽地一热，立即扭转方向，转向大嫂，漫不经心地说："可真的大嫂，我怎么忘了，给你买的衣裳试过吗？"

大嫂坐在沙发上，懒洋洋地斜过一眼，有气无力地说："胳膊腿都硬撅撅的试什么试。"

要不是为了躲避自设的禁区，我是不肯自寻尴尬的。有一首歌曾这么唱道：即使你给我一个明媚的春天，我也不会觉得拥有花朵。这是一个被爱掏空了的人的感叹，大嫂不一定会唱这首歌，但我相信面对我们申家，她一定就是这种感觉，跟她一年三百六十五天的付出相比，即使给一件镶金边的衣裳又能怎样！

本是为了躲避狼窝，最后却掉进了虎口。我笑吟吟地看着大嫂，心里却突突突慌跳不停，因为大嫂极有可能再跟一句："别像五叔似的，来家头三天甜言蜜语，过几天就不是那样了。"

和我一样，五叔也是从乡下走出去在外的人，五十年代他考入鲁迅美术学院时，在辽南这片土地曾传为佳话，他是在考场用石膏塑像被现场录取的。我们拖着脚步离开了故乡，走出长长的道路，却把母亲亲人永远撇在了乡下。于是和我一样，奶奶活着的时候，循着这长长的道路，他每年过年都要回家。每一次回家开头几天，都对大嫂百般地好，说尽了感激的话，就差给大嫂跪下了，可是三天不到，当他在二大爷和四叔家转够了，听到一些有关大嫂跟奶奶说话声音和表情不怎么好的话，立即变了样，掌握了证据似的回来跟大嫂讲理："侄媳妇，你怎么能跟你奶奶扔脸子！"大嫂身在局内，不能辩解过日子哪来那么些好脸子，大嫂又要强，不能去找二大爷和四叔对质，就只有打掉牙往肚子里咽。大嫂的冷漠，也是因为尝够了这样的苦果。

五叔简单好冲动，永远不知道一个在外的人跟"家"是什么关系，当你把赡养父母的责任转给了别人，你也就不再拥有讲理的资格，尤其侍候你母亲的是跟母亲的血缘毫无关联的人。但这并不意味我不理解叔叔，当听说你日夜思念的老母在承受衰老的同时还要承受别人的脸色，心自然就疼了，比如刚才看到母亲趴在窗口的刹那。母亲一天天往外看，看他厂子里的儿孙是真，也因为疾病缠身的大嫂没有好脸色。

　　事实上，在我这个小姑子面前，大嫂还从未说过难听的话，不管多么委屈。我紧张，都因为对大嫂过于在乎，不希望她有丝毫的不快。倒是后来，大哥突然想起我买的衣服和所有年货还在楼下，下楼去拿时，大嫂说话了，大嫂说："贞子，俺实在不爱动，妈的头还没洗，你给洗洗吧。"

　　终于可以和母亲独处一室了，这是我和母亲最最幸福的一刻，它本来可以早一点到来，比如午前进院的时候，比如刚才进门之后，可是为了丈夫舒服，为了侍候母亲的嫂子舒服，还是将它推迟了。不过这对母亲，并没有什么不好，关上卫生间的屋门时，她笑吟吟地看着我，小声说："这就对了，你回来主要是看你嫂子，不能先看我。"

　　听完母亲的话，一股热热的东西止不住就涌上了喉咙。母亲永远是这样做人做事，当不能把别人的心情安抚好时，她就无论如何都不会有好的心情。可是，就在把母亲头发弄湿，准备抹洗发精时，母亲突然抬起头，瞪着陷进深处的小眼睛说："你，你怎么没给你嫂子买东西？"母亲小心翼翼，生怕一不留心把买的东西吓跑的样子，我深深地冲她点点头，我的意思是告诉她买了，之后故意大声说："咱们快点洗吧，等会儿出去给你和大嫂试衣服。"

　　不仅仅是衣服，各种酒、饮料，各种肉肠鱼肠，各种皮冻、干果全部拿上来了，大哥居然让门卫帮他往上搬。大哥的想法我能猜到，是想让大嫂高兴，因为一些熟食品根本不宜往屋子里放。当我从其中的一个包裹里找出给母亲和大嫂买的衣裳，母亲顿时喜上眉梢，仿佛我终于用实际行动为大嫂一年的付出做了补偿。

　　虽然大嫂早就不觉得这是补偿，但有和没有还是不一样的，这也是为什么大嫂的生活中物质超出一般的丰富，回家过年却还是不能空着手的缘故。你表达的是一份心情。那件肥大的紫色羊绒外套，使大嫂肿胖的脸反而有了一丝华贵之气，对着镜子的大嫂嘴角有了笑意："还是贞子会买衣裳，要不俺这老样子简直不能看了。"

　　大嫂对我这方面的信任我是知道的，只不过让大嫂表达出这样的信任需要漫长的过程，你不能一进门就拿出衣服，你得漫不经心，你得让大嫂觉得一件衣服并不算什么，重要的是大嫂的身体；你得在对大嫂的身体有了充分的在乎之后，再自然而然拿出衣裳，就像现在。我的鼓舞是显而易见的，如果说回家过年有什么是最重要的，那么最重要的一点就是让大嫂高兴，大嫂高兴母亲就高兴。大嫂高兴了这个芯子上的光才有可能明亮。见大嫂脸上有了明亮的表情，母亲立即说："别在家磨蹭了，赶紧回去吧，一年一年在外面，过个年，还不得帮婆婆干点活。"

母亲撵我走，预示着我已经大功告成了，从大嫂家出来，听身后的门被母亲慢慢关上，我有一种说不出的成就感，就像做了一件多么了不起的事情。

三

冬天日短，从娘家出来，西下的太阳已经把小镇罩了一层昏暗的面纱。见天色已晚，我真的有些着急了，大庆最在乎我在公婆面前的表现，他的想法和母亲一样，一年年在外面，过个年，怎么说也得帮婆婆干点活。当然也都是我这种从封建大家庭里出来的女人给婆家人养成的习惯，刚结婚那几年，我可是太卖力了，包着头巾，蹲在灰尘飞扬的灶坑里往锅底填柴，与山村妇女别无二致。这几年年纪大了，热情锐减，大庆的想法却从不改变。可越是着急就越是有事，在一家小卖店门口，我居然遇到了三哥，他正在往家买啤酒。

三哥看见我高兴得什么似的："远见什么时候把你们接回来的？"

"中午，十一点多钟吧。"这么告诉三哥，本是再正常不过，他放了假，我没有在第一时间在修配厂里看见他，可是不知为什么，心里有一种隐隐的歉意，好像没在第一时间告诉三哥是不应该的。

想一想，有这感觉，都因为跟三哥感情太深了，或者说三哥对我太在乎了。在母亲生的十个孩子中，他是离我最近的一个，但小时候我们并不亲，他十几岁胡作非为时从不带我，要说亲还是我有了儿子之后。他没有儿子，只有一个女孩，每次开货车进城都来看我儿子，儿子惦记舅舅也一点点深化了我们之间的惦记，尤其后来他不开货车，进了大哥的厂子给大哥打工，每天都能看到大哥流水一样进钱，自己却挣有数的月工资，对他每日都在经历的不平衡感便有了深刻的惦记。

三哥面容憔悴，干生生的脸上没有一点肌肤应有的光泽，他笑呵呵地看着我，眼睛里有一丝类似母亲看我时才有的热烈："我挺好的，大哥昨天格外给了我两千块钱。"

由于知道我的惦记，不等我问，三哥就自动说出。兄弟之间有了巨大差别三哥也许能够消化，毕竟能力不同，三哥最崇拜的人就是大哥，他十几岁时，大哥在我们家的家庭会上用过一个词，"话又说回来"，是为了表示更复杂的意思，三哥第二天就学了去，多么简单的事他都要把"话又说回来"。我是说，比任何别人都忠心耿耿为大哥操心，却并没得到比任何别人都多的工资，三哥受到了煎熬，三嫂把他的煎熬告诉我，我唯一能做的事就是劝三哥，让他想明白他现在只是一个工人，而不是大哥的弟弟，不要投入更多的感情，你不投入，也就不想回报。可三哥是人而不是机器，尤其他生性厚道，对大哥有一种愚忠。于是，他做不到不投入，他投入了又得不到应有的回报时，我这个妹妹就特别想掏自己腰包。

从包里拿出五百块钱，三哥坚决不要，连说我怎么能要你的钱。和大嫂一样，他对厂子的热爱和付出，就是给他一个明媚的春天，他都不会觉得拥有花朵。但只要你献出花朵，三哥眉宇之间，立即就有了春天般的光亮，他的脸甚至闪出一缕热腾腾的红，连连摆手说："快往家走吧，初一早点回来。"

大庆确实生了我的气，他往手机上发了好几个短信，见我不回，就打电话，手机在他身边响起时，才知道我根本没带手机。于是，没有通过手机说出去的话就在暗中扭曲了他的脸，推门进屋，他看我一眼，立即转身，给我一个愤怒的后背。

我脱了外衣，赶紧钻到婆婆和回菊忙活晚餐的厨房里。厨房太小，站不开三个人，婆婆坚决不让我进，说，"可别沾手啦，饭菜就好，一会儿就吃饭。"我只有站在厨房外面的方桌旁，用夸张的声音向婆婆汇报大嫂的身体，母亲的等待，与三哥的相遇。我的汇报无疑达到一箭双雕的效果，既不让婆婆觉得我在跟大庆怄气，又让她知道我回来晚确有原因。其实婆婆的收获还远不止于此，当听我说大嫂家特别冷清时，她啧啧啧直咂舌头，一边叹息一边说："嗨，真是的，光有钱有什么用，过日子还是过的人。"似乎她对家里的热闹非常知足。

不觉间又要吃饭了，本来就打憷吃饭，再加上没有亲自下厨，心理更是多了障碍。从某种意义上说，大庆也是对的，你能在家里抢上下厨的机会，等于为自己能够放松地吃饭开辟一条道路。这样的机会失去，就只有另辟蹊径，比如擦桌子摆椅子拿筷子，比如嘱咐儿子给老祖宗上香。公公家早先从不供宗谱，我结婚时曾暗示过他，他却异常激动，好像想不到我一个读书人会如此愚昧，并发誓说："我程有汪信科学就不信鬼神，邓小平都说科技是第一生产力。"后来，邓小平去世那一年，他突然请回宗谱，并让婆婆到我的母亲那学习做供饭，插供花。不知道是老和邻居打架，日子在暗中有了对手，在自己力量不支的时候，终于需要鬼神的帮助，还是对婆婆的怀疑没有随年老而减弱，反而越来越重，希望有什么外力让他从痛苦中解脱，反正他一反常态，烧香磕头十分虔诚。仿佛邓小平去世，鬼神就变成了第一生产力了。

可是，我为自己另辟蹊径的举动不但没有帮自己，反而使道路更加拥塞，因为挂了宗谱，还要请"年"，所谓请"年"，就是上坟地把祖宗从地下请回来，而现在，才是年三十的前一天，请"年"的仪式还没有启动，挂在墙上的宗谱只是一个虚设，上香祖宗也不知道。儿子好奇地在供桌前点燃一炷香时，公公突然就从里屋冲出来："'年'还没请回来谁叫你上香。"弄得我十分尴尬。好在听说是我，公公收回就要发作的情绪，悻悻地回了屋。

努力反而制造了反作用力，接下来的时光，我彻底打消了参与到婆家过年气氛中的积极性，无论是吃饭还是看电视，无论公婆看我还是不看我，我都只淡淡地笑着不说话。我的情绪迅速就被大庆捕捉到，刚才还是紧绷着的脸立即放松开来，处处寻找机会搭我的目光，我不给目光，就偷偷戳我的肩膀，并故意大声说道："贞子，你把衣服拿出来给爸妈试一试呀！"

大庆的表现，使我想起下午我在大嫂面前的表现，为了这过年的气氛，我们谨小慎微，神经兮兮，我们的样子就像"年"是个什么易碎的物体，一不小心就会把它弄坏。触及这一点，我立即做了调整，站起来，朝沙发后边的一堆包裹走去。

衣服翻出来自然是一家人最兴奋的时候，弟媳回菊也拿出了自己为公婆买的衣服。娘家和婆家还是不同，娘家物质丰足，一直活在物质里的大嫂需要的是精神而不是物质；婆家精神丰足，为了满足精神宁可抻断腰筋也要上楼的公婆需要的是物质而不是精神。婆婆把一套套新衣穿到身上，满脸的褶子都开了，公公虽然没在我们面前试，但站在婆婆对面，端量来端量去，说了一句让儿女听了都有些脸红的话："像老年模特。"

当然，娘家和婆家最大的不同还在于，我的母亲已经九十岁，虽是大嫂的婆婆，却已多年不当家了，权力自三个儿子分家那天就移交给了大嫂。大庆的母亲才七十岁，虽是我和回菊的婆婆，可这个家因为没有分，也因为婆婆身手灵活，过日子的权力依然在婆婆那里。这意味着，同为一家的芯子，在娘家，燃烧的是大嫂，在婆家，燃烧的是婆婆。虽然暗里，婆婆常受公公的气，可明里，婆婆高兴了，或者说婆婆漂亮了，公公还是高兴，公公高兴了，一直因为漂亮而受压抑的婆婆更加高兴，婆婆瘦削的脸颊布满少有的红晕时，整个屋子都有了温暖的色调。

有高兴做底，有回家这一天身心的劳累做底，我睡了一个少有的好觉，我、大庆、建建，我们一家三口占据了弟媳一家三口的屋子，换了地方，本是很难睡好的。有一个好觉做底，大年三十的第一缕阳光照进窗棂的瞬间，还是有了和儿子一样的美妙心情。儿子为了除夕熬夜，夜里早早就上了床，当警觉我也醒了，他带着因深睡而干涩的嗓音说："妈妈，今儿个就过年了，我太兴奋了。"

　　所有的一切都为了这一刻，所有的忙碌、准备都为了这一刻。我不知道我和大庆有没有盼过，公婆一定是盼过，因为只有这时儿女才会团聚；回菊二庆一定是盼过，因为只有团聚，公公才不至于因为不喜欢二庆而愁眉苦脸；我的儿子建建和弟媳的女儿小栓更是盼过，因为只有这时，他们才可以不纠缠在枯燥的书本里。说句心里话，看身边人高兴，你的心也不由得就被感染，觉得有一个巨大而隆重的好事正款款地向你走来。

　　那巨大而隆重的好事，不过是放鞭炮，穿新衣，吃年饭，包饺子，请"年"，看春晚。那巨大而隆重的好事，来到时既不巨大又不隆重，一早二庆把一只二踢脚从窗口扔出去，爆响时声音在空旷的外面孤单地下滑，让你反而有一种空荡感。建建和小栓穿了新衣，下楼跑了一趟，回来时异口同声道："真没意思，外面一个人也没有。"忙活了一上午年饭，倒是抢进了厨房，可临吃时，膀挨膀地挤在一起，重复了以往的局面，不等吃，脑门就出了汗。午饭后安静下来，某些人酒足饭饱，比如公公、大庆、二庆，回屋里小睡；某些人酒不足饭也不饱，比如婆婆、我、回菊，但要忙着烧水洗头洗脚，这也是老家的一个规矩，女人们只有午饭后才能洗头洗脚。把一上午的油烟气洗去，顶着一头洗发香波的清香准备晚上的饺子，以为好事还在后边，可是，煮了饺子，公公、大庆、二庆、建建，这个家里的男人到十字路口望着坟地方向把"年"请回家，点了供桌上的蜡烛、香，给老祖宗磕了头，这些仪式一样样做下来，一切就像小时候过家家，再平常不过。倒是三代男人冲墙上的宗谱跪下时，心里某个部位慌跳了一下，但恰因为慌跳，让你觉得某些隆重的时刻已经过去，它们已经随供桌上飘散的香气，弥漫在屋子的每个空间。这时，身边手机短信的铃声响了，是那些心急的朋友来自远方的祝福。看上去，所有的祝福都是冲着就要开始的新的时光，可你稍稍留心，就会觉察到那躲在祝福后边的哀婉，因为这样的短信一个跟着一个：光阴已逝辞旧岁，万象更新过大年。

　　所谓隆重而巨大的好事，其实只在等待和盼望里，或者说，在你等待和盼望时，好事就已经发生了。好事充斥在每一寸正在流动的时光里，时光流动正是好事流动。它随着晚会一个又一个节目流逝，随手机里一个又一个短信升空，挽不住留不下，到除夕的钟声进入倒计时，发子饺子下了锅，公婆从屋子里出来，大庆掏出给父母的六千块钱，掏出给建建和小栓每人二百的压岁钱，这似乎是这个年中能够留住的唯一的好事了。

　　然而，就在这一刻，就在我们给公婆问了好，大庆把六千块钱交到公公手上这一刻，意想不到的事情发生了，公公站在大厅中央，握着手里的钱，指着还在大口小口吃饺子的二庆，厉声叫道："老二你给我听着，你要是再不往家交伙食费你就给我滚蛋，你一天天在家晃悠，叫你做买卖不行，叫你进冷库扒虾头还不行，你混吃喝混到老子头上，没门儿。"

　　二庆绝不吃硬，把筷子往桌子上重重一放，大声道："你以为俺爱呆在笼子一样的楼里啊，俺才不稀罕！"

　　见引爆父亲的是自己而不是二庆，大庆赶紧上前推他的爸爸，边推边说："大过年的你这是干什么?!"

　　我则拽着二庆，一直把他拽到他们的小屋，在他想大声说什么却被我用手堵住时，他呜呜地哭了起来，肩一抽一抽的样子要多委屈有多委屈。

　　要说委屈他也真是委屈，从出生就没被父亲喜欢过，都三十多岁了，孩子都念初中了，上了桌子还不敢大胆伸筷吃饭。跟老人在一起，本来就亏嘴，再加上被怀疑不是程家人，再加上自己挣不回钱，几乎就是一个可怜虫。每次回来，因为了解这一点，要是有机会在厨房切熟肉，都偷偷拿一大块塞到他的嘴里。可是，难道公公就不委屈吗？他一辈子在外工作，从没过过烦琐的家庭生活，老了老了，回到烦琐中，本来就不适应，却又要时时面对自己的失败，虽然那失败是"误以为"，但只要以为，失败就存在。怀揣失败感，回到浸透了婆婆脚印的院子，本来就容易触景生情，被疑为失败的证据的二庆再一事无成，一天天在家里晃，就等于每天都在扒拉自己伤疤给自己看了。

　　二庆在这边哭，婆婆早在那边泪水涟涟了，要说委屈，谁也没有婆婆委屈，她曾跟我讲过，她从来就没对公公不忠，那前夫的兄弟确实在一个雨夜来过她的家，他对她好，是为了死去的哥哥，他来她家，是帮她盖粮仓子。谁知第二天公公就回来了，公公看到院子里的脚印质问她，她原告实述，可倒好，从此，她的小辫子就被公公抓在手里。

　　"爸，我跟你说，你再要是这么不讲理，我们就不回来了。"为了捍卫母亲，大庆终于愤怒起来，动了他的杀手锏。要说公公还有什么怕头，他最怕的就是大儿子大儿媳不再回来。至此，这个年，真的是要多隆重有多隆重了，隆重得都有些庄严了，因为屋子里顿时寂静无声，所有的人都愣愣地站在那里。

四

　　睡了少少一点觉，天就亮了，第一缕阳光照进窗棂，心情自然很不美妙。我不美妙，并不是担心公公继续找碴，有了大庆的愤怒，我相信他会做些相应的调整，可即使他不找碴，这个家里的空气一定是不会好了。对这个家而言，初一这天的空气好不好可是太重要了，这一天苇子埔的同族人要来拜年，大庆和二庆，还要到苇子埔拜年。如果说公公，包括婆婆，还有一点虚荣，希望向村人展示自己日子的美好，那么一年当中，这一天便是最佳时机了。不赶上过年，谁来爬你的六楼，不赶上过年，记者的儿子作家的媳妇怎么能在家里闲着。或许正因为这一点，一早起来，公公向一家人发出了和平的信号，他在供桌前点燃一炷香，冲身后的建建喊："孙子，来，帮爷爷把这香插到香炉里。"

　　公公不愧当过公家人，知火候识大局，知道什么对自己最重要，可是建建呼应他，二庆并不呼应，一早大庆逼他一起回村拜年，他脑袋甩得像个货郎鼓，坚决不去。要不是他崇拜的哥哥冲他把眉头竖起来，很难说他会不会动身。

　　回村子拜年，大庆也不愿意。一程程从农村出来，和我一样，我们经历了太多的挣脱和建立，我们是在不断地挣脱了跟乡村的关系之后，才一点点建立了跟城市的关系。也正是这一点，几年来，除夕夜我们不停地捏着手机键发短信，公婆的脸上都显出得意，似乎他们看到，有一个巨大的关系网络正包围着他的儿子和儿媳。其实大庆挣脱乡村是被动的，是跟着我，想法也非常单纯，只为了改善小家和大家的生活，从没想为祖上争什么光。关键是你工作这么多年，还没有一辆车，还要骑着一辆破自行车拜年，你有什么光？可是，就像每年我们都下决心留在城里过年，再也不回老家经受烦心的忙碌，最终不但回来了，却还要大包小裹民工似的回来一样，每年，大庆都下决心再也不回苇子埔拜年了，可到了初一早上，你不由得就上了贼船，不但自己上，还要逼着弟弟上。

　　说到底，还是一个根系在一点点复活，就像一进了腊月亲情的网络在我们意识里的复活，它们不在前方，而在后方。在你还在城里时，它们还被深深埋藏着，它们不是亲情，却在一端上连接着亲情，是亲情往纵深处幽暗处延伸的部分，只有当你回到火热的亲情里，回到亘古不变的拜年风俗里，它才会一点点显现，你才会不知不觉就成了一个活跃在根系上的细胞，游走在根系上的分子，就像一尾钻进池塘的鱼。

大庆和二庆往苇子埔游走时，苇子埔族上的人已经敲开了家门。我从来认不准他们都是程姓人家的谁和谁，哪一个是大爷家的儿子哪一个是叔叔家的儿子，因为一年只见一面，又是在最短的时间里以最大的面积接触。也是怪了，只要有拜年的人来，公婆立即退居边缘位置，把我让到中心，比如客人坐在沙发上，他们非让我坐客人对面。每当这时，我都如坐针毡，因为我实在不知该跟他们说什么，我虽嫁了程家，可我的记忆里没有他们，没有共同的人事可供回忆，而为了寻找话题。他们一遍遍夸我是程家最了不起的儿媳，将来说不定有什么事，还得找我帮忙，我会因为一种说不清的恐惧而思想溜号，我在想，我跟你们有什么关系吗？

有些关系，在你并不自知的时候就已经发生了，虽然它们需要借助想象，如同男人把从女人身体里掉下来的孩子视为自己的需要想象，但想象出来的关系往往是最真实的关系，比如把最后一拨拜年的客人——公公叔叔的儿子送走，婆婆跟我讲起，她跟公公结婚时，她的叔公公歧视她是二婚女人，见面从不跟她说话，那时她就发狠，将来一定生个好儿子给他看看。现在怎么样，终于争了这口气，不但儿子有出息，儿媳也有出息。这时，你知道，你跟这八竿子打不到的婆婆叔公公之间的关系，早在婆婆结婚时就已经发生了。

有高高的楼房和平地上矮矮的草房比着，有城里的儿子儿媳和泥地里土坷垃的庄稼人比着，有婆婆记忆中誓言和现实的结果比着，大庆和二庆拜年回来时，公公坐在沙发中央，居然心平气和地问两个儿子："没上邻居家去拜拜吗？"那语气之泰然，那泰然语气后边透露出的胸怀之开阔，仿佛拜年是他的药，短暂的上午已经让他吸收了无限的药量，把那血淋淋的伤口治愈。哥俩愣愣地伫立在那，偷偷对视之后，大庆把目光移向我，我不知该如何表达我这复杂的感受，只有借机赶紧说："看什么看，吃了饭，咱们得去给建建姥姥拜年，你回来都没上去一趟。"

新的建议阻挡了公公的问题，他不但没生气，反而提供了一个让他更加开阔的机会似的："就是嘛，快弄饭吃，去拜拜你岳母和舅哥儿。"

拜了婆家，接着就是娘家。大年初一就回娘家，也是对老祖宗留下规矩的一个突破。在那个规矩里，嫁出去的闺女，就是泼出去的水，你泼出去了，就不得看见娘家的祖宗，就得把祖宗送走才能回家。而把请回家来的祖宗送走，得初三晚上，所谓送"年"，闺女女婿回娘家拜年只能等到初四。可是我们初四就要回城了，为了解决这一问题，十几年前，大嫂就代我们对着宗谱做了祷告，说："老祖宗你别挑理，贞子和贞子女婿是在外的人，给公家做事，必得提前回来，他们是老程家人，给老程家争光，可贞子是咱家人。你可千万不能挑理。"

听说上姥姥家，建建兴奋得一高跳起来，他兴奋，并不是想姥姥，三十的下午，他下楼学骑自行车已经去过姥姥家和三舅家了，主要是他终于盼来一次学会骑自行车以来最实际最有意义的旅行。乡村在他心里的长度，只有从奶奶家到姥姥家那么长，能在这个长度上获得驾驭的快感，大概是年对他最有意义的馈赠了。也就是说，在他的年里边，除了二百块钱压岁钱，自行车可能是和他最有关系的事物。因为在姥姥家楼下等到我们，他撇着嘴说："要是没有这车子，可就憋死我了。"

和前一天不一样，大哥家有些热闹的意思了，侄子侄媳和他们的孩子都回来了，母亲的娘家亲戚也来了一大帮。因为有客人，午餐还没结束，一张桌子杯盘狼藉，两个侄媳正在往餐厅撤席，另一张桌上，大哥正在和表哥们举杯喝酒，母亲则坐在大厅的沙发上。我们进来，远见第一个问好："姑姑姑夫好！"其声音之大之洪亮，好像接了我们，他就是家人中和我们最亲近的人。拜了母亲，便去拜大嫂。大嫂躺在北屋床上，一脸痛苦的表情，有气无力地说："好，好，都好，你们都好。"接受了侄子侄媳妇们的对拜，给了侄孙们压岁钱，我和大庆就来到桌子旁一一拜客人。大表哥二表哥三表哥四表哥，还有两个表姐夫。不知是酒喝多了，还是大嫂家暖气太热，他们统统开着怀，黝黑的脸上冒着湿漉漉的热气。这是一场持续了近四十年的酒宴，参加者永远是母亲娘家亲戚。自我记事，每年正月初一，他们都带着并不厚重的礼来庄重地拜见姑姑。说并不厚重，是说他们无论生活怎么改善，拜年的礼物永远是两瓶罐头两瓶果酒；说庄重，是说不管大嫂在乡下还是在小镇，在平房还是进楼房，他们雷打不动风雨不误，且只要来了，就一定要留下吃饭，全不顾大嫂身体不好，拜年习俗已经改革，大家只拜年不吃饭。他们不但要吃饭，还要把自己喝得脸红脖子粗，还要借着酒劲，大夸他们的姑姑如何有德行，申家这支人如何有本事，他们如何摊了门好亲戚。他们攀高枝的目光就像挂在枝头的果子，亮得真实又坦荡。他们确因摊了门好亲戚而改善了生活，二表哥的儿子和表姐夫的儿子都被大哥收编，以为是亲戚，大哥让他们学钣金学喷漆，可他们学成手立即背叛大哥，另开修理点与大哥竞争。他们一年一年恭维大哥不厌其烦，也许包含了歉疚，可大哥从不计较也从不厌倦，不但不厌倦，还不无得意："是啊，在这小镇上，你大哥可算霸主了。"

或许，大哥就是要让他们看到他这高枝儿的气度，可是大嫂厌倦了，母亲厌倦了。坐在沙发上的母亲，脸颊紧紧地抽着，眉头上竖着深深一个川字。

母亲厌倦，当然来自大嫂的厌倦。大嫂虽然不说厌倦，但她病歪歪躺在床上的样子已经胜过所有语言。倒是家有了热闹的气象，母亲再也不像头一天那样逼我和大嫂亲近了，不但如此，还毫不掩饰地盯着我，急切地把我拉到她的身边，就像我是一只终于可以放飞在她身边的蝴蝶，不快点抓住，就有飞走的危险。

母亲问程家的年过得怎么样，杀了几只鸡，年夜饺子搁没搁虾仁。这是她每年都要关心的事，在她的意识里，年的意义永远跟吃连在一起。母亲自然得不到真实的答案，我不能让她在因为娘家侄子的到来而感伤时，再因为我而感伤，要是我实话实说，告诉她程家只杀了一只鸡，几天来没有一顿饭能吃好，她就不是感伤，而是心疼了。我说："挺好的，他爷他奶挺高兴。"

屋子太喧闹，母亲听不见我在说什么。后来，她看了看她的侄子们，缓缓站起来，挪着小脚回了她的屋子。这是没有语言的暗示，我立即跟她进了里屋，并在往里屋迈步时，做好了粉饰婆家一切的准备。

然而，当母亲坐到炕上，小眼睛在深深下陷的眼眶里闪出光亮，我的心一下子就慌了，那里边已经有了亮晶晶的泪水。

"妈，你怎么了？"

母亲朝门的方向看了看，我于是转身去关门。回身时，母亲已深深低下了头，两只枯瘦的手抚在瘦削的脸上。"你大嫂和你大哥早上吵嘴了，俺听不清，好像为了你三哥，你大哥不知给了你三哥多少钱，你嫂子嫌给她妹夫少了。"

提起三哥，我不由得想起昨天路上的情景，一定是大哥给三哥两千块钱大嫂知道了。可是还不等我做出反应，身后的门吱一声打开，大嫂撑着沉重的身子从外面走进来。见大嫂进来，母亲立即把脸冲向窗外，故意说："今年的正月一点都不冷。"

母亲的小把戏一下子就被大嫂揭穿："什么冷不冷，肯定是告你媳妇的状，贞子你评评理，你说你哥能不能那么做，都在一个厂子，他兄弟奖金两千，俺妹夫就一千。"

我没有马上接话，因为我无法战胜自己内心的感受。大嫂把三哥说成"他兄弟"时，就忘了我也是他妹妹，这语气有些生分。当然关键不在这，据我所知，三哥和大嫂的妹夫工种是不一样的，三哥替大哥接待来往车辆，是二层管理，大嫂的妹夫只是个徒工。我不能说什么，就只有安慰道："大哥是不该那么做，不过你也别太生气，大过年的。"

"俺不生气，俺和你哥争讲完了也就完了，俺怕妈跟你讲了你生气。俺知道你是开明人，不至于……"大嫂说完，给出一个稍纵即逝的笑，立即又离开屋子，紧紧地关上了门。

虽然和门外的世界隔开，可是，很长一段时间，母亲都没有说话，仿佛只要说话，就是对大嫂的不恭。我拽过母亲的手，抚着她的手背，手指在青色的血管上轻轻摁着，我的意思是说，我了解你的心情，你什么都不用说。可是停了一会儿，母亲还是说话了："这几年不知怎么了，你大嫂就是觉得屈，厂子都快成她娘家的了，还觉得屈，咱这边，不就你三哥一个吗。"

要说屈，大嫂当然屈，她十八岁嫁到申家，还是刚从山沟里选到海上客轮的服务员，从一个农民变成走南闯北的公家人，她家那一带山里人都说她家祖坟冒了青烟。可是连她自己都想不到，遇到大哥，她竟自动放弃船上工作，回到上有老下有小的申家，做了大儿媳妇。大哥对大嫂的吸引力，也许是他过硬的修车技术，是他乐于将一个家族的责任揽于一身的大男子气派，可是大嫂不知道，你嫁了一个有责任的人，就意味你和这个人身后所有责任绑在一起。大哥的身后，有大爷和叔叔都无力抚养的奶奶，有二哥和三哥家都不愿意去的父亲母亲，要是你再要强，想做个贤惠儿媳孙媳，重新点燃祖坟上的青烟，那几乎就等于把自己送上祭坛。大嫂的觉醒，是在她得病之后，那之后她动不动就说："俺要是不嫁你哥何至于！"

大嫂要是不嫁大哥会是什么样子，会不会得病，都是未知，但就因为得了病，大嫂开始在乎她在大哥心目中的地位，在乎她娘家人在大哥心目中的地位，仿佛这是补偿自己命运的唯一方式。在大哥买下厂子产权之后，她想方设法把她穷山沟的兄弟姊妹弄出来，大哥最终接受，或许正出于对大嫂为申家所做的一切，可当她身后一条根系上的网络在母亲的眼皮底下一点点建立，受到威胁和挑战的自然就是母亲了。要知道，大哥是母亲的儿子，大哥创造的世界理该是母亲的世界，虽然她的娘家亲戚瓦解过大哥的世界，可眼前的现实是，这个世界差不多全被大嫂娘家人占领，她有六个妹子两个兄弟，她还有两个表妹和两个姑舅兄弟。在眼前的现实里，大哥给三哥奖金不是多了，而是少了，因为母亲用的是简单的加法，申家这边，除了大哥的儿女，就三哥一个人，而大嫂娘家那边，一层层加起来十好几个，十好几个和一个比，你怎么能觉得屈呢！

我不知道该说什么，就只有陪着母亲黯然神伤。恰在这时，屋外有了轰隆隆搬椅子声音，是酒宴已经结束。开门出去，表哥们正往身上套衣服，他们一个个醉醺醺的，身子都有些摇晃了，他们身子摇晃，神志却清醒。大表哥看见我，立即冲过来，冲到母亲房间，抖动着因喝酒而发板的嘴唇，大声喊着:"大姑,你,你老有福啊,你这茬人,数你有福啦,儿女都有本事!"

母亲应和道:"俺有福,俺知道俺有福。"

五

送走母亲娘家亲戚,屋子里立即空荡了,看侄子侄媳,立即觉得他们离你近了。这近,不是距离上的近,而是他们嵌在身后的生活浮现了出来,比如看见远见媳妇,会想起她最近开了超市,看见远明七岁的儿子,会想起他学习一直班级第一。他们是大哥这个家的主体,是大哥大嫂这棵芯子向上延伸的部分。表哥们也是延伸,方向却正好相反,表哥的延伸是向下,向着陈腐、陈旧,就像树梢相对于树根,就像苇子埔对于公公;侄子们的延伸却是向上,向着明亮,就像树梢向着蓝天,就像窗口向着风景。我是说,人的存在是带着信息的,当表哥们把陈腐、陈旧的信息带走,侄子们的生活浮现出来,屋子里顿时就有了盎然的气象。远见媳妇汇报她超市一天的盈余,所有人都感到惊讶,而远明说他的儿子不但是全班第一,这回考试,全校排名第二,大哥大嫂脸上顿时溢出灿烂。而我,被这灿烂感染,有了回家以来最明媚的心情。

姑侄通着心,这是不可抗拒的感觉,就像爱的不可抗拒,可是时间总会将爱磨损。很难想象,有那么一天,我也会和母亲一样,心再也不会为侄子所动,心的缝隙里,填进另一些不为人知的苦恼。

清除了某种信息,大哥和我似也近了。我询问了侄子的生活之后,大哥又开始询问我的生活,是不是还跑卫生战线,大庆的公司效益怎么样。说起来,这还是大哥隆重接我们回来后第一次正式的叙谈。大哥和侄子不同,明知道大庆融不进申氏家族,说话时却还要照顾他。但有了简单的开场白之后,大哥迅速奔他的主题:"你说大庆,贝·布托这个家族,是不是叫人佩服,儿子十九岁就有了政治志向。"

大庆懵懵懂懂,他在广告公司一天天忙碌,很少有时间看新闻,我赶紧接过话:"是啊,他儿子是英国牛津大学的学生。"

大嫂一向反感大哥关心八竿子打不到的事,早上又为三哥的事和大哥吵过,立即挖苦道:"没去问问那什么托是不是国子监吗?"

侄子们在一旁哄堂大笑,但大哥旁若无人。在这个家里,我是大哥唯一的知音,只要我在场,只要我们有更多的时间说话,大哥就忘了身边的一切,就走到要多广大有多广大的世界。那广大的世界,是中东、伊拉克、约旦,是东南亚、朝鲜、印尼，是美国、英国、俄罗斯。有时，我们跟着恐怖分子炸弹的声音，有时，就循着各国最高元首访问的路线。那时，你觉得大哥根本不是乡下人，也不相信他一辈子没离开小镇，因为他如数家珍的样子就像他刚刚从外国访问回来。那时，你觉得他和乡村、小镇，和修配厂以及身边这个家，没有任何关系，唯一有关系的，就是我了，因为在他周游世界时，唯我跟在他的身后。为此，我一直觉得，一进了腊月，大哥就一遍遍电话约定回家时间，除了试图弄出一种虚假的热闹，为的就是这一刻。

可是，这一刻那么短暂，没一会儿，大嫂娘家一群兄弟姐妹就汹涌而入了。他们被母亲娘家人阻隔到下午，已经有些急不可待了，一进门就大呼小叫姐姐姐夫好啊！然而，你绝不要以为，周游世界的一刻消失，大哥会遗憾会痛苦，根本没有！当看见他的小舅子连襟簇拥进来，他立即转换角色，从沙发上站起来，一个深受公民拥戴的国家元首似的，一一跟大家握手。

我曾经以为，大哥关心国家的事世界的事，是因为家族使命感所致，比如祖上曾出过国子监太学士申桐，父辈曾出过鲁美毕业，最后成为《人民画报》美术设计师的五叔，是因为有了重振家族雄风的使命，才使他不满足于自己人生狭小的疆土，才每每要让思想超拔出去。可是现在，当看见大哥闪在脑门上少有的幸福之光，我知道我错了。问题是，我知道我错了，却又不知错在哪里，大哥无数次把自己超拔出去，难道正是想从更宽广的疆土来印证自己的成就，比如当看见贝·布托家族不断有领袖出现，他会想到自己，从而更充分地享受在家族中的领袖地位？我不知道。我只知道，接下来，他说了一句让我非常惊讶的话："你姐夫要是像贝·布托那样有人想暗杀，你们当中有谁能站起来为我保镖？"

虽然不会有谁知道贝·布托，但保镖的意思还是被大家听懂了，于是呼应声此起彼伏。不知是新的拜年者带来的信息阻隔了我和大哥之间的距离，还是别的什么，我和大庆对视了一下，立即做出撤退的打算。

然而，我怎么也没想到，从大哥家出来，大庆居然冲我火了起来，他火了，不是跟我吵，而是一个人噌噌噌蹿走到前边，等也不等。我们接下来还要上二哥三哥家，在大哥厂子的门卫那，还放着二哥三哥的拜年酒，可是他根本不管，出了楼道就没影了。

当我和儿子拎着酒来到街上，只见他横眉冷对站在路边，脑门上的发丝站立着，脸阴沉得就像抹满水泥的墙壁，一点缝隙都没有。他为什么火，我似乎能猜到一些，他进门之后，没人逼他上酒桌喝酒，他不喜欢喝酒，但他在乎他在申家的地位，他一直觉得他这个女婿在申家没有地位。你舅哥不重视身边的妹夫，却去管什么贝·布托，他当然不高兴。因为知道他为什么火，我更加火了，我说："你回家去吧，我不用你跟我拜年。"

建建还当成好话，赶紧响应："那好，我和爸爸回家了。"

大庆没动，但当我错过他时，他走上来，接过我手中的酒，没好气地说："你说我不该生气吗，大哥借我们的钱都三年了，都要雇保镖了，提都不提，你给儿媳办超市，我们就不能给二庆办超市吗？"

我没有接话。仅一个中午，大庆就捕捉了这么多信息，真可谓说者无心听者留意。三年前，大哥上设备借我们五万元时是说一年就还，可是大哥没还对我是有交代的，第一年要买吊车，第二年又要上"四轮定位"流水线，今年，大哥告诉说，远见媳妇闲在家里总打麻将，远见看不惯，两口子老打架，就寻思帮她在镇上弄个超市。每次，大哥都让我告诉大庆按银行利息一分不差，我没告诉，没有别的意思，仅仅是忘了，不然，听侄媳谈超市，也不能没感觉。这件事失误在我，我本该道歉，可是事情的走向往往不按惯常的逻辑，现在的逻辑是，大庆发火时眉头扭曲的样子，让我一下子想起昨天冲二庆发火的公公，他们的表情太像了，这让我莫名其妙就有了抵触情绪，就想我跟你们程家有什么关系，凭什么要看你们脸色。情绪是一种奇怪的物体，像龙卷风，刚刚生起在草垛空儿时还只能掀动一片草叶，可一瞬间鼓舞起来，席卷的就不是草叶，而是房屋树木，土粒沙石，比如这么一程想着，自然就想到给公婆买的楼房，我嫁你程家，得不到家里一丝一毫的帮助，却还要给买房子；借给大哥的钱还有利息，给你爹妈投资无本无息。这么想着，就把嫁给大庆之后所有的艰难都想起来了，就觉得委屈的不得了，为给他找工作，求亲访友，因为没有城市户口和专业技术，工作换一家又一家，往往刚刚稳定又得折腾，送礼摸不到家门时在大街上不知走了多少个来回……后来，我都有些眼泪汪汪了。

事情小得不能再小，也许不用解释，一个体谅的眼神就解决了，可是，我不但没有体谅，还拉了脸，还眼泪汪汪，大庆就吃不住了："怎么？你掉眼泪啦？我怎么你啦？"

我不吱声，但我气哼哼雄赳赳往前走的样子，绝对就是挨了欺负，大庆这下真的火了，把拜年酒往地上一放："我不去了，谁爱去谁去。"说罢，扭头就走，留下我和建建相互看着。

谁爱去？我也不爱去，我都四十五六岁的人了，过个年不能坐在母亲炕头闲着，还要大包小裹东奔西忙。可是不去行吗，大哥是哥，二哥三哥就不是哥？大嫂是嫂子，二嫂三嫂就不是嫂子？她们尽管没有侍候母亲，可就因为这一点，她们更在乎我这做小姑子的态度，她们没有侍候母亲，我可以想什么态度就什么态度，可是，我对她们的态度往往要影响她们对哥哥的态度，我不能因为礼节不到，让哥哥受了委屈。

和建建拎着十二瓶酒往前走着，眼睛湿了又湿，因为走在这条街上，不由得就想到自己最初的恋爱。当初，和大庆恋爱时，这条街曾寄托了我们无限的情思。他的单位在上街，我的单位在下街，我们因为一个莫名的眼神，掀动了青春的草叶，就像一丝风掀动草垛空的草叶，从此就被卷进一场爱情风暴中。我们在这条街上眉目传情，当朦胧的思念随当时对青年最具影响的《马克思传》的传递，我们彼此就毫无道理地嵌入了对方的生命。说毫无道理，是说我们把发生在自己身上的爱情看成是马克思和燕妮的爱情，伟大而崇高，忠贞地相守一生。如今，我们也像他们那样守着，不怎么就守出了一堆鸡毛蒜皮，全没了想象中的伟大和崇高，我们像一个挖自己墙脚的小丑，心甘情愿把自己卷进一场青春的风暴里，到最终，又脆弱到仅一根草叶的掀动，就会席卷掉我们的一生。因为往二嫂家走去时，我不断地问建建："妈妈为什么要嫁你爸爸？"

二哥家在镇子后边一个胡同里。在大哥买了企业产权时，二哥所在的小镇机械厂也在拍卖。那时二哥只是车间主任，没有买断的想法，也没有办厂的雄心。当机械厂被厂长买去，二哥由一个公家人变成一个私有企业的打工者，突然受不了，就在毫无能力和准备的情况下，借钱买了几台机床，租了几间老纸箱厂的旧房，小打小闹干了起来。把家也从乡下搬到厂子里。

为了不让二哥二嫂看出什么，在胡同门口，我停下来，从衣兜里掏出纸巾揉了揉眼睛，然而就在这时，我听见有人喊我："姑。"

一定神，发现二哥的三儿子从胡同口跑出来，他没穿外衣，毛衣的袖口还高高挽在胳膊上，一看就知道是突然发现我们才迎出来的。把一提酒瓶交给侄子，一股暖融融的感觉还是让我心情有了调整，可是正要往屋里走，却被侄子截住，侄子站在我的对面，背对胡同，神经兮兮地说："姑，不稀进吧，俺哥跑了没回来，俺爸俺妈正哄俺嫂子打扑克，你要进了，不提俺哥不好，提了，全家都难受。"

我愣住了，似乎明白了一些缘由。元旦刚过，二哥就打来电话，说在县里做买卖的大侄子，因为侄媳有外遇气跑了，跟一个朋友去了上海。我给侄子打电话，他一直关机，想不到他年都没回来过。

我只有悻悻地转身。

"妈妈，二舅家的三哥说他哥跑了，他哥是谁，我该叫什么？"

我向来不指望建建能搞明白他和我身后这一大家子人的关系,可他三哥的哥哥他该叫什么分辨不出,却让我惊讶,于是没好气地说:"我也不知道。"

从胡同口离开,我的心情更加坏了,我心情坏了,不是心疼二哥二嫂,而是心疼侄子,大过年的,他一个人上哪去呢。在跟他联系不上时,曾跟身边的朋友说起,朋友没好气地批评我:"你这人真怪,侄子的事你也管。"朋友觉得怪,我才知道,在很多人那里,姑侄并没有我们这么深的感情。我比这个侄子大六岁,从六岁到九岁,我哄了他三年,直到大嫂的第三个孩子出生。我细弱的胳膊因为没力气,常常背着背着手就撸了扣,就把他掉到地上,因此他跌哭时的样子就成了永远抹不去的影像。我下意识掏出手机,拨出侄子号码,我知道没有希望,因为这个号码拨过无数次了,从没开通过。然而,几乎刚刚拨完号,侄子熟悉的声音就传了出来:"姑姑过年好啊!一直想跟你打电话都不敢打,我挺好的。"很显然,他因想家终于开了机。

"你在哪里?为什么不回来?"

"姑,我在西部,西部大开发,我跟朋友过来干,这里机会太多了,出来一个月,顶在家里一辈子。"

我说不出话来,嗓子眼有些哽咽。侄子的声音特别高亢,让你感到他火热的人生正在开始。可我激动的不是这个,而是从他嘴里吐出的"西部",你无法想象,那媒体上耳熟能详的西部大开发会跟你的亲人发生联系,当你感觉到他们的联系,就像你的血管通了国家血管,一瞬间有一种超拔感,尤其当你站在故乡的街头,踩着一地鸡毛蒜皮。

也正是因此,去三哥家,看到三哥三嫂寂寞地守着电视,听三嫂唠叨对大哥的不满:"原来说挣了钱怎么都不能忘了自家兄弟,现在只给两千块钱,却花一万给自个儿媳办超市。"我一直走神,恨不能赶紧远离这繁琐的一切,也像侄子那样飞到西部。

六

人在现实里边,总要生出远离现实的梦想,它也可以是西部,也可以是南部,是东部,是北部,总之它在远方,就像此时此刻,我所在的小镇也成了侄子的远方和梦想一样。通完电话后,他发来好几个短信,说他非常想家,一想到家人团聚的热闹就恨不能马上飞回。每个人,都无法感知他人的此刻,比如,思乡的侄子就无法感知我的此刻。我的此刻,人虽在家,却有一种无家可归的感觉,我的此刻,不但不热闹,且十分孤寂:婆家那边,大庆正在跟我赌气，娘家这边，大嫂家，拥满了她的姊妹，二嫂家，纸包火一样包裹一堆烦恼不让进，三嫂家倒是让进，你却不愿意被说不清的烦恼包裹。

转到天黑，回到婆家，大庆早已经消了气，从不在公婆面前表示出对我好的他，居然为我倒了一杯热水，并说："明天上歇马山庄拜年，我准备跟踪拍摄。"

只有我知道，这句话包含了多深的殷勤。两年前，因为想自己做广告，他买了一台专用摄像机，每年回家，都说要跟踪我回老家歇马山庄拜年，可是每每临了，都以在家陪父母为由，不去践行。事情就是这样，你如果不能在风掀草叶时控制事态，那么你就只有事后屈尊殷勤。这个下午，大庆一定为自己转身离去的行为很是后悔了，他后悔，不是觉得他错了，而是他认为即使没错，也不该跟我咬尖，一旦我因此不回婆家，他父母的年，可就怎么都过不好了。而我，之所以自知有错，却还要理直气壮，也都因为有这个杀手锏。我没把这个杀手锏派上用场，不是不想用，而是在街上流浪时才发现，那杀手锏并不存在，我要是不回婆家，叫母亲知道我和大庆闹别扭，母亲的年也过不好啊。所以，当大庆向我出示了拍摄计划，感激涕零的不是他而是我了，尤其先回来的建建偷偷告诉我："爸爸扛机器出去好几趟了，他说要去拍你，可走出去又回来了。"

不经风雨，怎么能见到彩虹。正月初一这天晚上，我的心情里有了彩虹。那彩虹升起来，不过是一个跟踪拍摄的计划，他拍摄不过是玩玩，也上不了电视，可我知道我的家人，尤其是大哥会在乎。为了这计划，大庆提前在家人面前演练，录了婆婆又录回菊，录了建建又录小栓，公公和二庆在一旁助威。他是一个燃点极低的人，因为总难唤起热情，他屡屡把摄像机拿回来，又屡屡原封不动拿回去。当一家人都成了镜头里的人物，有了嘎嘎嘎的笑声，夜晚再也不是夜晚，而是布满霞光的白日。

在侄媳的金玛超市集合时，冬日的朝霞已经褪去，被淡淡升空的日光取代。超市，不过是比小卖店大一点的商店而已，它是大哥家的新生事物，大哥安排在这里聚集，也许仅仅因为它在小镇商业街的正中，是我们、二哥、三哥和大哥聚集最方便的地方。可大哥不知道，在这个年里，这个新生事物已经伤害了好几个人的感情了，比如三哥三嫂，比如大庆。三嫂根本没进超市，只冷冷地站在门口，大庆倒是进了，染着黄头发的侄媳满腔热情迎出来，一迭声地喊姑夫，他不能不进，但他并没像我希望的那样，把机器打开，录点什么。

二哥二嫂从胡同拐过来，离超市还有几米远就停下了。他们倒不一定对超市有意见，但跑到西部的儿子破坏了他们的心情。我迎过去，只见二哥一张脸灰涂涂的，而二嫂，眼圈像挂了葡萄，乌紫乌紫。与我对视，泪光顿时盈满眼眶。

听说有摄像跟着，大哥从面包车上下来，俨然就是一个出访的国家元首了，只不过国家元首出访只带夫人，大哥出访还带了母亲。看见我和二哥二嫂，朝车上指着说："妈九十岁了，难得回去一趟，让她回去看看。"

初二回歇马山庄拜年，是三个哥哥搬到小镇一直都在奉行的礼数，看起来是一种礼数，实际上是向村人展示申家风光。"文革"时，父亲、四叔、二大爷都在村里挨过整，在二哥看来，去拜他们等于忘了杀父之仇，可大哥绝不这么看，大哥认为，就因为当年挨过整，如今过得好了，才要送给他们看看，这是另一种复仇。实际上还是性格的差别，觉得过得好了是自己的事，是讲究实际，觉得过得好了必得送给别人看，是追求虚荣。二哥讲究实际，可多年来，他一直影子一样追随大哥呵护大哥，对大哥的想法从无二话。

最初，只三个哥哥，后来，又加入了我，再后来，又加入了三个嫂子。在大哥看来，要说申家风光，那么我肯定是这风光的一部分。当然，我积极参与不全为了大哥，而是为了自己，出生地的乡村常让我想念，最重要的是，在婆家呆着太没意思。这几年，大哥厂子越来越红火，大嫂加入了，见大嫂加入了，二嫂也不甘示弱，二嫂的厂子并不红火，连年亏损，但二嫂是孤儿，一小就没有爹妈，一个没有爹妈的人能出息成厂长夫人，自然要送给那些有爹妈的人看看。见二嫂加入，三嫂也加入了，三嫂没有厂子，也不是孤儿，但三嫂是城里下乡知青，十几年前还没搬出来时，三哥开大货车拉她一趟趟进城，进进出出穿些时髦衣服，曾是村里人最羡慕的人物。如今日子没落了，可越是没落了越不能让人看低，关键是，日子没落了，身材却反而好，她有比大嫂二嫂苗条一百倍的身材，即使没有时髦衣服让人羡慕还有腰条儿。所以，这看上去是向村人展示申家风光，实际上更是妯娌之间的一种较劲了。

每年拜年，都是三哥开车，大哥坐在副驾驶的位置上。可是因为母亲去，必须坐在前边，三哥就自动把车让给大哥开。做任何事情，三哥都不放弃突出大哥的地位。在修配厂，有修车的来，本来一百块钱的活，三哥故意要一百五，把那五十的面子留给大哥，因常常扮演黑脸，许多司机都在说大哥好话时骂三哥狠。这也正是三嫂不平衡的地方，弟弟愚忠，把哥哥的厂子当成自己的，你就该对愚忠的弟弟有所回报。可是往往性格即命运，愚忠是三哥的性格，常了也就不被人在意，比如现在，他把车让给大哥，自己钻到最后一排的最里边，没有任何人就此说什么。

从小镇到歇马山庄，十里路不到。这条并不宽敞的沙土路，小时走过无数次，那时小镇在我心里还是远方，还是梦一样的地方，就像侄子所在的西部。在礼教严格的大家庭里被母亲打了骂了，就顺这条路，一次次把自己放逐到小镇前边的大海。那里有成群的海鸥无边的海水。其实不仅仅是我，申家好几代人都在这条路上无数次地走过，五叔活着时有一年夏天回来，领我走这条路，走着走着就蹲下了，捧着一捧热热的沙子，忧伤地说："你们还认得我吗，你们中的哪一粒被我踩过？"我们一代代人踩过的沙子，也许早就被雨水冲走了，即使不冲走，也有了另外的命运，被碾在橡胶轮胎下面，而不是踩在胶鞋布鞋下面，可恰恰如此，我的忧伤一点也不亚于叔叔。叔叔时代，踩着沙路回到奶奶炕头，从窗口，还能看着小时候玩过的窗台和庭院，野地和河套，故乡还是一个单纯的物体，故土还是真实的存在。如今，母亲的炕头屡屡搬迁，窗口对着的地方嘈杂又陌生，熟悉的路被甩在身后，心也就像被甩出来的路，除了被现代交通工具碾压，孤寂而飘零。

　　歇马山庄坐落在一个小山包的下边，是一块洼地之中的村庄，它既无山的依傍，又无林的环抱，前后左右都光秃秃的。恰因为没山没林，一个土岗就成了童年的山，一片河岸的草丛就成了童年的林。长大出来，看见了那么多名山大川，高楼大厦，再回这里，就觉得这是小孩过家家玩的地方。房子矮趴趴地簇拥着，以草垛为界；河谷静静地逶迤着，以孤独为岸；赤裸裸的地垄匍匐在房与河之间，仿佛一条条冻僵的蛇。你人在远方想故乡，觉得它在黄海北岸，如今人在黄海北岸看故乡，你不由得就想，这里跟你有什么关系吗？

　　有关系，当然有关系，大哥的车刚刚停到屯街，就有人过来打招呼——老由家三爷，老周家二哥，老于家小久子。只要你从车上下来，一个小世界突然就变大了，一个埋藏并不深远的关系迅速就苏醒了。虽都有变化，可一眼就认出来了，他们也一下子就喊出了你的小名。他们都穿得新锃锃，老于家小久子居然穿一件皮夹克，脖子上还围了一条墨绿色围巾，可是与乡亲握手，问好，不怎么就觉得是在一个崭新的屏幕上放映旧世界影像。因为你脑子里闪回的，都是这些人的过去，比如那年侄子掉到井里被奶奶捞出，第一个冲到井沿的就是小久子，他冲到井沿不是帮助奶奶，而是和侄子一起号啕大哭，边哭边喊："还能不能和俺做伴看电影啊？"

　　脑袋里放映的是旧世界影像，大庆机器里拍摄的却是新世纪镜头。大哥神采飞扬，因为身材太魁梧，需微微含着胸才可走进低矮的屋子，可这似乎更突出了他的高大。大嫂搀着母亲，她身体不好，搀母亲的本该是我或者三嫂，可大庆的摄像头一直跟着母亲，大嫂当仁不让，她侍候的母亲，她最有资格。有母亲、大哥大嫂在前边，我、二哥三哥二嫂三嫂，自然就成了陪同。不过，这一点也没什么不好，一大帮人闹闹哄哄，倒有一种相互借势的快感。

我们一家家串着，有的人家，只进去打声招呼，比如那些我们已不大认识的小年轻的家，有的人家，却要停下来说几句话，比如那些有老人的人家，或者像已经卧床不起的李玉胜家。

李玉胜是当年打父亲最猖狂的一个，他十年前死于肝硬化，扔下病歪歪的老婆和儿子住在一起。年是年轻人的节日，儿子儿媳不知拜谁去了，脏兮兮的屋子里只有一个被我们叫着二嫂的女人。见我们来，二嫂有些慌乱，明知道爬不起来，却还是要爬："妈呀就知道你们能来。"

她慌乱，也许没想到九十岁的母亲会来，李玉胜打父亲时，母亲曾拿鸡蛋去求过她，结果这成了父亲又一罪状。落入今天这步田地，一定不愿意让任何人看到，可她偎着被子的身子颤巍巍的，掉进深洞的眼睛顿时湿润，仿佛我们能来搅扰，她太感激，仿佛我们的到来已是她的节日。实际上，都是我们的锲而不舍把复仇的现实变成了历史，把女人的历史变成了现实。女人的历史，是她没嫁一个好男人，她心灵手巧人又漂亮，当初追求者多得推不出门，李玉胜靠他三寸不烂之舌勾走她的心，曾自以为是女人中最幸福的一个，可怎么也想不到他的不烂之舌竟成了咬破她幸福生活的罪魁祸首，除了耍嘴皮子，好吃懒做一无所能，不但如此，还一喝了酒就打老婆。问题是，跟了这么个男人，又生了个和老子一模一样的儿子，好吃懒做一无所能又脾气暴躁，所以她就有了儿子不孝媳妇也不孝的命运。女人的现实，是这一天，她要借夸申家婆婆媳妇如何命好的时机，痛痛快快骂一骂她那不孝的儿子媳妇，彻彻底底抱怨一回自己怎么就瞎了眼，嫁给李玉胜这个老死鬼。女人最终把不幸归结到命运时，都要把目标指向嫁人那一刻。她却不知道，即使在她眼里太有福气的大嫂也这么想过。

自己想和别人想，当然很不一样，自己想，是往深井里掉，别人想，是看着别人往深井里掉，你自然就有了往上升的感觉，就像同时进站却开往相反方向的火车，一个动了，坐在没动的那一个车上就以为是自己在动。问题是，这个时候，往上升了的一面，也绝不让对方继续往井里掉，当李玉胜女人用羡慕的目光看着母亲，看着三个嫂子，三个嫂子顿时捅了马蜂窝似的七言八语，大嫂说自己的糖尿病，二嫂说自己厂子的亏损，三嫂说自己花钱的紧缺，反正都是自己的不易。如此一来，拜年就不仅仅是妯娌间的较量，还是彼此的鼓劲、抚慰；就不是一家人向另一家人的示威，而是两家人真切的支持、加油。因为要不是这个场合,三个嫂子是从不交流的;而李玉胜女人,也不会在散发着臭烘烘酸溜溜气味的屋子里,留母亲和嫂子坐一会儿再坐一会儿。

然而,这样的抚慰并没持续多久,在另外一家,却遇到了麻烦。

那还是去拜老队长的时候。当年,二哥三哥被大哥弄到小镇干临时工时,因为出身不好,老队长一直刁难,大哥踏破了门槛看够了脸色才磨出批条。可时光是个奇怪的物体,它在慢慢的迁移中,一点点磨掉了老队长的脸色,只留下他的功德。因为对申家有功,每年拜他他都分外高兴,龇着黄黄的牙齿呵呵地笑着。虽对申家有功,但他绝不白白接受你的拜,当着我们,非讲一通世事的变迁。他大字不识一个,可心里装着那么多外面的信息、故事,所有的信息和故事都跟腐败有关。他的儿子跟一个做塑钢生意的朋友干,那朋友信任他,给管城建的送大礼都不背他,送一回都是十万八万。他表弟的儿子大学毕业,光找工作就拿出去三万。讲也不要紧,他往往讲着讲着就骂起来,一骂就一脸怒气,仿佛腐败的不是别人而是我们。为此,刚走门口,二哥就打了憷:"下年就不拜了吧,老这一套,也没什么意思。"

可二哥再打憷,也想不到,老队长把我们迎进屋,闲扯一会儿,会突然把目光移到二哥这里,慢条斯理说:"老二,你这几年弄得不怎么样啊,怎么听说儿媳跟了一个腐败分子,儿子气跑了?"

关于远程的出走,到目前为止,在申家除了二哥一家人,只有我知道。二哥二嫂一直封闭信息。见有新闻,大庆赶紧把机器对准了二哥二嫂,大哥大嫂也把目光转过来。

这还是进村以来,二哥二嫂第一次变成主角。二哥的脖子噌地一下就紫了,他看看镜头,看看老队长,语无伦次:"啊,不是跑了,他上西部了,去搞大开发。"

老队长不依不饶:"还开发,糊弄二鬼子啊,你问恁哥,那可能吗?"

大哥愣了一下,想了一会儿接话道:"不大可能,是不是叫人骗了,我天天看电视,去西部的都是大学生,都是组织安排,还没听说哪个个人。"

大哥当场质疑,是老队长把目标转向他,也是突然听到这个消息的本能反应,因为他后边还跟了句,"怪不得这一腊月一直没看见远程",可是就因为大哥当场质疑,二哥二嫂变了脸。他们变了脸,不是顶撞大哥,而是从老队长家出来,坚决不跟大哥拜了。在屯街上,二哥对着手机大呼小叫:"刘师傅吗,马上过来,我在歇马山庄,过来接我一下。"

我怎么都想不到,影子也有厌倦的时候,问题是,二哥此时的举动,不是当不当影子，而是他想成为一棵树，因为他放下电话，冲着站在一旁的三哥说："走吧，没什么意思。"

三哥迟疑了一会儿，还是上了车，可三嫂没上，三嫂立即跟二嫂站到一起："俺也不去了，俺家里有事。"

大哥就是大哥，不亏看多了国家的事世界的事，懂得世界联盟分分合合的局面，他上车后，异常平静地说："你二哥可能家里真的有事。"

大哥平静，大庆却不平静了，一遍遍侧过脸看我。大庆看我，我莫名其妙，以为他跟够了要打退堂鼓，当他把一直扛在肩上的摄像机放到膝盖，我突然警醒，原来都是摄像机惹的祸。老队长是不该那么说，大哥也不该去证实老队长的正确，可要是没有摄像机跟着，二哥也许不会如此激动。

我表面平静，心里却再也不能平静了。因为在我们接下来的拜访中，大嫂的变化可是太明显了，进了别人家门，她高音大嗓，喜笑颜开，一些时候，大庆把镜头对准她，还有意往大哥跟前凑，还有意配合大哥，比如当有人问，"老二两口子怎么没来？"她轻描淡写地说："家里有急事走了。"可只要离开人群，上了自家的车，立即闭了嘴，绷住脸，使车里的空气顿时紧张。为了缓解气氛，大哥有意议论一下刚才的见闻，说某某人老了，头发都掉光了，大嫂没好气地说："算了吧你，就你不老？你为申家操碎了心，不看看你头上那几撮毛！"如此一来，不平静的就不是我了，还有三哥，还有母亲。母亲听不见大嫂的话，但她会察言观色，她似乎从二哥二嫂走，就觉得有什么不对，动不动就痴痴地看着我。

终于把该拜的拜下来，大哥把车开到了老房子前边。这是每年拜年必有的程序，不管时间是否充裕，我们都要过来扫一眼，看一看我们的出生地。它不是三个嫂子的出生地，可她们嫁人之后最年轻的时光都在这里度过，现在，二嫂走了，三嫂走了，可九十岁的母亲来了，扛着摄像机的大庆来了，尽管一路上留下不快，但大哥知道什么才是大局。

曾经人丁兴旺的申家大院，如今已相当破败了，后边六间草房房梁已经坍塌，屋檐上的苦草耷拉着沮丧的脑袋，呼应着院子里横七竖八的木棒、草秸。我们搬走之后，卖给一个刘姓人家，可这个曾经发旺了申家的庭院，却败亡了刘家，他的一个儿子搬来不久遇到车祸，另一个儿子第二年得了类风湿，做父亲的却在三年之后患了胃癌，于是房子和院子就被废弃。

三哥搀着母亲，跟着走在前边的大哥。因为再也不必在人前表演，大嫂没有下车，三哥于是有了走进镜头的机会。大哥边走边讲解，哪哪是原来井的位置，哪哪是原来粮仓的位置，三哥在后边殷勤呼应，憨憨的脸上还涌出气愤，大声道："都让他们卖了废铁！"仿佛要是不卖废铁，就会被大庆永记史册。看上去，大哥是对着三哥，实际是对着大庆的镜头，看上去，寻找的是井和粮仓，实际上寻找的是他曾经的业绩，因为我们家的井不是一般的井，而是一压就出水的压水井，那粮仓也不是一般的粮仓，而是铁板焊接的带着防雨篷的粮仓，现在这种东西在乡下比比皆是，在当时，大哥可谓领导了乡村新潮流。我不知道，二哥他们要是不走，此刻大哥会怎么样，会不会比现在要自然，反正看着大哥夸张的动作，听着三哥夸张的呼应，我说不出是什么滋味。

就在这时，我的手机响了，是二哥，他的声音呼隆呼隆，一听就知道带着情绪："贞子，俺年年跟大哥，跟了他这么多年，他怎么能不帮自家兄弟说话呢？再说，他也不能把兄弟一碗凉水看到底了呀。"

我没跟二哥说什么，但放下电话，再看大哥，心像有沙石掠过，一下子疼了起来。因为此时，大哥正扬着脖子，抻直腰板够房檐，这是父亲常有的动作。为了显示自己的个子，小时候常见到父亲扬着脖子够房檐。

大哥、二哥、三哥、我，我们都生在这个院子里，可是大哥的命运和我们却完全不同。大哥出生时，家里来了个算命先生，说大哥命硬，主着父亲早亡，十八岁之前，不能让他喊父亲爹，只能叫大叔。大哥懂事后，曾多次哭着问妈妈，别人都有爹为什么我没有爹，母亲做不出可信的回答，他就疯了一样跑到野地里撒野。母亲每讲一次这个故事，我都止不住泪流满面。我那时哭，仅仅以一个孩子心情揣度爹就在身边而不能喊爹的难过，可现在不同了，现在，我突然觉得，他一小就拥有家族责任感，十五岁就跟远房舅舅上小镇学徒，他不断地折腾让申家改变，是不是就因为没有爹才很早就学会承担呢，在他的兄妹都有爹他没有爹的时候，他是不是暗中一直和父亲较量着，比试着，一直不放弃在家庭中树立自己的权威呢？他不断地在并不广大的领域里挑起征服的喧嚣，希望尽可能地集结更多的人，是不是他一出生就感觉自己是孤身一人，从而希望获得集体的力量呢？

我不知道。

对于出生地，大哥也许有比我们复杂一百倍的感受，可是他感受再复杂，也比不得母亲。母亲从史家沟嫁过来才十九岁，她在做着村保长姥爷的大小姐时，姥爷把聚赌时和自己勾搭的庄家女人领进家，成了我的小姥姥。姥姥的媳妇大妗子从此有了同盟，和小姥姥勾结，不到两年，年仅四十的姥姥就被气死，母亲就被逼嫁人。母亲嫁父亲，是姥爷情急之中托人做的媒，也就是说，如果没有姥爷跟小姥姥的关系，就没有母亲跟父亲的关系，也就没有我们这一些父母的后人。在这个院子里,母亲经历了那么多骨肉的生和死。我那只活到五岁的姐姐,因为吞了一只鞋卡子,还不等便出来就跌了一跤,把肠子卡断,在炕上趴了三天三夜咽气。她死后妈妈才要的我。没有姐姐的死,就没有我的生,生死缘于宿命。母亲之所以都四十多岁了还要要我,是有僧人告诉她的姥姥,从她往下三代只有一个女的,母亲就是第三代。在这个院子里不断经历死,经历生,她扎煞着小脚,把所有的苦乐都踩在了一方狭小的地盘。重返这个地盘,母亲刚刚进院就不再往前走了,呆呆地立在一个石罅旁,仿佛这里埋藏着地雷、炸弹。有好长一段时间,她都把目光对准西墙边一截曾是我们家猪圈的残壁,面无表情。

回老家拜年,她一上午都没说话,她听不清别人的话,也是早已习惯把主角让给大嫂,可是在老家的院子里,呆呆地看着那截残壁,看着看着,她说话了。母亲说话,不是她看到了旧物,翻动了埋在这里的历史,想诉一诉在这里吃下的苦头,就像李玉胜女人遇到我们,而是说:"俺要是能说了算,说什么也不搬走啊,要是不搬走,哪能有这一天?"

这一天怎么了?这一天难道不比她的过去更好吗?她生儿育女,一天天盼着的难道不是儿女有出息的这一天吗?母亲的话,也许不过是对抛撒在院子里某些时光的怀念,在那时光里,她像一个做窝的老母鸡,虽不能完好地护住她的小鸡,可毕竟她年轻,能干活。老来之后,母亲常说,要是还能干活该多好啊。可这句话多么深地刺疼了大哥只有我知道,在回来的路上,他一遍遍重复说:"恁二哥家肯定有什么事了,要不他不能早走。"在大哥那里,母亲指的这一天,就是二哥对他权威进行了挑战的今天,而他,决不想把这样的挑战看成是事实。

七

展示申家风光的拜年之旅,居然成了虎头蛇尾的败兴之旅。从歇马山庄回来的路上,谁都不再说话。然而坏事也是好事的前因,有了二哥的挑战,大哥大嫂坚决要求我、大庆还有三哥去家里吃饭。大嫂有病之后,这已经是好多年不曾有过的事了。这年头,谁也不在乎一顿饭,但大庆在乎,我也在乎。我在乎主要因为大庆在乎。年里不去打扰大嫂,最初还是大庆提出的倡议,可是这样的倡议得到实施,受益的是大嫂,受伤的却是大庆。不去大哥家吃饭,就没法去二哥三哥家吃饭,都是嫂子,得一视同仁。可长期不去舅哥家吃饭,和舅哥感情越来越生了,当然只要和老婆不生,和别人生就生了,问题是，你作为申家女婿，过个年都没人叫你吃一顿饭，在父母那里，就显得太没面子，大庆动辄就以开玩笑的口吻说："不能求求大嫂请咱吃顿饭吗？"

大嫂终于请了，大庆高兴，我也高兴。说心里话，几天来我一直处于饥饿状态，肚子里哗啦啦叫的时候，常常要不停地咽口水。见我们兴高采烈答应，大哥更高兴，要是依大哥的想法，恨不能天天有人热闹。当然，在这些人当中，最高兴的要数母亲，她愿意我们在她身边环绕，就像小鸡在老母鸡身边环绕，关键这环绕的人里有三哥。在大嫂做了好吃的，杀了鸡或包了包子，把自己的儿女叫到楼上吃的时候，最难受的就是母亲了。这个家是大嫂的，她就无权往家叫三哥。三哥等于每一天都在以实际行动向母亲提醒她的苍老、无权。母亲觉得不搬出来好，或许就因为这个。可是，这一顿让所有人都高兴的午餐，却让大庆搅了，他在往家里打电话通报不回去时，那边公公命令，必须回去，他的两个女儿回来了。

婆婆家早已是一派热闹景象了，大姑姐和大姑姐夫，小姑子和小姑妹夫，还有他们的孩子全都回来了。这是另一棵树上的枝杈，以往，为了能和我们见一面，他们都是初三回来，公公家不讲究送年不送年。这次之所以提前，是公公一早给他们打了电话，说大庆带了摄像机，早一点回来热闹热闹。

小姑子一见我就把我搂了去，甜兮兮地说："嫂子俺太想你了。"她一向嘴甜，会说话，可因为她心眼好思想简单，你觉得她怎么说都不麻人。大姑姐姐生性忧郁，话少，但她有一个特别好的习惯，向你表达感情时，她愿意摸你耳朵，每次，耳唇捏在她手里，你都会生出一种奇怪的感觉，想把她的手拿下来贴在自己脸上。

我明知道，我是外姓人，是她们娘家的媳妇，虽然我没有日夜守在公婆身边侍候他们，但从某种意义上，在程家，我就是申家大嫂的角色，是未来的芯子，因为不管怎么说，未来老人生计的责任，全都在我们身上。她们亲近我，就像我亲近大嫂，有感情在，但更多的是技术行为。可是，她们这么热火热燎地抱你摸你，浑身痒酥酥的同时，不知怎么就有一种飘浮感，心再也不像在娘家那么沉了。你心不沉了，突然就觉得有什么东西乘虚而入了——你不能辜负她们。

这也是老天的安排，让你有了做小姑子的沉重后，再给你一点做嫂子的轻松，你就在这少许的、一次又一次的轻松中，被和平演变了，一点点就有了对于另一个家庭的责任感了。小姑子也是一样，她是程家的闺女，却是她婆家唯一的媳妇，没有小姑子小叔子，婆婆跟她在一起，回家打溜须的是姨婆婆家的女儿，她说她会烫发，一腊月给她换了三次发型。在婚姻这个迷宫一样的回廊尽头，你永远不知道有多少微妙的关系在悄悄缔结。然而就在这轻松刚刚到来不久，大哥那面打来电话，说移民加拿大的堂弟回来了，要我和大庆马上回去。

热闹，就像快乐一样，是可遇不可求的，不能预期。公公蓄谋制造热闹，都因为大庆昨晚为了感动我拿出摄像机，让他体会了多年来不曾预期的热闹。可是他怎么也不会想到，我和大庆，会因为有不能预期的客人从天而降，让他预期的热闹迅速消散。

大庆不想去，和姐妹一年才见一次，关键是我们结婚时四叔平反，全家早从歇马山庄迁回沈阳，他和堂弟不认识，也不觉得有什么关系，可是他不知道，一早上把摄像机拿回娘家，就已经有了关系，大哥在电话里说："叫大庆回来拍拍，安征五年没回来了。"

有五年和一年比，当然五年重要，从家里出来，大庆拍拍摄像机，有些沮丧地说："都是自找的麻烦，饿死我了。"

进门才知道，堂弟在我们还没从歇马山庄回来时就已经来了，他朋友开的车。见大哥不在家，他先去前炉舅舅那边走了一趟。按原计划，他是准备和四婶一起回来，正月十五去老家坟地看四叔的。可单位那边有急事，就提前了。

和大哥一样，堂弟高大、魁梧，宽宽的肩膀方方的下颏，一看就是申家的后人。他是申家后人，如今却有了外国身份，你看他时，不怎么就有了怪怪的感觉，让你想起小时家里丢了的一只鸭子，它三个月后从外面回来，分明还是那只鸭子，你却觉得已经不全是了，好像它身上已经有了说不清的什么东西。堂弟无论见谁，都要拥抱，两只长长的胳膊环抱你是那么的轻，传达的亲热却那么浓烈："大姐，太想家了。"

我早就知道他对家的想念，在他那里，家是个复杂的所在，它既是国土，又是沈阳的母亲姐妹，又是出生地的乡村、小镇。2005年随一个采访团去加拿大，走了好几个城市，就是没去蒙特利尔，夜里跟他通话，说我在多伦多，明天一早离开，他激动得语无伦次："大姐，你，你为什么不早告诉我啊，你还是咱家来加拿大的第一个人呢，早告诉我就飞过去看你了，我太想家里人了啊。"那次电话，堂弟和我唠了整整四个小时，说他为什么出国，出国后经历了哪些磨难。沾市长舅哥的光，出国前他的生活太安逸了，除了偶尔出趟国，大多时间都是在机关里喝茶水看报纸，节假日，家里围着一圈姐妹打麻将，外面围着一圈狐朋狗友喝大酒，一天天重复，他早早就看到了人生尽头。他不想纠缠在世俗的关系里，不想早早就看到人生尽头，就在舅哥帮助下踏出国门。可是在大西洋最东边的城市纽芬兰挣扎五年，奋斗成如今多伦多市政厅的一名职员，成为移民中少有的幸运者，老婆孩子都接过去，他的人生居然又看到了尽头。倒是他一辈子也不会纠缠在世俗的关系里了，可恰恰如此，让他恐惧又忧伤。他说一到周末没事，就开车拉着全家去城郊，坐在野外望着遥远的西方。那时，他无比的惶惑，问自己为什么要来这里，他挖空心思建立跟这里的关系，到头来却发现和自己有深切关系的只有大洋彼岸的亲人、家，无法让他们分享自己的一切，人生的意义究竟在哪里？

意义似乎只在摄像机拍下的内容里，坐下没一会儿，他就把压好的碟播给大家看。孩子上学的学校，家里新买的房子，他上班的市政厅，乡村一样被树林包围的城市，童话传说一样的尖顶教堂。这一切一点都不新鲜，在电影电视里都能看到，唯一新鲜的就是偶尔的，堂弟的媳妇在镜头里出现，还有他的孩子，他们在冲家人说："过年好！"

这两个人，对于我们，都是陌生的，堂弟结婚后从没往家领过，要不是他说他们是他的妻儿，你根本不觉得他们与你有什么关系，尤其他的媳妇。就连堂弟也说："她和咱农村人不一样，没有家族意识，她从来不知道家族意味着什么。"那意思好像在说，她冲大家问好，都是他逼的。

对国外的一切，最有感觉的，就是大哥了，他天天看世界新闻，蒙特利尔这个城市并不陌生，由于堂弟在那里，有时还特意关注来自那里的消息，于是不时发言，一会儿冲远见说："你小叔就比你大一岁，你到现在还没有独创门面。"一会儿冲他正捣乱的孙子说："快看看，那里有世界一流的大学，你将来要是能上那念书，爷爷可就烧高香了。"

说起来，大哥和堂弟还真太像了，都不安于现状，都一门心思征服世界，只不过堂弟摊了一个好舅哥，有一个奋斗的阶梯，大哥没有好舅哥却是别人的好舅哥，是别人的阶梯，于是命运就有了巨大的反差，堂弟从此远离家族、国家，孤军奋战在地球的那一边，大哥一直在家族人群的包围当中，领袖一样独霸一方。

没一会儿，大哥就把二哥三哥都找来了。要不是我们被半道叫走，和三哥早在大哥家里吃上饭了，宿命的东西无时不在，大到一个人的一生，小到一顿饭。然而，在大嫂家宿命般地逃不过一顿饭的忙碌时，我和大庆竟然宿命般地被蔽在饭桌外面。我们的宿命，都因为二哥来了。听说堂弟回来，二哥毫不迟疑就来了，见二哥来，大哥像丢失已久的宝物失而复得，立即把注意力调到二哥那里，在把餐桌上重要位置让给二哥的同时，只例行公事似的冲我和大庆说："再上来吃点？"

大哥以为我们吃了，我们也只有说自己吃了。我们说自己吃了，当然也因为饭桌太挤，因为大庆要现场拍摄。和大庆失望地被排除在饭桌外边时，我只有上大嫂的糖盒里抓一把糖塞到大庆衣兜。

二哥精神头和一早大不一样，一张苦抽着的脸有了笑纹不说，曾经的情绪也不见了，和堂弟说话气量非常足，"远程早就跟俺说你正月回来，但没想会这么早。"说罢，把堂弟推远，梗着脖子盯住他："哈，外国佬，和守在家门口的人就是不一样。"

堂弟立即想起什么似的："对啊，远程在网上跟我联系，说去了西部，说大男人志在四方，要向我学习。到底怎么回事？"

"就是想到外面锻炼锻炼呗，锻炼好了，不就像你一样，给咱申家争气了吗！咱申家下一辈儿，还没有一个离开家门的呢。"这时，二哥赶紧打开手机，拨号后交给堂弟说："通了，是远程，你跟他说。"

堂弟懵懵懂懂接过电话："喂，远程，啊我是你小叔，你好好干，听你爸说你挺好的，好好干。"

在堂弟面前不避讳谈远程，我立即捕捉到二哥的用意，也捕捉到他为什么精神抖擞，他不想做大哥的影子，原来有一个远程在暗中支持，而那个远程，一个人在外孤独无援时，把他加拿大的堂叔当成了榜样，把一个遥远的本来扯不上的关系扯上了。可大哥对此还是怀疑："能行吗？可不是那么容易，比不得安征，人家有个好舅哥。"

大哥对侄子的走一直不明真相，怀疑是真实的，不含任何他意，可二哥却激动起来，指着堂弟："让安征说说，他去了国外舅哥还能帮上吗，都得靠自个儿！"

堂弟点头，于是就讲起了他的奋斗历程。二哥于是一脸的喜悦，仿佛在讲他的远程，仿佛堂弟的现在就是远程的将来，因为当堂弟让大庆把自带的家用摄像机打开，要录一录在场的亲人们给远在加拿大的妻儿看，二哥冲着镜头说："等着吧弟妹，你侄子早晚会去看你。"

堂弟的到来，对二哥无疑是一场及时雨，它在浇淋了大哥的同时，使二哥一点点滋润起来。吃午饭的时候，简直就成了二哥和堂弟专场访谈，大哥怎么想我不知道，我可是很不舒服了。

在我心里，最疼的是二哥而不是大哥和三哥，他生性懦弱，依赖性强，母亲说他先天身体不好，一小从不出门，一直拽着母亲衣襟。结婚后在大家庭里，他像一匹听话的马，以勤快能干俯贴在大家身边，大哥三哥下班闲逛去了，他下班放下自行车，就背起网包去了野地搂烧，依赖着勤快而获得的夸奖，他愉快地生活了好些年。1985年分家，他的勤快无人分享，丢了魂一样，一再当着母亲说："妈，怎么就觉得不能过了！"母亲心酸，我也心酸，因此常常生出同情，偷偷买些洗衣粉之类日用品以表抚慰。可是你很难想到，一个人在你的心灵格局上一旦定位，稍有越位，就觉得不对了，比如现在。他旁若无人地侃侃而谈，完全无视大哥的存在，你恨不能上前堵住他的嘴。

后来，他的嘴终于被堵住了，只不过堵他嘴的不是我，而是堂弟。堂弟堵住他的嘴，不是用手，而是用一把思乡的眼泪。堂弟吃了饭，喝了酒，去歇马山庄走了一趟后，要去祖坟，于是一干人陪他去了西大荒坟地。来到坟地，他跪到四叔坟前，呜噜呜噜就哭了起来，边哭边说："想家啊，爸，太想了，我常常开车上郊外往西望，想沈阳的妈妈，想咱小镇，想咱歇马山庄，想咱家里亲人。"二哥于是再也忍不住，山洪暴发一样号啕大哭，任大嫂怎么劝都劝不住。

二哥撑着，不过是不想面对身后的虚空，对于他这样一个实际又懦弱的人，儿子的远离其实是最大的打击，尤其远离是为了逃婚。然而，那虚空转瞬之间泄露出来，最受感染的居然是大嫂，她拍着二哥肩膀，一遍遍喊着："二兄弟想开点，咱出去也是为了给申家争气，想开点。"听上去是重复二哥的话，却一点也没有讽刺的意思。

堂弟和二哥都哭够了，一直很冷静的大哥开始说话了，大哥说话，不是站在父亲坟前，而是站在奶奶坟前，他人站在奶奶坟前，语气却是对着大家："奶奶，咱家人从国内到国外，从乡村到城市，全都有了，咱在乡下，也不落后，咱家现在也有超市，给远见媳妇开了超市，就是想为祖上争光，世界各地都有超市，沃尔玛已经有四十多年历史，咱不叫沃尔玛，叫金玛，也是连锁，咱从现在开始也不算晚，咱人在家门口，可咱一点不落后。"

关于超市，我从不知道大哥开办它基于这样的想法。大嫂赶紧接上："老奶奶把远见从井里拽上来，不能丢了老奶奶的脸，他是申家长孙。"

坟地一片肃静，一丝风旋动了坟头的草叶，仿佛在做着某种呼应。然而这时，堂弟从四叔坟前缓缓站起，移到五叔坟前，慢慢跪下，拖着哭韵说："五叔，侄子不孝，等不到十五来给您上坟了，侄子什么事都没有，可就是想走，侄子受不了这一天天混吃混喝，在沈阳一场接着一场，太累了，您一定会理解的五叔。"

看着堂弟弓下去的后背，我不由得泪眼朦胧。在外的人，当被裹挟在巨大的思念里的时候，以为长时间在家居住会缓解思念，会储存起一些东西在心灵的仓库，可供未来离家的日子一点点享用，以为在家的日子越多，储存的东西就越多,而回家才知道,根本不是这么回事。当搅扰在繁琐的家务事里,当无所事事又忙忙碌碌地打发每一天,不到三五天,就急得不行,就怀念起离家在外的日子,就怀念起曾经有过的对家的思念。事实证明,你与家的关系,只在想念里,而不在现实里。五叔当年,每次写信都发誓住满半个月休假,可每次,住不上一周,就赶紧离开。我居住的城市离家较近,一两个月回家一次,可每次总打算住满周末两天,结果总是睡一宿觉第二天就返回。

知道堂弟不是因为公务,而是自己要走,大家交换着惊奇的眼神,仿佛刚才说过的想家都是假的,受了蒙骗,大嫂在我身边小声说:"看来外国还是好。"

八

堂弟的车一股烟一样就消失在小镇前边的土道上了,一个远在海外的申家的后人的一举一动一瞬间就变成了回忆。送行的人站在道边,孤零零地相互看着,面面相觑。我们本是一大群,其中还多了二大爷家的堂哥和堂姐,他们听说堂弟回来,也从歇马山庄赶过来。可当大家共同的目标消失,人群立即散落,呈现了每个人都是独自的孤零零的面目。虽然大哥还以追忆的形式挽留着这一切:"安征真是长大了,记不记得小时候和远见争吃黄瓜,把远见手指都咬出血。"没有任何人响应。堂哥堂姐们站了一会儿,说大哥大嫂,俺家里还有客,就不上楼了,转身上了自行车。二哥有些发傻,久久地望着远方,一动不动,仿佛堂弟在不经意间带走了他的一切。三哥多年来第一次在大哥家喝酒,有些醉意,眼睛里布满红红的血丝,他痴痴地看着我,看着大庆,之后小声说:"你三嫂跟俺闹别扭,想跟你们一起回大连,你们什么时候走?"

大庆也警觉地看我一眼,走过来说:"能不能跟大哥商量一下,今晚送了年,就让远见送我们回去,就别再住了。"

大庆的想法,正是我的想法,要不是怕公婆不高兴,我早就想走了。而在大哥那里,我的想法就是不容推托的责任,大哥立即答应,命令远见赶紧把车油加满。

因为中午草草一见没有尽兴,公公把大姑姐、小姑子两口子都留了下来,是不是希望把热闹重新找回我不知道,反正我们进屋,所有人都欢呼雀跃。然而任何东西过了也就过了,是找不回的,你重复上演,即使地点和人员一切都没变，可时间变了，所谓世界上没有一条相同的河流，是以时间为参数。比如现在，人还是这些人，大庆摄像机也一直开着，可是当我不得不告诉公婆我们晚上就要离开，大家一下子就陷入慌乱之中。回菊和婆婆紧着包送年饺子，初三晚上送年是要包饺子的。大姑姐和小姑子紧着帮我们收拾东西，我们把换下来的内衣外衣散落在好几个地方，还有我和大庆的充电器，建建的 CD 盘，一大堆《灌篮》杂志，公公一遍遍催促二庆，赶紧把送年的鞭炮找出来放到暖气上烘一烘。

  热闹没有找回，公公有些怅然，因为一通忙碌之后，他的闺女女婿也都走了，他们也要回家包饺子送年。一大帮人带着我们送给他们的酒离去，屋子里顿时空荡下来，二庆的存在顿时显现出来。这一天里，他夹在一大堆人里，你都快把他忘了。他显现出来，屋子里顿时就有了紧张的气氛。尤其公公要求他把鞭炮放在暖气上，他偏偏放到窗台上，你就觉得，不定什么时候，公公会像炮仗一样，被二庆点燃。

  这一刻终于来到了，送了年，一家人膀挨膀围在桌子上吃饺子，饥饿的我和大庆刚刚伸筷，公公就看了看大庆和二庆，之后郑重其事说："你俩听着，俺有一个想法，俺和你妈死了，绝不回苇子埔祖坟，你们要是孝顺，就上县里买个公墓。"

  桌前一片安静，大过年的，相信谁也没有这个准备，去谈活着的人死后的归宿。问题是，公婆身体好好的，离那一天还太远了。

  见我们都不吱声，公公又说："你姐今天回来俺问了，一万块钱就下来了，俺和你妈没有别的要求，就这点要求。"

  我顿时有些明白，这只是公公的想法，程家坟地在村子里，他不想让活着的人指指戳戳，更不想让地下祖宗脸上无光。

  如果此时二庆不吱声，再稍等一会儿，我就会应承下来，我应承了，大庆就会大包大揽，就像为公婆买楼房那样，就一切都不会发生。可是不等我说话，二庆等不及了："不是孝不孝，咱家坟地是好坟地，为什么不能去？要是不好，俺哥能进城？俺不同意！"

  公公立即火了，筷子在桌子上飞了起来，粗话也飞了起来："你这个王八犊子你算老几？你哥没发话你算老几？"

  "老几？老二！俺是这个家的老二！在村里住得好好的，要求上楼，上楼住得好好的，又要死后进县城，你这不是折腾儿女？"

  二庆话这么说，可我似乎也明白他气愤的来由，如果同意，就意味着向村里人证明，他真的不是老子的儿子，老子连坟地都不敢回了。

这一次，大庆没有冲公公发火，我也没有拉二庆，不是我们厌倦了，而是这时，婆婆手里的筷子哐啷一声掉到地上，随之，身子一歪，和椅子一同倒了下去，直僵僵委在身后的沙发旁。

"妈妈——妈妈——"我和大庆嗷嗷叫着，一阵手足无措之后，才想起拍打婆婆肩膀，掐婆婆的人中。这时，建建和小栓大哭起来，回菊也在哭，屋子里顿时被哭声填满。公公和大庆声息全无。

一通喊叫之后，婆婆从那个世界醒了过来，她慢慢睁开双眼，看了看大庆，之后把目光移向我，泪眼婆娑地说："大庆媳妇，俺不想去苇子埔坟地，俺爹妈没给俺找个好婆家，俺不去他家坟地。"

我立即点头，哭着说："妈你放心，俺同意买公墓。"

我这么说着，心里却有些胆怯，因为婆婆明显和公公不是一个意思，公公不回坟地，是怕丢脸，婆婆不回坟地，是不愿意承认她是程家人。这太容易惹恼公公了。然而就在我这么想的时候，公公真就恼了。他恼了，冲的不是婆婆，也不是二庆，而是我。他从窗前转过身，往沙发前挪了几步，嗓音沙哑地说："大庆媳妇，俺不想掖着藏着，俺想跟你讲，俺对你有意见。"

我愣住，静静地看着一脸阴沉的公公，他不但脸阴沉，浑浊的目光里，有一种怨怒在蹿动。我想他是嫌我答应晚了，要是早答应，他和二庆就不会吵起来，婆婆也不会这样。

"俺觉得你从来没瞧起程家人，俺是无能，和你们申家比是不行，可俺也是见过世面的人，俺在县城上过班，你说是不是？！"公公一字一顿地说。

我顿时蒙了，脸腾的一阵就烧了起来。

"你回来过个年，心根本不在这个家里。是，你娘家有外面人回来，可你是咱程家媳妇呀，你心里根本没有程家！"

我垂下眼睑，感觉有一股气在往胸脯顶，我在想，即使我有错，这和买不买公墓有什么关系呢。

"不去老坟地，俺是想，想从根上拔出来，俺想从俺这一辈，从死了那天起，重新做人，做你大哥那样有本事的人，到那会儿，你回来就不惦记娘家了。你说是不是？！"

我彻底低下头，眼泪刷地一下就淌了出来。一种比委屈更复杂的东西洪水一般旋在身体里，使我怎么都控制不住。

见我哭，刚刚好了一点的婆婆又抽搐起来，一抖一抖说："老死鬼俺才瞎了眼了，俺怎么就找了这个婆家啊？"

见婆婆抽搐，我立即咬紧嘴唇，努力控制住自己，可我分明听见，我心里也响着这样的声音：怎么就找了这么个婆家？

我们最初嫁人，根本没想找婆家，可我们嫁了男人，就有了婆家，就有了和婆家人剪不断理还乱的关系。我们有了剪不断理还乱的关系，可到最终，却觉得自己是孤身一人。因为当我问自己，婆婆死了不想去程家坟地，作为程家媳妇，你想吗？

回答是肯定的，不！

正胡乱想着，手机响了，是侄子在楼下催促我们。我握住婆婆的手，冲她再次点了点头，我的意思是，她的要求没有问题。可婆婆并没接这个茬，她只是心疼地看着我，哆嗦着嘴唇说："一年到头回来过个年，年年都过不好。"

我说："没事妈妈，没事。"

大庆和建建都凑过来时，我离开婆婆，站起来，把目光移向公公。可此时的公公，和刚才判若两人，眼睛里那丝蹿动的怨怒，像被筷子搅碎的蛋黄，彻底散了，取而代之的，是一种凄楚和无助，如同一个惹了祸的孩子不知该如何收拾眼前的局面。我原本也没想跟他说什么，只想道个别，说爸，我们走了。可是看着他可怜兮兮的样子，居然连这句话也说不出了。

直到下了楼，上了侄子车，我也一直没跟公公说句什么，可是在我们的车就要开动时，他突然扑到车窗前，眼泪汪汪地冲我们喊："再回来啊！"我的眼泪一瞬间又旋了出来。

因为眼里有泪，回家跟母亲告别时，一直不敢看她。我不看母亲，母亲却要拉住我的手，紧紧盯住我："怎么啦？怎么刚送了年就要走？"

我扬了扬下颏，漫不经心地说："我明天有采访，今儿来电话啦。"

直到就要上车的时候，我才敢和送行的人对视，因为此时夜色已经完全模糊了视线。他们是大哥、三哥，是大哥和二哥家的侄子侄媳。三哥说三嫂不跟我们走了。想必走，不过是一时情绪所致，她不走，也没有照面。二哥二嫂都没来，可他们居然让远程媳妇来了，仿佛要以此向大家证明正在西部为申家争光的远程的存在。可她并不理解她的公婆，只是缩在一角，远远地打着招呼。

车门关上了，车子启动了，亲人、小镇都退到身后的夜色里了。送年的鞭炮声渐渐远去，亲人们的"再见"声也渐渐远去，车里一瞬间陷入无边的空荡和寂静。侄子把车开动，一直没有和我说话，其实每年都是如此，回程的路上我们无话，仿佛年把我们之间的什么东西带走了。

把什么带走了？不知道。但随着某种东西的走，另一种东西却势不可挡地来了。它来自喉管,来自食道,来自胸腔的下边,它其实一直就蛇一样蜷伏在年的几天里,蜷伏在身体的某个角落,只不过我没有时间顾及而已。现在,当终于告别身后沉重的现实,当我们终于静下来,飞一样行驶在寂静的黑暗中,它居然随着身体里看不见的网络轰轰烈烈地来了。我没问大庆,但我相信我们的感受是一样的,因为此时,他的一只手正从我的肩头伸过来,我接过时,发现是一把糖。

2008年2月10日于大连鹏程家园
2008年3月10日改于大连鹏程家园

原载《钟山》2008年第6期

授奖辞

小说叙事的动力往往取自异态,即便写家道伦常,一般也以变故和新奇构织核心故事,在强大的惯性面前,《致无尽关系》勇气可嘉,在限制与突破之间,作品所展现的艺术完成度更是值得称道。婚姻就像一滴墨,落在宣纸上,洇开去的仿佛是树与林地。小说的主干坚韧质实,叙事从生活的根须把捉,蜿蜒而至梦想的枝头,极富中国韵味,同时也深具人类的通识性关怀。